俳句の地平を拓く

——沖縄から俳句文学の自立を問う

野ざらし延男

コールサック社

俳句の地平を拓く

——沖縄から俳句文学の自立を問う

目次

第一部　複眼的視座と俳句文学

Ⅰ章　俳句・人生・時代 ――情況から内視へ

第四部　詩魂と追悼

Ⅷ章　詩魂・画魂に触れて——詩集・句集「解説」「解題」／美術展レリーフ

〈序章〉
しゃれこうべからの出発――狂気と覚悟

野ざらしを心に風の沁む身かな　芭蕉

ぐさりと胸に刺さった衝撃の一句。人生覚醒の一句。私にとってこの一句は火中の一本の釘だ。焼けた釘は消熱することなく、私の胸を焼き続けている。

この句は松尾芭蕉、四一歳の作。「野ざらし紀行」の冒頭の一句。人生を旅と観じ、〝俳諧新風樹立〟をめざす芭蕉にとってこの旅は生命を賭した旅立ちであった。

「野ざらし」とは「しゃれこうべ・髑髏」の意、雨風にさらされるという単純な意味ではない。この句には悲愴な覚悟がある。新しい俳諧の道を切り拓くことに生命を賭けた覚悟がある。おそらく文学とは無縁の生活者からみれば、気違いじみていよう、狂気じみていよう。しかし、この狂気（狂心ではない）こそが不毛の現実をうつクサビであり、名句を生む源泉である。芸術における狂気はしばしばたるんだ現実を正し、血を浄化させてきた。芸術家は往々にして〝常識〟の沼と対極に位置し、狂気もて歴史を撃ってきた。芭蕉もまたその一人に違いない。

私が「野ざらし」の句に出逢ったのは高校二年のときである。場所は静まりかえった学校の図書室の片隅。このときの私は、人生の闇を抱え、絶望感に打ちひしがれ、自殺寸前に追い込まれていた。人間不信と学校教育への叛心が渦巻いていた。一年中よれよれの野良着と雨靴をはいて通学していた。多少のレジスタンスをこめての行為であった。私は親や教師からみれば問題児であった。そんな若者が芭蕉の生命を賭けた一句に出逢い、心が震えたのである。混沌と懐疑と渇望の中で出逢った一点の灯であった。芭蕉の狂気の旅立ちが、血しぶくような鮮やかさで迫ってきた。芭蕉の「狂気と覚悟」をわがものとして生きたいと思った。芭蕉の同行者になりたいと思った。〝俺も俳句に命を賭けよう〟と念った。このとき、本名の山城信男を棄て、俳号を〝野ざらし延男〟とする決意を固めた。

以来、私の中の〝野ざらし〟は私を苦しめる。ときどき生きた縄みたいにのたうち廻る。とくに、芸術としての狂気を忘れたときや常識の沼にどっぷりと足をとられて平気でいるときなどはのたうちの激しさが増す。また、ときには、深夜の静寂の中で〝しゃれこうべ〟が笛のように鳴り出す。

芭蕉の中の〝野ざらし〟は秋風に鳴っているが、私の中の〝野ざらし〟は春夏秋冬鳴り止むことはない。「野ざらし」の一句は私の鞭である。芭蕉を狂気もて超えねばならぬ。

「宮古毎日新聞」—月曜コラム「無冠」所収。一九八四年六月四日。
タイトル「『野ざらし』からの出発」を「『しゃれこうべ』からの出発」に改めた。

扉写真　野ざらし延男

第一部　複眼的視座と俳句文学

Ⅰ章　俳句・人生・時代 ――情況から内視へ

1　複眼的視座としての雪 ――私と雪

沖縄は冬の十二月でも気温二五度以上の小夏日があり、車ではクーラーをつけるときがあり、コバルトブルーの海では海水浴に興じる観光客もいる。こんな常夏の島沖縄に雪が降った記録があるのであろうか。『沖縄の気象』を紐解いてみた。

沖縄の気候は亜熱帯海洋気候と言われ、月平均気温二〇度を超える月が八～九カ月、真夏の平均気温二七～二八度、真冬でも平均気温は一五～一八度、年平均気温は二二～二四度である。沖縄で気象観測が始まったのは明治二三年、それ以来沖縄に雪の降った記録はない。昭和五二年二月一七日久米島測候所でみぞれを観測している。同日の那覇の最低気温は七・一度で沖縄本島では霰が観測されている。また、沖縄の史書『球陽』には六回降雪の記録がある。私の住む沖縄本島中部の「北谷町（ちゃたんちょう）」（現在）にも降雪の記録があり、興味深い。「北谷郡に雪の少しく降るあり。其の粒甚だ大なり。恩納、名護、久志に雹降る。其の大きさ唐豆に似たり。羽地郡に唐豆、綿種の如きあり。今帰仁郡に白大豆の如きあり」（一八四五年二月二日）。地球温暖化が年々進み、気温が上昇している地球環境では沖縄に再び降雪が記録されることはあるであろうか。

地元の沖縄タイムス紙（二〇〇七年十二月十三日・木曜日・朝刊）に、「『雪の光』に平和を願い」のタイトルで雪をイメージしたイルミネーションの写真（糸満観光農園）が載っている。この地は、ひめゆりの塔、健児の塔、魂魄の塔、ひめゆり平和祈念資料館、平和祈念堂、平和の礎（いしじ）などのある沖縄戦の終焉の地である。風に電球が揺れると雪が舞い落ちるように見え、偏光メガネで見ると雪の結晶に変わる趣向が凝らされている。南国沖縄から雪をイメージした平和希求のメッセージである。

雪の降らない南国沖縄に住む私にとって雪はファンタスティックであり、未知への憧憬である。「天から妖精のような雪が舞う……」ただそれだけで胸がしめつけられ、ミークラガン（めまい）し、失語症になってしまいそうな錯覚に陥るのである。仮に、今、レインボー色の海原に純白の雪が降ったらブチクン（気絶）してしまうかも知れない。雪は詩弦を奏でる奏者である。雪は心を浄化してくれる神の化身である。雪には世のしがらみを忘れさせ、童心に還らさせるマジック的な霊妙さがある。

江戸時代の俳人松尾芭蕉は「俳諧は三尺の童にさせよ」「俳諧を子どもの遊ぶごとくせよ」と言って、俳心を説いた。

童心を詠んだ芭蕉の「霰」の句。

いざ子どもはしりありかむ玉霰

美しい玉の霰が地上に嬉々として転がっている。それを見た芭蕉は子どもたちと一緒に駆け出したくなったのである。童心が如実に表現された句である。

「雪」の句。

君火をたけよきものみせん雪まるけ

「雪まるけ」（雪達磨）を作って友を歓待しようとする童心に満ちた芭蕉の心情が吐露されている。

童心の極めつけの雪の句。

いざ行かむ雪見にころぶ所まで

打ち出しの「いざ」の感嘆、「行かむ」の高揚感、「ころぶ」に秘められた狂奔性、すべてが童心から発した詩心である。「雪」は童心へいざなう純白な羽根を纏った女神のようである。童心は論理や理屈を超え、詩心を羽ばたかせる源泉である。

一方、豪雪地帯の奥信濃（長野）柏原で生まれ育った小林一茶には美的対象としての雪への思いはない。

是（これ）がまあつひの栖（すみか）か雪五尺

芭蕉が発した感嘆詞「いざ」には雪への高揚感が表現されているが、一茶の発した感嘆詞「まあ」には落胆の嘆息が聞こえるばかりである。豪雪に覆われた「終（つひ）」の住処を見ている一茶の心境は暗澹として積雪より重い。

一茶の雪の句。

うら壁やしがみ付きたる貧乏雪

雪ちるやおどけも言へぬ信濃空

一茶にとって雪は、貧乏を際立たせるもの。豪雪は衣食住の根底を揺さぶるもの。雪は人の口を閉ざしてしまい、人間の心から道化や滑稽や笑いを奪う無情なものなのである。

一茶には「俳諧寺記」の句文集がある。雪への感慨を述べたくだりを抜き出してみる。

「～人目も草もかれはてて、霜降月の始より白いものがちらちらすれば、悪いものが降る、寒いものが降ると口々にののしりて、

初雪をいまいましいとゆふべ哉　旅人

三四尺も積りぬれば、牛馬のゆききははたりと止まりて、（中略）～忽ち常闇（とこやみ）の世界とはなれりけり」。

※（「旅人」は一茶を指す。一茶「七番日記」所収）

一茶にとって雪は「いまいましい」と言わせるほど「悪いもの、寒いもの」で、白銀世界が常闇なのである。生活苦に喘ぐ、人間一茶の激白がここにある。一茶には雪月花の風雅の美を賞賛する視点はない。雪は生死にかかわる災害をもたらす。暗く、重い雪国の生活者の生の声が句の奥から聴こえてくる。この実生活者の肉声を大切にしたいと思う。

一九六八年一月、教育研究全国集会（日教組第一七次・日高教第一四次）に「基地の中の青年の意識について」（浜元朝雄氏と共同研究）のレポーターとして参加した。ところは雪国の新潟である。その時、沖縄は米軍占領下に置かれ、平和憲法の適用外にあり、司法・立法・行政の三権は剝ぎ取られ、主席（現在の知事）は米軍の任命、土地は強奪、人権は剝奪、沖縄住民が虫けら同然に扱われていた時代である。沖縄は怒りに燃えていた。この軍事占領下からの脱却のために日本復帰運動が起こり、「人間回復の闘い」が叫ばれていた（後に、復帰運動が民族主義に傾斜したこと、日本国憲法が空洞化してきたことなどが指摘され、日本復帰に異議を唱える反復帰論が台頭した）。おりしも、極東最大の軍事基地と言われた米軍基地の嘉手納飛行場から燃料用の廃油が地下まで浸透し、民間住宅地の井戸を汚染した。井戸水はマッチで点火し、飲み水が燃えたのである。私は二本の一升瓶を吹雪の新潟へ持参した。一本は全国の教研参加者と交流するための琉球の酒「泡盛」、あとの一本には沖縄の過酷な現実を象徴する嘉手納の「燃える井戸水」を詰めていた。昼は教研集会で「基地の中の青年の意識について」をレポートし、夜は各県参加者の宿舎を訪ね、沖縄問題オルグに奔走、「燃える井戸水」を説明会場で実際に燃やして見せ、沖縄の過酷な現実を訴えた。私たち沖縄の参加者は教研集会終了後も約一週間、霰や雪や寒波の吹きすさぶ中を、班編成（三〜四名）し、各県の学校現場へ出向き、沖縄問題を訴えて回った。

茨城県班として某高校へ出向いたときの話。夕方、放課後の時間帯に訪ねたが職員会議中ということで、ストーブの置かれた土間で待機した。職員会議終了後は私たちが登壇し、沖縄問題を訴えるはずであったが、遂にお呼びはかからなかった。約二時間も待った後、三〜四名の職員がストーブの近くによってきてぽつりと言った。「沖縄の人に会うには勇気がいるんですよ」と。真実を教える立場にある教育者の言葉とは思えない、雹のような礫の言葉を投げつけられた。同胞と思っていた日本人も沖縄を蔑視し、偏見の坩堝の中にあった（日本復帰後も国家体制として沖縄差別が続いている）。

この時の心境は、芭蕉の「雪見にころぶ」の童心とはほど遠く、また、一茶の「寒くて、重い」生活苦とも異質な、真実を溶解してしまうような冷血な魂にふれた思いがした。重い鉛のような雪の一ページが黒々と私の胸中に沈んだままである。当時の野ざらし延男「雪」作品。

煮られる蟹雪夜指まで赤化して

「燃える井戸水」かかえ大雪ふりかぶる

嗄れ汽笛雪夜をすすむ地の渇き

今、私は沖縄戦のあった地上に住んでいる。本土防衛のために捨て石にされ、地獄の炎が吹き荒れ、老若男女を巻き込み二三万余の戦死者が出た沖縄である。戦後六三年、日本国土の一%にも満たない狭隘な沖縄の土地に、在日米軍専用施設を七五%も押しつけられ、平和が侵害され、戦傷の癒えない歪みの島である。「青い空、青い海、癒しの島」のキャッチフレーズの裏に隠された歪んだ現実に目を瞑っていては俳句文学の自立は覚束ないのではないか、と自問している。

右眼に芭蕉の眼、左眼に一茶の眼、複眼的視座を大切にしたい。芸術は事実を真実に高める力がある。そのためには詩的創造力が問われることは言うまでもない。

雪月花ひめゆり壕が火炎噴く　　延男

寒緋桜血染めの雪をかぶったか

霧氷有刺鉄線(バラセン)　竜宮の亀裏返る

〈参考文献〉
・『芭蕉語彙』宇田零雨著・青土社　・『芭蕉事典』中村俊定監修・春秋社
・『蕪村・一茶』日本古典鑑賞講座二二巻・清水孝之・中村草田男・栗山理一編。角川書店
・『沖縄の気象』山崎道夫・仲吉良功・大城繁三編。日本気象協会沖縄支部

総合俳誌「俳句界」二月号所収。二〇〇八年二月。文學の森発行。本稿は加筆した。

2 脱皮と沈黙 ——蟬と俳句

蟬は幼少時代へ誘う導火線である。

一年の最初の蟬との出会いは春蟬の松蟬である。カサカサした琉球松の樹皮と同色のこの小さな蟬は大人にはなかなか見付けにくいらしいが、子供の眼には直ぐわかった。子供の眼と心は自然界の心音に触れることのできる一条の光線を持っているように思えた。松蟬は比較的低い位置にも止まるので素手で捕まえることができた。樹幹の陰に隠れて反対側からサッと手を伸ばし捕まえるのである。捕まえた時に掌中でジィージィーと鳴く。小さな手の中で精一杯羽をばたつかせ、抵抗し鳴いていた蟬の感触が忘れられない。また、意外に弱々しい鳴き声が哀れな泣き声に思えて子供心にも慈悲心が生じ思わず手を開いた事を思い出す。松蟬は小さくて心優しい庶民派の蟬である。

松蟬が一番小さい蟬だと思っていた一〇代の終わりごろ、草蟬に出会い驚いた。生まれて初めて吟行会という名の俳句修業の場に参加した。場所は知念村の斎場御嶽(セーファウタキ)であった。聖地の原野に棲む草蟬の羽はひときわ緑色が鮮やかであった。この可憐な蟬は真夏の白昼に緑色の一本の火を点すようにしんしんと鳴いていた。御嶽の奇岩の割れ目から久高島が耳をそばたてていた。それ以来、私にとって草蟬は幻の蟬になった。心の中で生き続ける蟬であった。時移ること二〇年余、宮古島に単身赴任、再び草蟬に出会い心琴を震わせた。草蟬は御嶽の多い宮古島にふさわしい蟬のように思えた。草蟬は聖なる蟬であり、人を恋う蟬であった。

蟬時雨血がひいていく草の束

蟬の一生はドラマチックである。産卵は枯れ枝に、産卵痕のギザギザが蟬の一生を暗示しているようで痛痛しい。やがて孵化し地表へおりる。土中の数年の生活を経て成熟し、サナギから成虫になり、ある日敢然と土中の闇の生活から地上に姿を現す。一度穴を出た成虫は永遠に後戻りはしない。やがて夕闇の葉裏で仮面を脱ぐ。

水脈に瞼やすめる土中の蟬

腕白時代、山や川はよき友であった。とっぷり日が暮れ人の顔も見えなくなったころ家に帰ってはよく叱られた。夏、蟬の出現のころは決まってポケットに鎧をまとった蟬が動いていた。夕闇の山道で見付けた幼虫から火照った手のひらにずっしりとした量感と冷気が伝わってきた。新鮮な土の匂いが新たな命との出会いを強く印象づけた。

ポケットの幼虫は少年の寝床まで同伴した。後生大事に添い寝させられた蟬は少年が眼を覚ますともう姿を消していた。脱皮は少年の夢の中で行われ、蟬は少年の夢を育てた。

今夏もクマゼミの脱皮と出会うことができた。脱皮の場所を定めた幼虫は動かない。息を詰めて待つこと約二〇分、中胸背の中央部に細い裂け目が生じ、徐徐に生体の胸背部が出て、頭部が出て、前肢と口吻が見え、腹部の半分以上が倒垂型に宙吊りになる。やがて、白糸状の気管が切れ、尾端部だけが殻に接続し逆宙吊りのまま数分間静止する。闇に体を逆吊りし、尾端部だけで体の全重量を支えているこの瞬間こそ蟬の生誕の中で最もクライマックスであり鬼気迫る光景である。蟬の命を一瞬間に凝縮し、静止して見せる。〝永遠の今〟を顕現化して見せる。蟬の鼓動が闇の中から伝わってくる。

休止期はおよそ一〇分間。肢を固め腹力をつけ、おもむろに、闇をぐぐと引き絞るようにして起き上がり、前肢が殻の頭部を摑み、尾端部が殻から抜け、脱皮の終局を迎える。

次は羽化。翅の展張の刻、刻刻と変幻する彩色の美、乳白色からうすみどりへ、うすみどりから透明度をおびた淡青色へ、濁色から明色へ、淡から濃へ、若草色から深海色へ、軟から硬へ、羽の妙変、誰が操る羽の魔術。翅脈の流線の美しさは絶妙、まさに神業。如何なるファッションデザイナーも芸術家も頭を垂れざるをえない。羽化とは言い得て妙。

翌朝、空蟬だけが朝日に光っていた。

俳句は極めて蟬的要素を持っている。無表情に流れゆく日常のはざまで〝瞬間の美〟を、〝永遠の今〟を書くことを教えてくれる。複眼は、単眼的思考を戒める。表相でなく内実を。一〇メートルの樹木あらば地中に一〇メートルの根のあることを思うべし。樹上に鳴く蟬あらば土中の幼虫を思うべし。脱皮は、旧態の詩性からの脱皮を促し、日々新たに生きることを教えてくれる。空蟬は、生命の尊さと虚しさを教えてくれると同時に沈黙の重さを象徴する。俳句もまた沈黙に賭ける文学。――詩は感動、感動は愛、愛は生命（いのち）――。

土中の胎へ響（とよ）む末期の蟬時雨

潮騒に月脱皮して龍舌蘭

『新沖縄文学』六九号・（秋季号）所収。一九八六年九月　沖縄タイムス刊

3　風を詩語として磨く――地方の風を巡る俳句とエッセー

沖縄戦では鉄の暴風が吹き荒れ、老若男女を巻き込み、二三万余の戦死者が出た。非戦闘員の少年少女たちも鉄血勤皇隊、ひめゆり学徒隊へかり出され戦場に散った。洞窟（ガマ）では軍命が関与した凄惨な集団強制死もあった。軍国主義、皇民教育の嵐が住民を地獄へ追い込んだ。この暗黒時代の黒風を忘れてはならない。戦後七一年、いまだに遺骨収集が続き、不発弾も工事現場から顔を出す。在日米軍専用施設の七四％が沖縄に集中し、辺野古新基地工事も強行されている。沖縄には平和の風は吹かず、有刺鉄線の中の米軍基地には軍事支配のシンボルとして、星条旗が春夏秋冬、風にはためく。「季語」が無力である。

空蟬を鳴かすか洞窟（ガマ）の風ヌ根（カジニー）

風言語といえば「颱風」は外せない。沖縄は颱風の通り道である。毎年数個襲来し、戦争や軍事基地で痛めつけられている島々にさらに災禍が増す。地球温暖化によって、海水温度が上昇し、颱風が多発している。人間は人殺しのための軍事費にはお金はつぎ込むが地球破滅を食い止める地球温暖化ストップへは消極的である。国の、人間の、エゴイズムの熱風が世界を駆け巡っている。テロの火炎も歯止めがかからない。水の星、地球があえいでいる。人類は平和の火を灯せるのか。

水の星颱風眼の澄む祈り

思考は複眼的でありたい。歴史の風、時代の風を感知し、地球の風、天然の風も皮膚感覚で捉えたい。沖縄には風土性のにじむ魅力的な風言語がある。二月風廻り（ニンガチカジマーイ）（陰暦二月の海の荒れ日）・うりずん南風（ベー）（陰暦二月、三月ごろ、大地が潤い、麦の穂の出る時節に吹く南風）・夏至南風（カーチーベー）（太平洋高気圧から吹き出す南風と本州の南岸まで北上した梅雨前線に吹き込む風が加わった強い南風）・荒南風（アラハエ）（梅雨最盛期に前線上の低気圧に吹き込む強い南風）・新北風（ミーニシ）（寒露のころに沖縄地方に吹き始める北東季節風）・歳暮南風（シーブーバイ）（旧暦の正月前後に吹く南風。天候は晴れベースだが、天気が急変する。八重山地方）など。

うりずん南風（ベー）土の眼詩の眼磨かれる

逆さ吊りのズボン笛吹く夏至南風（カーチーベー）

葉も人も裏返るのみ新北風（ミーニシ）

俳句文学が自立するには「風」を季語として特化するのではなく、変幻自在な風の特質を生かし、四季の境界を超え、時空を超え、詩語として磨き、普遍化へとつなげるべきである。

風はおんな銀合歓の葉ずれの燠

南風（フェー）ヌ風（カジ）ブラックレインボーはいかがですか

総合俳誌『俳壇』六月号所収。二〇一六年　本阿弥書店発行

4　水窮まらず　――水のエッセー

へうへうとして水を味ふ　　山頭火

自由律の俳人、種田山頭火は世俗を捨て、放浪の中で水を味わったが、世俗にまみれた私には水を味わう力はない。

水を、芳醇な酒のようにじっくりと口中に含み、舌に転がし、噛むが如く、しゃぶるが如く、啜るが如く、水を賞味できれば、水にとっても本望であろう。しかし、水道水のカルキ臭い水では「味わう」という訳にはいかない。山頭火の水は「泉」の純水が相応しい。

「無源の水を尋究すれば、源窮まりて水窮まらず」という言葉がある。大河の水も源流を尋ね探求し遡れば、いずれは水源がどこから生じているかは窮めることができるであろう。しかし、その水の噴出する泉はこんこんと地表へ湧き出ていて、遂にその根源の一滴を窮めることができないのである。

大河の水もその源は一滴の水から成る。人跡未踏の山奥には泉誕生の一刻があったであろう。地表の殻を突き破って地下から噴出した原初の水。生誕の産声をあげ、大河になる輝きの一刻、一滴であったはずだ。この神聖な「水」が今日、ニンゲンの所行によって汚濁にまみれている。山林の乱開発による河川の枯渇化、赤土流出や生活排水による海川の汚染、農薬による生き物の死滅など、地球の砂漠化は進行し、地球は脱水症状を呈している。人心も潤いを欠き、テロや戦争で精神の荒廃に拍車をかけている。地球よ何処へ行くのか。「地球様、ゴリンジュウデス」と言うようなブラックユーモアは白昼夢だけにしておきたい。

指紋走る山川草木萎え臨終　　延男

水は、循環する。水（海・湖・川）は蒸発し雲になり、雨をもたらし、再び海湖川の水に還る。水は液体、蒸発すれば気体、氷結すれば固体になる。これら水の変幻が文学にとって想像性を駆り立てて魅力的である。俳聖松尾芭蕉は「松のことは松に習え」と言ったが、今や、「水のことは水に習え」というべきか。地球は水の惑星。水は地球存続の鍵、そのキーを握っているのはニンゲンである。私にとって「水」は生命を育む一滴であると同時に、永遠の謎としての泉誕生の一滴でもある。「源窮まりて水窮まらず」である。

水を搏ち水に傷つく魂込め(マブイゴ)　延男

『水浪漫』九号所収。二〇〇二年三月　沖縄建設弘済会発行

5　足裏の秋 ——四季つれづれ

私の秋、それは、触覚の秋、足裏の秋。まずは、視覚と聴覚から。

秋、ススキの穂が山野に顔を出すころ、さすがに冷気が土に戻っていて泥の足裏に秋が忍び寄っている。コオロギたちも昼の甘藷畑で鳴いている。秋の蟬、青緑色の羽根をもつオオシマゼミも「ケーンケーン」と、まるで鳥の鳴き声のように秋空に甲高く鳴いている。秋の蜻蛉、黄色の羽根のウスバキトンボも群れ飛んでいる。私の古里（石川市山城・現うるま市）では、カジフチアーケージュー（台風の時にやって来るトンボの意）と呼び、空から秋を知らせる使者であった。

私は農家で育った。幼少時代から青年期にかけて土と向きあって生きていた。毎日が畑や田圃で泥にまみれる生活であった。さながら耕馬であった。米軍の軍事演習も身近にあった（これは今も続いている）。

酷使の耕馬は寝つけず遠くに撃破音

戦後、焦土の中から、父と一緒に石だらけの荒野を開墾した。ときどき、砲弾の破片も畑から顔を出した。畑

の石は幾ら耕しても無くなることはなかった。取っても取っても次から次へと土中から湧いてくるようだった。石は、戦争の落し子のように思われた。なぜなら、時には人骨の相を帯びていたのであるから。

秋空を吸う骨相の島の石

手のひらは大地　地割れの底の海鳴り

秋、サシバの渡る季節。新北風(ミーニシ)吹く中で、石だけがやけに白く甘藷を駆逐していた。甘藷は見るからに貧相で小さく痩せこけていた。しかし、石も甘藷も共存しているのだと思えた。石も土もたしかに秋冷の中で呼吸していた。

秋、石ころの畑。アサガオに似たラッパ状の甘藷の花が一面に咲くと、何ともいえぬ幸せな気分になった。あの、ごつごつした土中の塊根、どうみてもヤナカーギー（不美人？）の甘藷が、花芯部にうす紅をおびた白色の花を咲かせるのには驚いた。甘藷の花はてらいがなく、質素で、朴訥で、飾り気のない純朴な農民を象徴しているように思えた。

甘藷の花の咲くころ、冷え冷えとした土の感触が素足の裏から伝わって来る。ツンツンと柔らかな針で刺すような感触、水気を含んだ、それでいてぬめりを感じさせない緊張感を伴った土。快感を伴った精気の通った土。水気に対して土気と名付けたいような土の氣。これは、暑い真夏にはなかった土の質感であり、春の生暖かい胎動の動きとも異なる。秋の土には、弦楽器の音色のような清澄感があった。秋の夜、茅葺きの屋根、薪の煙で煤だらけになった天井、熱いカンダバージューシィ（甘藷の葉の雑炊）をフーフーと吹き、口を尖らせながら啜った。特にあのにがみのある独特の風味はウチナーの味があった。

今日、豊富に物質が巷にあふれ、飽食の時代になった。乱開発で自然は瀕死の状況にあり、農薬で土壌も死にかかっている。沖縄とて例外ではない。環境破壊は地球規模で進行している。

花体に産毛　石は太古の蒼乳房

私の秋は足裏にある。——今、かつてのように、石や土は呼吸しているであろうか。

『南ぬ風（フェーヌカジ）』三号所収。一九九二年一〇月　トロピカルテクノセンター発行

6　白文窯ピラミッド（沖縄県大宜味村）——俳人たちの心遊ばせる場所

やけに忙しい。毎日が時間の鬼に追いかけられている。「忙」の字はリッシンベンに「亡」と書く。立心偏は心の意、即ち、「心を亡くすること」。忙はコワイ。

私は失いかけた心を取り戻すために、陶芸家田場白文氏の白文窯を訪ね、ピラミッド形の木造空間で心を遊ばせる。白文窯は沖縄本島の北部、ヤンバルと称せられる大宜味村の山中にある。時間の鬼はこの山中までは追いかけては来ない。

若夏。柔らな木々の彩り、珊瑚の花のような樹海。風は若葉や新樹たちを自在に指揮し、薫風交響曲を奏でてくれる。地の底から湧き出てくるような山の胎動感が胸を打つ。薫風は、都会の人いきれや排気ガスで汚染された肺をくすぐり、不眠の扉を開け、快眠へと誘う。雨の日は、青葉が鍵盤になりドリームの音色を奏でる。夜は星が降り、梟が啼き、牛蛙が鳴き、螢が飛び交う。

自称ピラミッドは近くの沼地に沈めてあった巨木を丸ごと柱にし、白文氏が設計し自ら建てたダイナミックな建造物。中央には囲炉裏の火が燃え、青磁や素焼きの壺、碗や皿たちが見知らぬ客たちを温かく迎えてくれる。人は囲炉裏の前に座り、火と向かい合い、火に魅入られる。火は心を癒し、濁った心を浄化してくれる。火は寡黙であり、多弁である。ピラミッド空間では時間が停止しているような錯覚を覚え、不純物を取り除く心の濾過

作用が働く。肉眼では見えなかった世界が少しずつ透視して見えてくるような不可思議な魂空間である。ピラミッドにはさまざまな人たちが現れ、心のゴミを吐き出して行く。学級崩壊やいじめ、少年事件で疲れ果てた教師や医師、汚濁にまみれた政治家、心に病をもった老若男女……。沖縄版駆け込み寺である。

天然記念物のヤンバルクイナやノグチゲラ、猛毒のハブも近くに棲む。放し飼いの鶏や大勢の猫たちが同居しゴキブリたちも住人のひとりである。この空間に、心のゴミを拾い、世俗の真偽を鮮やかに捌いてみせる目利きの達人がいる。眼は、水のように澄み、火のように燃え、遠方に在る巨木の波動を感知でき、不可視の世界を透視できる人、田場白文氏は木の精（キジムナー）的ヒト科といえようか。

登り窯の火は千変万化の窯変美を奏でる。一〇〇〇度を超す火勢は炎の坩堝でありながら、奇妙に静謐感を保って、窯中の壺たちを抱き、育む。ここにはすべての芸術に通じる独創美の誕生がある。私にとってこの場所は、己の惰性を撃ち、芸術とは何か、俳句の原点とは何かを問う場所である。俳句の魅力はものの本質を摑み、美の核を創造すること。この場所、この人に、励まされている。

開発や都会化の波はヤンバルの山中まで押し寄せている。心よりは物を優先させる競争社会においては人心の荒廃に歯止めがかからないであろう。さて、どこまで、この荒廃の荒波に抗し、癒しの場であり続けることができるであろうか。杞憂であることを願おう。「空が落ちること」はあるまい、と。

作品三句

火の笑い火の黙天地の胎の窯

真実　真っ逆さまに落ちる雨だ

滝はわが背びれ星雲湧きたたす

総合俳誌『俳壇』八月号所収。二〇〇一年八月。本阿弥書店発行

7　戦後六八年目の記憶〈沖縄〉――鎮魂

沖縄戦は老若男女を巻き込み、二三万余の戦死者を出した。本土決戦を引き延ばす為に沖縄は捨て石にされ、阿鼻叫喚の地獄の炎に襲われた。日本兵は、洞窟（ガマ）（避難壕）にいる避難民を洞窟（ガマ）から追い出し、食糧を取り上げ、泣く子を毒薬で始末した。方言を使う沖縄人をスパイの汚名をきせ処刑した。また、手榴弾を持たせて集団自死を強要した。米軍は火炎放射器や爆雷などで洞窟（ガマ）を火だるまにした。洞窟（ガマ）は沖縄戦の地獄を象徴している。

「戦後六八年」という言葉に違和感がある。沖縄に「戦後」はあったのか。一九四五年四月五日、「ニミッツ布告」が発令され日本の施政権が停止。日本復帰した一九七二年五月一五日までの二七年間は米軍統治下に置かれ、土地は強奪され、人権は無視された。一九五二年四月二八日、「サンフランシスコ講和条約」発効。日本はこの日を「主権回復」の日としたが、沖縄・奄美・小笠原諸島は主権を切り捨てられ米軍支配下に置かれた。他国に弱者の権利をゆだね、主権回復とは如何に？　今日も続く対米従属の姿勢は主権国家が泣いているのではないか。沖縄には在日米軍専用施設が七四％も犇めいている。軍飛行場は他国侵略の爆撃機の発進基地になり、日本は戦争の片棒を担いでいる。沖縄は六八年間、戦争の影に怯え、平和が侵害され、人間としての尊厳が踏みにじられてきた。美しい日本に住んでいるというよりは、醜い国に住んでいるという方が感覚的には近い。

蝶道が弾道と化し虹の骨
百合の首刎ねブラックホールへきえた鎌月
洞窟（ガマ）に心音しずくの頭砕かれる
洞窟（ガマ）の眼窩に青空を点眼する
蟬殻の背から火を噴く慰霊の日

総合俳誌『俳壇』八月号所収。二〇一三年八月。本阿弥書店発行

俳句で巡る日本の世界文化遺産〈沖縄県〉

8　琉球王国のグスク及び関連遺産群

◆琉球王国のグスク及び関連遺産群　平成十二（二〇〇〇）年登録
〔登録理由概要〕建造物や庭園が、中国・東アジアの影響下に形成された、琉球王国独自の文化を体現。城塞の考古学的価値が高く、今なお市民の精神的な拠り所となっている。（編集部）

艦砲穴の蝌蚪

二〇〇〇年、「琉球王国のグスク及び関連遺産群」が世界遺産に登録された。

一四二九年、尚巴志が三山を統一し、「琉球王国」を築き、東南アジア・中国・韓国・日本と交易し繁栄した。

一八七九年（尚泰王の代）、明治政府から派遣された薩摩軍の武力侵攻によって「琉球処分」され、廃藩置県になり、四五〇年間続いた琉球王国は滅んだ。

「グスク」とは「城」を指すが、「城」としての建造物は現存せず、登録されたのは「城跡」である。遺産登録はグスクや史跡を生み出した独自の歴史と文化、「御嶽」（拝所）を生み出した天然への畏敬、祖先崇拝的な精神性が背景にある。グスク群は、今帰仁城跡（今帰仁村）・座喜味城跡（読谷村）・勝連城跡（うるま市）・中城城跡（中城村）・首里城跡（那覇市）の五つ。城壁は主に琉球石灰岩により造営され、曲面を多用した琉球独特の美しい建造である。「座喜味城跡」は沖縄戦では日本軍の高射砲陣地にされ、戦後は米軍基地になった。頂部の一の郭の城壁からは米軍が沖縄本島に上陸した読谷海岸が遠望できる。

「関連遺産群」の史跡は四つ。「園比屋武御嶽石門」は首里城の守礼門近くにある御嶽。「玉陵」は王統歴代の墓陵。「識名園」は中国の使者冊封使を歓待した庭園。「斎場御嶽」は知念半島の台地にある琉球国随一の聖地。神の島久高島が遥拝でき、王国の女官の最高位、聞得大君の就任儀式の場であった。この御嶽も沖縄戦で艦砲射撃を受け、艦砲穴には「艦砲の喰い残し」のオタマジャクシが泳いでいた。〈艦砲穴島の精子の蝌蚪泳ぐ〉延男

作品七句

御嶽（ウタキ）の空に穴あけ蝸牛の祈り
金環食御嶽（ウタキ）の髑髏を解く気根
渚のような木洩れ日を行く斎場御嶽（セーファウタキ）
落城壁大蛇のうねり銀河のたばしり
月光の膜脱ぐ亀甲乱れ積み
あけもどろ地衣のうめきを聴く香炉
太陽の穴（ティダガアナ）から火だるま蘇鉄甦る

総合俳誌『俳壇』十一月号所収。二〇二一年十一月。本阿弥書店

9　二つの影の狭間で　――アジアの戦争被災地訪問交流

〈旅程〉　一九九五年七月二七日～八月三日

機不可失（ジーブーフォーシー）――好機は逃がすべからず。観光コースでは行けない戦争被災地交流と平和教育の指針を探るチャンス。しかし、戦争の重い影を背負った旅立ちであった。

旅立ちの前日、中国による台湾近海でのミサイル発射演習が報じられた（さらに、帰国後、中国の地下核実験の報）。これは、今日的な影。過去と現在、二つの影の狭間でわたしの心は揺れている。七月二九日（土）、北京の朝は煙っていた。街路樹の槐（えんじゅ）が霧雨に濡れている。ふと、王維の漢詩「送元二使安西」（元二の安西に使ひするを送る）が浮かぶ。

渭城の朝雨軽塵を浥す(うるお)
客車青青柳色新たなり　（以下省略）

最初の見学地、盧溝橋（修復）も煙っている。かつてマルコポーロも橋の美しさを絶賛したとか。橋は霞み、視界がおぼろ、霧雨か、否、煙雨というべきか。なだらかな曲線を描く石橋をゆっくりと歩を進める。足音は反響せず、煙雨の橋底へ籠もる。

五八年前の一九三七年（昭和十二年）七月八日早朝、盧溝橋事件が勃発。日中戦争、突入の現場。石橋の欄干には二二三の石刻の獅子像が並ぶ。沖縄の唐獅子(シーサー)を彷彿させる面構え。戦火の歴史を見てきたであろう獅子たちは、今、煙雨の中で何を考えているであろうか。橋の下の永定河は涸れ、石ころと雑草の茂る河原へと変じている。戦後五〇年、〝涸れた河〟は戦争責任を不問にしたままの日本の枯渇した心象を象徴しているようにわたしには見えた。

「中国人民抗日戦争紀念館」は盧溝橋の近く。館長と交流後に、紀念館（記念館ではない）を見学。壁面の大文字「日本侵華　一九三一～一九四五」の文字が目に痛い。

三一日（月）、午前。故宮（紫禁城）見学。スケールの大きさに圧倒される（首里城は箱庭か）。天井近くの壁面に「仁涵芝草」（小も大も仁で包みこむ）の額文字、中国人は懐が深い。沖縄の「イチャリバ、チョーデー」（出会えばみんな兄弟である）に通ずる言葉ではないか。

午後、北京から南京へ。「侵華日軍南京大虐殺遭難同胞紀念館」（壁面には「虐殺」の文字が「屠殺」に書き変えられている）で二名の証言を聞く。生々しい証言。無差別の虐殺、生き埋め、生首を晒す……証人の体に数箇所の銃剣の傷痕。紀念館には虐殺写真。目隠しされた捕虜を銃剣で刺している日本兵、地面に並べられた生首、子供たちの大量虐殺現場、そして、驚くべき当時の日本版の新聞。「百人斬りの超記録、向井一〇六――野田一〇五、両少尉さらに延長戦」の見出し。軍国主義・皇民化教育の恐ろしさよ。この事実、この蛮行、日本人は鬼より怖いと言われる所以。
紀念館にあった八文字を肝に銘じて筆を擱く。
「前事不忘、后事之師」（前の事を忘れることなく、後の事の師とする）。

生き埋めの髪が這いでる南京極暑　延男

「アジアの戦争被災地訪問交流」（参加者レポート）一九九五年七月二七日〜八月三日。沖縄県高等学校・障害児学校教職員組合主催。

10　記憶の声　未来への目――私的俳句原風景（上）

戦後六〇年

今年は戦後六〇年の節目の年だという。果たして沖縄に「戦後」はあったのだろうか。アメリカの異民族支配下の二七年間は司法、立法、行政の三権が完全に奪われた植民地ではなかったのか。一九七二年の「復帰」も「無条件全面返還」ではなく、軍事基地を丸ごと担がされた返還だった。沖縄には未だに山野や洞窟（ガマ）に埋もれた遺骨の収集が続いている。工事現場からも時々遺骨や不発弾が顔を出す。地上戦のあった沖縄戦の阿鼻叫喚の惨禍は六〇年後の今も消えてはいない。この地底に眠る骨たちの記憶の声に耳を塞いでいる者が戦争を起こすのである。

ベトナム戦争、湾岸戦争、アフガン戦争、イラク戦争、それぞれの戦況で発進基地であった沖縄、「戦後」という言葉は偽平和でカムフラージュされているだけではないのか。

私が生まれたのは一九四一年（昭和一六）二月。奇しくもこの年この月に、「俳句弾圧」（第二次）事件が起き、東京三（秋元不死男）・嶋田青峰・細谷源二・橋本夢道・栗林一石路ら十一名が悪名高い「治安維持法」（大正一四年成立）で逮捕されている。前年の第一次逮捕の理由によれば、俳誌（『京大俳句』）が志向した「結社の自由」が親米英、「無季俳句の是認」が伝統破壊、というものであったからあきれる。国家権力の魔の手は地方の鹿児島にまで及んでいたという。かくて、暗黒時代は戦争の道へと突き進んでいった。時代の「闇」は最短詩型の俳句にまで及んでいたことに戦慄を覚える。

無意識裏に聴いた骨の声

私的に、俳句原風景を辿る。

一九五〇年代前半。小学校五・六年のころ。沖縄はスクラップブームに沸いていた。眼前の金属物がいつの間にかスクラップ化され、ハゲタカが襲ったあとのように金属類が消えた。畑に埋めてある肥桶（こえおけ）用のドラム缶までターゲットにされたのには驚いた。当時、我が家では便所の「糞運び」は私の役回りだった。ドラム缶を埋め込んで作られたポットン便所は蛆が山をなして湧いていた。どす黒い糞の表面が白い蛆でびっしりと覆われ蠢いている姿に奇妙な感動を覚えた。後に「醜の中に美あり」という芸術の観点があることを知り、自己合点した。

畑は石ころだらけで痩せていた。甘藷掘りをしても出てくるのは甘藷より石の方が多かった。時に石に混じって骨も出てきた。戦争の惨禍は身近にあり、骨の声を無意識裏に聴いていたように思う。

私は自然の中の生き物たちの声を聴いて育った。水中から釣り上げられた鮒は異界の空中で悲鳴をあげていた。木を倒せば切り株に脂が滲み、木たちの涙に見えた。ガジュマルは白い血を噴出して泣いていた。鎌で刈り取った草にも血の流れを意識した。真夏の蟬時雨の季節。刈り取られた青い草たちが次第に萎えていく。人間の体内から血が抜かれ、蒼白化して行くように。脱力感と眩暈。

蟬時雨血がひいていく草の束

「俳句は見えないものを視る。聞こえないものを聴く」ことができなければ句は痩せるであろう。少年期にものの本質に迫る俳句の眼と耳を育てていたのは僥倖であった。

芭蕉の一句に震える

一九五七年、高校二年（石川高校）。人生の転機が訪れる。松尾芭蕉の狂気と覚悟の一句に震えた。

野ざらしを心に風の沁む身かな

「野ざらし」とは「しゃれこうべ」の意。「俺も俳句に命を賭けよう」と誓い、この時、俳号を「野ざらし延男」とした。

世は島ぐるみ土地闘争の時代であった。「四原則貫徹住民大会」が開かれていたが、この政治潮流とは別のところで私は苦悶していた。孤独感に打ちひしがれ、人生の疑惑ばかりが渦巻き、生きる術を失い、自殺寸前に追い込まれていた。しかし、芭蕉の一句に出会い悶々とした糸が吹っ切れた。生き方が変わった。土砂降りの中をどぶ鼠になって歩いた。なぜ、「雨とは何か」を問うために。土を口に含んだ。なぜ、「土とは何か」を問うために。ものの核心にふれようと懸命であった。

一九六〇年。一九歳。石川の片田舎（山城部落）から那覇の桜坂で行われている沖縄俳句会へ恐る恐る顔を出した。沖縄の俳句界の大先輩たちが高点句を競っていた。句会作品は季語一辺倒で批評精神の欠落した風流なお付き合い俳句に見えた。私が求めていた芸術性を追究した俳句ではなかった。私は失望した。

日本の俳壇は昭和二〇年代後半に社会性俳句が台頭、三〇年代には前衛俳句運動が大きなうねりになっていた。しかし、沖縄では旧態依然とした有季定型の伝統俳句が幅をきかせていた。この流れは今も続いているが……。

11 記憶の声 未来への目 ——私的俳句原風景（下）

全国俳句大会の開催

沖縄の若手が結集し俳句同人誌『無冠』（延男代表）を創刊（一九六四年七月）した。閉塞状況の沖縄の俳句界に風穴を開けるためであった。『無冠』結成記念として「俳句研究創刊三〇周年記念沖縄俳句大会」（六三年十二月二三日・那覇市民集会所）を開催した。沖縄で初めての全国俳句大会である。県外の選者には秋元不死男・赤尾兜子・榎本冬一郎・金子兜太・角川源義・楠本憲吉・野沢節子・野見山朱鳥・堀井春一郎・益田清・横山白虹・和知喜八ら錚々たるメンバーが名を連ねていた。大会では新屋敷幸繁・亀川正東・矢野野暮・中島蕉園・楠本憲吉（録音テープ講演）の五氏による異例のロングラン講演。沖縄の俳句史に残る一大俳句大会は総合俳誌『俳句研究』（六四年三月号・東京）のグラビアを飾った。

このころから、私の脳裏には沖縄の俳句を集大成した学術的評価に耐えられる書籍の必要性を感じていた。誰かがやらねばならぬ仕事である。密かに資料収集を開始した。

歴史の眼

一九八〇年『沖縄俳句総集』を自費出版。明治の後期から一九八〇年代までの約百年間の資料収集に精魂を傾け、沖縄初の『沖縄俳句年表』も作成した。資料は沖縄戦で散逸、焼滅している。ゼロからの出発だったから刊行までに二〇年の歳月を費やした。無理が祟って椎間板ヘルニアを罹患した。また、地元の某俳句協会（伝統俳句派）からの出版つぶしの弾圧があり、苦闘の末の発刊であった。編集作業から見えてきたのが歴史の眼。五〇年、百年のスパーンで鳥瞰すると時代の真実に迫っている作品と時代状況に流されている作品との区別がはっきり見えてきた。

伝統派と論争

私は、同人誌『無冠』発刊を契機にして社会的発言を強めていた。『あすに生きる俳句のための考察――現代俳句の姿勢と沖縄』(沖縄タイムス・六五年一〇月)、『沖縄の現実――軍事基地の苦悩とその俳句』(『九州俳句』三号・六六年四月)、「俳句は風流の道具か」(琉球新報・六七年五月)、「現代俳句はどうあるべきか」(新報・六七年八月)「現代俳句と沖縄の趨勢」(俳誌『祝祭』三号・六八年三月・福岡)など。伝統俳句派の長老安島涼人氏と紙上で論争をしたのもこのころである。「明日に生きる俳句とは」「文学とは何か」の本質論を問うたのに対して、涼人氏は「人成って句成る」と道徳論で応戦した。

本土化に抵抗

一九六〇年代後半、基地街のコザに住んでいた。米兵が黒人街と白人街に別々に住み分けていた。ベトナム戦争で気が荒れた兵士たちはよく暴動を起こしていた。

黒人街狂女が曳きずる半死の亀

六七年。第一句集『地球の自転』を出版。

コロコロと腹虫の哭く地球の自転

七二年、日本復帰。物価が高騰し、本土資本が沖縄を食い荒らした。

島売られる螢皓々目に刺さり

長いものに巻かれる生き方、寄らば大樹の陰の思考が跋扈した。地元政党の九割は本土政党へ収斂され、俳句界にもこの波が押し寄せて「沖縄支部」になったのには驚いた。私は逆の立場を鮮明にした。中央に靡くのではなく沖縄独自の活動をすることが新しい俳句の道を切り拓いていく。ヤマトに同化すれば自分を見失うことになる。その後、俳句同人誌「天荒」を拠点に活動している。

指紋の溝から出血始まる拒否の旅

病いは俳句を鍛える鞭

私の戦後六〇年は闘病史であり、病気が俳句原風景でもあった。

六九年、腎臓病で入院。血尿と蛋白尿で苦しんだ。復帰闘争と職場の労働組合闘争（市立・中央高等学校）で明け暮れていた。

地のかけら初日のかけら血尿道

黒板は悲しい突端　行き倒れ

火の粉浴びわれら向日葵の黒種吐く

八五年。有疼性眼筋麻痺症を罹患。眼が疼き、複視。階段も地面も揺れた。薬害により流涙症を併発。涙腺の切開手術を何度もした。

麻痺つづく裸眼に近づく火星食

八七年。書痙（しょけい）。医師は「典型的な書痙です。字を書かないことです」と言った。右手が駄目なら左手がある。左手で起筆する訓練を開始した。

蟻ら蛆ら鉄粉のごと走る書痙

八八年。耳疾（混合性難聴）により真珠腫除去手術（北里大学病院）。血の池耳を抱えた一ヶ月の入院生活。退院後も耳鳴りに悩まされた。

鼓膜の海に弦張る初日病歴断つ

病いは俳句を鍛える鞭であった。世界最短詩型の五七五の俳句は一本の棒であり、鞭である、との想いも深まった。この俳句棒を武器にして人生の闇を切り拓いていけそうに思った。血の流れてない棒に、生命を吹き込み、血管として蘇生できれば……。

独創こそ芸術の原点

九四年。第四句集『天蛇（ティンバウ）——宮古島』を発刊。

ふふっと海ひゅっと月どどっと家郷

夕日ぐぐ満月くくく百合よ鳴れ

俳句は「肉を断ち骨を残す」文学である。言葉の贅肉をそぎ落とし核になる骨だけで表現する詩型である。私にとっての未来への眼はこれらの句の延長線上にある。独創こそ芸術の原点である。挑戦は続く。

飽食の百句ころがるはははは刃

時代は「有事」へと進みつつある。だからこそ、時代の闇を透視する眼力や言葉の根源に迫る俳句表現が必要である。「はははは」と笑いながらも最後の一語の「刃」が私の胸を刺す。

桜滅ぶさてどの闇から身を抜くか

「沖縄タイムス」二〇〇五年一月二五日（上）・二六日（下）。

12　美らしま・清らぢむ／「沖縄の心」見つけた ――山城部落・詩心を育てたふるさと

私のふるさとは「ヤマグスク茶」の産地として知られる山城部落（元・石川市）である。共同体意識の強い古層の漂う村落で、沖縄戦では戦場となり多くの戦死者がでた。

戦後、血を吐くような窮乏生活が続き、戦争の黒い影はいつまでも消えなかった。耕作している荒地からは白骨や不発弾が出てきた（この時、既に非戦の心が育っていたか）。食糧難を象徴する「ソテツ地獄」も体験した。常食の甘藷はヒリムサーンム（虫喰イモ）ばかり、体中がイモの臭いに満ちていた。我が家は毎日が貧乏風（ヒンスー）が吹き荒れ、父は殺気立ち、丸太や鎌や鉈を投げつけた。父は私の俳句帳まで焼いた。貧すれば鈍す、チムシカラーサン（心さびしい）生活を送っていた。

父は私にとって反面教師であった。父との確執は田舎特有の因襲やユタやどろどろした人間関係と無縁ではなかった。ヤマト嫁（母）への白眼視や方言が話せないことへの逆差別が家族全体を覆い、孤立していた。

父は、孫が生まれ、生活が安定してくると徐々に柔和な人間になり、「チムジュラサン」（心やさしい）や「清らぢむ」のある好々爺に変身した。ウブガー（産井）からの水汲みは子どもたちには重労働だった。一斗缶を左右に下げて天秤棒で担ぐ。時々、足がもつれてキッチャキ（けつまずく）する。転べば汲んだ水がおじゃんになる。裸足だから生爪も剝ぐ。ナチンナカラン（泣くに泣けない）事態となる。一斗缶が新品の時はまだよい。古くなるとワラビヌシーバイ（童の小便）みたいに横穴からシューシューと水が噴き出し、家に着くまでに半減している。水甕を満たすために何回も往復する。やがて、ヒト科の足は二本の棒になっていた。

ウブガーは戦後の窮乏時代から村人の生命と生活を支えた湧泉である。今もガジュマルの多根に抱かれるように原形をとどめ、「源遠流長」（源遠ければ流れ長く、水の尽きることはない）の文字の刻まれた霊石に見守られ、水は涸れてはいない。夏にはガジュマルに共生しているサクラランが咲いている。

川は人間と共生していた。鮒釣りは日課、特に、熱冷ましのターイユシンジ（鮒汁）は喜ばれた。台風後の濁流には大物が釣れた。沢蟹は生きたまま口に入れた（大宜味村に棲む妖怪ブナガヤの縁者だったか）。大きなガサミ（蟹）や鰻の捕獲は、生きた蛙を竹の先端に結び、獲物の棲む横穴に差込み、ゆっくりと誘い出す。海老は生イモを齧って川に投げれば石の底から顔を出す。これらの生き物は村落を流れる天願川の下流に棲んでいた。上流にはシーバンジャー滝があった。今は山城ダム（天願ダム）の中に没している。ある時、滝の崖上から滝壺目がけて真っ逆さまに飛び込むイジグヮースウブ（度胸勝負）をした。落下の途中で体をねじった。次の瞬間、鉄板みたいな水面に腹面をしたたかに打ちハラワタが裂けたかと思った。暫くは水中で動けず呻いていた。

現在、この川はダムで堰き止められ、川の形態はない。昔日は女性たちには洗濯場、野良帰りの人には水浴の場、子どもたちには水中鬼ごっこの場であった。夜には蛍が舞い、川岸には妖艶な沢藤（サガリバナ）の花が咲いた。今はウブガー通りにサガリバナ並木ができている。ダムは「水がめ」にはなったが私の詩心を育てたふるさとの川を消し、「美らしま」を消した。清流が消え、生物が消え、人間の憩いの場も消えた。命がけで挑戦し、子どもたちを鼓舞したシーバンジャー滝はダム底で呻いているであろう。ダムはフェンスで囲まれ、人間との共生を拒み、「立入禁止」の札がチムシカラーサン。荒地での農耕、谷底での田打ちや稲作、倒木や薪割りの山仕事、家畜の草刈、茶山の作業、日雇夫の労務など、毎日、鼻血を出しながらも耕馬のように働き、土の匂いが体に染み、土と共生していた。

さて、沖縄の心とは何か。「非戦の心、共生の心、チムジュラサン」の三心。一つ加えることを許されるなら「チャーガラナイサ。ナンクルナイサ」（どうにかなるさ）のおおらかな精神を挙げる。

最後に一句。

火の粉浴びわれら向日葵の黒種吐く

「琉球新報」二〇〇五年七月一三日

13　私の師——俳句に命を賭ける／偉ぶらない庶民派学者／時代の旗手と出会う

少年期。人界に師なく、自然に師あり。

勉強嫌いで遊び好きな少年にとって山や川が師であった。少年の夢を育ててくれた天然に感謝しなければならない。山には折々の季節に木の実が色づき、少年を迎えてくれた。ホウロクイチゴ・クービ（ツルグミ）・マーチムム（ヤマモモ）・ギーマ・サーターグヮンナイ（天人花の実）など晩春から晩夏にかけて、小さい木の実たちが、少年の心で色づき、光沢を放ち、鈴なりになり、心琴を鳴らしていた。山々の緑光と緑風の中で少年の瞳は輝き、胸は震えていた。

魚は俳句の師

川は多くの生き物たちを育てていた。フナ・トウギョ・メダカ・カニ・ウナギ・タニシなど、みんな少年の友であった。

フナ釣り。あの、釣り上げる瞬間のときめき、しびれるような快感。しかし、何よりも少年を驚愕させたのは、水中から異界の陸にあげられた魚が土の上で、激しく、銀鱗の肢体を跳ねていたことである。体の数十倍は有に跳ねていたあの驚異のバネ、地を激しく叱咤（しった）するようなのたうち、土や草に光るはげた鱗（うろこ）、少年は「魚の悲鳴」を聴いていた。

異界に放り投げられた魚のあの惨苦は、人間でいえば火中に投げ込まれたときに匹敵しようか。詩心（句心）には「聴こえない声を聴く」ことが肝要である。まさしく少年は心耳で魚の悲鳴を聴いていたように思う。少年は生き物の生と死に立ち会っていた。魚は俳句の師であったかもしれない。

さて、話は生臭い人間界に移る。

生家は農家。ヤギやウサギの草刈り。田畑の耕作。山からの原木の伐採と運搬。人肥運び。基地バラセンを越えてのヤッキョー拾い。少年には荷の重い仕事が多かった。

炎天の鍬振る一代のみの土地

やがて、少年は高校時代を迎え、自我に目覚めていく。塗炭の苦しみの戦後の窮乏生活が続く。父は貧乏の中で自暴自棄になり酒を食らい、母を苦しめていた。父への反感。加えて、田舎の持つ閉鎖的な封建性が私の前途を暗澹たるものにした。大人への不信感と人生への懐疑が渦巻き、厭世思想、自殺願望…。暗転。後に父や田舎の封建性への反発は反面教師として私の人生に役立っている。

芭蕉との出合いが転機

「人間いかに生きるべきか」という命題に直面していた私は学校教育や教師への反発も強め、授業ボイコットもした。親や教師からは始末に負えない問題児であったことは疑いない。そんな折、一大転機を迎えた。松尾芭蕉の一句に心震えたのである。「野ざらし紀行」の中の一句。

野ざらしを心に風の沁む身かな

野ざらし（しゃれこうべ）になってもなお生きようとする芭蕉に共鳴弦が激しく鳴った。芭蕉の覚悟と狂気が枯渇した心に滲みた。「よし、俺も俳句に命を賭けよう」と覚悟を決め、「野ざらし延男」を俳号とした。一九五七年・石川高校二年のときである。芭蕉なくして私の人生は語れない。

それからの野ざらし少年の生き方は一変する。付和雷同せず他者に紛れず己の道を歩む。友人や世間の白眼視に耐え、ひたすら俳句の道を求道する。例えば、土砂降りの中を長時間ずぶ濡れになってドブネズミのように歩く。「なぜ？」、「雨とは何か、雨音とは何か」を問うために。土を食べた（正確には、口に含んだ）。「なぜ？」「土とは何か・土の味とは何か」を問うために。

物の本質を究めるために奇行を繰り返した。友は変人と呼び、狂人と呼んだ。野ざらし少年の雑記帳には毎日二〇句以上の俳句がびっしりと書き込まれ、歳時記を食べていた。高校時代の句。

疑惑なお深む鼠骸にたかる蟻

高校卒業後も土との生活。酒も食らった。所詮は浅学非才、厳しい世の中を渡っていけるはずがない。一九六一年。国際大学短大部国文科（後に四年制へ昇格・編入）の夜間の門をたたくことになる。

偉ぶらない庶民派学者

封建的な田舎の空気に辟易（へきえき）していた私にとって大学は若竹のように新鮮であった。昼間は炎天下の農作業、夜間は学生。学問の灯が心の灯になった。私は大学で三本の名木に出会った（樹は時間的にも空間的にもはるかに人間をしのいだ存在である）。

新屋敷幸繁先生（故人）。国文科教授。後に沖縄大学学長。詩人・歴史学者・漢学者・民話作家。博学、大陸的で気宇壮大の士、無類の話し好き。反骨の士、常に反権力の視座を忘れない。七〇歳を過ぎても遠泳に挑戦する頑強な人、豪傑であった。晩年は「天根杖」と称する杖を愛用しておられた。地に根差す杖ではなく天に根差す杖と名付けたあたり幸繁流の人生哲学が脈打っていた。

第一句集『地球の自転』（一九六七年）で跋文を書いて頂いた。後に学友・照子（旧姓・新垣）と結婚の折の月下氷人である。先生はガジュマルであった。大地に多根、空をはう冠の多枝。村人が集い、子供らは枝にまたがり夢を食べていた。

追悼句。

あけもどろの島まんがたみ[*]巨星墜つ

（＊まんがたみ＝背負い込む）

長浜真徳先生（故人）。国際大学学長・国際大学理事長・長浜病院院長の三足のわらじをはいておられた。偉ぶるところがなく庶民肌の学者であった。句集『地球の自転』の紹介記事が朝日新聞に載ったとき、真っ先に喜んでくださったのが先生であった。のちに「野ざらし君、大学院へ行きなさい。君の力は私が保証する」といって激励してくださった。私もその気になっていた矢先に腎臓病で倒れた。その後も幾つかの病魔と闘う羽目になりとうとう望みは果たせなかった。先生は沖縄が復帰闘争の最中に逝かれた。先生は松であった。春は松蟬を遊ばせ、夏は南風を呼び、松籟（しょうらい）の風韻を奏で、緑陰を作る。冬は寒風の中でも常緑樹としての緑光を失うことがなかった。

追悼句。

かなしみを指にあつめて果肉剝く

慈愛込もる激励に感謝

宮城清吉先生。国文科教授・書家。飄然（ひょうぜん）として重厚。温和にして辛らつ。私の教え子たちが全国俳句大会で入賞の新聞記事が載る度に必ず電話をかけて激励くださる。

「延男君、一人の人間でこれだけの俳句の種をまいて、全国レベルに押し上げるのは大したものだ。…ところで、奥さんは元気かね」。

病弱な私のそばで苦労している妻もまた先生の教え子なのである。さすが慈愛の人の激励である。先生は木麻（モクマ）黄（オウ）である。背筋を伸ばし、天へ高く伸びている緑樹。空では風を友とす。されど防風林。さりげなく外圧を防ぐクッションの役割を果たし、暴風雨の被害を最小限に防ぐ。

時代の旗手に会う

金子兜太先生。俳句の師。俳誌『海程』主宰・現代俳句協会会長。句集『地球の自転』出版に際し、序文を戴いた。当時の私は二六歳、全く無名の青二歳。よくぞ書いてくださった。そのころ、社会性俳句の中核として活躍、後に前衛俳句の先頭に立って「造形俳句六章」を発表――。俳句の初学時代に先生のような時代の旗手に巡り会えたのは僥倖（ぎょうこう）であった。私が伝統俳句に飽き足らず無季俳句も取り込んで実践していく方向性はこのとき確立されたように思う。

井沢唯夫氏（故人）。拙書『沖縄俳句総集』の編集発刊時には大いに鼓舞された。沖縄を題材にした句集『紅型』で現代俳句協会賞を受賞した氏は沖縄の俳句の大先輩として大いに啓発され刺激を受けた。**矢野野暮氏**（故人）。初代「タイムス俳壇」選者。戦後の沖縄俳壇のリーダーの一人。**中島蕉園氏**（故人）。歴史家・沖縄における口語俳句の牽引者。矢野、中島両者の俳句の指向は別々の方向を向いていたが共に示唆的であった。**大城立裕氏**。文学の分野は異なるが、沖縄の文学の先達として、野ざらし俳句への励まし、頭が下がる。**喜屋武真栄先生**。参議院議員。沖縄教職員会長時代から今日に至るまで、超多忙の中を激励してくださる。政治家には珍しい誠実な人。**山内徳信氏**。読谷村長。沖縄が異民族支配下の時代、日教組全国教研集会（新潟）に共に参加。政治的フィールドを超えて人間的共感のある人。**山城正雄氏**、日の出鉄工所社長。詩吟会会長・親せき縁者の中のよき理解者。多くの師との巡り会い。深謝。

これからは友人が師であり、教え子が師になるはずである。

「琉球新報」一九九二年一〇月二一日（上）・二二日（下）

14　わたしのバクさん――天国への電子メール

天国のウチナーンチュのみなさん。夢を食べている貘さん。「ミナゲンキ」でしょうか。

「弾を浴びた島」のウチナー。「ウチナーグチマディン　ムル　イクサニ　サッタルバスィ」と問われ、「座布団」に座ってその答えを探しても「住み馴れぬ世界がさびしい」ばかりなのです。

今や「チムグクルマディン　サッタルバスィ」と言われそうなキチの島オキナワです。キチキチキチと奇妙な擬音を鳴らす黒バッタや怪鳥が飛んできて紙爆弾や甘いタマを浴びせるのです。紙やあめ玉に群がるのは紙魚(しみ)や蟻(あり)だけではなかった。ソーキ骨までしゃぶられたウチナーンチュに向かって、「ガンジューイ」と言うわけにはいかないのです。

日の丸君が代や住基ネットや有事関連法やヌーヤークーヤー、タックァチ、イクサ道へ突き進むニッポン国。基地はウチナービケーンにマンガタミさせ、アンポの落とし穴にはめ込み、平和や自由や人権を奪っているのです。「悪夢はバクに食わせろ」と言うわけにはいかなくなっているのです。

ハイジンの端くれの私は廃人でもあるのですが、「ぱあではないかとぼくのことを／こともあろうに精神科の／著名なある医学博士が言ったとか」。同病相憐(あわ)れむですか。一編の詩を書くのに百枚も二百枚も原稿用紙を屑(くず)にする錬磨の精神には敬服します。

私の句は駄作のオンパレードで、一句入魂なんて格好いいことを言ってはみたのですが、所詮(しょせん)、歴史の闇のゴミ箱に捨てられるはめになるのです。だから推敲(すいこう)の鬼になって貘さんと「ひそかな対決」をしてみたいと夢見ている愚か者なのです。

ココデ一句。

飽食の百句ころがるはははは刃

「ははは」と笑われているのは私。笑いの最後の八音の刃の切っ先が私の詩魂を刺すのです。「ずっとむこう」の国から「土の世界をはるかにみおろしている」獏さん。無礼な「会話」や「手紙」をお許し下さい。しばらくは「天から降りて来た言葉」を探ろうと想(おも)ってはいるのです。

「沖縄タイムス」二〇〇三年六月二〇日

15 古典と私——清少納言「枕草子」/観察眼が効いて簡潔

清少納言の「枕草子」の第一段「春はあけぼの」と対話してみたいと思う。

「をかし」という言葉に最初に出合ったとき、「へぇー、なんでオカシイのだろう?」と疑問に思った。オカシナ話。

「をかし」は平安時代の重要な美意識、両義ある。一つは、ある事物に対してそれを積極的に評価し賞美する。「愉快だ・おもしろい・風情がある・みごとだ」などと訳される。あと一つは、対象をあやしみ、嘲笑すること。「こっけいだ・笑うべきである」などと訳される。

春。「春はあけぼの。やうやう白くなりゆく、山ぎは少しあかりて、紫たちたる雲の細くたなびきたる」。美の対象は流動と彩色。夜明けの山際の微妙な時間の流動、白と赤と紫の彩色、観察眼が効いていて簡潔、俳句的。ただし、これを俳句化しようとすると「春暁や」の五音でかたづけることになろう。なまじ〈春暁や紫雲たなびく山のきは〉などとやるとサービス過剰型の句に堕する。また、平安時代の美意識の常識からすれば、春の賞美は「春宵・春夜」であったはずで、その点、独自の視点からとらえた春があり、をかし(みごと)といえる。

ウチナーンチュならば、「あけぼの」の言葉から思い出す言語、「あけもどろ」がある。「天にとよむ大ぬし／あけもどろの／はなの／さいわたり／〜」のオモロの世界が湧いてくる。こういう対話も、をかし（愉快だ）。

夏。「夏は夜。月のころはさらなり、やみもなほ、ほたるの多く飛びちがひたる。また、ただ一つ二つなどほのかにうち光りて行くもをかし。雨など降るもをかし」。月光と闇、闇と蛍、明暗美がある。また、月光のうすれゆくさまと蛍の消え行くさま、消滅の美。映像的に見れば、月光のイメージから闇へ、闇のイメージから蛍へ。蛍のイメージから雨へ…と、みごとにそれぞれの映像が残りつつ、次の映像へと移っている。残像美である。省略・余情、俳句的で、情趣がある（をかし）。また、美意識から言えば、夏は「短夜」と、きそうだが、月夜・闇夜・雨夜を賛えている。これも、常識的な美意識を打破していて、をかし（おもしろい）。とりわけ、中秋の名月を排除して夏の「月」を賞美しているのは、いと、をかし（たいそうおもしろい）。

秋。「秋は夕暮れ。〜」。遠近・聴覚の美。あはれの美。「秋と夕暮れ」のパターンは常識的で、をかし（みごとだ）とは言い難い。

冬。「冬はつとめて。〜昼になりて、ぬるくゆるびもていけば、火桶の火も白き灰がちになりてわろし」。明暗・寒暖・冷熱の美。美の発見が自然界ではなく、生活の中である点で異色。「つとめて」は早朝の意。沖縄方言の「ツトゥミティ」。平安文学の中に沖縄方言が息づいているのは、をかし（愉快である）。

昼は「わろし」（劣る）と作者はいう。火（炭）も時間の経過とともに灰になる。火種としていつまでも保持するのは難しい。まして、精神としての種火（生命・愛・思想など）を保持するのは至難の業であろう。

今は、真実が見えにくい時代、各方面で風化現象が進行している。自戒したいと思う。

「沖縄タイムス」一九九二年一〇月一三日

16 晴耕雨読――原田宗典『どこにもない短編集』／想像力を駆使した一七編

一〇年前に書痙を罹患、治癒する道は「文字を書かないこと」と医者から警告され、痛みとしびれの走る右手では文字が書けなくなり、左手で起筆の練習を開始した。

省略と凝縮、断絶と飛躍、短いことを最大の武器とする俳句世界の魅力にとり憑かれた私にとって、洪水のように押し寄せてくる言葉の波の小説を読むのは苦手であった。しかし、左手で書かざるをえない状況に追い込まれてからは「書く」ことを軽減し、読書への比重が増してきた。今は就寝前に小説のページをめくらないと寝付けなくなっている。韻文の俳句と散文の小説の同居。

原田宗典著『どこにもない短編集』はしびれる読み物だ。日常の中に潜む毒気、人間存在の危うさ、現代人が抱えもつ海鼠を踏みつけたような不安感、だれかがどこかで遭遇しそうな背筋に走る恐怖、徐々に追い込まれていく登場人物たちの巧みな心理描写。想像力を駆使して表現した一七編の好短編集である。

「×」――自分の額に×印が付いていると意識した男がだんだん追い込まれ破滅していく話。「厄介なファックス」――感熱紙が出てくるべきファックスの中から人間の腕が出てきて恐怖におののく話。「削除」――朝目覚めてみると、街にも学校にも人が消えている。やがて主人公が跡形もなく削除され、自己消滅する話。「角の悪意」――家具・テーブル・椅子・灰皿・窓枠などの、あらゆる角に悪意を感じ、おびえ、角の目玉が男を威嚇する話など、興味は尽きない。次の二編は本書の白眉であろう。

「認識不足」――南米帰りの友人が忘れて行ったタバコを吸い、気絶する。目が覚めると、ものの認識ができなくなっていた。鍵と百円硬貨、腕時計とドアのノブ、光るものの区別ができない。やがて、パンと枕、スリッパとカステラ、やわらかいものの区別もできなくなる。「ぼく」は助けを求めるために電話をかけようにも電話の認識ができない。外に出たいのだが扉が認識できない。「ぼく」には出口がない。探しているうちに、「ぼくはぼく自身が認識できなくなる」コワイ話。

金融破綻、経済危機、リストラの嵐が吹き荒れる不況社会、いじめや自殺の多発。多くの人間が追い詰められ、出口のない閉塞感に悩み、「精神に怪我を負って」彷徨している。この小説はフィクションではあるが、読者のだれかの身の上に降りかかってきそうなリアリティーがある。日常の中の非日常、非日常でありながら日常でもあるという二重性をもった現実のコワサを抉（えぐ）りだしている。

人間の認識は不確かで脆く、主観的なものなのだ。現在、世界にはコワイ戦争が起こっている。NATO軍は、人道のため、正義のためと認識しユーゴスラビアを空爆している。ミサイルの砲弾は紛争解決のために放った「天使の矢」と認識しているらしい。国家的武力で大量殺戮を遂行する戦争こそ地球を破滅に追い込む最大の悪であろう。認識の迷路に入り込んだ鉄錆びた頭の持ち主たちに、この小説を捧げたいものだ。

「ただ開いているだけの穴」——壁に不思議な穴の開いたアパートの一室。穴は大人の頭ほどの円形で、内部は真っ暗。この穴は時々勝手に移動し「ぼく」の胸へも移動した。体の具合が悪くなるわけではなかったが、虚しくやるせない気分に陥る。ある晩、穴は元の壁の位置へ戻った。しかし、「ぼく」の「虚しくやるせない気分」は消えなかった。穴はただそこにぽっかり開いているだけだった。現代人の抱えた「虚しさ」を「穴」を通して象徴している。このようなブラックホールはだれの胸にも存在していると思わせるところが、虚構としての小説の力であろう。

対話ができる本と出合い、しびれ感を味わえたとき、これぞ読書の醍醐味だと思う。だから、何の毒気もない小説はつまらない。…ム？　しびれが走った。ページをめくる指がしびれてきた。指先に毒気が電流のように流れ、書痙と同居し始めたらしい。さて…。

蟻ら蛆ら鉄粉のごと走る書痙　　延男

「琉球新報」一九九九年五月一六日

17　権力に抗し俳句の自立を――長崎原爆忌俳句大会に参加して

大会の足跡など

大会は八月五日午後一時、被爆地長崎市で行われた。私は大会選者の一員として現地参加した。

第一回長崎原爆忌俳句大会が行われたのが一九五四年、柳原天風子・八反田宏・田原千暉氏らの良心的俳人の尽力によって実現した。アカ呼ばわりされ、弾圧に抗しての誕生であった。第二回大会では原爆句集『長崎』が刊行され、第九回大会では原爆句碑も建った。句碑には〈なにもかもなくした手に四枚の爆死証明　松尾あつゆき〉〈蟬籠に蟬の眼のあり原爆忌　柳原天風子〉など十二句が刻まれている。句碑は忘れられたようにひっそりと道路の端にあった。すぐ近くに原爆落下中心地の公園があるのになぜ公園外に追いやられているのか私には不可解だった。案内していただいた三氏（隈治人・柳原天風子・山口雅風子）の話では、時の為政者はこの種の碑を公園内に建てることを拒否したという。いずれは名実ともに平和宣言の句碑にするために平和公園などに移転させる運動が具体化されねばならぬと感じた。

大会記

応募句数八百四十六句、出句者全国から三百七十三人、選者二十六人（金子兜太・鈴木六林男・佐藤鬼房・隈治人・古沢太穂・横山白虹・松尾あつゆき・林田紀音夫・井沢唯夫・野ざらし延男ら）選句方法、各選者特選一句、入選九句を選句。選句はすべて大会までに書面にて完了。大会当日はシンポジウム「原爆と俳句」がメーンテーマ。大会参加者全員に討議資料として大会上位作品三十二句がプリント配布された。

まず、今大会の最高点句、

しんかんと死者通り過ぎ紫蘇をもむ　　吐田文夫

に論議が集中、この作品を是とする側は生活実感がうまく形象化されている点を評価し、評価しない側は、単なる追想であり「紫蘇をもむ」の発想が季語的発想で主体が弱く、「しんかんと」も常凡であると評した。また、この作品は日本人の平均的心情吐露であり、これを超えねばならぬという強い意見があり共感した。批判の眼をもったエネルギーのある俳句の創造を望む大会の進行には、質の高さを求めてやまぬ真摯さがはっきりと読みとれた。討論の過程で積極的な態度のうかがえる作品として、

被爆待ち一頭でいるキリンの首　　谷山花猿

があがってきた。この作品には核兵器への危機感があり、意識を呼びさます問題提起のエネルギーがあると評価された。「キリンの首」に類想あり、それが難というのが私の意見。

司会者の隈治人氏は選者にはそれぞれの自分の選んだ特選句の解説を求め、大会参加者にも全員に発言の場を与えるなどを配慮し、全員が緊張の糸で結ばれているような雰囲気があった。討論は約三時間続いたが最後に司会者がほぼ次のようなまとめをしてシンポジウム「原爆と俳句」が終了した。

「態度論としての積極性とエネルギーを十七音の俳句にどう創造していくかが今後の課題である。」

なお私の発言の要旨は、長崎新聞（八月十四日）に大会記「志をいかに詩にするか」隈治人氏の筆に紹介されているので引用する。

現実透視で表現高める

――遠来の野ざらし延男氏は、高校教師として積極的反戦論の立場から原爆忌俳句は回想性や悲惨さがテーマの大部分を占めやすく素材がすでにマンネリ化しているから、見えている世界を表現することは一見たやすいが、自ら納得する形象を創造することはたいへん困難になってきた。だから自身としてはむしろ不可視の世界を書くように努力している。可視的な現実を濾過して透視的に不可視の現実を書きたいし、そういう態度こそ原爆忌俳

句の将来を質として高め発展させる唯一の手掛かりになるのではないかと述べた。――シンポジウムの中で柳原天風子・八反田宏・山口雅風子らの積極発言が印象に残った。

影は白かった

影は白かった――大会の翌日、原爆資料館に足を運ぶ。鉄が、石が、瓦が、ガラスが溶けていた。瞬間の高熱放射は壁に絵模様を浮き彫りにした。壁に人の形がくっきりと残っている。人の姿の部分だけ白いのである。壁全体は真っ黒く焦げている。明らかに壁の前に人間がいた。証言がそこにあった。また、ある壁には物干し竿と洗濯物の影があざやかに残っていた。この影も白かった。ちょうど黒く塗りつぶされた画布に絵形を白く切り抜いたようなあざやかさ。影は黒いものと決めつけていた既成概念がオソロシイ。原爆が、被爆が如何に悲惨であるかは〝白い影〟が象徴している。

風化現象の彼方へ

白いといえば原爆病・白血病がある。被爆二世がいる。だが現実は戦争体験が風化しつつある。被爆都市長崎も観光化し、被爆が商品化しているという。民衆の意識から戦争が、原爆が遠のいていく。白い影が忘却されていく。白い影が忘れ去られることを喜んでいる黒い影（権力）が一方にはいる。表現行為・創造行為としての俳句（俳人）がどれだけ時代の波に押し流されず、権力に抗し、自立性を主張しえるであろうか。

〈大会入賞作品〉（抄）

大会賞　福岡　吐田文夫　しんかんと死者通り過ぎ紫蘇をもむ

長崎市長賞　熊本　本田博子　みんな動いている原爆忌の石畳

県会議長賞　熊本　芥川江津女　原爆忌いつまでも手を洗っている

市会議長賞　福岡　中村重義　火を負うて少年還ってくる八月
九州協賞　大分　田原千暉　平和行進首をびえUさん軍鶏の如し
県俳協賞　長崎　松本颪夫　また八月この骨片がなぜあの娘なのか
長崎新聞社賞　熊本　蓮尾良雄　水一枚めくり瞑らぬ眼に出あう
実行委賞　熊本　武田翠城　母よ八月とおい村では塩かがやく

「沖縄タイムス」一九七九年九月五日

18　病床のバリケード——闘病記

〈一九六九年七月六日入院・二八歳〉

即刻、入院しなさい

毎日が体調不良である。己に鞭打って生きている。倦怠、頭痛、発熱、鼻血、吐血は日常茶飯事で起きている。だが、今朝（七月六日）は目眩いがする。嘔吐もある。これは変だ。急いで、タクシーに乗り、コザ（間借り先の住居）から那覇の病院（琉生病院）へ駆け込んだ。

諸検査を終え、診察室へ呼ばれた。

「即刻、入院しなさい」

「え！　今ですか？」

「入院準備の時間を下さい」と懇願し、再びタクシーをチャーターし、コザの間借り先に戻る。着替えや洗面用具などを揃え、バックに詰め込んでいるとき、妻が仕事から帰ってきた。

「今度は何処へ出張ですか?」と問う。この期（一九六〇年代）、諸研究集会、教職員労働組合活動などで県外へ派遣される機会が多かった。カバンに衣類を詰めている様子がいつもの県外出張の旅支度だと思ったわけだ。三歳の娘がいる。妻の胎内には二番目の子が宿っている。妻の驚きは察してあまりある。

真実を問う教育

高校時代は学校教育や教師に反発し、授業をサボタージュした問題児であった。その問題児が今は高校の国語教師になっているのだから人生は判らない。

職場は私立の中央高等学校。「国語」授業の「持ち時間」は全日制課程（昼）二十三時間、定時制課程（夜）十三時間、計三十六時間の過重労働である。毎日、深夜まで教材研究に没頭し、睡眠時間は三時間の生活が続いている。生徒からは「教科書を持たない教師」で通っていた。俳句・短歌・詩・漢詩（古典）は全作品を暗唱した。小説・評論・随筆・古文は最初のページの約半分、各段落の三行ほどを覚えた。教科書を消化（昇華）したうえで、教材の核心に迫ろうとした。この教壇実践が脱教科書を目指す自主教材の編成へと向かわせた。教育理念は「真実とは何か」を問うことだった。国語授業では「人間如何に生きるか」を問い、糾した。

この教育理念は沖縄戦において、軍国主義、皇民化教育に翻弄され、教育現場で「人殺し」の訓練をし、戦争協力者（当時の教師たち）にさせられたことへの猛省がある。そして、今日、米軍占領下にある沖縄の理不尽な社会情況とも無縁ではなかった。

「国語」授業の冒頭五分間を「今日のニュース」コーナーにあてた。地元の新聞のトピックスを採り上げ、米軍による圧政で苦しむ沖縄の現状を指弾し、歴史の眼を拓く方向へと導いた。

一九六七年十一月、「B52爆撃機撤去要求集会」を校内グラウンドで実施した。事前の準備を生徒たちと一緒に取り組んだ。軍事基地嘉手納飛行場の有刺鉄線にへばりついてB52爆撃機の「爆音」を録音し、集会場で流した。また、「燃える井戸水」（嘉手納基地から廃油が漏れ出て、民家の井戸にまで流れ出た事件）をバケツに採取し、壇上で燃やして見せた。「これが沖縄の現実だ。現実から目をそむけるな」と叫んでいた。集会では生徒六人、教師三人が登壇し、意見発表した。米軍占領下での学校現場からの異議申し立てであった。（「弁論集2」＝「B52爆撃機撤去要求集会」特集が発刊されている）

職場は、給料日になっても給料が支給されない労働者無視の職場だった。教職は聖職だからといって霞を食って生きるわけにはいかない。「賃金不払い糾弾・身分保障の闘い」「学園民主闘争」が始まった。

この期、米軍の弾圧に抗してデモやストが各地で起こり、その闘争の渦中に私はいた。内（学校職場）と外（沖縄の社会）の闘争に明け暮れた。食事も碌に摂らない。体を壊すのは目に見えていた。

黒板の前で血を吐き倒れるのではないか、とさえ思えた。

黒板はかなしい突端行き倒れ

闘病記

一九六九年七月六日〈入院第一日〉

いずれは病床生活の苦汁をなめさせられるであろうことは予想していたが、まさかこんなに早く望み（?）がかなえられようとは夢にも思っていなかった。毎日、あくせく追い回される生活から解放されてたまにはベッドに横たわって静かに本でも読んでみたいと思っていたものである。

体調不良を承知で、無理な生活をしていたのだ。労働組合活動に足を突っ込んでからの俺は俳句活動を疎かにしていた。俳句の一七音ではとうてい背負いきれない基地沖縄の現実の重さを、日常活動の中で弾ね返そうと懸命であった。

急性腎炎——腎臓病がどういう病気かは知らない。腎臓がどういう働きをする臓器か考えたこともない。とにかく、自分の体に関しては無頓着に生きてきた。

酷使の耕馬は寝つけず遠くに撃破音

まさに、酷使の耕馬そのものであったのだ。自業自得である。少しは思い知ったかと人はいう。たしかに「入院せよ」といわれなかったら、倒れかかったままで活動していたに違いないのだ。先日もB52撤去要求県民大会（嘉手納）で、びしょ濡れになりながら旗をもって座り込みしていたのだから。

入院第一日目、まだ、実感が湧かない。病室は二階の二人部屋なのでゆったりしている。静かに眠れそうだ。

『バリケードに賭けた青春』（日大闘争ドキュメント）を今日から読み始める。生活に追われて本らしい本を読んだことのない今の自分には、グサリ、グサリと彼らのことばが胸につき刺さってくる。それだけ自分が日常性の中に埋没していたことを意味するのだ。

「ぼくたちが全存在を賭けて闘ってきた闘いをあいまいに終息するわけにはいかない。」

今の自分が、果して全存在を賭けて闘って生きていたかと問われたら、きっと答えに窮するであろう。つきつけられた鋭いことばの刃を弾ねのけることができないであろう。まだ、まだ、俺は甘い……。

七月一〇日

今朝は腎臓の精密検査。多量の水を飲んでから、六時一〇分にまず一回目の採尿、二〇分後に注射、その後、一五分、三〇分、一時間、二時間の順で採尿。（P・S・P検査であることをあとで知った）。

昨日の内臓精密検査の結果を一階に聞きに行く。被告席の人間が判決を待つ心境であろうか。神妙な顔をして診察室に入る。ずらりと並べられたレントゲン写真の前で説明を聞く。

曰く、胃潰瘍、ビランセイ胃炎、十二指腸潰瘍、慢性虫垂炎――。腎炎をあわせるとなんと五つの病気をかかえていることになる。胃にキズがあるという。胃の原形からは程遠い形をしている。ぐにゃぐにゃになっているといった感じ。十二指腸は普通なら腹の方に向いているのだが、俺のものは背に向いていてキズがあるという。しかし、手術する程のものではないので注射と投薬で明日から加療するとのこと。虫垂炎の方は虫垂に便が溜っている。放置しておくと腐るので、切った方がよいとのこと。ただし、腎炎が治癒し血尿が止まってから手術した方がよいだろうとのこと。腎炎はそのまま注射と投薬を続けて様子をみる。腎臓病に特効薬はないという。

平静を装って説明を聞いていたが、内心は大いに動揺していた。でも、手術の必要がないと聞いただけでも一安心である。それにしても、五つも病気をかかえ込むとは奉仕精神もいいところだ。他人の病気まで俺一人で背負っている。この体でよく仕事を続けていたものと思う。

新聞を読む。ベトナム撤退兵八一四人、米国へ帰還とのこと。今度は逆に自衛隊が四〇〇余人沖縄へ幹部研修のため来島。沖縄をどこまで戦争の犠牲にすれば気がすむのか。

サイゴンとヨルダンで武力衝突があったと報じている。先日は中共とソ連が国境で紛争、めまぐるしく動く世界、動かぬは俺のみか。

毎日、レントゲン写真を沢山撮る。レントゲン写真を撮れば撮るほど放射線を多く浴び、被爆量が多くなるはずだ。これでいいのだろうか。二階の病窓からビル建設のクレールが見えた。

灼け雲に鉄骨吊られ入院す

「夏空」という平凡な言葉は使いたくなかった。「鉄骨」はレントゲン写真で透視された我が体内の骨に見えた。白い骨が灼け雲に赤く染まり、錆びた鉄骨に見えた。しかも、吊られ、揺れ動いて不安定である。「鉄骨」は俺だと思った。

七月一四日

毎日、溲罎(しびん)に尿を溜める生活をしていると石田波郷の句を思う。

秋の暮溲罎泉のこえをなす

昼食後、急に悪寒がして毛布を三枚かぶる。特に下半身が寒い。足が冷たい。まるでマラリア患者みたいにガタガタ震えるのだ。上半身が逆に熱発して、四〇度近くの熱だ。あわただしく検温や脈搏、血圧測定のために看護婦が出入する。主治医はすぐにはきてくれない。一時はどうなることかと思ったが、どうにか夕刻にはおさまった。

それにしても、真夏で、しかも真昼、一番暑いさかりに急にものに憑かれたように寒くなるなんて不思議だ。人間の体が如何に微妙であるかの証左なのだろう。

七月一五日

今日は病室が騒がしくなった。父や母が心配して見舞いにきた。兄、姉もきた。(「入院のことは誰にも言わないで」と口止めしてあったのだが)。聴きたくない世俗の噂も耳に入る。この若さ(二十八歳)で入院したのはウガンブスク(祈禱不足?)だとユタ(霊能者?)のご告げがあるという。実家の屋敷がどうの、お墓がどうの、某所のあの出来事がよくなかったと、記憶の底の澱を穿り出し、霊媒と結びつけ、脅かす。この根拠のないユタの戯言がこの病室まで持ち込まれたことに怒りを覚えた。ユタは厄いごとがあったときに顔を出し、人心を惑わす。人間はこの厄ごとに対しては弱い。この弱みにつけ込んだ霊媒の登場である。慶事には顔は出さないのがユタの特徴だ。これが私にはエゴ的で恣意的に見えた。

ことばのかけらに傷つきあって果肉剝く

昨夜は二〇句余も作句した。思い迫るものがあったのだ。急に寒気がしたり、熱発したりで、予期もしないことが起きたので、あらぬことをいろいろ考えた。万一のことも考えた。遺言のことや自分の入る墓のことなど考えた。特に墓のことが気になった。自分の入る墓は亀甲墓で門中墓である。場所も随分と辺鄙なところにあって、いかにも陰湿で、道らしい道もないのだ。やはり、明るい場所がよい。いつでも気軽に足が運べるような処。海がみえる処。できるならば西洋式の平面式の墓がよい。作品の一つでも墓碑に刻むのである。――自分の死後のことを考えているのに、妙に明るい心境でいるのはどうしたことか。〝明るい墓標〟のイメージに酔っていたためであろうか。作品ができた。

草蟬の足にからまる明るい墓標

昨夜、この三号室に泥棒が入った。同室のMさんが現金を引出しからやられた。病人の懐からも金をとるとは世はまさに闇か。せち辛い世だ。暑いので、夜は窓を開けて寝たのがいけなかったのだ。ベランダを伝って侵入したらしい。病人の部屋では仮に発見されても、捕まることもあるまいという考えが泥棒さまにあったのではないのか。

朝七時頃、右下腹部が痛む。虫垂炎のところか。押さえて我慢しているとおさまった。毎日、何か体に異変がある。暑い、汗がじゅくじゅく出てくる。扇風機の一台もほしいところだが――。

しぼり出す血尿囚虜の貌で寝る

七月一六日

入院して今日が一番気分がよい。そろそろ療養生活のペースをつかみたいところだ。

今夜半、世紀の月着陸アポロが発射される。人間の偉大な力、世紀の頭脳――ところが、この宇宙センターにデモ騒ぎが起きている。

〝宇宙開発より貧乏の追放を！〟〝月に着陸しても飢えて泣く子は救えない〟と叫ぶ黒人の一団がある。まさにそのとおり、巨大な国家機構の国策にかくれて飢え苦しむ民が如何に多いことか。日本またしかりである。世界第二位の生産高の高度成長を誇る日本だが、一人あたりの所得は世界二〇位以下だという事実、一部の権力、財閥の影に飢えた民がいることを忘れてはならない。自衛隊に注ぎ込む金があるのになぜ、貧者を救おうとはしないのか。万博にうかれるばかりが能ではない。安保が万博のかくれみのにされる危険性を見抜かねばならぬ。

血縁絶つ血尿の溲瓶いたわりあう
絞りだす血尿飛瀑の音たてよ
子の力に負けて血尿絞りに立つ
血尿溜め恍惚とふる白い釘

七月二三日
依然として、吐き気、腰痛、めまい、しびれが続いている。特に食中、食後の吐き気はひどくて食欲はゼロである。体力保持のために無理して口におかゆを流し込んでいるようなものだ。毎日、暑い日が続いている。こんな時に冷たい水に浸って、思い切り泳いでみたい。今年の夏は好きな海水浴もできないのか。体力は減る一方である。食欲もないのだからやむをえない。五、六キロも痩せた。
朝食後、またしても腹痛あり。

七月二六日〈入院二一日目〉
「現代の俳句」―昭和の芭蕉たち―を読む。殆どの俳人が闘病生活をしている。俺も同じ運命か。
腎臓は大部よくなっているらしい。明日、再度、胃、腸の検査を行うらしい。夜、下剤の食用油を飲まされる。
口から油気がこみあげてきて気分の悪いことこの上ない。

詩の刃錆びるな万緑の中脈とらる

いつまでも錆びない詩の刃でありたい。そのためには、常に闘い、内なるバリケードをたえず問い、検証しなければならない。生活を、思想を、行動を検証し忘れたとき、刃は錆びる。詩人は詩の刃を研ぎすまさねばならぬ運命を負っているのだ。研師が刃物を研ぐことを怠れば研師ではなくなる。詩人もまたしかりである。

※（「闘病記」は七月二十六日で途切れている。）

俳誌「祝祭」（福岡）十三号所収。一九七〇年十一月発行

二度目の入院

その後の「闘病の経過」を書く。

琉生病院（那覇）での入院生活は一ヵ月。退院後は自宅療養。学校は病気休職。病院からの食事療法を忠実に守った。塩分は摂らない。無塩醤油を捜し歩いた。肉類も控えよ。植物性タンパク質の豆腐を摂れ。毎日、兎のように、生野菜をバリバリと音をたてて食べた。豆腐も毎日食べた。生活も人生も味っ気のない、無味乾燥な日々だった。身体は相変わらずひょろひょろとして押せば倒れるような病人であった。この食事療法に疑問をもっていた。

六九年十一月、中部病院へ入院。入院生活は二度目になる。腎臓病に対する食療法の違いに驚いた。食塩摂ってよい、肉類食べてよい、と言うのだ。今までの食療法とは逆ではないか。体力をつけるには動物性タンパク質の肉類も塩分も必要である。理屈はこちらの方が正しいと判断した。

入院中、腎臓がどれだけ弱っているかを検査することになった。全身麻酔をして腎生体の一部を摘出するので

ある。「始めます」という医者の声は聞こえた。しばらくして看護婦たちが慌ただしく動き回る。「血圧！」「先生！」という叫びに近い声が響く。どうやら異常事態が発生したらしい。しかし、意識があるのはここまでである。（麻酔が覚めたあと聞いた話では血圧が異常に低下したらしい。適切に対処して事なきを得たとのこと）。

この術後、忘れられない出来事が起こる。激痛に見舞われた。腎機能は老廃物を排泄する機能である。通常通りに小便の排泄ができるか否かが問題になる。医者はたくさん水を飲めという。指示通り水をがぶ飲みする。ところが飲めば飲むほど排泄機能のかの一物が激痛に襲われる。医者に訴えても、飲む量が足りないという。さらに飲む。膀胱が破裂するのではないかと思うほどの激痛である。医者は患者の痛みがわからない。この悶絶を見ていた入院患者の一人が私に耳打ちした。「シャワー室に入って、熱湯を一物にかけなさい」とアドバイスしてくれた。急いでシャワー室に駆け込む。熱湯をかけた（熱い！）。しばらくすると、堰を切ったように大量の水が股下のホースから放出された。放尿後はあの激痛が嘘のように消えた。医者より患者の方が的を射ていた美談（？）、否、放尿談である。

情況から内視へ

闘病生活は俳句観に転機をもたらした。「情況から内視へ」の視点が生まれた。今までは情況に流され過ぎていた。文学としての想像力や創造する詩魂が希薄であった。病床で死を意識したとき、わが内なるカオスが見えてきた。人間は時間の針に刻まれながら、「今」を生きている。

年月が消えるごうごうボタンの穴

見えなかった「時間の烈風」が見え、聞こえなかった「時間の通過音」が聞こえてきた。研ぎ澄まされた詩魂というべきか。時間は我が病身をごうごうと音をたてて擦過している。「障子の穴」「節穴」といった外界の現象をなぞっただけでは物足りない。「ボタンの穴」でなければならなかった。前方から吹いてきた時間の烈風は胸部のボタンの穴を通り、胸骨を貫通し、背面へと吹き過ぎた。「見えない時間」が見え、「聞こえない時間の音」が聞こえてきたのは闘病の崖淵で「死」を意識したからであった。時間に刻まれている人間の生存の痛みを表現した句が生まれた。

寝返り打つ背後も同じ深い闇

「闇」は消灯による病棟の闇だけではなかった。病者の抱える「内なる闇」もある。「寝返り打つ」は病者の苦闘の繰り返しである。

水槽と化す夜の病棟骨透けて

「夜の病棟」が「水槽」として意識された。薄暗い水底で蠢く病者の呻きが聞こえた。また、病者の人体が病棟の闇に浮かびあがり、白い骨が透けて見えた。

深閑と繭織る修羅の目の病棟

「病棟」が「繭織る」比喩として立ち上がった。病者は「今」の命の糸を吐き続け、一刻一刻の生を紡いでいる。この繭は同時に、「修羅の目」でもあった。病棟の空気感が鬼気迫った。

これらの闘病句は無季作品である。生死の境界を彷徨う病者にとって、季節を詠う季語の入り込む余地はなかった。

三度目の入院

七〇年八月、東京の済生会病院に入院。三度目の入院である。一ヶ月の入院加療の後、沖縄に戻る。現在も血尿、蛋白尿は消えず、自宅にて安静、療養中。

血のかけら初日のかけら血尿道

（一九七〇年十月十五日記す）

※「闘病記」は原文通り。「即刻、入院しなさい」「二度目の入院」「三度目の入院」は加筆した。

Ⅱ章　俳句文学の自立を問う

1　季語と俳句文学の自立

「季語」の問題を中心にして俳句文学の自立について考察する。

今日、伝統俳句派の俳人は「俳句には季語が必須条件である」と唱えている。その主張は次の三点に要約できる。

第一「俳句は客観写生、花鳥諷詠、有季定型の文学である」

この主張が伝統俳句の立脚点であろう。明治時代、正岡子規の「ホトトギス」を引き継いだ高浜虚子の俳句観である。一人の俳人の見解が日本の俳句界全体の俳句観とみなし、俳句を霧の中に覆ってしまったところに近現代俳句の不幸がある。

本稿では有季の「季語」に焦点を絞って論を進める。「客観写生、花鳥諷詠、定型」については紙幅の都合で外す。

正岡子規以降の近現代における反伝統、俳句革新の動きを概観しておく。

明治時代の河東碧梧桐・荻原井泉水らによる新傾向俳句運動。虚子の客観写生に対抗する新しい感覚と自由な韻律による新時代の俳句表現の獲得を目指した。昭和六年、水原秋櫻子は「自然の真と文芸上の真」を発表し、主観の尊重と抒情の昂揚を提唱し、虚子の客観写生の俳誌「ホトトギス」へ反逆の狼煙を上げた。昭和初期の新興俳句運動。吉岡禅寺洞の「天の川」、横山白虹、篠原鳳作らの「傘火」、嶋田青峰、東京三（秋元不死男）らの「土上」、日野草城の「旗艦」、松原地蔵尊、湊楊一郎らの「句と評論」、平畑静塔・西東三鬼・高屋窓秋・石橋辰之介・渡辺白泉・三橋敏雄らの「京大俳句」などが運動の中核を形勢し、俳句領域の拡大、無季俳句の推進、リアリズムと自由主義の主張、詩精神と批評精神の昂揚、知性俳句と戦争俳句詠などを推進した。しかし、昭和一五年から翌年にかけて国家権力による俳句弾圧のため消滅させられた歴史の汚点がある。昭和二一年、桑原武夫は「第二芸術論」を発表し、俳人の権威主義、安易な創作姿勢、世俗的価値観など、俳句界の問題点を指摘し、俳句の芸術性の真価を問うた。昭和二〇年代後半、沢木欣一・金子兜太・古沢太穂らによる社会性俳句の追求。昭和三〇年代前半、金子兜太の造型論を契機にして起った前衛俳句の運動。兜太・堀葦男・島津亮・赤尾兜子・林田紀音夫らが既成の俳句手法では表現しえない〈創る自分〉を前面に押し出し、俳句革新を目指した。

沖縄にも既成の俳句に対する反伝統の活動があった。大正末期から昭和初期、比嘉時君洞の新傾向俳句の活動。戦後、一九五〇年代後半、中島蕉園・桑江常青・作元凡子・浦崎楚郷ら「黒潮俳句会」における口語俳句の活動。六〇年代後半、「無冠」における延男・楚郷・凡子・新垣健一らによる俳句文学の可能性の追求、無季俳句の推進、批評と自由を求めた活動。八〇年代、「天荒」における延男・おおしろ建・金城けい・平敷武蕉・神矢みさ・川満孝子らの「新しい俳句の地平を拓き、創造への挑戦」を掲げた俳句革新の活動は現在も持続されている。

これらの俳句革新の動きは俳句が単に客観写生、花鳥諷詠、季節を詠うものではなく、時代に生きる文学としての自立と創造を求める活動であることの証左である。

第二「季語は日本文化の中で熟成した言葉であり、日本語の中で最も美しく奥深いものである」

十代の初学の頃、がむしゃらに「歳時記」を読み、英単語を覚える方式で一つひとつの季語を覚えた。日本の伝統美の中から生まれた情感あふれる繊細な言葉に出合った。私が遭遇した「熟成した美しい言葉」の一部を紹介する。

「風」を視覚化した「風光る」(春)・色で表現した「白南風・黒南風」(夏)・嗅覚で捉えた「薫風」(夏)・擬人化した「風死す」(夏)。「山」を擬人化した「山笑う」(春)・「山装う」(秋)・「山眠る」(冬)。草を擬人化した「草いきれ」(夏)。「桜」(春)から生まれた「花の雲・花冷え・花筏・夜桜・花衣・花吹雪・葉桜」などは、優雅、情趣、匂い立つ風情、淡い色香、散り際の潔さ、生気など日本的美意識が息づいている。寒さや冷えの微妙な感受から生まれた「冴返る・春寒・余寒」(春)、「冷やか・うそ寒・やや寒・そぞろ寒・肌寒」(秋)。これらの季語が皮膚感覚を中心にして生まれた言葉なら、「身に沁む」(秋)は内面的な精神性を強く意識させる言葉。聴こえないものを心耳で聴きとった詩魂から生まれた「亀鳴く」(春)・「蚯蚓鳴く」(秋)。闇の凝視から生まれた「五月闇・木下闇」(夏)、そして、少し艶めいた「春の闇」(春)。命の儚さと空虚感、無常の想念が込められた「空蟬」(夏)。木の葉の散る寂寥感と人体の毛髪の抜けるさまとのイメージを重ねた「木の葉髪」(冬)。蟬や虫の合唱を冬の冷たい時雨の音として比喩的に捉えた「蟬時雨」(夏)・「虫時雨」(秋)。病人の哀れさや憐憫の情が働いている「病葉」(夏)。恋文や詩歌を書き記した巻き文や懐紙の連想から生まれた平安朝の薫りのする「落し文」(秋)。研ぎ澄まされた詩心から生まれた「秋韻」(秋)。名月を賞美し日本人の美意識を重ねた「小望月・望月・十六夜・立待月・居待月・寝待月」(秋)。月夜のように明るい満天の星を美しく表現した「星月夜」(秋)。水の霊力と再生への願いを込めた「若水」(新年)。新春の気宇と心魂を投影させた「初鏡」(新年)。ドラマが隠されている「嫁が君」(ネズミの意・新年)。竹を組み合わせた柵や矢来に風が当って笛を吹くように鳴ることを意味する「虎落笛」(冬)。「もがりぶえ」の言葉の響きと語源の「殯」に共感する。「殯」とは「仮喪のこと」、即ち、人が死んでから本葬するまでの期間、屍を据えておく儀礼のこと。「もがる」には反抗するという意味もある。「虎落笛」には死者への鎮魂の響きがある(紙幅の都合で以下は割愛する)。

これらの季語は日本人の思念や感性が美意識となって生まれた言葉であり、熟成した言葉として魅力的である。

しかし、この熟成した言葉は季語全体では一〇％にも満たない。残りの大半の季語は熟成した言葉とは言い難い普通の「名詞」なのである（但し、「名詞」以外の季語も若干ある。例。動詞＝凍る・冴ゆ。形容詞＝暑し・涼し。・名詞＋動詞＝蠅生まる・銀杏散る。名詞＋形容詞＝秋近し・秋惜しむ、など）。例えば、夏の動物「蠅・蚊・蜥蜴・時鳥・蝙蝠・雨蛙」（名詞）たちと「蟬時雨」「落とし文」を同等に熟成した季語としては並べられないのである。同様に、「桜と花筏、蟬殻と空蟬、夏風と薫風、蟻と蟻地獄・蛇と穴惑い」を同等に詩語として扱うことは出来ない。

名詞の季語は伝達機能としての言語記号ではあるが熟成した詩語とは言い難い。「季語」は詩語としてどう蘇生させるか問われている。

第三「季語は連想性のある言葉として、伝達機能として、有効である」

季語は日本国民が認知した言葉であるから、季語を使えば万人が共通理解できるという前提があるらしい。それは俳人の勝手な思い込みである。一般的には俳句を敬遠する理由の一つに「俳句には季語という難しい決まりがあるから嫌だ」という者が多い。季語がむしろマイナスイメージにつながっているのである。賞味期限のない無季語にも生活感覚の中で自在に呼吸している言語がいくらでもある。

例1。「雨」に関する夏の季語には「五月雨・梅雨・夕立」（関連語／走り梅雨・迎え梅雨・送り梅雨・荒梅雨）は誰でも判る季語であろう。しかし、「黴雨・卯の花腐し・虎が雨・白雨・驟雨」となると万人が共通理解しているとは言い難く、伝達力や連想性は落ちるであろう。一方、「土砂降り・本降り・豪雨・暴風雨・大雨・煙雨・小糠雨・涙雨・雨脚・そぼ降る雨・雨上がり・通り雨」などは無季語である。これらの言葉は生活に密着して自由に使っている雨言語であり、通季の言葉である。季語と無季語、「言葉の力」にどれ程の差があるであろうか。

例2。身体に関する「目」の語は無季語である。しかし、連想性と伝達性がないのであろうか。「目」の一語からさまざまな言葉が連想される。「瞳・黒目・白目・赤目・碧眼・目玉・眼球・近眼・老眼・眼光・両眼・双眸・片目・隻眼・義眼・血眼・眼窩・眼疾…」など、「目」を起点にして顔が浮かび上がり、「瞼・眉毛・睫・額・こめかみ・頬・耳・鼻・口・頭・髪・頭蓋骨・脳…」と、連想はいくらでも広がる。また、「心眼・千里眼・白眼視・複眼」や「目は心の鏡」など、心情を重ねて暗示的に使う膨らみのある言葉遣いもできる。熟成されてない季語よりは身体語の方が人間（生き物）に濃厚に密着している分、連想性と伝達性が強いはずである。

例3。「祖父母・父母・兄姉弟妹・孫・娘・息子・夫婦…」などは無季語であるが、人生において最も密接な関係にあるこれらの言葉が季語と比較して伝達性と連想性が弱いとは思えない。したがって、「季語は連想性と伝達力があるからよい」という主張は説得力に欠け、強弁に聞こえる。季語は季節限定で賞味期限があるが、無季語には賞味期限はない。言葉は自在である。

次に、季語への疑問点を提示する。

季語への疑問 一

「俳句には季語が必須条件である」という言説には論拠がない。小学校の教科書の記述でそれは証明できる。俳句の季語についての記述は次の通りである。俳句は、「季節を表す『季語』というものをよみこむのがやくそくになっています」（教育出版）・「季語という季節を表す言葉を入れて表現するのが、むかしからの決まりとなっている」（光村図書）・「『季語』を入れて作るのが、長い間のならわしとなっています」（東京書籍）・「季節を表すことばである『季語』を入れて作るのがふつうです」（日本書籍）など。「やくそく」「決まり」「ならわし」「ふつう」という教科書らしからぬ論理も思想もないぼかした表現がされている。大方の日本人が最初に出合う俳句と言えば小学校の教科書であろう。その一番大事なスタートにおいて季語の論拠は明示されてないのである。論拠のない季語を俳句文学に強制するのは滑稽ですらある。

そもそも「約束」とは何か。誰と誰が約束をしたというのであろうか。江戸時代の松尾芭蕉や明治時代の正岡子規や高浜虚子と日本国民全体が約束をしたとでも言うのであろうか。何とも滑稽である。「約束」ごとが偶像化し、権威化していることに俳句文学の封建性が垣間見える。

季語への疑問 二

季語の決定及び認定は何時、何処で、誰がやるのかという疑問。現実には季語審議委員会などという決定機関があるはずはない。まして、法的に季語規定があるはずもない。結局は「歳時記」（季語集）編集者や執筆者が各自の文学観や学識に基づいて季語を集めて編むのである。だから、A本とB本の「歳時記」の中身が異なることになる。手元にある任意の三冊で季語（目次）を数えてみた。『新編歳時記』（水原秋櫻子編・大泉書店）は一二四一語、『新歳時記』（高浜虚子編・三省堂）は二四四五語、『合本俳句歳時記　新版』（角川書店編）は二七六六語。季語数は編者によってこんなにも差があるのである。季語や歳時記を絶対化すると季語数の多寡だけでも大きな問題になるはずである。

季語への疑問 三

季語と現代生活との乖離。時代は急激に変化している。都市化、機械化、電子化、ＩＴ化へと社会構造が変貌し、自然中心の季語の世界だけでは時代は摑めない状況にある。しかも、季節感と密接な関係にある自然環境が急速に地球規模で破壊されつつある。

野菜や花卉類は季節を問わず年中出回るものが増えてきた。「菊」（秋）は電照栽培により出荷季節を調整し、通年出回っている。また、現代の生活は太陽暦を中心にしているために矛盾が生じている。例えば七夕行事は太陰暦の七月七日でこそ、秋の夜空に天の川は帯状に輝く。太陽暦の暑い夏の最中では織姫彦星伝説のイメージも湧かず、興ざめするばかりである。

また、時代の流れの中で季感がうすれ、特定の季節に限定できない季語が増えている。例を挙げる。

【春】風船・風車・しゃぼん玉・ぶらんこ・遠足。

【夏】冷蔵庫・夜店・ビール・アイスコーヒー・アイスクリーム・羊羹・焼酎・泡盛・香水・ハンカチ・髪洗う・裸・跣・汗・昼寝。

【秋】夜学・大相撲・運動会。

【冬】絨毯・毛布・マスク・咳・嚔・畳替・海豚・焼鳥。

【新年】福引・トランプ・獅子舞。

季語の洗い直しが課題として浮かび上がる。

季語への疑問 四

季語は中央集権的である。近世は大和中心（京都・奈良）、近現代は東京中心に編纂され、地方が排除されている。日本列島は南の沖縄から北の北海道まで弓なりの幅広い風土と文化を有している。一月、北海道で「雪祭り」（冬）の時期に沖縄では「桜祭り」（春）が行われている。「鯨」は冬の季語。一月、暖かい沖縄の海へ子育てにやってくる。これを地元の新聞は「鯨春」（春）と呼んでいる。異なっているのは自然のサイクルだけではない。生活の中の季語にも異質性がある。例えば冬の季語の「氷」。暑い沖縄では氷は夏の生活必需品である。飲料や食品の冷却及び保存用に使う。レジャーや野外活動での必需品であり、製氷業は夏が稼ぎ時である。また、真夏の氷彫は涼感満点である。歳時記では冬の季語「天文」に位置付けされているが、雪の降らない沖縄では夏の季語「生活」に位置付けされることになろう。冬の季語「炭」も沖縄では夏の季語にある。暖を取るための生活用品としての「炭」は冬の季語であるが、暑い沖縄では暖房用としては使用せず、夏の浜辺や庭などで行うパーティーのバーベキュー用品として重用され、店頭では夏場に売れる。二月初め、南国沖縄にはプロ野球キャンプが大挙やってくる。「球春」（春）到来である。「生活の部」の新たな季語になる。

季語への疑問 五

「忌日」を季語としていることへの疑問。

一般的には個人の忌日まで覚えている人はいないであろう。季語として使ったとき、その句は読者にも「季」の感覚を強要することになる。また、忌日には故人の名前ではなく、本人の縁のあるものを忌日名にしたのがある。例を挙げる。凍鶴忌（日野草城・一月）・連翹忌（高村光太郎・四月）・椿寿忌（高浜虚子・四月）・桜桃忌（太宰治・六月）・餓鬼忌（芥川龍之介・七月）・蝸牛忌（幸田露伴・七月）・糸瓜忌（正岡子規・九月）・時雨忌（松尾芭蕉・旧一〇月）・惜命忌（石田波郷・十一月）・春星忌（与謝蕪村・旧十二月）など。誰の忌日か知っている人は限られてくる。人物に焦点を当てて作品化することに異存はない。「季語」として扱うことに問題があるのである。

季語への疑問 六

「沖縄慰霊の日」をわざわざ「沖縄忌」と言い換え「夏の季語」化する奇妙な言説がある。「沖縄忌俳句大会」と称するコンクールやイベントもある。そもそも「忌」とは忌日のこと。忌日とは「その人の死亡した日。命日」のこと。一個人の命日に使うものであって「沖縄が死んだ日」という意味で使うことへの違和がある。この「沖縄忌」をイベント化し、作句している人たちの思考（思想）の根底には「俳句は季語が必須条件である」とする硬直した俳句観から派生している。前述の小学校教科書にさえ、季語の根拠はない。「季語を使うのは習わし、約束、決まり、習慣」としか説明がない。俳句には季語が必須条件とする根拠のないものを、季語化へと走る。他から強いられたわけではなく、俳句界の側から季語で俳句の縛りを作っている。

「慰霊の日」は「歴史的、社会的事象」である。季語や四季とは無縁の事象である。「夏」になったから戦争が終結した訳ではない。「沖縄忌」を季語化することは戦争の本質を見誤り、歴史の真実を隠蔽し、戦争を美化することへとつながりはしないか。国家権力が犯した戦争犯罪を季節、季語へと矮小化することへの異議を申し立てておく。

この「忌日」の使用は原爆投下された日「原爆の日」を「広島忌」（八月六日）「長崎忌」（八月九日）として季語化し、「俳句歳時記」に載せてきた前例にならったものであろう。この「広島忌」「長崎忌」は「広島が死んだ日」「長崎が死んだ日」という意味になる。中には、「八月忌」（「終戦日」も含む）として使う人もいる。八月という「月」が死んでしまったと解され、言葉の怖さを知らない無茶な使用である。伝統俳句派と称する人たちはこれらの言葉を「俳句歳時記」に収録し、手柄でもたてたかのような風潮がある。この季語遵守の伝統俳句派は東日本大震災で甚大な被害を被った福島県を「フクシマ忌」として季語化する風潮も見られた。「フクシマ」が死んだ日にされてしまったわけで、地元の俳人は怒っている。（註1）

季語への疑問 七

「歳時記」の部立てに「新年」の項目があることへの疑問。季語は季節の言葉である。だから、四季の区分だけと思っていた人は戸惑うであろう。新年の季語には「初春・初東風・寒稽古・寒泳・門松・福寿草…」などがあるが、学校教育においてもこれらの季語の季節は「新年」と教えられ、「冬」と答えれば誤答になる。

季感を重視するはずの季語が、季感ではない「行事」を特殊化している。日本人の生活サイクルの中で新年は特別に重要だからであろうか。ならば、「盆」行事も同等の比重のように思える。

一般的には俳句は古めかしい世界に映っている。それは、やれ季語だ、定型だ、文語だ、歴史的仮名遣いだ、といって暗黙の枠を嵌めているところに原因がある。「新年」の部立ては俳句が特殊な文学であり、特殊な人しか理解できないものという忌避観念を惹起している。

季語への疑問 八

流動する「時間」を四季に区分していることへの疑問。時間は流動しているものである。ところが「俳句歳時記」では季語を四季に区分し、時間に区切りをつけている。春夏秋冬の各季節の変わり目、交差する部分は俳句では季重なりになり、「雪」（冬）と「桜」（春）を同時に一句の中で使うことには抵抗感がある。しかし、現実には桜の咲いている候に雪が降りだす自然現象はある。

また、季語及び季節の決定には無意識に「固定と排除」の弊が働く。例えば、「ハイビスカス」（仏桑華）は

「夏」に固定され、同時に、他季は認めないという排除の姿勢へ繋がっている。この「固定と排除」は俳句イベントや諸雑誌の応募規定にまで波及し、応募句は「当季雑詠」と規定し、他季や無季は排除しているのである。

時間は流動の中で捉えてこそ時々刻々の生の姿が見え、詩的世界は生動するはずである。時空を表現する俳句においてこの時間の区切りは奇妙である。

季語への疑問 九

「四季区分」の基準をどこに置くのか、という問題。次表の通り、四つの基準が考えられる。どの基準に立つかによって「月」の区切りに差異が生じる。例えば、春季の初めは何時からか。「太陰暦」は一月から、「太陽暦」は二月から、「暦の上」は二月四日頃から、「気象学上」は三月から、である。この基準はそれぞれの「俳句歳時記」編者によって異なるばかりではなく、読者の側も各自の基準が異なる。さて、この差異はどこで埋められるのか。

四つの四季区分

区分	太陰暦	太陽暦	気象学上	暦の上
春	1～3月	2～4月	3～5月	2～4月立春～立夏前日まで（2月4日頃～5月6日頃）
夏	4～6月	5～7月	6～8月	5～7月立夏～立秋前日まで（5月6日頃～8月7日頃）
秋	7～9月	8～10月	9～11月	8～10月立秋～立冬前日まで（8月7日頃～11月7日頃）
冬	10～12月	11～1月	12～2月	11～1月立冬～立春前日まで（11月7日頃～2月4日頃）
備考	江戸時代	現代の歳時記	一般的	現代の歳時記

季語への疑問 十

国際化の潮流の中で季語は生き残れるだろうか。グローバル化の現代では「季語」一辺倒の俳句では世界に生きていけないであろう。今や国際俳句大会が開催される時代である。風土や気候の異なる地球上の各国で俳句愛好者が増えている。その魅力は世界最短詩形としての魅力に尽きる。「季語を入れる」という内容規定は、四季の区別のない、多種多様な風土で暮らす人々には通用しない。

さて、「季語への疑問二」で明示したように季語の数は一般的には三千にも満たない数である。多分、四季分冊の大きな歳時記でもせいぜい五千語位であろう。季語は言葉の一部であって全体ではない。例えば、ハンディ版の「国語辞典」でも五、六万の言葉が収録されているであろう。季語に拘泥すると言葉を使う範囲が狭められ、言葉が固定化し、概念化してくるという弊が生じる。しかも、歳時記の季語を何度も使わざるをえないのであるから言葉は使えば使うほど垢がつき、言葉の鮮度が落ちるのは当然である。勿論、このことは季語に限らない。言葉の表現行為に係わる者は、同じ言葉を多用すればするほど輝きは褪色していくことを肝に銘じて創作しなければならない。

私にとって「季語」は通過儀礼的なものである。超季の立場から〝季語を言葉の海に泳がせる〟という観点に立つ。「言葉の海」から一番生き生きした言葉を掬いあげる。一句の中で血となり肉となる魂の通った言葉を掬いあげる。掬いあげた言葉が「桜」という春の季語であればそれでよい。無季の「目」の言葉でもよい、という立場である。一句の中でどれだけ言葉に喚起力があり、詩的表現として言葉が輝いているかを吟味する。使った季語に生気がなければ駄句だし、無季の言葉でも生気があり言葉が輝き、詩的創造力があれば一句は光る。有季も無季も同等に扱う複眼の姿勢で俳句に向かう。

作品の価値は季語の有無で決まるのではない。言葉の輝きの鮮度、表現の巧拙、探求の深浅、詩的創造性の有無などで決めたいものである。

今日、「文学」の中で「俳句」ジャンルは軽視されている。例を挙げる。昨年出版された『沖縄文学選集』（岡本恵徳・高橋敏夫編・勉誠出版）には小説・戯曲・琉歌・詩・短歌のジャンルは登場するが「俳句」は収録されてない。沖縄の近現代（およそ百年余）の文学の中から俳句は排除されているのである。これは研究者としての編者に責任があるのか、あるいは、俳句には歴史に耐えられる作品がなかったことを意味しているのか。

「うらそえ文芸」（八号）では鼎談「沖縄文学の現在と課題」（又吉栄喜・新城郁夫・星雅彦）が掲載されている。タイトルは「沖縄文学」と冠しているが「小説」のジャンルだけを論議している。今日の識者の認識は文学イコール小説なのである。文学のジャンルには小説以外にも「評論・戯曲・詩・短歌・俳句・琉歌」があることを忘れ去っている。マスメディアに登場する「文学フォーラム」「文学シンポジューム」などでも「小説」オンリーか、時たま「詩」のジャンルが取り上げられるだけで、短詩型文学は除外されている。桑原武夫の「第二芸術論」の刺を未だに抜けないでいるのであろうか。俳句は第一の芸術ではなく、第二の芸術である、と。

文学としての俳句の自立は「季語」とも関連している。今まで指摘してきたように、俳句は季語というアキレス腱を抱えている。季節を詠う文学であるという大前提が、俳句を狭くし閉鎖的世界に閉じ込め、時代を、社会を、人間を、問うものではないと内容規定している。従って、「文学は時代を映す鏡である」といわれながら、時代を映さない俳句の鏡は文学世界から排除される形になっているのではないか。

今、時代はテロと戦争という暗雲が世界を覆っている。日本は平和憲法九条の壁を破り、遂に武器を携行した自衛隊をイラクへ派兵した。軍事大国アメリカの顔色ばかり気にして主権者である国民には背を向けたままだ。軍事基地を抱えた沖縄はいつも平和が侵害され、戦火の血色の波が押し寄せる。防衛庁はマスコミに対し報道規制をした。国家による報道・出版・表現・思想の自由の侵害が現実化してきた。真実は闇の中へ葬られる。昭和初頭の俳句弾圧事件の悪夢が蘇る。

「文学とは既成概念を破り、新たな創造世界を構築すること」と言われる。この時代、俳句は何が書けるのか。

言葉を武器として何を表現できるのか。重い命題である。言葉は作者の責任において自分の立つ磁場で感性と想像力を駆使し、詩語として磨き、高めなければならない。言葉の観念化、概念化を戒め、事実を真実に高め、詩的創造力のある俳句宇宙を目指す。歴史の闇に葬られないためにも。

（註1）『俳句の弦を鳴らす――俳句教育実践録』（野ざらし延男編）より抄出。

（付記）初稿は「うらそえ文藝」九号に発表（二〇〇四年四月・浦添文化協会発行）／改稿は「天荒」一八号に発表（二〇〇四年五月・天荒俳句会発行）／本稿は改稿に〈註1〉を挿入した。

2 南島と季語 ――篠原鳳作の場合――

〝南島〟といえば篠原鳳作がすぐに頭を掠める。鳳作は昭和六年（一九三一年）四月から九年九月までの三年半、南島の沖縄県宮古島の宮古中学校で公民・英語担当の教師であった。所謂、雲彦時代である。

鳳作には人一倍親近感を覚える。なぜか。新興俳句運動の旗手として無季俳句を実践したことへの共感が第一に上げられる。筆者も俳人の端くれとして南島の沖縄において超季の立場から無季俳句を創っている。第二。鳳作が勤めていた宮古中学校（旧制）は、現在は沖縄県立宮古高等学校、奇しくも、約五〇年後の一九八一年、国語教師として沖縄本島の高等学校から転勤し三年間勤めたのである。第三。鳳作も私も生徒達に俳句指導したことへの共鳴。

年譜（『篠原鳳作全句文集』沖積舎）によると、「宮古島は見わたす限り碧一色の太平洋の上に浮かんでいる絶海の孤島である。しかし、空気はあくまで清澄、人情またあくまで素朴にして純真、鳳作はしだいにこの環境になじみ、課外で二、三〇名の俳句グループに作句の指導、選評を親しく行った」とある。

かつては絶海の孤島であった宮古島も今は、旅客機が飛び、沖縄本島とは毎日五便が離発着、東京直行便さえ就航する開けた島に変貌している。変わらないのは人情の素朴さと生徒達の資質のよさであろうか。私の三年間の在職中に生徒達が作句した作品数は実に二万四千句を数えた。「全国学生俳句大会」（日本学生俳句協会主催）で三年連続して特選を獲得した。三年間の俳句集成、生徒と教師の合同句集『脈』が第一回日本詩歌文学館奨励賞（日本現代詩歌文学館振興会主催・岩手）を受賞している。

さて、鳳作は「季語」をどう捉えていたのであろうか。「文章編」から順を追って辿ってみよう。鳳作が「無季」について最初に考えたのは何時の頃だったのであろうか。

昭和六年八月『鹿児島新聞』に発表した「梅史先生と語る」の一節。

「特殊な境地を開くといへば私の場合はどうすれば良いでせうか」（鳳作）。「君は琉球と云ふ特殊な所にゐるのだから琉球でなくては出来ない境地を開拓して行くのだ」（梅史）。

鳳作の胸のうちは知る由もないが、俳誌「泉」主宰の山本梅史の言を導火線にして「琉球」という南島が「季語」を問い直す契機になったのではないか。「琉球でなくては出来ない境地」を創造する為に、鳳作の胸に「無季」の芽が胚胎してくる端緒になったのではないか。この年の沖縄作品は有季定型句が並ぶ。

鶯を檳榔林に聞きにけり
部屋毎にある蛇皮線や蚊火の宿
浜木綿に流人の墓の小ささよ
炎天や水を打たざる那覇の町

昭和七年八月一五日『鹿児島新聞』に「銀漢亭訪問記」を執筆。銀漢亭とは吉岡禅寺洞のことである。

「沖縄の句をつくりたいと思つてゐますが、どうも、季感が乏しくて句になりにくいです」（鳳作）。

「この前台湾の人もさう云つてゐた。だがまあ云つて見れば夏だけの所なんだから、夏の季のものだけ句作したらよいだろう。従来の季題にない動植物でも何でも句にしてみたまへ、沖縄や台湾みたいな所は季と云ふものにさうとらはれる必要はないと思ふ」（禅寺洞）

鳳作にとって禅寺洞の言は「無季」俳句を胸に点火させた火打石になったであろうか。

昭和七年の沖縄作品。まだ有季作品である。

くり舟を軒端に吊りて島の冬

雲の峰夜は夜で湧いてをりにけり

豚の仔の遊んでゐるや芭蕉林

荒波に這へる島なり鷹渡る

昭和八年一月『泉』に「歳時記に注文をつける」の短文を執筆。鳳作が初めて「季」について発言した文であろう。

「熱帯、亜熱帯の動植物を詠じた句は無季として排斥する事なく常夏の国のものとして、準夏季のものとして広く俳壇に於て認めて戴ければよいと思ひます」

まだ無季を唱えてはいない。「準夏季」と称し、「季」に重心がかかっている。しかも、眼は、創造としての文学より「俳壇」に向いている。

昭和八年の沖縄作品。沖縄の自然を素直に描写した作品。

踊衆に今宵もきびの花づくよ

椰子の花こぼるる土に伏し祈る

炎帝につかへてメロン作りかな

青東風にゆられゆられてマンゴ採り

鳳作が本格的に「無季俳句」について言及するのは昭和九年九月の『天の川』に発表した「二つの問題」からである。小題の「季なき世界」の一節。

「最近季題は含まずとも句に季感さへあればよいと云ふやうな説が起こつてゐるが自分は一歩進んで、季なき世界こそ新興俳句の開拓すべき沃野ではないかと思ふ」

この文の中で鳳作は「花鳥諷詠より機械諷詠へ」を唱え、それ以後は「詩魂高翔」（『天の川』昭和一〇年五月）、「無季戦線に叫ぶ」（『天の川』昭和一〇年七月）と続き、無季俳句を果敢に推し進めて行くことになる。

昭和九年九月は鳳作が宮古中学校を辞めた月。翌月、雲彦より鳳作へ改号。皮肉にも、鳳作の無季俳句が火を吹き出したとき、彼は南島の宮古島を離れている。これは沖縄にとって不幸なことであったと言わねばならない。なぜなら、沖縄における無季俳句はスタートについたばかりで無季俳句の花は咲かなかったのである。

九月、『天の川』に発表した無季俳句の金字塔といわれる句。

しんしんと肺碧きまで海の旅

南島は無季俳句の豊饒な土壌を孕んでいる。鳳作を超える地元俳人の出現が期待される。

一九七二年十一月、宮古島・鎌間嶺公園に〈しんしんと肺碧きまで海の旅〉句碑が建つ。

『俳句空間』（弘栄堂書店）一六号所収。平成三年三月。東京。

3 「九州の視角」沖縄の現実——軍事基地の苦悩と俳句

沖縄の現実 1

常夏の島沖縄、東洋のハワイ沖縄——キャッチ・フレーズに毎年本土からお暇な文化人（?）が観光に多数やってくる。昼は紺碧の海と空に感嘆し、夜は琉装の美人（?）にかこまれて異土の旅情を味わう。そして、お決まりの南部戦跡を巡拝し、塔前で少なからず日本国民として感涙にむせび、戦争の悲惨さを胸に抱いて宿にかえる。翌日は昨日の塔前での涙を忘れ、カメラを肩に宝石だの、時計だのと安い外国製品を求めて街にでる。即ち、沖縄のショッピングの旅である。彼らは大方、身だしなみのいいブルジョワジーである。

しかし、今の沖縄に必要なのは、あたかも真の愛国者ぶって去って行くお偉い紳士・淑女が必要なのではなく、素足で沖縄を隅々まで歩くことのできる人間が必要なのである。

過去に佐藤総理をはじめ、安井総務長官、重宗衆院議長らが訪沖し、塔前で涙を流したが、彼らは沖縄の日本復帰問題を考えるどころか、日本の政治責任をさえ考えようともしなかった。彼らがいくら感涙にむせたところで沖縄同胞を救う行動に移さない限り、この地に眠る同胞の血は還らないのである。

一九四五年三月二三日の慶良間列島米軍上陸から同年六月二三日の沖縄戦の終り（史実に基づく、沖縄戦終結日は九月七日）に至るまで約二三万人の死傷者がこの地に眠り、傷ついたのである。「琉球史料」によるとその戦没者の内訳は軍人軍属戦没者数、二二、二四一人、一般民戦没者九二、一一二人とある。沖縄戦の犠牲は軍人軍属より一般民戦没者が多かったことに注目せねばならない。しかも、もう一つ注意すべきことは、軍人軍属の内訳中で防衛隊と称する強制的に民間の成年男子で編成された部隊の戦没者が一一、八七二人もおり、現役兵の五、〇四〇人よりもはるかに多かったことである。

画家、岡本太郎氏は『忘れられた日本——沖縄文化論』の中で沖縄戦の激戦地南部の摩文仁の丘に立って次の如く分析する。「情況はすべて知らされず、ほとんど盲目的だった無数の島民や兵隊達をかりたて、一発射てば直ちに千発のお返しがくるという。手も足も出ない圧倒的な敵に対して、為すこともなく退き、追われてきた。（中略）ついに最後まで虚栄の中に反省もなく『帝国軍人らしく』自刃した、――彼個人がどんな立派な人格の持主だったかそれは知らない。だがその軍部を象徴する暗いエゴイズム。――私は嫌悪に戦慄する。旧日本軍人の救い難い愚劣さ、非人間性、その恥と屈辱がここにコンデンスされている。これはもっともっと叫ばれてよい問題だ」と。

先年、来島した評論家大宅壮一氏は「ひめゆりの塔」や「健児の塔」に眠る若い人間が「帝国軍人らしく」自刃したことを「動物的忠誠心」だと批判し、沖縄住民の怒りをかった。たしかにその批判の眼は辛辣であったかも知れぬがそれは真に戦争責任を問うはずの評論家の発言ではなかった。批判のための批判に終り、毒舌を弄しているかにみられた。このことについて岡本太郎氏はいう「ある評論家が戦跡をみた感想としてこれを沖縄人の『動物的忠誠』であると言った。しかしそれは事実の見せかけだけ、それに語呂合わせをした浅薄なレッテルであり、またしてもエゴイスティックな判断に過ぎない。民衆が動物的だったというよりは、彼らをそのように駆りたて落しこんだ仕組み。軍部ならびに官僚のシステムの無恥こそ、巧妙によそおっていながら、まさしく動物的ではないか。その方を指摘しなければならないはずだ。痛烈な憤りをもって」と。そうです。沖縄人が動物的忠誠であったかどうかが問題なのではない。問題は日本軍部の官僚主義こそ批判の対象とすべきであるということである。

〈沖縄作品1〉

姫百合忌天心すでに時雨けり　　浦崎楚郷
新樹光健児の塔の肌に炎ゆ　　国仲穂水
黎明の塔へ夏潮色変えず　　新垣狂涛

さて、沖縄戦の最激戦地、摩文仁の丘は今も眼下に青い海が白い牙をむきだして環礁を噛んでいる。南国らしい景観ではある。その景観の中で浮かんでくるイメージは血まみれになった人間ののたうつ幻影である。はたして霊は安らかに眠っているであろうか。

世にはブームという人間の精神をまどわす奴がある。そのブームがこの戦跡地にまで入り込んできたのである。慰霊塔建立ブームである。ブームで建って霊が安らかに眠れるはずはない。一つの県が建てると負けてはならじと我が県も……という具合に次から次へとまるで建立競争である。競輪・競馬じゃあるまいし、妙な競争をされては困るのである。その規模も大きくなるばかりでさながら抽象彫刻展かデザインコンクールの観を呈している。御霊をもてあそんでいるかにみえる。現地に住む人間にとって心苦しい限りである。塔さえ建てば何でも慰霊になるものと思い歓迎する人々もいるが無知もはなはだしい。莫大な費用を使って県勢を競い合うよりは社会福祉面に使ってもらった方がどれだけ地に眠る御霊が喜ぶことか。ある人がこんなことを言っている。「純粋な気持で建てたのは二、三しかないでしょう。ほとんど選挙目当てのもの、県知事や議会議長が麗々しく顔をだしている」と。

霊を祀るはずのものがいつの間にか世の卑俗な価値観や金力に利用されているとはまことに矛盾した話である。これが沖縄の現実の一側面なのだ。

〈沖縄作品2〉

営みのなみだ乾き、摩文仁を迷うマリア　浦崎楚郷

冬落暉島の軌跡は墓碑ばかり　新垣健一

戦跡地のジャズの溺れ化石となる嗚咽　野ざらし延男

昨年の五月、北九州のホトトギス派俳人七〇余名が「沖縄戦跡巡拝、俳諧の旅」と銘打って大挙来島した。「姫百合の塔」に百合の球根五〇個の善意をたずさえての訪問であったが、無条件に喜べなかった。たしかに戦前・戦後を通じて俳人が七〇余名も訪沖したのは初めてであった。がしかしその訪問主旨に納得いかなかったのである。なぜならば戦跡地巡拝・俳諧の旅とはあまりにおめでた過ぎるのではないか。しかも、来島の俳人がホトトギス派とあっては花鳥諷詠よろしく、ひとかけらの批判精神もなく俳人の真顔をして帰っていったのは寂しいことであった。俳諧の旅などとしゃれ込まれる程沖縄はおだやかな島ではないのである。物見遊山で戦跡地を訪れる知識人が多いのにはある種の憤りと寂しさを感ずる。

寂しいことといえば白人や黒人が口紅を真赤に塗った女性を連れてガムをクチャ・クチャならしながらカメラを霊塔に向けているポーズである。奇怪なサングラスをかけ、奇妙な音楽が流れる霊域、これも基地沖縄の現実である。

また、霊域の前に立って花を押売りする老婆のみすぼらしい姿もみじめで寂しいものだ。貧しい沖縄の恥部をみせつけられる思いである。草花は野から摘んできて霊前に添えるもの、仰々しく押売りされては地獄の沙汰も……と溜息がもれようというもの。沖縄の矛盾した幾つかの顔がこの霊域に凝縮されているように思える。

次に訪沖俳人の沖縄詠作品を紹介しておこう。

姫百合の塔のうしろの菫つむ　　横山白虹
冬雲と詩碑と平らな那覇の街　　〃
花梯梧海に突き出て碑をのぞく　　角川源義
闇眩くと石敢当につきあたる　　〃
ああ山河死を代償のカンナ咲く　　堀井春一郎
仏桑華戦痕の民毛剛し　　〃
陽炎や楼門に彫る守礼の邦　　和田野石丈子
深海の汐の青さやパイン熟る　　石井桐陰

沖縄の現実２

沖縄の海と空の青さは、ときとして幻覚をさえ覚えさせるのであるが、現実の姿は南国の自然の明るさと逆に黒くよどんだ問題が鬱積している。

たしかに沖縄の風土は篠原鳳作や杉田久女を育てた。

しんしんと肺碧きまで海の旅　篠原鳳作
満天の星に旅ゆくマストあり　〃
琉球のいらかは赤し椰子の花　〃
常夏の碧き潮あびわが育つ　杉田久女
栴檀の花散る那覇に入学す　〃
潮の香のぐんぐんかわく貝拾い　〃

これらの作品は沖縄を詠ったものである。鳳作は無季俳句を唱え、新興俳句運動を推進し、中央俳壇に多大な影響を与えた俳人である。〈しんしんと肺碧きまで海の旅〉の作品はすでに俳句の古典にさえなりつつある。現代俳句の出発に一点を画した俳人がこの沖縄（宮古島）に住んでいたことを誇りに思う。しかも一ヶ年のうち約九ヶ月は夏の気候だという亜熱帯の沖縄の姿をみきわめ、いたずらに温帯にだけしか通用しない季語を踏襲しなかった叡智に感服する。かつて幾度も沖縄の地を踏んでいる横山白虹氏は次のような一文を書いている。「鳳作の感得したバイタリティとは社会相の中から発見して行くべきものだったようだ。自然の風物の中から汲みとろうとだけ身構えていたのは誤りだったに違いない」と。沖縄のように極東の最大軍事基地として昼夜ベトナムへ出撃している情勢では、自然相のみを詠っても真の文学的作品が生まれるはずはない。現実の社会相をまず作品の対象として詠うべきであることはいうまでもない。

杉田久女は幼少時代、那覇に住んでいたらしい。回想句が残っている。沖縄の太陽の強烈さとその明るさは生活や社会のものでなければならないはずだが、沖縄の現実は苛酷で暗い。

〈沖縄作品３〉

羽蟻あまた貧球わらって墜ちても這う　桑江常青
沈む孤島の楽器変調塩雨以後　〃
夜の爆音テレビの戦場唖となる　〃
旱魃の島へらへらと太陽墜つ　与儀　勇
弾痕の炎える列島首浮く湾　〃
東北季節風（ミーニシ）の湾口昏れて哭くばかり　〃
黒人街狂女が曳きずる半死の亀　野ざらし延男
月に汚点混血の児がしのび泣く　〃
白日の弦かき鳴らす拒絶の義指　〃

沖縄が米国に統治されている鎖はかのサンフランシスコ講和条約の第三条であることは今さらいうまでもない。この条文は「日本国は北緯二九度以南の南西諸島（琉球列島、大東諸島を含む）……中略……を合衆国を唯一の施政権者とする信託統治制度の下におくこととする国際連合に対する合衆国のいかなる提案にも同意する」という前段と「この提案が行なわれ且つ可決されるまでは合衆国は領水を含むこれらの諸島の領域及び住民に対して、行政、立法、及び司法の権力の全部及び一部を行使する権利を有するものとする」の後段からなっている。この条約は日本の当時の為政者が沖縄住民に惨々犠牲を強いておきながら、しかも沖縄住民に何一つ意志表示もさせず一方的に沖縄を身売りに出してしまっていたのだ。しかし、この条約も日本が国際連合の一国として加盟した今日では「信託統治」そのものが国際法上の意味をなさなくなっている事実に注目しなければいけない（国連憲章第百三条の規定に反する）。沖縄占領の法的根拠がないのである。それにもかかわらず米国は行政、司法、立法の三権の権利を掌握し、高等弁務官が拒否権をもっているのである。日本人でありながら日本国憲法が適用されず、県知事たる行政主席も未だ公選が許されていない現状である。沖縄には苦悩と矛盾が渦巻いている。

まず土地問題を考えてみよう。

琉球の総面積は約二、三〇〇平方キロで四国の約六分の一にあたる。琉球列島の島々の中心が沖縄島で、日本でいえば佐渡ヶ島よりやや大きく南北に細長くのびた島である。この小さな土地に住む人口の密度が高く、一平方マイルに一、一四二人の人間がひしめきあっており、米国と比較すると何とその密度は二二倍に相当するのである。昭和三八年九月一日調査の国連人口年鑑によると世界一の人口密度を有するオランダが一平方キロ三四二人、日本が二六五人なのに対し、国連の調査対象外にあった沖縄が三九一人（一九六五年一〇月現在）もおり、超密度の人口を有していることがわかる。この世界一の人口密度を有する島でその産業の主体が農業であるにもかかわらず、農地面積が六一、八七三エーカー（一エーカーは四段二四歩）しかない。農家一戸当り耕作面積が平均〇・八エーカーにしかならず米国の二六九分の一に過ぎない。この様な逼迫した土地を米国は沖縄本島において、軍事基地として八〇、〇〇〇エーカーも奪い取った。島の総面積の約二五％にあたるわけである。如何に沖縄の土地問題が重大で、かつ死活問題であるかがわかると思う。

この土地問題の発端は一九五四年、米軍が農民の四万五千エーカーの土地を一七〇〇万ドルの地代で収用しようとしたことに始まる。この地代は一坪三〇セント（日円百八円）にあたる。農民は土地を取り上げられた上にこんな安い地代では日々の生活さえできない現状であった。自分らの生活を奪われて島民が黙っているはずはない。土地を奪われまいとする怒りが島ぐるみ闘争へと展開して行ったのである。ここで知って欲しいのは、単に地代が安かったから反対したという単純なものでなかったことである。即ち、地代を受け取るということは先祖代々血をもて受け継いできた土地を自らその権利を放棄して、異民族の手に支配をゆだねることになることを沖縄住民が知っていたからである。誰も自分の国を他国にその権利をゆだねる馬鹿はいない。農民がブルドーザーや銃口の前で座り込み、闘ったのは当然であった。ここから〝抵抗の島〟沖縄が内外にもクローズアップされだしたのである。特に接収のひどかったのは沖縄本島中部の北谷村が田・畑・宅地・面積の九七％、読谷村が七二％、宜野湾市、嘉手納村では軍飛行場に大部分の平地が奪われ、砂利や岩だらけのわずかな耕地を利用して農耕を営んでいるのが現状である。

一九五四年四月二九日、立法院は〝軍用地請願決議〟を全員一致で可決した。①一括払い絶対反対②適正補償③損害賠償④新規接収反対。いわゆるこれが沖縄の土地問題を島ぐるみ闘争にもって行った〝四原則〟のスローガンであった。四原則貫徹、土地を守る県民大会へと始動して行ったのであった。

ここで土地問題で今なお苦悩し闘っている顕著な例をあげよう。

沖縄の北部に伊江島という小島がある。一九五四年六月、アイゼンハワー米大統領は年頭一般教書で「沖縄基地の無期限保有」を宣言し、伊江島の真謝、西崎両区へ米国は立退きを勧告した。立退き料は一戸当り約八三ドルから百六六ドルしか支払われず、しかも農作物は焼かれた。だからたとえ立退いても新たに家を建てることさえできなかったわけだ。同じ年の一〇月、真謝区民七八戸の全戸と西崎区五四戸にも立退き命令がきた。勿論島民は死をかけて抵抗した。米軍は農民の根強い抵抗にあい、ついに武装兵三百人を出動させ、家に火をつけ、家屋十三戸と畑を焼き払い強制接収した。また接収地で農耕をし抵抗した農民八二人を逮捕し「接収地に入ったら射殺する」とおどした。島民の中には土地を取り上げられたので仕事も生活もできず遂に栄養失調で死ぬ犠牲者まででた。しかし島民はめげず現在なお戦争反対を叫び、不当な弾圧と闘い続けている。

島民の一人はいう。「伊江島はわしらのものだ。この土地には祖先の血と汗がしみ込んでいる。自分の土地に住むのにアメリカの指図は受けん」と。

伊江島では爆音や砲弾の炸裂する音が陸や海を問わず鳴り響いている。（伊江島のみならず沖縄各地にみられる演習であるが）陸ばかりでなく海までも演習に占領されたとあっては半農半漁のこの島はいったいどうなって行くのであろうか。

島民は続けていう。「米軍は平和を守るために駐留するといっているが、しかし、米軍基地があるためにわしらは土地を焼かれ、人権を抑圧されている。米軍が来るまではこの島も平和であったのに……。米軍の紛争に巻き込まれて、県民が相手側から爆撃される恐れがある。わしらはこのような生活の不安の種になる軍事基地の存在は許すべきでない」と。が、米軍は沖縄住民の意志に反して、ベトナム戦略のために昨年から今年にかけて新規接収を沖縄本島中部の具志川村昆布部落に勧告した。コザ市では黙認耕作地の使用を禁止し、ベトナム戦への軍事物資堆積場にしようともくろんでいる。極東の安全を保持するためという美名のもとに米軍は沖縄で次々に莫大な軍事基地をつくりあげ戦略化して行っている。

近年、地元で句集『甘藷を負ひて』を発刊した久高日車氏の作品は風土や生活に根ざした作品が多かった。

旱魃の基地棚懸る赤い月 久高日車
弾拾いがんじがらめに子を背負う 〃
夏陽かっと異国の旗を目につつむ 〃
いつでもどこでも漁夫の裸貧しい島 〃

沖縄の現実3

土地を奪われた人々はどのように生活しているのであろうか。ほとんどが失業をよぎなくされているが、一部の人達は軍作業員として基地の部隊内でパス（写真をはった身分証明書）という厄介な奴を携帯して通勤している。しかし賃労働者として働いてはいるものの、その低賃金はまったくひどいもので他国民と比較してみると一目瞭然である。次の表をごらんいただこう。

『沖縄年鑑』一九五九年版より

国別	最低賃金	沖縄労働者との格差
アメリカ人	一・二〇セント	一・〇六セント
日本本土人	〇・八三 〃	〇・九六 〃
フィリピン人	〇・五二 〃	〇・三八 〃
沖縄県民	〇・一四 〃	

同じ人間でありながらなぜかくも冷遇されなければならないのだろうか。米国は土地を奪った上に低賃金で生活をしばりあげているのである。しかもここで働く労働者は自己の意思表示さえ制限されている。即ち、少しでも反米的な発言や行動があろうものなら〝赤〟呼ばわりされ、たちまち翌日は首切りである。だから祖国復帰県民大会などのデモ隊に参加することさえ自由ではないのである。

こういう悪条件のもとで一九六一年、全沖縄軍労働組合が結成され、現在一万二千人の組合員がいる。組合結成によりどうにか不当な首切りには対抗できても布令一一六号によって労働三権は依然として奪われている。この悪法布令一一六号と民立法とを比較してみると如何に悪布令かがわかる。①団交権・争議権が否定されている。②重要産業の争議行為を禁じている。③労働委員会の委員の任期及び身分の規定がない。④基地において労働争議をするためにピケッティングを禁じている。⑤クローズドショップ、ユニオンショップを禁止している。五つの大きな権利が不定または禁止されているわけだ。

沖縄住民は土地を奪われ、働く場所の自由も保障されず、自分の土地で自由に意思表示もできず、労働の基本権さえ認められてないのである。沖縄は未だ一七、八世紀の封建体制下をさまよっているかにみえる。民主主義を標榜する米国がやっているのだから矛盾もはなはだしいといわねばなるまい。これが沖縄の現実なのである。

沖縄の現実4

軍事基地なるがゆえに沖縄には種々の問題が派生する。米軍人による犯罪もその一つである。実態を知ってもらうために次の表をごらんいただこう。

年次別米軍人犯罪件数

一九五三年	三八四件
五四年	二七九件
五五年	四二五件
五六年	四四九件
五七年	三九四件
五八年	六二四件
五九年	六八八件
六〇年	八三二件
六一年	九八四件
六二年	一、〇七八件

罪種別米軍人犯罪件数

1.	器物毀棄	一、八一一件
2.	窃盗	一、六四六件
3.	詐欺	八五四件
4.	傷害	八五四件
5.	暴行	七九五件
6.	強盗	三一五件
7.	住居侵入	一六一件
8.	脅迫	一二一件
9.	強盗傷害	九二件
10.	公務執行妨害	八一件
11.	強姦	六六件

注（下段の罪種別犯罪件数は一九五三年から一九六三年までに発生した数のうち件数が五〇件以上の犯罪を明示したもの。資料は琉球政府警察局の資料による）

最早、説明は要しないと思う。米軍人犯罪は日常化している。特に最近はベトナム戦争のために米兵の素行が荒れて住民がそのトバッチリをうけている。米軍人の中には故意に犯罪を起し刑務所に入り、ベトナム行きをのがれようとする悪賢い奴がいる。その犯罪の被害者がすべて沖縄住民とあっては泣き面に蜂である。

米軍人事件の最も社会問題化したのは数年前に起った国場君轢死事件である。この事件は読者の記憶にもまだ新しいと思うが、シグナル青の横断歩道を渡っていたのにもかかわらず下校中の中学生が米軍車にはねとばされて即死した事件である。この事件が社会問題化したのは米兵が青の横断歩道で中学生を轢いたからだけではない。加害者の米兵が軍事裁判で無罪になった事実にある。尊い人命を奪っておきながら、無罪とは何たることであろうか。なかんずく、青の横断歩道での事故であってみれば明らかに加害者に罪があったわけである。アメリカ人は沖縄住民を人間とも思ってないのかも知れない。まるで虫ケラ同然に殺している。義憤にたえない次第である。ところがこの住民の怒りも知らずある女流作家は文化講演に来沖したさいの紀行文にこんな文章をつづっている。「新聞その他の出版物の反米論調の強いのにびっくりした。ちょうど私が行った日にアメリカ軍のトラックが赤信号を無視して学生を轢き殺した事件があった。普通の交通事故だがそれを取り上げて毎日論じている新聞の論調は少し異様だった。」

作家とは少なくとも社会の病理を抉る視点を忘れてはならないはずだ。何のために交通道徳があり人命尊重があるのだろう。横断歩道で轢死させた事件を「普通の交通事故云々」でかたづける文化人（?）にあいそがつきるというもの、まるで現代の人命軽視の風潮を肯定しているかにみえる。沖縄の現実の特殊性を知らない無知な発言といわねばなるまい。本土同胞にこのような無知な人々が多く存在することを恐れる。

沖縄住民に外人の裁判権のないことを本土の人々は知っているであろうか。相手は勝手に人を殺しておいて自分で裁くのである。かかる人種差別の存在する島が沖縄である。ときとして加害者の氏名さえ公開されず、わざと迷宮入りさせる事件もでてくる。専制政治もいいところである。世界人権宣言第二条に明記の「地域、地位に基くいかなる差別も受けてはならない」にも違反しているわけだが米軍は極東の安全と防衛のためというはったりで沖縄統治を続けている。

昨年の夏に起った米兵による日本国旗損壊事件も大きな反響を呼んだ事件であった。立法院でもこの事件を重視し、日本国民を侮辱し、住民悲願の祖国復帰を踏みにじる行為であるとして本会議で次の四項の決議をなし、高等弁務官あて送付した。

一、米軍当局は今回の事件について日本国民に対し正式に謝罪すること。
一、今回の事件について犯人捜査の結果およびその処罰を公表すること。
一、これまでの同様事件についての具体的処理を公表すること。
一、この種の事件が絶対に再発しないよう適切な措置をただちに講ずること。

この事件が立法院にまで持ちこまれたのはその当日が、六月二三日の「慰霊の日」であったからである。全住民が弔意をささげている日の事件であったわけだが、異民族支配のもたらす沖縄の特殊性がうかがえると思う。

〈沖縄作品4〉

犬眠る全く「沖縄」を排除して　山城久良光
混血児がポッカリ口を開けた夏　〃
幣振られながら銀蠅哮ける島　金　俚耳
Z機は破局へうみうま身を繋ぐ　〃
沖に空母竜の落し子砂に乾き　安島涼人
ナイキ試射幾たび島の星澄めり　〃

沖縄の現実5

一九六二年四月三日に起った第一球陽丸（一五〇トン）事件も異民族支配のもたらす悲劇の一つであった。おりしも西イリアンの紛争の緊張時である。

南方洋上で操業中の沖縄マグロ船第一球陽丸がインドネシア空軍機に機銃掃射をうけて死者一人、重軽傷者三人の犠牲者をだした。なぜこのような事件が起ったかというと沖縄船舶には日本国旗をかかげることが許されてないのである。布令（高等弁務官の発するもの）一四八号により国際信号旗のD旗の裾を等辺三角形に切りとったものを使用している。この旗は国際信号旗によれば「われを避けよ、われ操縦の意ならず」という情けない意味があるらしい。インドネシア政府は国籍不明の敵だと思い襲撃をかけたわけである。自国の国旗もかかげることができないとは何と矛盾した不合理な悲劇であろうか。陸では米兵に日の丸を損壊され、海上ではその旗さえかかげられない現状なのである。

国会でも野党がこの種の事件について追及したのにもかかわらず、政府はいっこうに解決策を講じようとする姿勢がないまま「考慮する」の一点張りで進展しない。

〈沖縄作品5〉

血が呼びあう「聖火」還えらぬものも燃えてくるか　作元凡子
脳天の荒さきざんで切れテープの寒さにいる　〃
汗がたまる足どり祖父の土地くれぬという　〃
いくさ場の丘に碑が立ち灯がない螢です　富山常和
海に沈みたたかいに生きた桜貝　〃

沖縄の現実6

昨年十一月に行なわれた立法院議員総選挙において、四人の候補者が開票前に被選挙権失格の宣言をうけたことも大きな波紋があった。米民政府布令六八号二二条の「重罰に処せられた者」に該当するとし無効を宣言したのである。無効宣言をうけたほとんどが野党候補であったことも注意する必要があろう。特に四人の中の一人、沖縄人民党委員長の瀬長亀次郎氏は一九五七年、沖縄最大の都市那覇市市長でありながら、米国の好ましからざる人物とされ、遂にその市長の職を追われた人である。米国は大統領行政命令第十二節において「基本的人権の保障」をうたっているが、自ら沖縄住民の人権を奪っているのである。内外で問題にされる渡航拒否も同じことがいえる。先述の瀬長氏などは昨年四月に行なわれた「アジアの平和のための日本大会」に出席するため渡航申請したが拒否され、沖縄復帰悲願の叫びを閉ざされた。まさに米国は自国の軍事政策に不利な人物とみた場合は出域も入域も許さないのだ。昨年、入域を拒否された日本人権協会の中野好夫氏の例もある。ある人は親の死に目にも逢えなかったり、進学や就職の夢をも絶たれた例もあった。飛行機で三時間足らずで来れる土地なのだが、今は近くて遠いのが沖縄と日本である。

今、日本政府を相手どって「渡航拒否による損害賠償請求」と「原爆被爆者の医療費請求」の「違憲訴訟」が行なわれている。これは日本人としての権利回復の闘いであるが、その違憲だとする根拠は前述の「平和条約」第三条は無効であるという点にある。まず第一に日本国憲法は国民主権の原理に立脚し、国は国民の信託により、国民の福利のため主権を行使するものであるから、憲法上の根拠がないかぎり主権の全部または一部を処分することはできない（仏共和国憲法第五三条第一項、独連邦共和国基本法第二四条第一項、伊共和国憲法第十一条には明記されているが日本国憲法に明記なし）。それにもかかわらず日本国は米国に沖縄の主権を委譲してしまった。だから同条約は憲法上の根拠がなく締結されたということになる。

第二に、たとえ憲法上の明文なくして主権の処分ができたとしても、人民自決の原理に照らしても処分に直接の利害関係を有する当該地域の住民の意思をたずねるなど、一定の合法的手続きをとることを要請されるはずだが、同条約はこの手続きを経てないのである。

その他、信託統治制度が日本国連加盟により最早意味をなさないし、国連憲章第七七条・第七八条・ポツダム宣言などにも違反し、無効であるという主張である。この討論は原告一人の討論でなく、原告は全沖縄住民だという立場にたたねばならない。また、単に法廷闘争にとどまらず、一大国民運動にまで展開して行くことを願う次第である。

〈沖縄作品6〉

追われた記憶の顔石敢当の冷え続く　石川世疑
唐獅子の眼にある鋭光鬼餅吊る　山城久良光
クレーンきしむ空に憑かれた鷹錆色に　岸本マチ子
地割れ底を根とす青葉の向く台風　南風原万里
島瓦の漆喰さび鷹の渡り疎に　瀬底月城
文化脆し台風来れば灯をかばう　太田田夫
島野火は島の暮色の芯となる　国仲穂水
万緑の真中鋲打つごとく詩語　新井節子
台風の眼の島蒼涼と月のぼる　安島涼人
農耕の唇荒れ台風真近かな海　野ざらし延男

沖縄の現実7

沖縄本島を縦貫している百キロに及ぶ一号線道路の周辺は軍事基地沖縄を象徴してあまりある。鉄刺線の中に山積みされた爆発物、トラック、戦車などすべての戦略物資の一大貯蔵庫になっている。ここから運ばれる武器で同じ人間の血をもつベトナム人を殺しているのかと思うと戦慄を覚える。

沖縄には中距離弾道弾「メース」基地が四つあるといわれている。メース基地は八つの発射台があり、一分間に一五発のロケットが二、二〇〇キロの射程へとびだす。二、二〇〇キロといえば中国の大半とソ連のシベリア、ハバロフスクあたりまで及ぶ距離だ。如何に基地として重要性があるかがわかると思う。米国が沖縄を手放しない理由がここにある。今、仮に一分間に四つのメース基地からおよそ五〇〇発のロケットが二、二〇〇キロの地点におちたとき、このちっぽけな島沖縄は木端微塵になっていることを覚悟せねばならない。なぜなら敵も当然同じ兵器をもち、報復攻撃をかけてくることが必定だからである。背筋の寒くなる沖縄の現状である。

ここで昨年起った基地沖縄の現状を新聞の見出し記事から拾ってみよう。住民が不安と恐怖の中で生活しているかがわかってもらえると思う。

・空からトレーラー降る——米軍演習投下誤り、バス停留所に落下
・空から「鉄箱」降る——米軍ヘリコプターから降下
・軍トラックから数個の兵器落つ——車二台をおしつぶす
・練習機墜落——民家から七〇米の海岸へ
・Z機爆音——学校は授業を中断。子供の思考力を阻害する——抗議大会
・まるで戦場——北部のパイン畑、キビ畑の中の演習
・療養もできぬ診療所——米軍演習により金武保養所・精神病院の患者恐怖におののく
・金武・伊芸区民の恐怖——照明弾落下演習
・バスに流れ弾——演習中の流れ弾
・基地の町コザ市で白人と黒人の集団衝突——深刻な人権問題
・米兵またもタクシー料金踏みたおす
・海兵隊員と落下傘部隊兵の集団衝突
・原爆被災者国家の補償なし——治療費もなく闘病の宿命

・原潜再び那覇軍港に寄港――シードラゴン号潜水艦
・Dロケット装備の空母入港――那覇軍港
・ベトナム行き軍用機発着激しさ増す――那覇空港民間機立往生
・マリン兵大移動――ベトナムへあわただしい那覇軍港
・B52Z機ベトナムへ出撃――報復攻撃におののく住民
・南ベトナム政府軍沖縄で特別訓練――山野でゲリラ戦
・目的不明のパスポート――米軍が沖縄船員へベトナム行きの勧誘のうわさ
・ベトナム負傷兵であふれる陸軍病院
・死人処理のアルバイトを応募か――ベトナム戦での死人続出

ちょっと抜き出しただけでもざっとこんな調子である。空からはジープやトレーラーが降り、海には原潜が遠慮なく出入し、陸では演習や爆音の絶えない島、これが基地沖縄である。

沖縄の悲劇を象徴的にあらわすのが過去に起った三つのZ機墜落事故とトレーラーによる少女圧死事件であった。宮森小学校（石川市）Z機墜落事件は一九五九年六月三〇日、火を吹きながら米軍Z機が小学校に墜落し、学童や周辺の住民が一八名も命を失い、二〇五名の負傷者が出た事件である。犠牲者の多くが児童であったがために、住民の悲しみも深かった。

トレーラー圧死事件とは、一九六五年六月十一日、読谷村でパラシュートでつるしたトレーラーが風に流され電柱をへし折り、逃げ惑う小学校五年生の少女を圧死させた事件であった。当時、全住民の米軍に対する怒りは頂点に達し、立法院本会議でも高等弁務官宛に抗議し、なお事故現場では県民抗議大会も開かれた。

いったい、幼い尊い生命まで奪う権利がアメリカにあるというのだろうか。しかも、その尊い生命の代償として遺族の請求する賠償金も満足に支払ってくれないのが実情なのである。

かような悲劇を二度とくり返さぬためにも住民は基地撤廃を訴え、戦争反対を叫んでいる。

〈沖縄作品7〉

唖になった歴史甘藷の大衆半旗かかげ　浦崎楚郷
落葉の饒舌さえぎるものなき地の渇き　岸本マチ子
赤い杭打って花野は基地となる　有銘白洲
銀漢へ主席公選ののろし煌々　石垣美智
基地の尖の涯冬汐に死ただよう　新井節子
偽善の島解かれぬ胸に時間逝く　津野武雄
父祖の土灼けベトナムに飛機翔たす　嵩元黄石
黒潮ぬくし戦後の屋根に獅子おける　渡口　清
螢絶えて流木の哭く未明の島　野ざらし延男

沖縄の現実8

焦土から立ち上がった沖縄の風土はたしかに南国の太陽に似て逞しい。毎年やってくる台風被害にも耐えてきた。時としてその生きることの根強さは蘇鉄を喰べて命をつなぐこともあった。戦火によって緑らしい緑のない沖縄の山河はそのほとんどが赤土の肌をあらわに太陽の光線にさらしている。軍事基地拡張のため米軍が山頂までもブルドーザーを入れ、山を切り崩しているのだ。ただでさえ人口密度が高く資源の乏しい狭溢な土地に容赦なく軍事基地の拡張は進められ、昨日の禿山は今日のミサイル基地と化すのである。残されたわずかな土地に沖縄の基幹産業である甘蔗畑とパイン畑が肩を縮めている。

作家、堀田善衛氏は「インドで考えたこと」の中でインドのデカン高原は残酷な土地だといったが、ここ沖縄もまさしく残酷な土地に違いないのだ。戦争で惨々本土の犠牲になり、風土は一草一木焼き払われ、残ったのは巨大な軍事基地であり、自治や基本的人権も奪われた軍政であった。

台風の爪跡の残酷さよりも基地沖縄の残酷さの方がはるかに重いのである。インドのデカン高原の残酷さが自然の残酷さであるなら、沖縄の残酷さは人間の精神を奪う残酷さだ。勿論、荒けずりの土地に育った琉球舞踊の優雅さや織物の紅型や陶器などによってある種の精神のやすらぎを感じることができるのであるが……。

筆者は思うのだ。このような基地現実を回避して何の文学が生まれるのかと。沖縄には沖縄俳句会という全琉を一丸にした集団があるが、ここに集う俳人は季語、定型を踏襲するホトトギス系の伝統派の俳人である。したがって俳句を芸術と考えず、自ら「俳句とはたしなむものなり」といい、江戸時代の連衆意識さながらの風流人である。俳句を有閑の具としているかにみえる。勿論、その中には良心的な俳句芸術の向上のために活動しておられる人々もいないわけではない。が先述のとおりの沖縄の熾烈な現実においては、問題性を内包する青年層を受け入れるまでには至ってないのが現状である。沖縄では文学以前の俳人の姿勢が大きな問題になっているようである。「四季」「河」「自鳴鐘」「同人」など本土結社の支部があるが、表だった活動はない。沖縄俳句会も過去に機関誌「島」を十一号まで発行したが、今は姿はみせぬ。沖縄には句会は数多くあっても、自己の作品を対外的に発表し、批判的に作品を対決させようとする俳人が少ない。わずかに青年俳句サークル「無冠」が同人誌二号を発行して、その対決の姿勢をみせたが、この「無冠」とて、決して同人全員が真剣に俳句文学と対峙しているとは思えない。前途は多難といわねばなるまい。とかく沖縄は文学不毛の地だといわれているが俳壇現況をみてもわかるように機関誌をもたぬサークルが多いことによっても、文学する者の主体的な意欲の表出に欠けていることがうかがえる。

機関誌のない沖縄では地元新聞の沖縄タイムスと琉球新報の両俳壇に負うことが少なくない。共に十年の歴史をもち、新人・中堅・長老までその投句者の年齢層は厚いが、必ずしも作品層は厚いとはいえない。なぜならば、両俳壇選者が伝統派の俳人なるがゆえに、無季派や口語・自由律派を退けているからである。

次に「タイムス俳壇」選者、矢野野暮氏と「琉球俳壇」選者、遠藤石村氏の作品を紹介しておこう。なお、石村氏は昨年末に句集『向日葵』を出版した。

〈沖縄作品8〉

台風夕焼け樹々接収の地を奪う　矢野野暮
環礁の寒をくだきて潮冥らし　〃
斑猫や島には島の詩の系譜　〃
製糖期の日がどつしりと村つつむ　遠藤石村
甘蔗倒し来し赤肌の夜も光る　〃
赤土のしめりとなりて月の射す　〃

〈沖縄作品9〉

甘蔗出しの一戸のまとう地の起伏　新城太石
一天の星きらめかす甘蔗の花　翁長　求
甘蔗やせて通行手形の黙認地　喜友名真津子
大鳥居の傾く視野に甘蔗育つ　新垣哲永
耐える民地軸に太き甘蔗の肌　石川世疑

さて、守礼の民といわれる沖縄住民は温和で親切で人情ゆたかだと外来者は評するのであるが、最早、かかる現実においては寛容と忍耐と忍従のおろかしさを感知せねばならない。従順さやおとなしいという美名を払拭せねばならぬ。

「小指の痛さは全身の痛さである」とは祖国復帰協議会会長喜屋武真栄氏の言葉である。たしかに沖縄は小さな島である。がその孤島の悲劇は日本の悲劇であることを本土の人々は知って欲しいのである。知ったかぶりの傍観者にならぬようにして欲しいのである。ベトナム戦争の実質的な加担者が日本政府にあることを忘れてはならないと思う。佐藤総理は沖縄からのベトナム出撃の違法性を国会で野党側から追求されても「国民感情としては同情するが、日本は条約上、米国に文句をいう根拠がない」と答え、むしろ、自分らが国民感情を無視して安保条約を結んだ責任を問おうとしないのである。

マイクロウエーヴによって日本と沖縄との時間的な距離感は縮めてくれたが、精神的な距離、二七度線は歴然として存在していることを忘れるわけにはいかないのだ。

日本賛歌地球が平らな子ばかり生み　　浦崎楚郷

この作品は文字どおり、日本を賛歌しているとは思わない。むしろ、沖縄住民にとっては挽歌である。挽歌であるはずのものをなぜ賛歌といわねばならなかったのであろうか。これは祖国復帰を願う現地住民のみの知る感情であろうか。「地球が平らな子ばかり生み」とは現状を批判してあまりあるではないか。

今年もまた日本本土と沖縄を切り離した「屈辱の日」四・二八がやってくる。〝闘いの島〟沖縄に目を向けよう。きっと、同胞の血の流れとそのぬくみを感ずるであろうことを信ずる。

コロコロと腹虫の哭く地球の自転　　延男

〈参考文献〉
『沖縄』比嘉春潮、霜多正次・新里恵二（岩波新書）
『沖縄』沖縄解放祖国復帰促進懇談会編（刀江書院）
『沖縄問題二〇年』中野好夫・新崎盛暉（岩波新書）
『二七度線の沖縄』牧瀬恒二（新日本出版社）
『民族の悲劇』瀬長亀次郎（岩波新書）
『沖縄からの報告』瀬長亀次郎（岩波新書）
『沖縄精神風景』牧港篤三（弘文堂）
『忘れられた沖縄』岡本太郎（中央公論社）

（『九州俳句』三号所収。昭和四一年四月・九州俳句作家協会発行・福岡）

4　俳句は時代を映す鏡になっているか

俳誌「俳句原点」編集部からの依頼原稿には「あたかも本年は戦後六〇年を迎え、内外ともに大切な曲がり角にさしかかったと愚考しております。俳句の世界においてはどうか――そんな二〇〇五年を〝かがみ〟に映してみたい」との文言があり、それに賛意を表し執筆を受諾した。

戦後六〇年に関連していくつか文章を書いてきた。その一つから今の筆者の思いを披瀝しておきたい。

／今年は戦後六〇年、沖縄から何が見えるであろうか。沖縄戦では地獄の炎を浴び、戦後も米軍専用施設が七四％（全国比）も沖縄に押し付けられたままだ。「平和」が著しく侵害されている島、オキナワ。沖縄からはイラク戦争の欺瞞が見え、日本の戦争責任や植民地支配にかかわるアジア人民の怒りが聞こえる。日本は歴史を鑑（かがみ）にしていない。日本は米英のイラク戦争に加担し、自衛隊を海外に派兵した。これは俳句と無縁ではないのである。国家権力は愛国心を煽り、「非国民」を選別し、思想・信条・表現・出版・言論の自由を奪うのである。「俳句弾圧事件」（昭和一五年〜一六年）の暗黒の時代を忘れてはならない。歴史の闇を透視する眼力を俳句の眼はもたねばならない。／（総合俳誌『俳句界』二〇〇五年八月号。一〇四ページより抜粋）

さて、依頼原稿の対象作品は『俳壇年鑑　二〇〇五年版』（編集部指定）の「諸家自選作品集」である。私の分担は二二〇ページから二三〇ページまでの十一ページ分、二二一句。この二二一句の中から「口語表現による作品」を評する任務である。

また、「『口語』とは――広く現代語を指す（広辞苑）と解しています」とする編集部の文面を念頭において筆を進める。

対象句を通読しての第一印象は俳句文学は激動の時代を映してない、ということである。「文学は時代を映す鏡である」と言われながら、自然は映しているが時代は映してないのである。なぜだろうか。その最大の原因は俳句を「季語」世界に閉じ込め、花鳥諷詠することをモットーとし、時代や社会の動きとは無縁な位置で花鳥風月を詠っている有季定型派が多いからである。

戦後六〇年の俳句史の中で桑原武夫の放った「第二芸術論」（昭和二一年）の矢は未だに俳句の体に突き刺さったままではないか。文学における俳句の封建性を依然として残したままだ。

言葉は時代と共に動く。しかし、有季定型の立場の人は文語を使い、歴史的仮名遣いで表記している。文語文法は一千年前の平安文法を基本としていると言われる。文語を使っている限りにおいて言葉は動いていないし、現代人の実生活から遊離している。歴史的仮名遣いは古典の中では生きているが現代では生きてない。即ち、有季定型の立場の俳句は現代人の肉声や息吹きを体感したところから声を発してない。勿論、俳句表現にはさまざまな表現法があっていいわけだから、文語表現そのものを否定するつもりはない。

作品を検証してみよう。

第一段階、言語面からの検証。現代語を使ってない文語の作品を抽出した。①文語助詞、文語助動詞を使った句。「や・ぬ・かな・けり・なり」などの例。②歴史的仮名遣いの句。「いふ・ゐる・匂ひ・数へ」などの例。③動詞、形容詞を文語文法で活用させた句。「過ぐ・淡き・熟るる・見ゆる・美しき」などの例。④文語表記をした句。「吐き出しさう・もものやう・しづごころ」などの例。⑤促音の表記が大文字の文語表記になっている句。「立つて・擦つて・真つ白」などの例。以上の五項にかかった文語作品は一七二句にのぼる。

では、残った四九句がすべて口語の作品かというとそうは簡単にことは運ばない。文語にも口語にも解釈される句がある。

〈山影は暮色のはじめ雪婆〉〈竹林へ踵の沈む露しぐれ〉〈巻雲の明日につながる秋日和〉〈白木蓮も遠山脈も大師の地〉〈業平の母の故里萩の花〉。これらの句は言語面からの判別が難しい。第二段階、内容面からの検証を試みた。伝統俳句には「有季定型・客観写生、花鳥諷詠」という不文律のような作句姿勢があるようだ。掲句には「雪婆・露しぐれ・秋日和・白木蓮・萩の花」などの季語が五七五の定型におさまっている。従って、掲句及びこれに類する句は口語俳句ではないと判断し、口語俳句の範疇から除いた。その数三六句である。

以上、言語、内容の両面から検証した結果、伝統俳句に属する句は二〇八句に膨れ上がった。なお、作品の評価は文語、口語の使用とは別次元の問題であることを断っておく。

残った句は十三句。現代俳句は一割にも満たない惨状である。十三句の特徴。口語、自由律、無季の句。季語を詩語として使い、季感に趣をおかず、現代人の意識の世界に重点をおいて表現している句。多少の温度差はあるが、現代語を使用し、現代感覚で表現した句と言うことになろう。〈高遠の　櫻は雨に　ぬれて咲く〉の句。口語で、分かち書きされた句であるが、内容は写生句と同じで深みがない。〈花を育て藻の立ちあがる沼明り〉の句。「花」を「桜」と解すれば有季定型句になるが、中七の「藻の立ちあがる」に客観写生を超えた現代人の意識が在ると判断した。〈忘れ癖ひどくなった鉛筆削りの尖らせた芯〉の句。自由律の句であるが、言葉が冗漫である。

最後に残ったのが共鳴句の一〇句。

声に出し麦秋という明るさよ　　山口　剛
つばくらめ円周率は3でもいい　　山崎昭登
馬を打つ枯野の謀反人として　　山田緑光
蜻蛉生れ遠まなざしの人体図　　吉田透思朗
ソーダ水地震研究所で笑う　　四ッ谷龍
星までのはるかな空虚松の芯　　和田悟朗
平和とは向日葵畑の迷路行き　　和田孝子
はみだした分だけ夕日を好きになる　　和田美代
夏焼けのたてがみをもつ青年ら　　涌井紀夫
戦争が近づいて来る蟬の穴　　渡辺鶴来

これらの作品には、時代の明暗、肉声、生活感、危機感が捉えられ、「人間とは何か」「詩的創造力とは何か」を問う、文学としての詩精神が見える。新しい俳句の地平を拓く革新の道は閉ざされてはいない、と感じた。

（俳誌『俳句原点』口語俳句年鑑二〇〇五　一一六号所収。二〇〇五年十二月　口語俳句協会発行　静岡）

5　沖縄文芸年鑑――俳句概観

■一九九四年版
沖縄現代俳句文庫、完結

今年は松尾芭蕉没後三〇〇年。果たして俳句の道はどれだけ、前進したであろうか。

近代俳句の前進に大きな足跡を遺した山口誓子が三月二六日長逝。享年九二。〈海にでて木枯帰るところなし〉〈夏の河赤き鉄鎖の端浸る〉など教科書でおなじみの作者。糸満市摩文仁・島守の塔に〈島の果て世の果て繁るこの丘が〉の誓子句碑が建っている。

県内俳壇、今年のトピックスが二つある。

待望の『沖縄現代俳句文庫』（「脈」発行所・比嘉加津夫企画）全10巻が完結した。

伝統俳句は有季定型を墨守する立場、現代俳句は無季非定型も認める立場。沖縄における〝現代〟を冠した句集一〇冊の出版は俳句史に一ページを記したことになる。俳句革新の時代の風は沖縄の地にも吹いて来たと言えよう。川満孝子『胸の高巣』・喜屋武英夫『旋律』・作元凡『へその城も』・仲本彩泉『地獄めぐり』・夜基津吐虫『天秤座のブルース』・野畑耕『青春の挽歌』・よなは景子『弾奏』（巻順）以上七巻は既刊。

今年に入って三巻刊行。

おおしろ建句集『地球の耳』（一月）

満月や森は地球の耳となる

石登志夫句集『逆光』（二月）

浜木綿に背中向ければ敵の如し

野ざらし延男句集『天蛇(ティンバウ)——宮古島』（十一月）

夕日ぐぐ満月くくく百合よ鳴れ

三月、「タイムス俳壇」（沖縄タイムス紙）の俳壇選者が岸本マチ子から穴井太（北九州在・俳誌「天籟通信」代表）へ急遽交替するという異変があった。そして、八月末、その岸本が第四四回現代俳句協会賞というビッグな賞を受賞した。沖縄タイムスは「人物地帯」（九月三日）で受賞を報じた。その談話より。

「松尾芭蕉も表現は口語体であった。伝統俳句もあるが、現在を生きている者として今の言葉で残したい」と。マチ子作品は伝統俳句を超えた地平から、〝情念のかたまり〟をつぶてのように放射している。時代の潮流は季語一辺倒・文語定型を超えて、時代の肉声を要請しているということであろう。

エイサーやみぞおちまでも怒涛して

岸本は第四句集『うりずん』も発刊（九月）

青嵐全身斧となりていく

さて、一月、恒例の「琉球俳壇賞」が発表されたが、選考評には疑問が残る。「本土の俳誌『星の友』や県俳句協会でも地賞を受け、身辺詠に力量を発揮している」「県俳句協会の理事をつとめるかたわら本土の俳誌『人』『斧』に所属、作風が安定している」と。この賞は読者俳壇の「琉球俳壇」（琉球新報紙）において「一年間を通して最も優れた作品を寄せた人に贈られる賞」である。投句された作品と関係ない部分まで選考対象にされては一途に作品と対決し孤塁を守り呻吟している投句者は納得がいかないのではないか。新聞俳壇の顕彰は作品賞であって、人物賞ではない。選考基準に曇りが生じていることを指摘しておく。

二月、新城太石（元・県俳句協会会長）句碑が国頭村辺土名「森林公園」に建立。

月さして辺戸の海鳴り地にひびく

句碑除幕式に合わせて『辺戸岬』（遺稿の句文集）も発刊された。

辺戸の海紺ひき緊めて稲熟るる

三月、第二八回「沖縄タイムス芸術選賞」奨励賞（文学・俳句部門）は川満孝子が受賞。胸の痛みを形象化した句集『胸の高巣』が評価された。

あめ色の空蟬が鳴く胸の高巣

俳句結社「風」（沢木欣一主宰）は全国総会を那覇市のホテルで開催（三月）。六月、二つの句集が出版された。友利敏子第二句集『花野』

甘蔗煮る屋号呼び合う島訛

酒井房子『蕗のとう』

夜のドラマ終る余韻に時雨けり

粟国恭子は沖縄タイムス紙に人物列伝シリーズ・沖縄言論の百年「末吉麦門冬」（八月）を三六回連載。俳人でもある麦門冬に光を当てた。

全国学生俳句大会（一月）の高校生部で西裕美（北谷高校）の〈春の庭わが家の男父一人〉が大会最高賞の推薦大賞を受賞、宮平涼子（読谷高校）の〈枯枝に冷めた教室ぶら下がる〉が特選。中学生部で特選二名。砂川直也（平良中学校）〈体が小さくなっていくような炎天下〉、青林かんな（沖縄女子学園）〈雑巾がけ積乱雲までぴかぴかだ〉。県内中高校生の活躍が光る。ちなみに小・中学校部の推薦大賞〈水たまりくるまがとおりふまれたよ〉（小一）・〈収穫後インデアンの家いっぱいだ〉（中一）、ともに無季の句。もう一つの全国大会「一茶まつり全国小・中学生俳句大会」でも特選に無季の句が入賞している。〈山々をぐぐんすいこむ高速路〉（小六）〈白壁から次々わき出る観光客〉（小六）〈太陽を満身に浴びゴール切る〉（中一）など。

今や俳句は国際化の時代、歴史は確実に進展している。ところが、県内には時代逆行の現象がある。学校教育の側から気になることを一つ。県俳句協会主催の「小中学校児童生徒俳句作品コンクール」が昨年から企画され、「応募規定」で「季語」「定型」の作品に限定していること。有季定型の伝統俳句だけが俳句であるという認識だけでは時代に即応した教育は不可能ではないか。教育は伝統を重んじつつも現代と未来を視野に入れた視点が必要であろう。有季も無季も、定型も非定型も、認める立場が望ましい。単眼でなく複眼を。審査委員（委員長）も明示するのが公募の最低限の決まりではなかろうか。

延男は第三一回「沖縄タイムス教育賞」を受賞（三月）。高校の教育現場における三〇年に及ぶ俳句実作指導が評価されたもの。また、句集『天蛇（ティンバウ）』のほか、『秀句鑑賞――タイムス俳壇一〇年・一九七六〜一九八五年』（六月）・生徒と教師の合同句集『俳句の岬』（三月・読谷高校）・中学生句集『薫風』（九月・沖縄女子学園・少年院）をそれぞれ発刊した。（以上十一月五日現在）

（「沖縄文芸年鑑」一九九四年版　一九九四年十二月刊・沖縄タイムス社）

■一九九六年版　おサムイできごと

〈言うまいと言えど今日の暑さかな〉をもじって、「暑さ」を「寒さ」におきかえてみたくなるような県内俳句界の状況がある。勿論、このサムサは気候のサムサではなく、「文学精神」のサムサである。昨年も触れたので今年は言うまいと思っていた。だが、その状況は悪化の一途をたどるばかり。それは、「琉球俳壇賞」と石村賞（琉球新報社主催）の選考、審査の在り方の歪みについてである。選考委員は琉球俳壇選者ほか三名。今年の「選考経過」（一月二五日）からBさんの受賞理由を見てみよう。

――俳歴は一三年で目下、県俳句協会理事、本土俳誌「鳳」同人、俳人協会会員等と活躍中で、各種の大会や吟行会等に欠かさず出席している。特に平成二年には「琉球俳壇賞」を受賞。県俳句協会主催の平成五年新春大会では「人賞」や高点句賞、平成七年夏季大会では「地賞」を得るなど、温もりのある堅実な作風に定評がある。以上のほかに、県俳句協会やその他のイベント等における連絡調整など、面倒見のよい明るい性格が挙げられる――と記し、作品五句が列記されている。

受賞理由を次の五つに分けて読み取ることができる。(A)「俳歴～活躍中」。選考基準の中に「俳歴」を入れているのは異常である。この賞は、「琉球俳壇」(読者投句欄)に「一年間に投稿された俳句の中から優秀作品を選んで表彰する」年間賞であり、人物の活動賞ではない。したがって、選考では俳歴は全く無関係でなければならないはず。この選考基準では無名の新人の登場は皆無と言ってよい。新人を育てる芽を自ら摘み取っている行為に等しい。(B)「各種～出席している」。琉球俳壇とは関係のない各種の大会にまで顔をださなければ受賞できないとは何事であろうか。作品でもの言うのではなく、「顔がものを言う」の類い。(C)「特に～得るなど」。県俳協会主催の諸大会に参加し、入賞することが受賞の理由とは、これ如何に。県俳句協会は自らを権威化し、公私を混同し、賞を私物化しているのではないか。(D)「以上の～明るい性格が挙げられる」。受賞理由に「性格」まで挙げているのは前代未聞の珍事。(E)「温もりのある堅実な作風」。唯一、作品評が十一文字で語られているが、文脈からすると、列記された五句についての評ではなく、県俳協会主催の大会での入賞作品評としか読めない。

以上の点から、受賞作品については何にも語られていない、真に珍奇な選考経過と言わねばならない。この閉鎖状況が今まで許されているところに沖縄の俳句界の退廃化が伺える。とりわけ、県俳句協会のおサムイ体質(県俳句協会の幹部が審査委員である)が問われている。世俗に堕した「俳句賞」が泣いている。木鐸としての新聞が泣いている。「選考委員よ襟を正すべし」。

県内の主な動き

第三〇回沖縄タイムス芸術選賞（沖縄タイムス社主催）文学部門の「俳句」で受賞者二名。出版した句集と実績が評価されての受賞。

喜舎場森日出（沖縄俳句研究会会員）。句集『闘ふ魂』（一九九五年十一月）を発刊。

鰯雲闘牛闘ふ魂重ね

蓑虫の鬼とならざる小さき目

金城けい（天荒俳句会会員）。句集『回転ドア』（一九九五年三月）を発刊。

胎内に子は戻せない桃の花

傷なめてゆく蝸牛の選択

二月。小熊一人（故人）句碑が名護市幸地川親水公園に建立され、除幕式が十一日行われた。一人（かずんど）は「琉球俳壇」元選者。千葉県出身、七五年に沖縄気象台に勤務。著書『沖縄俳句歳時記』がある。碑句は、

桜咲く城へ珊瑚の磴のぼる

句集出版。新田呂人『農日記』（二月）。土から生み出された純朴さが魅力の句集。

ピーマンの湧くほど穫れて捨値市

死に神の墓地を隣の花甘蔗

玉城一香が『現代俳句の手引き』（一九九五年十一月）を発刊。著者の三〇年余の俳句活動の総括を兼ねた四四六ページの大冊。「俳句はたった一七音の短い言葉のひびきあいの中で、作者の感動と言葉とが一体となってはじめて新しさが発見されてくるものであり、作者の小主観など道ばたの石ころほどの存在感にも及ばない」（あとがき）と吐露している。

生徒の部

全国大会での活躍が著しい。第一〇回「全国高等学校文芸コンクール」（全国高文連主催、一九九五年十二月）俳句部門で読谷高校から優秀賞〈小鳥から始まる樹々の話し声〉（三年、島袋仁）、優良賞〈噴水の粒子が暴れる炎天日〉（三年、池原祥子）の二句入賞。優秀賞は二位のランクで五句、優良賞は三位のランクで一〇句が入賞。応募総数二二九五句。第二六回「全国学生俳句大会」（日本学生俳句協会主催、一月）で北谷高校から〈夕立に黒人兵が濡れていく〉（二年、喜友名猛）が特選（二位）。県内の中・高校生が一五句入賞。高校生の部の応募総数七四六五句。

第七回「お～いお茶新俳句大賞」（伊藤園主催、四月）で読谷高校から二七句入賞。優秀賞〈芋虫がごろり地球をうらがえす〉（三年、石嶺葉子）。優秀賞（二位）は七句中の一句。読谷高校から四年連続の優秀賞の受賞。高校生の応募総数は七八七二一句。

「草枕全国俳句大会」（熊本市など主催、一〇月）で北谷高校から漱石大賞（ジュニア部門）を受賞。〈昼顔や目もとやさしき漁夫の妻〉（三年、末吉太）。漱石大賞は三句の中の一句。ジュニア部門の応募総数は八〇三四句。

物故者

嵩元黄石。一九九六年一月二日逝去。享年七四。戦後、沖縄俳句会の創設に参画、俳誌「自鳴鐘」（福岡）で活躍、第三〇回自鳴鐘賞を受賞。

猫とんでまたしぐれくる霊御殿（たまうどん）

黄砂降り黙の芯なす亀甲墓

平良好児。一九九六年四月一日逝去。享年八四。総合文芸誌「郷土文学」を主宰し、九〇号まで発刊、文学の種蒔く人であった。八〇年代の「タイムス俳壇」では平悪鬼加那志の俳号で活躍。八九年沖縄タイムス芸術選賞大賞（文学・短歌）を受賞している。

信号のない透明界へてんとう虫
初虹へ蝌蚪えんえんと梯子吊る

ご冥福をお祈り申し上げます。

(「俳句文芸年鑑」一九九六年版　一九九六年十二月刊・沖縄タイムス社)

■一九九七年版
二十一世紀を視野に

『現代俳句　七月号』(現代俳句協会発行・東京)は、「二一世紀の俳句の姿」を特集した。成井恵子は「多面的で良質の創造体への進化」の中で、二一世紀はインターネット、マルチメディアの時代、伝統的環境の解体と再構築の時代、『もの』より『イメージ』強調の時代で、自己解体とイメージが進行する。物とこころとの関係を、より人間のこころに比重を移して、個々の精神風景を精密に繊細にユニークに熱く描くことになると説く。上月章は「見えない不安をとらえる」の中で、二一世紀の文化、俳句を含めた短詩型文学は、不安という朦朧としたもの、見ているのに見えない、輪郭のはっきりしない、呆としたものの描出、無限定で混沌としたもの、理屈で説明できない不可解なものの表現。自分にしか見えないものを見通す力を鍛えなければならないと説く。

さて、県内の俳句の動きは二一世紀を視野に入れた活動が行われているであろうか。

県内の主な動きを見てみよう。

「篠原鳳作忌全国俳句大会」(主催・鹿児島県現代俳句協会・沖縄WAの会)が九月二一日、パレスオンザヒル沖縄(那覇市)で開かれた。大会には県内外から二三〇名が参加。三四都道府県から五六四名・二五三八句の応募。講演は伊丹三樹彦現代俳句協会副会長の「写俳及び俳句雑感」。大会入賞句(抄)。大会賞〈火柱になる為群れる曼珠沙華〉佐賀・たまきまき。沖縄県知事賞〈うりずんや目玉のように墓碑濡れて〉宮崎・小島静螂。那覇市長賞

〈おきなわの鎖の音や鳳作忌〉福岡・安倍泰子。平良市長賞〈散骨の海のぼりゆく青あげは〉鹿児島・神宮司茶人。宮古高校には特別賞が授与された。鳳作は昭和の初期に、評論と句作の両輪で新興俳句運動を推進し、無季俳句を提唱した。「俳句は高翔する魂のはばたきでなければならない。俳句は単なる花鳥諷詠であったり季語季感を主とするものであってはならない。花鳥諷詠より機械諷詠へ」と熱っぽく説いた。問題点を一つ。この鳳作の主張とは相反する伝統俳句の、季語と定型を墨守する有季定型派の俳人が県内から選者団に顔を連ねている。勿論、主催者側が依頼したのであろう。大会を盛り上げるための策であり、お祭り（？）だからいいじゃないかという意見もあろう。だが、鳳作の文学精神はどこに追いやられてしまったのであろうか。鳳作忌を修することは、故人の業績を継承発展させること。鳳作の蒔いた無季の種を発芽させ開花させること、さらには鳳作の句を超える作品を如何に生み出すかを各自が問う契機にすることではなかったか。周忌以外の諸大会なら選者団は多彩な方がよいと思う。今回の運営は名を取り実を捨てたということであろうか。

待望の『沖縄文学全集』第四巻「俳句」（国書刊行会）が発刊（九月）された。収録者二三六名・句数四七二〇句（一作家二〇句を収録）。解説「沖縄の闇を撃つ」（岸本マチ子執筆）・「解題」を収録。沖縄俳句の貴重なアンソロジーとして記録に刻まれることになろう。だが、他方では問題点もあった。小説・詩・評論などは編集委員による作品選定方式を採用し、文学的・歴史的観点から価値ある作品を収録した。だが、俳句編は公募制を採用し、作品は五年前に締め切られている（公募制が必ずしも悪いわけではないが、結果的に歴史上の著名な俳人・作品は網目からこぼれ落ちることになった）。五年の空白期間に、物故した人がいるし、新人の登場の余地もない。古い作品より新作を発表したかった、という応募者の声も強い。この間、応募者に遅刊の事情説明はない。「解題」で出版本を紹介しているが、基準があいまいで、客観的に歴史の眼を濾過して抽出されたものか疑問が残る。少なくとも公的機関（沖縄タイムス芸術選賞など）で評価された受賞者の句集は収録すべきではなかったか。誤字が多く、編集が杜撰である。この本の評価をさげた。

第一八回「琉球俳壇賞」(一月)は新垣春子・川崎盧月、遠藤石村賞は三浦加代子が受賞。第三一回「沖縄タイムス芸術選賞」文学部門(俳句)の奨励賞は石田慶子が受賞。第一回平良好児賞(宮古)は友利敏子・砂川智子が受賞。友利は句集『花冷え』『花野』を著した俳人。沖縄タイムス紙の「タイムス俳壇」選者が一月から穴井太から金城けいへ。四月、玉城一香から久田幽明へバトンタッチされた。沖縄タイムスは四月より「俳句時評」を新設、野ざらし延男が執筆を担当中。

主な出版本(出版順)

合同句集『耳よ翔べ』(第二集・天荒俳句会・三月)。二七名・七三五句を収録。グラビア「天荒略年譜」を付す。おおしろ建・金城けい・玉菜ひで子・神谷みさらが活躍。生徒と教師の合同句集『俳句の種』(読谷高校・三月)。生徒編は三四九名・一三六七句。教師編は十一名・九四句を収録。合同句集『颱風眼』(第六集・沖縄俳句研究会・五月)。五一名・二五五〇句を収録。「研究会の歩み及び会員の足跡」を付す。玉城一香・喜舎場森日出・当真針魚・久手堅倫子・山田晶子らが活躍。花神現代俳句シリーズ『岸本マチ子』(花神社・六月)。初期作品から今日までの九二一句を自選した句集。私家版俳諧歳時記『沖縄の四季』(八月)。喜舎場順著。春夏秋冬の四季に分け、一四四四句を収録。各句には自句自解を付す。

生徒の部

第十一回「全国高校文芸コンクール」(全国高校文化連盟主催・九六年十二月)。〈俳句部門〉真和志高校から優秀賞〈かくれんぼ隠れつづけて夏の闇〉平川達也・〈羽子板の見返り美人を裏返す〉大城由美子。優良賞〈秋風や校舎の上の電波塔〉宮里昇。第一回「全国高校詩歌コンクール」〈俳句部門〉(九州女子大学主催・一〇月)。中部工業高校から、最優秀賞(全国一位)〈梯梧よ咲けB52はもうこない〉具志堅崇。優秀賞〈ブランコで遊びつかれて眠る月〉瀬良垣翼・〈かまきりの目玉に映る青い空〉大城良史。同校は二三句入賞により学校賞もダブル受賞。
野ざらし延男は俳誌『俳句原点』（口語俳句協会発行・静岡）（七月）八三号より「俳句の原点を求めて」を連載開始した。

（「沖縄文芸年鑑」一九九七年版　一九九七年十二月刊・沖縄タイムス社）

■一九九八年版
文学としての俳句の自立

今日の時代状況の中で、俳句は文学として自立しているのか、という疑問が湧く。なぜなら、ブンガクと名のつく研究会やフォーラム及び出版本にはほとんど俳句が登場しないからである。文学イコール小説として位置づけされ、詩歌が軽視されている。とりわけ俳句は文学の最後尾に位置し、文学としての力が弱いと判断されている。なぜだろうか。

月刊誌『すばる』（六月号）は齋藤愼爾と黒田杏子の対談「追いつめられた俳句」を掲載、この件を論じている。齋藤が指摘する俳句界の問題点。①季語が俳人の美意識の宇宙観まで決定してしまっている。②写生プラス傍観的な人生態度が、一切忘我、没時代性へと通底している。③今日の俳句は文学ではなく芸事になっている。④日本の自然はやさしいから詩精神が眠り込ませられる。だから、言葉で風土から自分を剥離させる必要がある。⑤権威や年功序列の俳壇政治を排除して俳句を文学として考え、自立させること。

俳句が文学から除外されているのは俳人側にこそ問題が潜んでいるのではないか。俳句の自立のために俳人はもっと危機感をもたねばならぬ。

県内の主な出来事

第二五回「琉球俳壇賞」（一月・琉球新報社主催）は糸数春子・いなみ悦が受賞。読者投句欄「琉球俳壇」における年間活動賞。〈姫芭蕉洞窟にふんばる男神〉春子・〈ソーキ汁のラード固まる鬼餅寒〉悦。第三二回沖縄タイムス芸術選賞（二月・沖縄タイムス主催）で沖縄俳句研究会（喜舎場森日出代表）が奨励賞を受賞。文芸振興の立場から文学分野からは初のサークル活動の顕彰である。「琉球俳壇」は山城青尚から平良龍泉へ選者交替（二月）。琉球新報は小中学生向けの投句欄「俳句教室」を新設（八月）。選者は中村阪子。俳句を季語の世界に閉じ込めないで、子供たちの伸びやかな感性と創造世界を育てて欲しいものだ。

県外の俳句大会入賞

第三九回「九州俳句大会」（五月・鹿児島・九州俳句作家協会主催）。佳作賞〈赤子泣く空気の捩子を巻きつづけおおしろ房。第九回「お〜いお茶新俳句大賞」（七月・東京・伊藤園主催）。「一般の部」。ユニーク賞〈部屋中に森を呼び込む青畳〉平敷とし（北谷町・五三歳）。「高校生の部」。中部工業高校が学校賞受賞。優秀賞〈オートバイそのまま流れ星になる〉仲村将哲（沖縄市・一七歳）・〈卒業の手前でとまったカレンダー〉村山こずえ（読谷村・一六歳）・〈春の山クレヨンたちが目をさます〉横村善彦（沖縄市・一七歳）。応募数六八六、二七一句からの上位入賞。第四五回「長崎原爆忌平和祈念俳句大会」（八月・長崎・同実行委員会主催）。口語俳句協会賞〈斑猫と行く核の世の真昼かな〉（小橋川忠正）。

主な俳句関連の出版物

仲本彩泉句集『複製の舞台』（四月）。〈昼のさかりに突然鉄の錆のように悲しむ妹〉〈皆で箸をもってつつく焼きあがりの肉親〉。今年収穫の句集である。

『白いチョークをひとつ下さい』（六月・新声社）福島泰樹編著。「俳句定型が現在かくまで突出したことがあったか」と言わしめた中部工業高校生の俳句一五句が、一ページ一句組で解説されている。〈梯梧よ咲けB52はもう来ない〉具志堅崇・〈異次元のゲートを開く蟻地獄〉山内康行・〈戦争が食卓の会話盗みだす〉宮城健司、ほか。

『天荒会報』一九九七年鑑号（六月・天荒俳句会）。二〇〇号記念の長寿の機関誌。作品欄以外に、天荒秀句鑑賞・席題作品鑑賞・わたしの共鳴句・俳句エッセー・野ざらし俳句を読む、などを連載。おおしろ建・神矢みさ・玉菜ひで子らが活躍。

『薫風』九号（九月・沖縄女子学園・少年院）全国俳句大会入賞句を含む、矯正施設の少女たちの異色句集。〈鉄砲百合父への想い撃ち放つ〉水野麗華・〈扇風機会話までもが飛ばされる〉前田篠・〈母思うバス駆け抜けた夕焼けに〉小櫻繭・〈滝の向こうに母がいてもとどかない〉桃原七瀬・〈ミニとまとプチュとはじける恋心〉森口友美、ほか。

生徒の部

第一二回「全国高等学校文芸コンクール」（全国高等学校文化連盟主催　九七年十二月）「俳句部門」。県内から優秀賞三句・優良賞三句を含む八句が入賞。優秀賞〈新涼や浴槽の波たてている〉知念良枝（真和志）・〈灰皿に吸い殻つもる沖縄忌〉徳田安彦（真和志）・〈真夏日や爆撃音とコカコーラ〉與久田健次（北谷）。平成九年度「一茶まつり全国小中学生俳句大会」（炎天寺・同実行委員会主催　九七年十二月）。「中学生の部」。特選〈赤顔は夕陽のせいよフォークダンス〉上里真由美（平良北）。第二八回「全国学生俳句大会」（日本学生俳句協会主催　一月）。「高校生の部」の入賞五四句中、県勢が一七句入賞。特選（二位）は七句中五句を占めた。〈もうそこにさよならがあるソーダー水〉平木雅浩（宮古）・〈シャボン玉邪馬台国へ飛んでいく〉新城安樹（中部工業）・〈ひと吹きで命授かるシャボン玉〉宮城由美子（普天間）・〈余るほど自由があって隙間風〉新垣睦美（読谷）・〈人ごみに浮かんでた母体育祭〉幸地吉志乃（具志川）。「中学生の部」。特別賞（日航財団賞）〈蟻地獄心の闇を食い尽くす〉林樹里（沖縄女子学園）。第二回「全国高校詩歌コンクール」（九州女子大学主催　一〇月）。中部工業高等学校から一〇句入賞し二年連続の学校賞を受賞。優秀賞〈白百合の下からきこえる死者の声〉久高良太。審査員特別賞〈蟬殻が不動明王にらんでいる〉伊礼弘貴。第一三回「国民文化祭・おおいた98文化祭俳句大会」（同実行委員会主催　一〇月）。日本伝統俳句協会大分県部会奨励賞〈ゆかたの子ロボットのように歩きだす〉狩俣寿（上野）。

物故者

穴井太氏。元「タイムス俳壇」選者。俳誌「天籟通信」主宰、福岡県出身。現代俳句協会賞。句集『ゆうひ領』ほか。一九九七年十二月二九日逝去。享年七一。〈夕焼け雀砂あび砂に死の記憶〉。石原八束氏。俳誌「秋」主宰。山梨県出身。芸術選奨文部大臣賞。句集『空の渚』ほか。一九九八年七月一六日逝去。享年七八。『沖縄俳句総集』に沖縄詠作品三〇句を発表。〈熊蟬も潮騒も沁む健児の塔〉。ご冥福をお祈り致します。野ざらし延男は俳誌『俳句原点』（口語俳句協会発行・静岡）に「俳句の原点を求めて」を連載中。

（「沖縄文芸年鑑」一九九八年版　一九九八年十二月刊・沖縄タイムス社）

第二部　米軍統治下と〈復帰〉を問う

Ⅲ章　米軍統治下と俳句

米軍統治下二十七年と俳句――憲法の排除された沖縄から

俳誌「俳句原点」編集部から依頼されたタイトルは「憲法60年と沖縄の俳句」。沖縄は、日本国が太平洋戦争においてポツダム宣言を受諾し、一九四五年八月十五日無条件降伏した終戦から施政権返還された日本復帰の七二年五月十五日までの二十七年間は米軍政の統治下にあり、日本国憲法は排除されている。この占領下の暗黒の時代をこそ照射しなくてはならない。本稿では排除された歴史の背景と編集者の意図する「憲法」を視野に入れて沖縄の俳句史を概観し、検証する。

沖縄は去る沖縄戦で島が丸焦げになるほど戦火を浴びた。日本本土の防波堤にされ、捨て石にされ、地獄の炎が島々を襲った。老若男女が地上戦に巻き込まれ二十万余の戦死者を出した。日本復帰後、初めて平和憲法の適用下に置かれたが平和とはほど遠く、国土面積の〇・六％の狭隘な島に、在日米軍専用施設が七四％も押し付けられている。新たに、普天間基地移設の新基地建設を本島北部のジュゴンの棲む辺野古崎に強行しようとしている。沖縄は国策によって、戦中、戦後、捨て石にされたままである。日本国は「戦後六十二年」「憲法六〇年」というが、沖縄には「戦後」も「憲法」もなかったのではないか。平和憲法下の今も工事現場や洞窟や山野から遺骨や不発弾がでてくる。国は戦後処理さえ放置したままである。沖縄では戦死者も生者も戦争の影に怯えながら六十二年を歩んできた。

1　戦中と終戦後作品

【戦中作品】

屍の数ちらばれり芒の穂　大見雅春

春雨の野にひれ伏して身を守り　〃

米機より焼き拂はれり秋の町　〃

雅春には遺句帖「頭陀袋」がある。三句目の「米機より」の句には「一九四四年一〇月一〇日午前七時一〇分ヨリ午後四時マデ空襲ニヨリテ、渡久地、那覇市全滅」の前書きがある。十・十空襲詠。雅春は「琉球ホトトギス会」「みなみ吟社」「月桃句会」などで活躍した。

陽炎や整備を急ぐ戦車列　翁長鷺汀

朧夜や草はふ兵の決死行　〃

大寒の河透かし見る夜襲かな　〃

壕内に警報解けし春寒し　〃

應答の切れたる基地や雁渡る　〃

鷺汀は吉田冬葉に師事し、「獺祭」「虎落笛」「青雲」などで活躍、三十三歳で夭逝した。

【終戦後作品】

烈風に敗戦ニュース乗せて来る　比嘉時君洞

この侮辱に絶へ秋空の高さに深呼吸する　〃

朝の冷水を飲むユウナの花が暗い　〃

弾拾いがんじがらめに子を背負う　久高日車

夏陽かっと異国の旗を目につつむ　久高日車
旱魃の基地柵懸る赤い月　〃
銃声の冴しすぎる冬木立　西原歩牛
測量旗はためく丘や冬の海　〃
異国めく島の姿や青葉颪　〃

時君桐は沖縄における自由律俳句の草分けの人、「石くびり句会」を興した。日車は戦後の沖縄俳句界で活躍し、句集『甘藷を負ひて』（六四年）を出版した。歩牛の遺句はタバコの内装の銀紙を裏返して書き込んだもの。俳句への執念が伝ってくる。晩年は失明した。

一九四五年（昭和二〇年）の沖縄戦の終結後、米軍による沖縄の占領統治の基本法令とされる「ニミッツ布告」が発せられ、沖縄住民の権利、日本国民としての権限が停止された。米民政府による布令・布告政治が沖縄を恐怖に陥れ、司法・立法・行政の三権を奪い、主席（現在の知事）は米軍の任命であった。沖縄の住民が虫けら同然に扱われていた時代である。

一九五二年四月二八日に対日講和条約（サンフランシスコ平和条約）が発効。日本は独立国となったが、第三条では北緯二九度以南の南西諸島（小笠原諸島・奄美・沖縄）が日本から行政分離され、アメリカの信託統治下におかれた。日本は独立と引き換えに南西諸島を身売りしたことになる。

沖縄の日本復帰闘争では条約発効の「四・二八」は「屈辱の日」と位置づけられ、沖縄本島の北端、辺戸岬から与論島（本土）に向かって篝火を焚き、分断された条約を糾弾した。また、二七度線上の海上では「沖縄返還要求海上大会」が行われた。（後に、祖国復帰闘争はナショナリズムに傾斜し、空洞化しつつある日本国憲法の内実を見抜けなかったなどの検証がなされた）。

同条約は旧安保条約（現・日米安保条約）と抱き合わせて締結され、「防衛の援助」と「極東の平和維持」のために「アメリカ軍の駐留と基地の許与」を認めた。この条約が六十年六月二三日発効の「日米安保条約」に引き継がれ、沖縄に米軍基地を置く根拠になっている。「六十年・安保闘争」で時代は揺れた。

日本国憲法の施行は一九四七年（昭和二二年）五月三日。この時、沖縄は米軍の占領下にあり、憲法の適用外にある。沖縄は対日講和条約と安保条約の二つの鎖によって、二七年間、異民族支配下に置かれ、沖縄から平和・自由・民主主義・人権は剝奪された。この間、日本国は戦後復興を遂げ、沖縄の犠牲の上に経済大国としての繁栄を築いてきた。日本国憲法の三本柱とされる「平和主義・国民主権・基本的人権」は沖縄からは排除され、柱は折れたままである。

七二年五月一五日に日本復帰。沖縄にとってはこの時点からやっと日本国憲法が適用されたが軍事基地は米軍占領下のまま丸ごと抱え込まされ、憲法九条で謳われた「戦争の放棄、戦力及び交戦権の認否」は瓦解している。沖縄には戦力の軍事基地があり、朝鮮戦争・ベトナム戦争・湾岸戦争・アフガン戦争・イラク戦争のそれぞれの戦争で爆撃機の発進基地になっている。日本の国土から他国を侵略し、人殺しのために戦闘機が離発着している。憲法九条は完全に骨抜きにされているのである。

憲法の「前文」には「日本国民は〜わが国全土にわたって自由のもたらす恵沢を確保し」と謳われているが、この「全土」から沖縄は排除され、「自由」は奪われている。沖縄には憲法二五条で保障された「すべての国民は、健康で文化的な最低限度の生活を営む権利を有する」という「最低限の生活を営む権利」さえ奪われているのである。

2　米軍統治下の俳句——一九四〇年代

戦後初の俳句作品の登場は「ウルマ新報」（四六年五月二六日から「うるま新報」に改題）に「心音」（詩・短歌・俳句欄）が設けられたところから出発した。「ウルマ新報」（四五年七月二五日創刊）は戦後の沖縄初の新聞であったが米占領軍の情報宣伝紙であった。戦後初の俳句作品発表の場が米占領軍の情報紙であったところに沖縄の虐げられた暗部の歴史が覗く。

発行当初は手書きの謄写印刷、四五年九月五日発行の七号から活版印刷になっている。八月十五日発行の第四号の見出しには「渇望の平和　愈々到來」「平和か戰争か、全世界の視聴日本に集まる」などがあり、「原子爆弾太平洋戰線に現わる」の記事には「八月六日、B二九、一機が僅か数ポンドの原子爆弾を廣島に投下した。此の爆弾は、これまでの戰史の中で、最も爆発力の強いもので今次の投下でその偉大さが確認された。此の原子爆弾は、米英両國に依って造られたもので、今回初めて使用された」とある。被爆国の視点ではなく、戦勝国を誇示し、原爆を「偉大」だとする狂心的な占領軍の視点から書かれていることが判る。

四七年四月には民営に移り、歴代社長は島清、瀬長亀次郎、池宮城秀意、又吉康和へと引き継がれ、五一年九月一〇日「琉球新報」と改題され、現在に至る。「心音」欄は四六年十月十一日の六四号より「短歌」が登場。「俳句」は一カ月遅れの六八号（十一月八日）が初登場で、タイトル付きで四人の句が載っている。

山と追憶　　　　　　　　**比嘉時君洞**

暁に起き出でて誰にか告げむ池の水たゝえ
夏の山聳え川と追憶が流れる
夏海に對へば奇しき運命と白浪が散る
戦争談惨たり吾等生きて聞

夏海の展けし道や花香る（百名街道）

病　　　　　　　　　　　　　眞喜屋牧也

端居せば月は我をも照らすなり
穂芒に横はりたる大焦土
踊の輪月の波を踏む□も□り

夕涼　　　　　　　　　　　　松田草花

畦涼し田の上の灯は□□□
生きて仰ぐ月に汚れを□えけり
土橋も芒もありて移り住む

秋の風　　　　　　　　　　　紅　石

石川や濱の眞砂に秋の風
子順に母肥え太る秋の風
秋風や無弦の琴を伏せにけり

筆者註（□は判読不明の文字）

注目点は自由律派の時君桐をトップに据え、句数も多い点である。これは伝統俳句（ホトトギス派）の眞喜屋・松田・紅の三人よりは時君桐の方が社会的評価は高いことを意味し、興味深い。本欄には、後に活躍した数田雨條・大見雅春・原田紅梯梧らも登場するようになる。

3　一九五〇年代――黎明期

五〇年代には占領者（琉球列島米国高等弁務官府）が発行した二つの宣撫機関誌がある。「今日の琉球」（五七年創刊）と「守礼の光」（五九年創刊・米陸軍第七心理作戦部隊）である。前者は、米民政府の宣伝、琉米親善、海外研修者の感想などの記事が中心。後者は日米琉の文化や歴史を中心に、写真も多く取り入れた柔軟な編集。例えば、六七年の九八号の「目次」には「弁務官のメッセージ」「沖縄の基地経済」「英語教室」「アメリカの旅」「芸術と文化の殿堂・リンカーンセンター」の他に「琉球昔話」があり、特集記事扱いとして「久高島のイザイホー」（比屋根忠彦）が六ページに渡り、「写真と文」が紹介されている。「守礼の光」は一〇万部を「沖縄本島内の各市町村役所、商社、軍施設、学校、各琉米文化会館」などへ無料配布していたとされる。発刊二年目から「読者の花かご」（読者投稿欄）を設けて詩・短歌・俳句を募った。活字に飢えていた一般人に混じって中・高校生の投稿もあった。文化、教育面からの懐柔策は反米色を和らげる狙いがあったと思われる。俳句に注目作品はない。それは投稿作品のレベルの低さを意味すると同時に、検閲によって占領者への抵抗や抑圧された心情を書いた作品は没にされているであろうと推測されるからである。

【一　般】

春海の紺の中なる「波の上」　（六〇年三月）
菜の花や尾根に草笛ききおれば　（六〇年十二月）
鰯雲つり場の水にひろがれり　（六二年一月）

【中学生】

朝霧が小山をつつむ冬の朝　（六〇年二月）
雨降って絶えることなしカエルの歌　（六一年六月）

【高校生】

赤とんぼ暑き日に来て水に舞う　（六七年七月）
せせらぎの音東風よりもやわらかく　（六一年九月）

われに似てうちひしがれし野辺の花　（六二年一月）
北風の這い入る隙間太さます　（六二年十二月）
（※作者名を割愛した）

戦後、沖縄初の俳句会「みなみ吟社」が発足し、俳句機関誌「みなみ」を創刊（五〇年十二月）した。縦十三・五センチ、横十八センチの手帳サイズで、手書きの六ページの句会報。参加者一四名。三〇句。この小さな句会報誌が戦後初の俳句機関誌として産声をあげたことになる。俳句を趣味とする同士が集い、戦争によってぽっかり空いた心の穴を俳句で埋めようとした。作品は花鳥諷詠や身辺雑詠が主流で、異民族支配下の桎梏や抑圧に対する抵抗を詠った作品は見当たらない。しかし、軍政下の敷かれたレール上ではなく、焦土から立ち上ってアイデンティティーを求め、心の支柱として俳句の種を発芽させようとしたところに意義があるといえようか。

虫に澄む心俳話にいよゝ澄む　数田雨條
朝寒や吾子の寝息の肌にしむ　伊江峰人
相倚りて語りつゝ行くすゝきかな　安島涼人
朝寒や一番バスを乗りに行く　大見雅春
尿の先故国へ向けて朝寒し　矢野野暮

「みなみ吟社」俳句研究会を創設した数田雨條は戦後沖縄の俳句界の黎明期において活躍したリーダーである。本名、糸数幸信。一九一五年生まれ。沖縄県中頭郡西原出身。台湾、香港の生活を経て沖縄に住む。一九五五年頃千葉へ転住。三句集を発行した。
戦後初の句集『章魚（たこ）の樹』（五一年）より。

春風に押さるゝ如しハイヒール
焦土這ふ蟻の如くにいのちのがるゝ

草いきれ闘牛場へ人の波

『夜光虫』（七一年）より。

豁然と枯野星あり風の涯

初日燦人工衛星宙になし

穢れたるものを見し目に夜光虫

「みなみ吟社」俳句研究会は句集『翠巒（すいらん）の島』（著作兼発行人・数田雨條。五四年）を発行。個人句集ではなく戦後初の「合同句集」（みなみ吟社会員）であるが俳句歳時記風な編集がされている。五六人・五五二句を収録。「新年の部・春の部・夏の部・秋の部・冬の部」の五部（季語）に区分。十句を抄う。

翠巒の島々を率て春の雲　数田雨篠

この島はなべて翠巒初日影　大見雅春

炎天や火となる船の錆落す　久高日車

火蛾狂ふ喚問の椅子詰め寄らる　安島涼人

元朝の土の黒さに立ちし軍鶏　伊江峰人

彈痕の鳥居長蛇の初詣　石川流水

青踏や十万坪の別天地　青木恵哉

吸殻のルージュに春愁ふと襲ふ　松本翠果

葉桜の庭に迫れり本部富士　有銘白州

竜舌蘭咲きてこれより坂は急　矢野野暮

「みなみ吟社」俳句研究会の発足を契機にして「浜木綿句会」（五〇年・古見英市代表・屋我地）・「みなみ吟社首里支部」（後に、「あかぎ句会」改め）（五一年・松本翠果代表・首里）・「月桃句会」（五二年・井上兎径子代表・普天間）・「同人社沖縄句会」（五二年・六車井耳代表・首里）・「芳魂句会」（五二年・饒波赤土代表・伊江島）・「海燈句会」（五三年・内間壺影、山城賢三ら・伊江島）・「玉藻句会」（五三年・大見雅春、井上兎径子ら・那覇）などの句会が各地に発足した。句会への参加者は同じ人が複数の句会に顔を出していたりする。五三年から五五年頃までの「琉球新報」には「みなみ吟社」「月桃句会」「玉藻句会」の句会報がほぼ毎月掲載され、新聞社が文芸復興に力を入れていることを窺わせる。「月桃句会報」より戦後の姿の見える句を抽出する。

稲雀戦後の島は減りしまゝ　大見雅春
この島を逆さにしたる守宮かな　永淵閑堂
ブルドーザー日永の島を押しめぐる　土師ゆきを
首里はまだ廃墟のままよ雲の峯　井上兎径子
接収の難をのがれて展墓かな　渡辺豊水
ブルドーザーに立ち向いたる大ハブよ　遠藤素舟

〈参考文献〉

『沖縄大百科事典』（上・中・下）（沖縄タイムス社）。『沖縄俳句総集』（野ざらし延男編著）。『戦後三七年の歩み　復帰一〇周年記念行政記録写真集』（沖縄県総務部広報課）。『沖縄現代俳句集　タイムス俳壇一一年』（矢野野暮編・沖縄タイムス）。「ウルマ新報」（うるま新報）「琉球新報」「沖縄タイムス」の各紙。「守礼の光」「みなみ」「うらそえ文藝」（十二号）の各誌。文中で紹介した諸句集。

＊本稿は俳誌「俳句原点」――口語俳句年鑑二〇〇七・一二三号（二〇〇七年　十二月・口語俳句協会発行・静岡）に発表した論考に加筆した原稿である。

「天荒」32号所収。

〈前稿より続く〉

4　一九五〇年代――各地の句会

前稿では数田雨篠を中心とした「みなみ吟社」句會の活動を契機にして各地に句会が誕生してきたことに触れ、「月桃句会報」作品を紹介した。「あかぎ句会」「玉藻句会」も同時代に活動した句会である。「琉球新報」紙上に載った毎月の「句會報」から一〇人の一句を抄う。

「あかぎ句会」（五十三年）

凍雲や為朝岩のうらぶれて　矢野々暮
老婆心おこせばそこにちよう凍てり　松本翠果
薪を割る三日の庭の天地かな　知念六坪
冬の雲電工宙に足をふる　嵩元白雨
山の井を汲む凍雲を背に感じ　六車井耳
失業のいつしか鶩飼ひなれて　西原歩牛
花の冷月に労賃得て戻る　宮城阿峰
バス既に夏の体臭持ち運び　国仲穂水
守宮交む冷血の汗燈に透きて　渡名喜文嶺
片蔭やウインドガラスに雲グングン　嘉手刈紀章

「玉藻句会」（五十三年）

ふらこゝの伊是名の島を蹴りあぐる　井上兎径子
さようなら君春潮に乗つてゆけ　高尾灯童

矢車の音の転がる島日和　高山礼子
首里城の廃きょに消えし虹の端　土師ゆきを
那覇の街人追う如く水を打つ　石川喜恵子
水の値の又はね上がり那覇旱　大石礼子
星月夜道のみ白き島をゆく　山田真山
落し文糸引きながら舞ひ落ちぬ　根間八重子
糖黍の切られ運ばれ秋隣　渡辺豊水
青き目の子も島に馴れ跣足かな　高嶺志津子

（句は紙上掲載の原句のままである）

5　土地闘争

さて、米軍統治下の一九五〇年代は沖縄の存亡にかかわる圧制の年代であった。米軍が沖縄の土地を強奪するために強権を振りかざして弾圧したのである。戦後史から主な「社会事項」を挙げる。

一九五〇年

・米軍政府の設立による琉球放送局（ＡＫＡＲ）、放送を開始（一月二十一日）
・ドルＢ円と為替レート（一対百二十円）に決まる（四月十二日）
・特別布告第三十六号「土地所有権証明」を公布（四月十四日）
・朝鮮戦争勃発（六月二十六日）

・「琉球列島米国民政府に関する指令」により、米軍政府を「琉球列島米国民政府」と改称（十二月十五日）

一九五一年

・琉球大学開校式（二月十二日）
・沖縄群島議会、日本復帰要請を決議（三月）
・日本復帰促進期成会結成（四月）
・本土土建業者大挙来島、基地建設ブーム起こる（五月）

一九五二年

・布告第十三号「琉球政府の設立」、布令第六八号「琉球政府章典」を公布（二月二十九日）
・琉球政府発足。初代行政主席に比嘉秀平が任命される（四月一日）
・対日平和条約と日米安保条約発効（四月二十八日）。第三条により、北緯二十九度以南の沖縄・奄美などがアメリカ施政権下におかれる。
・立法院で即時母国復帰請願決議（十月）

一九五三年

・第一回祖国復帰総決起大会開かれる（一月）
・布令第百九号「土地収用令」施行（四月三日）。米武装兵が出動して土地の強奪が始まる。
・ルイス准将、植民地化反対闘争委員会に解散を命令（四月十五日）
・立法院、労働三法を可決（七月二十四日）
・奄美大島、日本に復帰（十二月二十五日）

一九五四年

・アイゼンハワー米大統領、沖縄基地の無期限保持を声明（一月七日）

・軍用地四万四千エーカーを買い上げ、三千五百家族を八重山に移住させると、米陸軍発表（三月十五日）
・米民政官。「土地買上げ」ではなく無期限使用料の全額払いであると発表（三月二十四日）
・第一次ボリビア移民二百六十九人出発（六月十九日）

一九五五年

・アイゼンハワー米大統領、琉球占領の無期限継続を発表（一月十七日）
・立法院本会議で「土地賃貸料の一括払い反対」を決議（三月四日）
・布令一四五号公布、労働組合は民政府の認可制となる（三月十八日）
・軍用土地代表団（比嘉秀平主席ら六人）が渡米（五月二十三日）
・石川市で米兵による幼女暴行殺害「由美子ちゃん事件」発生（九月三日）
・人権擁護全沖縄住民大会開催（十月）

一九五六年

・アイゼンハワー米大統領、予算教書で琉球列島の無期限基地使用を強調（一月十六日）
・プライス勧告出る（六月）
・軍用地四原則貫徹住民大会（六月二十日）
・沖縄土地を守る会連合会結成（九月）
・那覇市長に瀬長亀次郎当選（十二月二十六日）

一九五七年

・レムニッツァー民政官、新規接収、土地一括払い実施を発表（一月四日）
・ナイキ基地建設計画発表（五月）

・モーアー中将（民政副長官）が初代高等弁務官に就任（七月四日）
・立法院本会議で教育四法案を可決（八月二十五日）
・米民政府布告を改正して瀬長亀次郎那覇市長を追放（十一月）

一九五八年

・原水爆禁止沖縄県協議会結成（八月）
・通貨B円から米ドルへ切換え実施（九月十六日）
・守礼門復元落成式（十月十五日）

一九五九年

・高等弁務官、布令二十三号「新集成刑法」公布（五月十八日）。（スパイ行為や治安妨害に死刑を科す弾圧法令）。
・石川市宮森小学校に米軍ジェット機墜落（死者十八人、負傷者一二一人）（六月三十日）
・立法院、祖国復帰と原水爆基地反対を決議（七月）
・新主席に太田政作を任命（十月二十一日）

宮森小学校ジェット機墜落事故作品

Z機の頭骸を目頭らに夕つばめ　　石川市　新田風水
児童救出黒煙中の赤トンボ
Z機の事故対策に夜の風鈴
墜落の機骸つつむや闇の薔薇

この作品は沖縄タイムス「タイムス俳壇」（矢野野暮選）の「七月の部」・「タイムス俳壇賞」の天位作品である。

（一九五九年八月一日）

一九五〇年代は島ぐるみ土地闘争の時代である。米民政府の発する布令や「プライス勧告」によって沖縄の土地を強奪し、強制収用した。これに対して住民は銃剣とブルドーザーの前に立ちはだかり抵抗した。五十六年六月「軍用地四原則貫徹住民大会」が開催された。四原則とは①地料の一括払い反対②米軍使用中の土地の適正補償③不用土地の早期返還④新規接収反対。

この土地強奪を日本国憲法に当てはめてみれば、財産権（二九条）・基本的人権の享受（十一条）・個人の尊重・幸福追求権・公共の福祉（十三条）・法の下の平等（十四条）などが侵害されていることを意味するが、米軍統治下の沖縄には日本国憲法は適用外であった。

土地闘争作品

土地取れ眠れぬ夜の守宮きく　久高日車
赤い杭打って花野は基地となる　有銘白州
土地接収に賛否両論猛り鴫　石原草香
土を噛むブル炎天にデモの旗　松本翠果
接収地野の対空砲にブリックスはない　桑江常青
有刺鉄線で二分してゴキブリ模様の島　浦崎楚郷
炎天に鍬振る一代のみの土地　野ざらし延男

プライス勧告作品

旱つづき人ら隷属にあらがへり　新井節子
旱天が曝す従属の風景画　〃

旱天の創なまなまと飛行雲
旱天は蒼し静かに瞋り研ぐ
旱天や地の聚落に心飢え

（『沖縄俳句総集』より）
〃
〃

このような異民族支配下の圧政にあっても「土地闘争」作品は意外と少ない。それには理由がある。俳句は自然を詠むものであり、政治や社会を詠むものではないとする偏狭な固定観念に縛られている人たちが多かつたからである。俳句は花鳥諷詠すること、「季題と十七文字」が絶対であるという観点から、現実社会を排除した俳句観が罷り通っていた。だから、「土地問題」を忌避し、現実逃避の道を辿った。

6　沖縄俳句大会

一九五三年一月十八日、「沖縄俳句大会」が開催された。「琉球新報」は二月一日付の紙面で大会記を掲載。場所、料亭那覇。出席者五十四名。出品二七八句。「沖縄文壇の豪華版たる沖縄俳句大会は月桃句会・あかぎ句会・同人社沖縄句会・みなみ吟社合同主催。琉球新報・沖縄タイムス・琉球新聞三社後援」と報じた。句会作品は一月二十八日から七回に分けて連載された。本大会は、四句会合同であること、三新聞社後援であること、俳句大会を「沖縄文壇の豪華版」と称していること、会場が「料亭那覇」であることなどから推察して戦後初の盛大な俳句大会であったと思われる。

大会作品の特徴。句は「寒灯・冬灯」「冬霞」を折り込んだ作品だけである。二つの季題（今は「季語」が一般的な使い方。当時は「季題」が常用語。筆者注）を「兼題」に課したと思われる。したがって「雑詠」とか「自由詠」はない。前述の「沖縄俳句大会」を主催した四つの俳句会も「季題」を必須条件とするホトトギス派系列の句会であることがわかる。

上位入賞句から抄う。

寒灯や浜に世渡る二三軒　久高日車
冬の灯は母がさげ来し魚の目に　石川流水
寒灯に安どのペタル街となる　安田秋日路
冬霞む港はすでに動き居り　遠藤素舟
むきになる性にてかなし寒灯　嘉手苅紀章
寒灯にすく指先にある斗志　松本翠果

最終稿に「選者詠」として三人（各三句）が紹介されている。各人一句を抄う。当時のリーダーの顔ぶれである。

冬霞遠方の連山肩を組み　井上兎径子
書架に書を抜ける影あり冬灯　数田雨條
寒灯の壁に凍みつき縮みけり　六車井耳

なお、一九五一年七月二十二日、「第一回全島俳句大会」の記録が残っている。この大会はみなみ吟社会員が全島から集まって句会を開催したという意味での全島大会。一般参加を呼びかけた全島大会ではない。また、第二回が開催された記録も見当たらない。

沖縄の戦後俳句は「季題」の桎梏から抜け出せないところからスタートし、戦前のホトトギス派の血をひいて、焦土に俳句の芽を育てていたのである。

7　戦前の俳句活動

ここで戦前の三つの俳句活動に触れておく。

(1) 琉球ホトトギス年刊句集の発刊

戦災を免れ現存する、戦前の合同句集『琉球ホト、ギス年刊句集』に触れておく。戦後の沖縄俳壇に影響を与えたと思われるホトトギス派の活動である。

『琉球ホト、ギス年刊句集・第一輯』（B六判・七二ページ）。昭和十六年三月、琉球ホト、ギス會発行。編輯兼發行人・中島 遠。印刷人・嘉味田朝茂。印刷所・向春商會印刷部。

琉球ホト、ギス會誕生の経緯が「序」（中島南花）に記されている。昭和十三年十月末、笹野香葉・柳田眉山・吉田渡鳥庵・中野晃山らが浮島丸（那覇〜鹿児島行路の船舶。引用者注）で「入港毎に碇泊中の一夜」句會をやっていた。そこに、仲間に加えて戴き、「この小さな會合を沖縄の句會にまで作り上げ様ではないかといふ事」になり、「浮島丸の句會がそのま、沖縄に移し植ゑられた様なもの」と記す。沖縄からは中島南花・新嘉喜雅郷・仲田青里・眞喜屋牧也らが参加していた。

巻頭ページに二人、各十句を収録。五句を抄う。

「沖縄行」　高濱年尾（兵庫縣武庫郡精道村）

夏帽の人等にまじり那覇に着く
榕樹の闇に並びし辻俥
那覇の夜の涼みの宮に詣でけり

榕樹の髯も下闇つくりつつ
琉球の夏の日よけの黒眼鏡

「琉球紀行」高林蘇城（神戸市湊區馬場町）

日盛や俥で廻る那覇の街
泡盛や言葉すくなき那覇藝者
環礁に南風の白波立つばかり
琉球の汽車は小さし甘蔗がくれ
ちらほらと琉球日傘首里は古都

旅行者の視点で捉えた沖縄の自然や風俗描写の句が並び、物見遊山的である。「同人句」ページには三十九人（同人名簿によれば県外在住者は九名）の二九六句を収録。大見雅春（恒吉）・眞喜屋牧也（實睦）・翁長日ねもす（良保）・金城南海（唯貞）・小野十露（重朗）・松田次郎（賀哲）・田端一村ら、戦後も活躍した俳人たちの名が見える。作品は「春夏秋冬」の四季に区分し、季題別に句を並べている。歳時記的な編集である。各季から三句を抄う。

春　舊正月　櫻咲いて舊正月の村役場　素心
　　鶯　鶯のこだまは海に溶岩に　牧也
　　闘牛　闘牛の角磨きをり龍舌蘭　香葉
夏　梯梧　故郷や人みなやさし花梯梧　日ねもす
　　螢　石垣に沿ひてやみあり螢とぶ　蕉風
　　緑蔭　緑蔭や甕買ふ人等甕たゝく　雅郷

秋　芭蕉　芭蕉葉を敷いて島人はなしをり　十露
　　甘藷の花　黄昏の山羊鳴いてをり甘藷の花　青里
　　鷹渡る　鷹來ると子等騒ぎ居り時化の濱　琉球男
冬　甘蔗の花　琉球は丘陵ばかり甘蔗の花　次郎
　　製糖　左右の海展くるところ甘蔗刈　南花
　　年末　行年や悔ゆることのみ日記くる　雅春

ホトトギス調の客観写生、諷詠俳句が並んでいる。
本句集の「序」で中島南花がホトトギス句會の主張を書いている。

「當地の新聞などにも所謂無季新興俳句などに左胆し、傳統俳句に楯をつく様な意見を散見する事もあったので、今後の進むべき道を明示せんが為に初めから『花鳥諷詠』の旗幟を掲げる必要があると考へられた」「ホトトギスの主張は廣大無邊の自然を諷詠する事にあつて、其は唯光輝ある季題と十七字の規約の下に於いてのみ生々發展してゆくもの」

句集名の頭に「皇紀二千六百年」と銘打たれた本句集は皇国史観に基づき、伝統俳句を大上段に構え、権威化している。「花鳥諷詠」と「季題と十七字」を旗幟にして、無季新興俳句を排除することを主張している。この傲慢な伝統俳句史観は戦後の沖縄における俳句活動にも影を落としている。

また、「俳句は現實を尊ぶ。四季の推移によつて起こり來る天然界人事界の現実を諷詠する。沖縄には沖縄特有の自然があり、人事がある。私達は郷土の一木一草に對しても熱意と愛情を以って接しそれを諷唱する。沖縄の天を、地を、生活を諷詠する。俳句が土の文學、郷土の文學である所以である。要するにわが琉球ホトトギス會は沖縄といふこの美しい郷土の土に根ざす文字を作るといふ事が本意であつた。」と述べ、俳句への並々ならぬ熱意を語っている。しかし、俳句へ向かうスタンスは「四季の推移によつて起こり來る天然界人事界の現実を諷詠する」ことである。即ち四季の推移を表現するには季題（季語）を必須条件にしてることは明白である。これは合同句集が四季区分や季題別に作品を並べていることで証明されている。また「現実」を「諷詠する」というが、「諷詠する」だけでは深化した句は生まれない。現実の問題を掘り下げ、それを文学として如何に表現し、創造していくかという視点が欠落しているから、句が平板で、通俗的である。句の多くは風景のうわべをなぞっていて作品に深みがない。

琉球ホトトギス句會は沖縄における俳句文芸の隆盛に一役買ったであろうが、一方では俳句文学の近代化にブレーキをかけてきたとも言える。

(2) 俳誌「渓涼」と井沢唯夫の活動

戦前、発行された俳誌に「谿涼」がある。谿涼俳句會の発足は昭和十四年（一九三九年）十一月。場所は島尻郡座間味村の屋嘉比島である。屋嘉比島は那覇の西方約三十キロメートルの慶良間諸島の西端に位置し、かつては鉱石の採掘場があった。そこで働く人たちから俳誌「谿涼」が発行されていたのである。今は無人島になり、歴史の彼方へ消え去られようとしている島で、反ホトトギス系の俳句革新の声をあげていたことの意義は大きい。

「谿涼」編集人の井澤唯雄（のちに、井沢唯夫）は当時の様子を次の様に記述している。

「今、慶良間諸島といえば、昭和二十三年三月二十四日、米軍の沖縄侵攻の橋頭堡、集団自決等、暗い時間をうかべるが、本島西方の東シナ海に点在する列島は、時化ては千里の白馬を眺め、晴れては群青の果てに白雲のきらめきをみる大自然境である。私は、昭和十二年十二月初め、沖縄県島尻郡座間味村字屋嘉比島『ラサ鉱業工業㈱慶良間鉱業所』に赴任した。島は周囲四粁、珊瑚礁に囲まれ、台風時には一週間も十日も船が来ず、飲料水は切れ、海水炊きの飯迄できる事があった。徴兵を目前に控えての私の多感な青春の思い出はここに定着した。」（句集『紅型』より）

昭和十六年三月「谿涼」四号が発刊されている。活版印刷・B五判・七ページ。編集、井澤唯男（青幽子）。印刷人、向春商會（那覇市通堂町）・発行所、沖縄県島尻郡座間味村字屋嘉比島「ラサ工業㈱慶良間鉱業所」。四号の内容。句評「壺を磨く」長坂栗郷。「本部吟行記」井澤青幽子。

句数六十六句。十四人。句を抄う。

寒鴉虚偽の手紙を書きしとき　井澤青幽子
冬雲のつめたさは蝶がしつている　長坂栗郷
石段を元朝詣りの憂々と　寺島南山
遠ざかる鯨群海底より雷す　内山水明
冬蠅や児が鉛筆をなめる癖　坂田昇朗
おでんの香遂に喜怒なき吾と知る　三實白宇
砂糖煮る香黍の花畠照り返へし　鮎瀬陽庸

戦後の井澤の活動を記す。俳誌「聚」（大阪）を主宰。句集『野に葬る』『杭』『点滅』『白い祭』を発刊。沖縄作品集『紅型』で第二十三回現代俳句協会賞を受賞。

『紅型』より。句を抄う。

沈む鎖の端の沖縄夜の豪雨
不沈沖縄闇に目玉が繁殖する
胸の沖縄集団で立つ青岬
掌にふかき弾のかげりの男舞

紅型のわが曝首鳥影よ

井澤は生涯懸けて沖縄を俳句文学の基底に据え、俳句革新の熱血を注いできた。「聚」五一号・終刊号（一九九九年十二月）は「井澤唯夫追悼号」になった。野ざらし延男も「水脈をたたえて」の追悼原稿を書いた。

(3) 篠原鳳作と南島

篠原鳳作は昭和六年（一九三一年）四月から昭和九年（一九三四年）九月まで、南島の宮古島の旧制宮古中学校（現在の宮古高等学校）で、英語・公民教師を務めた。伝統俳句を作っていた雲彦と号した時代である。

昭和六年の沖縄詠作品

鶯に檳榔林に聞きにけり
部屋毎にある蛇皮線や蚊火の宿
浜木綿に流人の墓の小ささよ

昭和八年の沖縄詠作品

踊衆に今宵もきびの花づくよ
椰子の花こぼるる土に伏し祈る
炎帝につかえへてメロン作りかな

これらの作品は花鳥諷詠、客観写生的で、伝統俳句の範疇にある。

雲彦が無季俳句について言及したのは昭和九年九月の俳誌「天の川」に発表した「二つの問題」からである。「最近季題はふくまずとも句に季感さへあればよいと云ふやうな説が起つてゐるが自分は一歩進んで、季なき世界こそ新興俳句の開拓すべき沃野ではないかと思ふ」と述べ、「低徊趣味を脱せよ」と唱えた。

鳳作は昭和九年九月に宮古中学校を辞し、母校、鹿児島県立第二中学校へ転任した。翌月の十月に「雲彦」から「鳳作」へと改号した。鳳作が「無季戦線に叫ぶ」を書いたのは昭和十年七月の「天の川」である。即ち、鳳作が果敢に無季俳句へと挑戦したのは南島の宮古島を離れたあとであった。

昭和十年九月「天の川」に、鳳作の代表作となった「海の旅」三句が載る。宮古島〜鹿児島航路で生まれた作品とされる。

満天の星に旅ゆくマストあり
しんしんと肺碧きまで海のたび
幾日はも青うなばらの円心に

宮古島、鎌間嶺公園に篠原鳳作句碑が建つ。一九七二年十一月建立。

しんしんと肺碧きまで海の旅

8 活況を呈した新聞俳壇

一九五六年（昭和三十一年）には沖縄の二大新聞の文化欄に新聞俳壇（投稿欄）が登場し、俳句文芸が社会的広がりをもち活況を呈してきた。

「沖縄タイムス」紙には「タイムス俳壇」が八月に創設された。選者は矢野野暮。第一回掲載（八月二十三日）は作品五句（二人一句）に寸評の形式。投句数の増加につれて掲載句数も増え、ほぼ二日に一度の頻度で掲載。一ヶ月後には、まとめ編の形で「九月の部」の「タイムス俳壇賞」（九月二十一日）を発表した。この発表方法が投句者に刺激を与え、作句欲を喚起した。選者の矢野は選考評において、投稿数五百余通、二千句を越える盛況と記るし、いかに「心の糧に飢えていたかをみせつけてくれたようだ」と述べている。戦火によって灰燼に帰した故郷の焦土から詩心が芽吹いていたと言えようか。

「九月の部」上位作品

天位　「立禁」の赤い字すすきが手にかたい　那覇　上原幸慎

地位　息切らす妻と諍う曼珠沙華　中央病院　南十字星

人位　月の出をまづしき巷の川尻に　那覇　永田吉宏

天位作品「評」。「土地問題と取り組んだ句も沢山あつたが、この句は感情をムキ出しにせず、よくしぼつてうまく焦点をつかんだ。ごく普通の言葉を用いて深刻な素材をよくこなしている。下五の簡潔な表現による感覚はこの句の余情を深めている。敢えて天位に推す所以」

「十月の部」の「タイムス俳壇賞」の選考評「表現上の冒険」に選句の姿勢が書かれている。

「郷土の俳壇として力強い歩みをつづけるには、沖縄に生まれた者だけが持てる感動を形象化したもの、島に育っている者だけが作れる秀句の発表をのぞんでいる。郷土の土に深く根ざした詩情にこそ、俳句の心に通ずる逞しさがあるのだと言えよう。新鮮な感動を内にいだいて作句されるとき、表現上の冒険は大歓迎である」。この選句姿勢から、既成の俳人たちに混じって多くの若者たちが俳句で共鳴し合っていた。野暮選「タイムス俳壇」は一九五六年八月から十二年間。その間に登場した若者たち（十代〜二十代）の多彩な作品を、発表順に抄う。

永訣と思う夜霧の青きに触れ　古波倉正市

冷ややかな受話器に残るあざ笑い　中山弘之

祈り知らぬあらき手でむく夏蜜柑　大城将保

炎昼の土に四本の馬の脚　森山　繁

野着はだけ児に乳すわる草いきれ　浪月雪秋

鰯雲日本は遠き地の果てか　瀬良垣広明
秋の蝶火葬への列縫いゆけり　砂川正男
笑みかなしきマリヤの瞳水仙花　平　信義
恐い潮のいづかの凍てをぬき草穂　富山嘉泰
野良犬の寒月へ吠え港町　山口恒治
凍て雲の断層にわかにただれだす　照屋征四郎
アドバルン脱走不能寒天での自殺　宮城正勝
こがらしや十里の鉄柵の赤荒び　伊島　巌
馬洗う波紋に白くまろき脛　真栄城功
巨き岩に凍蝶息をたしかむる　高S昌市
秋の日が病の床に屈折す　八十志都子
野火天へ燃えて労歌の続きなお　たまきてつお
雲海を打ち砕かんと南風の群　島袋　明
紫陽花の残光にジャズしきりなり　山川宗昭
虹の傘さして白雨の暁若葉　新垣真孝
星飛びの鏡の斜面耳毛生る　喜屋武英夫
寒灯を手にしたたらし銭数う　上運天茂
デモ難行初夏大海の陽を砕く　山城哲三
大旱の乳房さらして農の婚　上原知栄子
娼室の裸婦の花の影憎めず　喜納勝代

横文字のネオンに痴れし梅雨の媚　松川けん光
好き樹蔭デモの腕を犬なむる　安田慶敏
炎天の摩文仁の丘に影とをり　与儀　勇
春泥に死す幼児を抱きて陽は赤し　河上　喬
陽の蝶やあまりに碧き海の涯　新垣健一
春陰不穏霊地を割りてミサイル抱く　石川栄弘
昼のバーの鏡裡に口の紅寒し　中谷裕子
人ごみに消ゆ若尼僧若つばめ　玉城盛一
サボテンの諍い怒る独りかな　当山幸秀

のちに、矢野野暮編『沖縄現代俳句集――タイムス俳壇十二年』（沖縄タイムス刊。六九年）が出版された。同書より野暮作品。

夏の暁書架の断崖蟻のぼる
触覚の力で蟻は焦土這ふ
竜舌蘭咲きてこれより坂は急
草蟬や島の十方鎮もれり
斑猫や島には島の詩の系譜

「琉球新報」紙は一九五六年十一月に「琉球俳壇」を創設した。選者は遠藤石村。第一回作品（十二日）より。上位作品。

甘藷掘りそびらに光る有刺柵　真和志　安島涼人
甘藷担ひて小径は有刺柵に添ふ

（評）沖縄の現実をしっかりした眼で捉えた作品。「そびら」は背後の意。延々と続く軍用地の有刺柵が、いかめしさと、悲愁とを私の胸によみがえらせる。土地闘争の声が、この句のうしろから呼びかけるようにも感じた。

殉忠のこけむす城し※（原句ママ）菊かほる　兼城　南十字星
妻の髪にとまれる秋津吾追はず
※（「城し」は「城址」か。筆者註）

（評）妻の髪にとまったトンボを追はないとの簡潔な言葉と、素朴な表現の中に無限の詩趣がある。

投降の記憶ふつふつ木の葉笛　首里　新垣恒和
友死せるこの地すすきの繁みたり

期せずして「琉球俳壇」も「タイムス俳壇」と同じく土地問題を扱った作品が、第一回の巻頭を占めた。五十年代後半の「琉球俳壇」（一回から一一二回。五九年十二月まで）で活躍した七人の作品を紹介する。巻頭を占めた数の多い順に五句を抄う。

台風来指紋なき指で拭くランプ　宮城つとむ
基地千燈踏まえてハリに宿る蠅　〃
陸の汗投げてギ装のふか油塗る（原句ママ）　〃
花八ツ手海光噛めば歯の鳴れり　〃
タマナ巻くその意思欲りつゝ入院す　〃
寒涛の足裏にひゝき甘蔗倒す　桑江常青
寒の檻軍鶏精悍の喉鳴らす　〃
ひまわりの盲点にいて蜂はねを閉ざす　〃
藺田の放つ黒蝶碧き海たたむ　〃
鉄骨組む校舎未完の春こだま　〃

埋没の墓域つはの黄のきざし　安島涼人
屑鉄の値下がりかこつつはは黄に　〃
大豚が秤られており庭うらら　〃
ドル硬貨鳴らし数えぬ秋灯下　〃
酔うてはくぐるガジマルの闇天の川　〃
咳こめば胸に枯木の影はしる　新井節子
野火いぶる夜々島果ての闇を負い　〃
野火の夜の地の荒涼を踏みゆけり　〃
あざみ咲き己れ偽わることを許さじ　〃
納棺の釘のこだまも大暑中　〃
ユタ買うて来し迷執の夜長妻　石原草香
極月の屋根の唐獅子基地にらむ　〃
唐獅子に冬の陽炎燃え立てり　〃
飛機墜ちて人もすすきも黒こげぬ　〃
薄き胸の嘘つきかばう息白し　〃
冬座敷ロマンスグレーの燃えており　新垣狂涛
すみれ咲き丘に原子の砲あらわ　〃
独楽の紐キリキリと巻いて黒い子もいる　〃
苗床の弾片固く掌につかむ　〃
紅ふすま夫亡き春の灯にそむく　〃

磯浜の霧の底なる日本の主権　仲村盛宜

共に受くプロミン療法、外は野分　〃

肉そげし掌預け歩す青麦野　〃

百合の香やからすの如き胸診らる　〃

月下美人咲き澄む陰（ほと）に夜はじまる　〃

両紙に投句する人が何人もいたが、次第に投句層の色分けができた。「琉球俳壇」には戦前から俳句を嗜んできた人や各地の句会で修練していた人たちが活躍した。「タイムス俳壇」には無名の若者たちが投句する傾向があり、新人発掘に貢献した。ときあたかも、「みなみ吟社」句会や各地にあった句会の活動が衰退しつつあった時期と重なり、発表の場に飢えていた折での新聞俳壇の登場であった。多くの俳句愛好家が水を得た魚のように生き生きと俳句創作に励み意欲作を発表した。新聞俳壇は沖縄の俳句人口の裾野を広げる役割を果たしていた。

石村には句集『向日葵』（六五年）がある。

製糖期の日がどつしりと村つつむ

枯れ音を一途に抱き冬の蜘蛛

破れ芭蕉星ふるわして葉巻解く

義足のきしみ夜半も曳きずりきりぎりす

大螢海のほてりをほぐし飛ぶ

なお「製糖期」作品は沖縄県糸満市真壁城址に句碑が建つ。

野暮、石村とも戦後の沖縄俳句界のリーダーとして後進の指導に尽力した。両新聞俳壇は選者交替を繰り返しながら今日も続いている。

【参考文献】
・『琉球ホト、ギス年刊句集』第一輯（中島遠編・琉球ホトトギス句會）
・『沖縄現代俳句集――タイムス俳壇十二年』（矢野野暮編・沖縄タイムス）
・句誌「みなみ」
・『篠原鳳作全句文集』（発行人・沖山隆久。発行所・沖積舎）
・『新聞三十年　沖縄タイムスが生きた沖縄戦後史』（沖縄タイムス）
・『近代沖縄の政治構造』（太田昌秀著・勁草書房）
・『沖縄俳句総集』（野ざらし延男編著）
・沖縄タイムス
・琉球新報

※「天荒」34号　所収

9　高校生の文芸活動

前稿において沖縄タイムス紙の「タイムス俳壇」（矢野野暮選）での若者（十代から二十代）の活躍を紹介した。この活躍の裾野には高校生の活発な文芸活動があり、一九五〇年代には県内の各高校に文芸誌が発行されていた。石川高校「曙光」[註1]・糸満高校「わかたけ」・胡差（コザ）高校「緑丘」・首里高校「養秀文芸」・知念高校「知高文芸」（のちに「あだん」改題）・那覇高校「車輪」（のちに「那覇高文藝」改題）・野嵩（普天間）高校「高翔」・前原高校「黒潮」・宮古高校「南秀」・八重山高校「学途」など。[註2]

また、沖縄の高校生のための「高校文藝」（のちに「高校生活」改題）も発刊され、高校生の文芸活動を後押しした。「高校文藝」九月號（一九五五年九月刊。編集・発行人金城宏幸。高校文藝社）には新川明「共通の廣場の発見」、玉榮清良「新しい文學の課題」を寄稿。作文（嘉陽安男選）・詩（玉榮清良選）・短歌（比嘉文選）・俳句（数田雨條選）の投稿欄を設け、創作意欲を喚起した。同誌には高卒後、各分野で活躍している人（故人含む）たちの名がみえる。「詩作品」欄。宮城英定（前原高）・大城將保（那覇高）・喜納勝代（糸満高）・比屋根照夫（胡差高）・「短歌作品」欄。眞榮城守定（那覇高）・仲村渠致彦（那覇高）。座談会「歸省學生を圍んで」に幸喜良秀（胡差高）・津野創一（首里高）ら。

本誌は高校生に創作活動の場を提供し、意欲的な表現活動を支援する役割を果たしていた。

「俳句」欄より。上位句を抄う。

一位　青き天蟻真黒に働ける　那覇高校三年　古波蔵鬼村
二位　台風のともしび暗くやもり鳴く　那覇高校三年　宮島　顕
三位　朝涼し遠くより寄すせみの声　名護高校三年　安次富長永
三位　スクラップ積むや港の夏の雲　那覇高校一年　石原　浩

「高校生活」七・八月号（合併号・五六年七月刊）の巻頭言は「土地は住民の生命線」（編集子）の一文があり、「プライス勧告に對する今度の全住民一丸となった抵抗は琉球住民が人間本来の権利である基本的人權を守るために、絶對に必要である」「この問題を大人達だけにまかせ、学生はもつぱら傍観がゆるされるものかどうか」と問うている。また、池田光男は「土地問題に寄す――アメリカと本土政府に訴える」を執筆。「プライス勧告拒否の声は全琉に充満し、期せずして全琉一致の反對運動が展り、ひろげられるに到った」「いまや『領土の死守』『四原則貫徹』を叫ぶ住民の反對運動は全住民大會となつて爆発した」と述べ、「土地闘争」を高校生の文芸誌面で熱っぽく語っている。（註3）時代性を抜きにしては文学の創造はないことをいみじくも語っている。米軍統治下の問題意識のある誌面作りが伺える。ただし、「俳句」欄に注目される作品は見あたらない。

琉球新報は高校生の俳句活動に注目し「高校俳壇」（四回）を設けた。選者は交替制。「高校俳壇」。句を抄う。

安島涼人選（五八年五月二〇日）。十二人・二九句選。

水温む自炊二年の米を研ぐ　那覇高校　砂川正男
入学の決意は捨てず春の雁
寒月や按摩の笛が坂のぼる　南部農林高校　嵩原久功
秋の夜を己が死ぬる夢にさめている
闘病の書架につもりし春埃　那覇高校　玉城祐純
春風に鈴を鳴らして豆腐売り

桑江常青選（五八年六月十六日）。八人・一〇句選。

母の日の畑打つ母に昼げを知らす　南部農林高校　長嶺文子
抱き上げし子の風車よく回る
基地隣る校舎揺るがすメーデー歌　那覇高校　照屋征四郎
学帽の砂塵にまみれメーデー歌

嵩元白雨選（五八年七月一〇日）。七人・十六句選。

生活貧し闘病の父蝿叩く　那覇高校　平良あきら
玉の汗貧農の土に染みわたる
まひまひの渦巻中に月とらえ　コザ高校　喜屋武英夫
万緑の影法師宙軽きかな

梅雨寒の尿の曲線溝鳴らす　　　　コザ高校　　上運天茂
梅雨寒の床かたすみに母病める

10　沖縄俳句会発足と機関誌「島」の発行

一九五六年二月、「沖縄俳句会」が発足。初代会長、知念広径。沖縄の俳句愛好家が大同団結して結成された戦後初の連合体の組織である。高校生からベテラン俳人まで、有季派・無季派、文語派・口語派の壁を超えて組織された俳句集団であった。同会は結成から四年を経た六〇年五月、機関誌「島」を創刊した。(註4) このとき、会長は安島涼人に交替している。A五判、四六ページ。鉄筆書きのガリ版を使用し、青インク刷り。袋綴じの手作り冊子。印刷人は浦崎楚郷。

「島」の誌面から同会の特徴を探ってみる。招待席の形で特別扱い（六車井耳作品）のページを設けていること。選者二人制（安島涼人・桑江常青）を敷き「選者吟」ページを設け、会員と選者とのランク化を図っていること。会員作品の「島作品」は両人の「審査」を経て掲載していること。これらの特徴は上下関係が支配する結社的システムであることを意味し、すべての会員が平等に作品を発表する同人誌的システムではないということである。沖縄の俳句界にはびこる旧守的で、権威を増長する価値観が見える。但し、誌面構成には平衡感が働いている。安島は伝統派、桑江は口語派、文章においても、伝統派の矢野野暮が「俳句の定型」（一）、口語派の仲島蕉園が「十七文字のひろがり」を執筆し、左右のバランスを保っている。

六車井耳。七句より抄う。

学僧の多情佛心鐘霞む

彫りのない貌が陰持つ春燈

「選者吟」ページ。安島と桑江が各五句発表。句を抄う。

タンポポへ眸をそらした感度　安島涼人
薔薇ひらく自省の胸の痕に触れ　〃
逢えばまた木枯黙の胸に鳴る　桑江常青
戦傷の掌に月よりの蛍のせ　〃

「島作品」の登場人数は四〇人。一作者五句～一句を掲載。掲載順に、句を抄う。

留鳥や身を擦りて冬の潮研げり　新井節子
紫蘭咲く頬の黒子を除るべきか　知念広径
響き喚んで首里春寒の石甃（いしだたみ）　沢村織月城
春月を打ち上げてバス尻ふって　有銘白州
うつくしき指もて指さる林檎の疵　松本翠果
物の芽のほころび初めし語尾の韻（ひびき）　高江洲昌市
春愁やおのづと消えてゐし煙草　久高日車
春装の瞳すがしきデモに逢ふ　宮城阿峯
団交や遠く動かず冬の雲　玉城哲男
二ン月の黒いマフラーが包む辞去　金　俚耳
紅型の刷毛朧夜の朱を刷ける　新垣狂涛
嫁の荷の縄紅白に春灯下　浦崎楚郷
うすれゆく虹へ野良着をひろげたり　喜屋武英夫

いくさ場の丘に碑が立ち灯がない蛍です　富山常和
時計の歯がすれて振り出しにもどる暮らし　作元凡子

「島」創刊号には安島が「本会十年の回顧」を執筆している。「みなみ吟社」（本稿1・既出）結成の契機と「沖縄俳句会」へとつなげた経緯を記述しているが、「沖縄俳句会」結成十年の起点を「みなみ吟社」結成時とみなしている点には疑義がある。

歴史を正すために検証する。「沖縄俳句会」結成は前述の通り五六年二月五日、首里移民訓練所で行われた「沖縄俳句大会」である。「島」創刊時は沖縄俳句会の結成から四年しか経過してない。なぜ十年と位置づけたのか、不可解である。「みなみ吟社」結成は五〇年十月（これを起点にしているらしい）。機関誌「みなみ」の最終号は五二年四月発行の号である。[註5] 数田雨條編の合同句集『翠巒之嶋』発行が五四年四月。その後、代表の数田は県外の千葉へ転住し、「みなみ吟社」の活動は絶え、自然消滅した形になっている。「みなみ吟社」は戦前の琉球ホトトギス（本稿2・既出）の系統をくみ、季語と定型を重視した人たちのグループである。一方、「沖縄俳句会」は前述の通り流派を超えて結成された新設の俳句連合体。仲島蕉園、桑江常青・作元凡子・浦崎楚郷ら口語俳句派、「みなみ吟社」とは無縁であった各地の俳人たち、さらには新聞俳壇で育った戦後世代の若者たちなどが大同団結して結成された連合体の新しい俳句組織である。この両者は全く別組織であることは明白である。

「島」六月号（六〇年六月刊）の「本回（ママ）十年の回顧」[註6]（2）において「みなみ吟社」から「沖縄俳句会」への「改称」は「全員の投票」で決めたという記述が載っている。「全員」とは「会員の全員」ではなく、「会場に参加した全員」という意味であろうし、「全会一致」とも書かれてないので「改称」に反対した良識派もいたということであろう。一見、「投票」という民主的手法で決着したように見えるが、多数派の元・みなみ吟社派たちによる「改称」提起そのものが、権威的で牽強付会であったと言える。戦後の沖縄俳句界のリーダーたちの歴史認識の欠如が招いた史実の歪曲であったと指摘しておく。この歴史認識の欠如は、「俳句は季語で自然を詠むもの」

であり「政治や社会や時代」は詠むものではないとする固定観念と底通している。
五五年六月、「みなみ吟社」に代わる形で「沖縄俳句同好会」（浦崎楚郷・桑江常青・嵩元白雨・松本翠果・作元凡子ら）が結成され、同会主催で「夏季俳句大会」（五五年五月二十日・那覇・清風荘）を開催している。この「沖縄俳句同好会」のメンバーと知念廣径・久高日車・矢野野暮・安島涼人らが加わり「沖縄俳句会」が結成されたとみるのが自然である。（註7）
沖縄俳句会は毎年、「春季大会」「夏季大会」などを開催し、俳句活動の普及、啓蒙に力を入れた。第十三回「春季全島俳句大会」開催。五八年三月二日、上山中学校（那覇）・参加者四一人。桑江常青は「精進する俳人たち　春の俳句大會を終えて」（上・下）を執筆し大会の模様を伝えた。（琉球新報・五八年三月二七日・二八日）。句を抄う。

兼題「春泥」「蝶」。各人五句投句・出句数三四四句・七句互選。

天　春泥の狂女もすなる女のき羅（註8）　沢村織月城
地　蝶たちし影静かなる喪のまつ毛　嵩元白雨
人　日に弾む蝶にはづみて児の歯生る　桑江常青

席題「活字」「印刷」。各人二句投句・出句数一二三句・三句互選。

天　試験パス子の名の活字力あり　武村素風
地　夜の影をひきて活字の寒拾ふ　松本翠果
人　吐き出さる印刷の美女春らんまん　石川流水

この大会の特徴は「雑詠」（自由詠）作品ではなく、兼題（季語）方式であること。席題は「活字」「印刷」の無季語であること。（註9）バランスをとっていることが判る。同大会記には役員改選の結果も報告されている。顧問・久高日車・矢野野暮。会長・知念広径。副会長・桑江常青。

五九年二月一日開催の「沖縄俳句會春季大会」記を「若い世代秀句集めて」のタイトルで桑江常青が執筆。
（琉球新報・五九年二月十四日・十六日・十九日の三回）。上位句を抄う。

兼題「春季雑詠」より。

慶良間淡し春野朝げの火を創る　沢村織月城
国敗れ蜜柑むく爪の黄色が幸福です　富山常和
細い焚火口笛流すとき孤独　宮城正勝
芽柳の昼はネオンの骨からむ　宮城阿峯
配線す工夫の影や島花菜　新田風水
鉄骨組む校舎未完の春こだま　桑江常青
翔つ蝶に朝の蒼さが揺らぎ透く　当間秋葦子

席題「猫の恋」より。

人間は尾にふり捨てて猫の恋　平　信義
おおいらか月しろがねに猫の恋　沢村織月城
恋猫が残せし闇にほる眼　金　俚耳
恋猫を叱りて一人頬を染め　喜友名真津子
猫の恋縄太りたる夜なべかな　平本魯秋
天下とる交尾一瞬猫の恋　照屋征四郎

大会には「表彰」が設けられているが入賞決定の方法に疑義を呈して置く。それは、評価が作品本意ではないこと。一作品（一句）の高低で評価するのではなく、一作者が投句した複数句の総得点数で競い、総得点の多い「作者順」に決めているのである。俳句は一句独立の文学である。文学の後進性を垣間見た思いである。この評価方法はその後も続き、琉球新報社の設定した「琉球俳壇賞」にも受け継がれていた。

11　口語俳句「黒潮句会」の活動

五九年十二月、口語俳句の集い「黒潮句会」が発足。伝統俳句が主流の沖縄で俳句の近代化を目指し、口語無季で書く俳句を指標した。「沖縄俳句会」の有季定型、花鳥諷詠の俳句観に不満を抱き、口語俳句派の精鋭たちが立ち上げた俳句会である。ただし、沖縄俳句会を脱会した訳ではない。仲島蕉園（中島蕉園。本名・渡口眞清）・桑江常青・作元凡子（のちに「作元凡」改め）・富山常和らが参画。レベルの高い口語俳句を発表。「黒潮俳句会」の中心にいたのが中島蕉園（渡口清）である。「天の川」に所属し吉岡禅寺洞に師事。俳人・医師・歴史学者。著書に『近世の琉球』（渡口真清著）がある。

『地域別・百句選シリーズ　現代俳句作家全集』【九州編】（文芸出版社）に渡口清作品百句が収載されている。

　黙認耕作ゲートはつばめもはいれない
　道路ローラのあえぎが空梅雨の前景にある
　テレビアンテナの沈黙　屋根はかげろうもえる
　地を低う飛んでくるのは生き残り同志の紋白です
　命のバトンを握って紋白の光点かけっていった
　颪も日も原始の白さあげ藻のむくろがある
　屑鉄をあげて海にザンの唄をきかない

黒潮句会はタイトル「口語俳句」を付けて新聞紙上で発表。五人・二一句より抄う。

あきらめをひろう港に破船うちかさなって　桑江常青
鉄棒にむれ来て青春の炎星はねかえす
マリンのあふれる島はだんだん沈下します
まぜものに疲れ星のおとぎ血球ほそめてねる　作元凡子
菊の香になっておてんとうさん腰からおろす
下駄に虫がからころよびかける橋のゆきき
ブースター落ちてやるせないたそがれのしじま　富山常和
さいはての空に生涯のろしをたく民です
空・海にのぞみ野耕のはてに幸福はなかった

（琉球新報・五九年十二月十八日）

作元は作元凡(ぼん)句集『へその城も』（沖縄現代俳句文庫⑤・九二年一月）を発行。沖縄で誕生した口語俳句の熟度の濃い異色の句集である。(註11)

酒にしみる胃袋のあくびが枯れそうだ
指笛おろおろさせて出番のない方言
血が呼び合う聖火還らぬものも燃えてくるか
へその城もぬくみ記憶の母がわらっている
赤潮が波うって屋号少しずつ直す
「有事しよう」ぱちぱちとくる心音しっている
鋭角に根っこもち日付ふくらます

12 六〇年代の活動――勃興期

沖縄俳句会は十周年（既出）を迎え「創立十周年俳句大会」を開催した。時・六〇年二月七日午後一時。場所・那覇市集会所（那覇市美栄橋）。参加者四〇人。

持寄句・兼題

天位　日を豊かに春潮傾ぎ巨船泊つ　沢村織月城

地位　霧を捲く□しさに□樹かがやけり　城山信子

人位　肥の香のわれを離れず野はうらら　久高日車

席題「立春」「春立つ」。上位句から抄う。

鳥半眼春立つ雨という中に　矢野野暮

波立やたてねの膝の深い智恵　作元凡子

春立つや断幕はらむ街日和　浦崎楚郷

（沖縄タイムス・琉球新報・六〇年二月九日[註10]）。

安島は新聞でも「沖縄俳句会・十周年を顧みて」を書いている。（沖縄タイムス・六〇年二月十二日）。例の「十周年」が幾度も登場し、既成事実化されていくことの怖さをどれほどの俳人が感じていたであろうか。この間、沖縄俳句会の活動には米軍統治下における沖縄の真の姿は見えない。異民族支配の過酷な現実に眼をつぶり、歴史を傍観しているように見える。

「沖縄俳句会」は沖縄が日本復帰したことにより、県外俳句集団との提携を優先し、一九七六年一月「沖縄県俳句協会」へ発展的改称するまで続いた。

【脚註】

（註1）「曙光」二・三・四号（一九五七年〜五九年）には筆者の高校時代作品が多く発表されている。本名の山城信男のほか「野ざらし延男」・浪月雪秋・竹川蛍雪・荒狂人などのペンネームで小説・随筆・俳句・短歌・琉歌を発表。筆者の文学活動の原点が高校時代の文芸誌にある。「天荒」三二号所収の山城正夫執筆「野ざらし延男小論」（前編）に詳しい。

（註2）琉球新報・コラム「落ち穂」の「戦後沖縄の文芸誌②」納富香織。（二〇〇九年十一月一六日）参照。

（註3）「プライス勧告」。一九五六年六月に発表された米国下院軍事委員会特別分化委員会の報告書の中の「勧告」のこと。地料の一括払い反対、新規土地接収反対などの土地を守る四原則の要求をはねつける勧告。同勧告に対して土地接収反対の島ぐるみ闘争が展開された。土地問題に関しては「天荒」三四号、本稿（2）に既出。

（註4）「島」創刊号から筆者も参加。十九歳。この時点から沖縄の俳句界の現状をつぶさに見てきた。

（註5）一九五二年四月発行の機関誌「みなみ」には「特集号」と表記されているが号数の明記がない。この号以降は発行されていないことからこの号が最終号であると推察される。この件は「みなみ」の発行当初から編集の任に携わっていた矢野野暮氏から資料提供と直接証言を得ている。筆者は「沖縄俳句年表」作成時に資料を収集した。

（註6）今号から「号」の表記が「月号」に変更され、六月号は「二号」に相当する。「本回」は「本会」の誤植であろう。

（註7）『沖縄俳句総集』所収の「沖縄俳句年表」記録。
一九五六年二月。〈沖縄俳句会〉発足（5日・知念広径会長。久高日車顧問。野暮・白雨・常青・浦崎楚郷ら）（沖縄俳句同好会改め）。この項目は「沖縄俳句同好会」メンバーの浦崎楚郷氏の直接証言を元に作成した。

（註8）句の表記は新聞掲載のまま。括弧内はルビ、「女」を「おみな」とよませ、「き羅」は「綺羅」と思われる。

（註9）「席題」の決定権は当日参加者の中から任意に指名し、指名された人が決定する方式。桑江執筆の同大会記の記述。

（註10）作品中の□は、資料の新聞紙面の字面が不明瞭のため判読出来ない文字。

（註11）句集『へその城も』の巻末に野ざらし延男が解説「口語俳句の魔術師」を執筆した。


【参考文献】

『沖縄俳句総集』（野ざらし延男編著）。「高校文藝」九月號。「高校生活」七・八号。俳句文芸誌「島」一・二号。俳句機関誌「みなみ」。作元凡句集『へその城も』。琉球新報・沖縄タイムス。

※「天荒」36号所収。二〇一〇年五月

〈前稿より続く〉

第二芸術論について

桑原武夫の第二芸術論について触れておく。

一九四六年（昭和二十一年）、桑原は雑誌「世界」（十一月号）に「第二芸術　現代俳句について」の論文を発表した。


（俳句は）他に職業を有する老人や病人が余技とし、消閑の具とするにふさわしい。しかし、かかる慰戯を現代人が心魂を撃ち込むべき芸術と考え得るであろうか。／小説や近代劇と同じように、これにも「芸術」という言葉を用いるのは言葉の乱用ではなかろうか。／老人が余暇に菊作りや盆栽に専念し（中略）苦心も楽しさもある。しかし、菊作りを芸術ということは躊躇される。「芸」というがよい。しいて芸術の名を要求するならば、私は現代俳句を「第二芸術」と呼んで、他と区別するがよいと思う。

桑原は、有名俳人の十句と無名の五句を無記名で並べて、評価実験をしたところ、一流大家と素人との区別が付きかねる結果になった。そこで、俳句作品自体によって作家の地位を決定することが困難であるとし、俳壇的勢力や結社制度を批判した。（ここまでは共感部分）。一方、「人生そのものが近代化しつつある以上、いまの現実的人生は俳句には入りえない」と述べた。

私は、第二芸術論に共感しつつ、「現実的人生は俳句には入りえない」とする論には異論を唱え、時代や現実や人生のカオスを積極的に俳句創作に取り込み、俳句文学の地平を拓くために心魂を打ち込んできた。

俳画展の開催

六二年三月、「俳画展」がコザ市（現・沖縄市）の喫茶店「ピエロ」で開催された。〈画・近田洋一。句・野ざらし延男〉のコラボ。野ざらし俳句に共鳴した近田がベニヤ板に描いた絵画（洋画・木炭画）を展示。野ざらし二十一歳、近田二十三歳の時である。

俳句五句を抄う。

疑惑なお深む鼠骸にたかる蟻
霧むせぶ溺愛の掌に玻璃握られ
死者の座に喚く人間蟻動く
孕む蛇の頭骸くだいてスト決す
俺の血を吸いつきしままの春蚊死す

近田は新聞記者。演劇集団「創造」の舞台装置を担当。石川高校時代は文芸誌「曙光」の表紙画を描いた。のちに、「ＨＥＮＯＫＯ」の大作を描いている。（註1）

沖縄タイムス「学芸・今年のメモ」（六二年十二月二十一日）において矢野野暮が「俳画展」に触れている。「野ざらし延男は昨年に引き続き、俳句と洋画、自由詩と洋画の展示会を中部でもった。俳句と画だから『俳画展』とのことばを使っていたが、『俳画』というとすでに完成された言葉で、『俳味をもった親しみやすい画』とも言われているものである。が、その企ては大変おもしろいものであるし育って欲しい内容のものである」

比嘉時君洞句の発掘

六二年六月、「琉球新報」（二十六日）紙上で「時君洞遺作句集」連載が始まった。筆者は比嘉時君洞の息子、比嘉良明である。時君洞（既出）は河東碧梧桐の新傾向俳句を汲む沖縄の口語俳句の俳人である。

「父の二周忌前に父の手帳が手に入った。戦争に追われ石川北から石川へ、それから百名へ、そして那覇に還った父と共に彼のポケットに鼓動を打ち続けていた句集／ともすれば絶望的な私の生命力に明るい灯をともしてくれた父の魂に捧げる意味で、私の付記と共に発表する」と良明は記す。一九四五年頃から五二年春頃までの四五二句を紹介。連載十八回（六月二十六日〜七月三〇日）。作品を抄う。

捕虜の躬の何をか生きん初夏となる
人の身の炎天幕舎に押し合へり
芋の葉を喰って生きよと蟬鳴けり
烈風がトラックを呑んで走る寒さだ
かすかな音立てて焚火燃え終わる私も寝よう
吾子帰還迫り来る若葉日に日に濃く
人を絶ち世を絶ちひそと百合に対す

無季・口語俳句への反駁

六二年九月、桑江常青は琉球新報に「鳳作忌と沖縄俳壇――無季俳句の先駆者を思う」（二十六日）を書き、「鳳作記念句会作品」（十五名・二十九句）を紹介した。常青論考は「鳳作記念句会の意義」を述べ、「鳳作の業績を明らかにし、それが表皮（ママ）ともいうべき分野に大きな影響を与えている。／鳳作に無季俳句を初めさせたのは沖縄の風物自然である」と記した。この句会報録に対して、「琉球俳壇」選者の遠藤石村が「俳衆は積極性を持て――無季・口語俳句論を反ばく（ママ）」（上・中・下／琉球新報・六二年十一月九日・十日・十一日）を書き、反駁した。そもそも常青の文章は「鳳作忌句会」の句会報録であり、誰（何）かを批判し、論争を挑んだ論考ではない。どうやら、伝統俳句派の石村からすれば無季・口語推進の論調が気に入らなかったようだ。「俳衆は積極性を持て」というタイトルも的外れのように映る。この石村論考に納得いかなかった常青は「石村先生の俳句論を読んで」（上・下）（琉球新報・十二月八日・一〇日）を書き反論した。

> おやじが息子を説教するみたい。／われわれは有季俳句も認める。無季の句も作れば現代語の句も作る。有季定型の句を否定しているわけではない。／「俳句には季題が必須」という旧規定を打破する立場。／鳳作から無季俳句を学ぶ。

沖縄初の全国俳句大会

六三年十二月、青年俳句サークル「無冠」（野ざらし延男代表）が結成された。既成の伝統俳句に飽き足らず、遊戯化した俳壇状況に反旗を翻し、若者たちが俳句文学の自立を目指して立ち上がった。

結成記念大会として「俳句研究創刊三〇年記念全国俳句大会」（十二月二十二日・那覇市民集会所）が開催された。沖縄初の全国俳句大会である。選者は二十三名。秋元不死男・赤尾兜子・遠藤石村・榎本冬一郎・翁長ひねもす・金子兜太・角川源義・楠本憲吉・知念広径・中島蕉園・野沢節子・野見山朱鳥・堀井春一郎・松本翠果・丸橋静子・益田清・矢野野暮・安島涼人・湯川青玄・横山白虹・横山房子・吉田鴻司・和多野石丈子・和田喜八。錚錚たる顔ぶれである。

〈上位入賞作品〉

俳句研究社賞　秋刀魚焼く母に背景なにもなし　与儀　勇
琉球新報社賞　旱魃の島へらへらと太陽墜つ　与儀　勇
無冠賞　黒潮ぬくし戦後の屋根に獅子おける　渡口　清
冬落暉島の軌跡は墓碑ばかり　新垣健一

〈入賞作品抄〉

沈む孤島の楽器変調塩雨以後　桑江常青
収骨のからからと入る壺枯野　新城河鹿
乳房もつ埴輪の渇き一葉忌　新垣健一
夜香木闇に多感な風流れ　松川憲光
水難の漁夫等夜霧を言ひあへり　久高日車
大寒の光あつめて甘蔗熟す　翁長　求
深夜の電話天より白鳩おりて聴く　野ざらし延男
滑走路だけが描かれていて島は秋　永田米城
霊棚に向けしテレビの郷土劇　瀬底月城
犬眠る全く「沖縄」を排除して　山城久良光

本記念大会では記念講演が五本。圧巻であった。
「新聞俳壇の裏話」　矢野野暮（俳人）
「文学雑感」　亀川正東（琉球大学教授）
「俳句の再発見前後」　中島蕉園（俳人・歴史学者）

「平敷屋朝敏における俳諧的要素について」　新屋敷幸繁（詩人・大学教授）
「楠本憲吉講演」（録音テープ）　楠本憲吉（俳人）
楠本憲吉は急用のため来島を断念。録音テープによる講演となった。『昭和俳壇史』『戦後の俳句〈現代はどう詠まれたか〉』などの著書がある。後藤幸房（俳句評論家・大学教授）の「来賓挨拶」があった。戦前戦後を通して沖縄初の全国俳句大会の模様は総合俳誌「俳句研究」（六四年三月号）の巻頭グラビア「琉球俳壇の人々」で紹介された。

俳句同人誌「無冠」創刊

伝統俳句に風穴をあけるため、六四年五月、沖縄初の俳句同人誌「無冠」（編集発行・野ざらし延男）が創刊された。「巻頭言」において「世界最短詩型としての俳句文学の可能性の追求の場とする」と唱えた。批評性を重視し、「同人作品合評」ページを設けた。「俳句研究創刊三〇年記念全国俳句大会」の大会記と矢野野暮・亀川正東・中島蕉園・新屋敷幸繁・楠本憲吉の五講演録（要旨）が収載されている。同人十二名が一〇句を発表。

主要同人作品より。

戯画めきて死に神の憑く一茶の忌　　新垣健一
紺碧に島曝されて独楽鳴らす　　〃
滝壺の歯朶まつさおに愛の断落　　〃
テープ乱れ寒波にちぢむ本土の距離　　浦崎楚郷
甘藷掘るや生涯裸の掌が哄ふ　　〃
戦士の忌百合の反身が反転す　　〃
裸樹の渇きうすうす唇にある旅愁　　作元凡子

層かどたち気象図にある掻痕　〃
赤屋根負い文数のヒダかくす　〃
絶対の崖の崩れが音たてて生きる初日　野ざらし延男
螢絶えて流木の哭く未明の島　〃
コロコロと腹虫の哭く地球の自転　〃
木の根をまさぐる蟹　爪を天にかざし　山城久良光
御願所(うがんじゅ)がある影とおじぎする　〃
天のましたで乞食が石をまるめて笑う　〃
炎天に弾うちこんでニグロ去る　与儀　勇
混血の児の炎天の海叩く　〃
ミーニシや島南西に身を緊める　〃

田名真糸（桑江常青）は「無冠」三号（六六年三月）に「有季定型からの解放」を執筆した。四号（六七年十二月）は新垣健一追悼号。五号（六八年一二月）は句集『地球の自転』特集を編んだ。

「全島夏季俳句大会」の開催

沖縄俳句会は六四年六月七日「全島夏季俳句大会」を開催した。場所・中部美容高等学校（コザ市）。嵩元白雨が琉球新報に、「全島夏季俳句大会――みみぐいの句をつくるの記」（六月二十二日・二十三日。上・下）大会記を執筆した。

入賞句抄

兼題

貧富抜け個性美の裸像浜に群れる　城間朝敏
花海桐猫の葬りは樹に下げて　瀬底月城
新布令糸張る蜘蛛にバラ崩れ　嵩元白雨
掃除婦も夜は母となり西瓜切る　久高日車
喪に堪えて片蔭豚の餌を調す　新城米夫
厄年の裸身鏡に曝したつ　渡名喜文嶺
基地灼けて女人の髪に櫛目なし　矢野野暮

席題「木耳」

木耳と睦みおわせる野の仏　宮城阿峰
木耳や赤木大樹に朽ちし根に　新垣狂涛
歳月の墓標キクラゲ根に溜る　国仲穂水
木耳やあまねき谷に独語降る　山城久良光

東京オリンピック聖火上陸全国俳句大会

六四年一〇月十一日「東京オリンピック聖火日本上陸記念全国俳句大会」（「無冠」主催）／併設「花と色紙・短冊・俳画展」（共催＝華道草真流・茶道裏千家・青年俳句サークル「無冠」）。場所・岸本ビル（那覇市国際通り）。沖縄での二度目の全国俳句大会の開催であった。

選者二十六名。赤尾兜子・阿部小壺・飯田龍太・池上浩山人・五十嵐播水・内田南草・遠藤梧一・遠藤石村・岡本圭岳・加藤楸邨・金子兜太・北光星・京極杞陽・柴田白葉女・菅裸馬・内藤吐天・中野弘一・長谷川かな女・永海兼人・福田美路・益田清・松沢昭・安島涼人・横山白虹・和多野石子。

〈上位入賞作品〉

琉球新報社賞　聖火なお遠し種子吐く鳳仙花　宮田　静（千葉）

俳句研究社賞　うからみな戦死す聖火いま点火す　松本翠果（沖縄）

立法院賞　天翔けて花野を走せて聖火来し　伊沢まつち（三浦市）

無冠賞　月光を踏み来て妻に嘘言わず　菅沢浮塵子（千葉）

〈入賞句抄〉

聖火継ぎ継がる秋空かぎりなし　高野無迷子（千葉）

かの日怒濤の野の陽炎に聖火が行く　桑江常青（沖縄）

聖火いま万骨枯るる地にながれ　沢村繊月城（東京）

心焦がす虚構の対話夏帯とく　岸本マチ子（沖縄）

熟れいそぐ甘蔗の葉梢を聖火ゆく　新城米夫（沖縄）

台風のあと追い聖火上陸す　樋本詩葉（京都）

色紙・短冊出展者（抄）

銀河けぶり砲口見えざる敵を指す　沢村繊月城

石畳灼けて無音の蔦からむ　吉田鴻司

ジングルベル子が寝て赤し箸と足袋　和知喜八

瀧あびし貌人間の眼をひらく　横山白虹

環礁を越えて春潮昂ぶれる　井上兎径子

木枯まぶしわが眼頭に貨車上がり　遠藤石村

咳けば眼に野のごと枯るる蟷螂よ　角川源義

六五年。「俳句研究」三月号。「関東・近畿・九州・海外」のタイトルで「各地俳壇の動き」ページがある。「沖縄」からは「東京オリンピック聖火日本上陸記念全国俳句大会」記（野ざらし延男筆）が載っているが、「海外」に編み込まれている。米軍統治下の珍現象というべきか。

二つの新旧俳句論争（註2）

一九六五年、新聞紙上で「新旧俳句論争」が起こった。火をつけたのは野ざらし論考「明日に生きる俳句のための考察――現代俳句の姿勢と沖縄」（沖縄タイムス・一〇月一八日〜一〇月二十二日・五回連載）である。花鳥諷詠、季語俳句を批判し、退廃化した句会を批判した。伝統俳句派の安島涼人は「句成る人成る――『現代俳句の姿勢と沖縄』を読んで」（沖縄タイムス・十一月二十二日）を執筆し、反論した。「他者の作品を批判する野ざらし延男は人間として成ってない。だから、句も成ってない」と論じ、道徳論にすり替えた反論であった。

六七年、野ざらしは「俳句は風流の道具か」（琉球新報・五月三十一日〜六月三日・三回連載）を発表し、再び、伝統俳句派を批判した。米軍支配下の苛酷な沖縄の現実に目を瞑り、俳句を肴にして酒座に興ずる風流俳人たちを批判した。安島は「『俳句は風流の道具か』に答える」（琉球新報・六月二十四日・二十六日。上下）で反論し、「野ざらし句は難解である。だから、作品評価はできない」と決めつけ、作品評価の本質論を避けた。（註3）野ざらしは安島反論への再反論、「現代俳句はどうあるべきか」（上中下）（琉球新報・八月三十一日・九月二日・四日）を書いた。サブタイトルで論旨が窺えるはずだ。／遊戯化の姿勢を打破／地元で主体的活動を／「無冠」の評価は高い／本土結社誌もとりあげる／現実諦観の既成俳人／写生作品だけに終始するな／。この論考への反論はなかった。

この伝統対反伝統の新旧俳句論争は賛否両論を巻き込み、批評活動が活発化した。久高日車（俳人）は「青年俳人へ望む」（琉球新報・八月一日）を執筆。安島論考に賛意を表した。宮城英定（詩人）は「生温き風土への挑戦――野ざらし延男の俳句について」（琉球新報・八月二日・三日。上下）を執筆。野ざらし論考に賛意を表した。与那原朝英は「文学論争――思想の深化のために」を執筆（琉球新報・七月三十一日）。新旧俳句論争を歓迎した。／琉球新報のコラム「話の卵」で「静と動の俳句論争」が載る（九月四日）。

この期、詩壇でも論争があったことに触れておく。

多和田辰雄は「池田和への疑問」（上・下）（沖縄タイムス・六七年五月二十六日・二十七日）を書き、「新沖縄文学」における池田和の「選考を終えて」を批判した。池田和は「真の新しさとは何か　多和田君に答える」（沖縄タイムス・五月二十九日）を書き反論した。多和田は「再び池田和氏への反論」（沖縄タイムス・上中下。六月十七日・十九日・二〇日）を書いた。

「新沖縄文学」の創刊

六六年四月、沖縄タイムス社は「新沖縄文学」（編集兼発行人・牧港篤三）を創刊した。季刊。選考委員は嘉陽安男（創作）・池田和（詩）・桃原邑子（短歌）・矢野野暮（俳句）の四名。公募作品と各選考委員の作品を掲載した。「俳句」選考委員は「タイムス俳壇」選者の矢野野暮。

野暮選考評によれば、応募者は二十二名。推薦されたのは六名。「一〇句以上は並べられる句がほしい。／沖縄に於ける文芸の、最高レベルを示してほしい」と記す。六名の推薦句数には九句～三〇句と、ばらつきがあるが、誌面を大幅に開放したことが創作意欲を喚起した。作品にはタイトルが付されている。

作品抄（掲載順）

安島涼人「塩豚」（九句）

背戸まで敷く砂利にバナナはつと苞垂らす

ひと包みは塩豚妻が島土産
石蕗の黄やいまだ収骨すべなき崖

浦崎楚郷「壺屋窯」（一〇句）

春雨に夜のもの剝がれ窯匂ふ
春暁の窯師老い診る火の鼓動
春光の日矢まぎれなし窯膨れ

宮城阿峯「詮なき朧」（一五句）

基地昏れて窓の初景色を閉ざす
甘蔗の花等高線に耀り合へる
数珠玉の一群落に豚葬ふる

中谷裕子「8のデート」（一六句）

母似なる君にハイネをからっ風
ひらかるる唇墓地にしたいよる
ひそやかな逢引きシュロに北風が鳴る

知念広径「首里ことば」（二五句）

今ははや鷹渡る天失へり
首里ことば山の寒さをゆるめたり
カフスボタンの紅き珊瑚や秋立ちぬ

野ざらし延男「天女の慟哭」（三〇句）

逆光に身を吊る天女呼吸（いき）拒む

眼底の波頭に一輪ゆれる除夜
元旦　短命一紙の夢にもだえ

矢野野暮「久葉の花」（二五句）（選考委員）

御嶽みち坂の遠久葉花を噴く
摩文仁野の碑おもの濡れ蝶あそぶ
健児碑の沖の雷雲棒立てり

創刊号では選考委員による紙上座談会「沖縄は文学不毛の地か」を特集した。選考委員がアンケート（設問）に回答し、紙上で座談会形式に組み替えた誌面構成。設問は六問／沖縄の特殊性と文学／過去の政治、経済、文化とのつながり／地方性（離島）と沖縄文学／先輩作家の活動と挫折／作家の輩出／戦争文学について／

矢野発言。「季節を感得し、作品に季感を象徴するところに、俳人としての誇りがある。『これが沖縄季語だ』といって後世へ残せるものを、一つでも多く見い出していきたい。／俳句と経済とは全く無縁なこととわりきっています。まして、政治においてをやというもの。俳句はあくまでも個に執するもの。政治や経済に対して、批評の発言は持ちたくないのです。／（戦争文学について）俳句などが、口にすべき問題ではないと思います。しかし、現在とのどの切点において沖縄戦をとらえ、作品化するか、これは人間の心の内側から、沖縄のこころをとらえる。そんな作品はどんどん発表していただきたいものだと思います。」

「沖縄は文学不毛の地か」と問う編集者の危機感は沖縄俳句界のリーダーには通じなかったようだ。私などはこのインパクトのある問いかけに、発憤させられ、文学魂に火がついた感があった。だが、矢野の「政治や経済に対して批評の発言を持ちたくない。／（戦争文学について）俳句などが口だすべき問題ではない」とする発言に失望し、次第に投稿から遠ざかるようになった。

六八年八月「新沖縄文学」は一〇号を発行した。「俳句」欄は九名・二〇三句が載る。七名の作品を抄う。

大城瑞鳥「月下美人草」（二五句）

梯梧炎え守礼の門の大西日
真っ白き月下美人に酌む今宵
夏潮を吹き上ぐ巨鯨先頭に

山元陽牛「梅雨前線」（三〇句）

梅雨の天も炎と舞へや蝶の翅
テレピアは漢の槍旗一尾にて
掌に月さしのぼり峡の蛙声

知念広径「芒種南風」（三〇句）

水鏡乙女あやめと影重ね
伊集の花人近づけぬ白さかな
川面覆ふ布袋葵や芒種南風

玉城一香「暗い黙考」（二〇句）

弾痕の聖像血脈凍てにけり
師となるに帰郷の左舷島かすむ
ビルの間の泳げぬ無風鯉のぼり

瀬底月城「義歯の鈎」（二〇句）

若夏の低き屋根守る歯もげ獅子
霊域へ坂の月桃灯めく
蘇鉄咲く巌大古のまま傾ぐ

大山寂舟「摩滅の鎌」（二〇句）

ヤハタ草土ごと握る基地の影
逆剃りの斜視にかげろうナイキ基地
夏草や柔軟しめす基地の柵

前城蔗風「阿旦風車」（二〇句）

石仏の日焼け並べて復帰デモ
炎天のひろがり基地の兵舎伏せ
羽閉じて哀しき飛魚売られけり

一六号（七〇年四月）から俳句選考委員が矢野野暮から瀬底月城（伝統俳句派）へ交替している。文芸誌としてスタートとした「新沖縄文学」が二六号（七四年一〇月）から「文化と思想の総合誌」として衣替えした。創刊五周年記念号の三十号（七五年十一月）からは編集方針が変わり、公募方式（文芸作品）は廃止され、依頼原稿へと変わり、「俳句選評」ページも消えた。

創作分野で印象に残っているのは四号（六七年二月）で、大城立裕「カクテルパーティー」が載り、のちに芥川賞を受賞したことである。

沖縄の文学・文化・思想の問題点を剔出し、深彫りしてきた「新沖縄文学」も九三年五月、九五号で休刊した。

論考二編

六六年四月、俳誌「九州俳句」（福岡）三号に、野ざらし延男は論考「九州の視角シリーズ（3）」に「沖縄の現実――軍事基地の苦悩とその俳句」（原稿四十四枚）を執筆した。「九州俳句」四号の「前号総評」で幸野白蛾は延男論考を評している。

「不断の熱意と心掛けがなければ（中略）こんな大作にすることも困難で、まさに炎えさかる鉄塊の如くに迫る力があり、五味川純平の小説『人間の条件』や松本清張の『昭和発掘史』を思わせるものがあり、読む者をして感動させずにはおれない力稿」と評した。

六八年三月、俳誌「祝祭」（福岡）三号に論考「現代俳句と沖縄の趨勢」（原稿二十三枚）を執筆。編集者、植原安治が「編集後記」でコメントしている。

「野ざらし延男は熱血漢である。彼の熱っぽい原稿を見ていると私は、毎日爆撃の飛びまわっている教壇でひとり悲憤慷慨している姿を思い浮かばずにはおれない。／野ざらしや我々の主張はいたずらに十七音や季語に身をすり寄せた老成よりも、風土や生活やメタフィジカルの世界を、人間のもつ純粋な肉声をとおして詠っていくこと／野ざらし論考は、現代作家は須く縄文土器的人間の姿勢や感覚を忘れてはならないと警告している」

「琉球新報創刊七十五年・琉球俳壇三百回記念」作品

六八年、琉球新報は「琉球新報創刊七十五年・琉球俳壇三百回記念」募集作品を発表（一〇月三一日）。選者は遠藤石村。

上位入賞作品抄

一位（五句）　新城太石

　鶏頭に三ちゃん農と呼ばれ佇つ
　荒地打つ一打一音甘蔗熟す
　春愁の餌播き鶏に囲まるる

二位（四句）　島袋暁石

　基地そこに広ごる庭の桃の花

身のどこか欠けゆく思い寒の星
木枯らしの断絶痛む腕を抱く

三位（三句）　前城庶風

ペリー祭ペリー仮装で碑に詣づ
病臥の身にまろく育ちし盆の月
米人一家浴衣が好きで夕端居

四位（三句）　仲村盛宣

内海の反射の中の樹々芽吹く
一山の姿きわまり蛙鳴く
屋根獅子の潮灼け強く燕来る

五位（三句）　嵩元黄石

漆喰を塗る屋根師福木の花を被て
胃カメラを撮られいてきく守宮かな
蘇鉄影に漁夫の海老寝や野分跡

石村はラジオ番組でも活躍した。琉球放送「トクホン歌時計」（六一年一月）、ラジオ沖縄「詩の海」（六六年四月）を担当し、俳句番組として好評を博した。

六七年八月、野ざらし延男句集『地球の自転』[註3]が出版された。金子兜太が「序文」を執筆した。

黒人街狂女が曳きずる半死の亀
酷使の耕馬は寝つけず遠くに撃破音
革命とは島燃ゆるとき被爆の地

独楽天へ投げて貧しき掌に澄める

野ざらし二十歳作の四句を採り上げ、「黒人街」句を解説した。「黒人街の乾いた路上を曳きずられてゆく亀がある。／まだ、ときどき手や足が動く。『半死』なのだ。／しかも、曳きずっている者も、半死とも言うべき物塊、狂女なのだ。／暴虐者も、また意識に遠い人であることを知ったとき、亀の悲惨はより一層強まり、しかも、透明な感情の澄みが現れる／黒人街に対する野ざらし延男の批評を込めた肉迫」と評した。

この句集への「書評」が全国の十三誌に載った。「海程」（東京）四〇号。「直情の青春」奥山甲子男／「ガンマー」（北海道）二六号。「『地球の自転』の意義」草皆白影子／「俳句人」（東京）九四号。「『地球の自転』と沖縄」岩間清志。／「主流」（静岡）二一一号。「沖縄の抵抗」谷村茂／「祝祭」（福岡）三号「『地球の自転』について」水島純一郎／「夜行」（熊本）六号。「島へ執心の蟻」星永文夫／「天街」（鹿児島）一三三号。「熱い句集」中尾良夜など。(註4)

新聞にも書評が載った。「毎日新聞」（六七年九月十三日）・西日本新聞（六七年九月二十七日）・沖縄タイムス（六八年十一月二十三日）・琉球新報（六八年十一月二十四日）など。

六七年八月、嵩元黄石は「琉球新報」に「心に残った一句」（十四日）をスタートさせた。「琉球俳壇」（遠藤石村選）欄に併設された俳句コラムである。

「解説」に採り上げられた句を抄う。

七夕や記憶にきよき首里城跡　石村
爆音下農夫黙して苗抛る　常青
塔に刻む氏名びっしり蟬時雨　涼人
独楽の紐キリキリと巻いて黒い子も居る　狂涛

三ちゃん農赤土踏んで甘蔗出しす　太石

春潮の島をとりまき城荒るる　繁

絶壁の腹より冬の蝶流る　巌

第一回は〈七夕〉の句。最終回は六八年九月十六日〈絶壁〉の句。

六七年九月、中島蕉園は「鳳作忌に思う」（琉球新報・二十一日）を執筆した。サブタイトルを抄う。／「季と十七字」に苦悩／既成の俳句理念を改変／沖縄の自然風物が影響／さまざまな形態と発想／常用句はモードの部類／個性的俳句は革新思想以後。／

六九年十二月、瀬底月城は「文化――70年への胎動・俳壇」（沖縄タイムス・二十五日）を執筆した。サブタイトルを抄う。／時勢の揺れ反映／活発化する各句会。／

七二年一月、崎原恒新（与勝中学校教諭）は「沖縄地方文学史」（沖縄タイムス・十二日）を執筆開始した。一回の字数が二六〇〇字余の長文。こいな、あやご、ユンタ、琉歌、仲風に触れ、恩納ナベ、吉屋チルを手繰る。おもろ、和文学、劇文学、説話、記録文学、散文、韻文の史を掘る。「俳句」関連では四二回（三月三〇日）から登場。数田雨条、翁長ひねもす、愛楽園の「浜木綿句会」を紹介。六八回（五月一三日）の「俳句文学」項では「無冠」の結成、全国俳句大会の開催（「無冠」主催）、「無冠」創刊号、野ざらし延男句集『地球の自転』出版、久高日車句集『甘藷を負ひて』等を紹介。野ざらし延男と安島涼人による俳句論争についても触れた。六九回（五月十四日）において遠藤石村による「野ざらしの論は沖縄俳壇をかく乱する意図の何物でもない」を紹介し、「延男によって批判された既成俳人たちの対応は沖縄文学界の負の要因として批判せられてよい」と指摘した。矢野野暮編『沖縄現代俳句集――タイムス俳壇十二年』発刊、嘉手苅紀章句集『風車』発刊、沖縄俳句会の機関誌「うみうま」の創刊等を紹介した。筆者の崎原は最終回（七六回・五月二十八日）において、「作者のその作品を生み出す動機にも強い興味をもちつつ書いた。／沖縄文学は沖縄の土着の思想から検証されたものでありたい／一応、沖縄文学の流れは本稿で掌握できるのではないか」と記す。

この期の主な句集・句文集の出版

愛楽園句歌集『蘇鉄の実』（金城キク編）（六五年十二月）。「俳句編」十一名・「短歌編」十六名。「俳句編」より四名の句を抄う。

青木恵哉

踏青や慣れし義足の音はずみ

誹謗の座抜け出て庭に涼みけり

新井節子（註5）

冬鴉咳き骨肉に死を待たれ

空梅雨や基地満載の島火照り

翁長求

石蹴れば石に追いつく赤とんぼ

仏桑花炎えて食えない島暮るる

仲村盛宜

若夏や熱き電球摑み消す

十月の黄なる太陽癩癒えよ

榎本冬一郎句集『尻無河畔』（七〇年三月）

「尻無川河畔」は尻無川流域の湿地帯に住む沖縄人聚落（大阪）をテーマにした句集。

沈下地帯沖縄の子の手毬唄

太陽と寒さが清潔襁褓乾く
鳩と幼児歩くメーデーの地の拡がり
前田秀子編『篠原鳳作句文集』（七一年九月）
しんしんと肺碧きまで海の旅
蟻よバラを登りつめても陽が遠い
泣きじゃくる赤ん坊薊の花になれ
山村祐句文集『沖縄離島行』（七一年一〇年）・『沖縄離島行・続』（七二年一月）。
デイゴ咲く背骨は病めり沖の島々
くらやみから墓現れて離島（しま）点る
離島の骨のしろさがみえてくる岬
石垣美智句集『浜蟹の爪』（七一年十二月）
新北風や浜蟹赤き爪もてり
火蛾の渦女心いらだつギブスの掌
願はくば全面返還蘇鉄の実
（既出の句集は省く。七二年五月まで）

ここまでが米軍統治下二十七年間の俳句史の足跡であるが、施政権が返還された一九七二年の歴史の節目について触れ、終章とする。

13　一九七二年、「復帰」の内実（註6）

一九六九年、佐藤栄作首相とニクソン米大統領会談によって沖縄の施政権返還が一九七二年五月十五日とすることで合意した。

復帰運動は異民族支配からの脱却、人間（人権）回復、軍事基地のない平和な沖縄を希求した。沖縄は「即時無条件全面返還」を求めたが、「核付き・基地付き返還」に変質させられた。

復帰後も沖縄に米軍基地が居座り続け、日本の国土面積〇、六％の狭隘な土地に、在日米軍専用施設の七〇、三％が集中する。米国の狙いは「米軍基地の自由使用」にあった。日米安全保障条約で、沖縄の軍事要塞化はいよいよ強固になった。さらに、「日米地位協定」で沖縄を雁字搦めにしている。日本国は軍事基地を沖縄に押しつけ、経済大国になり繁栄してきた。

野ざらしは復帰の年の七二年、俳誌「祝祭」（福岡）十九号（五月発行）に論考「沖縄をどうとらえるか―施政権返還に関連して」（原稿二十三枚）を執筆した。復帰運動の問題点を問い糾し、日本、及び日本国民を指弾する論考である。「祝祭」二十号に豊永恵三郎の感想が載っている。

「この文章が私に〈沖縄〉ひいては軍国主義化しつつある〈日本〉を考える指標を与えてくれたことに感謝する。／権力者が支配体系を確立するにあたっては常に差別される階級を意識的に作り出し、それを見せしめにして一般大衆を支配してきた。／被差別者があれば為政者が自分をも被差別者にしようとしている事を見抜かねばならない。」

復帰の年、沖縄の政党が全国区の政党へと収斂され、長いものに巻かれる式の独自性の薄れた政党へと変質していった。（但し、沖縄社会大衆党だけは土着政党に拘り政党の系列化を拒んだ）。

この潮流は沖縄の俳句界にも波及した。沖縄の俳句界で中心的な役割を果たしていた「沖縄俳句会」(連合体)が「沖縄県俳句協会」へ改称し、各県と連携する親睦団体的な俳句集団へと変質して行った。各結社も「沖縄県支部」へと変わった。季語を絶対化する伝統俳句派の俳人たちは、寄らば大樹の陰的な思考へと傾斜し、南国沖縄の黒潮の暖流が、寒流の潮流へと飲み込まれていくさまに、衝撃を受けた。

文学の力、詩眼はどこへ行ったのか。芸術(文学)は独創の刃を磨き、未知の領域を拓くところに存在価値がある。私は本土化を拒み、沖縄を発火点にした地球、人類を視野に入れた地球俳句へと詩魂を磨くことになる。

(註1)追悼集「近田洋一の仕事――こどもたちの未来を信じて」(二〇〇八年七月発行)がある。

(註2・註6)「新旧俳句論争」項と「『復帰』の内実を問う」項は、〈復帰を問う〉論考、「激動の渦中で」(「天荒」七三号所収)と重複する。

(註3)仲程昌徳著『沖縄文学の百年』(二〇一八年・ボーダーインク刊)で、俳句分野から採りあげられた百年間の出版本は三冊。句集『地球の自転』(六七年八月刊)・小熊一人著『沖縄俳句歳時記』(七九年一〇月刊)・野ざらし延男編『沖縄俳句総集』(八一年四月刊)。

(註4)句集『地球自転』書評(続)。「ガンマー」(北海道)二八号。コラム「時の眼」庄子真青海/「金属地帯」(福岡)一七五号。村上輝男/「全逓北海道文学」(北海道)二五号・草皆白影子/「新墾」(福岡)一一三号・加来光羊/「八幡船」(東京)一六号。田沼文夫/「九州俳句」(福岡)七号。井沢唯夫/

(註5)新井節子は歌人としても実績を残した。昭和三十四年「短歌研究」九月号に、第二回「短歌研究新人賞」の「推薦」作品「流離の島」(三十二首)が載る。「推薦」(三人)は特選1・特選2に次ぐ三位のランク。

「天荒」74号　所収

Ⅳ章　〈復帰〉を問う

1　「沖縄」をどうとらえるか――施政権返還に関連して

はじめに

俳誌「祝祭」編集部（福岡）から与えられたテーマは「沖縄」である。「沖縄とは何か」というラジカルな問いを避けて通ることはできない。「沖縄」を問うことによって実は「日本」を問うことになろうから。

本土に住む人間が「沖縄」を正しく理解しているとは思えない。否、沖縄に住むぼくらでさえ、反体制、反基地に身をおいて生きてきたと自負する者も、実は脆弱な思想のために国家権力に利用され、体制擁護の橋渡しをしているときだってあるのだ。

沖縄の施政権返還は一九七二年五月一五日に決まった。新たな屈辱の日が作られた。別段、喜びの感情は湧いてこない。あるとすれば、新たな日米軍事支配への憤りと国家権力の抑圧に対する強固な思想の自立への思念である。

「日本」――それはぼくにとっては薄汚れたタオルである。本来、タオルとは顔や身体を洗い清めるものである筈だが、抑圧と収奪を強いられるぼくらは、拭けば拭く程自分の顔や体が汚れるばかりである。この薄汚れたタオルを払拭しなければならない。今のぼくには「日本」は何の魅力もない。日米安保でアジア支配への食指をのばし、自衛隊は第四次防で益々肥大化している。国家権力は底辺の労働者を切り捨て、経済優先の政治で、公害を生み続け、被爆者や公害患者を放置している。沖縄を切り捨て、在日朝鮮人を、在日中国人を、部落民を切り落とすことによって、「平和と繁栄」を謳歌してきた日本国及び日本人――。

東京タワー事件の意味するもの

本土で闘っている一人の沖縄人を語ることによって「沖縄」を語り始めよう。

今、東京地方裁判所で日本とアメリカの沖縄支配に対する犯罪行為を告発し、天皇の戦争責任を問い、国家支配体制とその支配に胡座をくんできた日本国民を烈しく糾弾して闘っている一人の沖縄人がいる。その名を富村順一という。「東京タワー事件」といえば記憶の人もいると思う。一九七〇年七月八日、東京タワー展望台を占拠し、「日本人よ君達は、沖縄のことを口にするな」「朝鮮人と二〇未満の日本人は降ろしてやるが、その他の日本人とアメリカ人は降ろさない」と叫び、包丁を突きつけた事件である。彼はハイネックシャツに「天皇は第二次大戦で二百万人を犠牲にした責任をとれ」「沖縄の若い女性のように正田美智子も売春婦になって人民に償え」と書いてあったが、これは警官によってはぎとられ、隠滅されたことが第六回公判の意見陳述で明らかにされた。

ぼくの手許に「富村順一氏意見陳述集」がある。彼の行為を内発させたのは何であったのか。天皇を頂点とする支配体制に対する民衆の怨念である。国家と国家権力を拒絶して、国家を構成する極小単位としての「個」の部分から鋭く国家を撃つことによって、内側から切り崩していく行為である。

彼は一五年前に密航してきたという。「私が田舎を逃げたということは、日本の政府が悪いのです。私が悪いのではありません。日本政府が沖縄をアメリカに売ったからなのです」（第三回公判意見陳述）といって日本政府の責任を糾弾する。

日本が沖縄をアメリカに売り渡したのは、いうまでもなく「サンフランシスコ講和条約」の発効した一九五二年四月二八日である。沖縄では「屈辱の日」と呼ばれている。日本は「独立」と引き換えに沖縄をアメリカへ売り渡し、沖縄人の差別と犠牲において平和と繁栄を謳歌してきた。その責任は「施政権返還」を取りつけたことによって帳消しにはならない。沖縄返還協定は基地を持続し、日米軍事体制のアジア支配をより強固にするためのものであり、空洞化した「平和憲法」を沖縄県民に適用させることによって基本的人権の回復を適えてやるなどという恩着せがましい厚顔無恥な姿勢では責任逃れは許されない。「対日講和条約」締結当時、七二％の反対署名請願をしたにも拘らず、沖縄県民の意志は完全に抹殺された。そのとき、日本人一人一人は沖縄に何をしたというのであろうか。糾弾されるのは国家権力体制のみではない。それらに無関心であった日本国民も同じく問われるべきである。

彼、富村順一は「何ら発言権をもたぬ沖縄人民が、もし自分たちの問題を日本国民に訴えようとした場合には、これ以外に方法がなかった」という。沖縄人が本土へ向かって「訴える」こと自体異常なことである。異民族に虐げられ、主権を奪われ、搾取と犠牲に喘ぐ人民の側から「訴えられる」ことによってしか目覚めることをしなかった日本人、みずから進んで積極的に問題に切り込むことをしないで利己の生活を守ってきた日本人、営々四分の一世紀もの間、底辺からの血のでるような「叫び」をくみ上げることなく、圧殺さえしてきた日本国家権力及び同質の日本国民。沖縄人富村順一が「これ以外に方法がなかった」という言葉の重みをどれだけの日本人が共有できるであろうか。

彼は体制秩序を破砕する手段としていきなり東京タワー占拠の行動に出たのではない。彼はこの事件の二カ月前には名古屋のある製鉄所で働き、月五、六万円の給料を貰い何ら不自由のない生活をしていた。ところが当時沖縄では、毒ガス撤去問題、米兵による女子高校生暴行事件が起こり、高校生や一般市民が激しい抗議デモをしているのを知り、自分も何かしなければならぬと思い、安逸な生活に見切りをつけて上京し、底辺労働者の住む山谷暮しを始めたのである。

彼の最初の手段は皇居前で自分の吹き込んだテープレコーダーで観光客に訴えることであった。しかし、四、五人の私服警官がやって来て「お前なんか昔なら不敬罪でもって死刑になる、世が世だから何でもないんだ。ちょっとこっちへこい」といって追い返された（第四回公判）。翌日も同じことを繰り返していて「天皇は戦犯ですよ」とテープの声が流れた次の瞬間、何者かによってテープレコーダーは取り上げられ、テープは引き千切られた。彼は「訴える」自由を失い、やむなく東京タワーに立てこもったのである。彼は「法廷」を国家権力と対決する土俵に敢えて選ばざるをえなかったのである。

「本当に日本の政府が平和を愛するならば、毒ガスは沖縄におく必要はない。あの宮城の真中におくのが一番いいんだ。沖縄人民が殺されてもいいから、自分達が安全な場所に基地をおいているわけです。総理大臣が沖縄のB52の嘉手納にきて住めばいい」「私を裁くなら、日本二百万人民を殺した天皇とその国家主義者を全部罰したらいい。彼たちは何べん死刑にしてもおかしくない」（第四回公判）。

彼は、真に裁かれるべきは私でなく天皇であり首相であると叫ぶ。日本では天皇の戦争責任を問う人はもう殆どいない。沖縄が「日本国天皇」のために生命を投げうって償った結果は何であったか。それは異民族支配という国家権力の取り引きの犠牲であった。

テレビの映像を通して、皇居参賀の群衆をみていると、どこか地球の裏側での出来事かのような錯覚を覚える。あの群衆は一体何なのだろうか。皇居前に来て、沖縄の存在を考えた人が何人いただろうか。大東京の都心に広い土地を領し、緑で囲まれた静寂の地、皇居とは何か。まさに占領区ではないのか。民主主義社会における人民が自由に出入りできない、まぎれもない占領区、その占領区と無批判にかかわることによって天皇制国家を育ててきたのは他でもない保守政権であろうが、それに便乗してきた日本国民の怠慢も厳しく指摘されねばならない。

昨年、天皇、皇后がヨーロッパ旅行した際、デンマーク空港での糾弾のビラを日本人はどのように受けとめているであろうか。「ヨーロッパの人々で第二次大戦のナチスの血なまぐさい行為を忘れた人はいないであろう。だがしかし、あなた方ヨーロッパ人は、天皇ヒロヒトがヒットラーと手を結び、いまだに日本の象徴として存在していることを往々にして忘れているのではないのか。天皇が「ＯＫ」と言ったおかげで血の川が流れ、死体の山ができた。一千万人の中国人と、数百万人の東洋人は、彼の「ＯＫ」の犠牲になった。――後略」（「女性自身」七一年一〇月一六日号）このビラで糾弾されているのはヨーロッパ人でなく日本国民ではないのか。

今、東京タワー事件は「アメリカ人等に対し包丁を突きつけ脅迫した事件」として簡単に事務的に処理されようとしている。だが、彼が「脅迫」を目的にしてなかったことは朝鮮人と二〇歳未満の日本人は降ろしてやる」（事実、彼はその通り降ろしてやっている）という言葉でも明らかだし、次の証言によってなおはっきりする。「私は東京タワーで酔狂言で暴れたのではない。私はちゃんとポケットにチョコレートを二〇本買って持っていた。子供たちがいた場合に泣かしたら可哀相だと思った」。（彼は子供達にチョコレートを与えタワーから降ろした）（第四回公判）

彼の行為は、国家権力と対決する手段として「法廷」に進み出るためのものだった。だが権力者側は公判に際して僅か一八名しか傍聴させなかったり、富村順一の行動は「気違い沙汰である」「精神異常者である」ときめつけることによって行為の本質を覆い隠そうとしている。人民の声を弾圧し、隠蔽し、己の利権のためには如何なる手段をも辞さないこの行為こそが国家権力の本質なのだ。彼等が恐怖するのは「他人とのせめぎあいの中で起爆した一人の貧しい生活者が、醒めた目をみずからの思念のラジカルな起点として取り戻し、みずからが考え得る最大限の表現方法をもって国家と国家権力に対して不信と拒絶に裏打ちされた告発と糾弾を現実に、しかも具体として実践するときである」（『反国家の兇区』新川明著）といえよう。従って、体制秩序に敵対する「醒めた目」そのものが、実はみずからの呪縛されている秩序意識を打ち砕く自己反逆なのである。

大和人（ヤマトゥンチュー）と沖縄人（ウチナーンチュー）

沖縄人はみずからを除いた日本本土のすべてを丸ごと同質化して「大和（ヤマトゥ）」と呼び、そこに住む人々を

「大和人（ヤマトゥンチュー）」と呼ぶことによってみずからと明確に区別する。沖縄人に固有でかつ特徴的な心理現象として、歴史性をもって存在する。「あなたはどこの国の人ですか」と問われたら、本土に住む人なら即座に何の抵抗もなく「日本人です」と答えるであろうが、沖縄人はみずからが日本人であるより前に「沖縄人（ウチナーンチュー）」であることに固執する。沖縄人は、日本という国への帰属感を超えて、国家に先行する社会単位としての「個」への第一次的親近感をもつが、日本人にはそれがない。沖縄人が日本人に対して抱く「異質感」「差意識」「距離感」は近代に至るまで日本本土と別個の国家形態を形成し、独自の文化的、歴史的、地理的諸条件の中を生きてきたからに他ならない。「大和（ヤマトゥ）」とは、当初、薩摩藩を指して言われた言葉であった。慶長一四年（一六〇九年）以来二百数十年に亘り琉球を植民的支配下においた侵略者、収奪者、圧政者としてのサツマであった。その「大和（ヤマトゥ）」から脱れ出たいという救済願望から出た言葉に「大大和（ウフヤマトゥ）」がある。これは薩摩――大和以外の日本国総体として、沖縄民衆を救ってくれる対象として知覚（抽象的概念）されていた。ところがこの「大大和（ウフヤマトゥ）」も明治の琉球処分以来、差別と収奪の支配を目論む国であることを知るに及び、今度は薩摩を含む日本国総体を指して「大和（ヤマトゥ）」ということになったのである。

「大和（ヤマトゥ）」が薩摩支配以来今日まで如何に「沖縄」を差別し、収奪し、抑圧してきたかの実例を挙げるのは難しいことではない。「沖縄救済論集」（湧上聾人編）では、沖縄六〇万県民がこぞって経済破滅のどん底へ叩き込まれていた時、明治政府は「明治一三年において百七九万八千四百八九円を支出した代りに五百五二万千九百一八円の国税を課し、差引三百七二万三千四百二九円を搾取している」ことを明記している。明治の収奪と圧政は形こそ変っているが、今日の沖縄で電気、水道、開発公社、琉球銀行等の実権を米軍が支配、掌握し、圧政していることと何ら変らない。

人類館事件――明治三六年、大阪で第五回勧業博覧会が催された時、会場に茅葺小屋のセットがあり、その中に二人の沖縄婦人が「陳列」され（生きた人間を！）そこで説明者が鞭で指しながら「此奴は、此奴は」とまるで動物の見せ物みたいに扱ったという事件である。「日本人の陰湿な差別と偏見が露呈した事件」（『醜い日本人』大田昌秀著）であった。このことは「平和憲法」を持つ日本が今日も沖縄と沖縄人を差別していることとどれ程の違いがあるというのであろうか。

「沖縄」を語ろうとするとき、「戦争」を抜きにしては語れないであろう。

渡嘉敷島、座間味島集団強制自決――昭和二〇年の三月二六日、約七百人の老若男女が集団自決を強制された。特に渡嘉敷島では「部隊の行動を妨げないために、また食糧を部隊に提供するために、いさぎよく自決せよ」という赤松大尉の命令により集団自決が強行された。その惨状は生存者の記録に生々しい。

「住民には自決用として五二発の手投弾が用意された。命令は実行された。轟音が次々に谷間にこだました。瞬時にして老幼男女の肉は四散し、死にそこなった者は棒切れで頭を打ち合い、カミソリで首部を切り、斧、鍬、鎌を用いて親しい同志が頭を叩き割り首をかき切った」のである。そして、手投弾が不発で死を免れた住民が日本軍の壕へ近づくと、壕に入ることを拒否され、しかも、スパイ容疑だといって切り殺され、家族をすべて失い、悲嘆のあまりさまよい歩いていた者が、米軍に通ずるおそれありとして殺された。また一六歳の少年は集団自決で負傷したが死にきれずにさまよっているところを米軍に収容され手当を受けた。少年達は米軍の指示で一般住民に山を下ることをすすめるため山へ向ったが、途中で日本兵に発見され、「自決の場所から逃げ出し、米軍に意を通じた」として銃殺されたのである。渡嘉敷小学校の校長は「防衛隊のくせに家族のところに帰ってばかりいる」という理由で斬首された。

戦争という極限状態であったとしても、敵の米軍でさえも生命を救ってくれたのに、沖縄を救ってくれる筈の自国の軍隊によって殺されようとは夢にも思ってなかったのではないか。（戦記については『鉄の暴風』――沖縄タイムス編。『秘録沖縄戦史』――山川泰邦に詳しい）

この渡嘉敷島の悲惨に類似した出来事は、沖縄本島の至るところにあったわけだが、この死で報いた「祖国日本防衛」が、日本本土の平和と繁栄のための米軍事支配であったことを思えば、かの被疑者として日本国家総体及び支配体制と対決している富村順一の、悲愴な行動がわかるであろう。

国家支配体制と日本同化意識

「国家」を考える時に、どうしても見落としてならない沖縄の歴史的教訓がある。沖縄が差別され、収奪され、虐げられた時、その脱出方法として民族的感情を根幹とした日本同化、日本志向、日本等質化を計ってきたことである。

明治二六年（一八九四年）沖縄最初の新聞「琉球新報」が創刊されたが、その編集方針の一つに「地方的島国根性を去って国民的同化をはかる」ことを掲げ、同紙で「由来沖縄は地理的関係よりして特殊の発達をなし、別けて中古以来は日支両属てふ変態の地位に起ちて、異種異様の習俗は両国より混入し来り為めに国民的同化に大なる障害を遺したり。所謂、この異種異様の習俗を去りて国民普通の習俗を養成するは、是、我沖縄をして健全なる日本国土と化せしむる唯一の方策と信ずる所なり」と述べ、更に「我県民をして同化せしむるといふことは、有形、無形を問はず善悪良否を論ぜず、一から十まで内地府県に化すること類似せしむることなり。極端に言へばクシャメすることまでも他府県の通りすることにあり」と説いた。「沖縄」を丸ごと日本同化させようとする意図の激しさに圧倒される思いである。「善悪良否を問はず、クシャメまでも似せる」という極論は、沖縄の主体性をみずからの手で喪失させ、国家総体としての日本本土に等質化させることによって、みずからの活路を導き出そうとする滑稽な矛盾を抱えている。国家権力が地方の特殊性を抹殺し画一化することにより、人民の価値観を「国家」に統一し一元化する、精神的中央集権化に通ずる危険極まりない思考だと言わねばならない。

国家権力支配者が最も恐れるのは、新聞編集者が排除するところの人民の側からの「特殊な発達」であり、「異種異様の習俗」である筈なのである。なぜならば特殊の発達と異種異様こそは、国家権力の中央集権化へ歯止めとなるものであり、人民の底辺に強固に根を張る独自の精神性を孕んでいるからである。

昭和一五年「方言撲滅論争」――ときの渕上彦太郎知事は国民的一致のためには「沖縄の地方的特色は一切抹殺されねばならぬ」と言い、それを時の評論家杉山平助が「標準語を徹底的に普及せしめるために、従来の方言に圧迫を加えようとさえする県当局の方針は全く正しい。琉球はあらゆる方法をもって、その過去から脱却しなければならない」と主張した。それに対して柳宗悦氏ら日本民芸協会の一団が沖縄を訪れた際「県当局が皇民化の大義名分を掲げて県民に沖縄の言語風習を忘れさせようとしている」ことを批判し、「郷土文化を蔑視するような方法をとるのか。それは沖縄県民を特殊扱いしている感じを与えるし、県民の心に屈辱感を与え野蛮視しているきらいがないであろうか」と反論した。当時の県当局が方言を廃止し、標準語励行を強引に行うことによる民族的日本同化は、おりからの皇民化教育の側面を支え軍国主義の高揚へと沖縄を駆り立てていったのである。

沖縄教育会機関誌「琉球教育」に次の一文がある。教育の最も重要な任勢は「夫レ此レ民ヲシテ軍国ノ民タラシメルコト」であるといい「本県上流ノ青年ヲシテ忠勇ナル軍人タラシメ以テ軍事精神、国家思想ヲ頑迷無知ナル一般人民ニ起サセルコト」と説いた。一般人民を「頑迷無知ナル」者ときめつけるこの教育のもつ恐ろしさを何と語ればよいのであろうか。この一文は権力者の意図する地方色を排除することによって中央集権化を押し進め、富国強兵策を助け、皇民化教育による日本帝国を頑強かつ積極的に人民の側から打ち固める役割を担ってきたことの証左である。

沖縄の復帰運動は異民族支配からの脱却を軸にして進行し、アメリカと対峙する形において「沖縄人も日本人なのだ」と叫び、日本同化、日本志向をし続けてきた革新側の闘いであった。保守政党は日米安保、基地容認の立場から沖縄の存亡を説き、むしろ復帰運動に反対してきた。革新側が反米を唱えるとき、即日本民族同化の論調があった。「日の丸」の国旗は星条旗に対抗するための抵抗のシンボルであるとされてきた。しかしそこには「国家としての日本」の存在を問う視点が欠けていた。佐藤総理（当時）は「国を守る気概を持て」「沖縄も当然日本民族として国を守るために自衛隊を配備する」と言っているのである。革新の言う「日本民族としての権利回復」と佐藤総理の「日本民族として」という言葉の内実にどれだけの差があるだろうか。支配権力側は本土復帰を契機に沖縄の「本土への一体化政策」を押し進めている。戦後二七年間の沖縄と本土との格差是正の大義名分に乗り、歴史的、地理的、文化的、特殊な営為を抹殺する形で、中央集権下へ統治しようとしている。治安維持の名目での警察官の増員、警備車、装甲車の配備、自衛隊配置への宣撫策として公民館、体育館の建設を約束するなど、沖縄を本土と一体化することによって生活の末端にまで国家意識の浸透をはかっている。これに対してぼくらはどれだけみずからを反権力の視座に引き据えて対決することに耐えて行けるであろうか。

革新性について

「革新」が実は保守性を内包していたという矛盾について考えてみよう。「革新」がみずからの思想性を点検しなくなったとき、どのような退廃を招くか。

「本土並み」——佐藤政府（当時）が沖縄返還で掲げた一本の柱である。革新の中にはそれを容認し、要求する者がいる。基地撤去を主な闘いとしてきた革新が、本土にも紛れもなく米軍基地が存在するにも拘らず「本土並み」を唱える矛盾をどう克服するのか。基地撤去闘争の限界はみえていると言っていい。

屋良革新主席は、毒ガス移送問題で住民の不安を代表して日米両政府へ要求を突きつけもせず、本土学者の民間毒ガス調査団の「絶対安全だとは必ずしも言えない」という意見を無視し、「毒ガス移送は完璧なので安全である」との米軍の言葉をそのまま県民へ向けてきたのである。人民の肉声を圧殺するが如き行為は最早「革新」ではない。屋良主席は自分らが生んだのだから批判すべきでないとする「革新」がいる。しかし、革新が自己批判を拒んだとき、革新のもつ変革の論理は失せていくのである。批判を許容しない前進が歴史上にあっただろうか。

糾弾されるのは屋良主席だけではない。「沖縄人民の生命を脅かす毒ガスを撤去せよ」と言う時、何故、沖縄で危険なら地球上どこに持って行っても危険であることを考えなかったのか。移送された毒ガスが何年か後には地球上のどこかで人間を殺すであろうことを誰も否定できないのである。「無毒化」闘争の視点を持ち得なかった反戦闘争の思想的脆弱さを暴露したものと言えよう。

沖縄の「国政参加」実現を革新側の闘いの勝利であると賞讃した革新団体がいる。果してそうなのか。沖縄立法院で過去何回となく「国政参加実現要請決議」をしても、日本政府は「施政権はアメリカにある」といってこの問題を葬ってきた。ところが何故その保守政権が急に、積極的に「認める」と言い出したのか。日米共同声明路線に基づく「沖縄返還協定」を支障なく調印、締結する意図があったとみるべきである。「沖縄国会」でありながら、沖縄選出議員の発言が一人一〇分前後であったことを思えば、民主主義という名の議会政治の何と虚しいことか。折しも沖縄では日米安保条約粉砕闘争への高揚があり、全島ゼネストの地固めが進められていたのが「国政参加実現」によって選挙運動へ埋没させられていったのである。当時、沖縄の大衆のリーダーであった祖国復帰協議会会長喜屋武真栄、全軍労委員長上原康助、沖縄のホーチミンと称される人民党委員長瀬長亀次郎、社会大衆党委員長安里積千代らの国会議員は「牙を抜かれた狼」となり果て、みごとに「沖縄返還協定」は完遂され、五月一五日を待つのみとなったのである。

昨年、沖縄県民代表団が「県民不在の返還協定をやり直せ」と要求したとき、佐藤総理はいみじくも言ったのである。「国会にはちゃんと沖縄から選出された議員もいるので、県民不在ではない」と。沖縄の「国政参加」が復帰が決まる以前に行なわれた意図はこの言葉がすべてを物語っている。「国政参加」によって沖縄は救われるなどという「国家幻想」を抱いていた人々は当然自己批判されなければならないだろうが、その自己批判の刃からぼく自身も逃れることはできない。少なくとも返還の日までは拒否の姿勢を崩さず、返還協定のもつ権力の本質を切り裂く形での「住民投票」を行い、国家権力側の日米軍事支配への意図を砕く闘いの持続の中で、復帰を迎えるべきであった。

谷川健一は『沖縄――辺境の時間と空間』の中で「本土の運動は直線と挫折とを繰り返していく直線的思考であるが、戦後沖縄の運動は動揺を重ねつつ現実との対決を強いられながら螺旋状に昇っていく螺旋的思考である」と指摘している。（一九七二年四月記す）

俳誌『祝祭』19号（一九七二年五月発行　福岡）所収

2　激動の渦中で

今年は戦後七十七年、〈復帰〉五〇年になる。

激動の渦中で光と影を刻み、苦闘してきた足跡を辿る。

♪固き土を破りて
民族の怒りに燃ゆる島　沖縄よ
われらとわれらの祖先が
血と汗をもて　守り育てた沖縄よ♪

（後略）

一九六〇年代、米軍支配に抗し、明けても暮れても「沖縄を返せ」をうたっていた。米軍の弾圧に抗して各地でデモやストライキが繰り広げられ、怒りの拳をあげ、「がんばろう」を三唱した。

「祖国復帰大会」が那覇市与儀公園で何度も開催され、デモ行進にも参加した。与儀公園〜ひめゆり通り〜安里十字路〜国際通り〜立法院前までがデモコース。あるときは、子どもを抱いて、おんぶして、肩車にして、雨にうたれ、「沖縄返せ！」「アメリカは沖縄から出て行け」のシュプレヒコールの拳を振り上げた。また、ジグザグデモでは国際通りを激しく蛇行し、怒りのうねりの渦の中にいた。フランスデモでは長い竹竿を、道路全面に延ばし、機動隊、装甲車と向き合った。

「祖国復帰」――タイトルに違和を感じていた。日本が祖父母で沖縄は子ども？　孫？　しっくりしない。

「本土復帰」――「本土」とはある人の生まれ育った国。離島または属国・植民地等との対比で用いられる。沖縄の人が生まれ育った国土（本州・四国・中国・九州・北海道）に復帰するのではない。離島、植民地との対比で使われても困る。これも違和感がある。

「日本復帰」――沖縄は米軍統治下にあるとは言え、領土（沖縄）まで奪われたわけではない。だから「日本復帰」という呼称にも違和感があった。

句座が酒座と化す

一九五九年、高校卒業した年、「沖縄俳句会」に恐る恐る顔を出した。石川市（現・うるま市）山城の片田舎からバスを乗り継いで、約半日かけて、那覇の歓楽街桜坂の句会場に参加した。十代の若者は私一人だった。句会場は公民館みたいな公共の場所と思い込んでいた私には歓楽街での句会に違和感があった。句会には沖縄俳句界の長老たちが神妙な顔をして座っていた。初心者の私に投げかけた言葉がショッキングだった。「俳句は季題を入れて作りなさい」「季重なりは避けなさい」「趣味で、楽しんで作りなさい」「他人の作品は批判しないように」。

その場から逃げ出したい心境に駆られたが、折角、遠方からバス賃をはたいてきた。我慢して最後まで座ることにした。句会は出句、清記、選句、披講と続いた。作品批評はなかった。やがて、「二次会に移ります」という声がかかり、たちまち、句座が酒座と化した。先ほどまで静かに座っていた面々が大きな声で話し始め、座が急に賑やかになった。句会より酒飲み会が目的で参加している様に見えた。

「文学とは何か」「人間とは何か」「真実とは何か」「時代に生きる俳句とは」を探究するために俳句会に参加した私にとって、このホトトギス派の古臭い句座は砂を噛むような虚しい場であった。俳句文学の真実を探り、詩心を磨く、文学魂は無残にも砕け散った。

俳句同人誌「無冠」創刊

この退廃化した沖縄の俳句界に風穴をあけるため、一九六四年五月、沖縄初の俳句同人誌「無冠」を創刊した。伝統俳句へ反旗を掲げた俳句革新がスタートを切った。「世界最短詩型としての俳句文学の可能性の追求」を「主張」に掲げた。私の文学的視野は世界最短詩型の未来へと向いていた。時に、延男は二十三歳である。

創刊号の延男作品一〇句より。

絶対の崖の崩れが音たてて生きる初日
たたかう島海が楕円となって喚く
螢絶えて流木の哭く未明の島
ネクタイが首絞め戦争(いくさ)の影動く
コロコロと腹虫の哭く地球の自転

「絶対の崖」は米軍支配のメタファーであったが、同時に、眼前に立ち塞がる伝統俳句の「崖」でもあった。この絶対権力(権威)の二つの「崖」が崩れる日を夢見て、「たたかう島」に生きていた。島の海は変形し楕円となり、希望の蛍火は絶え、夜明けの来ない川で流木が哭いていた。流木は私であった。ネクタイを絞める日常の些事の中に、戦争の影を曳きずっていた。

沖縄の歴史はいつも外圧に曝され、自立することができず、他律的に生かされてきた。歴史の荒波に翻弄されてきた沖縄は自転軸が無く、他転軸に歪められてきた。私の腹虫は、この外圧に翻弄され、いたぶられ、四六時中、哭きやむことはなかった。「コロコロ」の擬声語は沖縄の人の痛苦の軋み音であり、呻きの声であった。作者の心底で、地球の自転音と腹虫の呻き声（音）が詩魂として繋がっていた。この句を契機にして新しい俳句の創造を目指した。

新旧俳句論争

一九六五年、新聞紙上で「新旧俳句論争」が起こった。火をつけたのは野ざらし論考「明日に生きる俳句のための考察――現代俳句の姿勢と沖縄」（沖縄タイムス・一〇月一八日～一〇月二十二日・五回連載）である。花鳥諷詠、季語俳句を批判し、退廃化した句会を難じた。伝統俳句派の安島涼人は「句成る人成る――『現代俳句の姿勢と沖縄』を読んで」（沖縄タイムス・十一月二十二日）を執筆し、反論した。「他者の作品を批判する野ざらし延男は人間として成ってない。だから、句も成ってない」と論じ、道徳論にすり替えた反論であった。

六七年、野ざらしは「俳句は風流の道具か」（琉球新報・五月三十一日～六月三日・三回連載）を発表し、再び、伝統俳句派を批判した。米軍支配下の苛酷な沖縄の現実に目を瞑り、俳句を肴にして酒座に興ずる風流俳人たちを批判した。安島は「『俳句は風流の道具か』に答える」（琉球新報・六月二十四日・二十六日。上下）で反論し、「野ざらし句は難解である。だから、作品評価はできない」と決めつけ、作品評価の本質論を避けた。

野ざらしは「現代俳句はどうあるべきか」（琉球新報・八月三十一日～九月四日。三回連載）（安島反論への再反論）を書き、県外俳誌で評価された野ざらし作品を紹介し、反論した。この論考への反論はなかった。

この伝統対反伝統の新旧俳句論争は賛否両論を巻き込み、批評活動が活発化した。久高日車（俳人）は「青年俳人へ望む」（琉球新報・八月一日）を執筆。安島論考に賛意を表した。宮城英定（詩人）は「生温き風土への挑戦――野ざらし延男の俳句について」（琉球新報・八月二日・三日。上下）を執筆。野ざらし論考に賛意を表した。与那原朝英は「文学論争――思想の深化のために」（琉球新報・七月三十一日）を執筆。文学における新旧論争を歓迎し、評価した。

沖縄戦をどう表現するか

沖縄戦では老若男女を巻き込み二十三万余の犠牲者を出した。国体護持のために沖縄は捨て石にされ、焦土と化した。軍国主義、皇民化教育で少年少女たちまで戦場に動員され、尊い命を喪った。日本兵は沖縄住民を守らなかった。洞窟（ガマ）（避難壕）に隠れている住民から食料を強奪し、追い出した。泣く赤坊を敵に見つかるからと日本刀で斬殺した。集団死を強要し、手榴弾を持たせた。

沖縄戦の地獄の惨状に背を向け、のんびりと季節を詠う、季語俳句に愛想が尽きた。

文学は歴史の暗部を炙り出し、真実とは何かを問う。沖縄戦をどう表現するのか、俳句文学の眼力が問われている。

鉄兜非国民にされた恥骨
洞窟（ガマ）に白刀流星が血しぶきだった
戦火の島の涙点こぼすオオゴマダラ
黒南風の洞窟（ガマ）　とぐろ巻く虹
洞窟（ガマ）に蛍火ぐうちょきぱあの木霊
洞窟（ガマ）に産声月光を母乳にして
月光を羊水にして洞窟（ガマ）孵（す）でる
洞窟（ガマ）月夜天川踊り（アマカーウドゥイ）の影の骨

琉球王国の滅亡

沖縄戦の惨状とともに、忘れてはならない「侵略」の歴史に触れておきたい。

一四二九年、尚巴志が三山（南山・中山・北山）を統一し、「琉球王国」を築き、東南アジア・中国・韓国・日本と交易し、繁栄した。しかし、尚泰王の時代の一八七九年、明治政府から派遣された薩摩軍の武力侵攻によって「琉球処分」され、廃藩置県になり、四五〇年続いた「琉球王国」は滅亡した。侵略者は明治政府、侵攻の先兵は薩摩軍。この戦争犯罪は裁かれたのであろうか。

オオゴマダラ琉球王国の迷宮
雷光を蓬髪にして疾駆する
陽炎を掘り起こし混沌を埋めるか
野良で舟漕ぐオオゴマダラの帆をあげて

「講和条約」と自己決定権

一九五二年四月二十八日、サンフランシスコ講和条約発効。日本は独立国として「主権回復の日」としたが沖縄（小笠原・奄美を含む）は日本から分断され、米軍統治下におかれ、「屈辱の日」になった。なぜ、「屈辱の日」なのか。当事者である沖縄の主張を一顧だにせず、一方的に、「主権回復」の場から排除され、自己決定権が奪われたからだ。

毎年、「屈辱の日」に、国境の北緯二十七度線の海上で、与論町（鹿児島県）側の船と沖縄側の船が交流し、「海上集会」が行われた。また、同時に、沖縄本島最北端の辺戸岬と与論島との「かがり火集会」が実施され、闇に光るかがり火で、呼応した。私もこの「かがり火集会」の連帯の輪の中にいた。帰路はいつも深夜になった。

一九六七年二月、「教公二法撤回闘争」があった。教公二法とは「地方教育区公務員法」と「教育公務員特例法」を指す。この二法の中に、争議行為の禁止、勤務評定、政治活動の制限などが盛り込まれていたため、沖縄教職員会は猛反発した。親米与党が立法院の議会で強行採決に動いた。沖縄教職員会は「一〇割年休」を行使し、立法阻止のため立法院前に集結した。この抗議の最前列に私はいた。前面には機動隊の盾の壁、背面からは抗議団の怒濤の怒りの波、この両者の板挟みになり、胸が圧迫され、顔面は盾に押しつぶされ、歪み、「圧死」という言葉が頭をよぎった。／翌日の新聞報道は「本会議中止」「教公二法　廃案」を報じた。米軍統治への怒りと真実を貫く民主教育を守る闘いであった。

「復帰」の狙いとは

復帰運動は異民族支配からの脱却、人間（人権）回復、軍事基地のない平和な沖縄を希求した。沖縄は「即時無条件全面返還」を求めたが、「核付き・基地付き返還」に変質させられた。

一九六九年、佐藤栄作首相とニクソン米大統領会談によって沖縄の施政権返還が一九七二年五月十五日とすることで合意した。

沖縄で公選首席（現在の県知事）になった屋良朝苗は、七一年十一月十七日、基地撤去と自衛隊配備反対を明記した「沖縄復帰措置に関する建議書」（屋良建議書）を国会に提出するために上京したが、衆議院沖縄返還協定特別委員会はこの「屋良建議書」が届く前に、与党自民党が審議打ち切りを強行し、「協定承認案」を採決した。またしても、当事者の意見を排除して沖縄の命運が決められ、自己決定権が奪われた。

復帰後も沖縄に米軍基地が居座り続け、日本の国土面積〇・六％の狭隘な土地に、在日米軍専用施設の七四・三％が集中する。米国の狙いは「米軍基地の自由使用」であった。核兵器の搬入、貯蔵移動などを含む自由使用が保障されたことは米軍の思う壺に嵌まった事になる。また、日米安全保障条約（一九五一年九月八日調印）もあり、沖縄の軍事要塞化はいよいよ強固になった。この沖縄の基地要塞化は、一九四八年「天皇のメッセージ」が大きく影響している。昭和天皇は「主権を日本に残したまま」で沖縄を「二五年ないし五〇年、あるいはそれ以上」米軍に提供したいと提案したのだ。

さらに、「日米地位協定」で沖縄を雁字搦めにしている。沖縄で起った米軍犯罪は沖縄側（日本側）の捜査権が排除され、事件事故現場に入れない。米軍は事件事故の真実を隠蔽できる仕組みを作り上げた。この悪法を容認しているのは日本政府である。この協定では日本は基地提供義務がある。一九七三年のベトナム戦争後、米国は日本に駐留経費の分担を求めてきた。一九七八年「思いやり予算」として六二億円を支出した。安倍政権時から急増し始めたとされ、菅内閣では二〇一七億円、岸田内閣では二一一〇億円を今後五年間も負担すると表明した。国民の血税で他国の軍事基地（軍隊）を保持し、基地被害を被っていることの矛盾を誰も指摘しないのか。

沖縄からは何度も「日米地位協定」の廃棄、改定を求めているが日本政府は聞く耳を持たない。ここでも沖縄は差別され、切り捨てられている。

他国を攻撃する発進基地の沖縄

「復帰」は日本国憲法「九条」の「戦争の放棄・交戦権の否認・武力の行使は永久に放棄する」の元に、還るはずであった。だが、この平和憲法は適用されず、治外法権に追いやられ、沖縄は敵攻撃をする軍事要塞化になった。ベトナム戦争、湾岸戦争では米軍嘉手納飛行場からＢ52戦略爆撃機が他国を攻撃する発進基地になった。日本の領土の沖縄から戦争のための爆撃機が出撃しているのだ。これは明らかに、憲法違反である。この事実に日本（国民）は異議を唱えない。なぜなら、米国に沖縄の「基地自由使用」を容認しているからである。

攻撃を受けたベトナムの人たちは沖縄を「悪魔の島」と呼んでいたという。沖縄（人）は沖縄戦の残虐非道を教訓化し、「戦争反対」を唱え、「平和」を希求し、「基地撤去」を掲げて闘ってきた。この人類不変の恒久平和の理念を踏みにじり、基地要塞化へと仕向けてきたのが日本政府である。

「日本は憲法九条によって戦争をしない国である」とする論理は破綻している。
ベトナム戦争の時期、私は基地の街コザ市に住んでいた。白人街の近くに「間借り」し、米兵たちに怯えながら、細々と生きていた。ベトナム戦地へゆく米兵たちの心は荒んでいて、暴動をよく起こしていた。アメリカは白人街、黒人街を住み分け、人種差別を沖縄にまで持ち込んでいた。この期（一九六〇年～六三年）の作品。二〇歳～二十三歳。

黒人街狂女が曳きずる半死の亀
混血児横抱きにされ基地酷暑
月に汚点混血の児はしのび泣く
戦跡地のジャズの溺れ化石となる嗚咽
太陽を転がす地の涯は俺の故郷

密約があった返還交渉

沖縄返還交渉には密約が存在した。毎日新聞記者、西山太吉が返還密約文書を指摘し、国家の犯罪を暴いた。軍用地の現状回復補償費四〇〇万ドルを日本側が肩代わりする密約を暴いた。その後、密約を裏付ける米政府公文書が公開された。二〇〇六年、当時の対米交渉に当たった吉野文六元外務省アメリカ局長が密約の存在を認めた。「核、毒ガス保有」の密約もあった。西山氏は「権力を放置すると肥大化し、巨大化し、専横になる。民主主義を機能させるためには監視と批判を徹底することが最大の責務である」と指摘している。

復帰運動の反省

「復帰運動」は日本民族への帰属を願った運動だったのか。この思想は日琉同祖論的思考に呪縛されていたことになる。「異民族支配からの脱却」は米軍支配からの脱却を意図したが、この反米のシンボルとして「日の丸」を掲げていた。ここに落とし穴があったのではないか。日琉同祖論を基底に据えた復帰運動は視点の曖昧さや歴史認識の甘さを露呈する形になった。

この復帰運動に、かつて四五〇年間続いた「琉球王国」の存在を視野に入れることができなかったのか。米国でもない、日本でもない、琉球・沖縄のアイデンティティーとしての「琉球国」。この選択肢を復帰運動体に入れておれば、自己決定権や沖縄主権の認められた希望の光りの見える未来が展望できたかも知れない。

復帰年の沖縄俳句界の動き

県内の政党の大半が本土の政党に合流した。国会議員の議席を獲得するためには全国区の政党に入ることがやむをえない事情があった。しかし、この潮流の中で唯一、沖縄社会大衆党だけは本土の政党には与することなく、土着政党としての気骨を存続させた。

沖縄俳句界でも「復帰」時に異変が生じた。沖縄俳句界の中核を担ってきた「沖縄俳句会」（連合体）が「沖縄県俳句協会」へと改称した。本土結社に所属している俳人たちも各結社の「沖縄県支部」になり、お付き合い俳句、長いものにまかれる式の親睦団体的俳句集団へと変貌していった。

俳句文学は未知なる世界を開拓する芸術である。他者に迎合することなく、独自の世界を切り拓くことによって俳句文学の存在価値が増す。この姿勢とは真逆の、政党合流と同じ方式で本土化していく沖縄の俳句界の前途に、暗澹たる思いに駆られた。

「俳句は季題（季語）を織り込んで作るもの。季節を詠うもの」とし、「俳句は政治を詠むものではない」と、社会性を否定してきた俳人たちが、まんまと「復帰」という大きな「社会変動の波」に飲み込まれたわけだ。

私は、伝統俳句の花鳥諷詠、季語俳句を批判してきた。沖縄俳句界の退廃化に警鐘を鳴らしてきた。「復帰」

の潮流に呑まれることなく、本土化を拒み、季語俳句に毒されない独自の新しい俳句の創造を目指した。

沼に足とられ死化粧の季語よ
蘇鉄食べ蛇を喰い季語を吐き出す
ミミズは鳴かない泣いているのは路傍の石
春泥も秋風もない靴紐
噴水が季語だなんて火山が笑う

日本復帰して沖縄はどう変わったか

復帰の年、一九七二年度の「十大ニュース」（沖縄タイムス選定・県内編・十二月二十九日㊎）を見る。

①沖縄の日本復帰実現
②自衛隊移駐と反対運動
③世替わりで物価高騰
④米兵による凶悪事件が続発
⑤Ｂ52爆撃機復帰後も大挙飛来
⑧公害、海の汚染などが広がる
（⑥⑦⑨⑩は省略）

上位五位まで復帰関連の社会の動きが占めた。米軍基地は残ったままで復帰させられ、新たな軍隊の自衛隊に反対するのは当然である。米軍関連の凶悪事件は復帰しても減少することなく増え続け、爆撃機の飛来も増加し、爆音被害が増えるばかり。物価も高騰した。これが「復帰」の内実だ。

琉球新報（五月十五日）は復帰五〇年特別号を発行した。「変わらぬ基地　続く苦悩」の横大見出し。実は一九七二年五月十五日と全く同じ見出しであった。復帰五〇年経過しても、基地負担が増すばかりで、平和も人権も無視された無残な復帰後史である。縦見出しの「いま、日本に問う」がどれだけ国民の心に響いたであろうか。

竹富島でのショッキングな出来事

一九七四年、復帰後二年目の二月、職場（学校）の仕事で八重山島へ行く機会があった。星砂の島、竹富島にも足を運んだ。島の人の話を聞いた。「本土資本がこの小さな島にも入り込み、島が売られるらしい」と危機感を募らせた。星砂の浜にも行った。景勝地の浜辺に、真っ黒い廃油ボールがべっとりとへばり付き、星砂たちが悲鳴を上げていた。（前述「十大ニュース」③⑧と関連した出来事）。

夜、銀河の帯が鮮やかであった（「銀河」は歳時記では「秋」の季語）。珊瑚積み石垣の白い砂道を散策した。驚く光景に遭遇した。なんと、螢が飛んでいるのだ。時節は二月、沖縄の二月は一年で一番寒い冬季である。歳時記で「螢」は夏と規定されている。「季語」がぐらぐらと崩れおちた。これを機に、反花鳥諷詠、反季語へと歩みを強め、無季俳句を推進することになる。

このショッキングな二つの出来事に遭遇し、詩心の昂ぶりを押さえることができなかった。

〈竹富島九句〉が生まれた。

銀河直下の竹富星砂あまたとぶ
耳熱く銀河へさとき星砂群
潰れ螢の発光おんおん村甦る
島売られる螢皓々目に刺さり
体内を螢ぼうぼう擦過して
背後で螢飛沫のごとし耳ぬれる

流弾のごと螢なだれるミンサー織り
足裏から眼窩へ抜ける刃の螢
過疎なだれ螢なだれて闇の刃よ

金子兜太は〈竹富島九句〉を次のように評した。

――喩えとしてはたらいている「螢」の鋭さ、妙な新しさには批評がひしめき、土俗が盛りあがる。これは野ざらしの一つの達成である。――（野ざらし延男第二句集『眼脈』の序文）

「天荒」創刊

一九八八年十一月、俳句同人誌「天荒」を創刊した。俳句革新を目指した「無冠」の文学精神を継ぐ俳句同人誌である。

〈指標〉

「天荒」は荒蕪と混沌の中から出発し
新しい俳句の地平を拓き
創造への挑戦を続けます

二〇一七年、第七回「編集賞」（全国俳誌協会主催）審査会において「天荒」誌が「編集賞特別賞」を受賞した。「朝日新聞」（二〇一七年一〇月三〇日）の「俳句時評」で恩田侑布子（「編集賞」審査委員・俳人）が「天荒」誌を賞賛している。／「反骨精神に富む。／沖縄では言葉は戯れるいとまを持たず詩の弾丸となる。／無季俳句は現代への批評眼からうまれる。それは自然随順が現状随順になる季節詩への痛烈なアッパーカットだ。

十二月十五日、「精養軒」（東京・上野）の表彰式に出席した。選考評。恩田侑布子（審査委員・俳人）

「天荒」は目から鱗であった。世の中にこんな俳誌があるのかと驚いた。個性的で反骨精神にあふれ、荒削りだが、力強い俳句が並んでいる。現代を見つめる、大切なものをもっている。これぞ同人誌という俳誌である。

伊藤一郎（審査委員・大学教授）

「天荒」はインパクトの強さ、地方の今の言葉と社会にこだわりをもっているのがいい。

この審査評に鼓舞されている。

私の受賞挨拶。

「今の喜びを比喩的に表現すれば、沖縄の真っ暗な洞窟（ガマ）の中に一匹のホタルがとんできた」と述べた。「真っ暗な洞窟（ガマ）」は沖縄戦における凄惨を極めた地獄の場所。もう一つは光の見えない洞窟（ガマ）に入り込んだような季語で自縛している伝統俳句の闇であった。戦後七二年目にして初めて出逢った希望の蛍火であった。

基地問題と民主主義

「沖縄は基地経済で潤っている」と暴言を吐く輩がいるらしい。これはフェイクニュースだ。沖縄県の総収入中、基地関連収入はたったの五％に過ぎない。「基地は諸悪の根源である」というのが沖縄の声である。

沖縄では辺野古新基地建設反対が民意である。県知事選挙・県議会選挙・名護市長選挙（辺野古在）・住民投票、すべて「新基地建設反対」が勝利していた。時の安倍政権は「沖縄に寄り添う」といいながら沖縄民意を踏みにじり、「辺野古基地が唯一」とする思考停止の発言を繰り返してきた。これは自公政権の菅首相、岸田首相へと受け継がれた。民意を踏み潰された沖縄には民主主義はない。この民意潰しに加担しているのが日本国民である。

辺野古の海には世界的な貴重種のジュゴンが棲む。この海を埋め立て、新基地建設工事を強行している。しかし、この辺野古の海に軟弱地盤が見つかった。それでも強行するのか。さらに問題が発生している。沖縄戦の激戦地の、遺骨の混った土砂を埋め立て工事に使うとする暴挙が起こっている。戦死者を冒瀆するにもほどがある。

復帰五〇年周年記念式典（五月十五日・沖縄コンベンションセンター）で岸田首相は沖縄の日本復帰について「戦争によって失なわれた『領土』を外交交渉によって回復したことは史上まれ」と、政権の手柄話をした。しかし、これは史実に反する誤りである。法的には沖縄が米国の「領土」になったことはない。米国が一時的に握っていた「施政権」が日本に戻ってきた。これが復帰である。このような史実に無知な首相が日本のトップの座にいることが恥ずかしい。

「基地の県内たらい回しを止めろ」というのが沖縄からの声。「全国の都道県で基地を平等に引き取る」方式がベターだ。だが、どの都道府県も「基地」の引き取りは反対だ。それは「基地」から派生する事件事故が頻発するからであり、有事になれば真っ先に攻撃を受けるのも「軍事基地」だからだ。

私は沖縄には民主主義はないと言った。しかし、「辺野古新基地建設は撤回する。普天間基地の移設先に東京湾を埋め立てる」。こんなニュースが飛び込んで来たら、日本の民主主義を信じよう。

喜屋武岬の白骨　辺野古岬の鬼火
苦瓜（ゴーヤー）弾けジュゴン岬の不発弾
海嶺を背負った苦瓜（ゴーヤー）のうめき
水惑星ジュゴンも亀も裏返る

コロナ禍の世界

新型コロナウイルスが世界的大流行に陥った。海外ではロックダウンもあった。感染拡大が止まらない。

七月三〇日現在、世界の感染者数、五億七六八一万人余り、死者数、六三九万人余り。日本は第七波に入った。感染者数、一二七九万五五四九人、死者数三万二六一三人（七月三一日現在）。沖縄県は感染者数の一〇万人当りのワーストが続いている。感染者数、五七六二人、過去最多を更新した。感染累計は三五万四四〇一人、死者累計は五〇七人（七月三〇日現在）。

感染力の強いオミクロン株の派生型「ＢＡ・５」に置き換わりつつある。コロナウイルスは人間を宿主とする。人類はウイルス感染の禍中にいる。俳句文学は感染症（コロナ）をどう表現するのか問われている。

ロックダウン蟻らは密に虹のぼる
飛沫感染噴水が消えヒトが消え
コロナ地球棒線グラフが暴れる
雑踏に乳母車　ノブにウイルス
コロナ死の悲鳴聴いたかシュレッダー
豚もコロナも雑魚寝して地球が廻る

ロシアによるウクライナ侵攻

二〇二二年二月二十四日、世界に激震が走った。ロシア軍がウクライナに侵攻した。戦争が起った。新聞報道での見出しが衝撃を伝えている。「ロシア軍首都にミサイル攻撃／地上部隊越境　四〇人超死亡」（沖縄タイムス・二月二十五日）。「ウクライナ　民間人虐殺拡大／ロ軍一六〇〇人組織的関与か」（琉球新報・四月六日）。ロシア大統領プーチンは核兵器の使用もちらつかせ、威嚇している。五ヶ月を経過しても停戦の気配はなく、戦死者が増え続けている。人類は戦争を止める叡智を持ってない。

このウクライナの戦場の惨状は二つの沖縄残酷史と重なる。一つは、薩摩軍が琉球王国へ武力侵攻したこと。もう一つは、沖縄戦の惨状である。ウクライナ市街に転がる民間人死者の惨状は、地上戦で死者が累々と路上に転がっていた惨状と重なる。また、地下室に避難しているウクライナの人民がロシア軍に攻撃され、多数の死傷者を出した。この場面は、沖縄戦で洞窟(ガマ)に避難していた住民が火炎放射器で焼き払われたシーンと重なる。

火だるまの地球がよぎる天の河
ウクライナの火柱黙食の三日月
石は日草木は耳ヒトは鬼火か
エレベーターコロナボタンと核ボタン

人類はなぜ、大量殺戮の愚行を繰り返すのか。権威欲・領土欲・名誉欲・物欲などが戦争行為へと駆り立てるのか。エゴイズムが根底にあるから、他国(他者)を侵攻し、殺戮しても罪の意識がないのであろうか。戦争犯罪(者)は一刻も早く国際裁判で裁かれなければならない。

人類がつまづく孑孑の水たまり
はめ殺しの窓に人類の貌消える
鷲が血を吐き鬼籍に入った地球
人類の化石掘り出す太陽(ティダ)の穴(ガアナ)

向日葵は平和の花

「向日葵」はウクライナの国花(ロシアも国花とか)である。有季定型派は向日葵を夏の季語と決めつけているが沖縄では一月でも向日葵が咲き誇る。季語が無力である。向日葵を世界に通用する普遍化した平和の花として表現したい。生命の尊厳と戦争の残虐性を炙り出したい。

向日葵の目玉弾かれ洞窟(ガマ)が鳴る

向日葵の顔面に砲弾が炸裂した。目玉が飛び散った。向日葵はウクライナを、「洞窟(ガマ)」は沖縄戦の惨劇を象徴した。

火の粉浴びわれら向日葵の黒種吐く

沖縄は地上戦で火の粉を浴びた。戦後も米軍占領下で弾圧の火の粉を浴びた。向日葵は太陽光線を浴びれば浴びるほど丈夫な黒い種を宿す。火の粉は弾圧を比喩している。真っ黒い種の果肉は真っ白だ。弾圧をバネにして、平和の花「向日葵」を希望の種として未来へ繋げたい。

向日葵が地球の鏡太陽雨（ティダアミ）

向日葵は地球を映す鏡である。向日葵の顔が太陽雨（ティダアミ）の中で輝やき、水鏡化している。この向日葵の水鏡を人類の平和の鑑（かがみ）にしたい。

地球、人類を視野に入れ、虚と実を織り交ぜ、言葉の根源に迫り、時空を超えた新しい俳句の創造に挑戦したい。

「天荒」73号所収。二〇二一年九月

V章　混沌・地球・俳句　――詩的想像力を問う

1　「無冠」「天荒」活動の軌跡　――新しい俳句の地平を拓く　「天荒」30号記念号

「無冠」活動の時代

俳句同人誌「天荒」を立ち上げるまでの足跡を辿る。俳句同人誌「無冠」の挫折をバネにして「天荒」の再起があった。その歴史を鳥瞰する。

一九六〇年代、沖縄には「沖縄俳句会」と称する伝統俳句の集団があった。季語に自縛され、無季俳句を排除し、人間や社会よりは自然諷詠に立脚した俳人の集いの場であった。句会では高点句を競い合い、賞品に一喜一憂し、お付き合い俳句が幅を利かせ、句会は酒座と化し、世俗にまみれていた。句座には批評精神のひとかけらもなく、「文学とは何か」「時代に生きる俳句とは何か」「人間はどう生きるのか」を問う視点が欠落していた。

このような微温湯に浸かった現状に反旗を翻して若者たちが結集し、一九六二年一〇月、青年俳句サークル「無冠」を結成した。同年十二月、「無冠」結成記念大会として「俳句研究創刊三〇周年記念全国俳句大会沖縄大会」（那覇市民集会所）を開催した。米軍占領下における沖縄初の全国俳句大会であった。大会作品の選者団には秋元不死男・赤尾兜子・遠藤石村・榎本冬一郎・金子兜太・角川源義・楠本憲吉・野沢節子・野見山朱鳥・堀井春一郎・益田清・横山白虹・横山房子・和知喜八ら二四人。日本俳壇の錚々たるメンバーが名を連ねていた。二十二日の大会では記念講演を五本、圧巻であった。「平敷屋朝敏における俳諧的要素について」新屋敷幸繁（大学教授・詩人）・「文学雑感」亀川正東（大学教授）・「新聞俳壇の裏話」矢野野暮（沖縄タイムス俳壇選者）・「俳句の再発見前後」中島蕉園（俳人・歴史学者）・「楠本憲吉講演」（録音テープ講演）。沖縄俳句史に刻まれた一大イベントでありエポックであった。その年、「無冠」代表の野ざらし延男は二十二歳であった。

戦後、沖縄には手帳サイズの句会報誌「みなみ」（みなみ吟社発行）や俳句機関誌「島」（後に、「うみうま」沖縄俳句会発行）があったが「俳句の文学性を問う」ものではなかった。「無冠」はこれら二誌を超える沖縄初の本格的な同人誌を志向した。「無冠」結成の翌年の七月、俳句同人誌「無冠」を創刊した。「天荒」創刊（一九九八年十一月）に先駆けること三十五年前である。同人は一七名。創刊号は前述の「俳句研究創刊三〇周年記念全国大会沖縄大会」を特集。大会記録や入賞作品、五名の講演記録が収録されている。

上位句を紹介する。時代を投影した作品が揃っている。

俳句研究社賞

秋刀魚焼く母に背景なにもなし　与儀　勇

旱魃の島へらへらと太陽墜つ　与儀　勇

琉球新報社賞

黒潮ぬくし戦後の屋根に獅子おける　渡口　清

無冠賞

冬落暉島の軌跡は墓碑ばかり　新垣健一

上位句（抜粋）

沈む孤島の楽器変調塩雨以後　桑江常青

収骨のからからと入る壺枯野　新城河鹿

弾痕の炎える列島首浮く湾　与儀　勇

遺骨かえる夜の埠頭に百合匂う　桑江常青

夜香木闇に多感な風流れ　松川憲光
水難の漁夫等夜霧を言ひあへり　久高日車
大寒の光集めて甘蔗熟す　翁長　求
深夜の電話天より白鳩降りて聴く　野ざらし延男
滑走路だけが描かれていて島は秋　永田米城
霊棚に向けてテレビの郷土劇　瀬底月城
犬眠る全く「沖縄」を排除して　山城久良光

因みに、勇・健一・常青・憲光・延男・久良光は「無冠」同人である。

創刊時の指標は、異民族支配下における俳句文学の自立を問い、闘いの場とすること。世界最短詩形としての俳句文学の可能性を追求すること。風土性を尊重し、抒情性を発掘すること。相互批評、自由な研鑽の場にすることなどを掲げた。「無冠」には俳句に賭ける文学青年たちの烈々たる情熱が迸っていた。作品批評に力を入れるため「同人作品合評」（野ざらし延男・宇久田進・新垣健一・松川けん光）をスタートさせている。

二号（一九六五年九月）。「無冠」主催で開催した二つの大会記録を収録。「東京オリンピック聖火上陸記念全国俳句大会」「那覇市港まつり慶祝全琉俳句大会」。「競詠三〇句」ページには山城久良光・新垣健一・野ざらし延男が発表している。

三号（一九六六年一〇月）。「沖縄の風土性作品」特集。「私刑（リンチ）の鞭」野ざらし延男五〇句・「唖になった歴史」浦崎楚郷三〇句・「虹に吼ゆる」岸本マチ子三〇句を発表。田名真糸（桑江常青）が評論「有季定型からの解放」(1)を執筆している。

四号（一九六七年十二月）。新垣健一追悼特集。前途が嘱望されていた新垣健一が弱冠二五歳で夭逝した。矢野暮「『河』誌上における健一作品」、野ざらし延男「新垣健一——人と作品」を執筆。「新垣健一遺作一二〇句」を収録。

陽の蝶やあまりに碧き海の涯

花梯梧修羅の瞳をして郷をいづ

水のごと蝶の眼があり亀甲墓

五号（一九六八年十二月）。野ざらし延男第一句集『地球の自転』特集。野ざらし延男論と句集評の執筆陣。後藤幸房「『地球の自転』を読んで」・宮城英定「なまぬるい風土への挑戦」・栗蔵日出夫「野ざらし延男の文学と評論」・江崎美実「『地球の自転』の意義」・岩間清志「『地球の自転』と沖縄」・井沢唯夫「硝煙の中で『地球の自転』作品鑑賞」・庄子真青海「時の眼――貘と野ざらし」など。また、「『地球の自転』はどう評価されたか」（本土結社・同人誌にみる）ではその反響の大きさがわかる。

翌年、延男は腎臓病を罹患し入院。蛋白尿と血尿で苦しみ、病気休職。「無冠」に心血を注いでいた代表が倒れ、「無冠」は酸欠状態に陥った。誰もこの窮状に手を差し伸べる者もなく、とうとう自然消滅の形になり「無冠」は挫折した。

病院のベッドに身を横たえながらも、胸中には「廃刊」の文字はなく、「休刊」のままであった。いずれ病気が快復し、雌伏何年後かには三つの力（文学力・体力・資力）をつけ、同人誌を再起させたいという火種は消してはいなかった。後に、この熱い俳句革新の導火線が「天荒俳句会」結成、「天荒会報」発行、同人誌「天荒」創刊へと点火したのである。

新聞俳壇の選者と俳句の種蒔き

「無冠」活動の一九六〇年代には数多くの俳句論考を執筆した。沖縄タイムス・琉球新報の両紙や俳誌「九州俳句」（福岡）「祝祭」（福岡）などを拠点にして執筆活動を活発化した。新聞紙上で伝統俳句派の俳人と新旧の俳句論争をやり、文化誌面を賑わした。一九七六年、三十代の若さで沖縄タイムス紙の「タイムス俳壇」の選者に抜擢され、社会的にも俳句を指導する立場になった。この「タイムス俳壇」選者を契機にして、高校の学校現場で俳句創作学習に力を入れ始めた。

「表現力を高める。感性を磨く。埋もれた才能を発掘する。創作の喜びを共有する」などを柱に、「俳句実作」学習へと力点を置いた。職員に対しても「俳句入門講座」を開設し、学校全体に俳句熱を高めた。

俳句の種蒔きは、教育研究集会・他校（中学校・高校）への研究授業、市民講座、公民館講座、短大の夜間講座、各種イベントでの俳句講演などで多忙を極めた。

現在の「天荒」に集う同人諸氏の九割はこれらの種蒔きのフィールドから芽生えてきた俳句の芽たちである。

「天荒俳句会」の歩みと病魔

一九八二年四月、沖縄県立宮古高校へ赴任。初年度から生徒と職員に俳句創作指導を行う。「職員俳句同好会」（一九八二年十一月）を立ち上げ、毎月句会を持つ。後に、「耕の会」へ改称し、地域の方も参加できるように門戸を開いた。この俳句会が「天荒俳句会」の前身である。（平良市文化センターでも俳句講座を開設し、講座終了後は「文化センター句会」として活動した）。

宮古高校勤務の三年目に、再び病魔に襲われた。原因不明の眼病を罹患。両目がズキズキ疼き、復視。すべてのものが二つに重なって見え、階段は段差不明の無限軌道と化し、地面はゆれた。疼きや痛みをやわらげるためにタオルで強く両眼を縛った。県内の病院を転転とした挙句の果てには薬害（眼薬）によって涙腺がつまってしまい流涙症を併発。涙腺切開の手術を何度もやる羽目になった。県内での治療に不信感が募り、とうとう京都大学付属病院まで行く。診断の結果は「有疼性眼筋麻痺症」と判明。原因は過労から起こる交感神経障害だった。

この眼疾が完治しない状態で腱鞘炎が右手を襲った。起筆している指の関節が赤く膨れ、震え、正常に文字が書けなくなった。地元の大学病院の診断は文字の書き過ぎ、筆労による典型的な「書痙」であった。このときも、痛みや震えをやわらげるために、腕や手首をタオルで縛った。とうとう長年使ってきた右手での起筆は不可能になった。右手が駄目なら左手がある。左手で「あいうえお」の五十音を書く練習を、幼児のように開始した。

一九八六年四月、病気のまま沖縄本島に転勤。転勤先の高校では半年の病休をとる羽目になった。一時期復職したが、病魔はついて回った。今度は混合性難聴の耳疾。真珠腫を除去する手術を北里大学病院（神奈川）で受け、一ヶ月の入院加療、半年の療養生活も強い耳鳴りに苦しんだ。（現在、補聴器の世話になっている）。

数年を経て、「耕の会」のメンバーだった大城健（おおしろ建）・幸地房美（おおしろ房）の両人が宮古高校から沖縄本島の高校へ転勤してきた。俳句会再開の機運が高まり、宮古時代の「耕の会」メンバーを中心にして「天荒の会」をスタートさせた。代表・野ざらし延男、事務局・おおしろ建、会員十六名。「天荒の会」は後に「天荒俳句会」へと改称した。

「天荒会報」創刊。三六〇号続刊中

「天荒」は「破天荒」の故事に由来し、歴史を切り拓く破天荒な俳句の創造を指標とする。この目的に近づけるためには創作した作品を発表する機関誌が必要であった。一八八八年一月、「天荒会報」を創刊（手作りの小冊子）した。三号までは年鑑号の形で年一回の発行。四号より月刊体制となる。この月刊体制の時点で「同人誌」と名乗ってもおかしくない内容を保っていたが手作り冊子の機関誌を同人誌として公言するには躊躇があった（前述の県内俳句機関誌二誌、「みなみ」「島」の創刊号は手書き、謄写版印刷の手作り冊子でスタートしている）。

一九九八年六月「天荒会報」が二〇〇号に達し、活版刷の「会報・二〇〇号記念号」（一九九七年会報年鑑号）（A五判・二〇六ページ）を発刊した。天荒会員三一名。表紙装丁・イラストは山城道が担当。ここに至って「同人誌」発刊の体制が整い、機は熟したのである。

「天荒会報」は続刊中。年間十五回発刊、二〇〇八年四月現在で三六〇号に達している。「定例句会号」はおおしろ建・房、「新年俳句会・観月俳句会号」は玉菜ひで子、「紀行・臨時号」は平敷としがそれぞれ分担し、日常活動の研鑽に役立てている。ステップアップした同人誌発刊の底力になっている機関誌である。

俳句同人誌「天荒」創刊

「沖縄には俳誌がない」――総合俳誌（商業誌）の編集者の声を聞いた。ならば、「俳句文学の自立を問い、時代に生きる新しい俳句を目指す」俳誌を立ち上げてみよう、との思いも働いた。

一九九八年十一月、俳句同人誌「天荒」を創刊。

表紙イラストは同人の大見謝あや（画家）が三号まで担当。四号以降現在まで、山城芽が担当（三号単位で装丁更新）。題字は野ざらし延男。

「天荒」誌の冒頭には旗幟が打ち出されている。

「天荒」は／荒蕪と／混沌の中から／出発し／新しい俳句の／地平を拓き／創造への／挑戦を／続けます／新しい俳句の地平を拓くためには、季語を絶対化しない。季語は言葉の海に泳がせる。有季か無季かではなく、詩語としてどれだけ言葉が輝やいているかを問う。詩的創造力こそ問い続けたい。創刊の狙いを「編集後記」（延男筆）に記している。

「俳句同人誌『天荒』は全国の俳誌との交流を広げ、読者の拡大を図り、作品及び活動を世に問うものである」「同人誌としての活力を培い、文学活動の足腰を鍛え、感性の眼と創造の眼を両眼に据えて、歴史の眼に耐えられ作品の創出を目指す」

「天荒」の独自性を打ち出した誌面構成を見てみる。

「天荒作品」の発表の場は平等が原則。天荒代表（結社ではないので主宰とは呼ばない）の句が扉を飾ったり、巻頭に大きな活字で踊るという偏狭な誌面は作らない。そもそも「天荒」には巻頭句という言葉がない。ページの位置によって作品評価につなげるような愚は避ける。作品の評価は読者に委ね、歴史の眼に審判を仰ぐ。「天荒作品」の発表は五十音順の循環方式。「天荒特別作品」も輪番制で全員に発表の場を提供する。同人は作品発表の権利と義務を負う。編集上では客観の眼を働かせ、普遍に至る道を探る。「俳句鑑賞」（連載）ページとして「天荒秀句鑑賞」「席題作品鑑賞」「わたしの共鳴句」の三本がある。これは総合俳誌並みの誌面構成であろう。三つの鑑賞ページの狙いは異なる。「天荒秀句鑑賞」（延男筆）。天荒秀句に光を当て、俳句の魅力を説き、鑑賞力と作句力をつける舵取りを担う。混沌の中から生み出された、新しい俳句の地平を拓く作品の発掘に努める。歴史の眼を光らせて作品の解読をする。「席題作品鑑賞」（建筆）。天荒の句会の場では「席題」（課題詠）を設けて作句力の向上を目指している。「いつでも、どこでも句作できる」をモットーにして詩心を鼓舞し、創作意欲の喚起に努める。この、詩心の瞬発力で生み出された果実を賞味し、「鑑賞」を試みる。執筆者も同じ俳句畑（句会の場）の耕人であるから共に高まるはずである。「わたしの共鳴句」（二人制）。共鳴句の対象は「天荒秀句鑑賞」で採り上げた句を除いた定例句会作品。鑑賞者の共感度で句を採り上げ、自由気ままに共鳴弦をかき鳴らす。作り手と書き手のコミュニケーションの場であり、俳句による握手の場である。書き手は一年交替で輪番制。全員が平等に鑑賞文を書く責務を負い、全員の筆力の向上を目指す。「エッセー」ページの狙い。一号から一七号までは「俳句エッセー」「旅のエッセー」の二本立て。一八号から「天荒エッセー」に一本化。文章を綴ることに馴染んで貰い、筆力をつけることを狙いとする。随筆だから、つれづれなるままに、肩の力を抜いて書いてよい。天荒の喫茶室の役割を果たしている。執筆は輪番制。

天荒活動の活力になっているのが俳句紀行（吟行）である。年に三～五回実施し「天荒」誌を飾っている。俳句紀行は日常から非日常へとサイクルを変転させ、詩性を磨くことを主眼とする。俳句の旅（合宿鍛錬会含む）は天荒活動の潤滑油の役割を果たしている。紀行文の執筆は単独の執筆は避け、リレー方式で数名で分担する。旅の写真も多く掲載し、読み物としても愉しい誌面を心がけている。「天荒会報」一号（一九八八年一月）を紐解いてみると「残波岬紀行」（一九八七年六月）と「夏季合宿・白文窯ピラミッド紀行」（一九八七年八月）作品が載っている。以来、県内・国内・海外をローテーションさせ数多くの紀行（吟行）を実施してきた。創刊号から三〇号までに登場した紀行タイトルを拾ってみる。

県内紀行編。「久高島」「沖縄の三大女流歌人を偲ぶ」「中部の歴史めぐり」「識名園」「沖縄こどもの国」「県民の森」「石川市の自然と史跡めぐり」「伊是名島・伊平屋島」「北谷町名所旧跡めぐり」「泡瀬干潟観察」「本部町山里カルスト山」「世界遺産那覇遺跡めぐり」「ホエールウォッチング慶良間諸島巡り」「石川少年自然の家の森・ホタル観察」「名護自然動植物公園」「安和岳登山」「南大東島」「比地大滝トレッキング・合宿鍛錬会」「南部の地形と地質巡り」「ミラムイ登山・鍛錬会」「闘牛観戦」「やんばる東村巡り・鍛錬会」「石川岳植物観察」「伊集・相思樹花見」「蛍と蛙の観察」。

国内紀行編。「万葉の旅　吉野・真土山」「屋久島・種子島」「奄美大島」「熊野古道と紀伊半島巡り」。

海外紀行編。「バンコク・アユタヤ遺跡紀行」「長江三峡クルーズ・上海の旅」「トルコ紀行」。

「新年俳句会記」や「観月句会記」「出版会記」なども五十音順の輪番で執筆を担当。

この、五十音順（時には、逆五十音順）と輪番制はタテの上下関係を排し、ヨコの平等関係を重視した民主的な編集方針に則っている。「育てる」ことを念頭に、代表の延男は黒子役に回っている。

評論分野。「文学雑感」で平敷武蕉が健筆を揮っている。俳句の問題に留まらず、政治、社会、文化、思想の全般にわたり、今、何が問題なのかを作者独自の視点で問題点を抉る。新しい文学（俳句）の地平を拓くために時代の危機を見据え、批評の矢を放つ。平敷武蕉は「文学雑感」原稿を中心にして二冊の評論集を刊行した。

「天荒」誌では、外部で執筆（新聞・俳誌）した同人たちの作品や「天荒」関連の諸記事を転載している。歴史の眼（社会の眼）に晒した作品を同人誌に記録し、活性化につなげるためである。

例えば、評論では沖縄タイムス紙の「俳句時評」（月評）を野ざらし延男（一～十二号）・金城けい（十三～十五号）・おおしろ建（一七号～現在）へと受け継がれ、俳句の現代性を問い、時代を撃つ視点からの執筆は俳句文学の自立を問い正しているはずである。

十五号（三号単位）から転載している『俳壇抄』（全国俳誌ダイジェスト・マルホ株式会社発行。年三回発行）の「天荒紹介」稿（延男筆）には沖縄の視点から時代を見据えた俳句文学の自立を問うている。さらに、「天荒」の「編集後記」にも時代の問題点を摘出し、沖縄の声を発している。俳誌「俳句原点」に連載した「俳句の原点を求めて」（一号～八号・延男筆）は俳句教育の問題点を浮き彫りにしながら、青少年への俳句創作の指南の役割を果たしているであろう。「書架の泉／受贈書誌紹介」と「一誌一句抄」（受贈俳誌より）は全国俳誌との交流を意図し、外部の風を取り入れ、「天荒」との通気性を高めている。

「天荒俳句会」では同人誌「天荒」・「天荒会報」発行のほかに、天荒合同句集と天荒現代俳句叢書を出版している。その都度、特集号を編んできた。天荒合同句集第三集『炎帝の仮面』（十二号）・第四集『大海の振り子』（二一号）。神矢みさ句集『大地の孵化』（七号）・玉菜ひで子句集『出帆』（一〇号）・おおしろ房句集『恐竜の歩幅』（十三号）・同人の個人出版本。平敷武蕉評論集『文学批評は成り立つか』（二四号）・金城けい句集『悲喜の器』（二五号）・平敷武蕉評論集『沖縄からの文学批評』（二九号）など。その他に、印象に残っている特集号として「天荒会報・三〇〇号記念」（二〇号）・萌木とも追悼（一六号）・たまき未知子追悼（二七号）がある。

さて、天荒俳句会発足から二六年、「天荒会報」創刊から二〇年、同人誌「天荒」創刊から一〇年が経過した。この間、同人誌「天荒」と「天荒会報」二本立ての定期刊行を固守。私の意識の中では、同人誌「天荒」三〇号＋「天荒会報」二六〇号、即ち、この二九〇号の蓄積と歳月の重みを噛み締めている。

俳句の新しい地平を拓くために前進して行きたい。

「天荒」30号所収。二〇〇八年五月

2　東日本大震災・原発・沖縄――言葉には真実を照らし出す光源がある

「天荒」40号記念号

東日本大震災

二〇一一年三月十一日、午後二時四六分、三陸沖を震源地とするマグニチュード9の巨大地震が東北・関東を襲った。同時に、太平洋沿岸に大津波が襲来し、人や建物や車や船を呑み込み、街が消えた。「東日本大震災」は未曾有の災害をもたらした。

「東日本大震災」三ヶ月の被害状況（琉球新報・二〇一一年六月一〇日）。地震の規模・マグニチュード9、津波の高さ（遡上の高さ）・最大三八、九メートル。浸水面積・五六一㎢。がれき推定量・二四九〇万トン。農・畜産・林・水産業の被害・一兆八〇〇〇億円。放射性物質放出量・七七万テラベクレル。死者・一五四〇一人。行方不明・八一四六人。家屋全壊・一一二四九〇戸。「残酷な爪痕今も」と新聞は報じた。

被災した津波痕の映像、写真は「沖縄戦」を想起させる惨状であった。沖縄戦――雨のように降ってきた米軍爆撃機からの空襲、海を覆い尽くすほどの無数の米軍艦から完膚無きまでに打ち込まれた地獄の光景、米軍上陸後の銃弾や火炎放射器による一斉放射、人も家も焼かれ、山野が黒焦げにされた。焦土と化したあの惨状と酷似していると思った。ある人は「那覇大空襲」（十・十空襲）を想起した。那覇の都市が壊滅し、人や建物は影も形もなく消えた、あの悪夢の惨状が蘇った。沖縄戦では二十三万余の人命が奪われた。両者の決定的な違いは津波は天災だが、戦争は人災であり、国家犯罪である。

原発事故

地震、大津波による災害は東京電力福島第一原子力発電所事故へ直結し、放射能汚染で世界を震撼させた。

福島第一原発事故。冷却装置が破壊され、一号機と三号機の燃料棒が露出し、水素爆発が発生。周囲に大量の放射能を撒き散らした。四号機の使用済み燃料プールでも出火・爆発、一〜三号機の圧力容器内の燃料は完全にメルトダウン（熔解）した。注入された冷却水は高濃度の汚染水となり、海へ流れ出た。危険度はチェルノブイリ原発の「ランク7」になった。日本列島が危機に直面している。

福島原発にはチェルノブイリ原発の一〇倍の放射性物質が貯蔵されているといわれる。その被ばく（被爆・被曝）の脅威は計り知れない。政府は「直ちに人体に影響はない」といって国民を安心させようと煙幕を張るが、低濃度汚染であっても汚染地域での大量の内部被ばくは生態系濃縮により汚染濃度が高くなり、さまざまな症状を引き起こす。それはチェルノブイリ原発事故の一〇年後の人体への被害で証明されている。甲状腺ガンの急増、死産増加、先天性障害児（奇形児）の増加、染色体変異、発ガン、心臓病、白血病、神経細胞破壊などを発症する。二〇年、三〇年と積み重なると被害の比率はさらに増す。

国は一〇年後の危険度については国民に知らせていない。自らの政権に不利なものは秘密にし、国民を欺く。だから、一〇年後、放射能で発症しても「因果関係が認められない」と、責任逃れをするのが国家の常套手段であろう。国民は自分の生命を国に預けてはいけない。

世界の原発状況を見てみよう。稼働中の原子炉が多い順に五カ国挙げる。一位はアメリカの一〇四基、ダントツに多い。フランス五八基・日本五四基・ロシア二八基・ドイツ一七基の順。世界の合計では四三六基もある。原発での電力割合の多い上位五カ国。フランスがトップの七五、二%。スロバキア五三、五%、ベルギー五一、七%、ウクライナ五一、〇%、ハンガリー四三、〇%の順。世界平均では一三、五%。

日本の原子炉（もんじゅ含まず）の現況（七月十日現在）。東日本大震災で停止中・十四、定期検査やトラブルで停止中・二十一、運転中か調整運転中・十九、計五十四基。建設中・三、計画中（中止含む）・十一、廃炉段階三、合計七十一基。北海道から鹿児島まで縦断し、まさに原発列島である。

日本は世界三位の原発推進国だ。耐用年数は一〇年とされる原発。日本の原発の多くが三〇年以上稼働し続け老朽化している。コスト上、廃炉も出来ず、安全性を無視した延命措置が続いているという。廃炉、解体、核廃棄物の処理など深刻な問題を抱えている。

日本は世界有数の地震国でもある。日本の国土には太平洋プレート・フィリピン海プレート・北米プレート・ユーラシアプレートの四つの大きな活断層が交差している。地震研究が進むにつれ、約二〇〇の活断層が日本の国土にあることがわかっている。原発は沿岸部に造られており、津波の被害を受けやすく、福島原発事故の二の舞は避けられないとの見方が多い。危険が予知できるにもかかわらず、原発を推進しようとする国や自治体がある。放射能被害は末代まで続く。その責任を先送りする施策は無責任極まりないと言うべきであろう。

放射性物質の「半減期」という言葉がある。「半減期」とは元の放射性物質の半分が別の原子に置き換わるまでの期間のこと。例えば、ナトリウムは十五時間、ヨウ素131は八日、ストロンチウム90は二八、八年、セシウム137は三〇、〇七年。ラジウム226となると一六〇〇年かかる。文学史に登場する「古事記」や「日本書紀」が編纂されたのは奈良時代の六〇〇年代、今から約一〇四〇年前である。一六〇〇年を遡るには農耕が始まった弥生時代まで行かねばならぬ。世界史的には、ギリシャのマケドニア王国、ローマがイタリア半島統一、秦帝国の中国統一などのあった時代。世界一の原発国であり、沖縄を占領状態にしているアメリカはまだ世界史には登場していない時代である。プルトニウム239は二、四一万年、ウラン238は四五億年。気絶しそうなこの数字を見ても、なお「原発を推進する」のであろうか。

原発は、大きなエネルギーを得た代わりに人類滅亡に繋がる放射能汚染のリスクを抱えている。さらに恐ろしいのは「放射性廃棄物処理」の問題が未解決なままであることである。「放射性廃棄物処理」には二つある。「低レベル放射性廃棄物」の場合。人類が関与しない三〇〇メートルより深い強固な岩盤層に埋める「地層処理」方式。三〇〇年間は段階的に管理。原発から出るドラム缶の廃棄物は一年間に約一〇〇〇本、最終的には三〇〇〇万本埋没予測だという。こんな、未来に誰が責任をとるというのだろうか。「高レベル放射性廃棄物」の場合には「ガラス固体化」方式で処理される。世界の原発から排出される高レベル放射性廃棄物の総量は二五万トン、これを無害にするには人類誕生の数倍の時間、一〇万年を要するという。「ガラス固体化」（一本五〇〇キロ）とは、再処理された使用済み核燃料から抽出されたプルトニウムをホウ硅酸ガラスとともに溶かし合わせ、キャニスターと呼ばれる容器に入れ冷やし固めたもの。二〇秒で致死量に達する恐ろしい強毒性の廃棄物である。国内にはすでに約二万三千体のガラス固化体があるといわれる。日本滅亡の時限爆弾が埋められているに等しい。人類は途方もないエネルギーを創り出したが、地球を自爆に追い込んでいるのではないか。

日本は広島・長崎に原爆投下された原爆被爆国である。被爆六十六年の未だに被爆で多くの死亡者が出ている。例えば、長崎の場合。この一年で被爆による死者三二八八人、原爆死没者名簿に記載された人は一五万五四六人。被爆国の日本が世界の先頭に立って核廃絶の声をあげるのが歴史の教訓であろう。だが、いつの間にか日本は世界三位の原発推進国になった。なぜだろうか。

一九四五年八月、第二次世界大戦敗戦後、日本では連合国から原子力に関する研究は全面的に禁止されていた。しかし、一九五二年四月に発効したサンフランシスコ講和条約によって原子力研究は解禁された。沖縄がアメリカの統治下におかれることを決めた、あの「講話条約」が核開発研究の道を開く契機と関係していたのに驚きを禁じ得ない。一九五四三月、政治主導で「核の平和利用」を推進するために「原子炉予算」（自由・改進・日本自由の三党）が可決したのが始まりと言われる。その後、日本は「原子力の平和利用」を国民に宣撫し、反核の世論を欺いていく。

沖縄から

一九六〇年代、ベトナム戦争（一九六一年〜七一年）があった。米軍は沖縄基地を発信基地にしてベトナムを攻撃していた。今年で五〇年になる。米軍は人類史上、最大の化学戦争とされる「枯れ葉剤」を南ベトナム国土の四分の一に空中から散布した。枯れ葉剤には猛毒のダイオキシンが含まれ、発ガン、先天性異常児、流産、死産などを多発させた。ベトナムの被害者は三〇〇万人以上にのぼり、子や孫の世代にも障害児が生まれている。ダイオキシンの高汚染地域であるダナン空港（空港北側の汚染区域）では国際線も発着する新ターミナル建設が進む。土壌のダイオキシン濃度は国際的な環境基準の三〇〇〜四〇〇倍に達するという。五〇年後の現在も周辺住民の健康被害がでている。米政府は「因果関係が証明されてない」として責任を回避し被災者に補償はしてない。五〇年という歳月の風化を巧みに操り、戦争犯罪を闇へ葬るのが加害者の常套手段である。

猛毒の枯れ葉剤がベトナム戦争当時、沖縄でも使用されていたという衝撃的なニュースが報じられた（沖縄タイムス・二〇一一年八月六日）。退役軍人の証言として米軍普天間飛行場・ホワイトビーチ・キャンプキンザー・キャンプ桑江・泡瀬通信施設など、九つの米軍施設で除草剤として使用、また、貯蔵、運搬をしたという。環境への影響や人体への健康被害は未解明のままである。

この報道から約一週間後の十四日、「北谷に枯れ葉剤が埋められた」という新たな米退役軍人の証言が報じられた（沖縄タイムス）。埋められた場所は基地返還跡地の「ハンビー地区北側」という。破損ドラム缶数十個を埋めたというのだ。証言者は埋めた場所の地図を描いた（筆者の住所は北谷町）。日米政府は責任逃れをしないで環境調査や健康被害への徹底調査をしなければならない。

報道は続く。八月十一日、「普天間に放射性廃棄物」（琉球新報）の見出しのニュースが飛び込んできた。米軍の「トモダチ作戦」による福島第一原発事故後の支援活動で出た放射性廃棄物を米軍普天間飛行場に保管しているというのだ。米軍は外務省に六月に情報を提供しているが沖縄県や普天間基地のある宜野湾市には二ヶ月も遅れて連絡があった。国は闇に葬るつもりではなかったか。「トモダチ作戦」は米軍にとって軍事宣伝の好機ととらえ、沖縄の軍事基地の存在を正当化するキャンペーンをしているようである。支援が目的なら遠い沖縄から繰り出すより、本土の近い場所から出向いた方がはるかに効率がいいはずである。震災の支援活動をしたから、アメリカの軍事基地が必要であるとの論理は通用しない。

七年前の八月一三日、学問の府、沖縄国際大学に米軍ヘリが墜落した。そのとき、白い防護服を着た米軍作業員が放射線の測定をしていた。事故時に飛散した放射線物質ストロンチウム九〇は米軍の発表によれば焼失量3・6マイグラクロムは年間摂取量の五五〇人分。米軍は大学を封鎖し、沖縄県警の立ち入りも禁じた。米軍は放射能汚染の証拠を持ち帰えり、隠滅を謀った。それを許したのは日本という国。

かつて、沖縄には毒ガスが貯蔵されていた。米軍は安保条約の傘に隠れて核も隠しているのではないか、という疑念がつきまとう。米原子力潜水艦が与勝半島のホワイトビーチや那覇軍港に我が物顔で出入りしている。海への放射能汚染はないのか。汚染があったとしても隠蔽し、闇に葬られているのであろう。沖縄では戦中も戦後も住民の生命の安全は排除されている。

日本は戦争責任を回避し、経済大国になってきた。戦後処理さえ出来ない国である。沖縄には戦後六十六年にもなるのに遺骨収集が続いている。不発弾もまだまだ顔をだす。

日本は辺境、僻地、地方、弱者をいじめる国である。人権を尊重し、すべての国民が平等に生きる権利が保障されてない非民主主義の国である。原発も米軍基地も地方へ集中させ、原発マネー、基地マネーの「振興策」（補助金）で「薬漬け」にして平和や人権への感覚を麻痺させる。アメで丸め込まれた立地自治体は各種交付金で一時的には潤うが「箱もの」建築の管理維持費が自治体の財政を圧迫している。それを解消するために新たな負担受け入れをするという悪循環を繰り返す。これは構造的差別である。無謀とも言える国策によって犠牲を強いられるのは辺境の民であることは忘れてはならない。

さて、「地震・津波・原発」の特集を編んだ。このような抜き差しならぬ時代に生きていて、俳句文学は時代の心をどう表現できるのか、俳句力が問われている。沖縄戦（人災・国家犯罪）、基地被害（人災）・台風被害（天災）で何度も痛めつけられ、言葉を失った。今、大震災の地震・津波被害（天災）、原発事故（人災）で、言葉を失った。しかし、言葉の復権を信じて新たな表現へ向かって歩み出さねばならない。「ペンは武器よりも強し」という箴言に鼓舞されながら、肝に銘じよう。次の言葉を。
言葉には真実を照らし出す光源がある。

「天荒」40号所収。二〇一一年九月

3　今、地球・人類そして沖縄 ――俳句は三面鏡である

「天荒」50号記念号

1　はじめに

本号の特集として「今、地球・人類そして沖縄」のテーマを設定した。今、何が根源的な問題なのかを問い、自作を織り交ぜながら論考を進めていく。

科学の進歩によって謎に包まれていた宇宙や地球のことが少しずつ解き明かされてきた。

宇宙は一三八億年前に無から誕生し、ビッグバンを経て現在も膨張し続けているという。だが、解っているのは宇宙全体の構成要素からするとたったの五％に過ぎない。人類にとって宇宙の九五％は謎であり、未知の領域なのである。

地球の誕生は約四六億年前と言われる。地球は水や酸素が存在し、万物を育ててきたかけがえのない水惑星である。人間は地球に住んでいるから「地球人」と呼び、地球人以外の生命体の存在（仮に存在するとして）を「宇宙人」と称している。だが、地球は宇宙の一つの星であるから、地球人は「宇宙人」の一員でもあるのである。

地球と地球外という対立概念で宇宙を見ることは想像力が貧弱ではないか。

地球の新発見

近年、解ってきた地球の新発見。

地球のまわりに反粒子の環があった。／地球は謎の電波を放射していた。／地球の核は三層構造（地殻／マントル二層／外核二層・内核）だった。／地球は年に五トンずつ軽くなっている。／地球の自転は一〇〇年で二ミリ遅くなっている。／月は年に三、八センチメートルずつ地球から離れている。／日本の近海に太陽系最大級の超巨大火山が発見された。／地中海の深海底に塩水湖が発見された。／（『地球46億年目の新発見』より）

二〇一四年四月一九日、米航空宇宙局（NASA）はこれまで見つかった中で最も地球に類似した惑星を二つ発見したと発表した。太陽に似た恒星「ケプラー62」の廻りを回っている五惑星のうちの二惑星が、温度が極端に高くも低くもなく、液体の水の存在する可能性のあるハビタブルゾーン（生命居住可能領域）内にあるという。この二つの惑星は地球から琴座の方向へ一二〇〇光年の距離にある年齢七〇億年の主星の周りを回っている。ともに地球より少し大きく、誕生は地球より少なくとも二〇億年前という。今後の観測、研究が待たれる。

2　地球環境の危機

今、人類が住んでいる地球が危機的な状況にある。

主な問題点を列記する。

1　二酸化炭素等の温室効果ガスの放出　↓　地球温暖化・海面上昇・凍土融解

2　工業化の進展や自動車の排気ガス　↓　大気汚染酸性雨

3　工業排水や生活排水　↓　水質汚染・土壌汚染

4　フロンガスの排出　↓　オゾン層破壊

5　土地の乱開発・森林の乱伐　↓　生態系の破壊・生物多様性の減退

6　核兵器・有毒化学物質の開発　↓　自然破壊・地球破壊
7　原発の放射能、核廃棄物　↓　自然、人間環境の破壊、消滅
8　軍事基地　↓　戦争とテロ

※（フリー百科事典「ウィキペディア」の「地球環境問題」を中心にまとめた）

これらの問題は地球上の環境問題だが、「宇宙」にも危険なスペースデブリ（宇宙ゴミ）の問題が発生している。一九五七年以降、人間が打ち上げてきたロケットや人工衛星が宇宙ゴミになっている。人工衛星は世界各国から七〇〇〇機以上打ち上げられている。運用停止の人工衛星やロケットの一部が宇宙に残され、地球の周りを回っている。宇宙ゴミは秒速七～八kmという猛スピードで動いている。運用中の人工衛星にぶつかると大きな被害が出る。地上から監視できるデブリ（宇宙ゴミ）は大きさが一〇cm以上のものだけで、二万二千個ほどあるとされる。それ以下の小さいものなら一億個以上はあるといわれる。地球の周りはゴミの密集地帯で、人類が招いたレッドゾーンなのである。スペースデブリ除去は人類に突きつけられた大きな課題である。

「人類滅亡」10のシナリオ

今、「人類はいかにして生き残るか」という命題を突きつけられている。

「人類滅亡」10のシナリオ

1　人口爆発で食料・水の争奪戦争が起こる。
2　新型病原体によるパンデミックが発生する。（「パンデミック」とは感染症が世界的に大流行すること）
3　化石燃料が枯渇し経済が衰退、戦争が勃発する。
4　局地的核戦争が「核の冬」を招く。
5　臨界点を超えた温暖化が地球気候を破壊する。

6　環境ホルモンが生殖能力と脳を弱体化させる。
7　超巨大太陽フレアが社会基盤を崩壊させる。（「太陽フレア」は太陽表面で起こる磁気エネルギーによる爆発現象のこと）
8　小惑星の衝突によりアルマゲドンが到来する。（「アルマゲドン」は世界の破滅、最終戦争の意味）
地球には毎年4万トンの隕石や塵が宇宙から降ってきている。二〇一三年二月にロシアに落下した隕石は直径一七メートル、重さ一万トン。一四九一人の負傷者と四四七四棟の建物被害を出した。六五〇〇万年前に恐竜を絶滅させたとされる直径一〇キロメートルの隕石の落下は数千万年に一度程度とされる。もし、直径一キロメートルの隕石が衝突すると人類文明はほぼ壊滅すると推定されている。
9　スーパーボルケーノが噴火、「火山の冬」がくる。（「ボルケーノ」は火山のこと）
10　宇宙人の襲来

※（「『人類滅亡』10のシナリオ」は『地球46億年目の新発見』から引用した）

ヒトもサクラもサ変ラ変で散る惑星
石棺の地球が漂う天の河
化石になった地球ついばむ始祖鳥

3　俳句への道

高校時代、人生に絶望していた。松尾芭蕉の「野ざらし紀行」の冒頭の一句に心が震えた。

野ざらしを心に風の沁む身かな

「しゃれこうべ」の意の「野ざらし」となる覚悟で俳号「野ざらし延男」を名乗った。この句の「狂気と覚悟」を詩魂として俳句の道を歩んで五八年になる。

高校二年の時、「歳時記」をがむしゃらに読み、英単語カードを暗記する方式で、季語を頭にたたき込んだ。暗記したページは破り捨て、眼前から消去した。だが、次第に「季節を詠む」文芸の俳句に閉塞感を覚えてきた。俳句文芸が「季語」を絶対化し、花鳥風月をテーマとし、自然諷詠することに自足している俳句観に失望した。「人間とは？」「真実とは？」「地球は？」「人類は？」「時代、社会は？」「異民族支配下の沖縄は？」「芸術としての創造性は？」などの、根源的な問いかけが欠落していると思った。季題（季語）を超えねば真の俳句文学は成り立たないと考えるに至った。

疑惑なお深む鼠骸にたかる蟻　（一九五七年・高校二年作）

真っ黒い鼠の死骸が横たわる。その死骸に生きた蟻たちが黒く群がる。同じ生き物である鼠と蟻が生と死の対極でどす黒く同居している。疑惑は深まるばかりである。この句の創作の背景には私自身が生きることに絶望し、自殺寸前に追い込まれていた暗黒の精神世界と無縁ではない。生死の縁を彷徨い、人生の前途に闇壁が立ちはだかっていた。そんな絶望の淵だったから鼠と蟻の死と生を凝視できたのではないか。そして、この生き物の背後には人間社会の弱肉強食的な、どす黒い生存の苛酷さが潜んでいたことも確かである。鼠と蟻は生存の痛みを共有する生き物として造型された句である。芭蕉の「野ざらし」の句が俳句の道へ導いた人生覚醒の一句なら、この句は俳句開眼の一句だったかも知れない。

コロコロと腹虫の哭く地球の自転　（一九六四年・二十三歳作）

沖縄は異民族支配下にあり、アメリカ軍による圧政が続いていた。司法、立法、行政の三権は完全に剝奪され、人間としての尊厳は踏みにじられ、主席（現在の知事）はアメリカの任命であった。沖縄の人の腹虫は四六時中慟哭し、のたうち廻っていた。自立の精神に飢え、日々苦悩していた。一方、地球は自転し、自らの意思で動いている。しかし、自転している地球も、さまざまな苦悶を抱えて、地球の内部の虫たちも慟哭しているのではないか、と思った。かくて、私の腹の中の虫と地球の虫は私の精神（心）の中で一体化し、擬音のコロコロの音量が増し、精神の飢えはますます強くなった。異民族支配下の沖縄と地球、抑圧された人間と人類、私の腹中の虫の悲鳴と地球の自転音は私の耳奥で今も鳴っている。

「季節を詠むのが俳句である」「季語がなければ俳句ではない」とする偏狭な俳句観から脱却し、新しい俳句の地平を拓き、創造への挑戦は始まっていたのである。

4 地球温暖化の問題

地球温暖化による地球環境が激変しつつある。

南極氷山の崩落による海面の上昇で埋没の危機に瀕している島がある。アラル海が干上がり、消滅の危機にある。異常気象による豪雨、洪水、竜巻、干魃、山火事などの多発。海水温の上昇による大型台風、ハリケーン・モンスーン・サイクロンの多発。気象庁気象研究所は地球温暖化に伴って激しい雨が増えるという調査結果を発表した。（琉球新報・二〇一四年十一月十一日）。気温や海面水温が上昇すると大気に含まれる水蒸気の最大量が増加する。豪雨の頻度も増す。大気汚染のＰＭ２・５（微小粒子状物質）の被害も中国を超えて隣国へと影響が出ている。隣国の日本、この沖縄の空にまで汚染はやってくる。地元の新聞の天気予報欄には「きょうの天気・予想気温・降水確率・紫外線の度合い・波の高さ・風の向き」などのほかに、「きょうのＰＭ２・５」「きょうの黄砂」のコーナーがある。それほど日常的に影響を受けているという証左である。

「北京国際マラソン」が実施された二〇一四年一〇月一九日、ＰＭ２・５の汚染指数が最悪基準（危険）である三〇〇マイクログラムを超し、四一三マイクログラムになった（沖縄タイムス・二〇一四年一〇月二〇日）。日本でのＰＭ２・５の国の環境基準値は大気一立方メートル当たりの一日平均濃度で三五マイクログラムであるからその数値の高さに驚く。テレビから放映されるマラソンの映像にはマスクをかけたランナーが多く見られ、中には防毒マスク姿もみえた。異様なマラソン風景であった。二〇一四年十一月二日、国連の気候変動に関する政府間パネル（IPCC）総会がコペンハーゲンで開催された。地球温暖化の深刻な悪影響を避けるために、今世紀末までに温室効果ガスの排出量をほぼゼロにする必要があると指摘した。今のまま排出が続けばグリーンランドの氷床が千年以上かけて解け、海面が七メートル上昇する不可逆的な悪影響をもたらす恐れがあるとして早急な対策を求めた。当面の排出削減水準に関連し、人類に許される二酸化炭素排出量は残り一兆トンの上限であることを初めて示した。この目標達成のためには、温室効果ガスの排出量を二〇五〇年までに一〇年比で四〇～五〇％削減し、今世紀までにゼロにする方法を示した。

二十一世紀の気温上昇は二酸化炭素の排出量にほぼ比例することが解っている。総会では「気温上昇を二度未満に抑えるという国際目標を達成するためには二酸化炭素の累積排出量を約二兆九千億トンに抑えなければならない」と発表した。

百年後、地球の気温が四・八度上昇するという試算がある。その時には、日本の砂浜の九割は消えると警告している。これらの環境破壊へつながる被害を生み出してきたのは皮肉にも近代文明の発達、科学技術の進歩が関連している。人間社会（都市部）から排出される放熱が元凶である。ヒートアース化へと拍車をかけている。この危機を乗り越えるためには大量生産、大量消費、大量廃棄型の都市中心の経済活動や生活様式を見直し、温室効果ガス排出量の削減、低炭素社会の構築へと舵を切らなければならない。

5　感染症問題
エボラ出血熱

地球規模での感染症の脅威が身近に迫っている。

エボラ出血熱は二〇一三年一二月にギニアで確認され、西アフリカ（ギニア・リベリア・シエラレオネ・ナイジェリア・セネガルなど）で流行が拡大した。世界保健機構（ＷＨＯ）の報告によれば、エボラ出血熱の感染者（疑い例を含む）はアメリカ、スペインなど世界七カ国で九二一六人、死者は四五五五人に達した。（二〇一四年一〇月二〇日・沖縄タイムス）。米疫病センターは、もし、防止策が強化されなければ、感染者は五十五万人～一四〇万人に達すると推計されると発表した。

なぜ、エボラ出血熱は起こり、拡大しているのだろうか。大きな原因は「貧困」であるという。農業の未発達の貧しい地域ではサルなどの野生動物の肉「ブッシュミート」（森の肉）が重要なタンパク源である。オオコウモリやサルを捕獲、解体、食べることで感染する。森林の伐採による都市開発も原因の一つとされる。住処を奪われた動物たちが都会へと接近してくる。人がウイルスの宿主の動物と接する機会が増えた。飛行機や車での人の移動が感染をスピード化させ、地方から都市へと広がっている。治療薬の開発も追いつかず、未承認薬の使用を容認せざるをえない状況にある。しかも、貧困の地域には高価過ぎてすべての患者には薬が行き渡らないという差別が影を落としている。感染症は一地域の問題ではなく、地球環境、人間の生存の根幹に関わる大きな問題なのである。

エイズウイルスも起源はサル由来が有力。今後もアフリカでは未知のウイルスが流行する可能性は大いにあると識者は警告している。

デング熱

デング熱は東南アジアや中南米で流行している感染症であるが、二〇一四年九月四日、七〇年ぶりに国内感染が確認された。発症者はこの地域での渡航歴が疑われるが発症者には渡航歴がなかった。デング熱はデングウイルスを原因とする急性の熱性感染症で、蚊を媒介とする。蚊がデングウイルスに感染した人の血を吸い、体内で増殖させた後に、別の人間を吸血することで感染が増えていく。海外から日本を訪れた外国人が日本の観光地や公園を訪れ、そこにいる蚊が感染者の血を吸った。その蚊が日本国内にすむ人を刺して感染が拡大した。

デング熱はウイルスを持ったヒトスジシマカ（ヤブ蚊）を媒介して感染する。人から人への感染はしない。感染源と思われる東京の代々木公園や新宿御苑では蚊の駆除の薬剤散布が行われた。感染すると、高熱、頭痛、関節痛を引き起こすが、一週間ほどで回復するという。デング熱ウイルスを保持した蚊に二回刺されると重症化する。重症化しても適切な治療をすれば死亡率は一パーセントである。現段階ではワクチンや治療薬はない。国内感染者数は一五都道府県在住の計一〇三人。（九月十一日・厚生労働省発表）

蚊の発生は地球温暖化とも関連している。蚊は夏に多く発生する。冬の寒い時期には発生しない。二十四度位から蚊は活発化するらしい。地球温暖化は蚊にとっては生存し易い環境になる。

鳥インフルエンザ

二〇一四年十二月一六日、宮崎県延岡市の養鶏場で死んだ鶏から高病原性の鳥インフルエンザウイルスが確認された。宮崎県では二〇〇七年一月に、同ウイルス感染で一九万八〇〇〇羽を殺処分。二〇一一年一月にも約一〇二万羽が殺処分された。

今年の四月、熊本県でも発生している。環境省によると十一月以降、島根県安来市、千葉県長柄町、鳥取市、ツルの越冬地として知られる鹿児島県出水市で、渡り鳥や鳥の糞からH5N8型ウイルスが確認されている。このH5N8型は韓国で大流行しているものと同型である。鳥は国境を越えて飛来する。感染を防ぐにはどんな方策があるのだろうか。人類は難問を突きつけられている。

今や人はグローバルに動き、世界を自由に往来している。人間が開発した飛行機という輸送機が感染症の拡大の役割を果たしてしまっている。空港や波止場、防災強化が問われている。

6 戦争とテロ

戦争とテロの連鎖、紛争（国境・地域・民族）、核、化学兵器の恐怖、地球は火だるま寸前に直面している。地球上では争いが絶えない。テロと戦争の悪の連鎖が続いている。

イスラエルとパレスチナの紛争

空爆や地上での戦争が断続的に続いている。「イスラエル」はユダヤ教を信じるユダヤ人たちが第二次世界大戦の後の一九四八年につくった。ユダヤ人は第二次世界大戦中にドイツで六〇〇万人が殺害された忌まわしい歴史がある。このため、ユダヤ人は自分たちでイスラエルを建国した。ところが、ここには「パレスチナ」と呼ばれるアラブ人が住んでいた。周囲のアラブ人が怒り、イスラエルを攻め、戦争になった。この中東戦争が四回も起こり、国連が定めたアラブ人の住む地域をイスラエルが占領した。これに対してアラブ人たちが自分らの土地を取り返そうとイスラエルと戦いになった。「ガザ地区」（パレスチナの自治区）と「ヨルダン川の西岸」はいつも戦場になり、双方の民は犠牲になっている。「人殺しはやってはいけない。人道に反する大罪である」というユダヤ教の神の教えはないのであろうか。

イスラム教のスンニ派の過激派組織「イスラム国」がイスラム国家樹立を宣言した。人質の欧米人の殺害動画を公開し、その残虐性を世界に示した。トルコの国境に近いシリア北部のアインアルアラブ（トルコ名はコバニ）の支配権を巡り、イスラム過激派組織「イスラム国」とシリアのクルド人部隊が戦闘を繰り広げ、付近では有志国連合によるイスラム国への空爆が続いている。十二月十六日午前十時頃、パキスタン北西部ペルシャワルで武装グループが学校を襲撃し、死者一四一名を出した。事件はイスラム武装勢力「パキスタンのタリバン（TTP）」が犯行を認めた。軍が北西部のワジリスタン地区などで進める掃討作戦への報復であった。「生徒殺害が目的だった」と述べた。武装グループは「アラー・アクバル（神は偉大なり）」と叫び無差別に銃を乱射した。この神はいかなる神なのか。イスラム社会には人殺しのための神が存在するのか。

7　原発問題

二〇一一年三月十一日、東京電力福島第一原発事故が起きた。事故のレベルはチェルノブイリ事故（ソ連・一九八六年）と同レベルの世界最悪「レベル7」であった。保安院の当初の発表はレベル4、その後、三月一八日スリーマイルアイランド事故と同じレベル6に引き上げた。大事故であるにもかかわらず「直ちに影響はない」とし、すぐに避難すべき地域の住民を長い間放置した責任は重い。チェルノブイリ事故では、三〇キロ圏内の約一三万五千人が強制避難させられた。その後、三〇〇キロ以上離れた場所でもひどい汚染が発見され、二〇数万人の人々が強制的に避難させられた。周辺の都市はゴーストタウンと化した。廃墟になった村々は一〇〇〇に達するという。「放射線管理区域」以上の放射能が測定された面積は約一五万キロ平米、日本全土の約四割に相当する。被ばくによって、急性放射線障害、甲状腺癌、白血病など悪性疾患が異常にふえたことが報告され、死者も出ている。レベル7とは恐ろしい事故レベルなのである。

核まみれの地球の未来は暗い。核爆弾、核兵器を開発し、保有する国がある。世界では「原発」を稼働させている国は多い。

核燃料サイクルの六カ所村再生処理工場（青森）にはすでに三〇〇〇トンが運び込まれている。一つの原子力発電所から運び出される使用済み核燃料は約三〇トン。この数字は一日で原発一年分の放射能の放出に匹敵する。

原発から出た「核廃棄物」は「無化」することはできない。現在の核処理システムは地下五〇〇メートルに「核廃棄物」を埋め込むだけである。大地震や地殻変動、火山爆発、ミサイル攻撃、核攻撃が起これば地下に埋められた核廃棄物が牙をむく。日本は世界有数の地震国である。日本の原発は「地震の巣」の上に建っているとさえ言われている。

もし、戦争が起これば原発に命中しない（誤爆であっても）とは言い切れない。なぜなら、戦争は人間を狂気に追い込むから。

日本は核被爆国である。核廃絶の声を世界へ向かって発する責務がある。歴史を教訓化する義務がある。だが、日本は歴史に逆行し、核開発に邁進してきた。平和利用のうたい文句で「原発」を推進してきたが東京電力福島第一原発事故によって「安全神話」は崩壊した。東京電力福島第一原発事故で大量の放射性物質が陸海空を汚染した。セシウム一三七の放出量は福島第一原発一号機～三号機が一万五〇〇〇テラベクトル。広島原爆の八九テラベクトルの一六八・五倍になる。ヨウ素一三一（甲状腺癌の原因）は一六万テラベクトルで、広島原爆の約二・五個分、ストロンチウム九〇（吸収すると骨に影響がでる）は一四〇テラベクトルで、広島原爆の約二・四個分。プルトニウム二三九（吸い込むと一グラムで五〇万人を肺ガンにする）は三二億ベクトルが放出されている。目も眩むほどの放射性物質放出の数字である。

太陽の黒点タービン建屋の青天井
ガイガーカウンターひまわり一億首をふる
メルトダウン北斗七星の柄がただれる

福島第一原発事故による放射能汚染水もれは続いている。事故現場には誰も入れない。それは高濃度の放射能にやられるからだ。ロボットを使う手しかないのだが、そのロボットも障害物に遮られ前へ進めなくてストップしている。中に誰も入れないから修理もできない。原発は闇の中で蠢いている。廃炉にするにもその方法が行き詰まっている。原発事故は収束などしていない。被災は拡散するばかりである。それでも政府は原発炉の再稼働へと舵をきった。おそろしい国だと思う。

ストロンチウム白鳥座の骨が透く
セシウムの語呂のさびしさ水母鳴く

人類は地球に対して放射能汚染という大きな罪を犯した。原状回復が不可能なほどの大きな打撃を地球に与えた。地球が震えている。

メルトダウン地球葬の桜ふぶき

何億年後かに「地球葬」の日がやってくるのではないか。これは決してブラックユーモアの風刺画の話ではない。

人類は地球滅亡の時限爆弾を地下（原発は世界の各地にある）に埋め込んでいるに等しい。今、くい止めなくては人類は奈落の底へと転げ落ちる。決して杞憂ではない。核廃絶は人類に突きつけられた火急の課題である。

地球の首細るばかりかショール巻く
しずく一滴水惑星の死期計る

このような状況に追い込んだのは人間のエゴである。万物の霊長といわれる人間は奢り高ぶり、かけがえのない水惑星の「地球」の首を絞めてきた。今や「地球生命」は息絶え絶えの様相を呈している。目先の利益に目が眩み、自己（自国）保身的に、他者（他地域、他民族、他国、生き物）を軽視し、地球全体の未来についての「平和」「幸福」「共存」の視点を欠落させてきたしっぺ返しである。人類はどこへゆくのであろうか。

8　沖縄問題

地球の一角にある「沖縄」は琉球王国を形成していたが薩摩侵攻によって王国は崩壊した。沖縄戦では本土防衛の捨て石にされ、老若男女を巻き込み、阿鼻叫喚の地獄と化した。戦争終結後も米軍占領下におかれ、日本復帰後も広大な軍事基地は存続したままだ。日本政府は、今、民意を踏みにじり、辺野古崎（名護市）に新基地建設のためのブイ（浮標）打ちやボーリング調査を強行している。

辺野古海域には天然記念物のジュゴンが生息している。ジュゴンは海草を食べ、絶滅危惧種1A類に指定されている。日本自然保護協会は二〇一四年五月から七月の二カ月の調査で一一〇本以上の食痕（ジュゴン・トレンチ）が見つかったと発表した（二〇一四年七月一四日　沖縄タイムス）。

絶滅危惧種のジュゴンを育む沖縄の豊かな海は地球の宝であり、人間が生き物たちと共存できる安息の場である。その豊穣の海を埋め立て、人殺しのため、戦争のために使われようとしている。暴挙というべきである。

沖縄の国土面積は〇・六％である。この〇・六％の狭隘な土地に、在日米軍専用施設が七四％も犇めく超異常な事態である。この現実を無視してなお新基地建設を強行する安倍政権に対して怒りを禁じ得ない。そして、この理不尽な沖縄差別に無頓着で、自らは傷つくことなくぬくぬくと対岸の火事のように眺めている日本国民も同時に批判されるべきではないか。

新基地建設は辺野古だけではない。沖縄北部の「高江」でもヘリパッド建設が強行されている。座り込み抗議行動はここでも行われている。高江には高江村落があり、豊かな森と水がある。この豊かな自然と平和な人間生活を破壊し、軍事基地建設の強権の斧は振り下ろされている。安倍政権は沖縄を軍事基地の要塞にしようとしている。

迷彩服の空墜ちてくる亀甲墓
若夏の島のへそから不発弾
首のごとドラム缶吊られ陽は祈り

集団的自衛権

日本政府は「集団的自衛権」を閣議決定し、戦争のできる国へと憲法解釈を変更した。戦争が起これば真っ先に攻撃を受けるのは沖縄であろう。沖縄には在日米軍専用施設が全国比で七四％も集中している。沖縄はかつて、ベトナム戦争のおり、米軍機の出撃基地であった。ベトナムの人からは「悪魔の島」と呼ばれていたという。沖縄は土地を強奪されたばかりか、戦争にまで荷担させられていたのである。集団的自衛権の行使が可能になり、日本が米国などの戦争に協力することになると、出撃基地である沖縄が攻撃され、テロの標的になることは明らかである。

二〇〇一年九月、苦い経験がある。米中枢同時テロの発生直後、米軍基地ゲート前の道路がパニックに陥った。アメリカ本国で起こったあのテロがこの小さな沖縄の島にまで戒厳令並みのテロ警戒網が張られたのである。基地ゲート前で、車両の内外、車体の裏、運転手、同乗者のボディチェックなど厳重になされた。このために車が前へ進めず、大渋滞し、パニックに陥った。

私の住居は極東最大の軍事基地とされる嘉手納飛行場の隣、北谷町にある。当時、嘉手納基地のゲート前を通る道路（国体道路）を通勤路にしていた。このパニックに巻き込まれ、職場（軍事基地の集中する沖縄本島の中部地区の高校に勤務していた）には二時間以上遅刻した。職場に着いたら職員、生徒の約半分はまだ登校できずに混乱は続いていた。授業はかなり遅れて開始された記憶がある。この時期、修学旅行や観光客のキャンセルが二十五万人もあった。

基地は戦争やテロの標的にされる。基地の存在は生命財産を脅かす危険なものであるばかりか、観光産業も大きな痛手を負うのである。

特定秘密保護法

「特定秘密保護法」が二〇一四年十二月一〇日施行された。防衛や外交、スパイ防止、テロ防止の四分野を対象に、政府が安全保障上の秘匿が必要と判断した情報を「特定秘密」に指定する。政府の裁量次第で、指定範囲や非公開の期間が広がる恐れがある。国民の知る権利や報道の自由が侵害される懸念がある。この法律は日米安全保障条約を補完し、軍事行動をスムーズに行うための戦争関連法である。この法律で最も影響をうけるのは軍事基地が集中する沖縄であろう。沖縄人権協会は「防衛と外交の分野に深く関わる沖縄が最も影響を受ける。国民主権の実現に必要な知る権利を大幅に制約し、言論、出版、集会、結社など、その他の表現の自由まで萎縮させる」と指摘。沖縄弁護士会も「同法案は国民主権原理を脅かす。基地の集中する沖縄にとって安保や地位協定などに関し多数の秘密指定がなされる恐れがある」と指摘している。

かって沖縄返還交渉で密約があった。元毎日新聞記者の西山太吉氏は「沖縄返還に伴う諸費用を日本が肩代わりしたとされる日米間の密約」をスクープしたが、国は密約を否定してきた。密約文書の開示を求めた訴訟（七月三日）で、最高裁は上告を棄却した。最高裁は密約の存在は認めたが、「文書は保有してない」と主張する国の意向に添って、文書の開示は認めなかった。国にとって都合の悪いものは秘密にされ、国民から知る権利を奪ってしまう。国民は監視の眼を緩めてはいけない。

9　治安維持法と俳句弾圧事件

「特定秘密保護法」はかつての悪法「治安維持法」を想起させる。この悪法によって「俳句弾圧事件」は起きた。言論、出版、表現の自由を奪い、俳句結社を弾圧し、俳人たちが投獄されたのだ。

「治安維持法」は大正一四年三月成立。条文の一部を見てみる。

一　国体を変革することを目的として結社を組織した者、又はさういふ結社の役員や指導者になつた者は、死刑か又は無期乃至五年以上の懲役（若しくは禁固）に処せられる。

一　結社の目的が国体の変革にあることを知りながらこれに加入した者、又は加入しなくてもさういふ結社の目的遂行を援助したものは、二年以上の有期の懲役（若しくは禁固）に処せられる。

「京大俳句」第一回検挙は昭和十五年二月十五日。平畑静塔・井上白文地・波止影夫・仁智栄坊・中村三山・宮崎戎人らが検挙された。第二回検挙は昭和十五年五月三日。三谷昭・石橋辰之助・渡辺白泉ほか、六名。第二次「俳句弾圧」は昭和十六年二月四日。東京三（秋元不死男）・嶋田青峰・細谷源二・栗林一石路・橋本夢道ほか六名が逮捕された。検挙理由が二つあった。一つは「京大俳句」が創刊時に「結社の自由」を唱えたことが「親英米」とみなされたこと。二つ目は無季俳句を是認したことが伝統破壊とみなされたこと。この法律は思想・信条・表現・出版の自由を奪う悪法であった。今日の日本なら「親英米」派は歓迎される。歴史は動く。時代の空気をどう読み解くか。「俳句弾圧事件」の悪夢を教訓化しなくてはならない。

軍事基地は戦争をするための要塞である。沖縄から世界に住む人類の一人である同胞を殺すことになる。地球のどこかが戦火（戦禍）にまみれる。人殺しに荷担させられる暴挙には拒否しなければならない。軍事基地は世界平和に逆行し、人類の発展を阻害する愚行である。人類の希望の灯は消してはならない。

沖縄では新基地辺野古建設反対の大きなうねりが起こっている。三つの大きな選挙で辺野古新建設反対派が当選した。一月、名護市長選挙では稲嶺進氏が当選。十一月、県知事選挙では翁長雄志氏が当選。十二月、衆議院選挙では四選挙区とも新基地反対派の候補者が当選した。自民公明の候補者は全敗した。これほどまでに沖縄の県民は軍事基地に反対している。この事態に至っても、安倍政権は辺野古新基地建設を撤回する気配はない。民意を尊重するという民主主義はどこへ追いやったのか。

流星の悲鳴のからむ鉄条網
青空の穴を増やして散る梯梧

10　俳句文学は三面鏡である

俳句文学で何ができるのか。危機に瀕する地球・人類そして沖縄の今をどう書けばよいのか。

岩ぶよぶよ嬰児ぶよぶよ地球抱く　（一九八五年作）

この句は「解体された真実」をテーマにしたイメージ俳句である。戦争は極悪な国家暴力である。人類の希望を奪い、地獄へと突き落とす。「人を殺し、他国を侵略する」ことにおいて「正義」はない。平時の生活環境においては、人を殺せば殺人罪に処せられる。裁判では死刑に処せられることもある。だが、戦争では多くの人（敵国）を殺すことを強要し、殺した人間の数が多ければ多いほど勲章が授与され、英雄視される。ここには「国家」権力による暴力を正当化する価値観の倒錯がある。戦争とは真実を解体する国家犯罪なのだ。

「岩」は固い物体である。だが、ここでは「ぶよぶよ」と軟弱な得たいの知れない物体に変容している。「嬰児」（赤ん坊）が人間としての形態や尊厳が喪失され、肉の切れっ端として物体化され、宙を漂っている。このように矛盾を抱え、本末転倒の価値観をもつ愚かな地球人（人間集団）であるが、この矛盾を克服し、人類の平和、幸福のために、地球を慈しみ、地球を抱き取って生きて行かざるを得ないのが水惑星に生きる私たち人類の宿命なのである。

沖縄は悲惨な「沖縄戦」を体験してきた。今、辺野古新基地建設や高江基地建設が国家権力によって強行され、軍事基地の要塞化が進んでいる。沖縄戦を潜ってきた沖縄は平和の尊さが身に沁みている。反権力の視座も忘れてはいない。

蚯蚓鳴く内部ヒバクの島の闇

人類の滅亡への道を断ち、希望の道へと導くことができるのも二十一世紀に生きる私たち人間である。俳句の一句が地球の危機に警告を発し、堕落した人間を覚醒させるかも知れない。俳句には地球の未来を照らす光源がある。それを信じて今、水惑星である地球の生命を俳句文学に刻印し、人類の未来に希望の持てる作品を創り出し、俳句の明日を拓いていきたい。

うりずん南風（べー）∞に横たわる

「俳句文学は合わせ鏡である」と主張したことがある。しかし、今は「俳句文学は三面鏡である」と言いたい。一面の鏡。過去の史実を映し、歴史を鑑（かがみ）として教訓化する鏡。歴史の眼を光らせる鏡。二面の鏡。現実の背後に隠された暗部を映し出す鏡。表層ではなく、事実の奥に隠された真実を見抜き、透視する鏡。三面の鏡。未来を映す鏡。芸術としての創造世界を切り拓く鏡。これら三面の鏡が曇りなく相照らし造形化されたとき、明日の道を切り拓く新しい俳句文学が誕生するであろう。詩鏡の曇らぬように詩心を磨きたい。季節を超え、宇宙、地球、人類の核心に迫る。事実を真実へ高め、詩的創造力を問う。

イジュ赤芽四六億年の雨はじく

無季有季どちらでもいい空を抱く

心電図わが存問のさえずり

〈参考文献〉

『宇宙がわかる本』荒舩良孝著　宝島社
『地球46億年目の新発見』（別冊宝島）　宝島社
『図解原発のウソ』小出裕章著　扶養社
『原発の深い闇』（別冊宝島）　宝島社
『早わかり　図解　放射能と原子力』監修　橋本久義・熊丸由布治　総合図書
『昭和俳壇史』松井利彦著　明治書院
フリー百科事典『ウィキペディア』
沖縄タイムス
琉球新報

「天荒」50号所収。二〇一五年一月

4　沖縄を掘る――孵（す）でる精神

1　はじめに

「天荒」六〇号記念特集に際し、天荒活動を振り返る。天荒俳句会の発足は一九八二年十一月。三十六年間、挫折することなく、精魂を傾け活動してきた。

「天荒」は二つの定期刊行機関誌を持つ。

「天荒会報」の創刊は一九八八年一月。五月現在で五一四号になる。定例句会号、新年句会号・観月句会号・俳句紀行号など年間十四冊を発行。句会報を中心にした手作りの内部用研鑽誌である。

同人誌「天荒」の創刊は一九九八年十一月。年三回の定期刊行。五月現在で六〇号になる。二〇号では「天荒会報」三〇〇号特集、三〇号では「一号～三〇号を振り返って」特集、四〇号では「地震・津波・原発」特集、五〇号では「今、地球・人類・そして沖縄」特集を編み、節目を刻んできた。

合同句集も定期刊行中である。四年に一度開催されるオリンピック年に合わせて天荒合同句集を発刊し、活動の集大成に努めてきた。第一合同句集「天荒」は一九九三年の発行。二〇一六年に七集『真実の帆』を発行。着実な歩みを刻んできた。

この間のビッグニュースは昨年、十二月、「天荒」誌が第七回「編集賞特別賞」（全国俳誌協会主催）を受賞したことである。審査員の講評に勇気をもらった。

恩田侑布子氏（俳人）講評

「一押しは沖縄の『天荒』でした。自然の美に逃げ込まず、現代の日本と世界に真っ向から対峙する意気軒昂さに驚倒しました。自分たちが新たな歴史を作っていくのだという気概と、反骨の批評眼を持ち、俳句で実践しています。（中略）俳句の射程も大きく同人誌の範を見る思いです」（後略）。

伊藤一郎氏（東海大学教授）講評

「『天荒』のインパクトの大きさが、最終的に特別賞を決めることになりました。『天荒』はそれが発行されている沖縄という土地の今のことばと社会に全面的にこだわり、正面から向き合っています。俳句が今の生活を今そこに生きることばによって詠むとき、どんな魅力を創り出せるのか。その可能性が『天荒』では試みられていると感じられました。地方俳誌が目指すべき姿の一つを、提示したように感じられました。」

審査講評によれば、「かびれ」「若竹」「玉藻」は一〇〇〇号を越し、「麦」は七〇〇号を、「椎」は五〇〇号を越す歴史がある。「船団」「くぢら」「円座」「門」「座」などは独自の魅力を持つ。エントリーされた実績のある俳誌の中から選考され、受賞したことは光栄である。

六〇号では「沖縄を掘る」特集を編んだ。

沖縄の根っこを掘り、文学の水脈を探りたい。沖縄を地軸に据え、混沌とした水惑星の地球の危機をあぶり出し、俳句文学の可能性を探りたい。地球に、人類に、沖縄に、希望の灯は点せるのだろうか。

琉球、沖縄のテーマは多彩で、アプローチは多様である。琉球を概観し、自作を織り込みながら、論を進める。

2 琉球歴史の概観
主要項目で辿る

先史時代——琉球列島の起源〜旧石器時代〜山下洞人・港川人〜新石器時代〜縄文時代〜弥生時代

古琉球時代——グスク・按司。察度王統・尚巴志の登場

大交易時代——東アジア交易・冊封と王権・中国、朝鮮、日本との交易

琉球王国時代——第二尚氏王統・先島の群雄割拠・オヤケ赤蜂の乱

近世琉球——島津氏の琉球侵攻・島津氏の琉球支配・琉球王国の再建・羽地朝秀の改革・蔡温の改革・産業と文化の興隆

近代沖縄——琉球処分・廃藩置県・宮古、八重山分島問題・人頭税廃止運動・謝花昇と民権運動・徴兵制の実施・ソテツ地獄

沖縄戦——県外疎開と十・十空襲・沖縄戦の惨状・宮古、八重山、各諸島の惨状

戦後沖縄——敗戦と米軍占領・米軍民政府統治と自治権拡大闘争・サンフランシスコ講話条約と日米安全保障条約・土地接収反対島ぐるみ闘争・ベトナム戦争時の発進基地・復帰運動と沖縄返還・基地から派生する事件、事故の多発

日本復帰——沖縄県の誕生・経済的発展と米軍基地問題・辺野古新基地建設と反対運動

私にとって、俳句表現に関わる現段階の最大のテーマは「沖縄」「原発」「地球」である。詩眼で、時代、社会の暗部を照射し、今、この地で、この地球で、何が問題なのかを問いつづけている。

〈作品1〉

人面のしずくのこだま自決壕
自決の海の火柱となり鯨とぶ
洞窟（ガマ）に赤ん坊黒髪の母の片降り（カタブイ）
油蟬一家全滅の柱で鳴く

〈作品2〉

ヒトとろとろ原発どろどろ蚯蚓鳴く
原発の蝿　はめ殺しの青空

核のゴミよってたかって天地返し
セシウムはどこだタワシの針が叫ぶ
人類の喉笛きったかシーベルト

3　沖縄の自然・民俗・伝統芸能・産業

琉球弧の自然——亜熱帯海洋性気候・動植物群／民俗——祭事・ニライカナイ・御嶽・シヌグ・ウンジャミほか／伝統芸能——組踊・琉舞・エイサー・三味線ほか／伝統工芸——紅型・壺屋焼・琉球漆器・芭蕉布・久米島紬・宮古紬・琉球ガラスほか／産業——甘蔗・パインアップル・畜産・泡盛・海産物・菊栽培・熱帯果樹ほか／郷土料理——ソーキ汁・ラフテー・ゴーヤーチャンプル——・アシティビチほか。

言葉は使えば使うほど擦り切れ、垢がつき、言葉の鮮度が落ちる。この論理から言えば「季語」は明らかに、擦り切れ、汚れている。季語を絶対化しない。季語を言葉の海に泳がせ、詩語として磨く。

〈作品3〉

枯れ枝が銃身になる鬼餅寒さ（ムーチイビーサ）
一号線が喉笛になる二月風廻り（ニンガチカジマーイ）
うりずん南風（べー）戦火の岬の子守歌
葉も人も裏返るのみ新北風（ミーニシ）
逆吊りのズボン笛吹く夏至南風（カーチィベー）
夕闇（アコークロー） 蓑虫がゆれ火星ゆれ

4 「おもろさうし」の「孵(す)でる」精神

「沖縄学・文学の視点」から「おもろさうし」の「孵(す)でる」精神について考察する。

オモロ(またはウムイ)は琉球方言圏の中の沖縄・奄美諸島に伝わる古い歌謡である。呪禱的心性を含んだ叙事的歌謡で、沖縄最古の歌謡集である。「おもろさうし」は全二十二巻・一五五四首から成る。第一巻は一五三一年、第二巻は一六一三年、第三巻以下二十一巻までは一六二三年に成立している。

三つの時代区分と主題

部落時代(五世紀〜十二世紀)の主題/神、太陽、祭祀儀礼が中心。

按司時代(十二世紀〜十五世紀)の主題/築城、造船、貢租、交易、按司の賛美など。集団舞踊を伴う「ゑさオモロ」が発生している。

王国時代(十五世紀〜十七世紀)の主題/国王の礼賛、建寺、植樹、貢租、交易、航海など、一種の労働歌である「ゑとおもろ」が生まれた。

「おもろさうし」(三〇五)

一　聞きこゑ君加那志(きみがなし)	口語訳　名高い君加那志神女
だにす　鳴響(とよ)みよわれ	実にこそ鳴響み給え
下司(げす)　真人(ま)	下司も真人も
孵(す)だし遣(や)り　ちょわれ	生み育ててましませ
又　鳴響(とよ)む君加那志(きみがなし)	鳴響む君加那志神女
又　聞(きこ)へ按司添(あんじおそ)いや	名高い国王様は
又　鳴響(とよ)む按司添(あんじおそ)いや	鳴響む国王様は

オモロ語の「孵し遣り」は「孵だして、生んで、生み育てて」という意味である。

『沖縄古語大辞典』、（同編集委員会編・角川書店）には多くの関連語が出てくる。

「孵でる」—蛇などの脱皮、雛の孵化など。転じて、再生する、若返る、ありがたく戴く。「孵だす」—①卵から雛にかえす。②船を進水させること。造船する。「すだす」—立派にする。飾り立てる。「孵だしおや」—生みの親。「孵で合わす」—①拝む。②頂戴する。「孵でえごゑ」—霊妙な吉き声。立派な御声。「孵でぐる」—蝦や蟹の脱皮した抜け殻。「孵で子」—生を受けた子ども。愛児。「孵で果報」—生まれ変わる程の幸運。すばらしい幸運。「孵で事」—すばらしいこと。ありがたいこと。「孵で孵で」—生まれ変わるさま。生き返ったようなさま。生命力みなぎった状態。「孵で所」—誕生する所。再生する所。若返りの水を浴びて生まれ変わる所。「孵で成り」—立派に生まれ変わること。「孵で松」—精気の新たまったすばらしい松。「孵で水」—神事、祭式のときに使われる浄めの水。生命を再生させる水。「孵で者」—新生の勝れ者。「孵でらす」—孵でさせる。生まれ変わらせる。

5　「孵でぐる」「孵で殻がら」との出会い

蝉の「孵でぐる」

私の故郷（石川市山城。現・うるま市）では「孵でぐる」（脱皮した抜け殻）は「孵で殻」と言っていた。蝉の「孵でぐる」は身近にあった。熊蝉は栴檀やホルトノキで多く鳴き、秋の蝉オオシマゼミは高い琉球松で鳴いていた。時期になると夕間暮れに土の穴から出てくる蝉を待ち受け、家に持ち帰って脱皮を観察した。背面宙返りの術で脱皮するさまに生命誕生の神秘を思った。また同時に、「孵でぐる」の背割れはまるで鉈で割られたような大きな亀裂に見え、ショッキングな光景であった。

〈作品4〉

空蟬を鳴かすか洞窟(ガマ)の風(カジヌニー)の根
空を恋い土を恋い背割れの蟬は
シーベルト鉄骨で鳴く蟬殻
油蟬ちりちり地球のネジを巻く
空蟬の背割れは誰の絶叫痕

蟹の「孵(す)でぐる」

戦後の食糧難の時代、沢蟹はタンパク源として貴重な食料だった。生きたままフライパンに入れる。蟹たちはフライパンの中でバチパチと弾かれ、火刑(?)にされ、絶命する。真っ赤に焼けた甲羅が強烈であった。人間は残酷なことをする生き物だということを子どもながらに感じていた。生き物の生死を目の当たりにして、育ってきた。

川遊びでは沢蟹の「孵でぐる」と出会っていた。白く薄く川底にただようさまは死骸のようにも見え、脱皮の不可思議に魅入った。その時、蟹の一生と老い行く母の身体とを重ねていた。

母は蟹ひらたく水に老いていく

〈作品5〉

蟹が泡吹き赤く煮られる渇水期
蟹赤く人は白濁身近な死
蟹の影動かす水はガラスの音(ね)

蛇の「孵(す)でぐる」

歳時記では蛇は夏の部に分類され、「蛇の衣、蛇衣を脱ぐ」と美化して季語化されている。亜熱帯の沖縄では冬眠することもなく、年中、「孵でぐる」や蛇と遭遇している。野良作業は猛毒ハブと隣り合わせで危険である。蛇との遭遇は三十回余に及ぶ。

果樹の根っこを保護するために枯れ草を敷く。枯れ草を両手で抱えて運ぶ。次の瞬間、枯れ草の中から二匹の小型のハブがとび出てきた。ハブ手摑み寸前の話。／谷間の泥地にサガリバナ（沢藤）を挿木してある。鉢上げする作業にとりかかる。ケンガイ鉢（空鉢）五、六鉢を胸に抱え、片方の手にはスコップを持っている。鉢を置いた瞬間、二匹のハブが鉢から躍り出た。ハブを抱えていた話。／草刈り作業中に遭遇するのは何度もある。こちらは草刈機（草払機）という刃物を持っているので比較的安全である。ハブ（ヒメハブ）には申し訳ないが草刈機で切り刻む。

脱皮したばかりの「孵(す)で殻(がら)」はしっとり感があり、ぬめりを感じる。頭から尾の部分まで成体の形できれいに残ってるのは不思議である。「孵で殻」を観察する。ハブ（猛毒）なら頭の形が三角形。頭部の鱗片が大きいのはアカマタ（無毒）である。あるとき、トタン葺きの物置小屋で一メートルほどの「孵で殻」を発見した。波形のトタンの隙間から侵入したのであろう。「孵で殻」があるということは成体が小屋の中に潜んでいる可能性が高い。頭が三角形だからハブである。物置小屋にはさまざまな農機具類が乱雑に置いてある。まずは慎重に手前にある鍬やスコップ、一輪車を屋外へ出す。次に、段ボール箱に折りたたんで入れてある肥料袋（使用すみの空き袋。収穫した農作物をいれる）を逆さにして屋外に放り投げる。この中に潜んでおれば逃げ出すであろう。しばらくしても動く気配がない。元の段ボール箱へ空き袋を入れ始め、三つ、四つ手摑みした次の瞬間、ハブがとび出てきた。間一髪で難を逃れた話。私の人生はハブと孵で殻との遭遇はこれからもつづく。そのたびに、一日一日、孵でて、脱皮して生きていくことを意識させられることになる。

〈作品6〉

深部の縄は遂に白蛇となり泳ぐ

白髪雨虹も蛇もからまる鞭

天蛇（ティンバウ）跳ね鳥化の岬初日鳴る

蝸牛の蘇生

幼少時代。「チンナンオーラセー」（蝸牛の喧嘩）をさせて遊んだ。蝸牛の殻の強さを競う遊びである。二つの蝸牛を左右の掌に乗せ、蝸牛の先端部をガチンコさせて潰し合うのである。殻の弱い方は先端部がつぶれて負け、つぶれなかった方が勝ちという遊びなのだ。二人でやる場合が多いが、一人でも遊べる。遊び終われば近くの草むらに捨てる。ところで、再度、この遊びをするため蝸牛を探していると前に負けて潰れた奴が見事に蘇生して先端部がぶ厚くなり、頑丈な殻を纏っていた。この状態を「ミイーヤーイン」「ミイーヤーユン」（新しくなる。蘇生する。再生する）といっていた。「ミー」は新らしい、「ヤーイン・ヤーユン」は「〜になる」。再生する、蘇生する意の「孵でる」と同義語であろう。先端部分が潰されながらもみごとに蘇生した身殻は普通の蝸牛より倍も強いということを幼少時代に学んでいた。この幼少体験はオモロの「孵でる」思想を体験していたことになる。

〈作品7〉

光年の涙線上のかたつむり

蝸牛の渦のてっぺん白鳥座

イナズマノカイダンノボルカタツムリ

颱風の渦蝸牛の渦地球の耳鳴り

骨の蘇生

昨年の三月十一日（偶然にも東日本大震災の日）、雨の日の出来事。某修理工場の敷地内で足が滑った。激痛が走り、その場に蹲った。動けない。――診断の結果は左足首の剝離骨折だった。全く予期しない場所で、予期せぬアクシデントであった。松葉杖の生活を余儀なくされた。病院での治療法は骨折部位を固定するためにギブスを装着し、痛み止めと鎮痛、抗炎症剤のテープ（外用薬）を患部に貼ること。通院日にレントゲン写真を撮り、骨の蘇生具合を確認するだけだった。骨を強化し治癒するための薬や注射を施すことはなかった。ひたすら自然に、治癒を待つという待機型安静型治療であった（但し、医師は早急な手術を進めていた）。このとき思ったことは人間には自然治癒力、再生力が備わっているということであった。骨折を通してオモロ思想の「孵でる」力、再生力が内在していることを悟った。

〈作品８〉

メルトダウン骨粉を噴く天の河（ティンガーラ）
原発の添い寝　骨粗鬆症の虹
化石になった地球ついばむ始祖鳥
これが屍地球展だ　核のアメなめよ

沖縄は薩摩の侵攻、琉球処分、沖縄戦、米軍による植民地支配、復帰後の日米支配、軍事基地による人権侵害など、何度も外的圧力の荒波に翻弄されてきた。しかし、その都度、弾圧に抗して立ち上がり、孵でる精神で再生し、明日への希望を捨てずに生きてきた。

〈作品９〉

虹のロープがジュゴン岬を絞めにくる
琉装もブルカも異端井戸を掘る

青波ニライカナイの星跳ねる
全天が孔雀の羽根の太陽雨（ティダアミ）
空を掘るぼうふらニライの水溜り

部に潜む膿をだすこと。沖縄の根は地球、人類の普遍に繋がる文学的宇宙（コスモス）が潜んでいるはずだ。「沖縄を掘る」
「沖縄を掘る」ことは沖縄のカオスを抉りだし、根源に迫ること。現実の表層をなぞるのではなく、時代の深部に潜む膿をだすこと。沖縄の根は地球、人類の普遍に繋がる文学的宇宙（コスモス）が潜んでいるはずだ。「沖縄を掘る」営為は俳句表現の立場からすれば文学的想像力によって「沖縄を彫る」ことに繋がり、「孵（す）でる精神」によって古い殻を破り、新たな創造世界へと脱皮することである。

〈作品10〉
颱風眼を抱えて洞窟（ガマ）が孵（す）でる
苦瓜（ゴーヤー）弾け太陽（ティダヌファ）の子が孵（す）でたか

※（「作品」は「天荒」創刊号以降の作品から。但し、作品5・6はその限りではない）

〈参考文献〉

『おもろさうし』　日本思想体系18（岩波書店）
『沖縄古語大辞典』（沖縄古語大辞典編集委員会編・角川書店）
『南島の神歌――おもろさうし』外間守善著（中公文庫）
高校生のための『沖縄の歴史』（沖縄県教育委員会編）

「天荒」60号所収。二〇一八年五月

5　混迷地球と感染症 ——芭蕉の文学観「不易流行」

1　はじめに

地球誕生から四十六億年。地球に七十四億人が住んでいる。この水の星が混迷を深めている。混迷の第一は地球滅亡へ追い込む核兵器の開発だ。核廃絶の声は無視されている。「原発」(事故)もヒバク(被爆・被曝)を拡散させ、甚大な被害をもたらす。地球は時限爆弾を抱えているようなものだ。地球の各地で戦争や紛争が絶えない。地球温暖化による気候変動によって熱波・火災・干魃・水害・台風が多発、氷山の溶解で海面が上昇し、島々が消える危機にある。人類が生み出したプラゴミが海洋汚染し、海の生き物たちが死に瀕している。貧困と飢え、人種差別、感染症など、地球環境は悪化し、混迷が深まるばかりだ。

本稿では感染症を中心に、混迷を深めた人類の足跡を辿り、その原因を探り、人類の歩みの鑑としたい。

2　人類と感染症との闘い

ウイルスはもっとも原始的な生命体の病原体である。人間の肉体がウイルスの培養器となり、他人にウイルスを感染させる凶器に変わっている。この感染症の原因となる微生物は三〇億年前から生きてきた生物である。

人類が感染症と闘ってきた主な足跡を辿ってみる。

感染症・発生年・死者数の順。

・アテネの疫病流行/B・C四三〇年/一〇万人死亡。
・アントニヌスの疫病流行/一六五年~一八〇年/三五〇万~七〇〇万人死亡。
・ユスティニアヌスの疫病流行/五四一年~五四二年/二五〇〇万~一億人死亡
・日本の天然痘流行/七三五年~七三七年/一〇〇万人死亡。

・ヨーロッパを中心にペスト流行／一三四七年～五一年／二〇〇〇万～三〇〇〇万人死亡。
・メキシコで天然痘流行／一五二〇年／八〇〇万人死亡。
・ロンドンでペスト流行／一六六五年～六六年／一〇万人死亡。
・ロシアでペスト流行／一七七〇年～七二年／一〇万人死亡。
・ロシア風邪流行／一八八九年～九〇年／一〇〇万人死亡。
・スペイン風邪流行／一九一八年～一九年／五〇〇〇万人～一億人死亡。
・アジア風邪流行／一九五七年～五八年／一一〇万人死亡。
・香港風邪流行／一九六八年～六九年／一〇〇万人死亡。
・エイズ流行／一九八一年～（未終息）／三二〇〇万人死亡。
・新型インフルエンザ流行／二〇〇九年／一万八五〇〇人～二八万人死亡。

3　遺跡から感染症の痕跡

現生人類が誕生して約二〇万年。感染症の原因である微生物は三〇億年を生き抜いてきている。アフリカから誕生した人類の祖先はチンパンジーからマラリア、オナガザルから黄熱病、イヌ科動物から狂犬病をうつされた可能性がある。

一九九一年、ヨーロッパアルプスの氷河からミイラ「アイスマン」が発見された。五三〇〇年前の男性である。このミイラがマダニから感染するライム病や鞭虫に罹っていたことが判明した。

縄文時代から発掘された「糞石」（ウンコの化石）から寄生虫の卵が見つかっている。「鳥浜貝塚」（福井県）から出土した糞石からは鞭虫、異形吸虫類、毛頭虫類などの卵が含まれていた。

4　シルクロードと感染症

中国とアジア・地中海沿岸地方を結んだシルクロードの歴史は紀元前二世紀頃に遡る。東からは絹、漆器、紙などが運ばれ、西からは宝石、ガラス製品、金銀細工、絨毯などが運ばれた。人や家畜、病気も移動した。東から西へはペストが、西から東へは天然痘やハシカが拡散した。

シルクロードの東西の帝国、漢帝国とローマ帝国は感染症の大流行によって人口が激減する。漢帝国の最盛期は六千万人の人口。天然痘、ハシカの流行によって四五〇〇万人まで減少し、国勢の衰退の一因になった。

ローマではマルクス・アウレリウス帝の時代に、ペストの流行によって三〇〇〇万人が死亡した。また、ユスティニアヌス帝の時代に、ペストにより三千万～五千万人が死亡したと推定される。ペストの起源はローマを征服したエジプトから献上された穀物に潜んでいたネズミと言われている。皇帝自身も感染したことから「ユスティニアヌス帝の疫病」とも呼ばれている。このペストの影響でガリア（現・フランス）やイギリス諸島への侵略を頓挫させた。疫病は侵略戦争を止めるほどの影響を及ぼしたのである。

5　ヨーロッパを中心にペスト（黒死病）大流行

ペストは世界を震撼させ、人類に甚大な被害をもたらした。ペスト（黒死病）は世紀をまたいで発生している。ペスト菌はネズミ類の病原菌で、ネズミ類についた蚤が血を吸って人間に伝播する。患者の皮膚や粘膜から伝染し、飛沫感染もある。悪寒、高熱、頭痛、倦怠、目眩などの症状を起こす。皮膚が乾燥して紫黒色を呈するので「黒死病」とも言われ、死亡率が高い。

第一波は五四一年～七五〇年、エジプトから地中海、ヨーロッパ北西部へ広がった。第二波は十四世紀、ヨーロッパを中心に大流行した。イシククル湖の要塞を通過する隊商や軍隊を介して各地で繰り返し流行が起こった。クリミア半島にあるジェノヴァの植民都市カッファの街はキプチャク・ハン国（モンゴル帝国の一部）に包囲されていた。一三四七年にペストが発生し、戦争どころではなくなった。ペストで死んだ兵士をカッファの城壁内に投げ込んだとされる。(「人類最古の生物兵器だった」と指摘する歴史家がいる)。その後、カッファ市民にペストが急激に広がった。市民が逃げ出したイタリア中部のシエナでは一三四八年に数千人が死亡した。致死率は七五%以上だった。シエナの人口の六割にあたる三万一千人が死亡した。

フランスのマルセイユでは一〇万人、ロンドンでは市民の四分の一が亡くなった。ペストは地中海全域に広がり、最終的に当時のヨーロッパの人口約八千万人のうち、二千万~三千万人(推定)が死亡した。

第三波は一八五五年~一九六〇年、中国から世界中へ。とりわけインド、アメリカ西海岸に広がった。日本でも二二一五人が死亡した。

6 天然痘と新大陸

今から一万四〇〇〇年前、人類がユーラシア大陸から新大陸へ小規模の移動があった。十五世紀末にはヨーロッパから大量の移住者がいた。その時、感染症も侵入し、無防備な先住民に猛威を振るった。コロンブスが最初に到達したカリブ海のサント・ドミンゴ島の当初の人口は一〇〇万人とされる。一五一九年、スペイン人によって天然痘が持ち込まれ、奴隷狩などもあり、四〇年後には数百人に激減した。

一六世紀初頭、メキシコを支配するアステカ帝国の人口は約二五〇〇万人。天然痘が猛威を振るい、一世紀の間に人口が一六〇万人に減った。

一五二五年~二六年、南アメリカ大陸のインカ帝国に天然痘が侵入。その後、ハシカ、チフス、インフルエンザが大流行し、帝国は壊滅的な打撃をうけた。当時、約二〇〇万人のスペイン人が一千万人以上のインカ帝国を征服するという奇跡が起きたのは疫病の天然痘大流行を抜きにしては考えられない、歴史的出来事だった。

新大陸には欧州から持ち込まれた感染症(天然痘・ハシカ・チフス・インフルエンザ)が流行した。さらに、アフリカ大陸との奴隷貿易によってマラリア、黄熱病も持ちこまれた。

この致死性の高い疫病に目を付けた征服者たちは邪魔になる先住民たちを除くために、ハシカ患者の衣類を先住民に与え、細菌戦を展開し、痕跡さえ留めないで殲滅させられた民族がいた。

7　天然痘と大仏の建立

日本では奈良時代に天然痘が流行している。遣唐使や遣新羅使が派遣され積極的に文化や技術を取り入れていた時代である。七三五年頃、天然痘（疱瘡）が流行りだす。遣新羅使が帰国したタイミングでの流行であった。当時の総人口の約三割にあたる一〇〇万人以上が死亡したと推定される。感染症の天然痘ウイルスは高熱を出し、全身に発疹ができ、体表だけではなく、呼吸器や消化器などの内臓にも及ぶ。致死率は二〇％～五〇％と高く、発疹がつぶれた際に出る膿による感染力も強い。

天平の天然痘大流行は社会体制にも大きな変化をもたらす。感染死によって農民が減り、食料が不足した。七四三年、食料増産のため「墾田永年私財法」が施行され土地の私有が認められるようになり、土地はすべて国家のものとする律令制が崩れた。天皇、皇族を中心とする律令制が天然痘という感染症によって崩壊した。文化面でも天然痘は大きな爪痕を残した。聖武天皇は悲惨な疫病に心を痛め、仏教に深く傾倒し、東大寺と大仏の建立を命じた。さらに、日本各地に国分寺を建立させた。

人類が感染症と闘い、唯一、根絶に成功したのが天然痘であった。

8　古代からあったハンセン病

インド北西部で発掘された紀元前二〇〇〇年の人骨や三五〇〇年前の古代エジプトのミイラにハンセン病の痕跡が見つかった。ハンセン病は「らい菌」が引き起こす。最初はアフリカから中東にかけて発生した。その後、奴隷貿易などの人の移動によって世界に広がった。紀元前四世紀のアレクサンドロス大王の遠征、船乗り、商人、探検家らの移動とともにヨーロッパ、アフリカ、インドへと広がった。一八世紀以降は奴隷貿易でカリブ海、中南米にも運ばれた。

ハンセン病の症状は慢性的で、初期症状は発疹、知覚麻痺がある。治療薬のない時代には皮膚などの変形が起こり、治っても重い後遺症が残ることがある。ハンセン病は偏見や誤解をうけ、理不尽な差別にさらされてきた。一九四三年に、アメリカで治療薬が開発され、通院で治癒できる病気になった。第二次世界大戦後、世界的に患者の隔離政策が取りやめられた。日本では一九〇七年「癩予防ニ関スル件」の法律によって、人権侵害と感染者の終身強制隔離政策が九十年も施行された。この法律が廃止されたのは一九九六年であった。

9　産業革命と感染症

①コレラの大流行

コレラは産業革命とともに世界的に大流行した。一九世紀、産業革命で工業都市の人口が膨れ上がったが、衛生環境は劣悪で感染症（コレラ・結核・発疹チフス）がたびたび流行した。

コレラ感染はコレラ菌に汚染された水や食べ物から経口感染する。下痢便からも感染する。水様便排出と嘔吐を繰り返し、激しい脱水症状を引き起こす。

コレラはもともとインドのカルカッタ、ベンガル地方の風土病である。一八一七年、世界的大流行はこのベンガル地方から始まり、イギリス軍侵略とともに、東南アジアに運ばれた。一八二一年にはオマーンから東アフリカ、ヨーロッパに広がった。三〇年代にはアメリカから中南米へと拡大した。

イギリス国内では一九三一年に最初の患者が発生し、全土に広がった。死者は一四万人を超えた。四八年には第二波の流行があり、一万四〇〇〇人が死亡した。

当時のロンドンの下水は街の中心を流れるテムズ川に流され、濾過も消毒もされないまま飲料水として利用されていた。ロンドンの医師ジョン・スノー氏は集団発生している地域を調査した結果、特定の井戸から流行していることやテムズ川を水源とした利用者に感染患者が多いことを突き止めた。コレラは飲み水が原因であることを証明した。これが「疫学」の始まりとされる。

一八一七年以降、コレラの世界的大流行が七回繰り返している。二〇世紀に入り防疫体制が強化され沈静化しているが、汚れた水を飲んでいる衛生環境の悪い未開の国や貧困地区では感染拡大が続いている。世界中で毎年、一三〇万人〜四〇〇万人が感染し、二万一〇〇〇人〜一四万人が死亡している。

②日本――ペリー来航とコレラ流行

一八二二年、世界的に大流行したコレラは日本にも上陸している。オランダからやってきた商人から感染が広がった。一八五八年、ペリー率いる艦隊が長崎に寄港した折り、コレラ患者がいたことから感染が拡大した。感染は江戸にまで飛び火し、三万人以上が感染したと推定される。その後、三年に渡り流行し、コレラに対する怒りは黒船や外国人に向けられ、開国が感染症を招いたという考えが広がり、攘夷思想が高まるきっかけになったといわれる。

③結核の大流行

結核は結核菌という細菌によって引き起こされる病気である。肺結核が知られているが、人体のさまざまな箇所に感染する恐ろしい病気である。その一つが脊椎カリエスで、背骨が結核菌で冒され、骨が変形してしまう。変形した骨跡が残ることで結核がいつから存在していたかが判明している。最も古いのはイスラエルの海底遺跡から発見された、約九〇〇〇年前の母子の骨である。

結核の症状は痰や喀血を伴う咳、胸の痛み、体重減少、発熱、寝汗など。感染経路は空気感染である。

結核の大流行はイギリスから始まった産業革命と深い関係がある。一七〇五年、ニューコメンが蒸気機関を発明した。一七六九年、ワットによって改良され、各種工業生産用として実用化された。当時、主力産業用だった絹工業において、各種紡績機が発明され、生産力が大幅にアップした。この結果、多くの人々が工場で働くようになり、工業都市が出現した。

工場で働く人々の労働環境が劣悪だった。工場では多くの子どもや女性たちが働いていた。低賃金で、不衛生で、換気も不十分な工場であった。結核菌の発生要件は「不衛生な環境」「密閉空間に重度の感染者がいた」「免疫力の低下」などの要件にかなう職場だった。当時の首都ロンドンは下水道が機能しておらず、汚物やゴミが散乱していた。地方都市の工場地帯では生活環境はさらに劣悪であったと思われる。

10　日本の結核の流行

日本では長らく結核に苦しめられ、「亡国病」とも呼ばれた。

一九三三年、結核で若者（十五歳～三十四歳）が八万人余が亡くなった。一八九九年～一九一三年の十四年間は死因の第二位、一九三五年～一九四三年（但し、一九三九年を除く）の七年間は死因の第一位であった。亡国病と呼ばれた所以である。第二次世界大戦中における死亡原因の一四％が結核であった。一九四四年、アメリカで抗生物質「ストレプトマイシン」が発明され、結核患者数が急激に減少したが、結核が根絶したわけではない。治療薬に耐性を持つ「多剤耐性結核菌」が出現し、現在でも油断できない病気である。

①幕末期の結核感染

日本では弥生時代後期（約五九〇〇年～五二〇〇年前）の人骨に結核（脊椎カリエス）の痕跡が見られる。「労咳」と呼ばれていた結核は幕末期に蔓延している。長州藩の高杉晋作は幕府軍と戦い、結核に冒され、二七歳の若さで亡くなった。維新の、木戸孝允（桂小五郎）や陸奥宗光、新撰組の沖田総司も結核に罹患している。

②明治期の女工と軍人の感染

明治期は殖産興業と富国強兵政策により工業化が進み、ヨーロッパと同様に、結核が恒常化していた。その温床となったのが紡績業と軍隊である。当時の主産業は養蚕と生糸の生産である。紡績工場では農村から集められた少女たちが低賃金で、食事も満足に与えられず、宿舎に大勢詰め込まれ、心身を蝕まれる苛酷な労働環境で働かされていた。ほとんどの女工が二年以内に、結核に冒されていた。当時の紡績工場の労働者の数は八〇万人、そのうち五〇万人が女工だったといわれる。一方、男性は軍隊で結核が感染拡大した。集団生活が基本とする軍隊では感染リスクが高く、多くの兵士が結核に感染した。結核に罹患した女工や軍人は解雇され、故郷に帰り、地方の農村にまで結核を拡大させる状況を招いた。

③著名人の結核罹患

著名人にも結核の犠牲者が出ている。作曲家の滝廉太郎はドイツ留学で発病し、帰国後、二十三歳の若さで亡くなった。ドイツ留学していた医師で作家の森鷗外は十九歳の若さで結核に罹患したが秘密にしていたといわれる。俳人の正岡子規は結核で喀血を繰り返し、「血を吐くまで鳴く」というホトトギスになぞらえて、「子規」（ホトトギスの別名）を雅号とした。子規は三十六歳の若さで亡くなっている。

11　黄熱病の媒体は蚊

①黄熱病とラテンアメリカ諸国の独立

黄熱病は熱帯に生息する蚊を媒介とする。突然の発熱や頭痛、嘔吐、悪寒を引き起こす。内臓機能が低下し、体表に黄疸ができるところから「黄熱病」と名付けられた。スペインでは吐瀉物が黒く変質するところから「黒い嘔吐」とも呼ばれた。

起源はアフリカとされるが、西欧列強の植民地政策と奴隷貿易によりマラリアやデング熱などと同様にアメリカ大陸に持ち込まれた。ヨーロッパ人が持ちこんだ感染症により免疫を持たない原住民が大量に死亡した。特に、熱帯気候の中南米で猛威を振るった。一六四七年にはバルバドスで五千人の死者を出した。さらに、キューバやメキシコ南東部のユカタン半島で流行した。一七九三年、フィラデルフィアで住民の約一〇％にあたる約五千人が死亡。一八五三年、ニューオーリンズで約九千人が死亡した。

一九世紀初頭、中米はフランスやスペインの植民地として多くの黒人奴隷が砂糖農園などで重労働を課せられていた。フランス領であったハイチは、フランス革命により独立の機運が高まり、黒人による反乱が起こった。その時、フランス軍（ナポレオン軍）を悩ましたのは黒人反乱軍よりは黄熱病であった。三万三千人余の兵士が黄熱病に罹り、半数以上が死亡し、壊滅状態になった。フランス軍の司令官シャルル・ルクレール（ナポレオンの義弟）も黄熱病に倒れて死去した。多数の奴隷を抱える白人農園主も黄熱病を恐れフランスへ戻った。

一八〇四年、ハイチ革命によって共和国ハイチが誕生し、中南米諸国の独立のシンボルとなった。ハイチ独立の原動力は武器ではなく、黄熱病だったといわれている。

一八〇〇年代に独立したラテンアメリカの諸国を挙げる。カッコ内は独立年。

パラグアイ（一八一一年）、アルゼンチン（一八一六年）、チリ（一八一八年）、コロンビア・ベネズエラ（一八一九年）、メキシコ・グアテマラ・ホンジュラス・エルサルバドル・ニカラグア・コスタリカ・ペルー（一八二一年）、ブラジル（一八二二年）、ボリビア（一八二五年）、ウルグアイ（一八二八年）、ドミニカ共和国（一八四四年）。

②黄熱病とパナマ運河の開通

フランスに代わって中南米に進出したのがアメリカであった。一八九八年、キューバの帰属を巡ってアメリカ＝スペイン戦争が起っている。この戦争でアメリカは勝利し、カリブ海地域の利権を手にして列強の仲間入りした。しかし、戦争での死者は三〇〇人だったが、黄熱病による死者は三千人にもなっていた。アメリカは一九〇〇年、黄熱病委員会を組織し、黄熱病が蚊を媒介にした感染病であることを明らかにした。一九〇三年、殺虫剤散布、網戸の設置、排水工事の徹底などによって駆除作戦が効を奏して患者が減少してきた。そのため、パナマ運河建設の労働力を確保し、無事に運河を完成させた。一九一四年のパナマ運河の開通に伴い、それまで黄熱病のなかった太平洋側やアジアの感染危機が高まり、アメリカのロックフェラー財団が黄熱病研究所を設立した。野口英世はこの研究所のメンバーで、脊髄癆が梅毒性疾患であることを証明した。英世は一九二八年、黄熱病に冒されアフリカのガーナで亡くなった。一九三七年、マックス＝タイラーによって黄熱病ワクチンが完成した。タイラーはこの功績によりノーベル生理学・医学賞を受賞した。

12　感染史上最大のスペイン風邪

第一次世界大戦の末期にスペイン風邪（インフルエンザ）のパンデミックが起こった。当時の世界人口は約一八億人。感染者は六億人といわれる。第一次世界大戦の死者数は九〇〇万人～一六〇〇万人。スペイン風邪での死者数は二千万人～五千万人。戦死者の数よりスペイン風邪の死者数の方が多かった。

一九一八年三月、アメリカ・カンザス州のファストン基地に、発熱や頭痛を訴える兵士が殺到、四八人が死亡した。発病した兵士は豚舎の清掃係だった。一帯はカナダガンの大群が飛来する越冬地で、雁が豚にウイルスを移し、それが豚の体内で変異し、人に感染したとされる。ヨーロッパ各地に送られた兵士の中に感染者が混ったためヨーロッパ全域に流行が始まった。

ドイツ軍と英仏の連合軍が戦った西部戦線では両軍とも兵士の半数が感染し、大戦の終結が早まった。感染した兵士たちが本国に帰還し、一挙にインフルエンザがグローバル化した。

主な感染国の死者数。インド／一八五〇万人、中国／一千万人、フランス／三六〇万人、アメリカ／六七万五千人、日本／三八万六千人、スペイン／二九万人、イギリス／二八万人。

日本でもスペイン風邪は猛威を振るった。江戸時代にも何度か全国的な流行があった。近代以降では一九一八年四月、台湾巡業中の力士三人がインフルエンザで死亡した。感染した力士も続出した。一〇月に第一波。毒性の高まったインフルエンザが日本に上陸し、軍隊や学校を中心に大流行した。第一波の死者数は二五万七三六二人、死亡率は一・二二％。一〇月下旬から翌年の春にかけて第二波の流行になった。第二波の死者数は一二万七六六六人。死亡率は五・二九％。当時の日本の人口は五六六六万人、第一波だけでも人口の三七・三％が感染したことになる。

なぜ「スペイン風邪」と呼ばれるようになったのか。感染源はアメリカの基地由来（中国の労働者説もある）であるが、第一次大戦中は多くの国が情報統制したが、中立国のスペインだけが統制なく感染が大きく報じられ、スペイン国王や官僚も感染した。発生地でないスペインはとばっちりを受ける形で「スペイン風邪」が感染史に名を留めた。

13　エイズとエボラ出血熱

①エイズの流行

エイズ（後天性免疫不全症候群）の病原菌はヒト免疫不全ウイルス（ＨＩＶ）。チンパンジーからヒトに感染したことが判っている。アフリカでは霊長類の肉を食べる習慣がある。これが感染源といわれている。

エイズが蔓延している地域はサハラ砂漠以南の南部アフリカの地域である。全人口に対する感染率の高いのはボツワナで、二〇〇一年末で、成人の三分の一が感染していた。近年は中国、インド、インドネシアにおいて感染拡大している。感染経路は性交渉による粘膜感染。注射器の打ち回しによる血液感染、出産時の母子感染。発症後は九〇％の人が数年以内に死亡している。

②エボラ出血熱の流行

エボラ出血熱はアフリカ大陸（中部・北部）の熱帯雨林に近い村で発生した。一九九四年のガボンでの流行は金鉱山の開発のため、広大な森林が破壊された直後に感染者が続出した。森林には感染源と思われるオオコウモリが住んでいた。このオオコウモリから野生動物（チンパンジー・ゴリラ・ヤマアラシなど）に感染し、そこからヒトに感染したと考えられている。エボラ出血熱はアフリカでの封鎖に失敗し、イギリス、イタリア、アメリカへと感染拡大した。二〇一八年にはコンゴ共和国でも発症者が見つかった。エボラ出血熱の症状は発熱、下痢、嘔吐、腹痛、吐血、下血など。致死率は二〇％～最大九〇％にもなる。回復しても失明、失聴、脳障害などの後遺症が残る。

エボラ出血熱の感染拡大した環境要因をあげる。熱帯林の破壊。住処を失った野生動物たちが人間の生活圏に出没しヒトと接触した。感染症の宿主であるコウモリを食用としていた。霊長類のゴリラやチンパンジーなどを食用にした。また、感染拡大の一つに、死者を素手で清める現地の埋葬の習慣と関わっている。エボラ感染者と直接触れることで感染が拡大していった。

一方、エイズはゲイの病気とされ、同性愛者への偏見も激しかった。連綿と受け継がれた伝統や習慣、無知から来る無理解や差別などが感染症撲滅を阻む壁になっている。

14　新興感染症の多発

過去半世紀の間に出現した新しい感染症を「新興感染症」と称している。

一九五〇年以降の新興感染症を挙げる。

発生年・感染症名・発生国・自然宿主の順。

一九五七年「アルゼンチン出血熱」／鼠

一九五九年「ボリビア出血熱」ブラジル／鼠

一九六七年「マールブルグ病」ドイツ／不明

一九六九年「ラッサ熱」ナイジェリア／ストミス（鼠）

一九七六年「エボラ出血熱」ザイール／オオコウモリ
一九七七年「リフトバレー熱」アフリカ／羊・牛など
一九八一年「エイズ」アフリカ／チンパンジー
一九九一年「ベネズエラ出血熱」／鼠
一九九三年「ハンタウイルス肺症候群」アメリカ／鼠
一九九四年「ブラジル出血熱」／鼠（？）
一九九四年「ヘンドラウイルス病」オーストラリア／オオコウモリ
一九九七年「高病原性鳥インフルエンザ」香港／カモ
一九九八年「ニパウイルス病」マレーシア／オオコウモリ
一九九九年「ウエストナイル熱」アメリカ／野鳥
二〇〇二年「サーズ」（ＳＡＲＳ）中国／コウモリ
二〇〇三年「サル痘ウイルス」アメリカ／げっ歯類
二〇〇四年「鳥インフルエンザウイルス」アジア／カモ
二〇一二年「マーズ」（ＭＥＲＳ）中東／コウモリ

15 強毒性のコロナウイルス

コロナウイルスは強毒である。三つのコロナウイルスが発生している。

二〇〇二年十一月、重症急性呼吸器症候群（ＳＡＲＳ）が感染拡大した。五大陸の三十三ヵ国・地域で八四三九人の感染者と八一二人の死者を出した。中国広東省を起源とする感染症。二〇〇三年七月にほぼ収束した。

一〇年後の二〇一二年九月、中東呼吸器症候群（ＭＥＲＳ）が発生した。中東諸国を含む二十七ヵ国で二四九四人が感染し、八五八人が死亡している。コウモリからヒトコブラクダを介してヒトへ感染したとみられる。

三つ目が「新型コロナ」（後述）である。

この三種の感染源はコウモリが自然宿主である。ハクビシン、ヒトコブラクダ、センザンコウ、ジャコウネコなどが中間宿主になって、ヒトに感染拡大してきたと考えられる。

16　インフルエンザ、冬期流行の謎

インフルエンザは感染症である。世界中で、インフルエンザ流行によって約二九万人〜六五万人が死亡すると言われています。日本では毎年、冬期に「季節性インフルエンザ」が流行する。なぜ、この期に、毎年流行するのだろうか。

インフルエンザウイルスは普段はシベリアやアラスカなど北極近くの凍り付いた湖や沼の中に潜んでいる。春になり、ウイルスは渡り鳥が繁殖する体内に潜り込み腸管で増殖する。渡り鳥は年二回、繁殖地と越冬地を移動する。その途中で、糞と一緒にウイルスをばらまく。渡り鳥は長い年月をかけてウイルスと共生しているが、家畜化されたアヒルには容易にウイルスが感染する。感染の媒体には豚が仲立ちになっているとされる。豚の呼吸器の上皮細胞には人のインフルエンザウイルスも含めて多くの亜型ウイルスが感染する。なぜ、鳥から豚へ感染するのか。その答えは中国南部の農家の庭にある。アヒルも鶏も豚も一緒に放し飼いされている。ここで感染した可能性が高い。過去一〇〇年のインフルエンザ流行の多くは中国南部に起源している。

17　鳥・豚のインフルエンザ

インフルエンザの脅威はヒトだけではない。

鳥インフルエンザ、豚インフルエンザはたびたび発生している。

二〇〇一年、香港で鶏の大量死が発生した。感染拡大防止のため、四五〇万羽が処分された。被害は六十二ヵ国に及び、約四十二億羽が処分された。日本でも一八二万羽が処分された。二〇〇三年にはヒトへの感染が広がり、アジア一帯で六三〇人が死亡した。

二〇二〇年十一月、香川県で鳥インフルエンザが発生し六県に拡大、三三六万羽が殺処分された。

沖縄でも二〇二〇年一月、「豚熱」（ＣＳＦ）がうるま市で発生。感染は沖縄市の養豚場にも広がった。感染防止のため、一万二三八一頭が殺処分された。

近年、鳥インフルエンザが猛威を振るうのはなぜだろうか。

人間による自然の乱開発や農地開拓のため鳥たちの生息地が狭められてきたことがあげられる。鳥たちの生活の場である湿地の五〇％が消滅している。その結果、水禽類の越冬地が狭ばめられ、過密になり、ウイルス感染の機会が格段に増えた。

世界的に食肉消費が増加。数万羽をまとめて飼う工場式養鶏場が増えた。閉鎖的で過密な家畜の飼育場が感染に拍車をかけている。遺伝子組み換えのトウモロコシの餌で無理に太らされる。豚の飼育現場も同様な悪環境である。高密度の飼育と不潔さが感染源だとされる。

18　新型コロナのパンデミック

①世界の感染状況

二〇一九年十一月、中国湖北省武漢で新型コロナ（ＣＯＶＩＤ－19）感染者が発生し、瞬く間に世界に感染拡大し、パンデミック（世界的大流行）に陥った。

世界の感染状況（二〇二一年八月二日現在）。

感染者数一億九八三四万人、死者数四二二万人。

主要な感染国。カッコ内は死者数。

1	アメリカ	三四九七八万人	（六一三一五七人）
2	インド	三一六一三万人	（四二三八一〇人）
3	ブラジル	一九九三八万人	（五五六八三四人）
4	ロシア	六二〇七万人	（一五六七二六人）
5	フランス	六〇六三万人	（一一〇八六〇人）
6	イギリス	五八八〇万人	（一二九七一九人）
7	トルコ	五七四七万人	（五一四二八人）
8	アルゼンチン	四九三五万人	（一〇五七七二人）
9	コロンビア	四七九四万人	（一二〇九九八人）
10	スペイン	四四七〇万人	（八一四八六人）

感染国は二一二国にのぼる。

②日本の感染状況

日本国内の感染は、武漢に滞在し帰国した三十代の男性で、二〇二〇年一月、陽性反応が出た。二〇二〇年二月、三七一一人の乗員乗客を乗せたダイヤモンドプリンセス号で新型コロナ感染症が確認（七一二人）された。

八月四日現在。新型コロナ新規感染者は過去最多を更新する一万四二〇二人。関東では変異株のデルタ株（インド株）の割合が九割に達したと推定される。重症患者が増え、医療現場が逼迫し、救急医療も機能不全に陥っている。自宅療養者も増え、十分な医療が受けられないまま容態が急変し死亡する事例もでてきている。全国の感染者数、九七万一一二七人。死者一万五二四五人。

③沖縄の感染状況

八月四日現在。「感染急増六〇二人最多」（一〇歳未満から九〇歳以上）になった。地元の新聞は「感染爆発的」「医療崩壊迫る」と報じた。療養者数三四九七人や直近一週間の新規感染者数二八五八人も最多。入院患者は五五七人。自宅療養中一四一四人。感染者累計二六四〇六人。死亡者累計二三七人。米軍関係者の感染累計一六五三人。ワクチン接種率、二回目が二〇・〇五％。

19 なぜ感染症が増えたのか

新興感染症が増えてきた背景には、人間による自然環境破壊や生物多様性の攪乱があげられる。

これら感染症の六割以上が人獣共通の感染症である。そして、その病原体は野生生物由来が七割を占めている。感染症が増加したのは人類が病原体の自然宿主（サル・コウモリなど）の生息地を破壊した結果、自然宿主と家畜や人との接触が増え、病原体が宿主転換を起こし、人間社会に進出した。

人類は移動手段（飛行機・船舶）を高速化させ、世界中に感染拡大した。しかも、人口が集中し、都市化した場所で爆発的感染が起っている。新興感染症の急速な増加は人類が起しているのである。

生物多様性の高い地域は、人間を病原体から守る役割を果たしてきた。その機能の一つに個体数の調整が考えられる。病原体と宿主生物の共進化が両者の多様性を育んできた。ところが、人類が生物多様性の高い地域に入りこみ、乱開発し、生態系を攪乱した。自然環境が破壊され、病原体が移送され、新たな生息場で宿主転換し、人や生態系に重大な被害をもたらすようになった。

生物多様性はさまざまな病原体から人間を守ってくれる役割を果たしている。生き物たちが豊富に生存する自然環境こそ大事にしなければならない。人類と自然との共生に努力すべきなのだ。

20 生物多様性と地球温暖化

地球は水惑星と呼ばれ、生命を育む水や酸素が存在し、多様な生き物たちを育んできた。この生命あふれる水の星が地球温暖化により気候変動を起こしている。

猛暑や熱波で死者も出る。二〇一四年、イランのルート砂漠で気温六一度が観測された。フランスでは二〇〇三年、熱波による死者が一万五千人を超えた。温室効果ガスの排出が大幅に削減されなければ米国では二一〇〇年までに熱波関連の死者が一〇万を超えると予測される。

開発や地球温暖化によって、過去一〇年で世界の森林が年四七〇万ヘクタールのペースで姿を消している。日本の八分の一の面積に相当する。一〇〇万種の動植物が絶滅の危機に直面している。絶滅の速度は過去一千万年の平均に比べ、数十～数百倍と推定される。

世界では爬虫類の性別が偏り、生態系への影響が懸念される。カメやワニの仲間は卵の孵化の時に、周辺の温度で性別が決まる種がある。例えば、ミシシッピアカミミガメは三十二度程度でオスが生まれる確率が高くなる。ホッキョクグマは海氷が溶け、餌のアザラシを食べられない。食料にありつけなければいずれ死が待っている。

絶滅危惧種のリュウキュウアユは水温の上昇によって数が減っている。「奄美リュウキュウアユ保全研究会」によれば、奄美大島の川の調査の結果、一九九四年、約三万匹だったのが二〇一九年には約一万六千匹に減った。リュウキュウアユは川の下流で産卵し、海で育った稚魚は春に戻ってくる。温暖化によって海水温があがり、低温を好む稚魚が海で死に、遡上数が減ったと推測される。

地球温暖化による海水温の上昇がサンゴ礁の白化現象を起こしている。サンゴの白化はサンゴの中から植物プランクトンが追い出され、栄養分や酸素の供給が受けられずに白くなる現象である。サンゴは海の生きものたちの住処でもある。サンゴの白化は生き物たちの住処が減ることになり影響は大きい。国連環境計画（ＵＮＥＰ）は、国際社会がこのまま化石燃料（石油・石炭・天然ガスなど）への依存度を続ければ、今世紀中にはサンゴ礁の白化現象が常態化し、消滅の危機が高まると警告した（二月五日）。

地球温暖化で北極圏の海氷や凍土が溶け出している。海水面があがり、埋没する島がある。北極海の昨年九月の海氷面積は三〇年間平均に比べ、約四割減になった。

今、北極圏では新たな開発問題が起こっている。世界で未発見の原油の一三％、天然ガスの約三〇％が北極圏に埋蔵しているという。ロシアや北欧ではこの埋蔵資源開発を進めている。また、ロシア沿岸の北極海を通じた太平洋と大西洋を結ぶ「北極海航路」工事が進められている。この開発を急ぐ背景には「再生可能エネルギーへの転換で化石燃料の価値が下がる前に、現金化したい思惑がある」と識者は指摘する。またしても経済優先の国や地域エゴが頭をもたげ、地球環境悪化に拍車をかけている。

世界の気温は産業革命前から約一度上昇している。今のうちに食い止めなければならない。生態系を守るためにも温室効果ガス（二酸化炭素・メタン・フロン・水蒸気・一酸化炭素など）の削減が喫緊の課題である。

21　プラごみによる海洋汚染

プラスチックごみによる海洋汚染が地球規模で拡大し、生態系への悪影響が懸念される。海に流出したプラごみは海面や海中を漂い、最後は海底にたどり着く。

プラスチックごみを誤って摂取した野生生物は世界で少なくとも一五〇〇種に上る（米国科学雑誌「サイエンス」発表）。魚類は九三二種、鳥類は二九一種、哺乳類は九四種、脊椎動物などを含め計一五六六種で摂取が判明している。生息域の分類では、海の生き物一二八八種、淡水域が二二四種、陸域が五三種である。

哺乳類のクジラ・アザラシ、ジュゴン（オーストラリア）。アジア象（インド）の糞、北極熊（ノルウェー領スバルバル諸島）の糞からもプラごみが見つかっている。日本では国の天然記念物コウノトリがプラごみを飲み込み、死に至った事例がある。

プラスチックごみとはプラスチック製品。ストロー、ペットボトル、トレー容器、レジ袋など。大きさ五ミリ未満の微小なものは「マイクロプラスチック」と呼ばれ、人の便や水道水から検出されている。また、化学繊維由来のマイクロプラスチックも海水で見つかり、洗濯排水が原因とみられる。プラごみを流出させ、海洋汚染させているのは文明の先進国である。日本もこの海洋汚染に加担している当事者である。各自の生活の場から地球環境を悪化させるような製品は作らない、買わない、使わない、と肝に銘じなければならない。

22　東日本大震災から一〇年

東日本大震災から今年（三月十一日）で一〇年を迎えた。死者一万五九〇〇人、行方不明者二五二五人。東京電力福島第一原発事故では大量の放射性物質が大気や海へ放出された。広島原爆の一六八・五倍のセシウム一三七が放出されている。

避難生活者（県外避難含む）は四万一千人。長引く避難や持病悪化、自殺などによる震災関連死は三七七五人。岩手、宮城、福島三県の仮設住宅や災害公営住宅で、一人暮らし中に亡くなった人は六一四人。放射線量が年間五〇ミリシーベルトを超える立入り禁止区域の「帰還困難区域」（福島浪江町津島地区・約三三七平方km）は未だ解除の見通しがなく、故郷に帰れない。事故の爪痕は深い。

政府は福島第一原発から出た原発汚染水を海洋放出する決定をした（四月一三日）。地元の漁業関係者からは「復興へ水を差す」「風評被害が増える」「福島だけの問題ではない。日本全体で議論せよ」（沖縄の基地問題と符合する）と猛反発が起こっている。

原発汚染水は一日当たり一四〇トン発生している。第一原発の三基（一号〜三号基）では溶融核燃料（デブリ）に注いでいる冷却水が高濃度汚染水となって建屋地下に滞留している。この建屋に地下水や雨水が流れ込みさらに汚染水が増えた。東電は汚染水の放射性セシウムなどを除去し一部を冷却に再利用しているが、残りは多核種除去設備（ALPS）で浄化。トリチウムは除去できず処理水として保管される。

福島第一原発では約八八〇トンとされる溶融核燃料（デブリ）除去に着手できてない。高濃度の放射能で原子炉建屋には入れない。廃炉の見通しが立てられない。

国内には廃炉が決定している原発炉が二四基ある。廃炉には大量の放射性廃棄物が発生する。廃棄物は地下に埋める方針らしいが、その埋設地はほとんど未定。建物や設備の解体により放射性物質で汚染された金属、コンクリートなどが廃棄物になる。

人類史に残るほどの原発被害に合いながら日本政府は原発九基を再稼働させた。さらに、七基が新規制基準に合格しているという。福島第一原発の廃炉も行き詰まったままだ。新たに決定した廃炉二四基の放射性物質の埋設場所も不明。南海トラフ巨大地震の発生確率が三〇年以内に七〇％以上と言われる中で、原発再稼働させた政府の無責任を指摘しておく。

国民の脱原発の志向は根強い。東京電力福島第一原発事故一〇年を前に実施された全国郵送世論調査（日本世論調査会）では、原発を将来的にゼロにするべきだと答えた人は六八％、今すぐゼロにすべきは八％、計七六％が脱原発を志向している。再び深刻な原発事故が起こる可能性があると答えたのは九〇％だった。政治家の志向が権力的、保身的、経済的だから国民の命は粗末にされる。

23　芭蕉の俳句観「不易流行」

松尾芭蕉は不易流行説を唱えている。芭蕉の弟子、服部土芳に芭蕉俳論を述べた「三冊子」がある。

「師の風雅に万代不易あり。一時の変化あり。この二つに究まり。その本一なり。その一といふは風雅の誠なり。不易を知らざれば実に知れるにあらず。不易といふは新古によらず、変化流行にもかかはらず、誠によく立ちたる姿なり（中略）。千変万化するは自然の理なり。変化に移らざれば風あらたまらず、～」

「不易」は時代を超えて不変であること。「風雅の誠」は俳諧の誠、根本精神のこと。「千変万化する」は万物が変化し流転していくこと。「変化に移らざれば」は俳諧も時代に即応して変化に移っていかなければならない。「風あらたまらず」は作風が新しくならない。

土芳は、不易、流行を一体のものと観じ、不変と変化の統一を理念的にとらえた詩人芭蕉の求道者的実践を評価している。

芭蕉の紀行文「おくのほそ道」には佐渡島を折り込んだ名句が登場する。

荒海や佐渡によこたふ天河

この句には不易流行がある。

芭蕉には「おくのほそ道」を補完する形で「銀河の序」の文が残されている。

「北陸道に行脚して、越後ノ国出雲崎といふ所に泊まる。彼佐渡がしまは、海の面十八里、青い滄波を隔てて、東西三十五里に、よこおりふしたり（中略）。むべ此嶋はこがねおほく出で、あまねく世の宝となれば、限りなき目出度嶋にて侍るを、大罪朝敵のたぐひ、遠流せらるるによりて、ただおそろしき名の聞へあるも〜」

「佐渡島」の歴史の明暗が浮き彫りにされている。佐渡島は金山として名高い島。これは明の部分。罪人たちの島流し（遠流）の島。これは暗部。流人には順徳天皇、日蓮聖人、日野資朝、文覚上人、世阿弥などがいた。この句は自然の雄大さを詠った自然詠ではない。人生の荒海に放り出された流人たちの悲哭、魂の叫びを表現した句である。芭蕉は「銀河の序」で「たましゐけずるがごとく、腸ちぎれて、かなしびきたれば」と記す。「荒海や」は流人たちの慟哭を心耳で聴いている詩人芭蕉の心魂が脈打った作品なのだ。

〈荒海や〉句を深く理解するにはもう一つ重要なことがある。この句は七夕を意識した句である。「おくのほそ道」には「荒海や」と並んで次の句が記されている。

文月や六日も常の夜には似ず

この句は文月（七月）の六日、即ち、七夕の前日の六日に、直江津での作品とされる。芭蕉は七夕伝説を意識して創作している。

織女星（織姫）と牽牛星（彦星）が一年に一度、七夕の日に天河を渡って出逢うという伝説である。この七夕伝説をベースにして、家族や縁者たちと切り離された流人たちに、出会いの舞台として「天河」が設定されている。「荒海」は流人たちが歩んできた波瀾万丈を象徴している。「荒海」は変化し、「流行」するもの。「天河」は不変で、「不易」なるもの。「佐渡島」は流人の島。荒海の動、天河の静、佐渡島の流転、この三位一体の創造が文学作品として屹立させた。

この句は虚構（フィクション）によって創作された文学作品でもある。

「おくのほそ道」の旅に随行した門弟、河合曾良には「曾良随行日記」が残されている。「荒海や」句が作句された七夕までの天候が簡潔に記されている。

（七月）四日、「夜中雨強降」。五日、「朝迄雨降ル」、／小雨折々降ル」。六日、「再三折節雨降出ル」。七日、「雨不止」。

これらの記録は何を意味しているか。現実（事実）は雨天だったが、芭蕉は虚構によって天空に輝き澄む「天河」を創り出した。「天河」を秋の季語として折り込んだのではない。不易なるもの、不変なるものの象徴として表現したのだ。「荒海や」は流人たちの波乱万丈の人生をドラマ化した一大絵巻の句なのだ。

今日、俳句界には季語絶対化の風潮が強い。「俳句に季語を入れなさい」「季語がないのは俳句ではない」「季重なりは避けなさい」「（無季の句は）選句から落とす」など、まるで法律で縛られているようだ。思考停止ではないか。コロナ禍では一年中、マスクをつけている。ところが、俳句界では「マスク」は「冬の季語です」と強弁する。「風邪」「咳」「嚔」も冬の季語。背筋が寒くなる。「花」は春、「汗」は夏、「月」は秋、「ラグビー」は冬。なぜ。季節限定の檻に閉じ込めるのか。マスクをかけられた言葉たちが窒息しそうだ。

新型コロナ感染に歯止めがかからない。救急医療も機能しなくなり、自宅待機を強いられ、死者が増えている。命の選択が起っている。次々と生命が失われていく現状においても、「季節を詠む俳句」に拘泥するのか。季語は機能不全になり、「蟬殻」になってはいないか。

季語（言葉）は「不易」ではない、不変ではない。変化し、「流行」してゆくもの。俳句は時代に即応し、作風が新しくならなければならない。万物流転の中から「不易」なる風雅の誠＝根本精神を見つけなければならない。これは芭蕉「不易・流行」説の教えである。

芸術の本領は「自由に表現する」ところにある。季語俳句はこの根源の「自由」を縛っている。

文学は時代を映す鏡である。季語俳句は時代を映さない、ひび割れた鏡と化している。芭蕉の文学観、「不易流行」と「虚構と現実」を軸にした詩的創造力のある作品を目指す。

【参考文献】
・『図解　感染症の世界史』石　弘之。ＫＡＤＯＫＡＷＡ発行
・『感染症と世界史』神野正史。宝島社
・「野鳥」二〇二〇年八号　日本野鳥の会　「新型コロナウイルス緊急企画――生物多様性攪乱がもたらした感染症問題」五箇公一
・『曾良　奥の細道随行日記』山本安三郎編　小川書店
・『芭蕉』野間光辰・金子金治郎編　角川書店
・高校教科書　古典Ⅱ（古文）「芭蕉」峯村文人編　筑摩書房
・『芭蕉文集　去来抄』井本農一・栗林理一・村松友次校注・訳　小学館
・沖縄タイムス
・琉球新報

「天荒」70号所収。二〇二一年九月

第三部　批判精神が文学力を高める

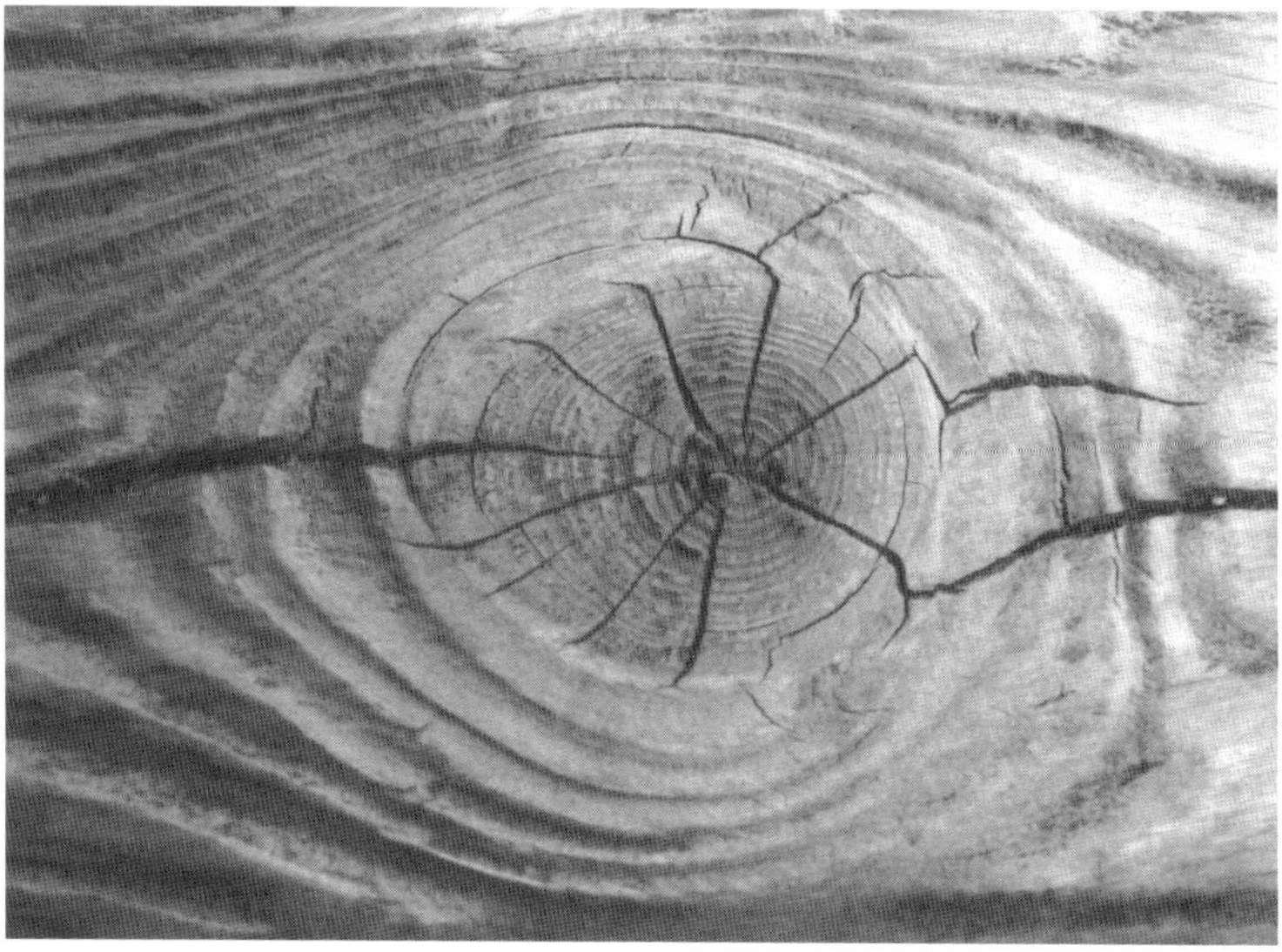

Ⅵ章　歴史の眼・俳句の眼

「俳句時評」沖縄タイムス／一九九七年四月〜二〇〇一年十二月

新聞は普遍・創造的視点を　一九九七年四月

新聞は国家や権力に迎合することなく、事実を伝え、「真実とは何か」を検証し、未来への道標を指し示す木鐸でなければならない。果たして、沖縄の新聞は木鐸たりえているであろうか。文化面、とりわけ俳句分野においては否と言わざるを得ない。

琉球新報における昨年までの「琉球俳壇賞」の選考の歪み（一九九六年版『沖縄文芸年鑑』の「俳句概観」で詳述）。ここでは、選考委員の文学精神の欠如に起因することだけを指摘しておく。

一方、沖縄タイムスの「タイムス俳壇」選者の交替劇は泥縄的。一九九四年三月の異変（詩における盗作問題）により岸本マチ子氏が降板。急遽、穴井太氏へバトンタッチされたが投句者や読者への釈明はなく、理由不明の交替劇であった。九七年一月、予告なしに穴井太氏から金城けい氏へ。交替の選者紹介記事は三ヵ月後に載った。読者側からは異様に映る。作品の応募は一月前には締め切られる。したがって応募時と発表時の選者が異なるという現象が惹起し、投句者や読者を困惑させた。今年三月、玉城一香氏が選句の末尾「選者ノート」で「俳句観の相違が生じ」て選者を降りると記し、読者を驚かした。これも突然である。一四年という長期に渡り担当して、今更、俳句観云々は読者には奇異に映る。四月からは久田幽明氏が担当するとの報。一連の交替劇の共通点は投句者と読者の軽視。

なぜ、このようなドタバタ劇（?）が何度も起こるのか。原因の一つは選者担当の期限を定めてないからではないか。選者個人の都合で進退を決めているから、何年でも担当するし、突然辞めたりもする。選者としての社会的責任も不問にされるという状況になる。

新聞は普遍的、創造的な視点を忘れないこと。読者の声に耳を傾け、真実を見抜き、未来への道を拓く新聞を期待したい。

（四月一八日 ㊎）

同人誌で俳句界に活力　一九九七年五月

戦後この方、沖縄では俳句機関誌（俳句同人誌）は育たなかった。なぜであろうか。

俳句会の活動は句会や吟行会や諸俳句大会等の、集いもの（催し物）が中心で、機関誌や合同句集（会員の作品集）の発行には消極的であった。仮に発行があっても単発的であり、持続性に欠けていた。それは、場の文学としてのタテヨコの人間関係が重視され、個の文学としての作品を問う姿勢が弱かったからであろう。人的関係が価値観の中心になると自ずから作品批評を重視する価値観が後退することになり、やがては、文学とは無縁な年功序列や社会的な地位などの世俗的価値基準が幅を利かせることになる。

しかしながら、この後退的な現象も徐々に克服されつつある。通信句会誌「荒妙」（沖縄俳句研究会発行・玉城一香編集）が一〇〇号（四月）に達し、記念特集号を発行した（B五判・五八頁）。創刊は一九八九年一月。「有季定型を歴史的かなづかいによる古格をふまえ」ながら「沖縄俳句界全体の向上発展と底辺の拡大」を目的として活動している。記念号の内容は「百号に寄せて」「四月作品」「沖縄俳句歳時記」「添削教室」「初学俳句教室」など。

機関誌発行を持続するには俳句への情熱と会員の経済的支援が不可欠になる。この両輪が旨く機能している証拠であろう。

天荒俳句会（野ざらし延男代表）は「天荒会報」（ワープロ印字の手作り冊子）を毎月発行。四月で一八一号になる。「会員作品」「天荒秀句鑑賞」「席題鑑賞」「わたしの共鳴句」「俳句エッセイ」などを連載中である。また、合同句集第二集『耳よ翔べ』（A五判・二〇四頁）を三月に発刊。「季語を絶対化せず、超季の立場で臨む」（あとがき）、「創造への挑戦を続けます」（巻頭言）との弁。

「荒妙」の伝統俳句、「天荒」の現代俳句、志向する方向は異なっているが、俳句を高めるという点では共通していよう。両者の活動は、沖縄俳句界に活力を注ぐことになろう。

（五月一九日（月））

田中一村と鳥眼・蝶眼 ――黒潮の画譜「田中一村の世界」展を観る　一九九七年六月

黒潮の画譜「田中一村の世界」（浦添美術館・五月一三日～六月一五日）を観る。一村の絵は俳句的だ、と思う。奄美大島時代の作品群は圧巻。秀徹した観察眼は鬼気迫るものがある。写生俳句の見本のようだ。表層をなぞるような生ぬるい写生ではない。対象の本質に迫り、生気溢れる画布である。眼光紙背に徹するような観察の刃が筆先に乗り移っている。

「アダンの木」は俳句手法の一点集中法（クローズアップ手法）と構成法（モンタージュ手法）が巧みに織り込まれ、静謐感と精気に満ち、霊気さえ漂う作品である。画布ほぼ中央の巨大な赤みを帯びたアダンはクローズアップ手法で描出された画布の核。左中央部分の二個の青い実との成熟度の対比、天へ伸びたアダン葉と下方へ折れ曲がった葉の線は、盛と衰。前方の小石と砂と波の三面の克明な描写は、平面体の静動三様、沖の雷雲をおもわせる黒・白・黄の雲の立体三態、その波乱の予兆。遠近法を駆使したドラマチックな構成に寸分の狂いもないように思われる。中央の半熟アダンは、潮騒と雷鳴を聴き、時空を一点に凝縮させた作者の聖なる創造物、写実を超えた作者の精魂を象徴している。俳句もまた象徴の文学なのである。

一村の視点は外から内を見ているのではない。内から外を見ている。己の心身を、草木の息遣いの聞こえる叢の奥に置き、五感（五管）は、鳥や虫や蝶、クバやアダンや花になっている。一村の眼はアカショウビンの鳥眼であり、アサギマダラの蝶眼である。その好例が「奄美の杜⑹」（クワズイモとソテツの雌雄花）の作品であろう。画面の中に鳥や蝶は登場しないが、クワズイモの黄花は蝶が、爛熟した実は鳥が、それぞれ画布の奥から凝視しているであろう。

俳句もまた、ものの本質に迫る観察の眼を磨き、創造性を高めるために、鳥眼・蝶眼をもたねばならない。

（六月二八日 ㈯）

『郷土の文学――近代・現代編』発刊に思う　一九九七年七月

『高校生のための郷土の文学―近代・現代編』（沖縄県教育委員会編）が三月に刊行されている。

高校生の沖縄の文学テキストとしては、一九九一年に『高校生のための副読本――沖縄の文学――近代・現代編』（県高教組編）が発刊（古典編は一九七〇年刊）され、現場で活用されている。遅まきながら戦後五〇年経過してやっと行政側（実際は現場の教師が編集委員）が古典編（一九九六年刊）に続き刊行したことになる。

かつて、教育研究集会（沖教組・高教組主催）において多くの先達が沖縄の文学教育に情熱を傾け、すぐれた教育実践を発表してきた。一方では、その自主編成の投げ込み教材が、文部省検定教科書の教材ではないという理由で偏向教育と見なされ、国家権力への強要ともとれる行政側からの圧力があった。歴史の陰陽、隔世の感である。

「俳句」の登載者は六名。一作者三句を掲載。第一句目のみ紹介。「自立への希求・明治～終戦」に、篠原鳳作〈しんしんと肺碧きまで海の旅〉、「復興と抵抗・終戦～復帰」に、久高日車〈甘藷負ひ腰入れ直す緑陰に〉・矢野野暮〈触覚の力で蟻は焦土這ふ〉・瀬底月城〈戦跡の岩つたひゆく揚羽蝶〉、「変容と相克・復帰～現代」に、喜舎場森日出〈凍土より出されて無名戦士といふ〉・野ざらし延男〈黒人街狂女が曳きずる半死の亀〉。因みに県高教組編では、比嘉時君洞・篠原鳳作・遠藤石村・矢野野暮・井沢唯夫・沢木欣一・瀬底月城・小熊一人・野ざらし延男・新桐子の一〇名、一作者五句の掲載。問題点を一つ。独自の歴史・文化・風土をもつ沖縄を表現した優れた文学作品を、より多くの教師・生徒及び一般の人に読んで欲しい。だが、配本は各高校に一冊だけ。国語教師でさえ全員には行きわたらない。まして、生徒がこの本を手にすることはない。惜しいかな画餅に帰している。行政側は本を刊行した既成の事実だけに満足せず、誰でも愛読できるような予算処置の努力をすべきであろう。

（七月一八日 金）

合わせ鏡を詩懐に　一九九七年八月

『現代俳句』七月号（現代俳句協会発行）は協会創立五〇周年記念特大号である。詩人宗左近の文章「合わせ鏡」に注目した。

「現代俳句は、季語そのほか、約束事が多すぎる。次第にゲームに似てきたということ。」「虚子を尊敬する。だが、多くの追随者の信奉する『花鳥諷詠』の思想（あれでも思想だとして）、これは法然、親鸞以降の『他力本願』の歪曲である。（中略）あるのは、無害者意識だけ」「戦後の前衛俳句は、どうなのか。ひどく安易な異物並列を、その方法とするにすぎない。どんな国のどんな過去の詩を変革しようとするのか」と、俳人と俳句界を糾弾する。今日の俳壇状況は、権威がはびこり、閉鎖性が強く、馴れ合いが蔓延していると言われる。そんな状況下で左近の切り込みは爽快である。では、どうすればよいというのか。左近は言う。「ただ一個だけの手鏡を棄てよ。そんなものがあったところで、自分一人の化粧の乱れが映るにすぎない。もう一つ大きな宇宙鏡を見上げよ。その宇宙鏡と手鏡を合わせ鏡にせよ」と。自戒とせねばならぬ。

二句集が出版された。合同句集『颱風眼』（沖縄俳句研究会発行・五月）。二五周年記念の発刊。玉城一香〈あふるるをおのが意志とし花蕾〉・喜舎場森日出〈久高島いま波の銀涼しかり〉・当真針魚〈冬海のはるかに離れ銭さし樹〉（各作者の一句目を紹介）ら五一名が自選五〇句を発表。花神現代俳句シリーズ12『岸本マチ子』（花神社発行・六月）。既刊の四句集『一角獣』『残波岬』『ジャックナイフ』『うりずん』から〈鞭のごと女しなえり春の雷〉〈ポインセチア死後の寒さを歩き出す〉〈エイサーやみぞおちまでも怒濤して〉など、九〇〇余句を網羅。

さて、この二句集が、合わせ鏡を詩懐に忍ばせているかどうか。その評価は読者の眼に委ねられている。

（八月二五日（月））

教科書に検証の眼を　一九九七年九月

来春から使用する高校教科書が大幅に改訂される。「国語」教科書における「俳句」の実態を調査したので紹介します（比較のために十二年前の調査を括弧内に明示）。

『国語Ⅰ』（高校の必須科目・改訂率％）の場合。検定合格本三三冊（一七冊）・一五社（一三社）。俳句単元なし八冊

（七冊）。俳句単元がなくても検定は合格するということ。俳句軽視の実態が見える。登場する俳人四七名（一四名）。掲載句数三八八句（一六九句）。合格本が二倍に増えたため。俳人・作品数とも大幅増である。作者別ベストテン。中村草田男・高浜虚子・山口誓子・正岡子規・水原秋櫻子・加藤楸邨・飯田蛇笏・中村汀女・石田波郷・種田山頭火・西東三鬼の順（同数があるため十一名紹介）（虚子・草田男・秋櫻子・楸邨・誓子・波郷・杉田久女・蛇笏・汀女・金子兜太の順）。

旧態依然とした顔触れ。山頭火と三鬼を除けば有季定型派で、しかも、近代に近く、現代に遠い。

他方では、教科書俳句が変わってきたとの印象もある。非定型句〈曳かれる牛が辻でずっと見廻した秋空だ〉23音、河東碧梧桐の比較的長律句から、〈咳をしても一人〉9音、尾崎放哉の短律句まで登場。また、高柳重信の多行形式俳句も。

樹々ら
いま
切株となる
谺かな

『新現代文』（大修館書店）には俳句史上一番短いと言われる橋本裸木の作品〈陽へ病む〉4音も登場。また、金子兜太・富澤赤黄男・三橋敏雄ら現代俳句派のほか、夏石番矢・坪内稔典・加藤郁乎・皆吉司・大木あまり・松本恭子らも初登場。教科書俳句が定型と非定型、有季と無季、多彩になってきた。

国民の知る権利の立場から言えば、文部省は全教科の検定「結果」及び「内容と経過」を公表すべき。国家権力の介入しない、民主的で真実と自由を保証した教科書にするために、国民は検証の眼を怠ってはならない。

（九月一九日（金））

過渡期のコンクール　一九九七年一〇月

一〇月上旬「第45回全琉小・中・高校図画・作文・書道コンクール」（沖縄タイムス主催）の入賞発表があった。戦後の荒廃の中から立ち上がってきた沖縄の、青少年の創作意欲を喚起し、情操教育に大きく貢献してきた。

だが、このコンクールも過渡期にさしかかっている。まず、「図画」について。図画と呼ぶのは小学校までで、中高校では「美術」の教科を学ぶ。美術の中には、絵画・版画・デザイン・コラージュ・オブジェなど多彩、これらを同じ土俵で審査すること自体、無理な話ではないか。また、高校では、受験体制下のカリキュラムが組込まれ、「美術」や「書道」は必修科目ではない。最早、全生徒を対象にした奨励は不可能である。

「作文の部」の審査にも問題がある。応募要項の「作文」には「詩・短歌・俳句」の募集も入っている。このことは、新聞紙上の応募社告には明示がないので、一般読者には判らない。しかも、不可解なことに韻文の入賞発表がない。すべて「作文」に括られているのだ。散文（作文）とは明らかに異なる文学ジャンルの詩・短歌・俳句を、どうして同じ土俵で審査し、評価できるのであろうか。如何なる見識と基準に基づいて優劣を決めているのか（審査委員に詩・短歌・俳句の専門家が入っているわけでもない）。スポーツの世界で例えるなら、陸上競技の一〇〇米・二〇〇米・一五〇〇米・一万米の四つの競技を、同一線上に並べて優劣を決めているようなもの。まことにコッケイ。

俳句・短歌・詩はそれぞれ独自の歴史を持ち、韻文文学としての創造世界を構築し、その領域を切り拓いてきた。その文学の重みは散文に比して軽重があるはずもない。

提言を一つ。韻文の俳句・短歌・詩は散文から独立させ「詩歌コンクール」として出発する。時代の推移や生徒の発達段階、各ジャンルの独自性を見極め、同コンクールの刷新を期待したい。

（一〇月一七日　㊎）

鳳作の文学精神　一九九七年十一月

「篠原鳳作忌全国俳句大会」（主催・鹿児島県現代俳句協会・沖縄WAの会）が九月二一日、パレスオンザヒル沖縄（那覇市）で開かれた。大会には県内外から一二三〇名が参加し、五六四名・一一五三八句の応募があった。講演は伊丹三樹彦氏の「写俳及び俳句雑感」。大会賞は〈火柱になる為群れる曼珠沙華〉たまきまき（佐賀県）が受賞した。

今年は鳳作の六一回忌。鳳作は昭和の初期に旧制宮古中学校（現在の宮古高校）に在職した鹿児島の俳人。亜熱帯の宮古島の風土が鳳作の無季俳句を育てたと言われる。評論と句作の両輪で新興俳句運動を推進し、無季俳句を提唱した。「俳句は高翔する魂のはばたきでなければならない。俳句は単なる花鳥諷詠であったり季語季感を主とするものであってはならない」「季なき世界こそ新興俳句の開拓すべき沃野ではないか」と述べ、花鳥諷詠より機械諷詠へと論を展開した。〈しんしんと肺碧きまで海の旅〉の無季俳句の代表作を生み、「赤ん坊」・「くちづけ」・「高層建設」の歌などの意欲的な無季連作を発表、古い俳句の殻を破り、新しい血を俳句に注いだ。

この鳳作の主張とは相反する伝統俳句の、季語と定型を墨守する有季定型派の俳人が県内から選者団に名を連ねている。無季否定派の面々であろうと推察される方たちである。大会を盛り上げるための策であり、お祭り（?）だからいいじゃないかということであろうか。確かに、周忌以外の諸大会なら選者団は多彩な方がよいと思う。しかし、周忌大会は、故人の業績を称え、その精神を継承し発展させることに意義があると思われる。鳳作忌は、鳳作の蒔いた無季の種を発芽させ開花させること、さらには鳳作の句を超える作品を如何に生み出すかを各自が問う契機にすることではなかったか。鳳作の文学精神はどこに追いやられてしまったのかという疑問符がつく。

名を取り実を捨てた行為は、周忌大会運営の難しさを示したと同時に、俳人としての文学精神が問われた大会でもあった。

（十一月二十一日（金））

本の編集は歴史の眼で　一九九七年十二月

『沖縄文学全集』第4巻「俳句」（国書刊行会発行・海風社企画）が刊行（九月）された。「俳句」の編集責任者は岸本マチ子。一作者二〇句・応募者数二三六名・句数四七二〇句。「解題」と「解説」を収録。解説は岸本マチ子が「沖縄の闇を撃つ」を執筆。

問題点を多く残した刊行であった。本書の跋文に「沖縄文学全集の刊行に際して」があり「琉球弧の島々の、近代の、言語表現としての文学（作品）を集大成すること」と述べている。この刊行趣旨に則り、小説・評論・詩・紀行などは複数の編集委員による作品選定方式を採用し、文学的・歴史的観点から歴史の波に淘汰された作品の収録に努めた。この方式では、歴史の審判を受け、質の高い作品が残る。しかし、「俳句編」は選定方式を採らず、公募にした。なぜ、公募なのか理由は明示されてはいない。刊行趣旨からずれたこの方式は、近代の著名な俳人及び作品は歴史の網目からこぼれ落ちてしまう結果を招いた。公募の特徴は現存者重視と作者の自主性を尊重することであろう。公募に固執するなら、近代（過去）の作品を拾いあげる選定方式を併用すべきであった。

発刊期間の長さの問題。公募作品は五年前に締め切られている。五年の間に、物故者が増えたこと、新人が発表の場を逸したこと、今なら新作と差し替えしたかったとの意見、などの問題を惹起した。この間、応募者に遅刊の事情説明は全くないし、発刊の知らせさえない。応募者無視になりはしないか。

応募者の声。誤植が多い（一作者に四句も誤植のある人もいる）。略歴の不統一。価格が六〇〇〇円の高値（小説・詩などは三〇〇〇円台）。出版本を紹介した「解題」の基準があいまい。客観的に歴史の眼を濾過して抽出されたか疑問が残る。少なくとも編集が公的機関（沖縄タイムス芸術選賞など）で評価された受賞者の句集は収録すべきではなかったか。

公共性を帯びた本の編集は慎重・客観・普遍、且つ歴史の眼を忘れてはならないと思う。

（十二月一七日㈬）

二〇世紀俳句の功罪　一九九八年一月

一九九八年の新年を迎えた。二〇世紀の総括と二十一世紀への展望が問われる。ここでは二〇世紀俳句の功罪を紹介する。

『21世紀俳句ガイダンス』（現代俳句協会創立50周年記念青年部論集）では、「20世紀俳句の功罪」のシンポジウムを特集した。正岡子規の俳句革新、高浜虚子の客観写生、桑原武夫の第二芸術論、新興俳句、社会性俳句、前衛俳句、俳句コスモロジーなどを論じた。

二〇世紀俳句の功。表現領域の開拓と可能性の拡大。非定型俳句・無季俳句などの俳句形式そのものの革新、他の文学と同様に人類普遍のテーマに肉薄したことなど。二〇世紀俳句の罪。言葉の力が弱い。表現方法のマンネリ化とパターン化。季節意識と定型の枠にとらわれ閉塞状況に俳句を追い込んだ。技術偏重・経験至上主義からくる俳人の高齢化。ただ事俳句の氾濫・結社の党派的体質など。

革新的立場の二つの流れ。永田耕衣・金子兜太らの人間の根源的エネルギーを打ち出し、言語の豊富な鉱脈を捜し当て、生と死、宇宙感、書くことの徹底を主眼とする立場。富澤赤黄男・高柳重信らの書くことの、そのものの原初的エネルギー、言葉による言葉のための言語空間をめざした立場。

本書には沖縄から三人の俳人が紹介されている。作品四〇句と「21世紀の表現領域」のコメントを掲載。金城けい「苦笑いの空」（作品）・「象のオリ」（コメント）。〈煩悩のひとつは蟻が担ぎゆく〉〈苦笑い空舐める四月のスプーン〉〈自分忌に深海魚一匹焼いている〉。玉菜ひで子「非常口」（作品）・「小さな変革」（コメント）。〈うりずん南風下克上の裾もち上げる〉〈キャベツ巻く拒絶の骨をきしませて〉〈非常口ナマコぷるるんのびてくる〉。夜基津吐虫「自画像」（作品）・「領域は無限」（コメント）。〈雑踏へ背を向け湖底の逢引〉〈バックミラーばれそな嘘が遠ざかる〉〈祭りあと太郎も怒濤遙か遙か〉。

沖縄の俳句界への新風を期待したい。

（一月一九日（月））

元気な高校生俳句　一九九八年二月

昨年の十一月から今年の一月にかけて三つの全国高校生俳句コンクールがあり、沖縄から全国一位をはじめ、多数の上位入賞が出た。沖縄の高校生俳句は全国トップレベルにあり、表現が自由で、元気がある。

第一回「全国高校詩歌コンクール」（九州女子大学主催。一九九七年十一月）「俳句部門」中部工業高校から二十三句入賞。最優秀賞・具志堅崇〈梯梧よ咲けB52はもうこない〉・優秀賞二句・瀬良垣翼〈ブランコで遊びつかれて眠る月〉・大城良史〈かまきりの目玉に映る青い空〉。学校賞も同時受賞した。福島泰樹（歌人）は朝日新聞（一九九七年一〇月一九日）の「日本語を歩く」で同校生の句〈血のレールハートの中は針千本〉當間正史・〈異次元のゲートを開く蟻地獄〉山内康行など五句を推奨し、論評した。「短詩型という器は、それを満たす言葉によって古くも新しくもなる。火矢となって時代をも撃つ」と述べ、「高校生がいま、次代をしっかりと担っている。戦争はおわってはいない」と結んだ。

第十二回「全国高等学校文芸コンクール」（全国高等学校文化連盟主催・一九九七年十二月）。「俳句部門」。県内から優秀賞三・優良賞三など計八句の入賞。優秀賞・知念良枝（真和志）〈新涼や浴槽の波たてている〉・徳田安彦（真和志）〈灰皿に吸い殻つもり沖縄忌〉・與久田健次（北谷）〈真夏日や爆撃音とコカコーラ〉。真和志高校の五句入賞が光る。写生眼と凝縮性、骨格がしっかりした句が多い。

第二八回「全国学生俳句大会」（日本学生俳句協会主催。一九九八年一月）。入賞五四句中一七句が県勢。特選（二位）は七句中五句を占めた。平木雅浩（宮古）〈もうそこにさよならがあるソーダ水〉・新城安樹（中部工業）〈シャボン玉邪馬台国へ飛んでいく〉・宮城由美子（普天間）〈ひと吹きで命授かるシャボン玉〉・新垣睦美（読谷）〈余るほど自由があって隙間風〉・幸地吉志乃（具志川）〈人ごみに浮かんでた母体育祭〉。自在な句風が魅力。県内五校の特選は快挙。すそ野の広がりを実感させる。

俳句文学を通して生徒の埋もれた才能を発掘し、感性を磨き、表現力を高め、創造性を培う。他校（他者）への刺激と波及効果も期待したい。

（二月二〇日㊎）

亡き俳人が送った刺激の風　一九九八年三月

昨年逝去された二人の沖縄にかかわる俳人について触れておきたい。

細見綾子氏。一九〇七（明治四〇）年、兵庫県生まれ。九七年九月六日逝去。享年九〇。俳誌「風」同人。句集『雉子』『伎藝天』『和語』など。芸術選奨文部大臣賞・茅舎賞受賞。

八六年五月。岩手県北上川の桜が美しい時節、日本詩歌文学館賞受賞式会場での邂逅（かいこう）。「細見さんの俳句は素顔だった。俳句を俳句らしく作っていないところが見事。見たままを率直にうたっていて、洗い晒（ざら）しの木綿のように新鮮で艶（つや）を持っている」（森澄雄）と評された素顔そのままの人柄で、拙著『沖縄俳句総集』を話の肴（さかな）に談笑した。『沖縄俳句総集』には沖縄作品十五句を発表。〈蘇鉄の実の朱色を欲りて黒揚羽〉〈花風を踊る爪先き月の波〉〈珊瑚の海の青磁色より生るる秋〉。

穴井太氏。一九二六年（昭和元年）、大分県生まれ。「タイムス俳壇」の元選者。九八年十二月二九日逝去。享年七一。俳誌「天籟通信」主宰。句集『ゆうひ領』『原郷樹林』など。現代俳句協会賞・北九州市民文化賞受賞。

穴井氏と小生の出会いは一九六七年八月。北九州市八幡、鉄鋼の街の煙突には火が噴いていた。九州俳句作家協会事務局長の益田清氏が呼びかけ人となり歓迎会を開いてもらった。穴井氏のほか井沢唯夫・江崎美実・青木貞雄・植原安治・中村重義・尾郷友太郎氏らの顔があった。小生、二六歳の夏。以来、現代俳句の大先輩として刺激を受けてきた。俳句同人誌『祝祭』（北九州）の創刊（同年十一月）には一緒に参画。穴井氏は「発想の諸問題」を執筆。「何といっても独断ほど愉快なものはない。たとえ、それがアナグロであっても、そうであるがために、かえって真実が一方に浮かびあがるというものである」と、独断の美学を説いた。〈夕焼雀砂あび砂に死の記憶〉〈霧にまぎれ重工業の突き出す胃〉〈三月の風人買いのやさしさで〉。

今、沖縄にも三月の風が吹いている。穴井氏の現代俳句と細見氏の伝統俳句、ともに沖縄に刺激の風を送っていただいた。お二人のご冥福をお祈りいたします。

（三月二十三日（月））

俳句の明日を問う　一九九八年四月

俳句の明日にとって何が問題なのか、何をどうすれば俳句の未来は開かれるのか、関心を呼ぶ問題である。『俳句研究』一月号（富士見書房発行）は「俳壇初！　四協会会長大いに語る」を謳（うた）い文句に「俳句の明日を問う」の座談会記事を掲載した。四協会とは、国際俳句交流協会（会長・有馬朗人）・日本伝統俳句協会（会長・稲畑汀子）・現代俳句協会（会長・金子兜太）・俳人協会（会長・松崎鉄之介）のこと。

まず、季語と歳時記の問題。二つの動き。従来の歳時記は旧暦基準が中心だが、新暦基準で季語を整えること。歳時記に無季の言葉、雑(ぞう)の句も入れること。

例えば、「山・川・海・石」「朝・昼・晩」などの季節に関係ない言葉、「目・鼻・口・耳」などの人体の言葉など。生活実感に即した太陽暦基準が狙い。すでに、この方針にのっとった歳時記は刊行されてはいるが、今回は現代俳句協会の組織として推進しようとするところに意義があるということであろうか。だが、この方向に真っ向から反旗を翻しているのが、伝統俳句協会。他の二つの協会も疑問形で積極的に賛意は表しない。

次に、口語の可能性と文語の運命について。口語か文語か、現代仮名遣いか歴史的仮名遣いかで意見がわかれる。現代俳句協会は現代仮名遣い、口語肯定が中心。五七調は日本人の体に染みついた音律だから口語でも一般化してくるとの見解。特に、口語は女性に顕著との見方。他の三協会は文語と歴史的仮名遣い重視の立場。しかし、平安時代は男は漢文や漢詩を書き、紫式部や清少納言などの女性は口語で文学を書いた。「日本の文学は女性によって口語で作られてきた」(有馬)のも史実である。

この座談会は期待はずれ。俳壇の一般的状況を表面的になぞっただけで「明日」の俳句の本質を問うまでには至ってない。俳句界を代表する俳人の発言ではあったが、図らずも、今日の俳句界の沈滞と保守性を証明する形となった、といえよう。

(四月二十二日 (水))

心身の気高め、詩心磨く旅　一九九八年五月

四月某日、「吉野・真土山紀行」(沖縄万葉友の会主催)に参加し、吟行(紀行)した。吉野山は修験道の難苦行の場所であり、万葉時代からの桜の名所。吉野桜は神聖であった。

私の関心は、吉野山に纏わる歌人西行と俳人芭蕉である。西行庵は標高七三〇メートルの山奥にあり、今の「奥千本」にあった。庵は土塀と杉皮葺きの質素な造りで、建て坪は二坪ほどか。世を捨て三年間かくれ住み、人生を厳しく生きた孤高がきわだつ。西行の桜の歌。〈吉野山こずえの花を見し日より心は身にもそはずなりにき〉〈願はくは花の下にて春死なむそのきさらぎの望月のころ〉。

私は金峯山本堂蔵王堂の夜桜の下を歩いた。絢爛（けんらん）の中の妖気、山気の中の霊気、急速に西行の「桜の下にて春死なむ」の歌心が迫り、鳥肌が立った。

芭蕉は一六八四年（貞享元年）九月、西行を慕って吉野山を訪ねている。この旅がのちの「野ざらし紀行」である。この紀行文には私の俳号の由来になった〈野ざらしを心に風の沁む身かな〉が出てくる。動くはずのない吉野山が動き、桜が波打ち、芭蕉が身近にいた。

西行庵の近くには「苔清水」が今も流れていた。〈とくとくと落つる岩間の苔清水汲みほすまでもなき住居かな〉と西行は詠み、芭蕉も同じ場所で俳句を作っている。

露とくとくこころみに浮世すすがばや

芭蕉は西行を畏敬しつつも、西行の道を超えることを念じて俳諧の道を歩んだ。この句には表現者、芭蕉の格闘があったことが推察される。「清水とくとく」では西行の真似で終わり、「露しとど」では常識的過ぎる。推敲の末に「露とくとく」の表現にたどりついたと思われる。浮世を露ですすぐと表現した芭蕉にとって、露は桜と同じく神聖なものであり、心身の浄化を促すものであったのであろう。

旅と吟行（紀行）は、歩く行為を通して身体と精神の気を高め、作句力（作歌力）をつけ、詩心を磨く。それを西行と芭蕉は命を賭けて実践した。現代人はその精神性と厳しさにおいて劣っていると痛感した。

（五月二〇日（水））

言葉に喚起力を　一九九八年六月

今年の前半期の県内活動をみておこう。

第二五回「琉球俳壇賞」（琉球新報社主催）は糸嶺春子・いなみ悦の二名が受賞（一月）。この賞は「一年間に投稿された俳句の中から優秀作品を選んで表彰」される。春子〈内絵師の針先ほどの筆冴ゆる〉〈姫芭蕉洞窟にふんばる男神〉、悦〈ソーキ汁のラード固まる鬼餅寒（ムーチービィサ）〉〈沼空も酌みし島酒なんみん祭〉。

第三二回沖縄タイムス芸術選賞の奨励賞（俳句）に沖縄俳句研究会（喜舍場森日出代表）が受賞（二月）。文学は個人の作品活動を評価するものとの観点からすれば、集団的なサークルを受賞対象にしたことに異論もあったのではないか。タイムス社が文芸振興を理由に、文学分野としては初のサークル活動を顕彰したことになる。

「琉球俳壇」は新選者に平良龍泉が就任（二月）。「伝統俳句のよさを学びつつ俳句の本質を探究していくべく努力精進していきたい」との抱負。進藤一考（神奈川県在）の〈太陽石や風の高みへ鷹柱〉句碑が佐敷町の沖縄厚生年金休暇センターに建立された（二月）。西山容山句集『礁浜』発行（二月）。〈青みかん母の匂ひの蘇り〉〈春立つと色とりどりの薬服む〉。前述の諸氏は伝統派で、有季定型を墨守する側に立つ。

仲本彩泉句集『複製の舞台』（四月）は、伝統を解体したところから俳句を出発させ、異端の句集といえようか。〈ボコボコと日が翳る〉の短律から〈たあいない話を熱心に話すので童話の王子様になるボク〉の長律にいたるまでその振幅は大きく、自由律俳句の傾向が強い。惜しむらくは、言葉が散文的で俳句としての凝縮性と省略性に欠けること。しかし、欠点を内包しながらも、言葉に喚起力のある句と出会えたのは収穫である。〈忌中ときびの穂が性器のように明るい〉〈皆で箸をもってつつく焼きあがりの肉親〉〈勝連の月はたちまち母の悲鳴である〉〈昼のさかりに突然鉄の錆のように悲しむ妹〉〈陽のかおりがした乳房岬遁走のようにめぐる〉。今後に期待を抱かせる現代俳句の創り手である。

後半期への活力を期待しよう。

（六月一九日 ㊎）

表現の場の最前線　一九九八年七月

高校生は今、何を考えているのか。福島泰樹（歌人）がその心影を読み解いた本『白いチョークをひとつ下さい』（新声社）が出た。内容は、第一回全国詩歌コンクール（九州女子大学主催）の短歌・俳句・詩の入賞作品一〇〇点を解説した本。

タイトルは、短歌部門の最優秀賞〈黒板に書かれたことがすべてなら白いチョークをひとつ下さい　樋口リカ〉による。真実を問うた作品だ。俳句部門は三五句を抄出。そのうち、沖縄の中部工業高校生の一五句を、それぞれ一ページ分を割り当て解説し、推奨している。

「国家・戦争・平和」の項。〈梯梧よ咲けB52はもうこない　具志堅崇〉・〈戦争が食卓の会話盗みだす　宮城健司〉。「宇宙・自然・気象・風景」の項。〈かまきりの目玉に映る青い空　大城良史〉・〈流星が瞳の中で旅をする　大城靖順〉。「青春」の項。〈かき氷頭にひびくロックサウンド　山内昌太〉・〈南風や青い海の宅急便　宜野座勇〉。「私と状況」の項。〈血のレールハートの中は針千本　當真正史〉・〈異次元のゲートを開く蟻地獄　山内康行〉など。

「戦場を内側に抱きかかえながら生きざるをえない彼ら（中部工業高校生）の声に、私たちは耳を塞いでしまってはならない。俳句定型が現在、かくまで突出したことがあったか。（中略）平和と繁栄の幻想に飼い慣らされた平穏無事な作品が日々量産されているだけではないか」「ともすると趣味に堕しかねない俳句形式を彼らは、表現の場の最前線にもちこみ、自らを鋭くさせ」ている、と説く。

沖縄の高校生の俳句が単行本に取り上げられた例は、過去に二つ記憶にある。『あたらしい歴史教育』（歴史教育者協議会編・大月書店）の「沖縄の戦争掘り起こしと平和教育」（山川宗秀執筆）において四ページ分。『二一世紀これからの教育と子育て』（坂本光男著・労働旬報社）において一〇ページ分。両書とも、読谷高校の「慰霊の日・校内俳句コンクール」作品についての紹介文。

沖縄を発信基地にした高校生俳句が、全国にスパークしている。軍事基地ならごめん蒙りたいが、詩歌美の発信基地なら大歓迎だ。

（七月一七日㈮）

内観造型の俳句　一九九八年八月

石原八束氏が七月一八日逝去した。七八歳。山梨県出身。東京都在住。俳誌「秋」主宰。芸術選奨文部大臣賞・現代俳句協会大賞。句集に『空の渚』『仮幻』など。三好達治や飯田蛇笏の研究家としても著名で、内観造型論の俳句観を唱えた。内観造型論とは「複雑になった現代人の論理性などを表現するために観念の実在に支えられた造型。内実の詩心の構成的在り方」を思考する俳句観（『現代俳句辞典』角川書店）。単なる写生ではなく、心の内なる世界を捉えた。代表作には〈血を喀いて眼玉の乾く油照り〉〈くらがりに歳月を負ふ冬帽子〉〈枯れきって胸に棲みつく怒りの虫〉など。

一九七七年四月に来県。拙著『沖縄俳句総集』（一九八一年刊）に「沖縄抄」三〇句を発表。〈伊原野の砲煙に似て濃かげろふ〉〈夕焼けは羅刹の兵を天におく〉〈かげろふや丘に群がる兵の霊〉〈熊蟬も潮騒も沁む健児の塔〉〈花置けば灼けヒンプンや門中墓〉〈黒潮に芥子なだれ咲く平安名岬〉など。

石原氏の内観造型論に一脈通じる俳句表現を目指している天荒俳句会が、一九九七年会報年鑑号『天荒』を出版した（六月）。本号は二〇〇号記念号である。県内で持続的・長期的に会報または機関誌を発刊している俳句サークルは少ない。天荒俳句会の発足は八二年、一六年目になる。内容は、天荒作品・天荒秀句鑑賞・わたしの共鳴句・俳句エッセー・旅のエッセー・席題作品鑑賞・野ざらし俳句を読む・天荒略年譜などのほか、資料編では、「俳句の原点を求めて」「俳句時評」「鷹の眼の俳人」などを収録。作品は〈地はたちまち化石の孵化のどしゃぶり〉友行・〈唐辛子母の乳首の鬼二匹〉みさ・〈蚯蚓鳴く浄土のごとき排泄や〉忠正・〈二つ折りで吐き出される白紙の憤死〉建・〈きのうは昔勝牛のしっぽの明るさです〉ひで子・〈猫の目に狂気のパソコン流れ込む〉房・〈鬼ヤンマ自動扉の客となる〉利知子、など。「編集後記」で「二〇〇号記念発刊を機にさらに詩心を研ぎ、創造への挑戦を続けたい」と記す。

（八月二一日㈮）

殻を粉砕する力　一九九八年九月

『ブエノスアイレス午前零時』で第一一九回芥川賞を受賞した藤沢周氏の受賞の言葉に惹かれた。文学に向かう姿勢が二つ語られている。文学表現と殻を破ることについて。

一つ。「新潟の雪を見て、なぜ雪はきれいなのか、と表現より外のことを考え始め、海が海に見えない時期があった。そしてまた海に見えた。それが文学表現との出会いだった」。

文学の世界にかかわってきた表現者の苦闘の過程が語られている。私は、新潟を沖縄に、雪を空に、置き換えて考えてみた。「空を見て、なぜ空がきれいなのか、と表現より外のことを考え始め、海が海に見えない時期があった。そして、また海が見えた」と。文学はキャッチフレーズではないのだから無神経に「沖縄の海と空は青い」とは言うまい。表現にかかわる者（俳人）には空や海をどう表現するかが問われている。「なぜ海空がきれいなのか」ではなく「海空をどう（きれいに）表現するか」であろう。空と海の内実に迫る表現ができたとき、言葉に力がみなぎり、独創の世界が拓かれてくる。詩人吉野弘氏は「詩には表現上の小暴力が必要である」と言っている。例えば「浪が岩に砕けてはげしいしぶきをあげている」を「波濤がはげしく咲いている」と。「咲く」のは花だけではないこと、新しい表現は類型を壊す表現上の小暴力が必要なのである。

二つ。「これまで描いてきた暴力は肉体的暴力ではなく、自己の存在が世界を粉砕しようとするときに噴出する力。それは日常のささいな出来事にも潜んでいると思う」。

既成の殻を破るためには大きなエネルギーが必要なこと。日常の中の非日常の創出の重要性。文学の破壊と創造が語られている。

俳句も文学の世界。世には、現実の虚を突き崩し、新しい創造世界を構築することとは無縁な、描写俳句・季語信奉俳句が多いようにみえる。

日常の殻を粉砕し、花鳥諷詠の俳句世界に風穴をあけるような表現上の小暴力のある俳句の出現に期待したい。

（九月一八日（金））

文学から除外されている俳句　一九九八年一〇月

日本社会文学会九州・沖縄ブロックの一九九八年度沖縄大会が一〇月三日から三日間、琉球大学と琉球新報ホールで開催された。今回のテーマは「移民・植民地・文学」。ブンガクと名のつく研究発表やフォーラムに参加して不思議に思うことは、「文学」から俳句が除外されていることである。

このことは出版本や研究書にもほぼ同じ傾向が指摘できる。「〜文学」と銘打った本の大半は小説だけを論じている。文学イコール小説と決めつけて書かれている。詩はときどき、短歌は少し、俳句はまれに、登場する。文学分野の価値観が小説中心に動き、詩歌の評価が低いことを意味しているが、なかでも俳句は文学の最後尾に位置しているらしい。

『広辞苑』の「文学」の項では、「想像の力を借り、言語によって外界及び内界を表現する芸術作品。すなわち、詩歌・小説・物語・戯曲・評論・随筆など」と記述されている。

小説以外に五つのジャンルがあり、しかも、小説の前に「詩歌」がきている。詩歌の方が小説より歴史が古いわけだが、今日では小説と詩歌の立場は逆転している。それは、芸術作品としての軽重を問うたとき、現代では、小説の方に軍配を上げているからであろう。

俳句が軽んじられ、小説重視の価値観が文学界に支配的なのは俳人側にも責任はある。俳句は、「外観」(自然)の花鳥風月を客観写生し、有季定型を絶対視してきた。想像力を駆使することも、内界(精神・思想)を表現することにも力を注いでこなかった。俳句は、歴史や社会や思想を書くものでないと自己規定し、風流的世界に幽閉してきた。だから、文学の時代性や歴史の地殻変動には傍観的であった。そのことが、文学としての俳句を衰弱させてきた。とりわけ、伝統俳句と称する有季定型を標榜する俳人たちにその傾向は顕著である。

桑原武夫が俳句界に放った「第二芸術論」の矢はまだ刺さったままではないのか。俳句が小説と対等に文学の領土で論じられるためには、文学史を変えるような俳句の矢を放つことができるか否かにかかっている。

(一〇月一六日 ㈮)

詩心の共鳴音　一九九八年十一月

県外における俳句大会入賞句の紹介。

第三九回「九州俳句大会」（九州俳句作家協会主催・鹿児島・五月）。佳作賞〈赤子泣く空気の捩子を巻きつづけ〉おおしろ房（那覇）。

第九回「お〜いお茶新俳句大賞」（伊藤園主催・東京・七月）。「一般の部」ユニーク賞〈部屋中に森を呼び込む青畳〉平敷とし（北谷町）。「高校生の部」優秀賞〈オートバイそのまま流れ星になる〉仲村将哲（沖縄市）・秀逸〈卒業の手前でとまったカレンダー〉村山こずえ（読谷村）・〈春の山クレヨンたちが目をさます〉横村善彦（沖縄市）。応募数六八万六二七一句からの上位入賞、四句は緑茶缶のパッケージになり県内の店頭に並んでいる。中部工業高校は「団体特別賞」を受賞した。

第四五回「長崎原爆忌平和祈念俳句大会」（同実行委員会主催・長崎・八月）。口語俳句協会賞〈斑猫と行く核の世の真昼かな〉小橋川忠正（読谷）。

第二回「全国高校詩歌コンクール」（九州女子大学主催・福岡・一〇月）。優秀賞〈白百合の下からきこえる死者の声〉久高良太（中部工）。〈一人きりペンをはしらせ終戦日〉高原由羽（真和志）・審査委員特別賞〈蟬殻が不動明王にらんでる〉伊礼弘貴（中部工）。中部工業高校は一〇句入賞し二年連続の「学校賞」を受賞。

第一三回「国民文化祭おおいた'98文化祭俳句大会」（同実行委員会主催・一〇月）。日本伝統俳句協会大分県部会奨励賞〈ゆかたの子ロボットのように歩きだす〉狩俣寿（上野）。

句集紹介。『薫風』九号（沖縄女子学園＝少年院・九月）。全国俳句大会入賞句を含む、矯正施設の少女たちの句集。〈蟻地獄心の闇を食い尽くす〉林樹里・〈鉄砲百合父への思い撃ち放つ〉水野麗華・〈扇風機会話までもが飛ばされる〉前田篠・〈母想うバス駆け抜けた夕焼けに〉小櫻繭・〈滝の向こうに母がいてもとどかない〉桃原七瀬・

〈ミニとまとプチッとはじける恋心〉森口友美、ほか。読む側が励まされる異色の中学生句集である。

紹介句の共通点は、平板な写生を脱し感性と想像力が溢れていること。大人と生徒の奏でる共鳴音が心地よい。

（十一月二〇日 金）

戦争という毒をテーマに　一九九八年十二月

毒……今年の世相を表した言葉だそうだ。不・乱・沈・忍と続く。これらをテーマにした俳句が作られているであろうか。庶民の文学といわれる俳句が時代の肉声としての心を詠う、これぞ、現代俳句ではないだろうか。

沖縄の高校生俳句が戦争という毒をテーマにして全国俳句大会で異彩を放っている。

第一回「神奈川大学全国高校生俳句大賞」（神奈川大学主催・十一月）。最優秀賞〈戦後の傷赤花（アカバナー）の血はいまだ熱く〉〈みんみん蝉鳴き終りに何叫ぶ〉〈桑の実が周りの空を甘くする〉許田光（中部工業高校）。審査は三句を総合評価。

第二回「全国高校生創作コンテスト」（俳句の部）（高校生新聞社・国学院大学主催・東京・十一月）。〈白骨の足音ひそむ防空壕〉〈枯れデイゴ残った影の不発弾〉〈夕焼けや鏡の中の機関銃〉山内俊治（中部工業高校）。最優秀賞一名、優秀賞二名に次ぐ、三位ランクの佳作（五人中）受賞。審査は三句を総合評価。表彰式への招待も受けた。

一三回「全国高等学校文芸コンクール」（俳句部門）（全国高等学校文化連盟主催・東京・十二月）。優秀賞〈原爆忌背負い鞄の鈴が鳴る〉高江洲栄子・〈獅子（シーサー）は一点見つめ冬間近〉島袋直樹。優良賞〈若夏や魚がはねるティーカップ〉栗栖幸恵・〈消しゴムを立てて倒して桜桃忌〉新里明仁。以上、真和志高校。

入賞作品の多くは戦争体験を風化させない高校生の詩眼が光っているといえよう。

俳句同人誌『天荒』創刊号（天荒俳句会発行。九三ページ・十一月・北谷）。会報誌「天荒会報」（一九三号から一九九号分）四号分を活版本で発刊。内容は作品・俳句鑑賞・評論・エッセー・吟行記など。

通信句会誌『荒妙』十二月号（沖縄俳句研究会発行。五六ページ・十二月・那覇）。本号は一〇周年記念特集号。内容は、「荒妙」の一〇周年・会員の感想・巻頭作品集のほか十二月作品・私の自選三句・添削教室など。

「浜木綿句会」（愛楽園）が会員の老齢化のため活動維持が困難になり解散した、と連絡が入った（一〇月）。合同句歌集『蘇鉄の実』（金城キク編・一九六五年刊）がある。

（十二月一八日㈮）

知の狩人としての探求心　一九九九年一月

一九九八年の十大ニュースは暗いものが多かった。トップが「戦後最悪の不況」、第二が「和歌山の毒物カレー事件」。長銀、日債銀が破綻、大蔵省・日銀で接待汚職、防衛庁背任汚職事件（以上、国内）など、県内も不況が深刻、失業率も過去最悪、異常気象によるサンゴの白化現象、教育現場で不祥事相次ぐなど、やはり暗い。

これらの社会のニュースは時代の波をかぶりながら、現在から未来へと流れて行く。五〇年後、一〇〇年後の検証は如何に。今年は明るいニュースが上位を占めてほしいものだ。

時代の砂塵をかぶり、埋もれた俳句文学の史実を掘り起こすことは至難のことであろう。過日、掘り起こしの報道があった。

江戸時代の俳人、高桑闌更（らんこう）の沖縄を詠んだ直筆俳句（発句）が発見された（「琉球新報」十二月一六日朝刊）。発見者は野々村孝男。鑑定者は闌更研究家の乾憲雄（滋賀県）。闌更は一七八九年、七三歳で没し、没後二〇〇年後の発見。「琉球は分けてあたたかなる国にして冬蚊の声を聞といへば」と前書きされ、〈雪の花日の本の日をいかに見ん〉〈めずらしと雪を奏すかうるま藾〉など三句が書かれた資料。沖縄と江戸の俳人との交流を示す。闌更には編著『俳諧世説』『花の故事』『有りの儘』『落葉考』『ももの光り』などのほか、『半化坊発句集』がある。代表作は

枯れ蘆の日に日に折れて流れけり

文献の発見には考古学的な探求心で文学の土中を掘る根気が要求される。知の狩人としての探求は二十一世紀に向かっても忘れてはならない課題であろう。

「識名園」（国指定文化財）創設二〇〇年を記念して「識名園新春吟詠会」（那覇市中央公民館主催）が一月二十四日、当園で実施される。受け付けは「琉歌・短歌・俳句」の三部門とも午後一時から。園内を自由に吟行し、兼題作品を提出。各部門ごとに表彰がある。選考委員は崎間麗進（琉歌）、平山良明（短歌）、野ざらし延男（俳句）。入園料は各自負担。

新春の半日を名園散策し、詩心で遊んで見ませんか。

（一月二二日（金））

全国トップの高校生俳句　一九九九年二月

第二九回全国学生俳句大会（日本学生俳句協会主催。一月）における県勢の中高生の活躍が目覚ましい。とりわけ「高校生部」がすごい。推薦大賞一句・特選一句・入選四句・佳作七句、計一三句の入賞。全入賞三〇句中、三分の一を占める。昨年、特選五句・入選二句・佳作一〇句に続いての快挙である。

推薦大賞（全国一位）〈秋晴れをスクリーンにするロングシュート〉名嘉山勇樹（中部工業）。特選〈セーターの奥に隠れる片思い〉上江洲奈美（具志川）。入選〈すくわれてはなればなれになる金魚〉上江洲暁人（具志川）、

〈生きる意味種なし葡萄に聞いてみる〉前田利章（具志川）、〈猛暑なり男だらけの僕の家〉大城広己（宮古）、〈無精髭親父との距離をちぢめてる〉儀武豊（那覇）。佳作は那覇・読谷・宮古・北谷・翔南の各高校から入賞、すそ野の広がりを実感させる。「学校対抗」では具志川一位、中部工業三位、北谷四位。沖縄県勢は上位に三校も入賞している。「中学生部」。特選〈海に向き一斉に撃つ鉄砲百合〉宮野あんり。矯正施設の沖縄女子学園（少年院）からの全国二位の快挙。入選〈カーテンの柄になりきるトンボかな〉与儀寿賀子（北中城）、〈僕の願い聞かずに逃げる流れ星〉砂川長太（上野）、〈組体操だんだん近づく秋の空〉高里大樹（西城）。佳作は上野・沖縄女子学園・北中城の各中学校から入賞。「学校対抗」は北中城中学校が五位。

「識名園新春吟詠会」（那覇市中央公民館主催）が一月二四日、同園で実施された。琉歌・短歌・俳句の三部門。「俳句の部」の上位入賞句。最優秀賞〈鴻鵠の眼光覚ます勧耕台〉柴田康子（北谷）。優秀賞〈炎得て六角堂の影出る鯉〉神谷操子（読谷）、〈木霊の雫背に入る育徳泉〉平田文子（沖縄）。

テレビ番組「俳句王国」（NHK衛星第二放送、十二月一九日・松山放送局製作）に野ざらし延男が出演。発表句〈地球の首細るばかりかショール巻く〉。「社会的なものを含んだ俳句があると知って興味深かった」（番組モニター評）の声があり、保守王国（?）の番組に、ちょっぴり波風を立てる効果があったようだ。

若者の俳句の活躍は沖縄の誇りである。時代は動いている。大人の俳句も時代とともに動かなければならないであろう。

（二月一九日（金））

作品以外での評価に疑問　一九九九年三月

第二〇〇回「琉球俳壇賞」（琉球新報社主催・一月二〇日）の発表があった。この賞は「昨年一年を通して『琉球俳壇』に優秀な作品を寄せた作者に贈られる」もので、新聞俳壇の読者投句作品が対象である。受賞作品〈緋桜のいろを深めて獏の詩碑〉〈度忘れの重なる不安遠き雷〉（S氏）、〈入賞の墨絵を飾り年用意〉〈茶屋節の間の手弾みて夏若し〉（T氏）など。選考評（一月二五日）を読む。「几帳面な性格で健康に恵まれ活動家である。よく旅行にも行かれ、県俳協の吟行会にも参加しよい作品を作り受賞も度々あった」「ボランティア活動も熱心で市手話サークル活動に参加して障害児教育にも一役買っている」。「人柄」や「性格」を選考基準にし、しかも、投句作品以外の「その他の活動」も重視した選考評である。また、他のコンクールの入賞作品まで推奨している。

応募作品の真価を問う文学賞として首を傾けざるをえない。新聞俳壇は新人の育成の場である。作品以外の「顔」で評価されては、顔の売れてない無名の新人はいつまでも排除されることになろう。作品以外での評価には疑問が残る。文学は作品で評価すべし。

『麻姑山俳句集』（一九九八年夏）が届いた。ハンディタイプの文庫判の合同句集。宮古島で活動している麻姑山俳句会発行。十一名が各二〇句を発表。〈人形の白眼の濁り渇水期〉伊志嶺亮・〈向日葵のめまいの如き告白を〉友利恵勇・〈沸点にぱっと投げたる蓬かな〉友利昭子・〈大寒やポケットの中に蛇がいて〉友利敏子・〈木々に透く一碧の空鷹渡る〉前川千賀子・〈さしば舞ふ虚空菩薩も輪の中に〉本村隆俊・〈銀合歓や暮れなずむ島音殺し〉安田昌弘ほか。

合同句集の発刊はサークルとして研鑽を積み、その成果を「世に問う」ものである。作品発表には勇気とコワサが同居する。

作品の前では社会的肩書や人物に纏わる虚飾は何の意味もなさない。作品が残るか、消えるか、歴史の眼の審判にゆだねられる。作品で評価すること。肝に銘じておきたい。

（三月一九日 ㊎）

尾崎放哉 ――自由に、無心に　一九九九年四月

うりずんの季節。自然の生命と大気に触れる絶好の吟行（紀行）シーズン、チムドンドンする時候。大地が潤い、生命の息吹きが山野に満ちるこの季、先祖との交信と団欒の場を墓前に設けた清明祭（シーミー）の時節でもある。

清明祭の候に、ふっと脳裏に浮かんでくる句がある。

墓のうらに廻る

春の山のうしろから烟が出だした

自由律俳句の尾崎放哉作品である。一九二六年（大正一五年）、小豆島の南郷庵で孤独な死を遂げた。清明の候の四月七日が命日、享年四一であった。

春のある日、放哉に逢いたくなって瀬戸内海に浮かぶ小豆島へ渡り、西光寺奥の墓と「尾崎放哉記念館」を訪ねた。

東大出身のエリートでありながら、妻とも別れ、放浪の俳人となった放哉。「わがままで、甘え坊で、酒乱で、狡猾」であったと言われる放哉。孤独な人生であったが、その孤独が彼の俳句を育てた。

咳をしても一人

一日物云はず蝶の影さす

つくづく淋しい我が影よ動かして見る

自己閉鎖と自己開放、エリート意識と劣等意識の二律背反、孤独と虚無の中から無我の境地へと進み、自由律俳句の花を咲かせた。

小豆島には菜の花・大根の花・豌豆の花がひっそりと咲いていた。雪柳の白花は繚乱と咲き、白木蓮は硬く天を突いていた。放哉には白をテーマにした句が多い。

足のうら洗へば白くなる
鶴鳴く霜夜の障子ま白くて寝る
空に白い陽を置き火葬場の太い煙突

寂寞感の滲み出た句群である。これらの白色は空しさや虚無に通じる色であろう。放哉句の魅力は、哲学的で難しい「虚無」や「人生の影」をやさしい日常語を駆使して自由律でその本質に迫っているところにあろう。彼の句は、肩の力を抜き、素直に物事に向き合える心境にさせてくれる。

今、沖縄の山野には鉄砲百合やイジュの白花、グラジオラスや梯梧の朱花が競い咲く。白と赤の競演が詩弦をかきたて、季は若夏へと駆けていく。放哉のように、自由に、無心に詠いたいものだ。（四月二三日（金））

俳句の肥満化と常識の沼　一九九九年五月

県内の出版本から俳句作品を読む。記念誌とサークル誌のアンソロジー。

県高教組教育文化資料センターは二〇周年記念誌『教育と文化』二号として「薀（うん）」を発行。教職員の芸術部門の諸作品を収録。「俳句」部門は三四名が各五句を発表。〈河は静脈マスクメロンの地球抱く〉おおしろ建・〈故郷を売る密談蛇穴に入る〉神矢みさ・〈われら常に基地の外側冬たんぽぽ〉喜舎場森日出・〈人間を背番号にする野遊び〉金城けい・〈紅型や一手一糸の寒暮光〉島袋常星・〈一髪が蛍火になる相聞歌〉小橋啓生・〈列島はタイタニック傾くしかない君〉平敷武蕉・〈龍の尾が龍に巻きつく春の風〉三浦加代子ら。

『うらそえ文芸』四号（浦添市文化協会文芸部会発行　四月）がでた。「俳句」は一六人が各一〇句を発表。〈海鳴りや主郭に白帝響みける〉久田幽明・〈異郷の地に果てし御魂や石蕗の花〉比嘉みち・〈終焉の壕に届かず新樹光〉

宮城礼子・〈草蟬や砲口今も空へ向き〉屋嘉部奈江ら。

第三三回沖縄タイムス芸術選賞（沖縄タイムス主催　三月）が発表され、文学部門の「俳句」で天荒俳句会（団体部門）が奨励賞を受賞。天荒俳句会は「会報」を二一五号（五月現在）発行、昨年十一月には俳句同人誌「天荒」も創刊、合同句集は二冊発行。一六年にわたる持続的、革新的活動が評価された。

俳誌「人」主宰の進藤一考氏が三月一七日逝去。享年六十九。神奈川県生まれ。沖縄詠。〈緋寒桜みちびく潮に祝女の島〉〈海人（ウミンチュ）の胸三寸の雲の峰〉。沖縄厚生年金休暇センター（佐敷町）に〈太陽（テイダ）石や風の高みへ鷹柱〉の句碑が建立されている。

今日、俳句人口は増加の一途をたどっている。だが、他方では俳句の肥満化現象が起こっているとの見方がある。俳句人口は増加したが必ずしも俳句の質を高めているわけではないからだ。茶のみ話でこと足りるような、常識の沼にはまり込んだ事なかれ主義の句や飽食の時代を反映したような肥満化の句が多い。伸び切ったゴム紐は弾力を失い、弛んだ詩弦は喚起の力がない。真の俳句文学の隆盛は常識の沼から脱出したときに到来するであろう。

（五月二一日（金））

連発される法と俳句弾圧事件　一九九九年六月

今、日本はコワイ法律を連発している。これらの法律は「思想・信条・言論・表現」の自由を侵害する恐れが高い。俳句表現にかかわる者にとって看過できない事態である。

「ガイドライン関連法案」が参議院で可決（五月二四日）。憲法九条に違反した戦争協力法ではないか。周辺事態が有事の際は地方自治体・民間にも支援を強要し、有無を言わせない状況に追い込むであろう。日米安保の巨大な軍事基地を抱える沖縄が一番被害を被ることは明白である。

「通信傍受法案」（盗聴法）が衆議院で可決（六月一日）。憲法で保障する通信の秘密・思想・信条・言論の自由を侵害するばかりか、人権も侵される可能性がある。

「国旗国歌法案」が閣議決定（六月十一日）。侵略戦争に加担してきた「日の丸」や天皇を賛美した「君が代」は主権在民を唱えた憲法に違反し、民主主義にそぐわない。国民的論議も尽くされないまま教育現場への押し付け強化も憂慮される。

「米軍用地特措法」の再改正案が衆議院本会議で可決（六月十一日）。代理署名や公告縦覧は国の直轄事務になり、新規収用には首相が私公有地を収用できる。財産権や抵抗権ももぎ取られる。

背筋の寒くなるこれら一連の法を前に、私は昭和一五（一九四〇）年二月に始まった「俳句弾圧事件」を想起している。治安維持法を盾にした特高警察による自由主義傾向の新興俳句への思想弾圧である。俳誌「京大俳句」の平畑静塔・石橋辰之助・渡辺白泉・三谷昭・西東三鬼ら一五人、「土上」「句と評論」「俳句生活」「日本俳句」などの俳誌に所属する嶋田青峰・秋元不死男・細谷源二・栗林一石路・橋本夢道ら一三人、それぞれ俳句の良心たちが大量に検挙された。その弾圧の波は秋田や鹿児島の地方俳誌へも及んだ。

この俳句弾圧事件は過去の亡霊でも対岸の火事でもない。機関銃のように連発される一連の法の意図は「国民」のためでないことは明らかだ。日本は再び硝煙の道を歩み始めている。文学は時代を映す鏡である。俳人は時代の傍観者であってはならない。歴史の真実を見極め、現実の病理を剔出し、未来を展望しなければ、真の俳句の道は拓けない。


（六月二十五日　㊎）

旅吟は絵葉書俳句に陥り易い　一九九九年七月

沖縄と本土の作品交流展「ＩＮみやこ詩画展」が三月三〇日から四月五日までの日程で、平良市役所ロビーで開催された。ポエム通信「泥水」（東京、市原正直主宰）が企画。宮古島ツアーも組んで来島した。俳人・歌人・詩人・作家・画家・書家・漫画家などの直筆を六三点展示。本土側は市原正直・市原千佳子・井上湫魚・伊良波盛男・伊良部喜美子・大瀬孝和・喜屋武貞男・高田栄一・永島慎二・深尾庄介・松永伍一・吉増剛造ら。沖縄側はあしみねえいいち・大城立裕・高良勉・松原敏夫・与那覇幹夫ら。沖縄の俳句関係は金城けい・おおしろ建・野ざらし延男ら一〇人。県外の俳句作品紹介。〈緑が濃いと仕草も一つづつ薫る〉市原正直・〈昼の星樹思樹思と鳴く梟〉石川青狼・〈春うらら寝まる子猫の顎かな〉江森國友・〈橋の上に紙の道化師背を伸ばす〉墨作二郎・〈星月夜沈黙の谺鳴りわたる〉吉田悦花ほか。なお、展示作品は平良市へ寄贈された。

「泥水」は五七号（五月）・五八号（七月）で宮古島詩画展特集を編んだ。文化交流の橋渡しと宮古島への熱い思いがつづられている。

俳誌「饗焰」（千葉、山崎聡主宰）所属の俳人十三人は四月一日から三日間、「沖縄・歴史と文化碑探訪の旅」を企画。吉屋チルー歌碑、塩屋の琉歌碑などを巡り吟行した。「饗焰」七月号で十一人が沖縄作品を発表。各自の第一句目を抽く。〈考えるかたちモクマオ木魔王〉山崎聡・〈琉歌碑の島は火の色花デイゴ〉河村四響・〈国道の片側に基地夾竹桃〉伊関葉子・〈残波岬風にとけゆく氷菓子〉宮腰秀子・〈四月一日沖縄の風強し〉茂木恭子・〈海からの風の日傘へメンソーレ〉井田茂治・〈比謝橋を見返る少女花デイゴ〉河村正作・〈空港のブーゲンビリア濃く淡く〉河村芳子・〈若夏や少年覗く汐だまり〉木戸白郎・〈空港にいちばんに着き花の冷え〉栗原節子・〈花くれない海は緑に読谷村〉駒志津子。

旅吟は事実の報告や物珍しさを強調した観光俳句、絵葉書俳句に陥り易い。旅情＋詩情、観察眼＋詩眼が大切

である。（七月一六日（金））

新視点の「歳時記」編集　一九九九年八月

旧来の「歳時記」は旧暦（陰暦）を基準とし、「春・夏・秋・冬・新年」に区分した。それゆえに、新暦（陽暦）で生活している現代人にはなじまない欠点があった。時代の変遷とともに色褪せてきた季語や四季に区分するには無理な季語が生じてきた。他方、都市化・機械化・電子化などの生活環境の変化につれ、無季語が人間生活に重要度を増してきた。

これらの状況を踏まえて、新しい視点から編集されたのが『現代歳時記』（金子兜太・黒田杏子・夏石番矢編、成星出版刊）である。本書の特色は①雑（ぞう）＝「無季」の項を設けたこと②新暦（陽暦）を基準にしたこと③「季節の移り」の「月」を二つの季節にまたがらせたこと（例。二月＝冬・春）④四季を「月別」にも分けたこと。

特色①は、季語には「ものの物象感を軸とした美意識化」（あとがき）があるとの観点による。例えば「天文・時間」の項。空・太陽・朝など。「地理・空間」の項。山・海・川・村・橋など。「人間」の項。頭・髪・目・耳・少年・少女など。ほかに「社会・生活」「文化・宗教」「動物」「植物」「物質・物理」「固有名」などの項が設けられている。

本書には沖縄の俳人、おおしろ建・岸本マチ子・金城けい・小橋啓生・夜基津吐虫・野ざらし延男らの句が五○句近く収録され、沖縄の現代俳句のレベルが評価されたことになり喜ばしい。

近刊の『現代俳句歳時記』（現代俳句協会刊）は前掲の『現代歳時記』をさらに推し進め、時代の進展、環境の変化、技術の進歩などを視野に入れ、「今日の生活実感に即した」画期的な歳時記である。本書の特色は①「通季の部」を設けたこと。例＝冷蔵庫・ビール・アイスコーヒー・ハンカチ・ラグビー・噴水・運動会・しゃぼん玉・咳など。②「無季」の項を設けたこと。例＝光・影・水・風・雨・時間・学校・地球・手・足・米・パン・飛行機・港・ロケット・戦争・平和・牛・馬・猫・犬・愛・死・夢・走る・笑う・泣くなど多彩。③太陽暦（陽暦）を基準にしたこと。本書には沖縄の俳人、岸本マチ子・金城けい・野ざらし延男・夜基津吐虫らの句が収録されている。時代の進展にマッチした歳時記の発刊は二十一世紀へ向けて待望されたもの。だが、中央（東京）中心の歳時記には地方（地域）季語（言葉）までは目配りが行き届いてない。沖縄にも新視点による歳時記の編集が望まれる。

（八月二十七日 ㊎）

教科書俳句 ――適切な作品選定が必要　一九九九年九月

日本には教科書検定制度がある。検定に合格しないと教科書として認めない制度である。教科書に国家権力が介入し、思想統制をしようとすると、家永教科書裁判や高嶋教科書裁判（横浜教科書裁判）などの訴訟が起こる。

義務教育の国語教科書の問題点。

小・中学校の国語教科書の検定合格本が少ないこと。小学校は六書。中学校は五書。高校教科書「国語Ⅰ」が三十二書もあるのに比して採択本が極端に少ない。選択肢が少ないことは教科書の画一化を招き、学問の自由を侵害する危険性がある。教育を受ける国民の側からすれば、教科書の寡占化は、国定教科書に限りなく近づいていくようで寒々しい。

国語教科書の俳句教材の問題点。

発達段階に応じた俳句教材が適切に選定されてないこと。小・中・高校の三教科書に重複して搭載されている句が三句ある。〈せきの子のなぞなぞあそびきりもなや　汀女〉〈赤い椿白い椿と落ちにけり　碧梧桐〉〈万緑の中や吾子の歯生えそむる　草田男〉。

小学校と高校の教科書に重複して搭載されている句が四句。〈さじなめて童たのしも夏氷　誓子〉〈赤とんぼ筑波に雲もなかりけり　子規〉〈露の玉蟻たぢ〳〵となりにけり　茅舎〉〈夏草に汽缶車の車輪来て止まる　誓子〉。中学校と高校に重複して登載されている句は二七句。〈白牡丹といふといへども紅ほのか　虚子〉ほか。

この珍現象は散文教材では考えられないことであろう。編集者（執筆者）や文部省の、俳句文学への認識度を疑わざるをえない。俳人や国民の側から異議申し立ての声があがらないのも不思議である。来年度使用の小学校検定教科書の公開展示が七月末に県庁（那覇市）一階であった。新しい視点から「こども俳句」を載せている「国語」教科書（六年下・学校図書）が目についた。〈夕立があがり街また動き出す〉〈天国はもう秋ですかお父さん〉〈わたり鳥真一文字に飛んでくる〉など七句。感性や表現の錬磨の上からも同年代の句は刺激になるであろう。このこども俳句のタイトルが「季節の中で―詩集を作ろう―」となっているのには驚いた。「詩集」は「句集」か「詩歌集」の間違いであろう。

教科書俳句は宮殿のお飾りみたいに、御上のものであってはならない。教科書の聖域化から脱却し、時代に即応し、発達段階に応じた作品の選定が望まれる。

（九月一七日㊎）

全国コンクール問われる選句眼　一九九九年一〇月

今日は俳句の時代だという声がある。その証の一つが全国俳句コンクールにおける応募句数の多さである。第一〇回「お～いお茶新俳句大賞」（伊藤園主催・七月）は応募句数九五万余。次の三つの特徴が応募の増加に拍車をかけていると思われる。①テーマは自由。季語や定型にこだわらない。②高額の賞金を出し、上位入賞句を緑茶缶のパッケージにする（最高賞の文部大臣賞は五〇万円）。③俳人以外の選者も加えている。金子兜太・森澄雄・津根元潮・松本恭子の俳人のほか、いとうせいこう（作家）・土屋耕一（コピーライター）・吉行和子（女優）ら。

文部大臣賞は〈海の上白く感じて冬が来る〉。果たして最高賞に値する作品かどうかは意見が分かれよう。一〇〇万に近い応募数の中から秀句を選び出すのは至難の業のように思える。だからこそ、選者の選句眼が問われていると言えよう。沖縄の上位入賞は秀逸五句。〈かすみ草一人だけではかがやけぬ〉大城佳奈子・〈サバンナで月へ届けとジャンプする〉勢理客徹・〈ささくれができた母の手好きな手だ〉仲村亜里沙・〈木の枝に白い布たれ沖縄忌〉富原寿江・〈薔薇という字にも親しみ卒業す〉比嘉かよ里。

第一回「俳句甲子園」（朝日新聞社主催・八月）の応募句数は二〇万余。応募規定は全国高校野球選手権大会にちなんだ句。季語（夏か秋）の入った句。選者は有馬朗人・黛まどか。前掲の「新俳句大賞」とは対照的に有季定型に限定しているのが特色。沖縄からは高校生の部で宇良宗樹（中部工業高校二年）が朝日新聞社賞を受賞。〈一球が沈黙を呼ぶ炎天下〉の句。各部門の文部大臣奨励賞句。小学校の部〈甲子園グランドにおちるあせなみだ〉・中学生の部〈甲子園頑張る夏に悔いは無し〉・高校生の部〈帽子取り坊主頭の汗拭う〉・一般の部〈先ず礼にはじまる夏の甲子園〉。二〇万余も応募がありながら、標語やスローガンに近い平凡な作品が最高賞である。このコンクールも選句眼が問われていると言えよう。

それにしても、文部省が主催しているわけではないのに最高賞が両コンクールとも「文部大臣」を冠しているのはどうしたことか。企業も新聞社も官に弱いということか。芸術の世界に妙な権威がはびこっているのは憂慮すべき現象である。

（一〇月二六日 ㊎）

句集が語る俳句の志向　一九九九年十一月

県内関係の三つの句集を読む。作品への関心と同時に、「序にかえて」「あとがき」「俳句教室に参加して」などに志向や俳句の方向性が語られていて興味深い。

『立雲』（沖縄俳句研究会・六月）。第七合同句集。四七人・各五〇句・二三五〇句を収録。「感情を抑制しつつ具体的な叙景やものを通した、俳句本来の正攻法を試みることによって静かな息づかいの中からひらめいていく技巧の冴えをつかみとっていく作品をめざしたい」（「序にかえて」）と語る。〈しぐるるや天の片方落ちるまで　柾目〉〈蟇跳んで島の大地の震えけり　石峰〉〈夢育つまでの球形たんぽぽは　森日出〉〈病めば真上に空あるを恋ひ春の闇　一香〉〈浜独活や見えだしてくる昼の星　晶子〉。

岸本マチ子句集『縄文地帯』（本阿弥書店・九月）第五句集。一九九四年から九九年までの六年間の作品三〇二句を収録。〈ゴリラにもど忘れはある梅雨晴間〉〈少年の握りこぶしの羽化はじまる〉〈生ぐさき闇までつまむ桜餅〉〈慟哭がたまるといつか石の匂い〉。「次の世代に安心して生きていけるバトンと共に俳句新化の情熱を手渡し出来たらと切に願う」（「あとがき」）と語る。

『薫風』（一〇月）。第一〇集。矯正施設の沖縄女子学園発行の中学生句集。一六人・一〇八〇句を収録。作者名は雅号。毎年一冊発行し、一〇年の歳月の重みを感じさせる。〈渡り鳥母の涙を受け止めて　友美〉〈若鮎に父の涙をとりもどす　羅沙〉〈夕焼けが猫の瞳の奥にある　マリン〉〈視野一面ほうおう木に染まる日々　麟〉。

「花や動物、物に自分の心を重ねてみたり、映してみたりと、俳句を作るのがとても希望に満ち、夢のあるとても楽しいものだと思えるようになってきました（羅沙）」「物を見る目もずいぶん変わりました。味もしないのに空気がおいしいと感じたり、しゃべりもしない花に『お早う』と言ってみたり、悲しい時ぬいぐるみが『頑張れ』と言っているように思えたり、俳句教室で、こんなにも人って変われるものなんだなぁと思いました（マリン)」(「俳句教室へ参加して」)。ここには俳句で何を学び、何を磨くかの原点が語られていると言えよう。
俳句文学へ向かう高い志向が作品に結実したとき、俳句の輝きが増す。

(十二月一日㈬)

驚異的な活躍をみせた高校生　一九九九年十二月

一九九九年もあとわずか。新聞は各分野の年末回顧や十大ニュースを掲載し始めた。「教育編」では学級崩壊現象が特徴と報じている。人間を偏差値や点数によって選別し、競争原理に基づく受験至上主義に傾斜してきた日本の教育体制が問われている。

俳句教育はこれらの点数主義の教育とは与(くみ)しない。なぜなら、点数では計れない感性や詩的創造世界の錬磨に主眼をおくからである。精神的な内的世界は眼に見えない世界である。如何に点数を稼ぐかではなく、如何に感性を磨くか、如何に表現力を高めるか、如何に創造力を高めるかを問う教育である。

沖縄の高校生の俳句の活躍は驚異的である。もし、「俳句編・県内版」の十大ニュースを選定すれば、「高校生俳句、四コンクールで全国一位獲得」がトップになろう。

第二回「神奈川大学全国高校生俳句大賞」(神奈川大学主催・十一月)。応募総数八七八六句。審査は三句一組みを総合評価する方式。最優秀賞・玉城潤(中部工業)〈神だのみの虹を見ていた野良犬たち〉〈セミが鳴く甘蔗畑の不発弾〉〈貝殻の波の音消え沖縄忌〉。中部工業高校から二年連続の最優秀賞受賞。県内から入選二人。

第三回「全国高校詩歌コンクール」(九州女子大学主催・十一月)。俳句部門。応募総数一四〇六句。一人一句の応募規定。最優秀賞・平良桂太(真和志)〈沖縄忌大きな椅子にすわりたい〉。県内から佳作十二人。学校賞・真和志高校。学校賞は県勢が三年連続受賞。

第一四回「全国高校文芸コンクール」（全国高校文化連盟主催・十二月）。俳句部門。応募総数九一六句。最優秀賞・仲松健（真和志）〈青年の裸が笛を吹いている〉。優秀賞二人。多和田真記〈獅子（シーサー）の白い歯欠けて沖縄忌〉・島辰之〈地図帳の海に焦げあり沖縄忌〉・山田圭恵〈冬の夜数字の光る腕時計〉（以上、真和志）。県内から入選三人。

第二九回「全国学生俳句大会」（日本学生俳句協会主催）。推薦大賞・名嘉山勇樹（中部工業）〈秋晴れをスクリーンにするロングシュート〉。

第一回「俳句甲子園」（朝日新聞社主催・九月）。朝日新聞社賞・宇良宗樹（中部工業）〈一球が沈黙を呼ぶ炎天下〉も記憶に新しい。今年一月発表のこのコンクールを加えると四コンクールで全国一に輝いている。

沖縄は全国トップの高校生俳句県であると言っても過言ではない。俳句が文化活動や教育界に活力を与えている。

（十二月二四日（金））

ミレニアム、俳句は動く　二〇〇〇年一月

新春、二〇〇〇年。辰年に因み、飛龍の年となるかどうか。ミレニアム（千年紀）の二十一世紀はどんな世紀になるのであろうか。

二〇世紀の日本を表す世相二字熟語は「激動」が一位（日本漢字能力検定協会調べ）。六位以内にはマイナスイメージの「戦争・不況・混沌」などがあり、プラスイメージは「平和・発展」の二つのみ。

二十一世紀のイメージはといえば「混迷」が一位、「激動」が二位だという（日本世論調査会調べ）。

俳句の歴史は、連歌から連句へ、連句から発句の独立へ、俳諧から俳句へと変遷してきた。その歩みは一〇〇〇年に満たない。俳句は伝統的に季語を重んじる文芸として歩んできた傾向が強いが、一方では、「季語」見直

しの動きが活発化してきた。

昨年、現代俳句協会は『現代俳句歳時記』を発刊し、従来の陰暦区分から現代生活にマッチした太陽暦区分へと転換した。また、四季編以外に、無季編・通季編を設け、時代の進展に目配りをした。

この動きに伝統派からは猛反発があり、俳句界をにぎわした。この新旧現象は過渡期にはつきものであり、俳句界も世相と同じく「季語」に関しては多少混迷が予想される。しかし、千年紀の流れの中では小さな波に過ぎないであろう。

この新視点の傾向は俳句の国際化につれて加速し、一行詩へと変貌していくかも知れない。時代に生きる創造的な俳句を目指すなら、俳句を季語の狭い世界に閉じ込めない方が賢明であろう。

二〇〇〇年版の「年鑑」が二冊出た。『俳句研究年鑑』（富士見書房）と『俳句年鑑』（角川書店）。俳句同人誌「天荒」はこの二書の「俳誌総覧」「全国結社・俳誌」に沖縄から初めて登場し、同人誌の指標や作品が紹介された。「沖縄には俳句同人誌はない」というのが総合俳句誌編集者の定説になっていたが、これを覆したことになる。

総合俳誌『俳壇』一月号（本阿弥書店）は「この作家・この句集」で岸本マチ子句集『縄文地帯』を取り上げた。自選一〇句のほか、句集評「太古の音がする句集」（伊丹公子）・一句鑑賞（今井聖ほか七人）などを紹介。沖縄発の現代俳句が好評である。

有季定型を絶対化する旧態の考えから俳句は脱皮していく。ミレニアム、俳句は動く。


（一月二四日（月））

勇気を与えた快挙　二〇〇〇年二月

平成十一学年度「全国学生俳句大会」の入賞発表（二月）があった。沖縄県勢は毎年好成績の大会である。「学校対抗」で沖縄女子学園（中学校の部）が優勝。小、中、高校、大学を合わせた総合部門で「準優勝」の快挙を成し遂げた。参加は一校五句一組み（団体）としてエントリー。〈梯梧咲き松尾芭蕉喜ぶよ〉〈流れ星死に物狂いの夢の跡〉〈花火咲き白い浴衣の柄になる〉〈大晦日白波のように優しくなる〉〈ちりちりと恋が芽生えた線香花火〉の五句。

沖縄女子学園は矯正施設。作品応募当時（昨年一〇月）は在籍はたったの一〇人。しかも、月ごとに入退園者があり、授業は複式学級の形態。世間からは〝非行〟というレッテルを張られた少女たちでありながら、普通校（在籍者も多い）のなし得なかったことをやり遂げた。少女たちが俳句で輝いた。人間は誰でも可能性を秘めているということを実証し、他者に勇気を与えた快挙であった。

個人の部。高校生の部。入賞三七句中十二句が県勢。特選〈花火見るあなたの瞳に写りたい〉翔南・仲間恵。入選〈常夏の私の島はかたつむり〉翔南・島尻亜佐美。〈どこまでも空青い日のお葬式〉中部工業・福士太輔。佳作九句。中学生の部。入選〈夜くるなもっと夕焼けでいたいのに〉北中城・棚原秋乃。〈たんぽぽの綿毛も迷う空の青〉上野・砂川由佳。佳作二句。

学生俳句大会の事務局長（日本学生俳句協会）の水野あきら氏が来県。天荒俳句会で歓迎会（昨年十二月二四日）を催した。生徒・学生俳句大会の草分けの人。商業主義に流れず、教育としての軸は曲げることなくボランティアでの厳しい運営を強いられてきた。学生俳句大会は三〇年の歴史を刻む。発足の契機は沖縄の中学生の一句〈原潜の記事しきりなり島の秋〉だった。昭和四二、三年ごろ、この句に感動し、日本学生俳句協会（昭和四五年）設立へとつながる。作者不明、中学校（真和志中学校？）も不確か。今は、四〇歳半ばになっているであろうか。水野氏は作者に会いたいと切望している。

県勢が応募開始したのは第八回大会から。今や沖縄は俳句のすそ野が広がり、俳句が強い県である。

（三月一日㈬）

詩魂の矢　二〇〇〇年三月

第三四回沖縄タイムス芸術選賞が発表（二月二三日）され、神矢みさが文学部門「俳句」で「奨励賞」を受賞。受賞対象は評判の高い句集『大地の孵化』。現代俳句の多面的な顔を持った句集である。ものの根源に迫る把握が魅力。〈大地の孵化の抜け殻春の雲〉〈どれもみな刹那の頂点揚雲雀〉〈陽を緊める音かも知れず鳳仙花〉。人間の深層心理に踏み込んだ緊密で重層的な句。〈じゃんけんパアーギロチン飛んだ昼の月〉〈肉厚の闇ジョーカーくるむ鶏鳴〉〈落日が眉間でバウンドする羞恥〉。沖縄の影。〈戦（いくさ）通りと名付け途切れた生命線〉〈自決の地尺取り天日背負い行く〉〈故郷を売る密談蛇穴に入る〉。濃厚な現代色。〈年輪を洗う血の音バーコード〉〈セロファンの知覚剝き出す春の月〉〈原罪を背負う繭ですコンピュータ〉。重厚な詩魂の矢を放っている収穫の句集である。

総合俳句誌「俳壇」二月号（本阿弥書店・東京）は、二つの沖縄関連記事を掲載した。グラビアの「クローズアップ・全国の実力俳人」に野ざらし延男が登場。創作理念のコメント・近作一句〈稲妻を獲らえる地球の目の濁流〉。顔写真などを一ページ組みで紹介した。待春沖縄座談会「時空を超えて」（岸本マチ子・三浦加代子・伊舎堂根自子）が面白い。岸本は無季派、三浦と伊舎堂は有季派。「九州から沖縄、そして、東北から北海道はいまだ縄文を引きずっているんじゃないか。中央集権から見た被圧迫地帯という意味で、俳句のうえで弥生（とらい）と縄文（どちゃく）のぶつかり合いが底流にあるんじゃないか」。「いつもいつも花鳥諷詠に囚われて季語を使わなければいけないというのもどうなんだろうなって気がするのよ。もっとボウケン（？）してもいいのではないか」（岸本）。「沖縄の韻律は偶数の韻律。ある意味では巫女の韻律かもしれない。五と七の韻律には染まらなかった」「季語、詩語が醸し出すイメージに現実的に向き合っているエネルギーのぶつかった空間ってどうなのか、みたいなところでやっているんです。だから、目の前にあるのが全部、季語」（三浦）などの発言が印象に残った。

沖縄の俳句（俳人）が全国へ詩魂の矢を放っている。今後に期待を抱かせる動きである。（三月二十三日（木））

批評精神が文学を磨く　二〇〇〇年四月

四月は梅檀の花が咲き誇り、風薫る入学式のシーズンである。しかし、学校現場では夢膨らませるスタートとは裏腹に、重苦しい雰囲気に包まれる。なぜなら、「国旗国歌法」に基づく「日の丸・君が代」の強制の拳を振り上げるからである。この強制は憲法で保障された「思想・信条・表現の自由」を侵害するばかりか、歴史の真実を歪め、愛国心を美化し、教育を歪めていく。

「『強制』によって育つナショナリズムは憎悪と排除の感情でしかないことを、日本人は歴史の痛恨の教訓として学んでいる」（「日の丸・君が代が生む亀裂」佐藤学。沖縄タイムス・四月一八日）のである。

文学は時代を映す鏡である。俳句がいつまでも花鳥を諷詠し、「わび」「さび」の世界に浸ってばかりはおれまい。時代の暗雲に抵抗する批評精神が、文学の鏡を磨いていく。

〝戦争と平和〟を俳句の鏡に映した沖縄の高校生の評価が高い。『17音の青春』第2回神奈川大学全国高校生俳句大賞優秀賞作品集（邑書林刊・二〇〇〇年三月）。「選考委員座談会」（宇多喜代子・大串章・金子兜太・川崎展宏・鷹羽狩行・復本一郎）で話題が集中したのが玉城潤（中部工業高校）の最優秀賞の三句。〈神だのみ虹を見ていた野良犬たち〉〈セミが鳴く甘蔗畑の不発弾〉〈貝殻の波の音消え沖縄忌〉。「痛烈な大人へのメッセージがある。戦争を続けた当時の大人たちへの糾弾、批判があると思う。なかなか迫力がある」（大串）。「批評精神あるいは思想性というものが非常に明確に打ち出されている。沖縄の若者がこういうことをどっしりと受け止めているということは、われわれ、注目しなければいけないことだと思う」（復本）。「〈神だのみ〉の句。何ともいえぬ鬱屈した憤りがある。恨みといっていいかな。その印象が非常に強かった。かなり具体的に比喩的に書かれている」（金子）。金子兜太推奨の入選句。〈日の丸の吐血かぶさる白牡丹〉〈あやまちを背負いきれない千羽鶴〉〈平和の礎（イシジ）幾千のホタル解き放つ〉（新屋敷亮・中部工業高校）。大人たちは、日の丸のために吐血し、何度あやまちをくりかえしてきたことか。千羽鶴を放ち、平和の礎（イシジ）を造っても、そのあやまちは消え去りはしない。糾弾されているのは歴史の教訓を忘却した大人たちである。

（四月二十六日 (水)）

世界へ懸ける虹の橋　二〇〇〇年五月

沖縄は次第にサミット色に染まりつつある。サミット参加国の旗が巷に翻り、「メンソウレー」（いらっしゃいませ）の掛け声や看板が増えれば増えるほど、沖縄色は消されていくようである。基地の島に触れるのは禁句であるかのような風潮、沖縄戦の体験から学んだ「ヌチドゥタカラ」（命こそ宝）の教訓はどこへ押し込められたのだろうか。

宮古島の話題を三つ。

政治の世界のサミットを文学の俳句世界に取り込んだイベントがあり、「日独子ども俳句サミットｉｎ宮古島」（実行委員会主催・平良市）入賞作品が発表された（沖縄タイムス・五月十三日）。応募数、ドイツ七四八句、日本一万九七〇五句、計二万四五三句。選考委員（国内）は稲畑汀子・木暮剛平・松崎鉄之介・松澤昭・山田弘子の五人。文部大臣奨励賞〈人形のふくをつくったヒヤシンス〉井上真美。郵政大臣賞〈きび刈りの甘い香残る父のシャツ〉下地広敏。大会の最高賞（外務大臣賞）は〈サミットで夏の海越え世界の輪〉嘉陽田直樹。「サミット」をナマのままテーマ化すれば、標語になり、スローガンになってしまう。この懸念が的中してしまった句。選考委員がしっかりした詩眼で選句すればこの弊が妨げたはず。俳句イベントは応募数の多寡で評価してしまう傾向があるが、作品の質を問うことも忘れてはならない。その責の大半は選考委員の眼力にかかっている。

『麻姑山俳句集』第二集（麻姑山俳句会刊・平良市・一九九九年十二月）が届いた。文庫判、七〇頁。十三人、各二〇句収録の合同句集。伊志嶺亮〈フラッシュに馴れ炎帝に見捨てらる〉、友利恵勇〈蟬の哭く逃げ場いずこに島の鳴く〉、友利昭子〈決心の前の空白夾竹桃〉、友利敏子〈木々飛んで風の形の悲鳴かな〉、前川千賀子〈五月晴碑は分身の影を置く〉、本村隆俊〈うりずんやおどけし貌の瓦獅子〉、米村いそこ〈夏雲や水脈輝きて吾を呼ぶ〉など。

高嶺長二句集『傘寿』（平良市・私家版）。句集名は〈師は米寿教え子傘寿空高し〉による。〈葡萄状球菌胸に梯梧咲く〉〈甘蔗刈る老女の腰の折れしまま〉など。

宮古島は子供も大人も俳句畑で懸命に鍬を振り、俳句の種を蒔いている。その想いは宮古島から世界へ懸ける俳句の架橋であろう。

（五月二十五日㈭）

事実を真実へ高めた高校生の句　二〇〇〇年六月

沖縄の六月は鎮魂の月、非戦の月である。「慰霊の日」の六月二十三日を挟んで各学校では平和学習が展開されている。

「戦争と平和」をテーマにした俳句。

軍拡を拒みて老農鍬を振る　川満さとみ
月を呼びもどす鳩の羽音慰霊の日　糸数　仙
夢でいご不発弾の島の吐血　比嘉　斎
ひめゆりの悲鳴も言葉も蝿たかる　宮城親徳
乙女らの自決の岩に根付く百合　山内明美
ヤドカリが薬莢背負って母さがす　知念千春
壕の中蟻の鼓動も許されず　桃原知子
梯梧よ咲けB52はもうこない　具志堅崇
戦後の傷赤花（アカバナー）の血はいまだ熱く　許田　光
セミが鳴く甘蔗畑の不発弾　玉城　潤
日の丸の吐血かぶさる白牡丹　新屋敷亮

去る六月一七、一八日の両日、第一三回「日本平和学会九州沖縄地区研究集会」（日本平和学会主催。沖縄国際大学）が開催され、「戦争と文学」分科会の「平和教育と俳句」（野ざらし延男発表）で紹介したのが前記の高校生俳句（宮古高校・読谷高校・中部工業高校）である。事実を真実へ高めた鎮魂と非戦の句、沖縄戦を風化させない批評精神と「平和の心」を詩的に表現した句である。

『ヤポネシア俳句紀行』久田幽明著（ひるぎ社刊・一九九九年十二月）。B5判・三八一頁。喜界島・大島・徳之島・沖永良部島・与論島・久高島・伊平屋島・与那国島・石垣島・尖閣列島・宮古島などを巡っての旅吟と紀行文。沖縄タイムスの書評欄で「客観写生の枯れた味わい」と評された。

俳句結社誌『大樹』（北さとり主宰・大阪）五月号。平成十一年度賞を発表、「山河賞」を屋嘉部奈江（浦添市）が受賞した。〈甘蔗しぼる鉄輪の軋み悲鳴とも〉。〈若夏や金の泡噴く甕の藍〉。〈羅針盤の針に逆らい狂う夏〉。仲里北星が「受賞者の横顔」を執筆。

戦争は人間の羅針盤を狂わせる愚かな行為である。詩（俳句）世界に生きる者は、狂気の羅針盤に翻弄されることなく、歴史の事実を見極め、時代の深層を抉り、俳人独自の羅針盤を持って詩的世界を開拓しなければならない。

（六月二十六日（月））

サミットの光と影、検証を　二〇〇〇年七月

非戦・反基地・平和希求を訴えた「嘉手納基地包囲行動」が二〇日午後、行われた。第二六回主要国首脳会議（沖縄サミット）を翌日に控え、在沖米軍基地の現状と平和の願いを世界にアピールするため二万七〇〇〇人が参集した。「基地の永久固定化を許さず、二一世紀には基地のない平和な島にしたい」との沖縄の心が〝人間の鎖〟となり、広大な嘉手納基地を取り囲んだ。

七月の「タイムス俳壇」（二一日・金曜日）には戦争と軍事基地をテーマにした作品が目立った。沖縄から発信する地方紙としての特色がにじみ出た新聞俳壇と言えよう。〈礁間に漏刻を聞き遺骨掘る〉（牧志朝介）、〈語り部の残像鉄砲百合の道〉（末次正）、〈野牡丹の腑の底にあり沖縄忌〉（渡嘉敷皓駄）、〈守礼の門誉め殺される的の島〉

〈小橋川忠正〉、〈集骨に蛇も這い出て忌をたたく〉（三木鷹子）、〈被災木あとずさりする蟬の腹〉（安谷屋竹美）、〈島唄が骨の髄まで沖縄忌〉（山城百合）、〈戦争の衣装は知らず熱帯魚〉（安部孝司）。

句集『薫風』山田晶子（沖縄俳句研究会刊・三月）。「私の句は風土性や社会性が希薄で、自分自身を追求することに終始している。人間の匂いのする句になればいい」（「あとがき」より）と記す。〈若夏の湾は光の器なり〉〈炎昼の榕樹は化ける力なし〉〈若葉風われは宇宙の巡礼者〉（付記。沖縄女子学園発行の同名の句集『薫風』は一九九〇年から毎年発行され、既に一〇集になる）。

第四回「平良好児賞」（顕彰会主催・平良市）が発表された（沖縄タイムス・五月二二日）。宮古出身者を対象にした賞で、本村隆俊が受賞。俳句結社「鷹」で活動し句文集『梯梧』があるという。

沖縄サミットにちなみ催された「日独子ども俳句サミットin宮古島」の入賞作品集『日本とドイツの子ども俳句集』（同実行委員会編・六月）が発刊された。国際俳句交流協会賞〈この蝶もわたしも地球のひとかけら〉（宮崎県・みどり台中学校二年・柴田あゆみ）ほか、特別賞・選者賞・入選・佳作が収録されている。

沖縄にとってサミットは何なのか。サミットの主テーマ「一層の繁栄・心の安寧・世界の安定」は文学とどうかかわるのか。俳句の国際化潮流の中で、サミットの光と影を検証しなければならない。（七月二十八日㊎）

県外の俳人、どう沖縄詠む　二〇〇〇年八月

俳句には野外の現場で俳句を作る吟行という修業法がある。限られた時間で打座即刻の感興を一七音の言葉に乗せるのである。

二つの吟行会作品を紹介しよう。

総合俳誌『俳句界』（北溟社・東京）六月号は「沖縄吟行」（三月二二日〜二四日）を特集した。吟行地「ネオパークオキナワ・万座毛・浜比嘉大橋・勝連城跡・首里城・玉泉洞・摩文仁丘平和祈念公園ほか」参加者一〇人。県外の俳人の眼が沖縄をどうとらえたのか。どう詠まれたのか、興味深い。

『沖縄吟行記』（塩路隆子・永川絢子）、特別作品三〇句（塩川雄二・泉田秋硯）、作品二句八人を掲載した。

沖縄の旅遠干潟近干潟　塩川雄二
鳳作の海しんしんと夏兆す　泉田秋硯
赤土の基地の村にも田植すむ　伊藤稔代
勝連城跡抜け穴あつて蜥蜴這ふ　永川絢子
珊瑚礁鎮む塩屋の春夕焼け　小林成子
ヤンバルの珊瑚拾ひて春惜しむ　塩路隆子
道路沿ひ琉球松は芯を立て　田村椰子
島の道みな海に咲く仏桑花　村岡紀美江
春宵の闇にトーチの火がゆるる　柳瀬都音子
南海に一帆生まれて夏めきぬ　山中宏子

天荒俳句会は夏の合宿吟行会「伊平屋島・伊是名島吟行」（七月二二日〜二四日）を実施した。

千の蛇昇天競う念頭平松　神矢みさ
満月のクマヤ洞窟風の肺　おおしろ建
野甫の海竜宮の入り口開けたまま　おおしろ房
海明ける凱歌のような蟬時雨　平敷武蕉
尚円王の指先からオオゴマダラの飛翔　平敷とし

王朝の熟れて腐って離島苦（シマチャビ）のアダン　金城けい

日曜日は島言葉の月の島　小橋川忠正

吟行はピクニックではない。風景の表層をなぞったり、観光スナップ的に描写するものではない。俳句の眼で風景を立ち上がらせ、新たな世界を開示する作品を創作する磁場である。吟行地の自然と歴史と文化に切り込み、詩的覚醒につながる視点を忘れてはならない。果たしてこれらの吟行作品は風景に息を吹き込み、新たな創造世界を開示しているであろうか。松尾芭蕉は「松のことは松に習え」と言ったが…。作品の評価は読者の眼に委ねよう。

（二〇〇〇年八月二十九日（火））

複眼　二〇〇〇年九月

今年の中秋の名月（太陽暦九月十二日）は沖縄に台風が襲来し、観月宴が吹っ飛んだ。しかし、「月を愛でる」俳句までは吹き飛ばなかった。俳句は嵐が来ようが雨が降ろうが月を胸中で輝かせることができる。日本の伝統文芸の底辺には闇の中で月の美を探り、見えない世界を視る詩心を育ててきた土壌がある。俳句では十五夜の月を望月（もちづき）といい、その待望の月が見えない状態を「無月」や「雨月」の言葉で表現した。肉眼では見えない闇でこそ詩心の輝きは増すという詩境が垣間見える。

さて、自然界の闇に対して人間界の闇といえば、戦争がある。「闇」の戦争に焦点をあてた俳句界の動きを紹介しよう。

総合俳誌『俳句界』（北溟社）八月号は「新世紀に語り継ぐ八月十五日…一句とエッセイで綴る日本人の心」（一二二人）を特集した。〈敗戦日空が容れざるものあらず　石田波郷〉〈生きてゆくかぎり八月十五日　河北斜陽〉

〈野哭まだつづく現し世敗戦日　石崎素秋〉〈暮るるまで蟬鳴き通す終戦日　下川ひろし〉など。俳句に佳句が少なく、エッセーに日本人の心が語られていた。

第四七回長崎原爆忌平和祈念俳句大会（八月十九日）の「作品集」が届いた。〈凧揚げて戦なき空子に渡す　片山白城〉〈八月を片うででこぐ車椅子　浅野梢風〉〈原爆図を出てゆく神のめまいかな　木村直子〉などが上位入賞。〈原爆ドーム流星の死骸なだれ込む〉は沖縄のおおしろ房の句、多点句として紹介された。なお、沖縄から岸本マチ子と野ざらし延男は大会選者として毎年かかわっている。

原爆忌東京大会は今年で二〇回の歴史を刻み、八月に『原爆句集』（同実行委員会編）を発行した。一人一〇句・三一八人が参加。〈ラムネ瓶どこに置いても透くケロイド　相原左義長〉〈遠泳の頭がみな機雷になっていく　石田三省〉〈百の瞳の空洞天皇誕生日　谷山花猿〉〈乱反射するや初刷りに核の海　古澤太穂〉など。巻末に「大会の歩み」を収録、平和希求の声が重い。

月と闇、戦争と平和、可視と不可視、この両者と対峙する複眼を俳人は持たねばならない。文学にはものの本質をつかみ、歴史の暗部を抉り、現実の膿を出し、患部を切開するメスの動きがある。（九月二十五日（月））

青少年に広がる輪　二〇〇〇年一〇月

第十一回「お～いお茶新俳句大賞」（主催・伊藤園、七月）が発表された。応募総数が一〇〇万を突破した。多額の賞金を出し射幸心をくすぐり、緑茶缶に入賞作品をパッケージにして全国に売り出す商法が当たっているようだ。応募の内訳。小学生二八万句余、中学生二四万句余、高校生三五万句余、一般一六万句余、英語俳句四〇〇〇句余。「学生の部」の応募が加速的に増加していることが特徴である。青少年たちに俳句が愛好されているのは喜ばしい傾向というべきか。

　文部大臣賞（最高賞）〈図書館の二月の椅子の少年よ〉。各部門の大賞作品。一般Ａ〈鳥になるまでゆれている烏瓜〉、一般Ｂ〈明日に向く枯木の枝の先の先〉、一般Ｃ〈秋うらら鯰笑ひしほどの波〉、高校生〈誕生花と知ってかわいい猫柳〉、中学生〈全宇宙真っ黒だけどぼくがいる〉、小学生〈せんたくものへぴかぴか光おりてくる〉。

　句集『いしじ』平中矢著（角川書店、六月）。〈傷負ひしものほど寡黙昼の虫〉〈詠わねば死ねぬ念ひぞ沖縄忌〉〈とどまるも進むも弾雨蟻地獄〉など、沖縄戦詠に特徴がある。「初心に立ち戻って、これからは作句活動に徹したい」（あとがき）と語る。

　俳句同人誌『天荒』七号（七月）は神矢みさ句集『大地の孵化』特集を編む。〈水晶のように少年生える図書館〉〈みみず夜通し木管楽器で土を吐く〉ほか。作品・鑑賞・評論・資料編など多彩な編集。

　少年句集『青空の指きり』（河出書房新社）が評判になっている。〈青空は入学式の黒板だ〉恩田皓充（静岡・一三歳）の作。一方、沖縄の少女句集『薫風』十一号（九月）が発行された。発行は矯正施設の沖縄女子学園（中学生）。毎年一回発行され、十一集は県内最多の長寿句集であろう。〈闇に咲く月桃の花過去を消す〉〈塀の中どこまで泳ぐ鯉のぼり〉〈冬菫渡り鳥の顔になる〉〈春の恋ヒューヒューやかんが泣きそうだ〉など物に心を通わせ、実相観入の作品が年齢を超えて読む人の心を打つ。俳句の輪が青少年に広がりつつある。「俳句は目で見たもののイメージを高め、余計なものを省いた中心だけを入れていく。うまくいったときは、とてもうれしい」（恩田皓充）のだ。俳句への共鳴がうれしい。


（一〇月三〇日（月））

俳句の口語化　二〇〇〇年十一月

時代の進展とともに俳句の言葉の世界も変化してきた。とりわけ、文語から口語へ、歴史的仮名遣いから現代仮名遣いへ、表現、表記が変わってきた。

有季定型を標榜する人たちは文語と歴史的仮名遣いを墨守している。だが、日本の学校教育では、旧制の中学校教育で歴史的仮名遣いから現代仮名遣いへと転換した。従って、辞書なしで歴史的仮名遣いや文語文法を正確に書ける世代はごく一部の人間に限られてきている。

他方、多くの俳誌や教科書俳句は依然として時代の趨勢を顧みず、有季定型で文語・歴史的仮名遣いが主流である。ある俳誌や新聞俳壇では選者（主宰者）が現代仮名遣いを歴史的仮名遣いへ、口語を文語へ、強引に書き換え、改作する。（俳句界では他者の作品を添削するのも公然化しているという）。なんと閉鎖的な文学観であろう。勿論、俳句を書くことは個人の文学的営為であるから、どの表現方法を選択するかは本人の自由である。だが、他者の作品の表現表記まで画一化するのは俳句の道ではなく邪の道であろう。

第二回「俳句甲子園」（朝日新聞社主催・九月）で北谷高校が「団体優秀賞」を受賞した。〈虹くぐり本塁ベースへ滑り込む〉喜屋武由菜・〈強打者を睨み返す入道雲〉久場良朗・〈コールド負けこの炎天のブラックホール〉島袋恭太・〈声援のセミを黙らす剛速球〉源河梢・〈二死満塁夢のパズルの夏の果て〉喜友名礼佳・〈夕暮れの明暗分けるダブルプレー〉大城弘敬ほか九〇人の力作が団体賞獲得につながった。

第四回「創作コンテスト」（国学院大学・高校生新聞社主催・十一月）の「俳句部門」で県内から「佳作」が出た。本コンテストの「佳作」は最優秀賞一句、優秀賞二句に継ぐ三位ランク（五句）で、佳作以上の入賞者は表彰式（東京）に招待された。〈海の青炎帝さえもはね返す〉伊禮藍子（北谷高校）。「入選」に岸本亜理沙（開邦高校）が入った。短歌部門では北谷高校の玉城詩織が「佳作」に入賞した。若者の作品は時代の肉声としての口語が主流である。二十一世紀へ向けた国際化潮流の中で俳句は確実に口語化していくであろう。

（十一月二十三日(月)）

どうなる二十一世紀の俳句文学　二〇〇〇年十二月

コンピュータ誤作動問題で明けた二〇〇〇年もあと数日で幕を閉じる。俳句文学の方向性には誤作動はなかったのだろうか。

総合俳誌『ＮＨＫ俳壇』（日本放送出版協会）十二月号。シリーズ「俳句の風景」で「沖縄県」を紹介。「美しい島」のサブタイトルでサンゴ礁の島々と八重山のもうひとつの戦争を紹介。沖縄を代表する近現代の俳人、比嘉時君洞・篠原鳳作・遠藤石村・矢野野暮・小熊一人・瀬底月城・岸本マチ子・野ざらし延男の八人の各一句を紹介。「地元の俳人に聞く」は電話インタビュー、野ざらし延男が取材を受けた。「八重山石垣島紀行」の「旅十句」は黒田杏子が執筆。〈雷声を収むと絣括りけり〉〈結願や豊漁豊作群星嶽〉ほか。

「読売新聞」は「文芸誌リーダー」を県別に連載した。沖縄編は十一月から十二月にかけて、顔写真入りで六人が登場した。平山良明（短歌）、高良勉（詩）、古倉節子（小説）、俳句関係では岸本マチ子、玉城一香、野ざらし延男の三人。岸本は「生きている現実を詠む」、玉城は「感動を物に託し表現。テーマは沖縄で一貫」、野ざらしは「サンシン美を追求。精神性濃厚な作品世界」の見出しで紹介された。紹介文中から一句。

どこかたぎらせ冬の野を行く棒となり　　マチ子
流木は男と思ふ夕焼けぬ　　一香
岩ぶよぶよ嬰児ぶよぶよ地球抱く　　延男

岸本は総合俳誌『俳壇』（本阿弥書店）十一月号に特別作品三〇句を発表した。〈哲学の裸身となるか巻雲に〉

〈曼珠沙華ふところに咲くテロの街〉〈こめかみに非常口ある鳳仙花〉ほか。

今年の物故者。島津亮。三月一日没、享年八一。昭和三〇年代の前衛俳句の旗手の一人。〈怒らぬから青野でしめる友の首〉。古沢太穂。三月二日没、享年八六。社会性俳句の旗手の一人。〈ロシア映画みてきて冬のにんじん太し〉。飯島晴子。六月六日没、享年七九。自死は衝撃。評論「葦の中で」「俳句発見」がある。〈天網は冬の菫の匂いかな〉。三氏とも俳句史に大きな足跡を残した。

沖縄の夏、国の巨費を投じて開催されたサミットに実りなく、季節外れの空っ風が吹き過ぎた。十一月、「琉球王国のグスクおよび関連遺産群」が世界遺産に登録され、実りの秋となった。二十一世紀は俳句文学にとって実りの世紀になるのであろうか。

（十二月二十五日㈫）

脱皮の巳年　二〇〇一年一月

新世紀の幕開けの年、沖縄の中・高校生が全国俳句大会で目を見張る活躍をしている。

第三回「神奈川大学全国高校生俳句大賞」（神奈川大学主催・十一月）。三句一組みの審査。最優秀賞、高安久美子（開邦高校）。〈骨埋まる街の火ゆれる終戦日〉〈数学のプリント裏に夏と記す〉〈講習の教科書に夏閉じこめる〉最優秀賞は三年連続して県勢が獲得。

第一五回「全国高等学校文芸コンクール」（全国高文連主催・十二月）。〈俳句部門〉優秀賞、山城奈菜恵〈河童忌やビー玉光る水の底〉、岸本亜理沙〈冬の夜指紋の残る銀鋏〉。優良賞、城間政司〈清明祭ほこりの積もる蛍光灯〉、高安久美子〈透明の時計のバンド入学す〉。入選四人。以上、開邦高校。

第三一回「全国学生俳句大会」（日本学生俳句協会主催・一月）。中学生「学校対抗の部」で上野中学校が第一位、

県勢二年連続（昨年は沖縄女子学園）一位獲得である。五句一組みの審査。〈鳥の群れ秋を連れて里帰り〉〈手作りのゆかたは母のにおいする〉〈運動場指揮台一つ秋の暮れ〉〈シャコ貝が青空向かって大あくび〉〈台風やドミノ倒しのキビ畑〉の五句。沖縄女子学園が第四位。高校生の部は宮古工業三位、翔南四位、北谷五位。

高校生、個人の部。北谷七句、那覇、宮工、宮古、翔南、読谷、普天間各一句が入賞。全入賞三二句中、県勢が一三句を占めた。入選句。〈宿題のゴールは見えず蜃気楼〉伊礼剛一（北谷）、〈空の声しんしんと聴く仏桑華〉野村早八香（北谷）、〈強打者の狙いは向こうの入道雲〉仲村早百合（北谷）、〈きび植えて家族の絆深まれり〉川上絵梨奈（宮工）、入選は大賞（一句）、特選（一句）に次ぐ第三位のランクで、八句中の四句。中学生の部。入選（九句）二句。〈青芒僕のふるさと揺れている〉阿久津奈々（沖縄女子学園）、〈春雨に雀を抱いてる大樹かな〉我如古麻実（上野中）。佳作、沖縄女子学園と上野中から各二句。なお、入賞作品に盗作及び剽窃（ひょうせつ）が発覚した。

今年の干支は巳。蛇から何を学ぶか。蛇は脱皮を繰り返し成長する。いかに古い殻を脱ぎ捨て、新しい俳句に脱皮できるか。蛇は四週間に一回は主牙が生え替えるという。俳人は独創的な作品を創作するために俳句の牙をいかに磨くか。蛇は地に棲む。しかし、天に棲む天蛇（ティンパウ）もいる。宮古島では虹の意である。想像力の翼を羽ばたかそう。若者たちの俳句が今後どう脱皮を繰り返し、どう成長するか楽しみである。

（一月二十五日㈭）

新しい狩猟地を目指して　二〇〇一年二月

二〇〇一年版、二つの年鑑号に注目した。特徴的なことは両号とも自死した飯島晴子について論評している点である。飯島は自著『俳句発見』で、「私の監督を受けずに自由にしている言葉たちの向こうに、私の知らない私をみることは、味をしめればやめられない面白いゲーム（狩猟）であった」と述べているが、『俳句研究年鑑』

（富士見書房）の「今年のトピックス」で、「飯島を揺り動かしたのは、むしろ、『素手の着流し』で立ち、意味から逆行する言葉の闇を俳句としてすくいとることだったのであろう。俳句形式の魔性に首を摑まれた俳人であった」（あざ蓉子）と指摘した。『俳句年鑑』（角川書店）の「一年を回顧して」（宇多喜代子）で、飯島は女性時代の先行であり、象徴のような存在であったとし、飯島の最期の在り方について、奥坂まやの一文を紹介した。「古代の狩猟採集民というのは自分が歩けなくなって狩猟ができなくなると置いていってくれと言うんだそうです。自分だけそこに残る。他の人たちは先に進んで、また新しい狩猟地に行くわけです。晴子さんの亡くなり方には、そこに残って自分で選ぶ死という感じがしてならない」と。

狩猟的俳人・飯島の生と死、生き残った人たちの新しい狩猟地を目指す宿命とが語られている。両年鑑号には沖縄から俳句同人誌「天荒」が紹介されている。

地元の『沖縄文芸年鑑』（沖縄タイムス）では「俳句概観二〇〇〇」をおおしろ建が執筆。また、「タイムス俳壇」（「沖縄タイムス」読者投句欄）の天・地・人賞の作品を採録。久田幽明・金城けい、二選者の作品を掲載。〈余所人の隣なるも独り月の航〉（幽明）・〈紅葉は夕日のなみだ鬼門に咲く〉（けい）ほか。「資料」編。沖縄・奄美関係の文芸年表、文学各賞受賞者一覧、文学団体同人誌一覧、新刊図書一覧、人名録など貴重。

玉菜ひで子句集『出帆』（天荒現代俳句叢書・十二月）。〈満月に抱かれ村ごと出帆す〉〈うりずん南風ロダンの首をすげ替える〉〈椅子のくぼみに基地小春日を羽織っている〉〈モナリザの片頰落ちる春の闇〉。鋭い現代感覚で捉えたフレッシュな句集。新星、女流俳人の登場を印象づける。

二十一世紀を生きていく私たちは如何なる狩猟地（言葉の世界）を目指し、如何なる獲物（俳句）を獲得することができるのであろうか。

（二月二十七日（火））

自然と人間との共生　二〇〇一年三月

街路樹や公園にイペーやトボロチが咲く季になった。亜熱帯気候の沖縄的風景である。この沖縄の特色を生かした自然と人間の共生が俳句の世界でも問われている。

総合俳誌『俳壇』（本阿弥書店発行）三月号は特集「俳句・自然と共に生きる」を編み、「俳句は自然との共生にどこまで寄与できるか」のサブタイトルをつけた。

「自然はいつもそこにあった。水と空気がなければ人間はこれを壊すことも無視することもできない。俳句はこんな自然と人間との関係に何を与えることができるだろうか」と編集子は問う。高度経済成長期における著しい都市化、自然環境の破壊と汚染の進行、情報技術による生活文化の変容と国際化など、時代の変貌の中で俳句はどう生きて行くのか。「自然と人間の係わりの中に人間存在のまことを探る」（黛執）、「俳句という詩型を武器に闘う」（鈴木鷹夫）と二氏は発言した。また、アンケート「私にとって自然とは」では沖縄から伊舎堂根自子がコメント「沖縄の現実」と作品（三句）を発表。〈地に触れて福木に触れて秋燕〉。

琉球新報は第二二回「琉球俳壇賞」を発表（一月一七日）。俳壇賞に西銘順二郎、石村賞にいぶすき幸が受賞した。

片降りや庭の真砂を弾き去る　　順二郎

雲を脱ぎ月山はろか鳶の秋　　幸

沖縄タイムスは第三五回沖縄タイムス芸術選賞を発表（二月一七日）。「文学」部門（俳句）の「奨励賞」に山田晶子が選ばれた。句集「薫風」の作品が評価された。

寒鯉の口はこの世に触れてをり　　晶子

沖縄俳句研究会は「荒妙」二月号（三六ページ）を発行。特別作品「八重山行」（喜舎場森日出）、「沖縄の四季」

（玉城一香）、「沖縄歳時記」などを収録。

天荒俳句会は、「天荒会報」二四三号と俳句同人誌「天荒」八号（一〇二ページ）を発行。八号は「伊是名島・伊平屋島吟行」作品、特別作品「的の島」（小橋川忠正）、「文学雑感」（平敷武蕉）、「俳句の原点を求めて」（野ざらし延男）などを収録。

自然と人間との共生、独自の季の世界の開拓、季語から詩語への創造、これらを視野に入れて創作することが、文学としての俳句を生かすことに繋がるであろう。

（四月二日（月））

新樹光の高校生句集　二〇〇一年四月

四月は入学のシーズン。新たな出立ちの時。青葉若葉の季から二つの高校生句集が誕生した。

中部工業高校句集『俳句の原石』（一八〇ページ、三月）。一九九六年から四年間の作品をまとめた句集。全国俳句コンクールで全国一位七回（個人四・団体三）の快挙を成し遂げた作品を含む三八九人の一三一七句を収録している。〈梯梧よ咲けB52はもうこない〉（具志堅崇）、〈シャボン玉邪馬台国へ飛んでいく〉（新城安樹）、〈オートバイそのまま流れ星になる〉（仲村将哲）、〈白百合の下からきこえる死者の声〉（久高良太）、〈夕焼けの鏡の中の機銃〉（山内俊治）、〈戦後の傷赤花（アカバナー）の血はいまだ熱く〉（許田光）、〈秋晴れをスクリーンにするロングシュート〉（名嘉山勇樹）、〈一球が沈黙を呼ぶ炎天下〉（宇良宗樹）、〈セミが鳴く甘蔗畑の不発弾〉（玉城潤）、〈どこまでも空青い日のお葬式〉（福士太輔）ほか。

北谷高校句集『俳句イルミネーション』（一二八ページ、三月）・二〇〇〇年度の作品集。「俳句甲子園」団体優賞作品を含む一〇三人の七〇〇句を収録。〈虹くぐり本塁ベースへ滑り込む〉（喜屋武由菜）、〈海の青炎帝さえもはね返す〉（伊禮藍子）、〈宿題のゴールは見えず蜃気楼〉（伊礼剛二）、〈空の声しんしんと聴く仏桑華〉（野村早八香）、〈ホーホケキョこだましているランドセル〉（幸地真美子）、〈梅雨明けて青の革命始まるぞ〉（仲村早百合）、〈ひまわりや平和の空を握りしめ〉（島亜矢子）、〈鰯雲島を越えゆくこだまかな〉（福地将人）ほか。

この二句集は「磨けば光る素地はだれでも持っている。その可能性を発掘し、原石を光らせるために教師は手をさしのべ、啓発の精神で俳句学習に取り組んだ」（『俳句の原石』発刊の言葉）句集である。日常生活の中で詩心のアンテナを張り巡らせ、観察眼を磨き、発見の眼を培ってきた。一回性の鑑賞や実作ではなく、年間を通しての俳句創作活動。鑑賞中心の俳句学習ではなく、創作の喜びを体感しながらの実作。量が質を高め、自由な詩心の羽ばたきが魅力である。さまざまな問題を抱えた教育現場で、俳句が新樹光の輝きを持っているのは喜ばしい。二句集とも県内の各高校へ寄贈された。

（五月七日（月））

総合俳誌の役割　二〇〇一年五月

近年、俳句ブームを反映してか総合俳誌が増えている。市販されている総合俳誌は『NHK俳壇』『俳句』『俳句朝日』『俳句αあるふぁ』『俳句界』『俳句研究』『俳句現代』『俳句四季』『俳句文芸』『俳壇』の十誌。初心者向けの商業誌が多い中で、年鑑号まで発行しているのは『俳句』（角川書店）『俳句研究』（富士見書房）『俳壇』（本阿弥書店）の三誌である。

『俳句』と『俳句研究』の年鑑号は一月発行。二誌の特徴は中央集権的、権威的、総花的である。作品の取り上げ方も世代別に八〇代から順に二〇代へと論評し、オーソドックスで新鮮味に欠ける。かつては両誌とも有季定型の伝統俳句偏重で革新的な現代俳句派を排除した時代があったが近年はその弊が少しずつ改善されてきているようだ。

『俳壇』の二〇〇一年版年鑑号は五月発行。「全国実力作家二二八人の秀句」では「北海道・東北」から始まり「九州・沖縄」まで地域別に取り上げ、前二誌とは異なる編集である。「九州・沖縄」では一六名が登場し、作品二句を池田澄子が論評している。沖縄からは伊舎堂根自子（風）・岸本マチ子（WA）・野ざらし延男（天荒）の三名が紹介されている。〈風荒き畑にしなひて甘蔗穂立つ〉〈旧正の手荷物に山羊離島船〉（根自子）、〈死に顔まで責任もてぬ青芒〉〈げじげじがげじげじと鳴く魂も〉（マチ子）、〈日も雨も釈迦の瞬きサワディカ〉〈蝶も蠅も釈迦の涙かラーゴーン〉（延男）（サワディカは「こんにちは」、ラーゴーンは「さようなら」の意）。「諸家自選作品集三三〇〇句（一人一句）には県内から六名が登場。根自子・マチ子・延男ほか、嘉陽伸〈ふる里は基地のつぎはぎ朧なり〉・久田幽明〈月山の天へなだるる花芒〉・三浦加代子〈サングラス海へ突き出す鼻柱〉が紹介された。

総合俳誌は同じ顔触れの大家や著名人の作品を中心に掲載している。しかし、この編集方針が知らず知らずに権威に媚びり、作品の価値より権威の名を優先させ、いつしか自縛の落とし穴にはまる。目先の商業主義に流れると俳句の質は低下し、俳誌がマンネリ化していく。

総合俳誌は歴史の眼を忘れず、批評精神に裏打ちされた革新の姿勢を貫くことが肝要である。ぬるま湯の俳壇状況に風穴をあけるような編集が俳句文学の未来を切り開いていくであろう。

（五月二十五日㊎）

鎮魂の月、後味悪く　二〇〇一年六月

沖縄にとって六月は鎮魂の月と言われる。「慰霊の日」の二十三日前後には地域や各学校でさまざまな戦争と平和を考える取り組みが催される。しかし、戦後五十六年も経過すると、戦争体験も風化し、平和教育もマンネ

り化してくる。「新しい歴史教科書をつくる会」主導の教科書が歴史を歪曲しているとして近隣諸国から修正を要求されるなどの問題も惹起している。

さて、「慰霊の日」を「沖縄戦の終結日である」と規定するのは正しいとは言えない。なぜなら、二十三日以降も戦闘は続いていたのだから。二十三日は第三二軍司令官牛島中将と同参謀長の長勇中将が自決した日（二十二日説もある）である。これを根拠に「沖縄戦の組織的戦闘が終結した日」と規定するのも疑問符がつく。なぜなら、戦火の中で組織的な通信網が分断され、組織の機能が麻痺した状況で「組織的戦闘は終結します」と宣言したところで、空呪文に過ぎない。「二十三日」は、軍人の自決した日ではあっても、沖縄戦の終結日ではないのである。

では、史実に照らした客観的な沖縄戦の終結日はいつか。南西諸島の日本軍代表が嘉手納の米軍一〇軍司令部で正式に降伏文書に調印した日、九月七日を採るのが妥当であろう。「慰霊の日」の制定は軍人色が強く、迷彩色化され、歪められた歴史観が見える。死者の霊を慰め、人類の恒久平和を希求するには後味の悪い、鎮魂の月になっている。条例改正の声は上がらないのか。

近刊の二句集と新聞俳壇から戦争と平和作品を紹介する。句集『揺光』嘉陽伸（本阿弥書店）。〈この島から逃げられません夏つばめ〉〈啓蟄やそこは基地の出口です〉〈ヘリポート釘一本に迷う冬〉。句集『日照雨』山根清風（北溟社）。〈マラリア禍の慰霊碑灌ぐ春時雨〉〈鐘揺らす媼の一打沖縄忌〉〈断崖の供養碑去らず梅雨の蝶〉。「タイムス俳壇」（沖縄タイムス）・「六月」より。〈憲法がふたつに割れて歩きだす〉（原　恵）・〈蛇口より赤い蛍放つ慰霊の日〉（上江洲園枝）・〈六月の真昼の礎以下余白〉（与儀勇）・〈梯梧咲く二重フェンスの弾薬庫〉（いなみ悦）。

さて、俳句では「慰霊の日」が「沖縄忌」と季語化されているが、非戦の誓いや平和学習に季節はない。文学には歴史の暗部を撃つ力がある。時代に背を向けず、如何に真実（本質）を摑みとるか。歴史の審判に耐えられる作品の創出が望まれる。

（六月二十八日　㈭）

文語と口語、表現の未来　二〇〇一年七月

『俳壇』七月号（本阿弥書店・東京）は「俳句表現のいまと未来」を特集した。その狙いは「ことばはつねに変化している。俳句も例外ではいられない。文語を珠のように守りつづけるもの。口語で閉塞感を突破しようとするもの。そのせめぎ合いのなかで、俳句表現は今どうなっているのか。またどこへ向かっているのかを検証する」こと。

同特集ではアンケート「俳壇意識調査」を実施。阿部完市、有馬朗人、今井聖、今瀬剛一、宇多喜代子、大串章、金子兜太、大屋達治、川崎展宏、倉橋羊村ら五〇人が回答した。「俳句表現はこれからどうなっていくか？」を問い、その小問で「俳句表現における文語と口語の使用は次の世代以降どのようになっていくと思われますか」の回答で一番多かったのは「これからは口語使用の作品は増加していくが文語表現が失われることはないだろう」であった。回答者の一人の野ざらし延男は次のように答えた。「伝統文芸としての俳句には根強く文語表現が残るであろうが、次第に少数派になっていく。時代の趨勢としては国際化の潮流の中で口語の比重が増していく。日常感覚から発せられるリアリスティックな口語表現が時代の息吹の中で、磨かれ、血肉化していく」と。また、作句姿勢の設問「a文語表現遵守　b口語表現を積極使用　c文語と口語の使い分け」のアンケート結果はa二二人、b二人、c二四人、無回答二人であった。「競詠・わたしの表現上の立場」では口語の立場から岸本マチ子が作品五句を発表した。〈保護色など持たないわたし芒種南風〉〈若夏へ背泳ぎでゆく東支那海〉。

『俳壇』五月号。沖縄から三浦加代子が「復活祭」八句を発表。〈うりずんの金の腕輪に金釦〉〈鳥帰るインターネットの尋ね人〉〈復活祭パイプベッドに足の裏〉。

俳誌『俳句人』（新俳句人連盟・東京）五月号。「新俳句人連盟賞受賞作家競詠」で野ざらし延男は「空崩す」一

五句を発表。〈慰霊の日刃の川が闇捌く〉〈なめくじの頭突き基地の空崩す〉〈不発弾の地熱を測る赤トンボ〉。

俳句同人誌『天荒』において「文学雑感」を執筆し鋭い批評を展開している平敷武蕉は『九州俳句』一二二号（九州俳句作家協会・福岡）に玉菜ひで子句集『出帆』の書評「女の闇とあどけなさとオキナワと」を執筆した。

口語と文語のせめぎ合いは今後も続く。新しい俳句表現を求めて、俳人は言葉と闘い、呻吟することになる。

（七月三十一日㈫）

時代と闘った俳句　二〇〇一年八月

日本にとって「8・15」は終戦記念日である。しかし、アジア諸国にとっては、日本の戦争や植民地支配から解放された日である。

歴史教科書問題と小泉首相の靖国神社参拝で、中国や韓国周辺国から猛烈な反発が起きている。それは、ドイツのように侵略戦争を反省し、謝罪し、過去を清算してこなかった証拠であり、毎度のように小手先だけの小細工を弄して、戦争責任の根本をぼかしてきたからにほかならない。「歴史に対する挑戦」「朝鮮とアジア諸国の人民に対する冒瀆」（朝鮮中央通信）との声があがり、「（われわれは）なぜ、過去に執着するのか、それは現在の問題だからだ。（日本が過去の清算をしないから、植民地からの）真の解放は訪れず、日本もまだ終戦をなし得ないでいる。これは悲劇だ」（朝鮮日報）と報じた。

アジア諸国は日本国の右傾化を警戒しているが、沖縄戦を体験してきた沖縄もその認識は例外ではない。戦後五十六年、未だに戦火に倒れた遺骨や不発弾が出てくる。「終戦をなし得ないでいる」の思いがある。しかも、日米安保条約による軍事基地の強制と基地容認の保守政治が悲劇を増長させている。

さて、『俳壇』（本阿弥書店）八月号は「鎮魂の夏――俳句にとっての戦争と平和」を特別企画した。花鳥風月のみを俳句の世界として戦争を傍観し、歴史に背を向けてきた俳人も多かったが、一方では俳句は時代と闘い弾圧もされた。「第二次大戦――戦争下の俳句弾圧事件」（細井啓司）は、自由主義思想やリアリズム俳論者、無季の俳句（俳人）が弾圧され、検挙された史実を明示した。「京大俳句」事件（昭和一五年二月―八月）に端を発し、「広場」ほか六誌、平畑静塔、石橋辰之助、三谷昭、西東三鬼、細谷源二、嶋田青峰、橋本夢道、栗林一石路ら四〇人余が検挙、弾圧された。権力者や特高警察は軍国主義を振りかざし、出版や言論統制を行い「自由」を奪い、文学を弾圧した。右傾化は軍国主義復活に拍車をかける。次は平和主義の支柱、憲法九条を崩しにかかるはずである。

俳句の一句は、歴史の背骨に流れた一滴の汗かも知れない。だが、砂漠で出会った一滴の水に匹敵するかも知れないのだ。なぜなら、権力者は弾圧した俳人の一句にオソレをなしたのだから。戦争を遂行する側からすれば「平和を愛する心」は邪魔だから弾圧する。時代に背を向けてはならない。歴史を動かすのはあなたの一句かも知れないのだから。

（八月二十八日　㈫）

真実を問う文学　二〇〇一年九月

九月十一日、米中枢同時テロが発生し、世界を震撼させた。

テロは卑劣で野蛮、許されるべき行為ではない。しかし、報復のために戦争を正当化してはならない。敵の姿は見えない。「どこが戦場なのか。何を標的にするのか。何をしたときに勝利と判断するのか」が全く見えない状態で戦争を起こすのだろうか。敵対国とされた国の罪なき老若男女を無差別に戦火にさらすのであろうか。

武力による報復は「平和」の理念に反するばかりか、民主主義の根幹である「生命」「人権」の尊厳を自ら壊すことになる。やられたら仕返すという硬直した思考パターンからは報復が報復を呼び、悪が悪を呼ぶ。パトス（感情）ではなく、ロゴス（理性）を。今年は二十一世紀スタートの年、地球に汚点を残してはならない。

初電話地球をどこへ転がすか　延男

沖縄の嘉手納基地からは爆撃機が出撃態勢に入り、ホワイトビーチには原潜が出入りするであろう。相手側からは沖縄も報復攻撃の標的になることは明らかである。

蝶も標的命のしぶく摩文仁丘　延男

インドネシアで行われた文学の国際会議を一つ紹介する。「ジャカルタ国際詩人会議」（コムニタス・ウタン・カユ主催。四月）にオランダ・イタリア・インドネシアなど一〇ヵ国の代表が参加した。沖縄から高良勉・真久田正・おおしろ建の三人が参加、詩と俳句の朗読をした。俳人のおおしろ建は〈増殖する闇へバタ一ナイフ入れる初夏〉ほか自作三四句を朗読した。インドネシアには雨季と乾季しかないので夏はない。だから句中の「初夏」を翻訳できる言葉がないと言われたという。季語の国際化は不可能のようだ。

世界にはさまざまな国、さまざまな言語がある。政治、経済、文化、思想、宗教、風土などが異なる。その異質性を認め、学び合うことで地球は「平和」という共通の生存のフィールドを確保できる。対立ではなく共生。俳句文学が激動の時代に何が出来るのか。激動の中に潜む思想の核に迫り、真実とは何かを問う事は可能なはずである。

澄み切るまで蝌蚪爆音の田に泳ぐ　延男

戦火の爆音の中で泳いでいる蝌蚪（おたまじゃくし）は、澄み切った平和な世界になるまで泳ぎを止めない。ニンゲンもまた。

（九月二十九日（土））

縄文杉の高笑い　二〇〇一年一〇月

『ウエーブ』三号（八月）が発行（与那原町）された。沖縄に新たな俳誌が登場したといえよう。創刊は平成一三年四月。発行人比嘉徳雄・事務局佐伯千里・編集三浦加代子・井波未来。加代子を中心にした若手が参集している俳誌である。評論「縄文の息吹と俳句」（加代子）を始め、北斗抄・月の浜抄・若夏抄（高校生作品）・うりずん抄（中学生作品）・太陽抄（小学生作品）などの選句欄、鑑賞ノート・エッセイ・子供歳時記・吟行記・英語俳句など内容も豊富。若い息吹が如何なる俳句の波を起こすのか、今後の活動が楽しみである。

総合俳誌『俳壇』（本阿弥書店）九月号。岸本マチ子（WA・海程）は「わたしとわたし57」のグラビアに顔写真入りで登場。鍵和田柚子（未来図）は「沖縄忌」一〇句を発表。〈海から南風海から蝶や慰霊の日〉〈人波の南風は熱風黙禱す〉〈青甘蔗のうねりてなびき沖縄忌〉。

総合俳誌『俳句界』（北溟社）九月号。岸本マチ子は「晩夏光」七句を発表。〈去って行く友の背中の赤とんぼ〉〈きりぎりすお前もお入り縄電車〉。

『俳壇』八月号（本阿弥書店）は特集「俳人たちの心遊ばせる場所」を編み、北海道から沖縄まで、一四人が執筆した。沖縄からは野ざらし延男が「白文窯ピラミッド」（大宜味村）を執筆した。俳句同人誌『天荒』一〇号（二〇四頁・八月）は、特集・玉菜ひで子句集『出帆』を編んだ。天荒特別作品（孝子）・天荒秀句鑑賞（延男）・文学雑感（武蕉）・わたしの共鳴句・吟行記・旅のエッセーなどを収録。

第十二回「お～いお茶新俳句大賞」（伊藤園主催・七月）は応募総数百二万二三四一句。沖縄から上位入賞はないが、昨年から設定された都道府県賞（沖縄）は三句。〈あめあがりみどりがキラキラわらってる〉八歳・奥平真希。〈窓越しに指切りをする寒茜〉一五歳・玉城利郎。〈えんがわで祖母の青春三時間〉一八歳・上間圭次郎。

「天荒」俳句会は夏の合宿吟行を「屋久島・種子島吟行」（七月）を実施。往復約九時間の登山、縄文杉に逢ってきた。縄文杉は七二〇〇年の樹齢を誇る。縄文杉の眼からはニンゲンなんてちっぽけな生きもので、やれテロだやれ戦争だ、と言って無鉄砲に殺し合っているニンゲン界が愚かに映っているに違いない。万物の霊長たるニンゲンは縄文杉に笑われているのではないか。

滝も樹根か縄文杉の高笑い　　延男

（一〇月三〇日㈫）

姿勢を正す　二〇〇一年十一月

平和憲法の枠を逸脱した違憲性の強い法案が深く論議もされないまま決定されていく現状を危惧する。テロ対策特別措置法が成立し、自衛隊に戦時派遣命令が出た。ＰＫＯ法改正案も閣議決定、軍隊的活動にも道を開こうとしている。戦争協力へ突き進む日本は、平和の原点を忘れているのではないか。すべての地球人にとって戦火は悪の火であり地獄の炎である。日本は戦争体験の原点に立ち返り、姿勢を正し、平和の灯の点火にこそ力を注ぐべきではないか。

さて、時代の影を引きずりながら俳句の世界に話題を転ずる。総合俳誌『俳句』（角川書店）九月号。「現代俳句時評」において島田牙城が「剽窃を考える」を執筆。「齋藤愼爾、挨拶か剽窃か」の小見出しでは〈両岸に両手かけたり春の暮　耕衣〉〈両岸に両手かけたり日向ぼこ　愼爾〉、〈霞まんとしてむづかしや足二本　寿美子〉〈山川に霞まんとして足二本　愼爾〉などの類句・類想を指摘、仮に、作者に剽窃の意識がなく、先行作品の存在を知らなかった場合は「後の作品は先行作品に敬意を評して取り消されることになる」のが常識的判断である。

また、もう一つの小見出し「岸本マチ子の剽窃を考える」では「岸本マチ子が現代詩で盗作をした事実は、俳句の世界で知られているのだろうか。盗作をしただけでなく、事実を指摘された後、今日まで無言を通し続けているというのだ」と切りだし、マチ子の数編の詩作品が『沖縄のハルモニ』『沖縄県の歴史散歩』『沖縄文化論』などから盗用されていることが指摘され「岸本が『祈り』（詩作品。筆者注）の盗作を認めようとしないかぎり、岸本の俳句全てに盗作の可能性を感じながら読むしかないではないか。」と疑問を呈した。詩作品のみならず、俳句作品にまで疑義が及んでしまうところに、創造性と思想を問う芸術のコワサがある。同時に、芸術作品の不可侵性と尊厳性を指摘している。岸本の俳句における活躍は本欄で何度も紹介してきた。しかし、数年前の火種が、今、中央の総合俳誌において問題視されている。やる瀬なく思っているのは筆者ばかりではあるまい。戦争の火は個人の力では消せるものではないが、こういう火種は個人の責任において消せるはずであるが……。

表現の世界、創作（創造）の世界に生きている者は文学（芸術）の名において、社会的責任を負うことを肝に銘じ、姿勢を正さねばならない。自戒を込めて。

（十一月二十八日（水））

不可視の闇を透視できるか　二〇〇一年十二月

句集の出版が相次いだ。作品を歴史の眼に晒し、その真価を世に問う姿勢が窺える。

合同句集『島弧』第八集（六月）。沖縄俳句研究会発行。四十三人・各五〇句を発表。〈つばくらや空の深みを来て胸に　一香〉〈蝶生まるその安けきよ昼の芯　森日出〉〈魂は女体をまとひ寒満月　晶子〉〈銃眼をあらはにしたる野分かな　石峰〉ほか。沖縄俳句研究会は通信句会誌「荒妙」を月刊発行、十二月号で一五六号になる。

合同句集『麻姑山俳句集』第三集（七月）。麻姑山俳句会発行。十二人・各二〇句を発表。〈啓蟄や一寸の虫身に飼いて　亮〉〈合歓の実をゆすれば死者のさんざめく　恵勇〉〈愛憎のどっと強弱晩夏光　敏子〉ほか。

句集『曼珠沙華』（七月）岸本マチ子。毎日新聞社発行。〈曼珠沙華ふところに咲くテロの街〉〈かの男の油断のあたり曼珠沙華〉ほか。岸本率いる俳誌「ＷＡ」も順調に発行されている模様である。句集『那覇晩夏』（九月）宮里暁子。本阿弥書店発行。〈昭和逝き切り捨てられし尾が疼く〉〈廃業の紙切れ一枚雲の峰〉ほか。

合同句集『炎帝の仮面』第三集（一〇月）、天荒俳句会発行。二十七人・各三五句を発表。〈鍵盤の初日飛龍の耳起こす　建〉〈凸凹の嘉手納の空に音叉の虹　みさ〉〈守礼の門誉め殺される的の島　忠正〉〈鬼の舌抜く観覧車回しなさい　ひで子〉ほか。天荒俳句会は「天荒会報」を年一五回発行、十二月で二五五号になる。俳句同人誌『天荒』（年三回発行）も十一号まで発行。

中学生句集『薫風』十二集（一〇月）。沖縄女子学園発行。二〇名。〈みみず鳴くそんなに空が恋しいか　マリ〉〈朝一人迷子になった赤蜻蛉　流華〉ほか。沖縄県俳句協會は昨年『沖縄俳句選集』第五集を発刊し、その存在を示した。今後は同会の機関誌の発刊を期待したい。充実した句集の発刊と俳誌の定期刊行、三浦加代子率いる俳誌『ウェーブ』の創刊（四月）など、収穫の多い一年であった。沖縄の俳句界は種蒔期から苗代期を経て青田の生育期へと移行し始めたようである。

テロと報復戦争で二十一世紀がスタートした。「一寸先は闇である」という時代状況において俳句は不可視の闇を透視し、真実を問うことができるのか。言葉を武器とする俳句は、今、その存在が問われている。

本欄の執筆担当を今月で終わります。ご鞭撻ありがとうございました。

（十二月二十四日（月））

Ⅶ章　ミニ時評「沖縄から問う」――「俳壇抄」全国俳誌ダイジェスト

「天荒」ワールド　『俳壇抄』19号（平成14年11月）

俳句同人誌「天荒」の扉には次のような指標を掲げている。

「天荒」は／荒蕪と混沌の中から／出発し／
新しい俳句の／地平を拓き／
創造への挑戦を／続けます

俳誌名「天荒」は「破天荒」の故事に由来する。破天荒とは「今まで誰も成し得なかったことを成し遂げること」を意味するが、わが同人誌は「天荒」の二文字に〝破〟の一字を冠するため、心血を注ぐ。「天荒」は俳句文学の創造のためにサンシン美を開拓する。

サンシンとは三つのシン。即ち、新鮮の「新」、深化の「深」、真実の「真」。プラス、芸術としての「美」の探究。以上の四点を磨くために詩眼を研ぐ。「サンシン」は沖縄の楽器、三線と語呂合わせをしている。かつての琉球王国、黒潮の海の沖縄から、伝統という名の有季定型の自縛から俳句を解放し、表現の自由の大地を求めて船出し、サンシン美をかき鳴らす。

テロと戦争で明けた二一世紀。地球の波動が大きく狂いだした。日本はアメリカの戦争に加担し、他国の罪のない老若男女を戦火に巻き込んだ。国内では戦争協力の「有事法」の成立を目論み、被爆国日本としての平和の原点を忘却している。去る沖縄戦において凄惨な地上戦で地獄と化した沖縄は、戦後五七年間も膨大な軍事基地を背負わされ「平和」が侵害されたままだ。

俳句で何ができるのか。時代の闇を透視し、ものの根源に迫り、詩的創造力のある作品を創出したい。

危ない時代状況　『俳壇抄』22号（平成16年5月）

二〇〇四年が明けた。しかし、迎春にはほど遠く、時代は暗く、重い。

人間の尊厳が国家暴力やテロによって奪われ、平和な地球環境が著しく破壊されている。地球が危ない。その火中にとうとう日本国も足を踏み入れた。日本が危ない。

一月の地元新聞（沖縄タイムス・琉球新報）の「イラク支援・派兵」の関連記事の「見出し」を拾っただけでも「危ない」状況は把握できる。「先遣隊に装甲車投入」（一月七日）。「陸自に派遣命令・イラクに先遣隊30人・戦地活動は初」「イラク全土戦闘やまず・自衛隊新たな段階・サマワに五五〇人が展開」「戦争する国に転換」「次は憲法改正か」「取材自粛に関係者反発。戦前回帰に不安」「大本営発表の復活」（以上、一月一〇日）。沖縄関連では「那覇基地から十数人」（一月七日）、「社説」では「米国防総省は在沖海兵隊員二千四百人を二月にイラク派遣する方針」（一月一〇日）と報じた。

国家権力は国民に「命令」し、「主権者の国民」を戦地に派遣する。報道には取材自粛を強要し、国民の口を封じて、真実の報道を妨げる。次は、思想・表現・信条・出版の自由を奪う思想統制のレールを敷くであろう。暗黒の歴史は自然発生的に起るものではない。歴史には「闇のレール」が敷かれている。だから、闇の時代を見据えて、時代と拮抗しなければ、言葉を武器とする文学の自立は覚束無い。沖縄は去る大戦で地上戦の戦火を浴び、阿鼻叫喚の地獄を体験した。戦後五九年、未だに不発弾や遺骨が土中から顔を出す。軍事基地も居座り続け、平和が著しく侵害されたままである。「天荒」は時代状況に流されない詩的創造力のある俳句の創作を目指す。

沖縄にとっての戦後六〇年　『俳壇抄』25号（平成17年11月）

排除と固定――今年は戦後六〇年。沖縄にとって戦後六〇年とは何だったのであろうか。沖縄戦で日本国の防波堤にされ、捨て石にされ、地獄の地上戦で焦土と化し、二三万余の尊い命を失った。犠牲者の大半は民間人の老若男女であった。戦後はサンフランシスコ平和条約によって北緯二九度線上で本土と分断され、二七年間、アメリカの統治下におかれた植民地であった。その間、日本国は経済大国への道を歩み、沖縄だけは日本の「繁栄と平和」から「排除」され、平和の光も人権も届かない洞窟（ガマ）のような暗闇を抱えた生活を強いられ、黒い熱湯を呑まされたままであった。

一九七二年、本土復帰。恒久平和を希求した無条件全面返還ではなく、核付き、毒ガス付き、軍事基地付きのまやかしの返還劇であった。今日なお在日米軍の専用施設が全国比で七四％も狭隘な島に犇めいている。この現状に政治家も日本国民も眼を背けている。基地あるゆえの事件、事故、犯罪も後を絶たない。沖縄の基地は固定化され、「平和」は戦後六〇年間「排除」されたままだ。

地球上に生存する如何なる民族も人間の尊厳性において平等である。武力で平和や正義は守れない。軍事基地は他国を侵略し、人殺しのために存在する。だから、世界平和を願い、地球の安寧を願う人にとっては軍事基地の存在は「否」「ノン」なのである。

コロコロと腹虫の哭く地球の自転　　**延男**

沖縄で俳句文学を書く意味を考えている。季語中心の花鳥諷詠だけでは歴史に背を向けることになる。時代に生きる詩的創造力のある俳句を模索している所以である。

指紋の溝から出血始まる拒否の旅　延男

不問にしたまま　『俳壇抄』26号（平成18年5月）

アメリカは国連による国際協調や核兵器査察を拒否してイラク戦争を起こした。開戦の理由は「イラクの大量破壊兵器保有」であった。ところが、破壊兵器は見つからなかった。昨年、アメリカのブッシュ大統領はイラクの大量破壊兵器保有の情報は誤りだったと認め、「開戦に責任がある」と言明した。ところがどのような責任をとるかは不問にしたままだ。ブッシュ大統領が他国を侵略し、多くのイラク国民を殺害した戦犯としての責任はどうなるのか。一方、誤った情報に踊らされて超大国アメリカに加担し、自衛隊を海外派兵した日本の小泉首相の責任はどうなるのか。やはり、不問にしたままだ。問題の核心は隠蔽されたまま闇が闇を生み、同じ過ちを人間は何度も繰り返している。歴史の闇を透視する眼力が文学には問われている。

六〇年前、アメリカ軍が沖縄に上陸した。阿鼻叫喚の地獄の炎で二〇万余の戦死者がでた。アメリカによるイラク戦争は沖縄にとって対岸の火ではない。戦争は末代まで戦傷を残す。沖縄では未だに大量の不発弾が地中に埋まったままだ。「埋まったまま」は「不問にしたまま」でもある。戦後処理の責任を放棄したままであることを意味する。沖縄県の調査（二〇〇五年六月）によれば沖縄の埋没不発弾（地雷や小銃などの未使用弾を含む）は約二五〇〇トン、年間二五～三〇トンが処理されると推定しても、八〇～一〇〇年もかかる計算になる。不発弾の島沖縄には在日米軍専用施設が全国比で七四％も犇めいている。沖縄は地表も地下も戦禍まみれだ。この事実に耳目を塞いでいる。不問にしている。それは誰であろうか。

沖縄戦梯梧のこぼす母音のああ　延男

歴史の暗部を照射する眼　『俳壇抄』28号（平成19年5月）

二〇〇六年十二月二六日、沖縄返還密約訴訟が東京地裁で結審した。元毎日新聞記者西山太吉氏が一九七一年、外務省から入手した機密文書をもとに沖縄返還で米軍が負担すべき四百万ドル（当時のレートで約十二億円）を日本が肩代わりする密約を報じた。だが、「機密漏洩事件」で国家公務員法違反に問われた。これに対して西山氏は国に三千三百万円と謝罪を求める「沖縄返還密約訴訟」を起こしたのだ。西山氏は「日本は米国に引きずられ、真実を虚飾し、全く自主性がない。今の米軍再編もそうだ。普天間飛行場移設は基地の恒久化だ。日米関係を覆う巨大な力学は変わらない」と述べている。七二年の沖縄返還は国が国民に嘘をつき、国民を欺いた政治家の責任こそ問われなければならないのに、真実を報じた記者を罰するのがこの国のやり方だ。いつの時代でも国民は権力の不正や乱用を監視し、真の民主主義を守らねばならない。

もう一つ、権力の横暴のニュース。事件から七〇年余にして国の学問への弾圧が白日に晒された。二〇〇六年十二月一六日、ワシントン共同発の新聞報道によれば、一九三五年の「天皇機関説」（憲法学者美濃部達吉氏らの学説）をめぐり、文部省思想局（当時）が学者一九人に圧力をかけ、著書発禁・憲法講義解任・休講、学説の変更を強要していた事実が、米議会図書館で発見されたのである。

二〇〇六年十二月、国は改正教育基本法を成立させ、愛国心や公共の精神を強調した。また、防衛庁が防衛省に移行し自衛隊の海外派兵も本来の任務になるという。戦争の出来る国に日本が突き進んでいるのは間違いないであろう。

俳句文学は歴史の暗部を照射する眼を磨かねばならない。

憂慮される教科書検定

『俳壇抄』29号（平成19年11月）

文部科学省は高校歴史教科書の沖縄戦の「集団自決（強制集団死）」に関する部分から「軍命」を削除した。国の戦争責任を消し去り、集団死は自発的なものだったと言いたいのだ。そもそも老若男女を巻き込んだ沖縄戦で「民政」などあるはずはなく、「軍政」であったはずだ。教育は軍国主義教育で皇民化を徹底し、お国のために、天皇陛下のために、一身を捧げることを教育したはずだ。「生きて虜囚の辱めを受くることなかれ」を軍民に徹底し、敵の捕虜になる前に自決することを強制し、住民にも手榴弾を手渡している。

「集団自決」の用語は一九八二年「第三次家永教科書裁判」において、日本軍による住民虐殺の記述で「集団自決」を書き加えるように修正意見をつけたのは文部省（当時）なのである。国は、自国の軍隊が住民を殺すように強制、誘導したのではなく、住民の意志で死を選んだのだ、と史実を改竄したのである。だが、集団死には赤ん坊や子供も含まれている。どうして赤ん坊や子供が自分の意志で死を決行できるというのであろうか。見え透いた嘘をついてまで国は教育に介入し、教科書を捻じ曲げてきた。二〇〇八年使用高校歴史教科書で再び、史実を歪曲し、国の戦争責任を逃れようとしている。沖縄県議会は「集団自決」への日本軍の強制などの記述が修正や削除された問題で、検定意見を撤回し記述回復を求める「教科書検定に関する意見書」を全会一致で可決した。また、沖縄の全市町村議会（四一）が撤回を求める意見書を可決した。「軍命はあった」「軍隊は住民を守らない」――は沖縄戦の教訓である。

真実を歪めては真の教育はない。俳人もこの真実から眼をそらすことなく俳句文学の創造に力を注がなければならない。

地球温暖化の危機

『俳壇抄』30号（平成20年5月）

年々、地球の温暖化が進行し、人類共通の脅威になりつつある。温室効果ガス、北極の棚氷や氷河の溶解、海面上昇、洪水や旱魃、異常気象などの危機が身近に迫っている。大規模な気候変動は資源の争奪戦を引き起こし、紛争や戦争への道を辿ると識者は指摘する。

日本は一九六〇年代（この時、沖縄は米軍統治の圧制下にある）、高度経済成長を遂げ、その付けとして「公害」（四大公害＝四日市ぜんそく・熊本水俣病・イタイイタイ病・新潟水俣病）を遺し、空や河川や海を汚染し、生活環境を破壊し、人間の生命を奪った。

二〇〇七年十二月、インドネシア（バリ島）で気候変動枠組み条約第十三回締約国会議（COP）を開催し、今後の地球温暖化対策の枠組みを盛り込んだ「バリ・ロードマップ」（バリ行程表）に合意した。京都議定書から離脱した米国や議定書では削減義務のない中国やインドなどの発展途上国も参加し、二〇〇九年を目指して議論をしていくという。しかし、温室効果ガスの削減数値が米国や日本の抵抗で盛り込まれなかったとマスコミは報じた。公害先進国（?）の日本は地球温暖化防止の先頭に立って世界の環境問題を解決していく立場にあるはずだが、その反省のないまま地球温暖化に背を向けたままのようにみえる。ここ沖縄では軍地基地建設や基地公害によって生活や自然環境の破壊が国権によって進行している。

日本（ここでは亜熱帯気候の沖縄は除外しておく）は「美しい国」といい、風雅の美を「雪月花」で象徴し、「季語」を生み、こよなく自然を愛してきた。しかし、この花鳥風月の自然破壊が地球規模で進行している今日、地球温暖化の刃を胸元に突きつけられているのは他ならぬ俳人たちなのかも知れない。

普天間爆音差し止め訴訟　『俳壇抄』31号（平成20年11月）

国土面積の〇・六％にも満たない沖縄に、在日米軍専用施設が七四％も集中し、戦後六三年間、平和や生命や人権の侵害が続いている。

六月二六日、那覇地裁沖縄支部で「米軍普天間爆音差し止め訴訟」の判決があった。米軍普天間飛行場の周辺住民三百九十二人が国を相手に米軍機の夜間と早朝の飛行差し止めやヘリコプターなどの騒音に伴う健康・生活被害の損害賠償を求めた訴訟である。判決はうるささ指数（W値）七五以上の地域について、国側に設置、管理の瑕疵があり違法と認定した。住民には生活・睡眠妨害に伴う精神的被害を認め、国に総額一億四千六百七十万円の支払いを命じた。

判決は「訴訟係属中の二〇〇四年八月に起きた沖縄国際大学へのヘリ墜落など、施政権返還後に同飛行場所属の軍用機の事故が七十七件発生していると指摘。住民の墜落に対する不安・恐怖感を精神的な被害として認めた」（沖縄タイムス・二〇〇八年六月二六日・夕刊）。しかし、将来予測分の損害賠償、夜間・早朝の飛行差し止め請求は棄却。ヘリ低周波音と健康被害の因果関係は認められない。国による継続的な騒音測定と記録、軽減措置請求は棄却。「危険への接近の法理」適用による免責は否定。原告団は「米国の爆音を断罪」「普天間初の被害認定」としながらも飛行差し止めが棄却されたことで「判決は三〇％の評価」とした。軍事基地との共生はありえない。騒音のない平和な生活のために闘いは続く。

米軍普天間飛行場は宜野湾市民九万人が暮らす市街地の中心部に位置する。飛行場のフェンスの近くには亀甲墓がある。沖縄人の魂の宿る場所だ。軍機騒音で生者も先祖の魂も安眠できないでいる。

ヘリコプター亀甲墓を吊り上げて　　延男

不発弾処理　『俳壇抄』32号（平成21年5月）

財務省は二〇〇九年度予算原案において沖縄の不発弾処理費用を全額国負担すると内示した（二〇〇八年十二月二〇日）。この予算案は、今まで不発弾処理費を全額負担せずに、国としての責任を放棄していたことを意味する。国と国との戦争の後始末を、地方の血税で賄って、負担の二分の一は自治体にまかせていたのである。

今回の処理費用の予算は「公共工事」に限られ、「民間工事」での不発弾は従来通り、二分の一は自治体負担になるという。弱者差別の予算案である。さる太平洋戦争において沖縄は地上戦で焦土と化した。日本の防波堤にされ、捨て石にされ、二三万人余の尊い生命が犠牲になった。沖縄戦における戦死者は軍人軍属より民間人の老若男女の方が多い。国策によって民間人も防衛隊員にされ、戦火にさらされ、青少年でさえ鉄血勤皇隊や従軍看護婦に強制的に従軍させられ、戦死した。敵の砲弾は陣地や軍隊だけに落ち、民間地域や民間人は攻撃されなかったとでもいうのであろうか。無差別攻撃された惨禍の果てに残ったのが沖縄の不発弾である。県内には二千五百トンの不発弾が未回収と推定され、すべて回収するには約八〇年はかかるという。日本は国際貢献や人道支援と称して他国には国民の血税を注ぐが自国の戦後処理には冷血である。足元の不発弾処理さえ十全にできないのでは国の無策と言わざるを得ない。

四季の「美しい国」に住んで俳句を花鳥諷詠することを喜びとする人もいるが、戦火の臭う沖縄に住む私には「醜い国」の現実から眼をそらすことはできない。

満月にサシグサ海に不発弾　　延男

まだ残る戦後処理　『俳壇抄』37号（平成23年11月）

沖縄戦から六六年、未だに戦後処理されてない問題が遺骨収集である。沖縄戦では老若男女を巻き込み二三万余の尊い命が奪われた。戦死者の遺骨は年平均一〇〇柱は収集され、四〇〇〇柱余は未収集（二〇一〇年三月・県調査）とされる。「不発弾処理」。六月一六日、那覇空港の保安検査場で修学旅行生（東京の高校生）の手荷物から六発の不発弾が見つかった。本人は「無人島の海岸で拾った」という。「平和学習」を兼ねて沖縄にやってくる修学旅行生が土産感覚で不発弾を持ち帰るらしい。県の調査では不発弾の処理量は年平均三〇トン。未だ二二〇〇トンは土中にあり、すべてを処理するには八〇年はかかると推定している。「所有者不明土地」。沖縄戦が原因で「所有者不明土地」が八〇万一五一七平方メートル存在する。管理する県や市町村の費用負担が増している。戦争を起こした国は国家の責任において全面解決すべきであり、六六年間も未解決であることに憤りすら覚える。

不発弾担いだランドセルのうりずん　延男

「戦後処理」も未解決のままの沖縄に、膨大な軍事基地を戦後も押しつけている国、日本。北沢防衛相は六月一三日、県庁を訪れ、米軍普天間飛行場代替施設（辺野古案）の滑走路は「V字案」に決めると伝達した。沖縄は「普天間飛行場」の「県内移設」に反対し、「国外・県外移設」の意思表明をしている。沖縄の民意を踏みにじった実現不可能な計画は「単なる絵空事」（県知事談話）である。

三月一一日、東日本大震災が発生。津波に壊滅した町の惨状は沖縄にとっては沖縄戦の惨状へとタイムスリップさせた。

春の月ランドセルから津波音　延男

地震・津波・原発　『俳壇抄』38号（平成24年5月）

天荒俳句会の活動機関誌は「天荒会報」と同人誌「天荒」の二本立て。「天荒」四〇号（「天荒会報」四〇〇号＋「天荒」四〇号記念特集号。二〇一一年九月）を発行した。グラビアページで「天荒会報」「天荒」両誌の節目の号（表紙）を紹介し、その足跡を野ざらし延男が詳述した。特集Ⅰは「地震・津波・原発」作品。特集Ⅱは句集『薫風は吹いたか』。本書は野ざらしが矯正施設の沖縄女子学園で二〇年間俳句指導してきた生徒作品の集大成句集である。巻頭言・作品抄・俳句教室で学んだこと・解説などから成る。四〇号で天荒同人の読後感を収録。野ざらしは論考「東日本大震災・原発・沖縄」を執筆し、次のように論述（抜粋）した。

「文学には事実を真実に高める力がある。」「日本は辺境、僻地、地方、弱者をいじめる国である。人権を尊重し、すべての国民が平等に生きる権利が保障されてない非民主主義の国である。原発も米軍基地も地方へ集中させ、原発マネー、基地マネーの『振興金』（補助金）で『薬漬け』にして平和や人権への感覚を麻痺させる。」「無謀とも言える国策によって犠牲を強いられているのは辺境の民であることを忘れてはならない。」「抜き差しならぬ時代に生きていて、俳句文学は時代の心をどう表現できるのか、俳句力が問われている。沖縄戦（人災・国家犯罪）・基地被害（人災）・台風被害（天災）で何度も痛めつけられ、言葉を喪った。今、大震災の地震・津波被害（天災）、原発事故ヒバク（人災）で言葉を喪った。しかし、言葉の復権を信じて新たな表現へと向かって歩み出さねばならない。『ペンは武器よりも強し』の箴言に鼓舞されながら肝に銘じよう。次の言葉を。――言葉には真実を照らし出す光源がある」

原発と未来への責任　『俳壇抄』39号（平成24年11月）

太陽の黒点タービン建屋の青天井　延男

東京電力福島第一原発事故によって原子力の安全神話が崩壊した。被災の深刻度が増す。崩壊した原子炉は高放射能汚染のため、原因究明の検証が出来ない。高濃度の被災地の除染も手つかずで放置されたまま。放射能汚染の瓦礫処理も滞っている。警戒区域二〇キロの解除の目処はない。福島県では一六万人がわが家に戻れない。

セシウムはどこだタワシの針が叫ぶ　延男

深刻な問題は他にもある。原発から排出される放射性廃棄物の処理には無害まで人類誕生の数倍の時間、一〇万年かかる。「使用済み燃料保管」の安全性は保証されず極めて危険。国内には青森県六ヵ所村に一時貯蔵されている。ガラス固化体の放射能はわずか二〇秒で致死量に達する強毒性のもので、約二万三千体（一本五〇〇キロ）貯蔵されているという。これを地下三〇〇メートル以上に埋める。しかし、日本には多くの活断層が走っている。地震や地殻変動の影響で貯蔵された廃棄物が放射能漏れをおこせば、たちまち地球規模で汚染が広がる。この放射能廃棄物は時限爆弾を地下に埋めたことになりはしないか。六月五日、北海道電力泊原発三号機（北海道泊村）が発電を停止、国内の商業原発五〇基がすべて停止し「原発ゼロ」が実現した。これで「脱原発」の再生エネルギー開発に基軸を移すと期待されたが七月一日、関西電力大飯原発（福井県おおい町）再稼動に向け原子炉を起動させた。原発事故が未解決の状態で原発を稼動させた責任は重い。これは人類滅亡へのカウントダウンのボタンを再び押したのに等しい。人類の未来に誰が責任を取れるのか。

ミミズ鳴く内部ヒバクの水惑星　延男

切り捨てられた日　『俳壇抄』41号（平成25年11月）

一九五二年四月二八日、「サンフランシスコ講和条約」が発効。この条約で、沖縄・奄美群島・小笠原諸島の「主権」は切り捨てられ、米軍の占領下に置かれた。同日、「日米安全保障条約」「日米行政協定」（後の「日米地位協定」）も発効。日本に基地提供の義務を課し、米軍は日本防衛の義務を負わない。基地の継続使用するなどの不平等な内容。日本は国家主権を放棄し、対米従属的であることは明らか。

安倍政権は四月二八日を「主権回復の日」とし「主権回復・国際復帰を記念する式典」（東京都内の憲政記念館）を開催した。他方、沖縄では同日に、「四・二八政府式典に抗議する『屈辱の日』沖縄大会」（宜野湾市・宜野湾海浜公園屋外劇場）を開催し、沖縄の「主権」が切り捨てられた日を糾弾し、「ガッティンナラン」（合点がゆかない）と怒りの拳を上げた。

日本国は戦後六八年間、沖縄を犠牲にし差別し軍事植民地化させながら、自らは平和を享受し高度経済成長へと走った。沖縄は米軍による銃剣とブルドーザーで土地が強奪され、司法・立法・行政の三権を奪われ、人間としての尊厳が踏みにじられた。

花筏行き着く先は断頭台　延男

国土面積の〇・六％の狭隘な沖縄に在日米軍専用施設を七四％も集中させて平然としている日本という国（国民）は如何なる国（国民）なのか。国家権力は沖縄を虐待し、民主主義は地に落ちた。時代の血脈を体感しながら、俳句文学の未来を沖縄から切り拓いて行く。

倒れても空離さない破案山子　延男

目・耳・口を塞ぐな　『俳壇抄』42号・終刊号（平成26年5月）

二〇一三年十二月六日、「特定秘密保護法」が国民の強い反対を押し切り強行採決された。各分野から反対、廃案を求める声が強い。主な声を抄ってみる（十一月〜十二月の新聞記事より）。

同法案に反対する学者の会（ノーベル賞学者・益川敏英ほか）。「憲法の定める基本的人権と平和主義を脅かす。学問と良識の名において秘密国家・軍事国家への道を開く法案に反対する」。日本児童文学者協会（丘修三理事長）・日本シナリオ作家協会（西岡琢也理事長）・日本美術家連盟（山本貞理事長）・日本脚本家連盟（中島丈博理事長）・日本映画監督協会（崔洋一理事長）の五団体は「かつて国家による言論弾圧で尊い仲間の生命を失った歴史を決して忘れることは出来ない」と反対を表明。憲法と表現の自由を考える出版人懇談会（岩波書店・講談社・平凡社ほか）は「政府にとって不都合な情報は恣意的に秘密指定し、公開を封じられる恐れがある。権力に迫る多様な活動が萎縮する」と、危機感を募らせた。

県内。沖縄人権協会（福地曠昭理事長）と県憲法普及協議会（高良鉄美会長）は「防衛と外交の分野に深く関わる沖縄が最も影響を受ける。国民主権の実現に必要な知る権利を大幅に制約し、言論、出版、集会、結社その他の表現の自由まで萎縮させる」と指摘。沖縄弁護士会（當真良明会長）は「同法案は国民主権原理を脅かす。基地の集中する沖縄にとって安保や地位協定などに関し多数の秘密指定がなされる恐れがある」と警戒し、反対の声明を発表した。

「特定秘密保護法」は国民の目・口・耳を塞ぐ悪法である。かつて治安維持法という悪法によって言論弾圧された「俳句弾圧事件」を教訓化しなければならない。時代の足音を俳句文学に刻印しよう。

第四部　詩魂と追悼

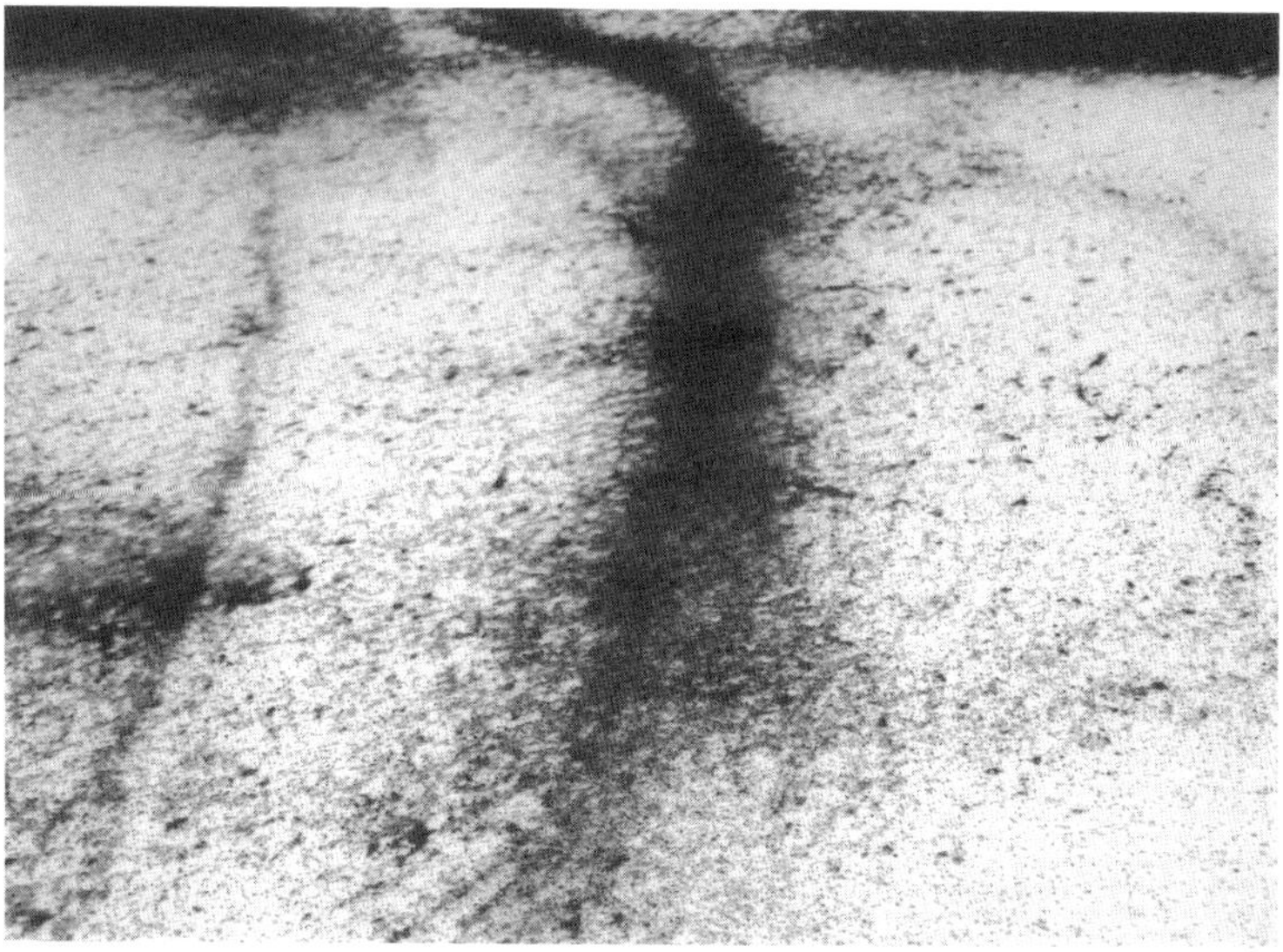

Ⅷ章　詩魂・画魂に触れて――詩集・句集「解説」「解題」／美術展レリーフ

『新屋敷幸繁全詩集』解説

向日性の詩人――産毛の光量

新屋敷幸繁氏は偉大な先達である。その活動の多面性と高さにおいて巨星であると言っても過言ではないであろう。

詩集『生活の挽歌』『野心ある花』、詩誌「南方樂園」、文学研究誌「日本文學」、文学研究書『古事記の鑑賞』『日本書紀の新研究』『現代文學の鑑賞』『国語教育と国文學研究』『現代詩の理論と評釋』、史書『新講沖縄一千年史』『コザ市史』『与那城村史』、創作民話『話買いのおじいさん』『沖縄の笑いばなし』『おかゆ戦争』など、その多彩な著作活動は、私の乏しい記憶の中でも有に一〇指に余る。しかも、ことは文学活動にとどまらないのである。教育者として、中央高等学校校長（沖縄）、国際大学副学長（沖縄）、沖縄大学学長を歴任し、子弟の教育に情熱を傾注された。また、思想家として「沖縄人の日本史的登場」（沖縄タイムス・一九六九年七月）「若い世代への提言」（沖縄タイムス・一九六九年一〇月）「戦後二五年の思想――私の得たもの」（沖縄タイムス・一九七〇年三月）などを新聞の文化面で執筆し、活躍した。更に、行動する文化人として、文化と自然を守る一〇人委員・首里城復元期成会副会長などを歴任し、ときには喜瀬武原米軍演習阻止（一〇四号線封鎖阻止闘争）にも体を張って参加した。復帰闘争、沖縄大学存続闘争の関わりもしかりであった。長いものに巻かれることを潔よしとしない反骨の士であった。

一人七役。詩人・国文学者・史家・民話作家・教育者・思想家・行動する文化人としての多彩な顔が輝いている。譬えるなら、ひとつひとつが峻厳な峰である。しかもこの秀峰は幸繁連峰を形成している。凡人の私などにはひとつの麓に辿り着くことも覚束無い。

幸繁連峰の中でもひときわ高い峰が詩峰である。

幸繁氏の詩の活動は大正末年から顕著になる。処は鹿児島。鹿児島の詩壇を開拓した人物として歴史に名を刻んでいる。往時の活躍を記した新聞記事を紹介しよう。

　鹿児島で現代詩の活動が盛んになったのは大正末期。それまでの「短歌王国」に、りょうらんと詩の花が咲きにおいはじめた。そのタネをまき、育てたのは新屋敷幸繁である。郷土詩壇史を語るとき、彼の先駆的情熱を忘れることはできない。彼はいわば「鹿児島の島崎藤村」であった[註1]。

　このころの詩誌で、彼（新屋敷幸繁氏を指す。筆者注）の名前の出ていないものはほとんどないといってよい。もし彼がいなければ、武の国サツマに、あれほどのハイカラな詩の黄金時代が花開いたかどうか、疑問である[註2]。

※（註1・2。「南日本新聞」・「郷土人系――文学」より・昭和三九年五月二九日）

鹿児島では、七高教授・鹿児島文学会会長・鹿児島文化建設クラブ会館長・鹿児島文化協会常任理事・西南文化研究会委員などの要職の傍ら、詩誌「南方樂園」（昭和二年）の編集・発行、日本文学研究誌「日本文學」（昭和七年）の主宰、「南日本新聞」の詩の選者などを通して、時代の先駆者、詩の種蒔く人として縦横無尽に活躍し、多大な影響を与えた。

また、東京時代には山之口貘氏とも親交があり、指導的立場にあった。逸話を一つ。貘さんが新屋敷家に遊びにきた時の一齣。

幸繁氏に詩の原稿をみせたところ、誤字があったらしい。「誤字は辞書で調べなさい」というと、「貧乏で、辞書を買うお金がありません」と答えた。「では、この漢和辞典を持って帰りなさい」と言ったところ、貘さんは、その場でカチャーシーを踊り、嬉々として玄関を出て行ったという話である（この話は幸繁氏から直接伺った実話である）。

幸繁詩の魅力は口語による柔軟な発想と産毛のような初々しい言葉の輝きにある。固定観念や言葉の硬直化を排除し、若草のような柔らかさと匂いたつ言葉で、紡がれている。表現は、平明で、風刺とペーソスとユーモアを漂わせ、しかも、不純物を取り去ったあとの上澄みの清澄感をたたえている。

作品は、現実の生活に依拠しつつ、天然の恵沢と共鳴弦を鳴らし、決して、日常の弛緩した時間や世俗に流されず、自らの生の根拠をしっかりと見据え、健康的で前進的で、ひまわりのような向日性のある詩である。他者に生きる勇気を与える強靱性をもった弾力ある詩である。

第二詩集『野心ある花』（昭和六年）のあとがき、「詩集發刊に就いて」の中で著者は次のように述べている。

「生活の躍進の中から飛び出して來た詩であるから、どれにも勝利と明るみにみちてゐるだらう」「私は如何なる苦痛も悲哀をも光明に轉じて來た。」「『野心ある花』といふ名が如何にも私の半生を象徴してゐるやうで面白い」と。幸繁詩は生活の行進曲であった。

処女詩集『生活の挽歌』の出版は大正一五年。次に紹介する詩は、高校生のための副読本『沖縄の文学——近代・現代編』（沖縄県高等学校・障害児学校教職員組合編）に採録されている作品である。

薪を乾す詞

この薪（まき）は

まだ重たい　なま木。
壁にのせかけて
僕が
三月の太陽にすゐちょくにあてておくから
すぅつと
羽かと思はれるほどに
輕くなつてくれ。

マッチをすると
ほむらとなつて燃えあがるやうに
よういしてくれ。
三月の太陽は
くく　とてる
翼をほすに多すぎない分量で。
よくばり強い人間なら
とても
なま木の薪なんか乾しはしまい。
あゝ　僕は
三月の太陽を愛する
なま木が

羽ほど輕くなることを愛する
それまで
徐々に待つ心を愛する
火をつけたら
ほむらあがり
ぼんぼん
とどこおりない純良さを愛する。

大正末年、既に生活に根ざした口語詩を駆使していることに驚く。日常の生活の垢を洗い流したところから発しているような、清澄感あふれる言葉とそのリズムが快い。三月の陽光が新鮮である。太陽に乾されたなま木が徐々に乾燥していく。その過程の光芒は、肉眼では簡単に視えるものではない。まして、三月の春光である。これは詩人の眼が捉えた、かげろうのような、光芒であろう。「翼・羽」はなま木の暗喩であると同時に、立ちのぼる光芒のイメージであることを考えると、作者は明らかに「見えないものを視ている」のである。感性の磁力でみごとに産毛のような光量を発見し、読者に顕現して見せてくれている。

「くく　とてる」「ほむらあがり／ぼんぼん」というオノマトペの駆使も独特である。ここでは、「聞こえないものを聴いている」といえる。光芒に音があるはずはない。詩人としての心耳が〝太陽のほむらの音〟を聴き取っていると言えよう。

人間はえてして、右か左か、赤か白か、の二者択一を迫り、結論を急ぎ過ぎる傾向がある。だから、「待つ心」を忘れると「よくばり強い人間」になるという。もっと、悠久な時間を共有するゆったりした時間の帯がもてる心の余裕が欲しい。〝ほむら〟を瞬間及び時間の凝縮として読み取れば、まさに悠久と刹那が交差している時点に人間は立ち会って、生存の糸を紡いでいることになろう。松尾芭蕉流に言えば不易と流行がこの詩にはあると言うことになろうか。

虚飾のない純良さを起点にして詩の言葉が紡がれ、心安らぐ詩である。三月の太陽が重からず軽からず、適度な光量で、さざなみのように私の瞼でさざめいている。純度の高いこくのある名酒を賞味しているような詩である。

新屋敷幸繁氏は、博学、豪快な気性、無類の話し好きであった。

ガジュマルのように大地に根を張っている強靭な肉体と精神の持ち主であった。根は多根、それぞれの根が、地下深く潜り、水脈を探り当てている。大地を覆う頑丈な幹と枝は巨大な翼となって、多くの住民や子弟の安息のための木蔭を作っていた。

強健な身体にまつわるエピソードをひとつ。

コザの、ある陸橋での話。ひとりの老人が階段から足を踏み外し、ころころと転げ落ちた。ところが、地面についたときは見事に足から着地し、平然として歩いていった。その身のこなしは少年のように身軽であったという。勿論、老人とは幸繁氏である。これは私の知人が目撃した実話談である。目撃者は眼を丸くして「アヌチュヤ　ブシドゥ　ヤミセール」（あの方は武芸の達人でいらっしゃる）と言ったものだ（実は空手の心得があった）。七〇歳を過ぎても恩納村の海岸で遠泳をしていたと言う話が、この逸話で、嘘ではないことが証明されたことになろう。

晩年の氏は〝天根杖〟と称する杖を多く作っておられた。他人の目には奇異に映ったかも知れないが、私は、興味津々であった。地に根ざす根っこの時代はもう卒業したと言う認識があったのではなかろうか、これからの時代は天を相手に根を張る時代なんだという宇宙を視野に入れた発想のように思えた。天と地をひっくりかえして、根を天に張るという発想こそ幸繁流の哲学が脈打っていて、さすがは詩人だと思ったものだ。この杖は、歩行の助けにする護身用の棒ではない。氏にとって天根杖は人生の道を指し示す杖であり、進むべき未来の指針としての杖であった。だから、反基地闘争の現場にも反骨の武器として杖が権力者の方向を突いていた。

新屋敷幸繁先生――実は、私にとっては大学時代の恩師であり、月下氷人でもあった（私情を捨て客観的に筆を進めるために、失礼を承知で、ここまで〝幸繁氏〟で通して来た。お許しを願いたい）。

先生から学んだことは多々あるが、その中のひとつ。あるとき、「私は自分が持っているものをどれだけ捨てることが出来るかが課題だ」とおっしゃった（前掲の詩「薪を乾す詞」にでてくる「よくばり強い人間」へのさりげない牽制球が、ここで符合することになるのだが……）。賢者になれない私などは「いかに拾うか」に多くのエネルギーを費やして生きて来たように思う。先生の前で縮む思いであった。耳の痛い話であった。私は、この言葉の重みをかみしめながら、残りの人生を生きることになろう。

追悼句

あけもどろの島まんがたみ巨星墜つ　**延男**

先生は常に沖縄の夜明けを念じておられた。沖縄をこよなく愛し、沖縄の島全体を「まんがたみ」（まるごと担いで）生きているような詩人であった。「巨星墜つ」の思いや切であった。

『新屋敷幸繁全詩集』は永く文学史に刻印され、後世に大きな励みを与える詩集になると確信する。待望の本書の出版を祝し、筆を擱きます。

『新屋敷幸繁全詩集』所収。編者　新屋敷美江。発行者　新屋敷二幸。一九九四年一〇月刊。

作元凡句集『へその城も』解説

口語俳句の魔術師

沖縄の口語俳句の旗手、作元凡氏の待望の句集誕生を祝す。

戦後、沖縄の俳句界は伝統俳句が主流をなしていた。そんな中で、異彩を放っていた口語俳句の作り手がいた。その人の名は知る人ぞ知る作元凡氏であった。かつては凡子（ぼんし）の雅号を使っていたが、字面が女性の名前に間違えられ「ぼんこ・ぼんこ」と呼ばれることたびたびに及び、遂にしっぽの「子」を切り落とし平凡の凡に徹することとなった。戦後から今日まで一貫して口語俳句畑を歩み、沖縄俳句界の一匹狼的な存在として、ときには、吠え、噛みつき、耳をそばだててきた。しかし、社会的には作品を公表しない沈黙の時期が長いが故に、一般的には作元凡氏の名は人々の記憶から遠のいた存在になった。ところがどっこい作品活動は持続され、一匹狼は健在なのである。年歴を辿る。「昭和一九年体調異状で召集解除。二〇年終戦。戦後は兵庫県西宮市に住む。日雇い・食堂の皿洗いなどで食いつなぐ。体調の祟り目は胸の患いを進行させた。二五年加古川市の国立サナトリウム入所。翌年の冬、胸部郭成手術を受け、二年余の療養生活。そこで俳句に出合う。二七年退院。そのころ、知人から俳誌「峠」（福田美路主宰）の紹介をうけ入会。尼崎在住の俳人船川渉氏に出会う。二九年沖縄に帰郷。一時期「渦」（赤尾兜子主宰）にも所属した。（以上　本人の年歴より）

大方の俳人がそうであるように、俳句の出合いの最初は伝統俳句と言われる有季定型の作品であった。凡さん（と呼ばせて戴こう、親しみを込めて。凡氏と呼ぶのは糖分を搾り奪られた甘蔗殻みたいで………）もその例に漏れず有季定型が俳句の出発点であった。その俳誌が「峠」であった。私にとって句集の「Ⅰの章」は、初見の作品ばかりである。

「峠」時代

耳の奥に鳴るじり貧の膝立て寝
短日の膝みせて担荷の重くなる
秋の蠅底擦れの靴に血が働く
蒜の香のきびし貧相にある平穏
おくれつく雁や不幸を身近にす

戦後の窮乏生活、胸を患い、手術、そして長い闘病。厳しい社会状況の中では「弱者はいつも病者であった」という本人の述懐を待つまでもなく「じり貧」の生活が続いた。「膝立て寝」や「底擦れ」や「担荷の重くなる」ことの「貧相」を骨身にしみて感じた。そして、「おくれつく雁」に自己を仮託し、「不幸」を背負った歳月があった。

蟬の小川いのち澄みくる足洗う
何と蝶舞う事よ吾が住日とせむ
月の点たしか真実生く限り

傷ついた歳月の中で、蟬や蝶や、月の確かな生命に感応しつつ、己の「生」を凝視して来た。

まくなぎや他郷と知りてより疲れ
望郷はコスモス挿してより始まる
夏めいて沖縄の風土も人も独りぽっち

異土での闘病生活、望郷の念や切なるものがあったであろう。
作句活動が徐々に深まるにつれ、「重箱の中の飯粒を拾うような有季定型」（俳友・桑江常青の言）に反発を感じ、やがて中村草田男や細谷源二の作品に心酔するようになる。

酒にしみる胃袋のあくびが枯れそうだ

この句は帰郷後の口語俳句の活動を予感させる。

「黒潮」時代

一九五四年帰郷。一九五九年（昭和三四年）中島蕉園（渡口真清・俳人・歴史家）・桑江常青・富山常和氏らと口語俳句の集い「黒潮」を結成した（後に浦崎楚郷氏参加）。私は、新聞に「口語俳句」と銘打った作品が紹介されているのを読んで少なからず驚いた。世に伝統俳句以外の句が存在することの驚きがあった。丁度、私が高校を卒業した年である。いつの日か句会への案内をうけた。那覇の平和通りの裏手（神里原）のごみごみした一角にあった浦崎楚郷氏宅へ参上した。トタン屋根のみすぼらしい借家住まいで、看板屋の仕事道具が所狭しと散らかっていた。その時の凡さんは酒売りの商売をしていた。仕事を終えて、自転車の荷台に酒を積んだまま句会が始まり、いつの間にか酒が入る。酒が入ると必ず楚郷氏と凡さんの激しい俳句論争が始まる。それは何時果てるとも知れないものであった。俳論の激論のうちはまだよいが、酒の勢いを借りた生活次元の中傷誹謗に至るともう誰にも手がつけられなかった。新参者で若輩の私には異様な光景に写った。畏怖と疑念の入り交じった複雑な心境であった。凡さんや楚郷氏にとって（否、沖縄の人すべてが）生活の貧窮に喘いでいた時代であったが、最も血気盛んな時代でもあった。沖縄の口語俳句の草分けに貢献した中島蕉園氏・桑江常青氏ともこの世にない。好敵手楚郷氏また何処にありや、消息を絶っている。

土の目にならんで気象図の裏で耐えている

藪蚊首を残しアンテナにないあくび

朝夕の落差ひろげ地球の目を探す

ひざまずいて短い日の襞がみえてくる
国際通りのみどり雀たちは臨月のはなし
指笛おろおろさせて出番のない方言
冬菜売り土つけて系譜継いでいる

いよいよ本格的な口語俳句の活動開始である。伝統俳句の文語・定型・季語の世界から完全に脱皮し、伸びやかな口語俳句のはばたきが聴こえる。日常語の巧みな駆使、思考の柔軟性、伝統俳句にはない新鮮な言語感覚がうかがえる。

凡作品は、現実世界をそのまま生(なま)に表現はしない。譬えるなら、ぶち切りの魚のサシミは出てこない。必ず、塩焼きかバター焼きか煮付けか魚汁かの言語調理がなされ、しかも独特の味付けがなされていると考えてよい。

いくさの落とし児は左利き含みわらい磨く

ウチナーンチュ（沖縄人）にとって「いくさ」の傷は深くていつまでも癒えないものだ。しかし、戦争の悲惨さを声高に訴えることはしない。現実の世界をストレートに言語として吐き出されるのではなく、一旦、思考のクッションを置く。このクッションが凡作品では批評の眼ということになろうか。しかも、この批評の眼を通して作句された作品は肩肘張らずさらりと流しているように見えて、実は並々ならぬ、詩的言語を形成している。ここに凡作品の非凡さが潜んでいると言えよう。

「右」の軍国主義から「左」の反米闘争へ。平和を希求し、異民族支配からの脱却を目指した闘争が熾烈に繰り広げられた。「左利き」の「含み笑い」を「磨く」ことのしたたかさ。ウチナーンチュのふてぶてしさと醒めた眼がこの句にはある。

「無冠」時代

一九六四年（昭和三九年）七月、凡・楚郷・延男・山城久良光・新垣健一・与儀勇・喜納勝代・東江弘子・松川けん光らが結集し青年俳句サークル「無冠」を結成した（後に、岸本マチ子・津野武雄・喜屋武英夫・石川栄弘・宇久田進・大浜佳津子ら参加）。凡さんと楚郷氏の先輩二人の力添えを得て、若輩の私が代表を務めることとなった。この期は、凡さんも私も沖縄の俳句革新に燃えていた時代である。

復帰の彩はない婆さんの濡れた島うた

義歯合すデモ半身に暑うつす

ミイラ余白もなく裸足のままの変調集会

一九六〇年代、異民族支配下にあった沖縄は本土復帰運動の高揚期である。「祖国復帰県民大会」や「○○抗議県民大会」が頻繁にもたれ、私も、那覇市与儀公園の集会場には何度も足を運び「沖縄を返せ」の歌を唄れるまで歌った。奇跡の一マイル国際通りをジグザグデモで気勢を上げ、デモの帰りはときどき楚郷宅にお邪魔した。そこには決まって俳句の鬼の凡さんがいて、そこらに散らかっている紙切れや板切れに俳句を書きなぐっていた。主の楚郷氏は不在でも、みんな勝手に上がり込み（とはいえ、玄関や部屋の仕切りのないがらんどうの居間である）、楚郷氏の子供たちとふざけたり、俳句談義をしたりして楽しんだ。

血が呼びあう聖火還らぬものも燃えてくるか

俳句同人誌「無冠」二号発表作品。一九六四年一〇月十一日「東京オリンピック聖火日本上陸記念全国俳句大会」を「無冠」主催で開催。赤尾兜子・飯田龍太・内田南草・加藤楸邨・金子兜太・柴田白葉女・松沢昭・横山白虹ら錚々たるメンバー（二六名）が選者を務め、大きな大会を成功させた。その時の、内田南草選の天位・飯田龍太選の地位の句が「血が呼びあう」であった。果たして、「還らぬものも燃えてきた」であろうか。懐かしい作品である。

空まわり巻かれ同型の笑みがある
脳天の荒さきざんで切れテープの寒さにいる
血のじかんもらいカボチャ転っている
迷走の蟬脱け背中つんぼはじまる

熾烈を極めた反米闘争、押しても引いてもびくともしない強権の前で「空まわり」を余儀なくされ、「脳天の荒さ」をきざみ、「カボチャ」のように転がっては、同型の笑みをこぼして慰めあい、「迷走」の蟬が脱皮したとしても、「つんぼ」のような運命が新たにはじまるのである。これらの作品には異民族支配下で呻吟していた沖縄人の心の襞が巧みに捉えられている。

へその城もぬくみ記憶の母がわらっている

暗い時代を反映した作品の多い中で、この句は心和む作品である。異民族支配下においては、臍も冷えっ放しで温まる暇も無い状況下であった。しかし、凡さんは臍の温みを片時も忘れてはいないのである。「城」の比喩が上手い。一国一城の主としてのおのれ、ことさら右顧左眄することもない。臍は作者の精神的中核を意味する。記憶の母との出会いは暗中の灯でもあったのであろうか。

やがて、私が病に倒れ、「無冠」の編集発行者もいなくなり、五号で休刊。サークル「無冠」も自然消滅し、凡さんとの親交も次第に疎遠になっていった。

「視界」時代

何年かの雌伏の年月を経て、私は、一九七六年一月より沖縄タイムス紙の「タイムス俳壇」の選者に迎えられ、選句を担当することになった。その時、「タイムス俳壇」に凡作品が送られてきた。長い間途絶えていた凡作品と再び巡り合い、涙が出るほど嬉しかった。当然、野ざらし延男への激励を込めての投句であるに違いなかった。

なぜなら、今更、凡さんのように口語俳句で一家をなしている俳人が新聞俳壇に投句する必要を認めないからである。「タイムス俳壇」のレベルアップに貢献して戴いたことは言うまでもない。

この時期は凡さんにとっては「視界」時代にあたり、自由律俳句の現代化を使命とする池原魚眠洞（名古屋）のもとで、ひたすら現代人の意識を以て現代を詠う「時代の詩」を志向していた。

「タイムス俳壇」にはこの「時代の詩」を反映した秀句が多く投句されてきた。天・地・人の入賞作品と野ざらし句評をそのまま抜いてみる（苦利　森の名前で投句した句もある）。

一九七八年

ファミリィ人形が歩く　絶望ってすごいね　（八月）

自由律俳句や口語俳句に慣れてない人には多少とまどいがある作品かも知れぬ。だが、伝統派、中村草田男にさえ〈浮浪児昼寝す「なんでもいいやい知らねえやい」〉の著名な作品があるのは衆知のこと。街歩く家族の一団がある。一見、幸福で平和そうに見える。しかし、現代社会を批評のフィルターを通して視る作者の眼には、人間が人形の動きに見える。ネジを巻き、電動し操られる人形――意志喪失の人間たち。機械化し、無表情化した人間さまの戯画、作者にとって絶望的な光景。軽い口語タッチで人間を辛辣に皮肉った作品。

一九七九年

メスの魔術なめらかに妻の舞台ごらんよ　（一月）

達観か、開き直りか。舞台は手術台。当然、生死にかかわる深刻な事態。だが、悲への傾斜がない。感傷の衣をさらりと脱ぎ捨てている。不安より安堵の色調が濃い。これは医者（医学）への信頼、妻への信頼の強さを意味していようが「妻の舞台ごらんよ」と言ってのけるしたたかな戯化よ斜視よ。リズムの軽やかさ、視点の柔軟さ、自由さ。作品の底を流れる諧謔とエスプリ、口語俳句の面目躍如たるものがある。メスをふるう医者が魔術師なら妻の手術をおどけて見せる作者もまた、みごとな魔術師というべきか。

「有事しよう」ぱちぱちとくる心音しっている　（九月）

自分の心音を聴きとることは難しい。まして他者の心音を聴取することはさらに困難であろう。「有事しよう」に作者の批評眼がある。有事法は有事の際の法律だという。だが、作者は戦争（有事）をしようとしている法律だと捉らえる。平和に逆行する立法の本質を作者は知っている。〝ぱちぱち〟と音をたててやってくる軍国主義の音を知っている。〝ぱちぱち〟と――少数意見を封じ、賛成多数の拍手喝采で可決されていく議会の虚しい音、人馬に鞭打つ暗黒の音、弾がはじける音、戦火で家や山河が焼かれる音――さりげない口語表現で捉えた風刺と批評。

さて、ときは移り、一九九一年十二月、今、ＰＫＯ（国連平和維持活動）協力法案が国会で審議されている。形を変えた「有事法」である。歴史は繰り返すというが真に恐ろしい限りである。国民に信を問うこともなく、一部の政治家によって憲法第九条がなし崩しにされ、自衛隊（だけとは限らない）の海外派兵への道を歩み始めようとしている。日本人は「喉元すぎれば熱さを忘れる」民族らしい。凡作品の批評性がますます光ってくる。

一九八七年六月、私は俳句会「天荒」を結成した。凡さんは同年十一月より参加し、今日に至る。三度、俳道を同行することとなる。「天荒会報」には「秀句鑑賞」欄（野ざらし延男執筆）があり、作元凡作品も多く採り上げている。

裏鍵をあけると齢がよってくる　雷

俳境の深さを思わせる句である。人生の営みは、概ね、表の門を行き来し、そこを生活の往来点としている。

鍵も玄関の「オモテ」を重視した生活軸を拠点にしている。したがって、「ウラ」（の門）は生活のウラ側と人生のウラを意識させる通過箇所である。人生には開けたくない門だってある。とりわけ、老齢へ引き込む門の鍵は開けたくないものであろう。「よってくる」はひたひたと岸に寄る波のイメージ、「やってくる」では句の情は半減するであろう。「雷」が唐突の感があるが、むしろ、その唐突感が不意に襲ってくる人生の衝撃性と不可視性を暗示していると言えようか。寂寥感の漂った作品である。

凡作品には、表ではなく、裏側を意識化した句が多い。そこには庶民の哀感がそこはかとなく漂い、人生の裏側の骨相を浮かび上がらせている。眼光紙背に徹すがごとく、ものの本質を抉り、そっと読者に喜怒哀楽の手形を手渡している。

吉の秋をまぶしては仄かに男・おんな

芭蕉の〈秋深き隣は何をする人ぞ〉の句は、見えてない隣人を通して「人間存在」を浮かび上がらせた作品だが、凡作品は、見え過ぎる人間を通して、見えない心情を現代のタッチで捉えた作品である。

「吉」は吉凶のキチ。人は大安だの仏滅だのと縁起を担ぐ。誰だって不幸にはなりたくない。ほのかであっても幸せを願う。秋冷の候、人の起き伏しが澄んで見え、「想い」がしんみりと伝わって来る季節である。「まぶす」は食べ物に風味を施すこと。例えば、ゴマをまぶせばご飯がおいしく食べられる。そのように「吉」の秋を人の営みにまぶすのである。男も女も仄かではあっても幸せを摑みたいと思う。たとえ、ゴマほどの味付けであったとしても。仄かな男とおんなの存在を描出して力みがない。老練である。

赤潮が波うって屋号少しずつ直す

青い沖縄の海（と人は言うが……）も赤潮が発生する。山を切り崩した土砂流が海の生命を奪い、やがて死相の赤い逆波が人家まで襲ってくる。もともとあった屋号（家屋）もそのままではその存亡が危ぶまれ、少しずつ修復しつつ破壊の波から身を守らねばならぬ。自然破壊やリゾート開発の波に押し流されそうになって肩をそばめている村落の佇まいが悲哀の色調を帯びて伝わってくる。
ここで使われている「屋号少しずつ直す」は明らかに日常的言語機能を超えている。「家屋を少しずつ直す」が日常的言語機能であろう。しかし、家屋ではなく屋号なのである。屋号はその土地の土着の家の名、即ち、先祖代々の血を継いだ名であり、村落にとっての家の根である。その根が赤潮によって少しずつ変貌していくことの痛恨であり憤激である。外的圧力によって「村」が脅え、風化が進行していく。

鋭角に根っこをもち日付ふくらます

この句も日常的言語機能を超えている。「鋭角に根っこをもち」とは何を意味しているのであろうか。「根」はおそらく自己存在の根であろう。存在の根は常に鋭角に持っていたいのである。俳句を生の根に据えた者は「日々」の「生」の内実を問わねばならぬ。「日付ふくらます」は日々の存在の実をふくらますことであろう。しぼんでいく日々ではなく、あくまでも自己の意思で「日付をふくらます」ような人生のありようである。この句には、凡流の言葉の錬金術が施され、生きざまの厳しさが表白されている。

雲の裾野にしっぽをだす山猫だね
風がきままに肉質で生きたいね

「雲の裾野に」の山猫然とした凡さんの野生味と闊達さ、「風がきままに」の自由と精神の若さ。今後の可能性を孕んだ作品である。
凡さんはペーソスの名手であり、言葉織りの魔術師である。庶民の心の襞を巧みに捉え、言葉の襞に織り込む。織り込まれた言葉は千変万化の彩色を帯びて読者の心琴を震わせる。
時流に流されることなく生きてきた反骨の口語俳人作元凡氏の句集『へその城も』は沖縄の俳句史に一石を投ずる句集となろう。

沖縄現代俳句文庫⑤『へその城も』作元　凡句集。脈発行所刊。一九九二年一月。

川満孝子句集『胸の高巣』解説

紫陽花の痛みを超えて

「Ｉの章」の「花時計」は「タイムス俳壇」（沖縄タイムス紙・新聞俳壇）投句時代の句が中心にまとめられている。私は、一九七六年から一九八五年までの一〇年間、「タイムス俳壇」の選句を担当した。孝子作品が頭角を現し始めたのは、一九八〇年あたりからである。

最初の入賞句が次の句であった。

石を抱く胸に落日の乱舞　（一九八〇年一月）

これまでは、表面的な描写句が多かった。内心を見ず、ものの表層をなぞっていた。したがって句は軽く、人間深化に乏しいという印象であった。ところが、この句は、作者の内心で「何か」が動き出している、と感じた。石を抱いて生きざるを得ない生存の厳しさが、胸中で真っ赤に燃える落日に象徴されている。この落日は鳳凰のように胸中で乱舞している。私には詩魂の厳しさを形象化した句にも読み取れた。孝子俳句の新たな出発の契機になった句であったように思う。

いくつかの胸の渦目に春の雷　（一九八〇年五月）
激痛の底にからまる白い虹　（一九八〇年一〇月）
魔性めく胸にはらりと百日紅　（一九八三年八月）

胸中の「痛み」を主題化した三句。「いくつかの」の句。言葉との闘いを通して出てきた「胸の渦目」に見える詩眼の深化。「激痛の」の句。現実の七色の虹から、虚構としての虹へ。激痛の喩としての白い虹の独創的把握。「魔性めく」の句。心情表現としての百日紅の巧みな配置。

銀の河すくえぬ指に闇落ちる（一九八二年一〇月）

責めらるる夢を前後の闇が押す（一九八三年三月）

「闇」二句。空間性の闇を水滴のように立体化した把握の鋭さと、量感としての闇の把握の新しさ。

「孤独」を捉えた句では次の句が出色であろう。

雲湧きてあざみ孤独の石の波

見える世界と視えない世界。「雲湧きて」は実景の見える世界。「孤独」は視えない心の世界。「あざみ」は実景と孤独の外的な姿。視えない孤独の世界を見えるような形にしたのが「あざみ」であり「石の波」。アザミ葉の全身トゲのかたちと石が波のように押し寄せて来る内心のかたち、この内外のかたちが作者にとっての〝孤独〟の姿。「孤独」との闘いの中から孤独の内実がイメージ化され、イメージが言葉となって定着する。（一九八三年三月）

「Ⅱの章」の「掌の起伏」は「天荒」俳句会入会後の作品が収められている。「タイムス俳壇」での活躍は一九八五年まで。その後は、身辺に起伏があり、試練があり、作句にも空白期間がある。その空白を乗り越えて再び作句活動に戻ったのが、私が代表を務める「天荒俳句会」への参加であった。

人にはそれぞれ拘るものがある。この作者にとっては、「時」であり、「貴方」や「母」である。孝子作品が執拗に同じ主題を追うのには理由がある。文学する立場から言えば、拘ることは、安易な妥協を排除しているということであり、対象と闘っていることを意味する。そこには凝視があり、自己対象化があり、発見がある。文学を志す者にとって、むしろ、拘ることは、一つの武器でさえある、と言えよう。しかし、弊害もないわけではない。それは、パターン化された類語、類想の句が多くなり、作品としての振幅が狭くなることであろう。

「時」の句。

時という狂女がひきずる負の記憶

瞬けば時にころんだかたつむり
時の穴陽差しにトマト病んでいる

時が狂女である、という認識、負の記憶につながる人生行路、その暗部の炙り出し。かたつむりの小動物を通した「ころぶ」という暗転、「瞬く」という瞬時の作用さえも許されぬ「時」の峻厳さ。俳句を書く者は、あろうはずもない「時の穴」を見てしまう。それゆえに、トマトの病んでいることを人一倍痛切に意識できる人でもある。

「掌」の句。

幻覚の水ではじける掌の弦
掌の起伏は地鳴りの道とざす
燃えつきた掌に残るサルビアの雨

作者にとって「掌」とは、喜怒哀楽の感情層が浮き出る場であり、人生の諸相を映し出す鏡である。ときには、作者の文学性を問いただす磁場にもなる。掌に弦の意識、幻覚の水が想像性を駆り立てる。無言の掌が、感情の弦を、はじき、かき鳴らすことの造型性。掌に起伏あることを意識した者は、地鳴りの道も同時的に把握できるということであろう。作者にとって地鳴りは、心の高鳴りを意味する重層表現であろう。その道が閉ざされることの心の痛み。

「貴方・君」の句。

しゃぼん玉はじけて貴方0（ゼロ）になる
「逢えないの」空白にひれ伏す花甘蔗
真っすぐに君をとらえる逆時計
掌に貴方と重ねた紙の月

「しゃぼん玉」「花甘蔗」「逆時計」「紙の月」に象徴された貴方との愛の破綻。読者もこれらの句を通して、実らぬ愛の「時間」をくぐらざるを得ない、と言うことになろうか。

「母」の句。

母逝きて背に乱調の影鳴り止まず

蟬しぐれ母まきあげる水の珠子

面影が静脈うかし夏細る

作者の、母への愛はひときわトーンが高い。まして、思慕の母が逝ってしまったことは「乱調の影」が鳴り止むことがないほどの衝撃波だった。影が鳴る、と捉えた感受はそのショックの度合いの深さを表している。定型を破った破調が感情の昂りを同時に表現している句である。「蟬しぐれ」の聴覚世界、水の珠子の視覚世界、この両者の狭間でイメージ化された「母まきあげる」。苦悶ののたうちが巧みに映像化されている。「静脈うかし」の表現にみえる確かな観察の眼。夏細る作者の姿が痛々しい。

頭痛に少しはなれてかたつむり

昂る感情を濾過して出てきた作品は透明感があって光っている。しかし、濾過の網目が粗い時は生な言葉の羅列に陥って、文学性に乏しい句になるのも、また、道理であろう。

「少しはなれて」のやや散文的な言い回しが頭痛とかたつむりとの距離感をさりげなく捉え、しかも、心の昂りが沈静化している。「少しはなれて」は決して傍観しているわけではない。対象をしっかりと凝視しているからこそ、そこに、距離感を意識できたのである。「対象に心を通わせること」は大切な作句法である。しかし、心の通わせ方にも、二通りの通わせ方があるということであろう。この句はかたつむりに通わせた心を一旦突き放している。主観的に捉えたかたつむりを今度は冷徹に客観視している。この距離感が「濾過の眼」と言えようか。この濾過の眼が俳句の眼でもある。

電光ニュース斜めに私が切れていく

孝子句は私的世界に拘泥した句が多い。その意味ではこの句は社会的視野があって異質な傾向の句と言えようか。都会の中の「私」の存在、雑踏の中の個人、電光ニュースの流動を通して、疎外感と憂愁感が上手く表現されている。こういう社会的視野の拡大が孝子句を一段成長させるであろう。

「心」に拘りつづける作者には「胸」を主題化した作品が多いが、その中でも、句集の表題にもなった、次の句は忘れられない一句であろう。

あめ色の空蟬が鳴く胸の高巣

現実には空蟬（うつせみ）（蟬殻）は鳴くはずがない。だが、俳人には聞こえないものを聴き、見えないものを視る。胸中の高巣にさえずりはあったであろうか。愛の旋律は奏でていたであろうか。人は、ときに生命（魂）の抜けた蟬殻のように、虚しさを抱いて生きる。そんなとき、虚しさからの脱出を念じ、自らの空蟬を鳴かすのである。高巣の「高」は志の高さ、志高きゆえに「高樹悲風多し」である。人は、自らの高き巣をもち、その胸をいつも高鳴らせて生きたいと念じている。

孝子作品は、女性としての優しさと、胸の痛みを形象化したところに特色がある。日陰の花、紫陽花が、四六時中雨に打たれ、痛みのために七変化し、悲の電流で花芯が震えている……。花弁に触れた読者はたちまち感電し、慈愛と悲色に染まる……。

作者の心は、羽毛のように、柔らかく、温かく、優しい。その優しさ故に、生活の断層で傷つき、哀韻を奏で、時の割れ目で呻吟している。しかし、もう、時の割れ目を埋め始めているであろう。

この句集発刊を契機に、私的現実のハードルを超えて、胸の高巣に新たな詩魂の誕生を期待したい。

沖縄現代俳句文庫②『胸の高巣』川満孝子句集。脈発行所刊。一九九三年十二月。

金城けい句集『水の階段』解題

風(カジヌニー)の根から

『水の階段』は硬質の抒情と現実透視の眼が光る句集である。作者の眼は深い闇の底で、青銅の炎を放ちながら、人間心理の深淵を炙りだす。その詩心は、沖縄の精神風土の中で磨かれ、重く、鋭く、沈潜しながら、土中に根をおろしている。根は風(カジヌニー)の根である。

作者は、一九九五年三月、第一句集『回転ドア』を出版し、「第一句集は今次大戦で亡くなった父へ捧げます」と「あとがき」で記している。

断崖も猫背となりし沖縄忌

沖縄忌海には谺がないように

傷なめてゆく蝸牛の選択

この「傷なめていく」心の軌跡は第二句集『水の階段』にも色濃く出ている。

鳩尾に父の骨寄る沖縄忌

骨片の息急ぐごと白梅の雨

でで虫は行ったきりです沖縄忌

作者の父は一九四五年五月、沖縄戦で戦死、未だに遺骨は見つかっていない。作者の出生はその年の一〇月、母の胎内にいるとき父は無念の死を遂げている。だから、父の顔を知らない。

戦後五〇有余年、錆びた砲弾の破片を体内に孕まざるをえない沖縄人(ウチナーンチュ)ゆえの呻吟、ものを書くことを生存の選択肢から選びとった作者は、戦争という沖縄の暗部の根を引きずりながら、文学としての詩精神を問い続けている。

胸塞の岬ゆうなのごとく墜ち

ヨットは倒れてばかり卯の花腐し

血や肉と別れて来たりしゃぼん玉

これらの作品は現在の作者の心象世界を描出しているであろう。だが、心位の底に戦争の影がうごめいているように見える。例えば、私にはこういう風に読めるのである。

「岬」は沖縄本島の最南端、喜屋武岬なのではないか。沖縄戦の激戦地摩文仁の丘の、あの場所。敗走の果てに追い詰められた多くの人たちが身を投げた岬、かの、ひめゆりの乙女たちも投身した阿鼻叫喚の岬。「ゆうな」はオオハマボウ、ラッパ状の黄色い花、花びらは散らず、房ごと落ちる。だから身体丸ごとの墜落である。断崖絶壁の喜屋武岬から身を投げたシーンが作者の眼底にある、と言えまいか。

「倒れてばかり」も戦場のシーンを想起させる。銃弾に撃たれてばたばたと倒れていった兵士。山野を焼かれ、家を焼かれ、戦火に巻かれ、逃げ場を失い倒れた老若男女。戦禍の飢えの果てに倒れていった無辜の民。これらの倒死シーンが作者の眼底にあった、と言えまいか。

「血や肉と別れ」には、戦火のため一家離散した肉親の別れがオーバーラップされているのではないか……。しゃぼん玉のように儚く消えた人生であった、と比喩的に読むことが可能ではないか。

血液型を消すため夕日を洗う

「血液型を消す」ことは不可能であることは分かってはいる。また、血液型の出自を消せないことも分かってはいる。「夕日」も何万回洗ったとしても、その血色は消えることはない。消しても消してもついて回る悪夢、ヘドロのような桎梏。過去の暗部を払拭したいと念ずる心象の句であろう。この心情は、戦火をくぐり抜けてきた沖縄人の共通した心情でもあろうか。

自分忌に深海魚一匹焼いている

単眼でなく複眼。沖縄忌ではなく「自分忌」。生者の自分と死者の自分、見ている己と見られている己。自分の通夜で「深海魚を焼いている」この心象風景は狂気と名付けてもよし、されど、この狂気は現実の退廃の状況を撃つ思想でもあると言えよう。状況に流されず、徹底した孤に耐える磁場から己を炎のように立ち上がらせる。換言すれば、この作者は、沖縄の抱える歴史的な桎梏をバネにして、文学としての俳句の自立に腐心しているように読み取れる。

二重虹今日の根っこを見失う
半分の虹を囮に闇近づく
臆病の目玉転がる遠花火
晩夏斜塔胸のガラスをもてあます
晩鐘に乳溢れ出すシロツメクサ
うしろをふやしているのはシロツメクサ

現代人の基底に潜む心理の陰陽を鋭く開示して見せた作品群。「二重虹」の句。現代人は果たして「今日の根っこ」を持って生きているのか。昨日から今日へ、今日から明日へ、ただ時の赴くまま流されているのではないか、と言う自問。否、問われているのは、他者なのかも知れない。「半分の」の句。十分に戦慄的且つ煽情的である。現代社会の裏面を抉っている。「臆病の」の句。「臆病の目玉」と「遠花火」に通う言葉の息、その関係性が生み出す人間心理。「胸のガラス」の句。退嬰感と先鋭感が交差したような句。胸に狂気のガラスを身籠った者は、さて、どこへ行くのか。「シロツメクサ」の句。「乳溢れ出す」が官能的、されど、「晩鐘」に悲愁が漂う。「うしろをふやしている」のはシロツメクサだけではない。多くの現代人も、過去やうしろを増やし続けている。現在を問うことを忘れ、未来への展望を語らずに……。現代人が抱えもつ虚無感を表現した句。

てんぷらの胎児くるりと初笑い

足が生え手が生え飛べぬ花キリン
右に夕日左に虹や一茶どの

十分に逆説的で、諧謔的。俳句の醍醐味を堪能させてくれる句群。「てんぷら」の句。てんぷらの胎児と初笑い、庶民のペーソスがにじむ。副詞「くるり」の軽妙な動きが場面転換の役割を果たし、諧謔の眼が息づいている。「花キリン」の句。足も手も生えたのに飛べないことの悲しさ。「明」を見つめていながら、表現としての狙いは「飛べぬ」の否定の形、花という「明」の存在でありながら、刺を全身に持つ花キリンの「暗」、花キリンが逆説的である。「一茶どの」の句。俳人小林一茶への揶揄的、挑発的。幾何学的構成で、おおらか、痛快である。

怒号のように新芽飛ぶハイウエイ
まるで挑戦状巻紙の新芽
小春日や鰭で息する鳥打帽
元日や鱗のような児のいびき

比喩法の的確さと感性が魅力の句群。「怒号のように新芽」と「まるで挑戦状」の比喩の的確さ。対象を前向きに、全身的に捉えた若々しい句。「小春日」の句は「鰭で息する」の比喩が効いた感性の句。小春日の陽光の中、鳥打帽のかすかな揺れ、そこに発見した「鰭で息する」の把握。読者には顔は見えないが鳥打帽を通して息遣いが聞こえてくる、そんな肉感性のある句である。「元日」の句も肉感的である。いびきを「鱗のような」と把握したのは鋭い詩眼と言わねばならない。聴覚的ないびきを、視覚化し、立体化した表現が光る。部屋を覆う闇も鱗状に動いているようにさえ見える。

むささびの眼をして出勤のオートバイ

オートバイは現代文明が生み出した機械。むささびは自然界の生きもの。この異質の両者を結びつけた詩眼の冴え。「出勤」という言葉からはホワイトカラー族のサラリーマンが彷彿され、野性味のないひ弱な風姿がイメージされる。ところが、「むささびの眼」で俄然この人物に野性味が生じてきた。ヘルメットを被り、ハンドルを握り、颯爽と両腕をムササビの皮膜のようにひろげ、寒風を切る、そんな姿が見えてくる。闇を生きてきた眼光鋭い、山や森の匂いのする男がビルディングの林立するオフィス街へと発進音を轟かせる。重い冬空の下、コンクリートジャングルへ疾駆する一人の男。現代人の生存の厳しさと野性味あふれる人間像を巧みに浮かび上がらせた句といえよう。

土語木語みんなやさしく酔いつぶれ

「土語木語」は造語であろうか。自然界には人間の知力の及ばない不可思議な世界が多く存在する。土の発する言葉も木の発する言葉もあろう。「酔いどれ」の心境は土や木たちとの交感を可能にする。また、酔者の発する不明瞭な呟きが土語に聞こえ、木語に聞こえてくる。言い知れぬ陶酔境がこの句の底から湧いてくる。「聴こえないものを聴く」という詩の心がこの句にはある。

暗室へ達磨墜ちゆく春一番

「暗室」は現実の世界、しかし、「達磨が墜ちゆく」で一転して非現実世界へ読む者を引きずり込む。真っ暗な暗室へ足を踏み入れた瞬間、ブラックホールへ突き落とされたような衝撃波に襲われる。墜ちるのは人間の暗喩としての達磨。達磨は七転び八起きの代名詞、転んでも転んでも起き上がる。作者もまた人生の途上で、傷つきながら何度も転び、何度も起き上がってきた。時は春一番の季節、人々は春一番で春の到来を喜ぶだろうが、作者にはむしろ、春一番が己を奈落の底へ突き落とす引き金となっている。達磨の大きな目玉が異様に光りながら闇底へ墜落していくさまに戦慄感が漂う。造形性の強い心象句。

かげろうの駅を乗り継ぐ水の階段

虚で固められたような句。「かげろうの駅」の危うい存在、その危うさを乗り継ぐことの不確定さ、「水の階段」も同質、固定された木や鉄やコンクリートの階段ではない。現実には歩くことのできない水の階段、この世界を血を賭して生きてゆく——。句集の題になり、句集最後に収められたこの一句は覚悟の一句として暗示的である。〝水の階段〟は〝詩の階段〟の暗喩であろう。言葉との闘いに身を削りながら、無窮の詩階段を登っていかねばならぬ。青銅の炎を燃やしながら——。

作者は二冊の詩集『サガリバナ幻想』『陽炎の記憶』を出版している詩人でもある。第一句集『回転ドア』は沖縄タイムス芸術選賞の文学部門で奨励賞を受賞。本格派の俳人の登場として社会的評価も得た。

句集『水の階段』は「微温的、総花的な相互扶助精神に溢れた俳壇風景」（「フリーダム句集」発刊のことば）に一矢を放つことになろう。沖縄の風（カジヌニー）の根を居城にし、俳句の根を掘り続ける俳人金城けいへの期待は大である。

フリーダム句集14『水の階段』金城けい句集。現代俳句協会青年部発行。一九九七年二月。

心弦を奏でる

神矢みさ句集『大地の孵化』解題

今日は俳句の時代と言われる。だが、その大半の作品は花鳥風月を平板に写生した軽い俳句である。みさ作品はこれらの作品と一線を画する。

本句集には現代感覚を駆使して捉えた新鮮な天然や人間の深層心理に踏み込んだ緊密で重層的な句が並んでいる。駆使された言葉は日常的、単一的な伝達機能の領域を超えて、詩的言語として光り輝き、詩域を拡大している。

句質は炎の中から取り出した熱鉄を打ち均し、一七音の言葉の盤に冷却したような硬質感がある。言葉の弦に弛みがなく、その音域はコントラバスの詩的音色で重厚である。野球に例えるなら、変化球でのらりとかわす投球ではなく、剛速球で真っ向勝負の作品である。

句集『大地の孵化』のタイトルになった句。

大地の孵化の抜け殻春の雲

全身的、生命的、ディオニソス的である。春の大地を全身の皮膚で感知し、作者の肉体そのものが大地なのだ、という感受の仕方である。大地を、孵化した生体と捉え、雲を、その抜け殻と捉えた。比喩の光った句である。孵化した大地は赤ん坊のような柔肌、徐々に万物が芽吹き、刻々と地表が春色に染っていく。大地の若草たちは生命誕生の産毛となり羊水のような駘蕩感の漂う春光に濡れて光る。天空の春雲は白く、軽く、球体の地球の春を寿ぐかのようである。スケールの大きな自然讃歌の句である。

どれもみな刹那の頂点揚雲雀

俳句は感動した世界をどう言葉の世界に表現するかが問われる。この句の感動の源泉は揚雲雀。揚雲雀の生命の輝きを見事に一七音の詩弦に響かせた作品。柔らかな春の大地空間、その上を流れる霞のような時間の帯。この時空をかき切って、空の深部の井戸を目指し囀る揚雲雀。天空に向って垂直に、己の命を発火させ、刹那、刹那を生きている雲雀、その瞬発の生命力を「刹那の頂点」と表現し、本質を摑みとった。

引力の糸嚙み切って揚雲雀

同じく揚雲雀の句。「引力の糸嚙み切って」の表現が揚雲雀の本質を突いている。揚雲雀に成りきった作者の精神が見える。揚雲雀の飛翔を的確に表現した詩眼の光る作品である。

みさ作品は写生俳句ではない。眼は単眼ではなく複眼。対象が自然界の植物や動物であっても描写的、表層的に捉えず、人間の深層心理をからませ、重層的に表現している。さまざまな表現技法を駆使して奏でられた一七音の作品は窯変のように変幻し、自在である。

花の句

心弦のたわみに落ちる花でいご
他界への切符かも知れず酔芙蓉
死児の指開く浜木綿いないいないばぁー
陽を緊める音かも知れず鳳仙花

「花でいご」の句。花でいごを擬人化した心象風景。自然界の凋落期だから梯梧は落ちていくのではない、心弦がたわんでいるからだ。心の弦は常にピーンと張っていなくては生の琴線は鳴らない、と作者は考えている。落涙のような花でいごの落下の先は樹下の地表ではなく、失意の谷底か……。「酔芙蓉」の句。酔芙蓉が妖気を漂わせている。他界へ吸い込むような霊気、現実の花が幻化され、異化されている。「浜木綿」の句。浜木綿の白い花弁を死児の指と捉えた詩眼は鋭い。暗喩の光る句。日常の平凡な景が作者の詩眼によって異化され、死児が蘇っている。「いないいないばぁー」の幼児のあやし言葉が哀切感と現実感を深めている。「鳳仙花」の句。作者の詩眼は太陽さえも手玉にとっている。聞こえないものを聴く、俳句の耳を持っている。感性が魅力の句。

動物の句

みみず夜通し木管楽器で土を吹く
結界を地上へ下ろす朝のカラス
シーラカンスの目玉くるりと昼の月
肉厚の闇ジョーカーくるむ鶏鳴

「みみず」の句。みみずは演奏家、大地は楽器、痛快な句。人間にとってみみずの存在がかくも親しみ深く、土がかくも親和的であったのか、と読者に新たな眼を呼び覚ましてくれる作品である。作者の詩弦は豊穣な音を奏でている。「カラス」の句。濁りの無い朝の空気の中で、カラスの存在が鮮やかである。真っ黒な羽根で身を包むカラスは「結界」を背負って、地上に降り立ち、超俗的である。霊媒のようなカラスの周辺は妖気が漂い、他者を寄せつけない。「シーラカンス」の句。水に棲むシーラカンスの目を、空の昼月に発見した詩眼の冴え。古代魚のシーラカンスが二〇世紀末の現代にくるりと反転して立ち現れたような時空。「昼の月」を古代魚の目に変身させ、空を太古の海に変貌させた複眼が魅力。シーラカンスの孤愁を象徴している句である。「鶏鳴」の句。「肉厚の闇」は闇を空間的に把握するのではなく、物理的、立体的に把握している。また、聴覚世界の鶏鳴を「ジョーカーくるむ」と視覚的にイメージ化し、鬼の存在を浮かび上がらせたのは並の手腕ではない。肉厚の闇を破って鳴く鶏の声は地底から湧く鬼の怨念の地声なのか。作者は異次元の声を聴き取っている。詩境の深い作品。

母の句

唐辛子母の乳首の鬼二匹

俳句は象徴の文学である。「鬼二匹」は「二つの乳首」を暗喩し、「唐辛子」は「母」を象徴している。唐辛子は小さいがピリリと辛い。表皮は緑色から朱色へと変化し、やがて、坂を転げ落ちるように色褪せ、膨らみから萎えへと移行していく。しかし、唐辛子の肉体は衰えても唐辛子の存在の証しの激辛は変わらない。作者は、母の存在を唐辛子の生そのものだと考える。女の盛りを過ぎた母、もう、老母であろう。乳房は萎え、乳首は枯れ、黒い。痩せても枯れても母はここに在る、強い母、怖い母、畏敬の母。作者も女であり四児の母である。慈愛の母を一度突き放し、乳首を客体化し、「鬼二匹」と捉えた詩眼は冷徹なまでに澄んでいる。感傷に流れず、言葉に溺れず、観察眼に裏打ちされた凝縮度の濃い作品である。

父の句

夕月や父は首まで優しい草

父の姿は前に向いているのではなく、後ろ向きのように見える。逞しかった父、今はほっそりと痩せている。男としての闘いを前面に押し出して生きてきた、若さと生臭さはもう見えない。今は角の取れた優しい父である。草は風に任せて靡き頭を垂れる。風に逆らうこともなく、あるがままの自然体で靡く草。首まで草の優しさになりきった父、夕月もまた、淡く、切なく、優しい。

「父母の句」を抄う。

残菊や父戦痕の朧吐けず

鉄塔のてっぺん父性という歓喜

閂が外せず母という字泣く

陽を吸う地平母の起伏を確かめる

作者は沖縄県北部の今帰仁村の出身、今は中部の読谷村に住む。読谷村は沖縄戦の激戦地、沖縄本島に米軍が最初に上陸した地点。戦後も軍事基地に多くの土地を奪われ、戦傷は未だ消えない。

読谷村には悲惨な集団死を遂げたチビチリガマがある。

自決の地尺取り天日背負い行く

天日を背負って歩いている尺取虫は戦中・戦後の苛酷な道を歩んできた沖縄の民を象徴している。戦火を浴び、身を焼かれ、自決に追い込まれた場所を歩く尺取虫。尺取虫は平和の方向を見誤ることなく、〝命こそ宝(ヌチドゥタカラ)〟の平和の原点を求めて、尺を測り、歩んでいく。

飛翔するものみな十字架島の夏

今次大戦で沖縄は島全体が戦火に包み込まれた。戦後も一方的に軍事基地が居座り続け、十字架を背負わされているような島だ。鳥もバッタも、風媒花の種子たちも、飛び立つものはみんな十字架を背負っている。——空が青いか、海が青いか、鎮魂の島である。

安保飛来し島のカマキリ痩せていく

読谷村の隣町にある嘉手納米軍飛行場にはB52爆撃機や核搭載機が飛来している。安保条約によってカマキリたちも痩せ細るばかりだ。

故郷を売る密談蛇穴に入る

先祖代々から守り育てた故郷を軍事基地に売る話が進行している。なぜ、戦争のために、人殺しのために、沖縄の故郷を売るような暴挙をするのか。平和な心までも国策に売り渡すのか。沖縄県民をつんぼさじきにして密談を凝らす蛇たち、蛇は権力者の化身だ。蛇は密談が終われば穴に潜り姿をくらます。冬眠を終え、ほとぼりがさめた春にこっそりと「蛇穴を出づ」となる。

二〇〇〇年七月にはサミット首脳会談が沖縄で開催される。「普天間飛行場」の県内移設問題で不協和音を奏でている。国や県をサミットとからめて地域振興策の飴をちらつかせ、基地移設の鞭を振るう。老獪なアメムチ政策である。

白詰草フェンスをもぐる白血球

恩納岳信管抜けない冬日影

被写体が土より還る沖縄忌

命令の語尾の直立天気雨（ティーダアミ）

日常を非日常に高めた作品群も本句集の価値を高めている。

ゴキブリ光り畳間は荒野の画布

創作意欲の伝わる作品。畳間は和室の空間、ゴキブリは違和を際立たせる生物。生きた化石と称されるゴキブリが光った瞬間、畳間は荒野の相貌を帯び、日常的な生活空間が荒野の画布の世界へと変貌する。作者の造形感覚と想像力の光る句である。

じゃんけんパアギロチン飛んだ昼の月
背で泣く妹2×4(ツーバイフォー)の柱の鬼
λ(ラムダ)・γ(ガンマ)生徒は真昼の流星です
虹の根で胎児に戻るだるま浮き

本句集の特徴の一つは現代の新しい題材を現代感覚で捉えていること。短詩形文学としての俳句の可能性に挑戦し、新鮮な風を吹き込んでいる。

ウイルスの毛玉がさらう子の眠り

毛玉は毛布に生じた毛玉であろう。日常の平和感を象徴する「毛玉」と「眠り」、この両者に潜む得たいの知れない魔のウイルス、眠っているはずの子が神隠しに遭ったようにふと消えてしまったら……。平和な家庭生活が侵害されたときの恐怖感、底知れない空漠感が漂っている句である。

年輪を洗う血の音バーコード
セロファンの知覚剝き出す春の月
ジルバ踊るテトラポットは大地の足
原罪を孕む繭ですコンピュータ

最終章の表題になった句

クワズイモ太古の大耳漂流す

サトイモは栽培されスマートでしなやか、クワズイモは自生し無骨で野生的。だから滅びることなく逞しく生きてきた。大きな葉は大きな耳になり、風にそよぎ、時流に聞き耳を立てている。耳は時代の趨勢を感知しながら時流の波間で漂流する。その漂流に漂着点はない。高校の体育教師である作者はクワズイモのように逞しい野性味を秘めている。時代の耳を立て、詩心のアンテナを張り、漂着点のない芸術の海を強靱な詩魂で泳いでゆく。『大地の孵化』は沖縄の光と風の中で孵化した句集である。心弦を奏で、俳句の原石を光らせた価値ある句集の出版を祝し、筆を擱く。

天荒現代俳句叢書①『大地の孵化』神矢みさ句集　天荒俳句会発行。一九九九年十二月。

玉菜ひで子句集『出帆』解題

捨て身の百合

玉菜ひで子氏と俳句詩形との出合いは、生活空間が変容するほど強烈であった、と言える。涸泉に突如として湧出してきた清水のように、鮮烈に俳句が噴出してきた。

句集のタイトルになった作品に、俳句との邂逅と決意が読み取れる。

満月に抱かれ村ごと出帆す

この村は現実の村でありながら、且つ、作者の詩想の中の村でもある。満月に抱かれている村は作者の出自の村であり、故郷であり、沖縄の地である。潮が満ち、月が満ち、船出の時刻を待ち、満を持して大海へ帆をあげる。生存の場を丸ごと担いで俳句海へ出帆するのである。並々ならぬ俳句道への決意が漲っている。

作者の生存の根から発せられる作品群は迫力がある。

ピカピカの流し台発狂寸前です

疑惑が仁王立ち月かげる厨口
トントントン疑問符つらなる俎始
洗濯機雲飼っている倦怠
茶の湯ゆらりゆら殺意の黄砂降る

流し台・厨口・俎・洗濯機・茶の湯などの日常の生活の場にある、無表情な物たちが、作品の中で感情や思念の襞を帯びて読者の前に立ち現れる。人間の心底に潜む、発狂・疑惑・疑問・倦怠・殺意などを鮮やかに切り取って、表現の場に引き込んでいる。主婦であり、妻であり、母であり、女性であることの〝生〟を問うている。文学が「人間とは何か」を問うことを命題にしているとすれば、ひで子作品は文学の根源的な世界を短詩形文学の俳句で挑戦的に詠いあげていると言える。

静寂が表皮剝ぎ取る室(へや)は窟

こういう作品は精神が弛緩した状態では生まれないであろう。身を切るような孤独の闇にいるときか、衝撃的な時空に身を置いたときにしか把握できない緊迫した世界ではないか。動けば皮が剝けるような静寂の中にいる。外的な静かさより内的な静謐感、弛緩した状態では意識しなかった部屋のもろもろが、ささくれ立って視えてくる。やがて、しじまの刃がかさぶたのような日常の表皮を剝ぎ取る。心的視野から挟殺物が剝ぎ取られ、日常の不協和音が消され、部屋は空洞になる。その空洞は作者の心の洞である。現代人の心の枯渇と空虚感を巧みに表現した作品。

ひで子作品の特徴は情念の塊を現実の対象にぶっつけ、太い情の縦糸と堅い知の横糸とをクロスさせ、詩想を紡いでいる。紡がれた言葉は、発汗し、発熱さえしているような、感の昂まりがある。読者は熱を帯びた詩弦の奏でるバイブレーション的詩語に魅了される。俳句詩形が熱い。

作者は、女性としての出生と母と子の絆に拘る。

へその緒のぞけば月蝕始まる母系図

母系図は子を産み継いできた女性として、母としての系図。男性には解らない女性のしがらみ。母子の絆のへその緒を通して見えてくる人間の痛み、それは、円形の月が月蝕によって欠けていくような寂しさ、哀しさ。見てはいけないものを視てしまったような悔恨にも似たやる瀬なさ。

情念の句。

夜叉となる鏡の裏の埋み火
じりじりと髪の芯泣く熱帯夜
春霞女ふところに火打石
愛されるぎこちなさセロファンに丸められ
愛染の余白引っぱる蝸牛
春雷や岬の乳房置き去りに

埋み火は夜叉となる女の怨念。泣いているのは髪の芯、悲哭の極み。ふところに秘めているのは火打石である、という激情の世界。愛がセロファンに丸められることの軽さ、切なさ。蝸牛が愛染を引っ張っている未練、岬に置き去りにされた乳房の冷え……、愛の諸相が一七音詩形で疼いている。

作者の詩想の豊かさは、南海のニライカナイから招魂したヲナリ神（姉妹神）たちが発した言葉のように、時に磁力を帯び、時に呪術的である。登場する自然界の花たちは美しいものを愛でる対象としての花ではなく、作者の情念の化身として登場する。

寒椿真夜中に泣く鏡がある
泣くだけ泣いて吉相になる紫陽花
逢いたい日は直立の秒針甘蔗の花

欲望のるつぼに落ちるアマリリス
石蕗の花返書は男言葉で埋め立てて
トボロチふるふる歩幅狂わせて

寒椿・紫陽花・甘蔗の花・アマリリス・石蕗の花・トボロチなどの花たちが擬人化され、肉感的で、主情的である。千変万化する花の様相を通して、女心の微妙な波動を巧みに表現し、読者を女性の迷宮へ誘い込む。
現代感覚で、現代の顔に焦点をあてた作品にも魅せられる。

附箋だらけの背鰭で歩く五月病
日溜まりの子のポケットに核煎餅
非常口ナマコぷるるんのびてくる

附箋を背鰭のようにつけて歩いているニンゲンさま。奇妙で、情けない立ち振る舞い、病んでいる日本人の滑稽な生が描出されている。子どものポケットの中に核煎餅が潜んでいるかもしれない、と捉えた作者は日常の中の危機をさりげなく摘出してみせた。核がかくも身近にあることの認識をどれだけの人がもっているであろうか。作者はこの危機感を胸に秘め、それがゆえに、常に、脱出口としての「非常口」を意識している。しかし、その非常口には海の生き物のナマコがこちら側へのびてくるかも知れないのだ。怪物の出現はＳＦ映画の世界だけの話ではないのである。

木下闇有事は影を抱き込んで

日本の周辺に有事の事態が発生すれば戦争に協力せよという戦争協力法の「ガイドライン関連法案」が成立した。巨大な軍事基地を抱える沖縄が矢面に立たされるのは必定であろう。「米軍用地特措法」も成立し、代理署名や公告縦覧は国の直轄になり、新規土地収用も首相の権限で決済できるようになった。地方分権や財産権、抵抗権を奪う悪法である。

「木下闇」は戦争の闇を暗示している。有事になれば人間はおろか、影までも抱き込んで丸ごと葬り去られるのだ。権力は容赦なく牙を剝き出し民に襲いかかる。これは歴史が証明している。怪物は身近に潜んでいる。自然界の木下闇も決して安心してはおれないのだ。日本の、沖縄の、今日的危機が的確に表現されている。

海鳴りを旗印に骨動き出す

沖縄の現実の苛酷さは、沖縄戦の惨状を抜きにしては語れない。戦後五〇余年、未だに軍事基地をかかえたままだ。骨たちは安らかに眠ってはいない。海鳴りのたびに脅え、右往左往しているのだ。海鳴りが単に海潮音の一つだと聴き流すことができないところに沖縄的な痛みがあるということであろう。

慰霊の日葉裏で闇がとぐろ巻く
螢も悲鳴もドラム缶のなか沖縄忌
爆音が棲みつく火之神（ヒヌカン）の香炉（ウコール）
椅子のくぼみに基地小春日を羽織っている

慰霊の日・沖縄忌には闇が蛇のようにとぐろを巻き、螢も悲鳴もドラム缶に閉じ込められている。螢は死者の魂を暗示していよう。沖縄の台所に棲んでいる火之神の香炉にさえ、軍事基地の爆音は棲んでしまっている。「椅子のくぼみ」は醒めた眼で基地を捉えた口語タッチの句。

列島も檻の中コノハズクの目が枯れる
日蝕始まる子が喰われていく日本
札つきの鴨（スーサー）裏声で来るサミット
傍受法真夜中の画像手が伸びて

これらの作品には人間の生や社会が、現代感覚で鋭く捉えられている。感性のフィルターを濾過して表現された作品には現実透視と批評精神に裏打ちされた詩世界が構築されている。

沖縄の言葉を織り込んだ沖縄パワーが弾ける句。

うりずん南風ロダンの首をすげ替える

うりずん南風下克上の裾持ち上げる

「うりずん」は沖縄の大地が潤い、木々が芽吹き、若夏が近づく候だ。自然界の気が満ち、何でもできそうな気力が人間にも湧いてくる。ロダンの首をすげ替えることや下克上だって不可能ではないぞ、と思わせるほどの生動感がある。

次の句も痛快である。

列島の片棒担ぐ初興し

スケールの大きいダイナミックな作品。「初興し」は歳時記の「仕事始」に相当する言葉。沖縄の言葉「初興し」は勃興の〝興〟、列島を担ぐにはうってつけの言葉だろう。日本列島は、バブル崩壊に始まり、金融機関の破綻・政財界の汚職・警察官僚の不祥事・不況の風・少年犯罪の多発・学級崩壊など、木の葉のように浮き沈みしながら漂流している。このままでは日本が沈没する。作者は、天秤棒を担ぐように日本列島の片棒を担いでやろうではないか、と発奮して見せたのだ。さて、あと一方は誰が担ぐのか……。

モナリザの片頰落ちる春の闇

永遠の微笑、謎の微笑、名画「モナリザ」が俳句の中で解体されている。「春の闇」が絶妙だ。モナリザの微笑は春の馥郁たる空気の中で薫り立つ。薫香の春の闇は外界を遮蔽し、モナリザを闇の檻へ閉じ込め、モナリザの片頰を落としてしまう。モナリザの知られざる醜面を鑑賞者の前へ突き出す。「闇」は歴史を変えるほど妖気を孕み、殺気立ってさえいる。……解体されたモナリザは新たな表情で再び鑑賞者の前に立ち現れる。詩眼の冴えた情感あふれる作品。ものの本質を摑む短詩形文学の真骨頂がこの句にはある。

夜の百合呵責の海へ泳ぎだす

凛然とした中に決意がみなぎっている句。「海」は虚構の海であり俳句の海である。百合は作者を暗喩している。海上の闇夜を単独で泳ぎ出すことの恐怖と決意。百合の長い首が波間に浮き沈みしながら泳ぐさまは「苛酷な試練」を象徴している。文学としての虚構世界を捨て身で泳ぐ百合に声援を送りたい。

初心の、順風の海から出帆し、今や俳句海の闇へ身を投じ、波濤と闘っている作者。前途に灯は見えない。百合よ、明かりを求めて泳げ。俳句の彼岸を窮めよ。

二〇〇一年、新世紀に相応しい現代感覚に溢れたフレッシュで芳醇な句集の〝出帆〟を祝し、今後の活躍を期待したい。

天荒現代俳句叢書②『出帆』玉菜ひで子句集　天荒俳句会発行。二〇〇〇年十二月。

おおしろ房句集『恐竜の歩幅』解題

闇の突端を耕す

一九八一年四月、私は宮古高等学校へ国語教師として赴任した。宮古島に俳句の種を蒔こうと決意しての単身赴任であった。宮古高等学校（旧制宮古中学校）は、無季俳句の旗手であった篠原鳳作が五〇年前に勤務していた学校である。有季定型の伝統俳句に飽き足らず無季俳句も視野に入れて創作活動していた私にとって、鳳作との縁を感じずにはいられなかった。

この学校に、沖縄本島から一年先に赴任していた若き数学教師のおおしろ房氏がいた。やがて、「耕の会」（職場俳句同好会・天荒俳句会の前身）に入会し、俳句の道のスタートを切った。その歩みは恐竜の歩幅のようにゆったりとしたもので、急かず焦らず、時間の流れの緩やかな宮古島で、独身貴族を謳歌していた。

生徒と教師の合同句集『脈』（宮古高等学校・耕の会発行・一九八五年刊。第一回詩歌文学館奨励賞受賞）には当時、独身であった「幸地房美」の名で発表された作品一〇句が載っている。

愛の糸幾重にもまく水車

宇宙より青い封筒永遠（とわ）の愛

初恋の化石とりだす晩夏光

この頃、宮古高等学校の国語教師であり、俳句会のメンバーだった大城健（俳号・おおしろ建）氏と愛の糸を紡いでいたようである。俳句が二人の縁を結んだ。宮古島の風は愛と俳句を育てたのである。

悶々と髪むしり敷く夜の海

真っ暗闇の夜の海、黒髪を敷き詰めたような暗黒の海。波のうねりは黒髪のうねりになり、海は悶々としてのたうちまわり、苦悶の表情になる。おどろおどろした苦悶を「髪むしり敷く」の比喩法で巧く表現した作品。初学にして、デカダン的でさえある深淵な精神世界を表現できている。詩魂の胚胎を証明した作品であると言えよう。

愛二景。

どんどん逃げる陽炎あなたですか

夕焼けを花束にして男来る

「逃げる」と「来る」の対照、陽炎と夕焼けの喩法、口語タッチの軽快なリズムの中に詩的表現が息づいている。

やがて、さやか・なつき・俊の三児の母となり、愛児詠の佳句が生まれる。

くにゃくにゃと宙もて遊ぶ赤ん坊

じりじりり疑問符放つ子の瞳
ウインナー弾け朝一番の反逆児
寝返れば吾子とかさなるオリオン座
吾子の瞳に緑が走る慰霊の日

「宙もて遊ぶ」「疑問符放つ」「ウインナー弾け」に子の特質が捉えられている。「吾子とかさなるオリオン座」「緑が走る」などの表現には詩的言語が光彩を放っている。次の句は秀抜な赤子の句。

赤子泣く空気の捩子を巻きつづけ

クローズアップ手法の句である。クローズアップ手法とはもろもろの事象や情景の中から焦点を一点に絞り、その他は切り捨てる手法である。換言すれば主題の一点だけを浮き彫りにし、他は省略することである。この句の主題は「泣く」。赤ん坊は全身を震わせて大声で泣いている。首を振り、喉を震わせ、顔を真っ赤にして、大粒の涙を流して泣いている。周りの空気さえ振動させて、しゃくりをあげ、火がついたように号泣し続ける。沖縄の言葉でいう「ティーンチキラン」（手のほどこしようがない）状態なのである。それは「空気の捩子」を巻き続け、いつ終わるとも知れない。言葉をまだ覚えてない赤子は何を親に訴えたかったのだろうか。それは母親にとっても永遠の謎のままなのかも知れない。赤ん坊の昏迷世界をみごとに刻印した作品である。

句集名になった句。

ヘゴ林子ら恐竜の歩幅になる

ヘゴは原生林に生えている巨大なシダ植物。大きく伸びたしなやかな茎は恐竜の足を彷彿させ、ダイナミックである。今、都会育ちの子どもたちが昼なお暗い鬱蒼としたジャングルを歩いている。子どもたちの歩幅は小さく、せかせかして小心的である。しかし、沈黙の時間を経て、古代の匂いのするジャングルの空気に触発された子どもの身体はナチュラルになり、都会的な動作が徐々に消えていく。子どもたちは純で無垢だから、原始の時空を駆け昇るのが大人より早い。気ぜわしい、小さな歩幅から、大股な恐竜の歩幅に変っていく。小さい体の全身から中生代の三畳紀の気が満ち、他者を寄せつけない恐竜のパワーを秘めたニンゲンに変身していく。子恐竜の出現によって既成概念や社会的秩序は解体され、古臭い思念を超えていく。大人の作者も、自己変革の道へと歩を進めていく。句集のタイトルになった所以である。

房作品の特徴は感性の弦が高鳴っていることであろう。肉眼では見えない世界や音の無い世界を胸泉へ引き寄せ、臨場感溢れる詩世界を構築する。作者の鋭い詩眼は、表層的・生活的・既知的・日常的世界を、深層的・想像的・未知的・非日常的世界へと転移させる。

月落ちてコンクリートを転げゆく
アスファルトぜんまい仕掛けの雨が打つ
天の川狂気の粒子点滅させ
廃墟より光りたてがみのバッタとぶ
シロツメグサ地を泡立たせてオモロ詠む

コンクリートに落ちて転げる月、ぜんまい仕掛けのように地を打つ雨、狂気の粒子を点滅させる天の川、光りのたてがみのようなバッタの飛翔、地を泡立たせて詠んでいるオモロ、どれをとっても劇的場面を演出している。

夕日射す蛇のごと廊下立ち上がる

「夕日射す」具象の場面から、「廊下立ち上がる」抽象的イメージへと読者をひき込む。不動の廊下が細長く蛇のように横たわり、夕日光を浴びて、くねくねと動きだし、やがて、龍のように立ち上がる。まぎれもない日常の中の非日常が顕在化されている。

声喩表現にも感性の弦は鳴っている。

独り寝にバサッとおちる闇の殼

寒椿ゴーッと背筋から落ちてゆく
ポッポッポッ闇より発する雨の炎
陽炎がさらさら静脈浮かしてる
ぴらぴらとセロファンの月の孵化

眠っていた場面が立ち上がり、無韻だった空間がざわめき、言葉がしぶいている。バサッ・ゴーッ・ポッポッポッ・さらさら・ぴらぴらなどのオノマトペの言葉が、日常的言語機能から詩的言語へと生気を取り戻している。これを詩弦と呼ぶべきか。詩の原点としての感性のきらめきがこれらの句にはある。

「時間」を抉った一句。

梯梧一枝時間の断片売りにだす

「一枝」は「いっし」と音読みしなければならぬ。なぜならイ音によって先鋭感の響きを一句の中に突き刺さねばならぬから。訓読みの「ひとえだ」では言葉の響きが弛む。今、梯梧の一枝が作者の眼前に突き出されている。ただの一枝ではない。刃物状の鮮烈な朱色の花弁を先端につけた一枝が、作者の胸を突き刺すように「今」という時間軸に、電撃的に、突き出しているのである。この一枝は「時間」の凝固体であり、断片であり、化体である。

人は一刻一刻の時間の刻みを梯梧のように血色ににじませて生きているであろうか。否、大方は、水滴が岩を穿つことを忘れ、時間の一滴が蟻の一穴と同質であることを忘れている。不可逆的な「黄金の時間」をやすやすと切り売りしている危機感を、自責の念をもって表現した。

読者は、時間の喪失に戦慄し、梯梧のような赤い時間の切り口の前で、棒立ちすることになろう。時間のコワサを抉り出した俳句はコワイ存在の文学というべきである。

人は、緊縛した時間から解放されるために、旅へ出る。吟行作品にも佳句が多い。日常とは光沢のない石ころのようなもの、旅はこの石ころを光り輝くものに変貌させてくれる。「時間」が光沢を放つ。

ひょいと天界渡す歳月光　（黒部アルペンルート吟行）

ころんと地球寝返る日付変更線　（カナダ吟行）

野甫の海竜宮の入口開けたまま　（伊是名島・伊平屋島吟行）

祈る指紋ほどけて仏塔の渦になる　（バンコク・アユタヤ吟行）

作者は「沖縄」の現実にも正面から対峙し、暗闘の相克を刻んでいる。

草むしる核の根っこが絡みつく

一九九九年作。NATO軍がコソボ紛争に武力介入し、ユーゴを空爆した。そして、今年の九月十一日、アメリカ中枢同時テロが発生し、アメリカによるアフガニスタンへの報復戦争が始まった。正義のため、平和のため、と言っては殺戮を繰り返す愚かなニンゲンの行為は醜悪でさえある。

作者の脳裏からは戦争や核の不安が消えない。沖縄には核兵器が隠されているという疑惑は払拭されてはいない。引き抜いても引き抜いても生えてくる草の根っこのように、核や戦争の根っこが絡みついて生えてくる。軍事基地を抱えて生かされている沖縄の否定的現実から眼をそらすわけにはいかないのだ。

逆さまに樹木繁れり艦砲穴

沖縄には五六年前の戦痕が至る所で疼いている。艦砲穴もその一つ。艦砲の被弾によって出来た大きな穴が水溜りになり、水面には樹木が逆さまに繁っている。これは、戦火を忘却し、基地経済の繁栄を叫ぶ拝金主義者たちの姿にも似る。現実の倒錯現象を突いた批評性ある作品である。

憲法改正白骨の波に月溺れ

テロ特措法案や自衛隊の海外派兵を目論んだPKO協力法案も成立し、日本は再び戦争への道を進もうとしている。平和憲法が危ない。かつて戦場であった沖縄の海には屍が累々と浮いていた。だから、平和な海の白波も、白骨のイメージと重なり、月だって白骨の海に溺れている、とイメージしたのである。
作者は白骨の幻影に惑わされているのではない。歴史の悪夢を現実の海に鏡像化することによって、沖縄の内なる痛みを告発しているのである。

スクガラスが島黙っている白昼夢

沖縄の季語に「スク漁」「スク荒れ」（夏）がある。スクは和名アイゴの稚魚のこと。「スクガラス」はスクをビンに塩漬けしたもので、冷豆腐の上に乗せて食する。透明な壜に頭部を上にむけてぎっしり詰められたスクは、いったい何を黙ろうとしているのか。壜を黙っているのか、島を黙ろうとしてるのか。白昼夢が不気味な世界と繋がるのは、戦火を浴びた五六年前のイメージと重なるためか、現実の軍事基地が沖縄の民を黙り続けているためか。この句には、ガラス壜に詰められた稚魚たちが反乱でも起こしそうな不穏な雰囲気がある。

闇の突端耕して行く土竜

文学の世界に生きる者は「闇の突端」を意識しなければならない。無償の行為の闇を切り崩す精神の暗闘を生きねばならない。自ら土中の土竜（もぐら）になり、虚構の回路を進まねばならぬ。絶望を背負いながらも荒廃の地を耕し、覚醒していかねばならぬ。それが文学の世界で生きるということだ。すでに作者はその覚醒の此岸に立つ。

体中涙腺にして蛇の脱皮

肉感的な作品である。「体中涙腺にして」は蛇の脱皮を触覚的、情感的に捉え、脱皮の苦闘を表現している。実作者は一句を創造するために如何に苦心惨憺していることか。
おおしろ房氏は新世紀の俳句の創造を目指し、体中を涙腺にして呻吟していくことになろう。闇の突端を耕して行く詩魂の灯を消すことなく、脱皮を繰り返して行くことを念じている。今後の健闘を祈る。

天荒現代俳句叢書③『恐竜の歩幅』おおしろ房句集　天荒俳句会発行。二〇〇一年十二月。

画家　喜友名朝紀の世界――時空の核に迫る

喜友名朝紀は古層の風土世界に画魂を燃やし、沖縄の固有性を探求している画家である。その代表作は県立美術館収蔵作品である「カンカー祭り」「イザイホー祭り」のシリーズ作品に顕著である。

作者は嘉手納飛行場の近くに住み、幼少時代から基地被害を肌で感じて生きてきた。嘉手納には米軍に強制土地接収された「野里」集落があり、「子供達の無病息災を願い、牛を屠殺し、集落で分け合う」という「カンカー祭り」の祭祀があった。

「カンカー祭り」（一九八〇年作）は時代の風圧の中で研ぎ澄まされ、心眼まで昇華させた迫力ある作品。抽象的だが具象的、遠心的だが求心的、他者の眼と心眼、歴史の眼と現実の眼、これら両者が拮抗し、複眼的に構成されている緊密度の高い作品である。この作品の創作過程は自己解体から始まっているのではないか。皮相性や装飾性を削ぎ落とし、純度の高い物体へとモチーフを精錬させ、形象化し、心象化した。牛の血を練り込んだような鈍く光る土色の画面は牛顔を仮面化したようにみえる。沈黙しているようで叫びが聴こえてくる。画面の真ん中には人顔の帯がフイルム状に過去・現在・未来へと流れゆく。その真下には崖の割れ目のような、不気味な闇の口が開き、炎の舌が蠢く。下方の二つの輪、一つは歴史の歯車であり、もう一つはいまだ歯車になり切れない未完の危うい輪である。上部中央の巨眼は牛の目を造型し、心眼を象徴したのではないか。心眼は作品の前を去来する不特定多数のニンゲンを睨んでいる。この妖怪のような物体は、億年の深い鉱脈から掘り起こされたカオス（混沌）を、コスモス（宇宙）として現代へ差し出したものだ。

「久高島のニライカナイの祈り」（二〇〇五年作）はイザイホーシリーズ、闘病を克服したあとの作品。「病を超えて、色彩は、より鮮やかに澄んできたように思う」と作者は語る。色彩の明度が増し、輪郭がかっちりと象られ、一つひとつの描線が明確になった。画境の澄みを感じさせる作品。この作品には霊域や聖域につきまとう重苦しい空気感がなく、南国的なおおらかさと波動と向日性が漂っている。画面の上方の青は、ニライカナイへ繋がる海の世界。地色は、濃緑・うす黄緑・茶褐色・濃紺・クリーム色・うす紫・うす桃色・白色と、波形にうねり、春夏秋冬の時の流れを彩色化し、力感的である。この大地の動感あふれる造型がイザイホウの神的世界の劇性を高めている。白装束の群舞の中で朱衣を纏った巫女は作者の画魂で異化され、憑依性を強調している。巫女たちの白装束の布擦れの音に混じって素足が地を叩き、地表に波しぶきを生み出す。やがて、「エーファイ、エーファイ」の声紋が呪性を帯びて地底から湧いてくる。画面の中央に位置した歯車は、時間と空間の核(コア)を象徴させている。久高島は沖縄の神が降り立った開闢の島と言われる。この島には沖縄の原点があり地軸がある。この時空の核(コア)を忘れては沖縄の方向を見誤ることになりはしないか。鑑賞する側が問われているようである。画家・喜友名朝紀によって叙事詩的な祭祀世界が拓かれ、「祈り」が生動している。

画家・喜友名朝紀は沖展の審査委員であり、国際的にも活躍している沖縄を代表する画家である。『中等教育・資料』(文部省中学校課高等学校課編集)の表紙に二度採用されている画歴もある。今回の企画展では初期作品の「幾何形態による石垣」、フランス・アメリカでの海外作品、「シャンソンを語る」「夢」など線描主体の作品など、多面性を持った画家・喜友名朝紀の世界と出会えるのは幸せである。

企画展「画家　喜友名朝紀の世界」〈リーフレット〉
二〇〇七年八月二二日(水)〜一〇月七日(日)　会場　読谷村立美術館

Ⅸ章　追悼

金子兜太　追悼　――懐深く人間味溢れる俳人

俳句の改革者、前衛俳句の旗手、私の俳句の師、金子兜太先生の訃報に接し、ぽっかりと胸に大きな穴があいた。

豪放にして磊落、諧謔にして辛辣、歯に衣着せぬ言説に惹かれた。懐の深い人間味溢れる俳人であった。

金子兜太先生と私との最初の接点は第一句集『地球の自転』（一九六七年八月発行）に「序文」を執筆し、激励してもらったこと。当時、米軍占領下の沖縄で呻吟している青二才の私とは一面識もなかった。「序文」で〈黒人街狂女が曳きずる半死の亀〉（二〇歳作）を鋭い批評眼で句を立ち上がらせている。

「――亀は（中略）「半死」。／曳きずっている者も半死人間ともいうべき物塊、狂女なのだ。／暴虐者もまた意識に遠い人であることを知ったとき、亀の悲惨はより一層強まり／悲惨の二重映しに激しく肉薄してゆく／」

兜太作品の根底には南洋のトラック島での極限状況の戦争体験がある。引き揚げ船上での作。〈水脈の果て炎天の墓碑を置きて去る〉。非業の死者への哀悼と平和希求の意思を固めた句。被爆地長崎では〈湾曲し火傷し爆心地のマラソン〉を遺す。歴史上の爆心地と平和な現実のマラソンの異質な世界を折り込み、「湾曲し火傷し」とイメージを膨らませる。文学的刺激を受けた句。

沖縄にも何度か足を運んでいる。南部の戦跡地では「戦争は悪だ」と説いた。二〇〇二年二月二四日、金子氏が創刊した俳誌「『海程』一行歓迎世界遺産巡り」の案内役を務めた。座喜味城跡では米軍上陸地点の読谷海岸を遠望し、沖縄戦の惨状について話した。夜は野ざらし延男宅で「歓迎句会」を開催、辛辣な批評を戴いた。〈湾曲し〉の句を揮毫して戴いたシーンが脳裏に焼き付いている。

理論と実作で俳句界をけん引してきた闘将。初学時代に読んだ『今日の俳句』が強烈だった。伝統俳句に風穴を開けるような「今」の時代の現代俳句の魅力が満載。「描写からイメージへ」章では造型俳句の作り方に示唆を受けた。

俳句は花鳥諷詠するのではない。季語を使わなくてもよい。無季でもよい。自由に創造せよと説く。閉鎖的な俳句観に反旗を翻し社会性を前面に打ち出した兜太理論は平和運動にまで波及し、「アベ政治を許さない」の力強い兜太揮毫がプラカードにもなっている。「自由に俳句が作れるのは平和な時代だからこそ」の言葉が胸に響く。

二〇一八年二月二〇日、急性呼吸促迫症候群にて逝去。九八歳。謹んでご冥福をお祈り申し上げます。

「沖縄タイムス」二〇一八年二月二八日(水)

益田清　追悼 ——現代俳句の推進者

益田清氏は九州俳句作家協会の初代事務局長である。九州俳壇の中核を担い、現代俳句の裾野を広げてきた功労者である。

一九六五年(昭和四〇年)一〇月、機関誌「九州俳句」を創刊。「九州俳句創刊に際して」において、「九州俳壇を横に結ぶ超結社的な交流機関誌/九州における現代俳句の推進」と記す。同号では「抽象と具象」(隈治人)と

「俳句に於けるリアリズム」（城門次人）の二俳論、九州の作家たち（1）「隈治人論」（城門次人）と九州の視角（1）「炭鉱の絵馬」（穴井太）の二シリーズ論考をスタートさせ、俳句の未来を拓く前進的な俳誌として産声をあげた。

私と益田氏とのつながりも「九州俳句」を起点とする。

「九州俳句」三号（一九六六年四月）の「九州の視角」（3）に、「沖縄の現実——軍事基地の苦悩とその俳句」（原稿四四枚）を執筆した。四号の「前号総評」（幸野白蛾）で「不断の熱意と心掛けがなければ（中略）こんな大作にすることも困難な事で、まさに炎えさかる鉄塊の如くに迫る力があり、五味川純平の小説『人間の条件』や松本清張の『昭和発掘史』を思わせるものがあり、読む者をして感動させずにはおかない力稿」と評された。

一九六七年、沖縄が司法・立法・行政の三権を剥奪され、人権が蹂躙されている米軍占領下の時代、パスポートを持って九州へ。八月二日の夜一〇時、小倉駅で益田清氏と井沢唯夫氏の出迎えを受けた（初対面）。井沢氏宅で一泊。井沢氏は昭和一六年頃、沖縄の慶良間島の鉱山事務所で働き、俳誌「渓涼」を発行していた。奥さんは沖縄出身。沖縄の先達俳人として憧憬の眼差しで接した。翌日は益田氏と皿倉山へ。夜は「野ざらし延男歓迎会」（やまだ食堂・八幡区）。益田・井沢・穴井太・青木貞雄・犬塚遼・植原安治・江崎美実・尾郷友太郎・中村重義ら諸氏の温かい歓迎を受けた。二日目は益田氏宅で泊る。

同年八月、野ざらし延男第一句集『地球の自転』（二六歳）を益田氏の全面協力で発刊できた。「序に代えて」金子兜太、「跋文」新屋敷幸繁、「解題」益田清。沖縄は米軍支配下の時代、出版事情も厳しい折り全ページ益田氏の肉筆書きで、温かみの滲み出た句集に仕上がった。

同年十一月、「祝祭」（植原安治編集・北九州）創刊に参画。作品発表の主軸が地元沖縄から九州へと移った。三号（六八年三月）で「現代俳句と沖縄の趨勢」（原稿五〇枚）を執筆。「編集後記」で「野ざらしの意見は現代作家は須く縄文土器的人間の姿勢や感覚を忘れてはならないと警告しているのである」（植原安治）と記した。

益田清句集「白南風」（昭和五八年刊）

青嶺より君奪いきてくちづくる

古墳の馬脱け出て天も地もおぼろ

ポプラが掃き終わりし天へ梯子出す

私の俳句活動は益田清氏を導火線にして点火し、九州俳壇の中で刺激し合い鍛えられてきた。益田氏は俳句の恩人である。

平成二九年一〇月二三日逝去。九〇歳。謹んでご冥福をお祈り申し上げます。

「九州俳句」一九〇号所収。平成三〇年五月発行　九州俳句作家協会

井沢唯夫　追悼　――水脈をたたえて

沖縄の空は十二月でも青い。一九八八年の暮れも押し迫った三〇日、いつものように起きて「沖縄タイムス」と「琉球新報」の両紙を流し読む。……十二月の空がぐらぐらと動いた。足先から脳天へ冷線が走った。二九日午後三時二分、井沢唯夫氏が腎臓癌で逝ったという記事が載っている。信じ難いことであった。巳年が明けても数日呆然としたままでいた。いたずらに白い時間だけが過ぎて行った。

井沢氏と沖縄の関係は甚だ深い。昭和十二年十二月座間味村屋嘉比島「ラサ工業㈱慶良鉱業所」に赴任。

「――島は周囲約四粁、珊瑚礁に囲まれ、颱風時には一週間も一〇日も船は来ず、飲料水は切れ海水炊きの飯迄出る事があった。徴兵を目前に控えての私の多感な青春の想いはここに定着した」（句集「紅型」より抽出）場所

である。孤島の同所で俳誌「渓涼」発行に参画。「渓涼」は戦前の沖縄俳句史の数少ない貴重な資料である。五一年「沖縄作品集・紅型」（句集）で第二三回現代俳句協会賞受賞。

不沈沖縄闇に目玉が繁殖する
胸の沖縄集団で立つ青岬
羊歯叫び蒼き胎盤しずみゆく
掌にふかき弾のかげりの男舞
洗骨や夕空へ撒く羊歯胞子

「不沈沖縄」の情念のたぎり、「胸の沖縄」の若々しい連帯感、「掌にふかき」の内視、「洗骨や」の悲の形象化、井沢作品の純度の高さを証明している。

氏は、初期より徹底して沖縄を詠ってきた。否、詠うのでなく書いてきた。文学に携わる者の良心と責任において沖縄を俳句で書いてきた。沖縄を題材にした俳句が近年多く見られるが大方は観光俳句でありショッピング俳句である。だが、井沢俳句は沖縄の根を曳きずっていた。沖縄の表相でなく土中の水脈を汲むことに腐心していた。

氏の主宰誌「聚」は度々「沖縄」にかかわる特集を組んでいる。七・八号「沖縄特集号Ⅰ・Ⅱ」・二二号「八重山群島作品集」・二四号「沖縄の作家たち」。その他「八月十五日特集」「十二月八日特集」「反戦反核詩歌句集特集」等の戦争と平和の問題を誌面で掘りさげてきた。氏は何時も前向きであった。現実の問題に鋭くメスをいれることを怠らなかった。

私にとっては特に「沖縄特集」第七号が思い出深い。氏は『沖縄俳句総集』とその背景」と題する長文を執筆、『総集』の著者である小生は大いに励まされた。編集過程でも随分ご協力を戴いた。沖縄からいつも深夜の長距離電話を繋ぎアドバイスを仰いだ。地元では有季定型派によるいやがらせや出版潰しの弾圧があった中で、氏の助力には勇気づけられた。

昨年、九月、待望の第五句集『白い祭』を発刊。「白い祭」とは「厳しい生活の中を茫茫と流れ去った歳月」のイメージという。

いくさの飢えでスリッパだだだだだ
ゆっくりと核戦争がくる白い便器
日本国国税庁・人頭石雨で
沖縄忌ふり返るたび水溜り
淡淡とかみかぜが吹く泡盛よ

やはり沖縄が呼吸をしている。〈いくさの〉の作品はさすがである。日常の常凡の点景「スリッパ」の激しい足音と機関銃の音とを重ねて、「戦争」の道へ進む日本の現実を告発している作品といえよう。「だだだだだ」の濁点のもつ視覚的イメージと銃声の聴覚的イメージとの結合がみごとである。

私と井沢氏との出会いは二一年前に遡る。一九六七年八月、北九州の俳人益田清氏・穴井太氏らと交歓した際、私のために「歓迎句会」の場が設けられ、そこで、当時北九州に赴任中の井沢氏と初めて逢った。その時に戴いた色紙、

沈む鎖の端の沖縄夜の豪雨

は今も大事に保存している。

一九七六年八月来沖。初日は我が家で一泊、中城城跡の高台から中城湾岸の石油コンビナートを眺めながら戦争のこと、公害のこと、俳句のことを語り合った。あのとき私が言った「沖縄は被害者だが同時に加害者でもあるのではないか」の一言をいたく心にとめたことをのちに「俳句人」で知った。

二日目は井沢氏の思い出の島「屋嘉比島」（今は無人島）へ二人で渡る。阿嘉島より小舟をチャーター、途中で

エンジンが故障し二時間余漂流。体の弱い私は忽ち舟酔し、ゲェーゲェーと吐き出した。ふらふらの体で懸命に櫂を漕ぎ、やっと浅瀬にたどりつき、腰まで水につかって上陸に成功した。渚には大きな海うなぎが気味悪いほどたくさん寝そべっていた。さすがは南海の無人島である。ふたりはパンツ一枚になり岩に着衣を干し、廃桟橋で語り合う（井沢氏の勇姿？　の記念写真がある）。廃坑は草木繁り足踏み入れられず井沢氏は残念がる。でも青春の思い出の島に上陸する念願が叶い満足そうであった。そのときの井沢作品。

遠干潟鬼が火を焚くまひるかな

青天、碧海、無人島の裸の男二人。井沢氏は何処にいても鬼の存在を忘れてはいなかった。後にこの作品を見て、幻界を透視する井沢氏の鋭い詩眼に感服した。

一九八六年九月、「篠原鳳作五〇周年記念全国俳句大会」（宮古島）で同宿、「野ざらしさん、『聚』に入れよ、いつでもあなたのためならスペースあけておくよ」と激励されながら私の不徳でとうとう実現できないまま永遠に凍結する羽目になった。思えば、鳳作大会が私にとって氏との最後の別れになってしまった。しかも「眼筋麻痺症」の持病を抱えていた私は、大会日程の途中から急遽帰ったのである。悔いが残る大会参加であった。

井沢さん、あなたを失ったことは私にとって、沖縄にとって、日本の俳壇にとって大きな痛手です。胸に開いた風穴が毎日鳴っています。

二人の思い出はガジュマルの根のように多岐にわたり、しかも土中深く水脈をたたえて生きています。安らかにお眠りください。

昭和啞え聚の鷹逝く白い祭　　**延男**

俳誌「聚」51号（終刊号）所収。平成元年十二月　聚の会発行

比嘉加津夫追悼　――文学への熱い血

一九六〇年代は沖縄文学の勃興期だったかも知れない。比嘉加津夫さんも私もこの年代に文学の道を歩み始めている。

一九六六年四月「新沖縄文学」（沖縄タイムス編集発行）が創刊された。座談会「沖縄は文学不毛の地か」（池田和・嘉陽安男・船越義彰・矢野野暮）を編み、沖縄文学の問題点を探る好企画であった。この「沖縄は文学不毛の地か」の問いかけは沖縄で文学する人たちの文学魂に火を付けた感があった。一九六〇年代に文芸機関誌が幾つも誕生している。私の書棚にも幾つかの文芸誌、同人誌があった。

一九六〇年（昭和三五年）＝「琉大文学」二六号（又吉真吉・譜久村勝男編集。宮平昭・岡本定勝・清田政信・新城貞夫ら）／「塔」（真喜志康陽発行。当山全次・中村忠ら）／「夜と詩」（謝名元慶福発行。島袋英男編集。知念正真・喜屋武英夫・喜屋武進・桑江勝巳ら）。

一九六六年（昭和四一年）＝「地軸」創刊号（山川文太編集。あしみねえいいち・池田和・仲地裕子・小嶺幸男ら）／「橋」一号（田中真人・新城兵一ら）／「沖縄文芸」一号（比嘉加津夫編集。たいらしのぶ・上原道子ら）。

一九六七年（昭和四二年）＝「ベロニカ」五号（神谷毅発行・多和田辰雄編集。宮城英定・高良松一ら）／「ぶんがく」創刊号（琉球大学文学研究会発行。岸上仁・山本康八・中村清ら）。

一九六八年（昭和四三年）＝「南星詩人」創刊号（伊良波盛雄編集。泉見亨・池宮治ら）。

これらの文芸機関誌には文学への熱い血が滾っていた。私も大いに刺激を受けたのは言うまでもない。

一九六九年。比嘉加津夫さんが関わった「発想」が創刊されている。私の手元には三号から七号まである。三号「沖縄における芸術運動の情況」特集。四号「清田政信」特集。五号「勝連敏男」特集。六号「川端信一」特集。七号では比嘉加津夫が「島尾敏雄論の試み」を執筆している。刺激的な編集であった。「発想」は七号で終刊したが、すかさず個人誌「脈」を創刊（一九七二年）し、紆余曲折を経て一〇三号（二〇一九年）まで継続、発刊。死の直前まで己の命を削っての文学活動であった。

当時の沖縄俳句界は、馴れ合い俳句、点取り競争、賞品に一喜一憂し、句会の場が酒座と化すような荒んだものだった。「文学とは何ぞや」という根源的な問いかけがなく批評精神が欠落していた。一九六三年、風流のすさびに堕した沖縄俳句界に反旗を翻し、無季俳句も視野に入れた俳句革新を目指す「無冠」を結成した。結成記念として「俳句研究社創刊三〇周年記念全国俳句大会沖縄大会」を開催した。翌年、沖縄初の俳句同人誌「無冠」を創刊した。

この期、野ざらし延男は論考「俳句は風流の道具か」（上・中・下。六七年五月三一日・六月一日・六月三日。琉球新報）を執筆し伝統俳句を批判した。安島涼人は「『俳句は風流の道具か』に答える」（上・下。六月二四日・二六日。琉球新報）の反論を執筆。新旧俳句論争が巻き起こった。

一九八九年、比嘉加津夫さんは「沖縄現代詩文庫」（全一〇巻）を立ちあげた。勝連敏男・伊良波盛男・与那覇幹夫・新城兵一・あしみねえいいち・幸喜孤洋・高良勉・大城貞俊・西銘郁和・佐々木薫ら一〇人の詩集を発刊している。

この詩文庫が完結の目処がついたころであったと思われる時期に、「相談したいことがある」と電話連絡があり、中部の某喫茶店であうことになった。「沖縄現代詩文庫」と同じような「沖縄現代俳句文庫」（全一〇巻）を発刊したい。一〇名の人選や編集企画などの編集責任を野ざらし延男さんにお願いしたい。――病弱な私は酒は飲めない。だが、昼間なのにビールを注文し、盛んにグラスに注いでいたのが印象的であった。この企画は無季俳句を含めた現代俳句を世に出したいと熱っぽく語った彼に根負けして企画編集を引き受けることになった。

一九九四年、「沖縄現代俳句文庫」（一〇巻）は完結した。①石　登志夫句集『逆光』②川満孝子句集『胸の高巣』③喜屋武英夫句集『旋律』④おおしろ建句集『地球の耳』⑤作元凡句集『へその城も』⑥仲本彩泉句集『地獄めぐり』⑦野ざらし延男句集『天蛇(ティンバウ)――宮古島』⑧夜基津吐虫句集『天秤座のブルース』⑨野畑耕句集『青春の挽歌』⑩よなは景子句集『弾奏』。――彼との約束が果たせ、大きな仕事をやり遂げた達成感があった。

比嘉加津夫さんが生涯をかけて文学世界に果たしてきた功績は大きい。その労に報いる形で第四〇回「沖縄タイムス出版文化賞」（二〇二〇年）において「特別表彰」された。新聞社が彼の出版、文学活動を歴史的に評価した朗報であった。野ざらし延男作品のよき理解者でもあった比嘉加津夫さんが逝ってしまったことの喪失感は大きい。

比嘉加津夫追悼集『走る馬』所収。比嘉加津夫追悼集発行委員会発行。脈発行所　二〇二一年七月三〇日

新垣健一追悼　――新垣健一　人と作品――

そのI

一九六六年の夏、ボクは上京中であった。帰郷数日後、突然、健一君が飛行機でタンカに身を横たえたまま沖縄に運ばれてきたことを知らされた。愕然とした。予告なき痛事であった。不慮の事故でもあったのかと思ったが、そうではなく結核だという。肺が蝕まれているのを知りつつ健一は倒れるまで〝生〟と闘っていたのである。その後、空港からただちに浦崎楚郷氏らの世話により、那覇市の当山病院へ入院した。二カ月後には徐々ながら回復のきざしがみえ、一人で歩けるようになったので金武の政府立保養院へ転院したのであった。おそらく、もう大丈夫だということだったのであるが、転院後、間もなく九月二九日、息をひきとったとの悲報であった。

思えば、健一という男は無茶な人間であった。六六年四月の帰郷時には別段、体の悪い様子もなかったし、彼

も病気のことは一言もいわなかった。ところがお母さまの話によると、帰郷時に喀血したことがあったという。彼は自分のことはあまり他人に語らない。東京で彼の所属する「河」誌の青年俳人グループの「青樹会」に毎回出席はするが、誰も彼の年令を知らなかったという。濃い眉をもち、彫りの深い目をした健一は二五歳とは思えぬ程、落着いていたものだ。時として三〇代にみえたりしたのではないのか。その健一がすでに己の体が蝕まれているのを感知しながら上京したのである。無謀な奴だと思う。

花梯梧修羅の瞳をして郷をいづ

「修羅の瞳」をして沖縄をたった彼は、ただごとでないものがこの句にはただよっている。彼の初志貫徹の意志は強かった。シナリオライターへの夢は強かった。上京以前の沖縄時代は高校卒業後、ラジオ沖縄の編成課に勤めたりして、自己の文筆の勉強をしてきたが、沖縄では満足できなかったようだ。貧乏を覚悟で上京したのである。ひそかに舞台や映画の演出までやりたいという願いがあったのだ。高校時代の演劇活動は目をみはるものがあった。六〇年の読谷高校三年時代に芳谷龍作原作の「最後の人々」を全島高校演劇参加作品として彼が演出を担当している。また「琉球ユンタ物語」を第三回全国高校ラジオ作品コンクール参加作品として健一が演出している。学校文芸誌や新聞でも活躍していたようで、原稿用紙五一枚に及ぶ創作「青年の衝動」もある。さらに「青年の主張」と題して弁論大会にも参加したことがあったようだ。その他、彼の高校時代の「演出ノート」や「備忘録」と称するノートには短歌を主にして、俳句、詩も整理されていた。これらのノートには充実した高校時代の情熱が脈打っている。彼が無理を押して上京した気魄が高校時代の生活や活動からうかがえる。

その2

健一の東京での生活は、石川啄木や宮沢賢治の貧乏を地で行くようなものであった。その生活苦を書簡からみてみよう。母や弟妹への情、地味で誠実な気質、貧乏との闘いなどが文面にあふれている。六四年一〇月二六日、母宛に着いたものから紹介しよう。

「前略、このところ、東京は雪の日が続いている。傘がないので濡れながら会社へ行く。すこし風邪気味なので気持が悪い。でも薬は飲まないことにしている。ただ今のところどうにか生活しているが、友達から二〇ドル借りているので、それを返さなければならないので、たいへん困っている。そちらも大変でしょうが東京にいると、どうしてもお金が必要です。（中略）お金をたくさん使うようですが、決してぜいたくはしておりません。東京にでて、間もないころであるし、とにかく最初は何事でも金がいるものです。いずれにしても、いましばらくの辛抱ですから今度だけは送って下さい。これからは絶対に請求しません。あとは自分でやって行きます」

生活苦のために風邪をひいても薬ものめず、雨が降っても傘を買う金がないので濡れて会社へ行く。これでは体を悪くしないはずはない。彼は自分の体の心配よりも母や家族へ迷惑をかけまいとする心情の方が強かったのだ。蝕まれて行く体を曳きずって健一は自己の初志貫徹のために生きていた――啄木もまた文学修業の生活苦の中で体が侵されて行ったように――。

六四年一〇月二六日付に書いた「家族の皆へ」の手紙も涙をさそうものがある。

「家族の皆へ、東京は寒い。とくに朝、顔を洗うときの水は実に冷たい。山では雪が降り、紅葉もほとんど散りかかろうとしている。早や冬の季節である。………寒い、実に寒い………。コートやオーバーがないと過ごせない。どちらか一つを買いたいと思うが金がないので買うことができない。オーバーもコートも二〇ドル以上はするので、僕のサラリー（月給）では、とうてい手がでない」、祖母が亡くなったのを知らせてくれなかったことを怒り「たとえ、忙しくても悲しくても僕が東京にいることを忘れないでほしい」といっている。そして弟妹へこまかな注意が記されている。結びでは「これから冬に向っては風邪が流行するから皆も体に気をつけて下さい。とくに哲一（弟）、哲宏（弟）は風呂浴びさせること」。

彼は自分の生活苦よりも弟の風呂浴びの方を心配する兄なのだ。几帳面で、弟妹思いで、清潔で潔癖な性格がうかがえる。几帳面といえば、これらの手紙は大型の原稿用紙にかかれ、しかも、文面の右側にふり仮名が付されてある。漢字の側に傍線をひき、朱字のふり仮名もある。弟や妹もはっきり読みとれるようにとの兄（長男）としての配慮であろう。心憎い限りである。しかし、反面、健一という男は、でっかい絵ハガキに大きな字で一七文字だけ記してくるような豪胆な側面のある男でもあった。

オーバーも買えず寒い下宿生活を過ごした彼ではあったが、六六年の春にやっと新調のオーバーを求めたという。ところが、一、二度着用しただけで、羽田飛行場から那覇空港へ運ばれる運命になったのである。東京は健一の住むところではなかったのだ。

東京の通夜唖蟬のはばたけり

東京の柩の早し室の花

彼はいつも沖縄をおもい、望郷の念にかられていた。

初暦海の韻きを胸に置く

疲れ寝の望郷ひたに寒椿

ボクは健一の書簡が大正一五年十二月一五日付の宮沢賢治（当時三一才）書簡と酷似しているのにおどろいた。父に宛てた手紙である。泥の入りこむ靴をはいたままの上京時の話、冬蒲団のかわりに安い毛布を買った話、生活が苦しいので二百円送金を願う話、そしてお金を請求する心苦しさを「いつまでもうちに迷惑をかけたり、あとあとまで累を清六（弟）やだれかに及ぼしたりするようなことは決していたしません。わたしは決して意志が弱いのではありません。あまり、生活の他の一面に強い意志を用いる関係からここいら方まで力が及ばないのでありります」と記している。健一もまったく同じ心境であったろう。賢治書簡中で「生活の他の一面に強い意志を用いている云々」は賢治が毎日、図書館で独学し、タイピスト学校やエスペラント語の塾に通うかたわら、詩作や童話劇、などの文学修業をしていることをさすものである。

啄木日記の明治四五年二月二〇日（啄木が死んだ年、二七歳）の内容も健一の生活と似ている。

「………金がドンドンなくなった。母の薬代や私の薬代が一日四〇銭弱の割合でかかった。質屋から出して仕立直さした袷と下着とは、たった一晩家においただけでまた質屋へやられた。その金も尽きて妻の帯も同じ運命に逢った………。」

賢治も啄木も苦しい生活の闘いの中からすぐれた作品を生んだ文学者である。健一もまた、苦悶の青年期を真剣に闘って生きた人間には違いないのだ。

健一は生活をささえるために昼はある出版社に勤めながら、夜はシナリオ学校に通っていたようだ。彼の生前の手帳には毎日の日程がぎっしりつまっていた。シナリオ研究会、俳句会、試写会、演奏会、歌舞伎、能の観劇という具合である。とりわけ映画の試写会への参加が多かったようだ。演出の勉強のためであろう。

彼は一分一秒も無為に過ごさない人間であったのであろう。生活苦からきた肉体の衰弱は過重な日程のために、急速に悪化して行ったものと思われる。短い人生であったが、彼の人生は充実していた。口数は少ないが、極めて行動的な男であったことがわかる。

春寒し身は白濁の息となり

その3

さて、シナリオライターになるはずの健一はとうとう未完に終った。

「オリジナルシナリオ入選」の前書の句。

はなやぎの瞳に黄落の城透る

彼の短詩型文学の俳句に賭けた情熱は強靱であり、特に晩年は悲愴感さえあった。彼が俳句を始めたのは高等学校二年頃からであった。当時は俳句よりは短歌に力を注いでいたようである。沖縄タイムスの俳壇、歌壇へ投句して活躍していた。結局、彼は六、七年間俳句畑で過ごしたことになる。ボクとの出会いは六三年の「無冠」結成以後なので、あまり深い交わりもなかった。しかも、すぐ上京しているので、実際の俳人としての交友は二ケ年位ではないか。作品を通じての健一は誰よりも理解しているつもりでいるのだが――。

健一が本格的に俳句で活躍し、頭角を現してきたのは上京後の「河」誌参加以後である。健一の古典的情念の世界への憧憬の姿勢と「河」主宰角川源義氏との志向がうまく調和していたようだ。よき指導者をえて著しい進境をみせた。「河」誌上での活躍については矢野暮氏の文章(註1)に詳しいのでここでは触れないことにする。作品をみてみよう。

一獣も太く生きたし冬の貌

人間を人間として扱われないメカニズム東京――自然界も人間界も枯色で冷然としている中で、健一は獣のような貪欲な生を欲したのである。その生きる貪欲な知識欲と生への執着は「太く」はあっても「長く」はなかったのだ。彼が野獣に化身すればする程、肉体は腐蝕していたのである。腐蝕されつつあった体を曳きずりながらも健一はたえず精神的に若者たろうとしていた。

眉若し冬の画廊の朱を求む
虹の嶺に眩しみて梨の一果食む
霧粗き閻魔の額や詩心欲し
木曾裸馬や宵の明星壮者めく
緑雨なか夜は海峡を渉るべく
黄に赤に万緑愛を奪うべし

冬に「朱」を求め歩いたり、緑雨の海峡を渉ったり、あるときは虹の嶺で果実を喰べたりし、「愛を奪うべし」と詠わねばならなかったのだ。東京での渇きに堪えつつ彼は「詩心」を失うまいと懸命であった。「若さ」

と「詩心」を求めていた彼ではあったが、現実の生活苦を詠った作品が少ない。生活詠や時事詠がない。なぜ彼は現代のめまぐるしく変貌する社会的現実に無関心であったのだろうか。なぜ彼は自分の肉体をも腐蝕させた政治や経済の社会機構を考えなかったのか。そして己の精神をも奪いかねない時代の歪みや不条理を――。

健一作品には意外と「旅」の作品が多い。若い青年の特質、それは希求心のせいであろうか。

一点のごと旅人翔てり大花野

遠旅立つ呼吸やはらかき秋の蝶

黄落の城出て旅の遠目癖

旅の日の湖霧昏く蟇の声

旅果てのまなぶたを搏つ百日紅

「点のごとく」旅立った健一は大自然の花野を通り、天国への「遠旅立ち」となってしまったのか。彼は現実の苦悶から脱すべく「呼吸やはらかき秋の蝶」に己の化身をみ、かつ安息を求めていたのであろうか。

旅の手の透くや未明の雪解川

己自身を透かしみる手は美しいロマンの世界をさまよう健一そのものである。彼にはたえず意識の中で構成された美的なロマンの世界があった。

もう一つ健一作品を読んで気づくことは「死」を詠った作品が多いということだ。あたかも自分の死を予知していたかのように――。

初旅や風葬の屍の海に向く

初旅の心が「風葬の屍」のイメージと重なるとはただならぬ気配を感ずる。悲惨な心情といわねばなるまい。恐ろしい風狂である。

炎々の山旅蟬の屍に発てり

東京の通夜唖蟬のはばたけり
遙かなる挽歌夏帽を花に埋む
斑猫や唇舐めて龕はこぶ
眼帯や菜の花明りに柩ゆく
海の窟蝶のむくろの起き伏しや
風葬の島からからと冬怒濤
春茜しろきむくろの厨子割るる
冬帽脱ぐや葬列にはかに火を映やす
雪の眼や信濃にひとの骨納む

これらの作品は他者の「死」のみ詠っているとは思えない。健一は自分の死をつき放してみることのできる冷徹さをもった男なのである。「東京の通夜」「東京の柩」には健一の東京の寂寥があるし、「眼帯や」「雪の眼や」には形象化された詩的世界がある。健一はその詩的ロマンの世界に己の魂が運ばれることを欲したのである。冷酷なまでに死を客観視した健一の「眼」を讃えるべきであろうか。

このように死と隣り合わせに生きていた彼であるがゆえに、「縁談ありて」（前書き）の作品

身を縛す華やぎの日々燕来る

と詠わずにはおれなかったのか。「身を縛す」とは健一の境涯をいいえている。彼の心情がよくわかるだけにこの作品には愛着を覚える。「縁談」のもう一つの作品

縁談や能の舞台の油照り

敢えて「能の舞台」の「油照り」に己を立たせる健一は「身を縛さ」ねばならぬのだ。厳しい自己懺悔であり、戒律であろう。厳粛なまでに自己に厳しい男であった彼は人一倍ふるさとを愛し、母を慕った青年でもあった。

東京時代に沖縄を詠ったのは三〇句近くはあろう。

望郷の夢や凮花しずみけり
若夏の陽の香あつめて甘藷の花
陽の蝶やあまりに海の碧きまで
水のごと蝶の眼があり亀甲墓
海果ての岩窪ぬしく蘇鉄刈る
荒星の山河いずこへ蝶睡る

「母」を詠った作品

〈母と国際電話す66・3・15〉(前書き)
春禽や電話の中の母の声
母遠し瞳の隅に湖の西日張る
矢狭間翔つ母の声して冬の鳩
群落や辛夷ひかげの母きらめく

異郷での母への思慕は美しくかつ強かった。

「父」を詠った短歌作品

靖国の父をまつれどこの秋も墓地裏の雑木に愛憐きざむ
卑屈なる日々を恥らひ忠霊のこの塔に父を求めてさまよう

二首とも高校三年時代の作である。父は戦死したことがこの作品からわかる。父を詠った作品は高校卒業後はみられず、もっぱら母のみが作品に登場している。逆に母を詠った作品は高校時代にはみあたらない。彼の環境と年令と精神的変化がこのような父母の像を形成したのであろう。

その4

さて、彼の作品傾向をみてみる。思想的には東洋的、仏教的な世界への憧憬が強い。古典的な情緒の世界への思念でもあろう。たとえば彼の好きなことばに「能」「面」「舞」「埴輪」「寺」「琴」「神」「人形」などがある。作品の大半にこれらの語がでてくる。そしてこれらのことばの内包するイメージの中へ健一が同化しようとするのである。東洋的美意識の世界への回帰は、「死」をも美化するロマンがある。これらのことばの他に動物では「蝶」と「蟬」の作品が圧倒的に多い。植物では「曼珠沙華」が多い。四季別にながめてみると秋がだんぜん多く、次は春で夏が一番少ない。この季節感覚からも彼が秋のものわびしい東洋的寂寥感に魅せられていたことはわかる。風物では「雪」の使用が目立つ。純白なものへの共感と冷たい非情な世界への思念であろうか。用語の多用で目立つのは「瞳」と「睡る」である。「蝶の瞳」「雪の瞳」「蟬の瞳」「獅子の瞳」「風邪の瞳」「盤若の瞳」「能の瞳」「埴輪の瞳」といった調子である。作品をみてみよう。

能面の瞳炎えたつ冬の琴
秋日没る埴輪目をして蟹の殻
大いなる万緑神の瞳と遇へり
人形の紅の枯淡や雪の春
初富士や神心の炎ら瞳に光る
寒燈や能の瞳をして埴輪哭く
水うすく蝶の瞳があり病一日
獅子の瞳煌々とあり仏桑華
睡るごと愛はあるなり曼珠沙華
日を嵌めて城壁昏るる秋の蟬

これら一〇句の作品は概ね彼の作品の基調をなすものだ。東洋的な「静」的世界の中に彼は「動」の情念を求めていたようでもある。

健一作品には二つの眼がある。一つは前に掲げた「死」をつき放して詠む冷徹なまでに澄んだ眼であり、もう一つは東洋的な静的世界のロマンに安息と情念を求める憧憬の眼である。前者は死の二年前ごろからでてきた生き方であり、後者は終始一貫した彼の作句姿勢であった。作品には妙に老成化した感がみえるが、現実行動は激しかった。なぜ、作品と実際行動とが逆になったのか――。

彼の高校時代の短歌作品に、後者の姿勢とはまるきり逆の動的で激しい世界が詠われていたのは注目に価する。彼の思想遍歴をみるのにおもしろい。

　蒼々と斜陽の沈む恥辱ありぬ諦観ふかき酷使の民草
　硝子戸に闘争のビラ貼り冷然と流血の学生ら戦争を拒めり
　マルクスの論理を立証す学生ら病める胸腔に撃たれつつ叫ぶ

これらの作品には時代に生きる青年の闘いの姿勢がみえる。それなのになぜ健一は逆の姿勢をとるようになったのか。愛の破綻か、人間不信か、社会への絶望か――。

　一獣も太く生きたし冬の貌

の気魄で生き、

　寒茜男の業を曳き歩く

で「男の業」の一七音を曳き歩いた彼が、

　まなうらの熱のたばしり風車搏つ
　沙羅の雨熱の瞼を浸しゆく

で病床につき、

春寒し身は白濁の息となり

でとうとう悪化し、あの世の人となってしまったのだ。肉体の蝕まれているのを承知で短詩型文学に命を賭け、「男の業」を曳き歩いた健一の信念の強さに敬服する。

享年二五、新垣健一の冥福を祈る。

健一空輪空洞の眼に風鳴らす　**延男**

（註1）「無冠」四号（新垣健一追悼号）。「『河』誌上における健一作品」執筆。

俳句同人誌「無冠」四号所収。一九六七年十二月

〈終章〉

洞窟(ガマ)に螢火が灯った　──野ざらし延男

全国俳誌協会「編集賞特別賞」受賞挨拶

※（前段部、省略）

受賞の喜びを比喩的に表現すれば、沖縄の真っ暗な洞窟(ガマ)の中に一匹の螢がとんできた。混沌とした暗闇に一点の灯がともった。胸が高鳴っています。

「天荒」誌には指標を掲げています。

天荒は荒蕪と混沌の中から出発し
新しい俳句の地平を拓き
創造への挑戦を続けます

ここでは「混沌の中からの出発」についてお話をさせて戴きます。

話は六十年前に遡ります。「遡ります」とはいっても昇り坂があったわけではありません（笑）。私の高校時代の話です。人生に絶望し、混沌の世界を彷徨っていました。前途に闇が横たわり、大きな壁になって立ち塞がっていました。人間は何のために生きているか。前途が見えませんでした。自殺寸前に追い込まれていました。そんな折、松尾芭蕉の一句に出会い、衝撃を受けました。

「野ざらし紀行」の冒頭の一句です。

野ざらしを心に風の沁む身かな

この句には「狂気と覚悟」があると思いました。「野ざらし」とはしゃれこうべの意味ですね。芭蕉は俳諧新風を樹立するために四一歳のとき「野ざらし紀行」に旅立っています。旅の途中で野垂れ死にし、しゃれこうべになることを覚悟しています。十七音の発句の世界に命を賭けている芭蕉の心魂に触れ、身震いしました。「俺も俳句に命を賭けよう」と覚悟を決め、本名の「山城信男」を棄て、俳号「野ざらし延男」を名乗りました。毎日、二十句作り俳句に没頭していました。みんな駄作でした（笑）。芭蕉の「野ざらし」の一句は混沌とした人生に、一条の光を注いだ人生覚醒の一句でした。

二つ目の混沌の話に移ります。

授賞式会場のあるこの地、東京「上野」と関係があります。一九六〇年代半ばの話です。沖縄が米軍占領下にある時代です。東京に来るためにはパスポートが必要でした。沖縄の那覇の泊港から鹿児島へ、船で二泊、鹿児島駅から夜行列車で一泊、計三泊かけて東京にやってきました。新調した白いYシャツが蒸気機関車の煤で黒くなったのが忘れられません。

さて、なぜ、真っ先に「上野」にきたのか。ある門をくぐりたかったのです。

東京芸大の門をくぐりたい、と思ったわけではありません（笑）。上野動物園のパンダを見るために動物園の門をくぐりたいと、思ったわけでもありません（笑）。「地獄の門」をくぐりたいと思ったのです。天国には全く興味がありませんでした。国立西洋美術館の庭にあるオーギュスト・ロダンの「地獄の門」が見たかったのです。きっと「地獄の門」には混沌や絶望が表現されているはずだ。「人間とはなんぞや」を芸術はどう表現しているのかに興味しんしんでした。

彫刻には、死体が累々と折り重なって地獄が表現されていました。その地獄の惨状を一人の人間が上方から眺めています。それがあの有名な「考える人」の彫像なのです。（このポーズ、あごに手を置く仕草）。ロダンは「人間とはなんぞや」「混沌とは」「絶望とは」を、観る人に問いかけていますね。

ロダンはこんなことを言っています。「ものは平面で捉えない。立体で捉えよ。厚みで捉えよ」と言っています。ここに一枚の紙があります。前方から見ると平面な紙です。ロダンはこの紙を平面で捉えるのでは無く、厚みでとらえる。立体で捉えるのです。平面のこの紙は「突き出た一部」と捉えるのです。（紙を前面に押し出す動作をする）

俳句においても平板な写生ではなく、混沌とした世界が立体的に立ち上がってくる俳句が創れないかと、腐心しています。多面的に、重層的に、複眼でとらえたいと思っています。

三点目の混沌の話をします。

水惑星の地球が混沌とし、瀕死に追い込まれていませんか。戦争とテロの連鎖が止みません。難民が百万以上も出ています。核と原発の問題も深刻です。核の廃棄物は無化できるわけではありません。地球の腹に残ります。感染症は国の境界を越えて地球規模で起こっています。地球温暖化によって地球のある島が水没の危機にあります。颱風の頻発は海水温の上昇で発生します。小笠原諸島（東京都）の近海でも台風が発生しております。今まで台風が通過したことのない北海道にも襲来しました。今日は十二月十五日です。日本列島には雪が降る季節、台風二十六号が十二日にフィリッピン近海で発生しています。異常気象ですね。

人類は地球の首を絞めているのではないか。地球は混沌とし混迷しています。この混沌に背を向けることなく、地球人として地球の命を書いていきたいと思います。

「天荒」は新しい俳句の地平を拓き、創造への挑戦を続けます。俳句で、ハイセンスを磨きたいと思います（笑）。

「編集賞特別賞」ありがとうございました。

※【編集賞授賞式・祝賀会】二〇一七年十二月十五日（金）・精養軒（東京上野）

「天荒」59号所収。タイトル「混沌からの出発」を「洞窟（ガマ）に螢火が灯った」に変更した。）

資料編

・野ざらし延男百句
・新聞紙上における俳句論争

※新聞紙面（縮小コピー）の資料は「沖縄タイムス」「琉球新報」の
許諾を得て収録しています。

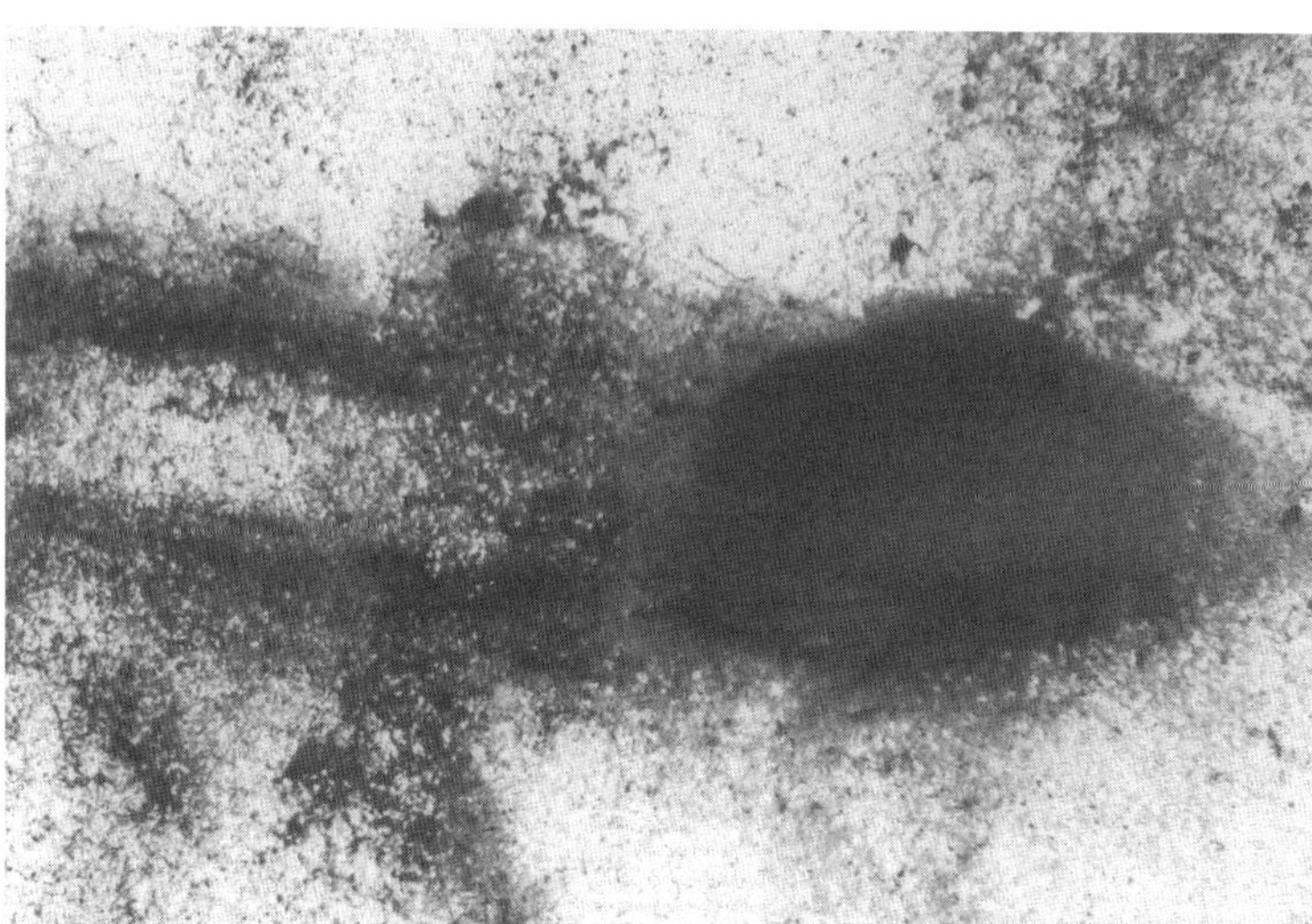

野ざらし延男百句　——一九六五～二〇一二年

◆第一句集『地球の自転』（一九六七年刊）より

疑惑なお深む鼠骸にたかる蟻

酷使の耕馬は寝つけず遠くに撃破音

黒人街狂女が曳きずる半死の亀

白昼テロ百姓己は蛇殺す

澄み切るまで蝌蚪爆音の田に泳ぐ

首振るたび鳩の目かげる出兵音

太陽を転がす地の果ては俺の故郷

ネクタイが首絞め戦争（いくさ）の影動く

炎天の鍬振る一代のみの土地

コロコロと腹虫の哭く地球の自転

◆第二句集『眼脈』（一九七七年刊）より

深閑と繭織る修羅の目の病棟
指紋の溝から出血はじまる拒否の旅
野火ひろがる胸に琉球焼かれいく
縄跳びの輪の中基地の子らただれる
五指は樹間の暗さ水ほろほろ泣く
島売られる螢皓皓目に刺さり
影を食べるなめくじ鈍痛ついてくる
キャベツの深部に水湧く音色妻眠る
母は蟹ひらたく水に老いていく

父母うすく眠るしくしく切り身の紙
指紋走る山川草木萎え臨終
夕日つつけば壊れてしまう乳母車
地に近く満月走る草たてがみ
蟬時雨血がひいていく草の束
黒板はかなしい突端行き倒れ
年月が消えるごうごうボタンの穴

◆第三句集『野ざらし延男句集』（一九八七年刊）より

光年の涙線上のかたつむり
日向ぼこ影の発する棒状悲鳴
梯梧ゆする闇がぼろぼろ剝げてくる

梯梧落花わが断念の色のまま

水中から影呼ぶ少年悲悲啞啞

岩ぶよぶよ嬰児ぶよぶよ地球抱く

天霊のごとく地へ降る雨の子ら

一本の滝持ち歩く乱射鏡

火の粉浴びわれら向日葵の黒種吐く

青波脳波人体きざむ琉球弧

波笛生み星雲生み島の夜明け

教室に月光あふれ翔ぶ椅子ら

滝はわが背びれ星雲湧きたたす

◆第四句集『天蛇（ティンバウ）——宮古島』（一九九四年刊）より

ふふっと海ひゅっと月どどっと家郷
百合岬りんりんと風りんりんと父母
月の岬ヤシガニわたる弾奏波
月入れて鷹の眼となる通り池
イジュでいご咲きこぼれ火照る夢路
ひりひり海きりきり落暉くくく鷹
土星のリングへ蒼い脳波の蛙とぶ
雨中サッカー君ら打楽器のしぶき
海ぶどう月にはじけて蟹座ふる
火の匂いの生木あなた螢ですか

惑星の軌道狂わす甘蔗（きび）倒し

しししし螢に乳房ありますか

ガジュマルの全翅はばたく満月光

波いちまい月桃ひとふさ夢百夜

飽食の百句ころがるははは刃

ぐぐっと海ぱしっと鰹はらり空

月滾々夢路紺々刳舟（サバニ）航く

縄梯子ゆれる核世の鷹の舞い

夕日ぐぐ満月くくく百合よ鳴れ

天蛇（ティンバウ）跳ね鳥化の岬初日鳴る

麻痺つづく裸眼に近づく火星食

ゆりでいご東西にゆれ島を漕ぐ

◆「天荒」誌発表作品（一九八六年～二〇一一年）より

鼓膜の海に弦張る初日病歴断つ

蟻ら蛆ら鉄粉のごと走る書痙

初電話地球をどこへ転がすか

めくられるキャベツのめまい闇動く

甘蔗（きび）青波ニライカナイの星跳ねる

あめあめあめ水の乳首は眠れない

大海の振子の夕日へ跳ぶ蛙

慰霊の日刃の川が闇捌く

青空に穴をふやして散る梯梧

鎮魂の月焦げ山羊の喉笛鳴る
アメンボー島の夜明けの空磨く
点睛のルリハコベ摘む星を摘む
桜滅ぶさてどの闇から身を抜くか
春雷の尾を踏んだのか乱れ髪
すずめすずめ地のさざなみの虹の罠
白昼の銀河泳いできた素足
水の星火の星乳首尖らせて
台風眼鞘走らせて父母寝るか
日傘の母の破鏡のこだま井戸が鳴る
サイコロの７が出そうな山笑う

青空をたたんで柩に母を入れたか
枯れ枝が銃身になる鬼餅寒い（ムーチービィサ）
潮騒の螢ら　流星の切株ら
串刺しの月いかがですか二月風廻り（ニンガチカジマーイ）
銀河まで杭を打つのか基地キチバッタ
天涯に足をはみ出し昼寝覚め
無季有季どちらでもいい空を抱く
空蟬の背割れは誰の絶叫痕
肩にとんぼ破案山子になってみるか
うりずん南風（ベー）裸身さえずるまでしぶく
しずく一滴水惑星の死期計る

鍬寝かせ天地返しの土の笑み
みそぎのごと山ひき絞る樹幹流
蚯蚓鳴く内部被爆の島の闇
迷彩服の空墜ちてくる亀甲墓
自決の海の火柱となり鯨とぶ
飛龍羊歯金環食を転がそう
うりずん南風（べー）∞（むげんだい）に横たわる
有季の海人魚は無季の川のぼる

沖縄タイムス 1965年10月18日 月曜日

文化

明日に生きる俳句のための考察（上）

――現代俳句の姿勢と沖縄――

野ざらし延男

苦悶の現実

沖縄―その忍従と犠牲と苦悶の歴史の中で俳人と称する我々にはいったい何を凝視し、何を創り、如何なる姿勢をとるべきなのだろうか。

戦後二十年、復帰への住民の願望は個々の内で燃え、今や個から連帯の意識へと高まり、島ぐるみの運動に展開しようとしている。がしかし、現実の状況は峻烈である。佐藤総理の来沖は希望と期待を住民にいだかせながら、遂に復帰へのスケジュールの発言はなかった。否、むしろ「沖縄が復帰しなければ戦後は終わらない」などといいながら結局は、現状を固定化させるばかりのように思われる。我々は復帰協デモにより宿舎に帰れなかった総理をみるに至り、祖国日本のだらしなさをみせつけられる思いであった。一方今やベトナム戦争は悪化をたどり、基地の飛行場からは昼夜を分かたずB52機が飛来している。戦争への不安はますますつのるばかり。基地周辺の学校は爆音のため授業が中断されて落ち着いて勉強ができぬという。生活のみならず、学問の自由さえも保障されない島である。海の青さと空の青さは眩惑をさえ覚えるのであるが…。現在をみるとまだまだ不合理極まりない事実がある。例えば、ベトナム戦況の泥沼化にともなう米軍演習の激化は遂にトレーラー落下隆子ちゃん圧殺事件となって現出し、尊い生命の代償としての賠償が適切でないという。人命軽視もはなはだしい島である。過去に起きた幾つかのジェット機墜落事件もしかりであったが、青の横断歩道で米兵による轢死事件も残酷であった。ひいた米兵が無罪になったのだから驚く。沖縄ではやがて太陽は西からのぼり東に落ちるかも知れない。かかる幾つかの基本的人権奪回のたたかいが、今、話題の渡航拒否による損害賠償請求と原爆被爆者の医療費請求の違憲訴訟の公判だ。主席公選につながる立法院選挙と共に注目したいものである。

ギルド化した句会

さて、このような現実の沖縄において、俳人の指向や活動の現況はどうだろうか。残念ながらお世辞にもすべての俳人が使命感や自己確立の姿勢に立って創造活動を営んでいるとは思えない。否、むしろ、はなはだ非近代的な側面さえ露呈しているのである。

そもそも俳諧の発生というものは山本健吉氏が「俳句の世界」で指摘している通り、連衆の文学として発達してきた。即ち、自分の作品を評して楽しむことが第一で、その楽しみの場所を得るために連衆組織が生まれ他人の作品の批評や鑑賞は第二次的であったわけだ。いわゆる俳句を作ることによって芸術を追求するとか、自己の主体性云々ではなかったのだ。彼らにおいては俳句とは生活を楽しむ遊具でしかなかったわけだ。したがって、そこにはおのずと独善的な作品が生まれ、閉鎖的、かつ、排他的ならざるを得なかったのである。ところが、この中世のギルド化さながらの様相が現在の沖縄の句会（おそらく本土の俳壇も）に残存しているという事実である。たとえば、自分の出句した数は必ず選句しなければならぬという考え方である。選記された作品全部に目をとおしても、五句出句の場合でも二句しか選に値する作品がないというときもありうるわけだが「自分の作品をたして他人に選をさせておきながら、自分は他人の作品を選句しないのは失礼だ」というのだ。

沖縄タイムス　1965年10月19日　火曜日

明日に生きる 俳句のための考察（中）

現代俳句の姿勢と指導　野ざらし延男

ここには作品の価値云々はない。義理や人情で結ばれた昔の連衆意識しかない。付き合い俳句である。彼らはよく俳人の礼儀を口にするが真摯であるべき文学批判の場と対人関係の道徳規範は異質なものを混同し、同一の物さしで計るから判断の誤謬が生じるのである。彼らが穏健かつ、善良な市民ではありえても、秀れた詩人ではないということがいえよう。既成の君臣には忠、父子には親をというような儒教的道徳概念が未だに払拭されず、俳句の世界にまで入ってしまっているわけである。

さらに、ギルド化の徴候は句会のふんい気に如実にあらわれている。句会半ばに至ると決まって酒がでるのだ。何も酒を飲むのが悪いというわけではない。俳句をサカナにして酒をのみ、俳句を愛しているところに憤怒を覚えるのである。

こういうことをいえば一部での人からおしかりをうけるかも知れないが、その傾向が　といいのは否定できない事実である。文学の批判の場と人事的な場とは明瞭に一線を画すべきである。なかには俳句を煩わしいものとして責任を回避し、人事的な側面にのみ力を注ぐ御仁もおられる。所詮、この種の集いは趣味の域を脱せず、現代人にはめずらしい風流人（？）と賞揚すべきか。俳句が隠居文学になりさがった側面がここにある。

ここでお互いの姿勢を正すために桑原武夫氏の「第二芸術論」を再考してみよう。氏は俳句作品一句だけではその作者の優劣はつかぬという。作者名をみてからでないと鑑賞ができないという。所謂、作品価値の希薄さだ。したがって一句だけでは作者の地位を決定する要因にはなりえないわけだ。では、我々は何を基準にして判断しているかということ、弟子の多少、主宰する雑誌の発行部数、その俳人の世間的勢力、党派等の中世的職人組合的な側面からの評価が主体となってしまっている。果たして、我々が右の指摘したような作品主体でない他の側面で判断してはいまいか、考えてみたいものである。

また、昨今の句会のあり方をみると桑原氏が指摘するように「今の俳句は他に職業を有する老人や病人の消閑の具になってしまっている」という。即ち、生け花やお茶や長唄の類であって芸術ではない。芸だという。しいて芸術というなら第二芸術だという。ものを見る俳人、自己をみつめることのできる俳人ならば、かかる戯化した俳句を排せきし、現代人が心魂を打ち込めるような芸術たる俳句を創るのが当然だろう。そのためには、現実を回避せず、自己の主体性の確立において、時代の中に生きるリアリティに立脚した作品であらねばならない。俳人たる我々はもう一度白紙にかえって「第二芸術論」の意味するものを考える必要があると思う。

文化

不振とその要因

単に俳句文学のみならず、沖縄には文芸が不毛だといわれている。若い世代からの伸びがない。同人誌が結成されても、たちまち雲散霧消する。土壌ができてないことも不振に拍車をかけてはいるが結局は文学をする人の姿勢ではないのかと思う。一人であっても主体的な意志の働きがあればできるはずである。現にそういう人々がいるはずであるから…。ではここで俳壇不振をさぐり、明日への発展の道標としたいと思う。

第一に先に上げたような句会の正常化が必要である。人間を、社会を、追求する真剣な批判の場が必要であり、既成の概念や道徳でいい加減な馴れ合いの姿勢のあるところには、明日の俳句への発展は望めない。俳句をますますいびつなものにし、低俗化させるものになりかねない。これから学ぼうとする青年の育つ場がないということになる。

第二に俳句の商品化ということ。対象を常に自己の問題として対決するような俳人が少ないということである。たとえば「最近、どうも忙しくてね」などといって責任をのがれる輩は忠実な生活者たりえても、真実を追求する立ち場の人間ではないということである。句会や大会の間近になってから作品をものするにわか景気の俳人が如何に多いことか。悪くいえば売り込みの商品化というわけである。出句することによって批判を仰ぐのは結構なことだが売名主義的な傾向のあるのは厳として慎しまねばならぬと思う。また、世の俳人には人の顔をみて作品をつくる色メガネの俳人がいる。選者がホトトギス系の俳人なら作品もホトトギス調の作品を投ずるという工合である。俗にいう作品泥棒である。盗作も斯様なところに派生するのである。

第三に青年の情熱の稀薄さである。ボクは先に青年の場としての句会がないから作家が育たないといったが、これは責任を他に転嫁したきらいがあった。しかし、現状がどうであれ、それを打破する意志力のある青年が少ないということである。われわれの青年俳句サークル「無冠」も二号を発行したものの、すべての同人が問題意識をもち、模索と懐疑と自己確認による活動をしているとはいえない。結局、先輩が青年を育てる意志に欠けるのと相まって、青年自身の脆弱な態度が前進への道を塞いでいるといえよう。

第四に教科書俳句の指導法と固定化。明日への俳句を考えるならば、次代への継承がなければならない。そのためには小さい時からの適切な指導が必要である。現代俳句だといって、いまだに漱石だの、蕪村だのを掲げているテキストさえある。一つ、二つ、三つと指折り数えて十七文字をつくらせ、申し分け程度に季語が入っておれば俳句だという指導法では俳句の固定概念を植えつけるばかりで、明日の時代に生きるべき文学の一ジャンルとしての映像はでてこない。理解ある指導者の要求されるゆえんである。まずは幼児の自由で奔放な発想をひきだすことだと思う。イメージもビイジョンの形成もない頭に十七文字を無理に押し込むところにそもそもの間違いがある。自由な詩的発想から漸次に俳句の凝縮性へと導いて行くべきではないのか。（筆者は中央高校教諭・「無冠」主宰）

沖縄タイムス
1965年10月20日　水曜日

あすに生きる俳句のための考察（三）

野ざらし延男

互に現状を是正し、常に前進たらんとする論客がいないということ。論客が不在であるということはいつの世の世界にも惰情で安易な姿勢を生む。俳句界の現状はあまりにも微温湯につかりすぎている。その意味でタイムス俳壇の矢野野暮氏や新報俳壇の遠藤石村氏らの果たす役割りは大である。とくに我ら「無冠」の青年がほとんどタイムス俳壇で育った事である。新人発掘の唯一の場として、今後なお一層ご活躍を期待する。

写生説の意味

写生説を説いた子規は「ありのままの姿を偽らず素直に描写することだ」といった。がしかし、現代の俳人はあまり忠実に彼の説をウのみにしたようだ。なぜならば写実の真の意味は対象の事実を凝視するところから出発するのだが、現今の作品があまりに平板化しているということだ。写生のみで現代を詠めるはずはないが、出発点が平板化しておれば、おのずと月並で陳腐な作品しか生まれて来ないわけだ。かの偉大な彫刻家ロダンはその著「遺言」で「青年たちよ、真実であれ、しかし、真実であることはただ単に正確であることではない。世には低俗な正確さがある。写真や鋳造の正確さがそれだ。内部の真実がなくては芸術は、はじまらぬ」といっている。われわれ、俳人が低俗な正確さに幻惑されていはすまいか、内部の真実を突いているだろうか。彫刻家が深さの感覚をもち、画家が空間に探りを入れるように俳人もまた、深さの感覚や空間への探りと共に真実追求の内面的な重さをもった作品をつくりたいものである。

オスカー・ワイルドも味わい深いことをいっている。「芸術は決して自然の忠実な模倣ではない。自然こそ、自芸術を模倣するのだ」と。ロンドンの霧の深さは画家が対象を鋭くとらえたゆえに霧の深さが生きてくる。芭蕉の「古池やかはずとびこむ水の音」は大自然の沈黙と静寂をまさに芸術家をして、自然を模倣せしめたものというべきではないか。芸術家がその美を発見するまで自然にはその美がなかったのだ というわけである。

花鳥諷詠の打破

虚子は俳句とは花鳥諷詠の文学だといった。花や鳥と自分の心とが親しくし、その花や鳥の動き、心の感ずるままにその花や鳥も感ずる境地だといった。果たして現代のような複雑多岐な集団のメカニズム化の時代において、社会に生きる葛藤もなく、ただ花や鳥や月をめでていて、それで歴史の激動の中に生きて行ける文学といえるだろうか。月は昔のようなウサギのモチつきを連想する童話的世界の月ではない。今や煤煙にくすぶる月であり、月世界旅行への科学の月である。河川の清流は汚物の泥濘と化した悪臭の川でしかない。いつまでも花鳥諷詠のみが俳句の本道だといい張っていると「第二芸術論」を甘んじてうけねばならぬはめになるだろう。現実の生活を、社会を回避しては時代に対抗して行く未来への作品は生まれてこない（筆者は中央高校教諭・本名山城信男「無冠」主宰）

沖縄タイムス

1965年10月21日　木曜日

あすに生きる俳句のための考察（四）

野ざらし　延男

季語の形骸化

花鳥諷詠と密接不離な関係にあるのが季語である。ここで新報紙上（10月5日付け夕刊）の〃サークルをたずねて〃の「無冠」紹介記事の中で、「無冠の人たちは韻律、季語にこだわらず」と書いてあったが曲解であるので釈明しておきたい。俳句が韻文の文学である限り、その律動は必須のものでなければならない。散文との対決の唯一の武器でさえあるものを、こだわらないで俳句を詠もうとはいわない。むしろ、律動を重視したい。季語は捨てよとはいわないまでも固持すべきでないと思う。なぜか、理由は明らかだ。花鳥諷詠としての自然現象だけでは現代の社会や生き方はつかめないということだ。物質文明の生活の多面化にしたがって季語のもつ意義が希薄になってきた。金子兜太の「言葉が少なからず客観的状況から主体的状況へ」の移動がなければならぬのである。

もう一つ、季語を絶対視できない理由は、亜熱帯の沖縄において四季の区別も判然としないのに、果たして生きた季語が使えるだろうかということである。本来、本土の風土では生きているはずの季語が沖縄では逆に季語を殺している場合が多いと思う。次に歳時記の春の部から二、三の不合理と思われる季語を抜きだしてみよう。

「花」といえば桜だと決めつけるのはおかしい。「花の風」「花の雨」でも普通の草花であっても一向さしつかえないではないのかと思う。「耕」がなぜ春季でなければならぬだろうか。沖縄のように二期作、三期作の場合は最早、使えなくなるではないか。〃畑〃と〃田圃〃の区別もできないまぎらわしいものだ。「耕人」「耕馬」「田打ち」も同じことがいえる。「ぶらんこ」が春季でなければならぬ必然性はない。俳人の勝手な解釈である。例を上げればきりがないが山本健吉「純粋俳句」での指摘のとおり、季語は本質的には日本の風土現象に存依しているが区分は人為的な操作が加わっているのである。人為的なるがゆえに不合理性が内在しているわけだ。安易な操作手段としての季語の使用を慎しみたいものである。そして芸術遺物化しないために、の孤児にならないためにも。

「である」と「する」

東大教授の丸山真男氏の「日本の思想」におもしろい論理の展開がある。自由とは置き物のようにそこにあるのではなく、現実の行使によって守られるという。換言すれば、日々自由になろうとすることによって、自由でありうるという。世間には自由の権利の上に眠っている人間が如何に多いことかと嘆く。

自分は自由であると信ずる「である」論理の立ち場の人間は不断に自分の思想や行動を点検し吟味するのを怠るものだが「する」論理の立ち場の人間は「自分がとらわれている」ことを痛切に意識しより自由に物事を認識し判断しようと努力するというのである。

（筆者は中央高校教諭・本名山城信男「無冠」主宰）

沖縄タイムス

1965年10月22日　金曜日

あすに生きる俳句のための考察（五）

野ざらし　延男

風土性の探求

芭蕉は虚実論によって、現実と虚構の世界を説き、不易、流行の俳論によって、永遠不変なる相と生々流転、変転してやまない時代の相の観点を説いた。

今までボクは流行としての時代に生きる作品として現実の側面を強調してきた。勿論、ここでいう流行とは俗にいう「はやり」ではない。不易に対しての変転してやぬ相をいう。われわれは流行とま共に民族の血汐となって脈打つ不易なる風土を忘れてはならないと思う。（風土にも多分に流行の相があるのではあるが）たとえば沖縄の自然、風俗、習慣、民芸、動・植物等における、台風、ミーニシ、清明祭、海神祭、闘牛、唐手、石敢当、紅型、ハブ、デイゴ、伊集、蘇鉄、甘蔗、ガジマル、…等。あげればいくらでも題材はある。偉大なる一種の精神文化ともいうべきものを次代への継承のためにも、自己のものとして作品化しておくべき義務が我々俳人に課されているのではないか。風土のよき理解によって現実沖縄の姿もより確実に把握できるものと思う。ただ、題材をとり入れる場合に注意すべきことは題材自体が季語の変形や無批判な手段と化さないように心がけるべきである。

こんごの課題

さて、すでに指定された枚数は過ぎた。可能性追求としての現代の俳句の課題を列記しておこう。

①、現実追求の姿勢から導きだされる観念化、抽象化をどこまで詩性として昇華し、即物的な俳句がどこまで社会性、思想性に密着できるか。②個の文学としての俳句が、どこまで一般大衆と連帯性、伝播力をもちえるか。③メカニズム化からくる現実の人間疎外状況において、人間回復の場としての力がどれだけあるか。④風土性と関連して抒情性の発掘がどこまで可能か、また、探求できるか。

⑤　十七音のもつ短詩精神の使命としての律動と口語化から来る律動のずれをどのように詩性を失なわず保持できるか、いわゆる、止揚できるか。

現代は主体性をめぐる相こくだといわれる。他者に私の主体性を奪われるか、他者から私の主体性をとりもどすかである。その相こくの敗者にならぬために鮮烈なる個性がなければならない。

現代の古いものと新しいものとの対立は古いものの破壊と新しいものの発生にみちびく変革の論理がある。現実変革の真中で秋元不死男氏のいうところの抵抗精神の文学たる俳句をぶつけるのだ。抵抗精神の内面には否定精神がある。否定の精神がさらに現実の変革へ導き、そこに生きる意志の表白がある。これが姿勢であると思う。抵抗し、否定する真摯な主体的な決意が必要だし、姿勢と決意の確固たるところに現代俳句の可能性追求があり、現実、沖縄の把握がある。

（おわり）

（筆者は中央高校教諭・本名山城信男「無冠」主宰）

沖縄タイムス　1965年11月22日　月曜日

文化

句成る人成る

「現代俳句の姿勢と沖縄」を読んで

安島涼人

俳句に関する論評は今日まで極くまれなものであっただけに、さった十月十八日から四日間にわたる本紙に掲載された野ざらし延男君の論評は誠に興味深いものがあり、読みごたえのあるもの だった。現沖縄俳壇へ投ずる貴重な一石であろう。若い層がこのように真摯にこの問題に取り組んでいることは沖縄俳壇の発展途上よろこびにたえないことである。ところが承服できないことがらが二、三あるので私見を述べてみたい。

延男君は辛辣なまで沖縄の句会の人々を忌み嫌っているのにはまず驚かされた。意外という外はない。貴君は言う、彼らは俳人の礼儀をよく口にするが文学批判の場と対人関係の道徳規範は異質なものを混同し、同一の物さしで計るから作品の価値判断にも誤謬が生じるのだ、となじられまた、彼らは穏便かつ善良な市民であり得ても秀れた詩人ではない、ときめつけておられる。後者は結構であるが前者には異議がある。きびしい作品の価値判断にそのようなことがあり得るであろうか、五十句中選び出した五句よりも選び出した二句が必ずしも優れているとは限らないのである。どこまでも選者の鑑賞力の問題であり自己の鑑賞力を過大評価するところに作品評価の誤謬が生じることを知るべきであろう。どこまでも謙虚な態度で選には臨みたいものである。

俳句界では「句成る人成る」という先哲の言葉がある。それはよい俳句が作れるようになると自然に人間もできてくるものだ。また、人間ができれば自然に立派な俳句が生まれるものだ、という意に解する。私はまず立派な人間、善良な市民でありたいと願う。秀れた詩人はその後でも決して遅くはないからである。秀れた詩人を心掛けてあまり社会からつまはじきでもされるような人間にでもなったら元も子もない。精神の浄化に役立ててこそ俳句の道も開けるものと信ずる。次に、沖縄の句界の中には俳句はわずらわしい ものとして責任を回避して人事的側面にのみ意を注ぐ御仁がおられる この種の類いは趣味の域を脱せず現代人には珍しい風流人と賞すべきか、と述べ次に第二芸術論にふれておられる。まことに奇怪な言を吐くものかなである。実際にそのような御仁がおられるかどうか、おそらくA老を指してのことと思うがいささか過言た言葉であろう。想えば、去った日、貴君達若い俳人の無計画な独走の催しににがにがしく思われ、それをなじっておられたのは事実だ。それゆえ若い俳人らの不興をかったことは察しがつくが対外的な催しともなれば沖縄俳壇挙げて一致協力ことに当たるのが好ましくまんいちさまざまな失態を演ずるようなことにでもなれば沖縄の俳句人すべて十把ひとからげの憂目を見るのは必定、それを懸念されてのことだったのは否めない。反省こそ望みたいものである。若は月々の定例句会には必ず出席され、また自分の所属誌の月例会には自宅を会場に提供されてこの道ひとすじに精進されているのは会員周知の通りである。さて、第二芸術論であるが三高前桑原武夫のその論文が中央俳壇に投ぜられ俳句の屋台骨までゆらぐかに騒然となったことがあった。馬酔木の御大秋桜子を皮切りに俳壇結社の論客はこぞって筆をとり論じたてたが覆がえすに至らなかったのは人も知る通り、この問題は今だにくすぶっていて結社の論客の好材料になっているようであるが、私どもも冷静に考える必要がありはしないか、芸術に国境なしという、かりにロダレの彫刻と詩性度の高い一句を俎上に乗せてみるとしよう。その勝負はどうひいき目にみても俳句の方に敗色が濃い、ロダレの彫刻の普遍性に対して俳句にはその影が薄い、それに例をとるのは妥当性を欠くかも知れないが普遍性が乏しいということだけはいえると思う。俳句も芸術には違いはないであろうが、俳句には俳句なるが故の宿命があるのだ、第二芸術論の レッテルを貼られていてはおちおち俳句のダイゴ味も味えまい、いまや本土では俳句人口五百万とかいわれるほど庶民に親しまれる俳句となっている。理論をぬきにした庶民の生活詩でありたいと思う。芸術論などは学者のなすワザであり人は知らず私などは句作にたいして芸術の探究など考えたこともない、大それたことである、故日野草城の「青玄」に標榜する「俳句は庶民自身の詩である」と共鳴して句作にいそしんでいるのが事実だ。そもそも俳句というものはその風土の上に生活する人々の朝夕四季の生活にしみこんでいる感動の一切れ一切れの表現であり各自が造形によって集まる小集団員の普遍的な共感作用によって鑑賞しあっているのが動かすべからざる現状である。世の中の人々一人でも多く俳句にしたしんでいただき楽しい人生を送りたいものだと考える所以だ。俳句を解するがゆえに芸術家然として鼻の高いギスギスした人間にでもなれば世の中を暗くする具にもなりかねないのである。

このたびいただいた「無冠」二号の作品を一通りみせていただいたが、句意も判然としない作品が多いのには驚かされた。判然としない句意の作品から詩情がくみとれるはずもない。主軸をなす人々にそれが濃厚である。意欲的という表現があてはまるかどうか、「季語はす てないまでもあえてこだわる必要はない」と貴君は言明しておられるが好んで無季の難解句を発表したあとがうかがえるのはなぜであろうか？前衛派とよばれ若い俳人層から人気のある金子兜太も造型俳句論の中に、季語がなければ俳句にあらずというのは古い、季語ばかりではなく種々な題材も自由に取り入れるべきだ、ところが最も肝要なことは季語のよさを知るべきである。と強調し、無季俳句の成功のカギは季語にかわる象徴性を備えた詩語を獲得したときにかぎる、と断言している。失礼ではあるが延男君は季語のよさを知りつくすほど年期を積んだとは思えない。苦心惨胆して初めてよじ登ったと思った山頂に先人の錫杖を発見することもあるとい われるのが芸術の世 界という、味わうべき言葉である。ともあれ本紙に五回にわたり連載された貴君の論評は無風状態の沖縄の俳壇に警鐘を打ち鳴らし明日への発展の道標を示した若人らしい情熱的な意見に対しては決して賛否の声を惜しむものではないが、中央俳壇の過激的マスコミの影響に支配された感が大きく俳句本来の姿に立脚した意見であればなお一層効果的であったように考えられる。「無冠」も昨年七月に創刊号を出し今年の九月第二号を世にとうたばかりでありいよいよこれからである。無冠の今後の発展を祈ると共に主幹者野ざらし延男君の自重とご発展を期して待つものである。

（那覇市松川二三六・沖縄俳句会員）

琉球新報　1967年5月31日　水曜日

俳句は風流の道具か

野ざらし延男

<上>

沖縄における「既成俳人の姿勢」

〈はじめに〉

ベトナム反戦抗議のため、焼身自殺をはかった女教師のニュースは、最近のショッキングな事件の一つとして記憶に新しい。今、沖縄において、教公二法立法阻止のため、教師自らたたかいの先頭に立ち『沖縄を守るたたかい』『反戦のたたかい』の現況を思うとき一見、無謀ともみえるこの焼身自殺の女教師の心情が、心奥から突き上げてきて、ボクに迫ってくるのだ。沖縄のゆがんだ政治の現状が、このような手段でしか打開できないとは、もちろん思わない。ただ、平和を希求し、祈念する真剣で激発的な姿勢を、われわれ沖縄県民一人一人がもつ必要があるということは、いえるであろう。

ボクは、ガソリンをかぶった人体が、焼かれていく激烈なシーンを、目のあたりに思いうかべるとき、いつもながら、背反的に頭をよぎるのは、この過酷な現実において、われわれ詩人（俳人）は何を詠（うた）うべきか」となる。もっとも素朴な疑問である。とくに『十七文字の最短詩型』で、現代をどうとらえるか」という自問である。この素朴で幼稚な疑問は、たずえ生活の断片に首をもたげてくる。この『何を詠うべきか』を裏がえせば『われわれ俳人は今、何を詠っているか』という問いから出発する。『何を詠っているか』の姿勢を、これからみてみようというのである。ことわっておくが、この小論は、決して感情論に左右されておらず、あくまでも沖縄俳句の発展を願っての批判であり、ボク自身の俳句への信念であることを付記しておきたい。

〈青年作家群の衰退〉

ボクは、現在の沖縄俳句界の活気のない原因について考えてみるのであるが、いつも答えは『若手がいない』というところに帰着する。

たしかに、タイムス俳壇が創設されて間もない一時期、かれこれ十年前の話になると思うが、俳句界が活況を呈していた時期があったことを思い出す。当時のボクらの年代『吉屋武英夫』新垣健一、松川寛光、与儀勇、山城久良光らは、片隅でちぢこまっていた時代だ。高校の一、二年ころだと思う。この活況は、次に列記する青年俳句作家群の、若々しい活躍があったからだ。思いつくままに上げてみると、[illegible]正四郎、平信勝、山川[illegible]、瀬良垣広明、玉城[illegible]、大城将栄、富山常和、宮城正勝、島袋[illegible]、平良敏良、上原富三郎、[illegible]、玉城[illegible]、具志堅正勝、中里友豪、古波蔵正市、砂川[illegible]、新城真男、中山弘之、上運天哲、新垣真幸、[illegible]昌市、etcである。ボクはこれら若い作家群が、タイムス俳壇や琉新俳句大会で常に上位を占めていたのを、羨望（せんぼう）の目でみていたものである。

この一九五〇年代後半から一九六〇年代前半において、活躍した二十余名の新進俳句作家群が、今の沖縄俳句界の中核になっているべきはずなのに、いつの間にか、霧散霧消して、今は姿はみえない。いったいこれはどうしたというのであろうか。彼らの中には、俳句の世界にあいそがつきて、短歌や詩などの他のジャンルへ方向を転換し、その分野で活躍しているものもいないではない。しかし、なぜ、俳句の世界から離脱して行ったのであろうか。

その原因を考えてみるに、一言でいうならば、詩人としての主体性の欠如であろう。俳句の十七文字の世界を趣味化し、遊戯化し、現実とのかかわりの中で、対象や自己と対決する姿勢が希薄であったといえるであろう。しかし、彼らの何名かに会って、日本復帰ならぬ俳句復帰を勧めても、『俳句に魅力はない』とか『老人文学にあいそが尽きた』とかいうのだ。どうやら、彼らを俳句の世界から去らしめたのは、単に主体性のもろさだけではなかったようだ。なぜなら、現に他のジャンルでは、主体的に活動している幾人がいるのだから。それでは、俳句は、ほんとうに魅力のない老人文学なのだろうか。ボクは、もちろん『否』と答えたい。

しかし、彼らをして『魅力がない』といわしめたのはなぜか。現沖縄俳句界を支配する微温的な、批判精神のない退嬰的な風潮が、そうさせたのであり、指導的位置にある俳人の、前近代的な理念のせいであったといえる。すなわち、虚子がいうところの花鳥諷詠（ふうえい）―春夏秋冬四時の遷（うつ）り変わりによって起こる天然界の現象、並びにそれに伴う人事界の現象を諷詠する指導姿勢に起因していると思われる。

しかし、現実にころがるもろもろの問題、たとえば、基地をかかえる沖縄の苦悩、メカニズム化からくる人間疎外の問題、戦争不安の中で生きる生活の葛藤（かっとう）、個と集団との中での他者と自分とのたたかいなどから派生する現代人の孤独、絶望、実存、存在、そして生命感などにぶつかると、純粋に真摯（しんし）に生きる青年にとっては、あまりにこの旧態の俳句観は、無力でもろいものなのであり、時代逆行の姿勢なのだ。虚子が『禽（きん）獣虫魚にも情があり、木石にも情がある』と主張し、芭蕉が『風雅におけるもの造化に随ひて、四時を友とす。見る処花にあらずといふことなし、思う処月にあらずといふことなし』と主張したところで、現実の中で真剣に生き、激しく対決しようとするとき、あまりにも虚子の花鳥諷詠や芭蕉の『造化に随う』わび、さび、しおりなどの姿勢からくる文学観が、薄っぺらで無力になるのだ。

有名な詩人村野四郎氏は、このように発言する『俳句において、季語が単に詩法上の約束ごとと考えられている限り、世界観を考える若い世代の反撥をこうむるのは必然だと思う。彼らは、俳句をもっと広大な人生との接触面において確認しているからだ』と。この青年の欲求は、もはや過去の『対自然』の姿勢に挑戦し、『対社会』であるはずなのです。現状打開を指向し、真剣にあすを摸索して生きることのできる俳句を希求していたはずなのに、それに答えてくれる理論も作品もなかった。そこに、沖縄俳句界の悲劇があった。この情けない悲劇をつくりだした責任は、現俳句界をリードしている既成俳人の姿勢にあった。二十余人の詩才ある俳人が去ってしまったということは、沖縄の俳句界にとって一大損失であった。

（青年俳句サークル『無冠』主幹・高校教諭）

琉球新報　1967年6月1日　木曜日

俳句は風流の道具か

野ざらし　延男

＜中＞

批評精神の欠如が、甘い俳句姿勢を生んだその典型例は、沖縄俳句会から発行された機関誌「色」（十一号で終刊）をみれば、はっきりする。評論はおろか、作品さえ貧弱にひとしい。もちろん自己批判などあろうはずもないのだ。

具体的に、既成俳人の姿勢を上げさせてもらうならば、「理論ぬきにして庶民の生活詩でありたいと思う。芸術論などは、学者のなすワザであり、人は知らず、私などは句作にたいして芸術の探究など考えたこともない。だいそれたことだ」（沖縄タイムス、65、11・22）という元沖縄俳句会会長の安島涼人氏のことばが、如実にその姿勢を語っている。文学者（俳人）とは、世に問題を断じ、批判し、洞察し、止揚して、より高い芸術性を獲得してゆく努力が要求されているのに、その姿勢を根本的に否定し、自己の任務を他人にあずけようとしているのだ。これでは、作品の貧困はもちろんのこと、あすに生きる俳句を創（つく）りだす姿勢もでてくるはずはない。とにかく、俳句芸術を自分勝手に否定しようとする姿勢は、正常のさたとも思えない。これでは、低俗化した俳句（月並）を、芸術性まで高めた元禄の芭蕉に顔向けができないのではないか。真の俳人であるなら、「現代に生きる俳句はどうあるべきか」を考えてほしいのです。

その姿勢の甘さは「俳句研究」（66・4月号）に「沖縄の表情」を書いた国仲穂水氏にもいえることだ。沖縄タイムス紙上（66・12・27）の六六年度俳句総括評で指摘されているとおり、沖縄の特殊性が生みだす現実の問題にふれず、もっぱら沖縄観光コースの紹介に終始しているかにみえる。これは、まるで観光協会会長の弁みたいだ。こういう姿勢で、沖縄を紹介するから、本土の同胞が沖縄のベトナム出撃基地の苦悩や、爆音による精神異常の続出や、世界一人口密度の高い中で、土地接収をされようとしている離島の現実の圧迫したものが、ぼかされてしまうのだ。海の青さや空の青さで象徴され、美化され、紹介されるから、外国気分よろしく物見遊山（ものみゆさん）で、観光して帰ってゆくのである。南部戦跡の霊域をベタベタと観光化してゆく風潮こそ、批判するのであって、いたずらに迎合し、現実を美化する姿勢は、慎（つつ）しまねばなるまい。結局、その人の認識の甘さであり、たえず現実に身をおいて、対象に肉迫し、肉迫しきれない証拠であろう。穂水氏の作句姿勢については、すでに「未来派」（一九六七 54号）に、西野理郎氏が指摘している。「僕たちの「沖縄」に寄せる関心は、単に絵葉書にみるような素材でもなければ、風土性でもないのであって、現実の中にあって、人間としていかに生き、また生きようとしているかにある のだ」といって 氏の現実での姿勢の甘さと、作者不在の作品が指摘されている。もう一つ、既成俳人の姿勢への疑問は「新沖縄文学」一号の誌上座談会「沖縄は文学不毛の地か」の矢野野暮氏の発言である。「俳句と 経済とは、全く無縁なこととしてわりきっております。まして政治をやというもの。俳句はあくまでも個に執するものです。複数の場合もありましょうが、それだからといって、政治や経済にたいして批判の発言はもちたくないのです」「戦争文学について——俳句なら口にすべき問題ではないと思います」現在、沖縄において、最も良心的に活動しておられる氏にして、この発言である。他はおして知るべしと言うもの。悲しいかな、といわざるをえない。俳句は政治や経済とは無縁で、そんなにたよりない、限定された世界なのだろうか。俳句の世界を拡大し、その可能性の試みこそすれ、閉鎖し、限定しようとするのは、自分の首を自分で絞めるようなものではないだろうか。これでは、後進性をおびたこの俳句芸術は、いつまでも他のジャンルの後塵を浴びて、生きなければならぬではないか。選者は少なくとも、実作者に勇気を与えるものであってほしい。

より高い芸術性を

現実を直視して

二十世紀の今日における人間は、絶海の孤島で生活するロビンソン・クルーソー的な人間ではないはずです。精神を異常化させるような、過酷な現実の中で生存し、社会生活を営んでいるはずなのです。早い話が物価や、税金があがれば、たちまちわが家の経済にガタがくるではないか。サンドイッチ賃金が出まわれば、それを使う人間が生活の陰影を感ずるではないか。教公二法問題で、政治百や警職法の圧力があれば、たちまち社会がゆれ動き、人間が苦悩し、対抗し、現状打開 の叫声を もつではないか。政治、経済に無とんちゃくだれ、というのは、現代人として失格ではないだろうか。俳句とは、もっと歴史的、社会的存在として、自我を全的に表現しうる「魅力ある」ものであってほしいと思う。俳句閉鎖の中にエキスとして、ベトナム戦争も、土地問題も詠（うた）えるという強信を、われわれ俳句作家はもつべきだと思う。「戦争文学に口だしすべきものでない」のではなく、同じ戦火をくぐり抜け、焦土から立ち上がった人間であってみれば、小説家であれ、詩人であれ、歌人であれ、俳人であれ、何ら沖縄県民に変わりはないはずです。大いに戦争をテーマにして作品化すべきだと思う。

総合誌「俳句」（角川書店、昭和36年、7月号）の〝定点観測〟で「沖縄の俳句」について次の指摘がある。まず沖縄俳句会発行「色」六号より四つの作品を掲げ

〝轟音のあめつち瞬るるばかり涼〟（新井節子）〝秋風の日本に向ける辺土に立つ〟（知念広径）〝百合匂う歳月忍ぶること早し〟（国仲穂水）〝大冬木のひそ天心さわまりなし〟（岡崎瑕部）

次のように評している。「地獄絵さながらの世界をかいくぐってきた人たちの魂のつぶやきにしては少し平和過ぎているようだ。あるいは、思うに語どん を忘れて、あえて風雅に遊ぶ人たちの態度でもあろうか」といって、戦争体験からくる現地人のみのもつ魂のつぶやきの作品化を指摘している。さらに「本土の俳人には絶対に詠（よ）めないテーマが山積しているのではないか」といい、特殊な状況下で生きる人間の絶対性の作品化を暗示している。現地人が素直に反省すべき点であろう。

（青年俳句サークル「無冠」主幹・高校教諭）

琉球新報
1967年6月3日 土曜日

俳句は風流の道具か

<下>

野ざらし 延男

今、手元の『新沖縄文学』五号から芸術選奨候補作品を抜きだしてみよう。既成俳人の作品がどんなものかを。

あっさりと一輪挿しの白椿　大城 瑠島
小正月女にまじる玉子酒　大城 瑠島
一人来て感納松下白脚伸ぶ　知念 広径
小学の花壇に白き花えんどう　知念 広径
松喰きの水飴壜で磨きあげる　安島 涼人
酒盛の王冠散と初荷馬車　安島 涼人
ポインセチア垣よりあふれ救急
に
瀬底 月城
初句座の先づ庭を掃で靴を脱ぐ　瀬底 月城
登月の電柱孤独な影と立つ　松本 翠果
春愁や一人一人の時計の刻
松本 翠果
風垣にバラが絡まり賞替る　宮城 阿峰
賑らかに女公園掃除する　宮城 阿峰
春潮のぶつきら朝の社に食む
矢野 野暮
春なれや朱瓦支ふ朱の柱　矢野 野暮

これらの雑作が、芸術選奨の候補作であり、沖縄俳句界の花運なのである。『沖縄不在』『人間不在』の雑作では、多弁は要すまい。しかし、これだけは、はっきりさせねばなるまい。たとえ既成俳人が、朝夕のなぐさめものとして『楽しん』で作句しようが、風流人たりとして、自己満足や自慰の道具に俳句を使おうが、ひとたび、公的に審査者の前に提示されたら『芸術で作ったのではない』という『うんぬん』は許されないということだ。れっきとした『新沖縄の文学』の冠がかぶせられているのだから。あくまでも芸術でないというのなら、いさぎよく仏壇にしまっておくがよい。文学の場に持ち出さぬことだ。

× × ×

伝統の正しい継承とは、いたずらに過去追従し、一片の批評ももちあわせない盲従ではありますまい。もし、仮に先述のように、既成俳人のいうのが真の俳句のあるべき姿ならば、さっさと、この世界から足を洗うのが賢明というものだろう。しかし、二十余人の青年作家群の二の舞いは踏みたくないのだ。

われわれ俳句作家は、社会的問題に向かって自己の内的世界を深化させ、現実の真ただ中で自己を凝視し、抵抗し、対象を分析、再構成しなければならない。もちろん分析、再構成の過程には現実のくうずき々をくぐり抜け、自己存在がなければならない。この姿勢は大変困難には違いないが、努力すべき責任があると考える。

前向きの姿勢でありたい。沖縄の俳句界が明治や大正生まれで終わらないためだ。そして二、三十年後に断絶がでないために明日の時代に生きる俳句創造を目指して、お互いに努力すべきだと思う。俳句をいたずらに陋屋（ろうおく）に閉じ込めないで陽のあたる場所に出してやろうではないか。（青年俳句サークル「無冠」主幹、高校教諭）

琉球新報　1967年6月24日　土曜日　(10)

学芸

俳句は風流の道具かに答える　<上>

安島涼人

さる五月三十一日より三日間にわたり、琉球新報朝刊に掲載された野ざらし延男君の「俳句は風流の道具か」と題する論稿(そう)は、俳句に情熱を傾けた若人の意気込みがあふれ、迫力のある論であった。それはとりもなおさず、同君の俳句にたいする衷(ちゅう)の深さであり、その一途(いちず)さこそ、沖縄の俳句界の今後の発展に大きな原動力となるものと、うれしく思ったのであったが、読んでゆくうちに、読んではおれないことがらが出て、沖縄俳句会に籍をおく一人として、黙っているわけにもいかず、さびたペンでもとることにした。

青年俳句作家解消のこと

まず、なにはさておき、延男君は二十余人の青年たちの氏名をあげ、この青年俳句作家群の解消は花鳥風月に遊んでいる微温的な批判精神のない、退嬰的な風潮が、あたら二十余人の前途ある俳人を去らしてしまったのだ、ときめつけている。事実、そのとおりであったであろうか。事実ならば、残念この上ないことである。が、とんでもない誤解である。

戦後、沖縄に俳句会が誕生したのは、一九五〇年(昭和二十五年)十一月のことで、ことしで十七年目を迎える。その間、おびただしい人が出たりはいったりしているが、結局、今日までひとすじに長月の研究会を続けてきたのが、貴君が目の角をたてて既成俳人とよんでいる人たちである。長い年月には、それぞれ家庭の境遇もあるであろう。また心境の変化もあることと思われる。やる気があるか、どうかは、本人の一存にかかることであり、やる気があるならば、本土俳壇では三百余の結社がひしめき、沖縄からの会員をもツテを求めて獲得に躍気となっている現状なのだ。ミミッチイ沖縄の俳句会など相手にせず、各自共鳴する結社に飛び込み、縦横な腕をふるうのが当然であろう。

『俳句を離れた中にも短歌や詩その他のジャンルに方向を転じてその分野で活躍しているのもいないではないか」と貴君が述べているが、然りである。要はやる気があるかどうかの問題であり、彼らの離脱を、沖縄俳句会の人たちの責任だとするのは心外の至りである。

延男君の論を読んでいると、納得がいかない ことが 多い。貴君は、沖縄俳句会にたいしていかなるうらみをもっているというのであろうか。随所に悪意に満ちたことばが散見されるのは、どうしたことであろうか。貴君は筆を起こす前に、「この小論は決して感情論に左右しておらず、あくまで沖縄俳句会の発展を願っての批判であると断わっているが、全文を通じ、沖縄俳句会は、無能な人の集まりのような印象を与えている。俳句には、十人十様その性格が違うように、作品にもおのずからそれが現われるといわれる。自身とその指向が異なるがゆえに、その不満をぶちまけるのは、言語道断だといわざるを得ない。

たとえば、貴君と私との相違点の一例をあげるならば、貴君の場合は、芭蕉の「造化に帰う」わび、さび、しおりなどからくる文学論は、薄っぺらで無力になる、という。しかし私の場合は違うのである。これは、芭蕉が句のこころをきとされた規訓であり、激しく対象と対決しようとする時こそ、もっとも大切なことだと考えるのである。

貴君は説として、青年たちの熱望は、もはや過去の対自然ではなく、対社会であるはずだ、と。それは社会性のある俳句、ということと思われるので、私もここでそのことを少し書いて見たいと思う。

俳句の社会性については、十五年ほど前、中央俳壇で沢木欣一、金子兜太らが旗頭を押したてて、はなばなしくジャーナリズムに登場したことは、周知の通りである。

その主張は、「社会性のある俳句とは、社会主義的イデオロギーを根底に持った生き方、態度、意識、感覚から生まれる俳句を中心に進歩的傾向の俳句を指す」というのであったと思う。それが、にわかにジャーナリズムの注目を浴びるようになったというが、そのことは、貴君ら青年俳句作家に大きな魅力になったように考えられる。すなわち「メカニズム化からくる人間疎外の問題、戦争の不安の中で生きる生活の葛藤(かっとう)、個と集団との中での他者と自分とのたたかい、などから派生する現代人の苦悶、肥胸、実存、生命感などにぶつかると、純粋に真摯(し)に生きる青年にとっては、あまりにも旧態の俳句観は無力でもろいものだ」と考えたからである。なるほどうなずかれぬこともないが、俳句観をその限界だけにつなぎ止めることは、俳句の世界を狭くし、窮屈なものにしてしまうのではあるまいか。貴君と私とも双方の俳句観を相違点を、もっとも手っ取り早い方法として、貴君の作品をあげて解明してみたいと思う。沖縄タイムス刊、新沖縄文学冬季号より、貴君が指標とする「対社会」性のある作品をあげる。

闇、血を吐く蜘蛛(くも)

爆音に足鞭入視界の深部の蝶

北爆のニュース雨傘に釘白ため

溜月をはみだす被爆の手の必死

ベトナムの空焼け血を吐きありる蜘蛛

地裂りの熱をためる四・二八の胚

樹海の多根が自縛か不在の主権

翼むる炎天点鬼簿めくる紙鉄音

白い額縁が触れない痛さ無縁の天

右のようなはたりよったりの作品が発表されている。四十句にのぼるぼう大な作品群である。もっとも季語などという約法上の約束ごとなどは抜きである。十七音韻律の俳句形式は、危うく保たれているけれども、一体これらの作品が、完成された俳句作品といえるであろうか。いったん、作者を離れた作品は、その鑑賞は読者にゆだねなければならぬ。そこで要求されるのは、普遍性ということであろう。現代秀句といわれる作品は、私どもにもよくわかり合点がいく。前掲の延男作品は、内在する詩情はおろか、その句の意味すら解釈できないのである。不勉強のせいとばかりとも思えない。

(沖縄俳句会同人)

「俳句は風流の道具か」に答える〈下〉

安島涼人

特殊なグループしか解することができない俳句ならば、仏壇にあげる価値もないように思われる。思えば沢木欣一の『風』所載の金子兜太の「俳句と社会性」につぎ、「造型俳句論」が生まれ、三転して前衛俳句に至った。数年前は、前衛俳句のブームを巻き起こしたようであるが、兜太作品

縄とびの純血の額を組織すべし

奴レイの自由という語寒卵皿に澄み

をあげて、山本健吉が「作者の態度は現われていても、一かけらの詩もない。舌足らずのイデオロギーはあっても、現代を深く呼吸した〝思想〟というべきものがない」と痛論したという。もっとも、金子も反論をしているが、金子は正統派『雲母』において、鍛えあげられた中堅作家である。

新しがりの流行に飛びついてきた延男君とは、わけが違うのである。しかしながら、俳句の可能性にたいする若いエネルギーの挑戦ならば、結構でもあろうが、社会性の ある 素材が詠（よ）み込まれておればよい、というのでもないであろう。当然、俳句として生かされていなければいけない、と思うのであるが、どんなものであろう。私は前掲の野ざらし延男君の作品に、大きな不安を感じるものである。『俳句研究』（昭和42）四月号の『戦後の俳句、三鬼論』の中に左のような一節がある。

『数年前、前衛派の人たちが高揚した言動には、彼らが実際に獲得したものよりもはるかに自信がみなぎっていた。そのためいわゆる伝統派の人たちを一層強く刺激したようなきらいがあった。もし、当時、彼らより二十年以上、先立って開発されていた新興俳句の業績を虚心で眺め、少なくとも、三鬼や赤黄男らが、長い苦労の末に蓄積することができた俳句の富を、作品を、また文章について謙虚に読みとっていたならば、あのような手放しの意気軒昂（けんこう）たる態度はとらなかったであろう。当時のかれらの自負心や先走った功名心の多くは、もっぱら彼らの意欲と不勉強からきたものと思われる』

厳正中立、俳句評論家、ベテランの高柳重信の評論である。新しがりに飛びつきやすい青年俳人は、参考にして決して損にはならない先輩の評論である。

先にも書いたように、俳句にはその人の性格がよく現われるといわれる。すなわち性格温厚の人は、平明 清澄（せいちょう）な句を好むのに反し、勝ち気の人はこれを陳腐（ちんぷ）とみてあきたらず、したがって過度の主情が、作品を難解にするといわれている。後者には、自我の強い理論家が多い。正統派の人たちは彼らの理論と口カミソリに、黙らざるを得ないのは、何も変わることはない世の通例と同じである。延男君が強引に通そうとする自我と、沖縄俳句会の人たちに、無責任きわまる放言には黙殺できないものがあった。

錆（さ）びたペンをとった理由はここにある。

ここで私は思う。中村草田男の句集「銀河依然」（昭28・2）の跋中の発言「第三存在」を経て、急進した沢木欣一、金子兜太、原子公平らの社会性俳句の運動を、山本健吉が冷やかに眺めて「現代俳句」以下二巻を残して、俳壇から去ったことを。実作においても俳句評論においても、右に出るものはいないといわれた石橋貞吉（山本健吉の本名）である。戦時中は京大俳句事件で、投獄の憂（う）き目をみたこの世界の苦労人を痛憤させたことを一だ。

延男君は、俳句六百年の歴史の実相に目をつぶり、本土全俳壇の九十％を占めるといわれている正統派、およびそれに付随する新派を無視して、現代の俳句はこうあるべきだ、とわが田に水を引くような論法だが、あきれざるを得ない。駄々をこねるにしても、みじんのかわい気もない。他人の指向を犯すべきものではない。俳壇結社にしても、指標を同じくする俳人たちが、一結社をかたちづくっているのである。延男君は、沖縄俳句会の共選は「沖縄不在」『人間不在』の俳句ばかり作っている。と述べているが、私どもには、舌足らずのイデオロギーはなくても、現時勢に生きている陰影は大いにあると思う。『人間不在』というのも剽窃（ひょうせつ）や模倣（もほう）でない限りありうるものではない。私どもの作品は、中央俳壇でも大手を振って通っているのである。さて、貴君の作品は、どの結社が賞揚しているのであろうか。延男君が前掲の作品に終始したならば、前途危ぶきが[illegible]なきにしもあらず である。『新沖縄文学』で、あれだけの作品が入選したのは青年俳人の今後の 発展に期待をかけられた選者の愛情であることは、疑う余地がない。貴君が指摘した

「理論をぬきにした庶民の生活詩でありたい」という私の考え方は、今も変わりはない。俳人は、すべてプロ文人ではない。俳句は本質的にアマチュア文学だ、と考えるのは、私の信条である。俳壇で俳句ばかりで、飯を食っているのは、石田波郷だけといわれる。皆それぞれ職業をもっているのである。俳句は、すでに理論は尽きたといわれている。実作の時代だという。各自、自身の指標にむかって、ましな作品を生みだすよう、つとむるべきであろう。

延男君の、俳句の可能性を追究する意欲にたいしては、賛辞を惜しむものではない。特殊の人たちしか理解できないような俳句でなく現代の秀句といわれる作品のように、誰にもしたしめる短詩型文学でありたい、と願うからである。明治、大正生まれで俳句を終わらしてはならない。俳句の 道は 深い一本道だ、といわれる。今後の発展のためにも、ぜひ正統な短詩型俳句を確立して庶民にしたしまれるようにしたいものである。本土では、俳句のファンは数百万ともいわれている。沖縄はその点さびしい。そのためにも、特殊な結社やグループしか通用しないような俳句は、歓迎したくない。少年、少女たちにも、俳句はたのしいもの、誰にも作れるもの、という観念を植えつけたいものである。

結びを急ぐことにする。貴君が指摘するとおり、本土の俳人には、絶対詠めないテーマが山積していることは間違いない。そのことは沖縄の俳家も、すなおに耳をかたむけるべきであろう。郷土の句材の発掘は与えられた課題ともいえる。（沖縄俳句会員）

琉球新報
1967年8月1日　火曜日

学芸

青年俳人へ望む

久高日車

一生に一句できれば達人

俳句は、後世に残るよう、所謂(いわゆる)不朽の名吟が一生の間に一句できれば達人、五句できれば名人、十句できれば俳聖であるとよくいわれるが、是(これ)は句作のきびしくむずかしさを説いたことばなのである。学問はすべてそうであると思う。

こういうことを、誰も彼も理解し、途中で沮喪(そそう)することなく、精進すると同時にまた皆が俳人の域をのり越えて俳句作家や学者となるための修練を積んでもらいたい。

俳句は老人文学か

琉球の諺に「一鍬(くわ)より二鍬は重い」とあるが、全くその通りである。小学校、高等学校進んで大学と世に名を成しておられる方が、いかなる努力勉強しておられることは周知のとおりである。

俳句もその道にはいれば、それぞれの苦悩がある。一句を推出することは、骨身をけずる思いがする。野ざらし延男君の「俳句は風流の道具か」とは、あまりにも過ぎた言葉ではないか。俳句はほんとうに魅力のない老人文学なのだろうか。ボクはもちろん「否」と答えたい。

俳句は、そうなまやさしいものではない、ということを述べたが、延男君はいかにも琉球の俳句革新に尽力したかに見えるが、皮相の認識であろう。さる大戦で、強く戦争に反対したことで、権力により投獄され、獄中で喀血(かっけつ)して亡くなった先輩もおられる。すなわち「俳句事件」である。

俳人として誇るべきだ

詩や文学には、各々の思想があり、ものの考えかたがある。また虚子とたもとを分かった先生方もいる。虚子は子規と同郷の松山の出で、河東碧梧桐、鳴雪ら数え上げれば数えきれないほど、たくさんの先生方がおられる。

碧梧桐は、日本新聞の俳句選者で、俳句の新傾向を唱え盛んに運行した。大正の初めごろ、「海紅」を創刊し、ほとんど毎年句調変遷(へんせん)あり、次いで自由律俳句「層雲」などを主張したが、今私が考えて見ると、虚子の方が余程優(すぐ)れていたと思う。虚子が死の際まで俳句を貫徹したことと、日本文化勲章をもらったことは俳人として、誇るべきことではないかと思う。

沖縄では、一九五〇年代後半において、活躍した二十余名の新鋭作家が、いま沖縄俳句界の中堅になっているべきはずなのに、いつの間にか雲散霧消して、いまは姿は見えない。それは難解な作句観に飽(あ)いたからだといえる。本土の全俳人の九十%を占めているのは伝統派で、ほかの結社は微々たる数に過ぎない。本土には伝統派の推定ファンが数百万いることを知ってほしい。

俳句は日本人の特有性

俳句は大衆文学である。少年少女でも、主婦の忙しい日々にも作れる。日本人が持つ特有性なのである。外国人には習慣その他、事情が異なっているのでどうかと思う。

大衆の前にみせよ

琉球は詩の国である。ことに琉球の生んだ恩納ナベの琉歌はこの国のある限り永遠に残るであろう。この名吟は老いの爺さん婆さんでも解(わか)っている。文化財保護委員会ではその歌碑を万座毛に建てているが、結構なものだと喜んでいる。正統派に結びつく結社があることは解っているが、これは永久につづくまい。一つの流行であると思う。篠原鳳作は無季俳句を詠(よ)んでいるが、彼の句はだれにでも解りやすい。

満天の星に旅ゆくマストあり

しんしんと肺碧きまで海のたび

鳳作は東大を出て宮古中学で教鞭を執めたこともあり、宮古中学の出身の方はよくおわかりであると思う。こういう方が、沖縄に現存なら[illegible]したでしょう。名吟はいつになっても朽ちない。瑛人君(安里)と私とは戦後間もない閃光社来の句交で、二十余年交わっているが、近しんの強い俳壇を持っていることを、両手を挙げて喜んでいる。延男君は俳句評論家、または俳句作家でもあるのか、作家なら作句を大衆の前に見せてもらいたいものである。

瑛人君が「俳句は風流の道具か」に答えているので、若い俳句年にとやかくいうのは避けたかったが、西三沖縄俳句会を俎上に乗せており、また延男君の俳句知識による論評は、いささか公平を欠いた感がするので黙殺できなかった。言足たらずであるが筆を擱して置いた。いずれは延男君も悟ることがあると思う。

(沖縄俳句会同人)

琉球新報　1967年8月3日　木曜日

生温き風土への挑戦〈下〉

―野ざらし延男の俳句について―

宮城英定

形象化された詩

彼の詩の底流と創作の方法は、浪漫的であり、社会性と、実存的とり組みによって支えられているとみている。その詩境をみることにしよう。

血が白い榕樹　私刑（りんち）の腔に跳め

沖縄の現実の不条理性、その不条理性の中で政治主張のもつ正当性と、経済のもつ有効性との間で葛藤し、志向する時、彼の詩は形象化されているのである。

〈血の白い榕樹〉ねばっこいかおとなしい、この血ばしることのない血は、一千年の歴史を通して、榕樹の根の腔で弱った我々の祖先達の、血液深く流れこんだのかと考え思われる。「守礼の民」などとおだてられ、いい気になっていた歴史の系譜が悔しいだけに、のろわれた血を宿しもつ己（おのれ）がいまわしい。

〈私刑の腔〉は〈沖縄の現実を生きる意欲として、形も鮮やかに己を打たねばならないのだ。今は、歴史の従属の中で慣らされ、肉体深く隠されたカジマルの白い血を、僕らの身からしぼり出すために、己と己の民族に鞭当てるべき時なのだ。己に私刑（りんち）の鞭を当てんとする野ざらしのモラルに、僕は戦慄（せんりつ）をさえ覚（おぼ）えるのである。

〈榕樹の気根〉は台風にあらがい、太陽の酷熱に耐えるため、地下深く湿潤を求めんとした生命力として、従属と逆境に耐えた民族にとって榕樹の根々とした気根は自分自身の形象でもあったのだ。

ところでメカニカルに浸潤する社会の現実の中では、このような奴隷的根強さ力強さは、歴史の底辺の中で〈不在の主権〉を産むに至ったのだということを気づく時、不在の主権を許したものは、他ならぬ〈私〉ではないのか、と叫ぶ詩人の冷徹なまでの内眼は、歴史の偏みにあえぐ僕らに、病根は外界にのみあるのではない、故の内なるものは如何に？と激しく問いつめられている思いがする。

資本主義社会――その独占化していく資本の形態が、帝国主義の形で僕らの現実を浸蝕しながら追い込み、僕らに要求していることは、生活を手段化することであり生活を目的化することではない。資本の独占化という経済機構のエスカレーションの中で、生活を手段化することを強要されている。

このように非本来的に「生」は疎外され、僕らをして道具化する過程にあり、不在感を高め、時には不在感にさえ反応しない即物的な道具になりきる。基地経済の中で、商業戦略のPR路線の繁栄に寄与するのみの従になる危機をはらんでいる。

このような現実にあって「生」の歩みとしての現実をナルシスチックに陶酔するか。それとも、状況を凝視（ぎょうし）する眼をもつことによって、意識的に現実理念に結びつけるかによって、その への詩（俳句）への態度が方向づけられるのである。

野ざらしの俳句とその創作姿勢は、論理的に未来への志向性をもつ半面、〈石を抱く心〉としての実存的凝視のイメージを暗に開くという二面性をもっている。〈血が白い榕樹私刑の腔に跳め〉の句がそれだ。

右に傾斜する者として存在の証明者（創作者）たらんとし、存在の普遍的語り手たらんとする野ざらしは、伝統俳句の世界より因襲の厳しい暗部に逃れがたく影響されながら、有季定形によるほのぼのとした世界を見ることによって、解放のイメージを創出しようとする伝統俳句をあえて否定し、歴史的志向性を論理的に深めることによって、形象化するという認識論的な姿がうかがわれる。対象をなでることと、呪うことをたえず試みており、その姿は「シジフォスの神話」のシジフォスが岩を山頂までおしあげては、山の頂を滑り落ちる岩を沈黙のうちに凝視しながら、永遠に岩を山頂に押し上げる運命を担った姿を思わせる。緊張したぎりぎりのところを歩むしかない。

自らの甘さを反省

彼の俳句の中にある一種の厳苦しさに耐えるのに、気がかりな感じつづけたが〈石を抱く〉心による人間存在に対する問いかけが作者の声として、聞こえてくるせいなのである。彼には妥協しない醒めた眼がある。（論理的にしない。）彼の句を読むたびに、僕は自らの甘さを反省する一方、社会性を強調せんとして、情感（官能の側面的表情）が希薄になった句を見る時、不満を感ずるものである。

革命とは咽喉ゆるとき絞殺の地

地割りの怒をためた鎖四・二八の寒気

爆心地の闇がただれず被爆の刻

これらの句のことばは、ふくらみをもたず志向性に支えられているのである。

野ざらし延男の作品の評価――いまは、そんなことよりも、これぞと思う詩人の作品に照明を当てること――よい詩と詩人とを育んでみつける努力をしたいものだ。

この沖縄には、鋼のように強くねじれていて、歴史の重圧に耐える深く隠れた感性があるにちがいない。（詩誌「ベロニカ」同人）

1967年8月2日 水曜日
学芸
論争のすすめ
土俗と風土への挑戦〈上〉
—野ざらし延男の俳句について—
宮城英定
透徹した眼と石を抱く心

解説　〝野ざらし〟の芭蕉精神と孵（す）でる〝地球俳句〟

鈴木　光影

1　はじめに

野ざらし延男氏は、戦後沖縄における「俳句革新」の実践家であり、伝統と前衛の枠を超えた戦後沖縄俳句の「生き証人」である。「俳句革新」の内実については後で詳述するが、野ざらし氏は長年沖縄の地で、前衛的な俳句実作・俳句評論・俳句教育の分野の第一線で活動してこられた。これまで、四冊の個人句集や複数のアンソロジー句集の出版に加え、沖縄俳句史にとって貴重な資料である『沖縄俳句総集』（1981）の編纂のほか、未来志向の俳句教育の実践集『俳句の弦を鳴らす――俳句教育実践録』（2020）などを刊行している。本書は、氏の長年の俳句評論が一書に纏められた初めての本格的評論集である。

本書の章立てと概要は次のとおりである。

第一部「複眼的視座と俳句文学（Ⅰ、Ⅱ章）」では、沖縄の地の自然・歴史・現実社会が野ざらし延男という俳人を生み育んだ「私的俳句原風景」が語られ、そこから導かれる「俳句文学の自立」が問われる。俳句を始めたころ、十代の野ざらし氏は「歳時記」をがむしゃらに読んでいた。その後に季語を入れない無季俳句も含めたより自由な俳句に踏み出す野ざらし氏が、最初は季語の研究に熱心であったことは示唆的である。野ざらし氏のいう「俳句文学」は、個人的にして社会的な沖縄での生活実感が生んだ「複眼的視座」を源流としている。氏は、一つの価値観への妄執や大勢順応を疑い、より広い視点で俳句をとらえ、俳句における「真実」を追求していく。

第二部「米軍統治下と〈復帰〉を問う（Ⅲ、Ⅳ、Ⅴ章）」では、太平洋戦争の日本敗戦後、アメリカに統治され、その後「復帰」した沖縄の社会情況が年代を追って記述され、同時にその沖縄でいかなる俳句の実践がなされたかが具体的な句も併せて記録されている。「復帰」に当たって沖縄の社会と俳句に何が起こりいかに変化したかは、人々の空気感も含め、歴史を将来に生かす意味でも貴重な証言である。中でも一九五六年発足の「沖縄俳句会」という沖縄の俳句愛好家たちが大同団結した組織についての記述は、今後の沖縄の俳句や俳句界全体が「大同団結」していく先例として、その挫折も含め、重要だと感じた。さらにはⅤ章「混沌・地球・俳句」では、東日本大震災の福島原発事故や新型コロナ・パンデミックなど地球規模の社会問題と俳句は無関係ではなく、その中で沖縄の地に根付く「孵（す）でる精神」が提唱される。

第三部「批評精神が文学力を高める（Ⅵ、Ⅶ章）」では、「沖縄タイムス」紙掲載の俳句時評と「俳壇抄」（全国俳誌ダイジェスト）に執筆した原稿が収録され、その時その時の社会や俳句界の動向に俳人・野ざらし延男が舌鋒鋭く切り込んでいる。

第四部「詩魂と追悼（Ⅷ、Ⅸ章）」では、野ざらし氏による他の表現者や俳人の作品への解説と、師と仰ぐ先達や同志たちの死に際しての追悼文が収録されている。単独者のようにも見える野ざらし氏は決して孤立無援ではなく、志を同じくする同時代人と交流し共闘してきたのだ。

また、序章「しゃれこうべからの出発――狂気と覚悟」、終章「洞窟（ガマ）に螢火が灯った」には野ざらし氏の思想がコンパクトに凝縮されている。終章で、野ざらし氏が「俳句革新」の足場とした俳句同人誌「天荒」が全国俳誌協会主催の「編集賞特別賞」を受賞したことは、野ざらし氏の「俳句革新」は沖縄内部にとどまらず、全国にとっても意義のある革新運動であったという証明であろう。

俳句イコール「花鳥諷詠」「有季定型」であり、そこからはみ出す文学的主題は他の表現ジャンルで行えばいい、その意味で「俳句は文学ではない」とする無意識の俳句観は、野ざらし氏の言葉を借りれば「単眼的」である。そして俳句におけるこの単眼を相対化してくれるもう一つの眼は、「沖縄」ではないだろうか。

俳句界全体に、さらには人間社会に「複眼的視座」を与えてくれる一書として本書を位置づけ、次の三つの切り口から野ざらし氏とその評論群を読んでみたい。

・野ざらし延男と松尾芭蕉
・沖縄と沖縄俳句においての野ざらし延男
・孵（す）でる「地球俳句」とその背景

2　野ざらし延男と松尾芭蕉

江戸時代に生きた松尾芭蕉は、東京・深川の草庵に居を移すのと軌を一にし、俳号を「桃青」から「芭蕉」に改めた。ここから俳諧宗匠としての世俗的生活を捨てて、芸術的生活を歩み出す。風雨に晒され裂けてこそ侘びの美を湛える「芭蕉」の号はその象徴であろう。また明治時代の正岡子規は、結核に侵され喀血したことを契機に「子規」と名乗り始める。子規はホトトギスの和名で、口を開け真っ赤な喉を見せ鳴くホトトギスを我が身に見立てた。当時不治の病であった結核の運命を引き受け、子規は残り少ない人生の時間を燃焼させ、後世に残る俳句革新・短歌革新を成し遂げる。

本書の著者・野ざらし延男氏も、芭蕉と子規がそうであったように、俳句と、いかに生くべきかという実存的問いとが不可分である。それにしても「野ざらし（しゃれこうべ・髑髏）」とは芭蕉・子規と比べても強烈である。その深く暗い心奥に蠢くものの激しさに戦慄する。

この名付けの自己解説は、序章の「しゃれこうべからの出発」を読めば明らかだ。高校二年、生きることに絶望し自殺寸前まで追い詰められた山城信男青年に、芭蕉の一句〈野ざらしを心に風の沁む身かな〉が、「人生覚醒の一句」として突き刺さってきた。芭蕉の一句が一人の青年を延命させ、その後の人生への生きがいを与えた。「しゃれこうべからの出発」より引く。

……芭蕉の「狂気と覚悟」をわがものとして生きたいと思った。……

……私の中の〝野ざらし〟は私を苦しめる。……

……芭蕉の中の〝野ざらし〟は秋風に鳴っているが、私の中の〝野ざらし〟は春夏秋冬鳴り止むことはない。「野ざらし」の一句は私の鞭である。芭蕉を狂気もて超えねばならぬ。

野ざらしの一句、つまり〝野ざらし〟は〈芭蕉の「狂気と覚悟」〉であり、「私」を生かしもしまた苦しめもする両義的な何かである。さらにそのような芭蕉は野ざらし氏にとって「超え」るべき存在である。ここで野ざらし氏は、単に芭蕉が成し遂げた句業を超えたいと言っているのではない、と私は思う。それではその内実とは何か。芭蕉「野ざらし紀行」の中の、次の有名な一節とともに考えてみたい。

冨士川のほとりを行(ゆく)に、三(み)つ計(ばかり)なる捨子(すてご)の、哀氣(あはれげ)に泣有(なくあり)。この川の早瀬にかけてうき世の波をしのぐにたえず。露計(ばかり)の命待(まつ)まと、捨置(すておき)けむ、小萩(こはぎ)がもとの秋の風、こよひやちるらん、あすやしほれんと、袂(たもと)より喰物(くひもの)なげてとをるに、

猿を聞人(きくひと)捨子に秋の風いかに

いかにぞや、汝(なんぢ)ちゝに悪(にく)まれたる欤(か)、母にうとまれたるか。ちゝは汝を悪(にくむ)にあらじ、母は汝をうとむにあらじ。唯(ただ)これ天にして、汝が性(さが)のつたなき(を)なけ。

（『芭蕉紀行文集』岩波文庫　参照）

〝野ざらし〟の決意のもとに旅に出た芭蕉は、富士川のほとりで捨て子に遭遇する。そこで詠まれた一句。「猿を聞人」とは猿の鳴き声を聞いて無常観や断腸の思いを詩歌に書き付けてきた中国の詩人たちのこと。現実の秋風に吹かれる捨て子を目の前にして、あなたたちは何を思うだろうか、風流のみに身をやつしていて空しくないか、と問いかけているのである。ちなみにこの一節について、芭蕉が捨て子に出会ったというのは虚構であるとする説もあるが、事実か虚構かは本質的問題ではない。当時の貧困にあえぐ農村では口減らしのために捨て子も多かった。「捨て子」という社会的に不遇の存在への深い同情が、芭蕉にこの一句を詠ませた。このことは芭蕉自身の中の「猿を聞人」への問いかけであり葛藤でもあろう。

さて、ここで芭蕉は「袂より喰物なげて」と、少しの食べ物を与えて、その場を立ち去る。さらには、父母を恨むのではなく「唯これ天にして、汝が性のつたなき（を）なけ」と、天命として受け入れなさい、という。もちろん芭蕉は慈善活動家でもないし、悲惨な現実を呑み込んだときの心を引き裂かれるような気持ちや無力感もわかる。しかしそれと反対に、どうにかしてこれとは他の現実との対峙の仕方はなかったか、という思いも残る。

私はこの「野ざらし紀行」での「捨て子」を「沖縄」に置き換えてみたくなる。薩摩の琉球侵攻から、沖縄戦では「捨て」石にされ、米軍統治下の戦後は土地も人権も剝奪、日本「復帰」後も米軍基地を押し付けられている。このような沖縄の現実を目の前にして「唯これ天にして、汝が性のつたなき（を）なけ」と言えるだろうか。詩歌に関わる者として〈猿を聞人捨子に秋の風いかに〉の葛藤は無いだろうか。野ざらし氏がいう「芭蕉を狂気もて超えねばならぬ」とは、詩歌の伝統や周囲からたとえ「狂人」のように思われたとしても、「捨て子」の現実から目を背けず主題として問い続ける、という芭蕉にはできなかった文学的挑戦への決意ではないだろうか。

「花鳥諷詠」「客観写生」からなる「有季定型」という現在の俳句の潮流をつくった高浜虚子も、その思想の論拠を松尾芭蕉に寄っていた。それと同じく、野ざらし氏の俳句観の出発も芭蕉である。同じ源泉から後世にいくつもの豊かな思想が生まれてくるのは芭蕉文学の古典としての「複眼的」な魅力であろうが、だからこそ、時代や場所に合わせて芭蕉を生かしていくことこそ大切だ。その意味で野ざらし氏は、戦後沖縄における正統なる芭蕉の「弟子」といえるのではないか。ちなみに野ざらし氏は「右眼に芭蕉の眼、左眼に一茶の眼、複眼的視座を大切にしたい」（Ⅰ章「複眼的視座としての雪　――私と雪」）と書いているとおり、芭蕉を絶対化はせずに、これも複眼の一つとしている。

3　沖縄と沖縄俳句においての野ざらし延男

さて、本書の各所で論じられている通り、日本において沖縄が様々な構造的差別を受け、それが現在も進行中であることは明白な事実である。そのような中で沖縄の俳句と野ざらし氏は、二重の意味でのマイノリティ的状況に置かれていた。

一つは、これは言うまでもないことかもしれないが、日本本土の俳句に対して沖縄の俳句はマイノリティであった。戦前の「琉球ホトトギス」、戦後は「みなみ吟社」など、沖縄の俳句の大半は、みな本土の伝統俳句の系統であった。一九五三年一月に開かれた「戦後初の盛大な俳句大会」であった「沖縄俳句大会」を、野ざらし氏は次のように総括している。「沖縄の戦後俳句は「季題」の桎梏から抜け出せないところからスタートし、戦前のホトトギス派の血をひいて、焦土に俳句の芽を育てていたのである。」（Ⅲ章　米軍統治下と俳句）事実、大会の季題は「寒灯・冬灯」「冬霞」であり、それらの季題が読み込まれた句のみが並ぶ。亜熱帯気候の沖縄の俳人たちの「寒灯」の句の並びにはどうしても窮屈な感が否めない。多くの沖縄の俳人たちは本土俳句的な制約に従い、ゆえに俳句の多様性に乏しかった。もちろんこれは同時に本土の俳句においても言えることであるが、遠く海を隔てるがゆえに、新しい俳句の風が入ってきにくかったことは想像に難くない。
もう一つは、野ざらし氏個人が沖縄内部の俳句界でマイノリティであったということである。俳句を始めたばかりの高校生の純粋な文学精神は、周りの環境とのギャップに打ち砕かれた。臨場感のある証言なので少し長いが引用する。

一九五九年、高校卒業した年、「沖縄俳句会」に恐る恐る顔を出した。石川市（現・うるま市）山城の片田舎からバスを乗り継いで、約半日かけて、那覇の歓楽街桜坂の句会場に参加した。十代の若者は私一人だった。句会場は公民館みたいな公共の場所と思い込んでいた私には歓楽街での句会に違和感があった。句会には沖縄俳句界の長老たちが神妙な顔をして座っていた。初心者の私に投げかけた言葉がショッキングだった。「俳句は季題を入れて作りなさい」「季重なりは避けなさい」「趣味で、楽しんで作りなさい」「他人の作品は批判しないように」。
その場から逃げ出したい心境に駆られたが、折角、遠方からバス賃をはたいてきた。我慢して最後まで座ることにした。句会は出句、清記、選句、披講と続いた。作品批評はなかった。やがて、「二次会に移ります」という声がかかり、たちまち、句座が酒座と化した。先ほどまで静かに座っていた面々が大きな声で話し始め、座が急に賑やかになった。句会より酒飲み会が目的で参加している様に見えた。
「文学とは何か」「人間とは何か」「真実とは何か」「時代に生きる俳句とは」を探究するために俳句会に参加した私にとって、このホトトギス派の古臭い句座は砂を嚙むような虚しい場であった。俳句文学の真実を探り、詩心を磨く、文学魂は無残にも砕け散った。

（Ⅳ章〈復帰〉を問う　2）

もちろん、これは当時の野ざらし氏の主観的現実であり、沖縄俳句会の大人たちの目には異なる現実として映っていたかもしれない。しかし、生涯を賭ける文学として俳句を選び大きな志を抱いた青年にここまで思わせてしまったことは、沖縄俳句会に限らずとも、伝統俳句や句会が抱えもつ窮屈さが、潜在的可能性を備えた新人に門を閉ざしてきた俳句界を象徴するような一場面として読めてくる。

このような状況におかれた野ざらし氏が、一九六五年に「新旧俳句論争」に火をつけたのは必然のなりゆきだった。野ざらし氏は「この伝統対反伝統の新旧俳句論争は賛否両論を巻き込み、批評活動が活発化した。」（Ⅲ章　米軍統治下と俳句）と述懐している。野ざらし氏の批判がたとえ「善良」な俳句愛好家に向けられた厳しすぎる鉾だったとしても、俳句に文学としての批評が生まれることは沖縄の俳句界に「複眼」を育む好機であったに違いない。

さて、この沖縄俳句と野ざらし氏をめぐる二重のマイノリティ構造は、いみじくも社会の流れと連動して変化（固定化？）していく。一九七二年の「復帰」に際しての記述である。

復帰の年、沖縄の政党が全国区の政党へと収斂され、長いものに巻かれる式の独自性の薄れた政党へと変質していった。（但し、沖縄社会大衆党だけは土着政党に拘り政党の系列化を拒んだ）。この潮流は沖縄の俳句界にも波及した。沖縄の俳句界で中心的な役割を果たしていた「沖縄俳句会」（連合体）が「沖縄県俳句協会」へ改称し、各県と連携する親睦団体的な俳句集団へと変質して行った。各結社も「沖縄県支部」へと変わった。季語を絶対化する伝統俳句派の俳人たちは、寄らば大樹の陰的な思考へと傾斜し、南国沖縄の黒潮の暖流が、寒流の潮流へと飲み込まれていくさまに、衝撃を受けた。

文学の力、詩眼はどこへ行ったのか。芸術（文学）は独創の刃を磨き、未知の領域を拓くところに存在価値がある。私は本土化を拒み、沖縄を発火点にした地球、人類を視野に入れた地球俳句へと詩魂を磨くことになる。（Ⅲ章　米軍統治下と俳句　13）

この証言も他方の見方としては、沖縄の俳人がそれまで出来なかった本土の俳句団体と連携や交流ができる一面もあるが、沖縄内部で「大同団結」を目指した「沖縄俳句会」の歴史が「復帰」とともにうやむやになり、本土的なものさしによる「単眼」に傾いたことは、沖縄の俳句にとって大きな損失であったように思われる。その一方で、野ざらし氏が次のように記録する反伝統俳句の着実な歩みも、沖縄俳句の未来の発展にとって重要である。

沖縄にも既成の俳句に対する反伝統の活動があった。大正末期から昭和初期、比嘉時君洞の新傾向俳句の活動。戦後、一九五〇年代後半、中島蕉園・桑江常青・作元凡子・浦崎楚郷ら「黒潮俳句会」における口語俳句の活動。六〇年代後半、「無冠」における延男・楚郷・凡子・新垣健一らによる俳句文学の可能性の追求、無季俳句の推進、批評と自由を求めた活動。八〇年代、「天荒」における延男・おおしろ建・金城けい・平敷武蕉・神矢みさ・川満孝子らの「新しい俳句の地平を拓き、創造への挑戦」を掲げた俳句革新の活動は現在も持続されている。

これらの俳句革新の動きは俳句が単に客観写生、花鳥諷詠、季節を詠うものではなく、時代に生きる文学としての自立と創造を求める活動であることの証左である。

（Ⅱ章　俳句文学の自立を問う　1）

伝統俳句とそれに対する革新的な俳句の風通しの良い批評があってこそ俳句文学の活性化につながる。どちらか一方では固定化、縮小化する。そしてそれは、沖縄と本土の俳句、さらには日本国内と海外の俳句の関係にとっても言えることである。多様性のある俳句を読み合うことで、俳句における「複眼的視座」が育まれる。

4　孵（す）でる「地球俳句」とその背景

先ほどの引用部で「沖縄を発火点にした地球、人類を視野に入れた地球俳句へと詩魂を磨く」（Ⅲ章）とあった。我々はよく、沖縄俳句と本土俳句、日本語俳句と外国語俳句など二項対立の図式で考えてしまうが、野ざらし氏の提唱する「地球俳句」はその枠組みを超えた広がりをもっている。そしてその「地球俳句」という俳句観を生んだキーワードが、沖縄独特の言葉「孵（す）でる」ではないだろうか。沖縄最古の歌謡集「おもろさうし」にも見られるが、非常に多義的な言葉である。その中から重要と思われる意味を抜き出せば、「脱皮する」「孵化する」「蘇生する」「生まれ変わる」であろうか。野ざらし氏はこの言葉について次のように解説している。

……川遊びでは沢蟹の「孵でぐる」と出会っていた。白く薄く川底にただようさまは死骸のようにも見え、脱皮の不可思議に魅入った。（略）

……亜熱帯の沖縄では冬眠することもなく、年中、「孵でぐる」や蛇と遭遇している。（略）脱皮したばかりの「孵（す）で殻（がら）」はしっとり感があり、ぬめりを感じる。（略）私の人生はハブと孵で殻との遭遇はこれからもつづく。そのたびに、一日一日、孵でて、脱皮して生きていくことを意識させられることになる。（略）

……「沖縄を掘る」営為は俳句表現の立場からすれば文学的想像力によって「沖縄を彫る」ことに繋がり、「孵でる精神」によって古い殻を破り、新たな創造世界へと脱皮することである。

（Ⅴ章　混沌・地球・俳句　——詩的想像力を問う　4）

「孵でる」という言葉は、死と再生を象徴している。沢蟹の抜け殻は死骸のように見える。沖縄の生きたハブとの遭遇は、死を覚悟する経験であろう。言い換えれば、「野ざらしを心に」抱くということである。そしてこれは、野ざらし氏が沖縄の自然からじかに学び取った、死と再生のダイナミズムである。これは、地球上のあらゆる地域で通用する、普遍的な節理であろう。

「地球」規模で考えれば、「有季も無季も同等に扱う複眼の姿勢で俳句に向かう。」（Ⅱ章）という俳句表現における野ざらし氏の提言を受け入れるか否かという次元で争っていては余りに小さいと思われてくる。俳句は「地球文学」として孵でることはできるだろうか。沖縄ではすでに、その脱皮は始まっている。

最後に、もう一度芭蕉の話に戻って、野ざらし氏がなぜ「本土」の俳人である芭蕉にそこまで自分の人生を重ねたのか、という問いを考えてみたい。日本本土の伝統的権威の象徴のような芭蕉に対して反発をしてもおかしくないように、私は思ってしまったからだ。私と同じような疑問を抱かれたのだろうか、第一句集『地球の自転』の跋文で、野ざらし氏の恩師・新屋敷幸繁が、氏の出自について次のように紹介している。

……ところが調べてみると戦前、彼は大阪で生まれているのである。なるほどとこの時に思った。沖縄は父の故郷なのである。それで、沖縄人も沖縄の子も、日本が敗戦になったら、一千年の歴史を持つ沖縄に帰って、世界一堅い土を畑にして耕さなければならないと、アメリカとイギリスと、蔣介石も同意して、この三人でとりきめて、小学校二年のときに、山城信男少年を父の故郷沖縄に送還したのである。（略）

野ざらし氏は、生を受けた幼少期の境遇として、沖縄と本土の両方を知るいわば「懸け橋的存在」であったのだ。その意味で、心の奥底ではどこか根無し草であり、「旅をすみか」とした芭蕉の身とも通ずる。野ざらし氏本人も、本書の中で家族について次のように述懐している。

父は私にとって反面教師であった。父との確執は田舎特有の因襲やユタやどろどろした人間関係と無縁ではなかった。ヤマト嫁（母）への白眼視や方言が話せないことへの逆差別が家族全体を覆い、孤立していた。父は、孫が生まれ、生活が安定してくると徐々に柔和な人間になり、「チムジュラサン」（心やさしい）や「清らぢむ」のある好々爺に変身した。

（I章　俳句・人生・時代——情況から内視へ　12）

このような家族関係や「逆差別」は、野ざらし氏の少年時代の痛切な苦悩と直結していることは想像に難くない。しかしそれゆえに、沖縄の地で芭蕉精神の種を蒔き、沖縄での俳句革新の実践を行い、大樹を育てることが出来たといえる。本書でもたびたび登場する篠原鳳作もまた、赴任先の沖縄と本土の間の海上で無季の名句〈しんしんと肺碧きまで海のたび〉を詠んだ本土出身俳人である。また野ざらし氏が第一句集で本土の金子兜太に序文を依頼したのも、当然、本土の人間であるが、兜太を一人の俳人として尊敬・信頼していたからであろう。

野ざらし氏がいう「地球俳句」という越境的で平和的な理念がこのような背景から生まれてきたことはとても自然である。そして先ほど論じた「孵でる精神」は、芭蕉のいう「造化」の沖縄の地での表れであろう。

野ざらし文学は、現実社会の矛盾や差別を直視した立場から「真実」の言葉を求め、沖縄の「孵でる精神」によって国家や民族間の分断を超えていこうとする。その「俳句革新」の理論と実践がまとめられた本書は、国際化、また「地球」化している現代の俳句に向けて、「複眼的」な批評の光を放ちその変革を勇気づけてくれるに違いない。

あとがき

人生の転機は高校時代に訪れた。人生に絶望し、自殺寸前に追い込まれていた。自殺した芥川龍之介の「或阿呆の一生」「或舊友へ送る手記」（遺稿）を耽読し、死の淵を彷徨い、命を断つ方法を模索した。そんな折り、松尾芭蕉の〈野ざらしを心に風の沁む身かな〉句に出会い、「狂気と覚悟」の詩魂に震えた。（「序章」参照）

疑惑なお深む鼠骸にたかる蟻　（一九五七年　高校二年作）

前途に大きな闇の壁が横たわり、絶望や疑惑が渦巻き、人間不信に陥った。死（鼠骸）と生（蟻）のカオスが共存しているどす黒い心象風景。生と死を深耕する契機になった。この句の「疑惑」は「絶望」「混沌」「混迷」「闇」と同質の比重で私の文学観の根底を流れている。俳句は絶望の谷底から這い上がり、逆境の壁を乗り超える自己変革の武器であった。

一九六〇年代、沖縄の俳句界の退廃に驚いた。「芸術とは何か」「文学とは何か」「人間とは何か」「真実とは何か」を問うことをせず、句座が酒座と化す無残な慰戯の場であった。この遊戯化した俳句界に反旗を翻し、評論活動を開始した。一九六五年「明日に生きる俳句のための考察――現代俳句の姿勢と沖縄」（沖縄タイムス・十月一八日～二二日）、一九六七年、「俳句は風流の道具か」（琉球新報・五月三一日～六月三日）。新聞紙上で新旧俳句論争が起き、停滞した沖縄の俳句界に風穴を開ける形になった。（「資料編」参照）。桑原武夫は「第二芸術――現代俳句について」（一九四六年）を書き、俳句界の問題点を抉り、俳句は第二芸術なりと断じた。私の放った矢が的を外れてないことを確認した。

詩人、宗左近は『さあ、現代俳句へ』（一九九〇年）で筆法鋭く現代俳句を批判した。

①現代俳句は写生に毒されている。――スナップショト的な、デッサンにとどまっている。狭い。小さい。

低い。偏平。したがって、苔のようなもの。②現代俳句は無感動芸術である。——幸福を詠まない。まして不幸は？　人事が語れない。まして、社会は？　一口で言えば人間不在である。③現代俳句は約束事にとらわれすぎる。——五七五や季語や文語調などをなぜ、かたくなに守っているのか。④現代俳句は禁欲的でありすぎる。——たとえば、次のようなものは、決して詠もうとしない。殺人、泥棒、放火、戦争、自殺、罪、罰、死者。（後略）。

左近の放った矢は俳句の心臓部を射たのではないか。写生に毒されてない延男句。

黒人街狂女が曳きずる半死の亀
太陽を転がす地の果ては俺の故郷
年月が消えるごうごうボタンの穴
自決の海の火柱となり鯨とぶ
向日葵の目玉弾かれ洞窟（ガマ）が鳴る
洞窟（ガマ）に螢火ぐうちょきぱあの木霊
飽食の百句転がるはははは刃

二〇一七年十二月「天荒」誌が第七回「編集賞特別賞」（全国俳誌協会主催）を受賞した。（「終章」参照）。審査員の恩田侑布子氏の審査評に鼓舞された。「反骨精神に富む。／沖縄では言葉は戯れるいとまを持たず、詩の弾丸になる。無季俳句は現代社会への批評眼からうまれる。それは自然随順が現状随順になる季節詩への強烈なアッパーカットだ」（朝日新聞「俳句時評——現実にがぶり寄る」／二〇一七年一〇月三〇日）。評価された延男句。

地球の皮を剝ぎ除染とは何ぞ
火だるまの地球がよぎる天の河

伝統俳句は、四季を詠むことに固定化し、言葉や表現の自由を奪い、文学の可能性の芽を摘み、多様性を求める時代に逆行している。季語俳句よ、脱皮せよ。

滝は我が背びれ星雲湧きたたす
光年の涙線上のかたつむり
うりずん南風（べー）∞（むげんだい）に横たわる
桜滅ぶさてどの闇から身を抜くか
岩ぶよぶよ嬰児ぶよぶよ地球抱く
颱風の渦蝸牛の渦地球の耳鳴り
人肉をサンドイッチにして地球が廻る

地球、人類は混迷を深めている。今こそ文学の力、詩眼が問われている。新しい俳句の地平を拓き、創造への挑戦は続く。俳句文学の自立を糾す闘いは途上である。

辶（しんにゅう）の上に首置き道とは何

論考集は難しい、硬い。読む人は限られている。その硬さをやわらげるために、エッセーを織り込んだ。中扉には写真を織り込み、階段の踊り場的な休憩ページを設定した。「資料編」に収載した「新聞紙上での俳句論争」は本書の章立てに収載予定であったが、論争相手や論争に関わった二者も他界している。やむなく、新聞紙面（コピー・縮小）を収録した。「野ざらし延男百句」は編集者の意向により収載した。本書発刊にあたり、コールサック社の鈴木比佐雄氏には編集上のアドバイスを戴いた。鈴木光影氏には野ざらし延男文学の源泉に触れた「解説」を執筆して戴いた。装画は山城道氏が担当した。三氏に厚くお礼申し上げます。

野ざらし 延男

著者略歴

野ざらし延男（のざらし　のぶお）

本名　山城信男。1941年生まれ。沖縄県石川市（現・うるま市）山城出身。天荒俳句会代表。「天荒」編集・発行。

［句集］

『地球の自転』『眼脈』『 野ざらし延男句集』『天蛇（ティンバウ）—宮古島』

［編著］

『沖縄俳句総集』（沖縄タイムス出版文化賞・1982年）・『秀句鑑賞—タイムス俳壇10年』・『薫風は吹いたか』（ 野ざらし延男・沖縄女子学園共著）・『俳句の弦を鳴らす—俳句教育実践録』・天荒合同句集『真実の帆』ほか７冊。

［生徒と教師の合同句集］

『脈』 宮古高校（日本詩歌文学館奨励賞・1986年）。『心弦』『鼓動』具志川商業高校。『俳句の岬』『俳句の虹』『俳句の森』読谷高校。

［高校生句集］

『眼光』１～５集　中央高校。『点睛』１・２集　具志川商業高校。『俳句の原石』中部工業高校。『俳句イルミネーション』『俳句の海』北谷高校。

［表彰］

新俳句人連盟賞「吐血の水溜まり」（作品30句・1974年）・沖縄タイムス芸術選賞「奨励賞」（文学部門・俳句・1990年）・沖縄県高等学校文化連盟功労賞（1993年）・沖縄タイムス教育賞（「国語教育」・1994年）・沖縄タイムス芸術選賞「大賞」（文学部門・俳句・1995年）・同賞「奨励賞」・「天荒俳句会」（団体賞・1999年）・「編集賞特別賞」—「天荒」誌受賞。（全国俳誌協会主催・2017年）。

現住所　〒904-0105
沖縄県中頭郡北谷町字吉原726番地11
電話・FAX　098-936-2536

石炭袋

俳句の地平を拓く――沖縄から俳句文学の自立を問う

2023年11月20日初版発行

著　者　　　　野ざらし延男

編集・発行者　鈴木比佐雄

発行所　株式会社 コールサック社

〒173-0004　東京都板橋区板橋2-63-4-209

電話 03-5944-3258　FAX 03-5944-3238

suzuki@coal-sack.com　http://www.coal-sack.com

郵便振替　00180-4-741802

印刷管理　（株）コールサック社　制作部

装幀　松本菜央　　カバー装画　山城道「眼底検査２」

落丁本・乱丁本はお取り替えいたします。

ISBN978-4-86435-581-0　C0095　￥2000E